Unicorn
独角兽书系

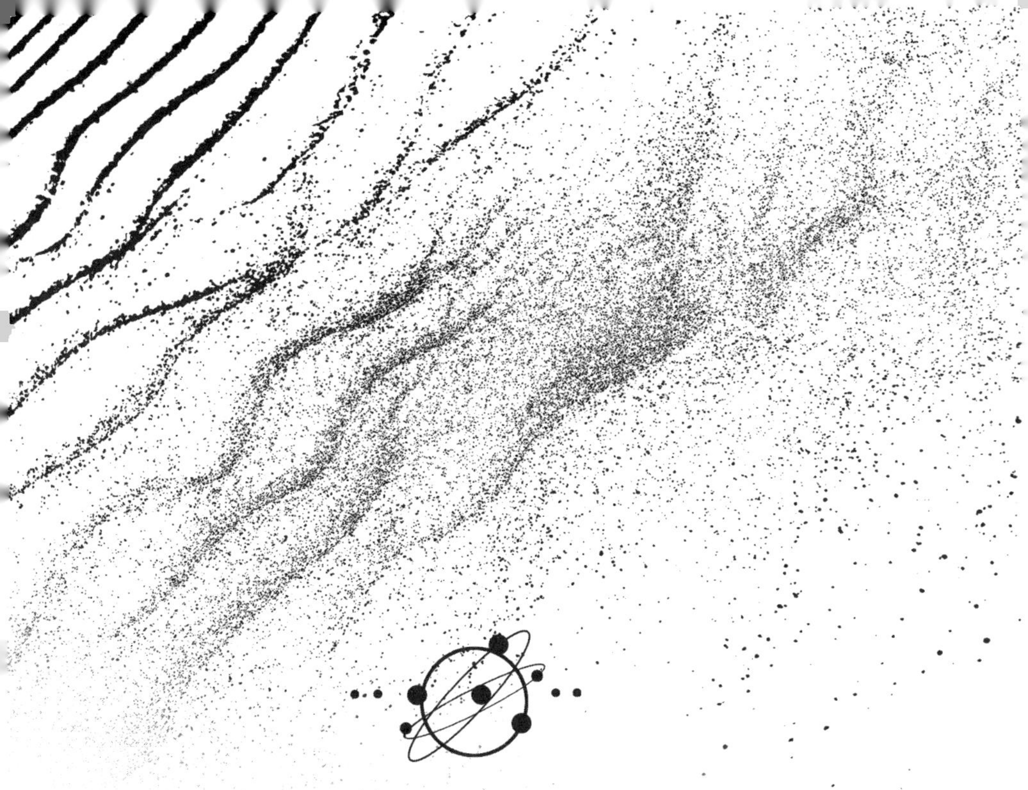

沙丘序曲

DUNE:

House Atreides

厄崔迪家族

布莱恩·赫伯特　凯文·J.安德森　著

王梓涵　译

重庆出版集团　重庆出版社

版贸核渝字(2020)第032号

图书在版编目(CIP)数据

沙丘序曲:厄崔迪家族 / (美)布莱恩·赫伯特,(美)凯文·J.安德森著;王梓涵译. —重庆:重庆出版社,2021.10

书名原文:Dune:House Atreides

ISBN 978-7-229-15375-5

Ⅰ.①沙… Ⅱ.①布… ②凯… ③王… Ⅲ.①长篇小说—美国—现代 Ⅳ.①I712.45

中国版本图书馆CIP数据核字(2021)第181005号

沙丘序曲:厄崔迪家族

SHAQIU XUQU:ECUIDI JIAZU

[美]布莱恩·赫伯特 凯文·J.安德森 著 王梓涵 译

特约统筹:丁 济

责任编辑:邹 禾 唐 凌 王靓婷

装帧设计:谢颖设计工作室

责任校对:杨 婧

重庆出版集团
重 庆 出 版 社 出版

重庆市南岸区南滨路162号1幢 邮政编码:400061 http://www.cqph.com

重庆出版社艺术设计有限公司 制版

重庆豪森印务有限公司 印刷

重庆出版社有限责任公司 发行

邮购电话:023-61520656

开本:890mm×1230mm 1/32 印张:22.125 字数:590千

2021年10月第1版 2025年8月第2次印刷

ISBN 978-7-229-15375-5

定价:108.80元

如有印装质量问题,请向重庆出版社有限责任公司调换:023-61520678

谨以此书献给我们的导师，弗兰克·赫伯特，

他和他创造的神奇沙丘宇宙一样复杂和动人。

宇航公会致银河商业集团“宇宙联合贸易商会[1]”（宇联商会）：

这次非官方搜寻任务的主要目标是各个无人区，以寻找珍贵香料美琅脂[2]的另一个来源，毕竟帝国在很多方面都依赖于香料。我们的领航员和飞行员已经搜寻了数百颗星球，留下无数航行路程记录。至今却仍一无所获。在已知宇宙中，美琅脂香料的唯一产地还是厄拉科斯的沙漠世界。宇航公会[3]、宇联商会以及所有其他组织都不得不继续屈从于哈克南家族对于香料的垄断。

然而，对异域殊方的探索仍具有重大的意义和价值，尤其在新的行星系统和新资源方面堪称硕果累累，收获颇丰。随信附上的利读联晶纸里包含的详细勘测信息和轨道图，对贵公司无疑具有极其重要的商业价值。

本公会已按之前的协定，如约完成合同，因而在此要求宇联商会

---

①宇宙联合贸易商会是由皇帝和大家族控制的宇宙性开发公司，宇航公会和贝尼·杰瑟里特姐妹会是其暗中的合作伙伴。它基本上控制着整个宇宙的所有经济事务，但它仍旧依赖于宇航公会的运输，毕竟该公会垄断了超光速旅行。

②美琅脂通常被称为“香料”，是厄拉科斯独有的作物。香料主要以其抗衰老作用、提升大脑能力以及成瘾性闻名于世。其价格非常昂贵，围绕香料产生了一系列科技、文化产业，美琅脂是帝国一切事务的基础。

③宇航公会，简称为公会。大联合协定这个政治三足鼎中的一足。在芭特勒圣战后，公会创建了第二所身体-意志训练学校。宇航公会垄断了太空旅行、货运交通，以及星际银行业务，所以帝国公历又被称为宇航公历。

将应付的款项汇入本公会的官方银行，即位于交汇地的公会银行总行。

尊敬的已知宇宙的统治者，帕迪沙皇帝①埃尔鲁德九世陛下：

在下是您忠诚的臣民，厄拉科斯行星总督西瑞达男爵②，弗拉基米尔·哈克南男爵，哈克南家族之名义首领，杰第主星、兰基维尔星和其他联盟行星领主。

尊敬的陛下，请允许我再次重申我的承诺，我将竭忠尽智地侍奉您，尽忠职守地服务厄拉科斯星球。但是令我羞于启齿的是，自从七年前我父亲去世之后，香料的生产便因我那无能的同父异母兄弟阿布鲁尔德而陷入了停滞不前的困境。生产香料的设备耗损严重，香料的出口量也跌至谷底。考虑到帝国对美琅脂香料的依赖性，这种滞缓的生产状态很可能会导致可怕的后果。不过，请相信我，哈克南家族③已经采取行动，及时挽救了危局：阿布鲁尔德已经被撤职，并被贬到了兰基维尔星。他的爵位也被撤回，不过将来他有可能会重新担任地区总督一职。

如今在下成为了厄拉科斯星的直接监察者，请允许我向您保证，我必将殚精竭虑，运用一切必要的手段，无论是投入金钱、还是奉献牺牲，甚至不惜采取铁腕政策，来确保香料的产量达到或者超过之前的生产水平。

正如您英明决断的命令中所说，香料必须源源不断！

---

①帕迪沙皇帝是帝国世袭统治者的称号，他们也被称为“已知宇宙的统治者”。目前帝国的帕迪沙皇帝是埃尔鲁德·科瑞诺，也就是埃尔鲁德九世，他是科瑞诺帝国第八十任皇帝，也是倒数第二任。

②西瑞达男爵指统治一个行星的男爵。

③哈克南家族是在帕迪沙皇帝统治时期的一个大家族。首都位于杰第主星，蛇夫座 B36 星系一个高度工业化的星球，光合作用潜力很低。哈克南家族以其阴险的政治策略闻名于世，他们与另一个大家族厄崔迪家族是古老的世仇关系。此外，哈克南家族还以野心、恶毒、仇恨和残暴而闻名。它通常由一名西瑞达男爵统治。目前哈克南家族的统治者是弗拉基米尔·哈克南。

美琅脂是宇联商会所有经济活动的关键所在。没有这种香料的话，贝尼·杰瑟里特姐妹会的圣母们就无法完成洞察和控制人类的技艺；宇航公会的领航员们也无法看到穿越太空的安全通道；而且数十亿吸食香料成瘾的帝国公民将会因为香料的突然戒断而死亡。连傻瓜都知道，这种对单一产品的过度依赖会导致滥用。所有人都身处危险之中。

——宇联商会物料流动模式分析

在扑翼机[①]飞行员身旁的，是身材瘦削、肌肉强健的弗拉基米尔·哈克南男爵。他弓身向前，一双蜘蛛般的黑色眼睛正透过凹面强化玻璃窗，凝视着前方，鼻子里充满了那无处不在的沙砾味道。

这架武装扑翼机从高空掠过，厄拉科斯[②]上空那白炽的阳光炙烈无情地照在沙地上，眩目而刺眼。一望无际的沙丘在烈日高温的炙烤下，发出嗞嗞的声音。蒸腾的热气灼得他视网膜都快要燃烧起来了。地面和天空仿佛熔在了一起，眼前除了一片白色，什么也没有。

真如地狱一般。

①扑翼飞机也作“扑翼机”，是一种模仿鸟类飞行，靠拍击双翼控制飞行的飞行器。

②厄拉科斯，也被称为“沙丘”，是一颗位于老人星系统遥远边缘的荒芜沙漠行星。在很长一段时间里，它是香料美琅脂的唯一来源地。

男爵一直希望自己能回到既现代化又温馨的杰第主星去，那里有多彩的文化和灿烂的文明，同时也是哈克南家族的中心。不过虽然身困此地，他还是可以回到厄拉科斯位于迦太格市的家族宅邸里，找一些别的消遣方式来满足自己挑剔而苛刻的品味。

但是眼下最重要的还是香料的收获和生产。这永远是重中之重。特别是情况如观察员向他报告的那样，出现了大规模罢工的时候。

在狭窄的机舱里，尽管机身因受气流的冲击而摇摆不定，但男爵毫不在意，从容自得地坐在位子上，一副信心十足的样子。扑翼机的机械机翼像黄蜂翅膀一样有节奏地扇动着。男爵身上那件深色的皮革胸甲紧紧包裹着他那健硕的胸肌。他四十五岁左右，相貌英俊，气质潇洒，一头金红色的头发精致利落，一丝不乱，额头正中那独特的美人尖，更为他增添了一份迷人的气息。男爵的皮肤光滑细腻，颧骨高耸，棱角分明。脖子和下巴上肌肉发达，线条刚毅，可随不同情况而做出各种表情，或一脸怒容，或冷冽一笑。

“还有多远？”他斜眼看了看飞行员问道。飞行员则隐隐显出一丝紧张的神情。

“男爵大人，那地方位于沙漠深处，所有迹象都表明那里是迄今为止所发现的香料资源最丰富的产地之一。”

飞机掠过一块露出地表的黑色火山岩，机身因为受到热气的蒸腾而颠簸起来。飞行员紧张地咽了口唾沫，聚精会神地盯着飞机的控制台。

男爵悠然地坐回到位子上，驱散了烦躁之感。他很高兴那块价值连城的宝藏隐藏在了沙漠深处，没有被外人窥探到，它远离众人的目光，没有引起帝国或者宇联商会的垂涎和觊觎。当然，他们也确实掌握了一些资料和记录。那个老态龙钟的老皇帝埃尔鲁德九世不需要知道厄拉科斯星球的哈克南家族香料生产线上每一条该死的细节。所有的报告都是经过精心编排的，所有的账目也都被篡改过，男爵一直对那些外星球的监察者们有所保留，只告诉他想让他们知道的事。

他伸出强壮的手臂，抹了抹他鼻子下面的汗渍，然后调整了一下飞机的环境控制系统，让机舱能变得更凉快一些，空气也能更湿润。

看到飞机上有这样一位位高权重，并且性情反复无常的乘客坐在自己身边，飞行员感到很不自在。于是他轻推了一下引擎控制杆，加快了飞行速度。他再次检查了控制台上的地图投影，仔细研究和查看了目光所及之处的沙漠地形的轮廓。

男爵亲自查看了一下地图投影，然后因为地图太过笼统、不够详细而感到有些不悦。就凭这么个模糊的地图，怎么可能在这千疮百孔的沙漠世界里找到正确的路径呢？这是个对帝国经济稳定有着至关重要作用的星球，怎么至今还对这个沙漠世界一无所知呢？这毫无疑问又是阿布鲁尔德，也就是他那个同父异母的无能弟弟的一个败笔。

但是阿布鲁尔德已经下台了，现在一切由男爵亲自掌权。*如今厄拉科斯是我的了，我要把一切都治理得井井有条。*回到迦太格后，他决心要着手派人重新勘测地形，绘制地图，但愿那些该死的弗雷曼人①不会再次杀掉他派出的勘探者，或者再次毁掉绘图的勘测点。

四十年来，这个沙漠世界一直都是哈克南家族的封邑，这是由皇帝亲自授予的政治任命，并得到了商业巨头宇联商会，即宇宙联合贸易商会的支持。尽管厄拉科斯星球气候恶劣，环境艰苦，但这里却是帝国王冠上至关重要的一颗宝石，因为这颗星球上所提供的物产是极其珍贵的。

然而，在男爵的父亲迪米特里·哈克南临死之际，由于老皇帝行将就木，年迈昏聩，竟然把王位赐给了心软无能的阿布鲁尔德。结果只用了短短七年的时间，他就把香料的生产毁之殆尽。不仅香料生意

---

①弗雷曼人是厄拉科斯当地的自由民族，生活在沙漠之中，是禅逊尼流浪者的幸存后代。

的利润暴跌，而且他对香料走私和破坏活动也毫无策略，完全失去了控制。这傻瓜真是让人丢尽了脸面，最终这个蠢货被家族赶下了台，撤销了爵位和封号，贬谪到了兰基维尔。那里的人们从事自给自足的捕鲸生意，贩卖鲸毛皮，至少他不会对捕鲸生意造成什么破坏。

而弗拉基米尔·哈克南男爵在接任行星总督一职后，立即采取行动，全力扭转厄拉科斯的颓废局势。他要在自己的任上做出令人惊艳的表现，烙下属于他自己的辉煌印记，纠正前任总督犯下的过失，更正之前所有错误的决定。

在帝国统治的所有行星中，有人也许会认为厄拉科斯是个地狱般的诅咒之地，并非丰沃之处——但这里却是目前已知的美琅脂香料的唯一出产地。而香料的价值则远远超过任何一种贵重金属。在这个炙热干旱的世界里，香料的价值甚至超过了同等重量的水。

如果没有香料，太空旅行就成了空谈……而如果没有太空旅行，帝国就会沦陷。香料可以延长生命，强身健体，让人精力充沛。男爵本人就是一位节制有度的香料使用者，他十分享受香料给他带来的美妙感觉。当然，美琅脂香料也确实非常容易令人上瘾，因此它的价格始终居高不下……

扑翼机飞越了一片焦枯的山脉，它看上去就像是一块断裂的颚骨，上面嵌满了腐烂的牙齿。男爵的前方出现了一片尘埃滚滚的云团，像一块铁砧一样直插入天空。

“男爵大人，香料开采作业正在进行中。”

鹰一般的攻击机忽然从黑白照片一样的天空中蹿了出来，像一个个黑色的圆点朝他们俯冲而来。通信器发出了信号声，飞行员马上发回一个识别信号。那些攻击机的飞行员都是雇佣兵，他们奉命将那些不受欢迎的监察者拒之门外。那些攻击机开始在空中盘旋，严阵以待。

只要哈克南家族能够始终保持香料开采的进度，维持香料交易的利润，那么宇航公会就不会紧盯着这里，也不需要知道每一个香料矿位置。帝国和宇联商会同样也是如此。于是男爵打算把这个新发现的矿藏留给自己，然后把这些美琅脂香料都囤积在自己的巨大宝库里。

鉴于阿布鲁尔德资质平庸，一无是处，所以他在位多年来可谓毫无建树，致使香料生意每况愈下。因此现在只要男爵能让香料的生产稍有起色，哪怕只是恢复一半的产能，宇联商会和帝国都会认为这是个巨大的转变和提升。只要他能让帝国和宇联商会高兴，他们便不会注意到他在暗中谋私，也永远不会怀疑他其实在秘密藏匿香料。这是个十分危险的计谋，一旦被发现后果便会……不过男爵有的是办法对付外界那些窥探的目光。

当他们渐渐靠近那片翻滚的尘埃时，他拿出了一副双筒望远镜，调整镜头焦距。在放大倍数的镜头里，他看到了正在作业的香料机车。那台巨大的机器如同一个庞然怪兽，由于它配有巨大的履带和巨型载货能力，其价格高得令人难以想象——但为它所花的每一宇宙索①都很值。正是这机器上的挖掘机挖出了肉桂色的红土、灰色的沙子以及打火石的碎块，掘开了沙漠的表层，滤出气味芬芳的香料。

可移动的地面设备穿过工厂附近的开阔沙地，将探针伸入地表以下，搜取着样本，然后测绘出埋藏着香料的矿脉分布图。头顶上则是携带着重型机械的巨型扑翼机，它们盘旋在空中，随时待命。另外，在外围还有观察飞机在沙地上上下下地巡逻，警惕地观察着是否有沙虫②出没的迹象。在厄拉科斯，一只大沙虫就能把整个的香料开采平

①宇宙索是帝国的官方货币。其购买力经过宇航公会、兰兹拉德联合会和帝国四百年的协商才得以确定下来。

②沙虫是厄拉科斯星球的原生生物。它生活在广袤的沙漠和遍布地表的沙丘之中。沙虫是创造香料的一个重要因素。沙虫生活在沙子下面，会被沙丘表面有节奏的震动所吸引，它们会在追寻这种震动的起源时破土而出，目的是保卫它们的领土。因此除了神秘的弗雷曼人，很少有人能亲眼见到一条沙虫，并活下来讲述它的故事。

台生吞下去。

“男爵大人，”飞行员边说边把通信器的听筒递给了男爵，“工头想跟您说话。”

“我是男爵，”他把耳朵贴近听筒，听着对方的声音，“给我汇报一下最新的进展，有什么发现吗？”

工头的声音从下面的沙地里传来，声音很是沙哑。尽管对方身份尊贵，但他似乎并不在乎，毫无卑躬屈膝的态度和语气：“我挖了十年的香料矿，从来没见过这么大的矿藏。但问题是这香料矿埋得也太深了。一般来说香料都是跟沙土等其他东西混在一起的。但这回的香料的纯度真是很高，只是……”

男爵等不及了，连忙问道：“只是什么？”

“这儿有些不对劲，大人。我指的是化学上的。我们发现下面有二氧化碳渗出来，还冒出了某种气泡。采集机现在正挖着表层的沙子来提取香料，但这里面好像有水蒸气。”

“水蒸气！”这种情况在厄拉科斯堪称前所未见，闻所未闻。因为即使在天气最好的时候，空气中的水分和湿度也几乎测量不出来。

“我觉得可能是咱们偶然发现了古老的地下蓄水层，大人。弄不好就埋在岩石层的下面。”

男爵从来没想过能在厄拉科斯的地下发现流动的活水。很快他就开始思考要不要开发自然水资源，比如把水卖给平民百姓之类的事情了。这样一来肯定会让眼下卖水的商人们感到惶恐不安，毕竟作为水源的唯一销售者，他们已经变得越来越狂妄自大，不可一世了。

他的声音低沉而浑厚：“你认为地下水会让香料受到污染吗？”

“这可不好说，大人，”工头答道，“香料这玩意儿很奇怪，不过我以前还真没见过这样的情况，感觉看起来……真是有点不太对劲儿啊。”

男爵转过头看了一眼飞行员说：“立刻联系观测机。看看他们有没有发现沙虫的行迹。”

“没有沙虫出现，大人。”飞行员查看了一下观测机的回复然后答道。男爵注意到飞行员的额头上冒出了汗珠。

“采集机在下面作业多长时间了？”

“差不多两个标准小时了，大人。”

男爵立时皱起了眉头。按理说，沙虫应该早就来了。

无意之中，飞行员打开了通信系统，工头粗声粗气的声音传了过来：“我从来也没挖过这么长时间，长官。沙虫总会来的，次次如此。但现在这下面一直有动静。气体越来越多，您在上面应该都能闻到味儿。”

男爵深吸了一口机舱内的循环空气，果然闻到了一股特别的味道，似乎是从沙漠里挖出来的原始美琅脂香料所散发出来的那种麝香肉桂味道。扑翼机现在距离主采集机有几百米远，保持着静止飞行模式。

“另外，我们还探测到地下出现了震动，像是某种共振。我不喜欢这样，男爵大人。”

“我花钱雇你，不是让你干你喜欢干的事的，”男爵说，“是藏在地下深处的沙虫吗？”

“我觉得好像不是，男爵大人。”

他扫了一眼从香料采集机上传送过来的监测数据。上面的数字令他困惑不解。“这一次挖掘出的香料出产量比其他矿里一个月挖出的总量都多。”他用手指有节奏地敲打着右腿说道。

“不过，大人，我建议我们应该立刻准备撤退，收拾东西离开这个地方。不然的话，我们可能会损失——”

“绝对不行，队长，”男爵说，“既然没有发现沙虫出没的迹象，而你也已经开足马力满负荷开采了，那就继续挖下去吧。如果你需要的话，我们可以再给你派一架运载器来，同时再拨给你一台空的采集机。我不可能就因为你的紧张就放弃这些香料，让大把的金钱从我手心里溜走……就因为你有种不祥的预感吗？真是荒谬！”

工头想进一步跟男爵解释，却被男爵立刻打断了：“队长，如果你是个胆小怯懦的孬种，那你就真是选错了职业，也来错了地方。赶紧给我继续干活。”说着他关掉了通信器，并且决定要尽快把这个家伙撤职调离。

运载器继续在空中盘旋，随时准备着，一旦沙虫出现，就立刻把香料采集机和工人都救上来。但是为什么这么久沙虫还没出现呢？它们不是一直在守护着香料吗？

香料，他脑子里一直在回荡着这个词，嘴里则回味着它芬芳的味道。

在迷信的面纱下，这个东西堪称是一种不知数量的、现代独角兽之角，稀世罕见。厄拉科斯的居住环境非常恶劣，至今仍没有人能揭开这种美琅脂香料的起源之谜。在帝国辽阔的版图上，尽管经过了几个世纪的不断探索，却从未有过一个探险家或勘探者在任何其他星球上发现过美琅脂香料，也没有一个人能成功地合成这种物质。由于哈克南家族长久以来都把持着厄拉科斯的行星总督一职，因此他们一直控制着所有的香料生产，男爵不希望看到任何替代品的开发，也不希望有任何其他来源被发现。

沙漠专家负责定位香料的来源地，而帝国只关心能否源源不断地得到和使用香料——除此之外，其他一切的细节皇帝都不管不问。香料工人总是面临着这样或那样的危险：沙虫会迅速攻击你，运载器会失灵，香料机车不能及时收起，甚至意想不到的沙尘暴都会以惊人的速度席卷而来。哈克南家族的伤亡率和设备损失率无比惊人……但美琅脂香料的利润几乎偿还了所有的血债，抵过了所有损失的金钱。

扑翼机以稳定的节奏在空中嗡嗡地盘旋，男爵仔细观察着下面采掘香料的施工场面。炙热的阳光灼烤着布满尘埃的香料机车。观测机继续在空中徘徊，同时地行车也在下面游走，四处采集着样本。

仍然没有沙虫出现的迹象，工人们争分夺秒地采集着更多的香料。他们肯定会得到奖金——当然那位工头除外——而哈克南家族则会变得更加富有。这些采集记录之后也肯定要被篡改。

男爵转头看向飞行员说：“呼叫离我们最近的基地。叫他们再弄一架运载器还有香料机车来。这条矿脉似乎永远也挖不完呐。”他的声音忽然变得越来越小了，“到现在为止还没有虫子出现，也许还有时间……”

工头这时回话了，因为男爵关掉了他自己的接收器，所以他们现在在用一般频率通话。“大人，我们的探测器显示星球表面以下的温度正在急剧上升。下面应该发生了化学反应。我们的一支地面巡测队刚刚闯进了一窝沙鳟的巢穴。”

男爵咆哮起来，痛斥这个在未加密频道上胡说八道的家伙。要是宇联商会的密探在窃听怎么办？另外也根本没人关心什么沙鳟。对男爵来说，沙地下面的这些果冻状生物就像是围绕着遗弃尸体的苍蝇一样，根本毫不相干。

他心里暗自记下，除了把这个软弱的工头撤职并拒绝发给他奖金外，他还要额外好好收拾他一顿。这个没胆量的杂种弄不好就是阿布鲁尔德选出来的。

男爵忽然看到沙地上有那么几个巡察员，正像被硫酸蒸汽熏疯了的蚂蚁一样跑回主香料机车。其中一个从他脏兮兮的车上跳了下来，冲向巨大机器那四敞大开的门。

“那几个人在干什么？他们是打算擅离职守吗？靠过去飞低一些，我要看看。”

飞行员将扑翼机倾斜过来，像一只不祥的甲虫一样朝沙地降落了下去。下面的人们纷纷弯下腰来，一边咳嗽一边干呕，试图把过滤器拉到自己脸上。两个人还在流沙里绊了一跤。其他人则迅速把香料机车包裹起来。

“把运载器开过来！把运载器开过来!”有人喊道。

所有的观测机都不约而同地报告说：“没有沙虫出现。”

“这里也没有。”

“这里什么情况也没有。”第三个观测机说。

“那他们为什么要撤离?”男爵问道，说的好像飞行员知道答案似的。

“出事了，”工头喊道，“运载器在哪儿呢？我们现在就要运载器!”

地面忽地隆起，四名工人顷刻间东倒西歪，还没来得及爬上通向香料机车的斜坡，就脸朝下扑倒在沙地上。

“快看啊，男爵大人!”飞行员指着下面大喊起来，声音里充满了恐惧。而当男爵的视线从那些胆小的人身上移开后，一眼便看到整个挖掘现场的沙子现在似乎都颤抖了起来，就像有人在敲击着一只大鼓一般。

香料采集机向一边倾倒了下去。沙地上出现了一道巨大的裂缝，地面忽然膨胀起来，把整个工地顶向半空，就像萨鲁撒人泥锅里的沸腾气泡一样。

“快把我们从这儿弄走!”男爵大喊道。飞行员盯着他看了还不到一秒钟，就被男爵用左手挥起的一根裂了缝的鞭子狠狠抽在面颊上：“给我动起来啊!”

飞行员一把抓起扑翼机的控制装置，将飞机强行拉上了陡坡。机翼不停地猛烈拍打着。

在下面的沙地上，膨胀的地下气泡达到了顶点——然后破裂，香料采集机、移动的工人和其他一切都被抛离了地面。一股巨大的沙尘携带着碎石和挥发性橙色香料向上喷射出来。巨大的机车瞬间被碾碎并炸成碎片，然后便像被科里奥利风暴①中撕碎的破布一样散落了一地。

“这他妈的到底是怎么了?”男爵被这场严重的灾难吓得目瞪口呆。所有那些珍贵的香料都没了，它们在一瞬间就被吞了下去。所有的设备也都毁掉了。他几乎毫不在意人命的损失，只是心疼培训工人的费用就这么被白白浪费了。

“坐稳了，大人。”飞行员喊道。他紧攥控制杆的手指都发白了。

随后一阵狂风击中了他们。全副武装的扑翼机在空中被翻了个底朝天，机翼扑打着。引擎也发出呜咽之声，试图保持稳定。高速的沙粒击中玻璃窗口。发动机也被灰尘堵塞了，像生病一般发出阵阵恶心的咳嗽声。飞机失去了高度，向沸腾的沙漠深处坠落而去。

飞行员大声喊着不明所以的话。男爵则紧紧地抓住他的安全带，眼看着大地倒立着冲自己扑面而来，像一大块踩向虫豸的马蹄铁。

作为哈克南家族的首领，男爵一直认为自己会死于某个背信弃义的刺客之手……但万万没想到最后却很可能命丧于一场突如其来的自然灾害——他觉得这真是太滑稽了。

飞机俯冲直下，这时，男爵看到沙地犹如溃烂的伤口一般突然裂开。灰尘和混合着杂质的香料都被裂口吸了下去，并由于对流和化学作用而滚滚翻腾。眨眼间，那蕴含丰盈香料的矿脉仿佛变成了麻风病人的血盆大口，准备将天地万物一口吞没。

但在飞行的过程中，原本慌乱无措的飞行员在生死关头忽然变得冷静专注、意志坚定起来。他的手指在方向舵和引擎节流阀控制杆之间来回地游走，从一个发动机切换到另一个，把空气中吸进来的灰尘释放出去。

---

①科里奥利风暴是厄拉科斯上十分常见的沙暴，风在平坦的陆地上起势，与星球本身的自转力叠加，风力可达每小时七百公里。

最后，扑翼机终于不再向下坠落，重新稳定了下来，开始在沙丘平原上低空飞行。飞行员也如释重负地松了一口气。

那个巨大的裂口现在已经变成了一个层层叠叠的沙洞。男爵发现里面似乎有什么半透明的东西在发光，就像动物尸体上爬满的蛆虫：原来是沙鳟正拼命涌向爆炸所在之处。过不了多久，巨大的沙虫应该就会出现了。那怪物根本抵挡不住香料的诱惑。

男爵竭尽平生所学，仍然搞不懂香料这东西。一点也搞不懂。

飞机迅速提升高度，飞向那几个慌乱无措的观测机和运载器。他们没能在爆炸前把香料机车和机车上的贵重货物抢救回来，男爵不能为此怪罪任何人——只能怪他自己。因为他当时明令他们保持距离。

“你救了我的命，飞行员。你叫什么名字？”

“我叫克鲁比，大人。”

“那么，克鲁比——你以前遇到过这样的情况吗？下面究竟是怎么回事？爆炸是怎么引起的？”

飞行员深吸了一口气，回答道：“我听弗雷曼人好像管这个叫……香料喷发。”这个飞行员现在看上去就像是一座雕像，似乎是恐惧让他的内心变得更强大了，“这种香料喷发大多发生在沙漠深处，很少有人亲眼见过。”

“谁在乎弗雷曼人说什么！”一想到大沙漠里那些肮脏而又穷困的游牧蛮夷，男爵就厌恶地咧了咧嘴，“我们都听说过香料喷发，但从来没有人亲眼见过。那只不过是荒谬的迷信罢了。”

“是的，但迷信通常都是有某种根据的。他们在沙漠中经过很多匪夷所思的事。”这个叫克鲁比的肯定了解男爵的脾气秉性和他那强烈的报复心，但他仍然敢于直言不讳，男爵不由得佩服起他的勇气来，也许这人应该好好提拔提拔……

“他们认为香料喷发是一种化学爆炸，”克鲁比继续说道，“可能是由沙地下面的香料菌丛引起的。”

男爵想了想，他无法否认自己亲眼所见的事实。也许有一天，有人会揭开美琅脂香料的真正本质，并能够防止这样的灾难发生。但到目前为止，对于那些努力想要获取香料的人来说，香料似乎是取之不尽，用之不竭的，所以没有人愿意劳心费神地去进行详细的分析和研究。既然财富就摆在眼前等着你去赚，何必还要浪费时间做实验呢？男爵在厄拉科斯拥有垄断专权——但这垄断也确实基于无知。

他忍不住咬了咬牙关，决定一回到迦太格就马上去“消遣”一下，不然无法缓解和释放压抑已久的压力和紧张情绪，也许还得比以前更猛烈刺激一些才行。这次得找一个更特别的对象——不是他那些固定的情人，而要是一个他永远不再需要的人。这样就没什么约束了。

他望着下面，不仅心中暗想，也许不需要再对皇帝隐瞒这个地方了。他们会把这里的一切都记录下来，注明这里发现过香料，并且记录下人员和设备的损失情况。不需要再篡改记录了。如此一来，老埃尔鲁德肯定会非常恼怒，而哈克南家族也不得不独自承担经济损失。

当飞行员驾驶着扑翼机在空中盘旋时，下面幸存的香料工人们正在沙地上估算这次爆炸所造成的伤害，并用通信器报告着人员伤亡以及设备和香料的损失情况。男爵感觉怒火中烧。

*该死的厄拉科斯！*他暗暗咒骂，*该死的香料，还有我们对它那该死的依赖！*

我们必须在多个领域融会贯通。你无法在星球之间的问题上来个一刀切。行星学堪称一门十分微妙的科学。

——帕多特·凯恩斯，《关于萨鲁撒·塞康达斯大屠杀后环境恢复的论述》

在皇室所在的凯坦星[①]上，楼阁台榭高耸入云，仿佛在亲吻着天空。华丽的雕像和精美的多层喷泉点缀在水晶铺成的林荫大道上，如梦境一般晶莹璀璨，让人不由得如醉如痴地沉迷其中，流连忘返。

帕多特·凯恩斯还没来得及仔细观瞧这瑰丽的城市景观，只匆匆瞥了一眼就被皇家卫队火速带进了宫殿。他们对一个普通的行星学家没有什么耐心，没时间满足他的好奇心，其实他们自己对这座城市的美妙景观都没太大兴趣。他们的职责就是把凯恩斯护送到那座有着巨大拱顶的皇宫，不许有片刻耽搁。已知宇宙的皇帝至高无上，可不敢让一个小小的行星学家因为欣赏景观而耽误时间，让皇帝干等。

护送凯恩斯的皇家护卫们身着灰黑色的制服，干净得无可挑剔，上面装饰着穗带和勋章。每一颗纽扣，每一件饰物都擦得锃亮，每一

①凯坦是科瑞诺帝国的首都，其历史鲜为人知。虽然科瑞诺家族在历史上起源于萨鲁撒·塞康达斯，但代表了皇权的金狮宝座因为变故被转移到了凯坦。

根穗带都平整挺直。这十五名护送者都是萨多卡[①]，是由皇帝亲自挑选的，现在像一支军队一样把凯恩斯包围在中间。

尽管如此，帝都的恢宏壮丽还是让凯恩斯不禁为之倾倒。他转头对离他最近的卫兵说道："我整天都是在外面跟泥土打交道，要不然就是在某个鸟不拉屎的沼泽里。"他的研究都是关于偏僻荒地和崎岖山路的，所以从没见过这样美轮美奂的景象，甚至连想都没想过。

卫兵毫不理睬这个又高又瘦的外来人，没有做出任何回应。萨多卡卫兵个个都经过严酷的训练，他们是战斗的机器，而不是能言善道的健谈者。

"可到了这儿，我全身上下被擦洗得干干净净，就像被扒了三层皮，然后还换了衣服，穿得像个贵族呢。"凯恩斯使劲拉了拉他那件深蓝色夹克上的粗纹呢，闻到了一股香皂味，以及他自己皮肤上的香味。他的脑门很大，稀疏的沙色头发向后梳得笔直。护送他的人匆匆走上一段抛光的石阶，看上去就像亮晶晶的瀑布一样，仿佛没有尽头，石阶上雕刻着金色和奶油色的花纹，像塑石[②]一样耀眼夺目。

凯恩斯转头又对他左边的卫兵说道："这可是我第一次来凯坦星。我敢说要是你一直在这里当差的话，你不会留意这里的景观的，对吧？"他说话的时候面带着微笑，带着一丝期盼的目光，但对方又一次充耳不闻。

凯恩斯是一名行星学家，同时也是一名备受尊敬的生态学家、地质学家和气象学家，并且在植物学和微生物学方面也造诣颇深。在好奇心的驱使下，他喜欢探究整个宇宙的各种奥秘。但对他来说，人类

---

①萨多卡是科瑞诺帝国时期帕迪沙皇帝的一支精锐军队。他们因其强大的战斗能力而闻名，也为全宇宙所畏惧。萨多卡卫队经常使用冷酷、残忍和欺骗的手段来实现他们的目标。

②塑石是巴塞尔行星上最珍贵的闪光宝石。它们是由一种叫做丑鬣蟹的单翅海洋生物的磨损的甲壳产生的，就像古老的地球上蛤蜊产生乳白色的珍珠一样。

本身却仍是一个未解之谜——比如自己眼前的这些卫兵。

“这凯坦星嘛……可真要比萨鲁撒·塞康达斯星舒服多了——你知道吗，我就是在那儿长大的，”他继续念叨着，“我也到过贝拉·特古斯星，那儿有两个矮太阳，又暗又冷的，实在让人难以忍受。”

最后，凯恩斯面对着前方，喃喃自语起来：“帕迪沙皇帝把我从银河的另一端召唤过来，真希望我能知道到底是为了什么。”但这些卫兵谁也不敢开口给出任何解释。

卫队士兵们从一个有凹痕的深红色火山岩拱门下走了过去。这座拱门年代久远，饱经岁月的磨砺和沧桑。凯恩斯抬头看了看，凭借他专业的地质学知识，一眼就认出了这块巨大的稀有石头：这个古老的拱门来自已经被毁灭的萨鲁撒·塞康达斯星。

令他迷惑不解的是，竟然有人会保留来自那样一个环境恶劣世界的遗迹，他在那个与世隔绝的监狱星球待过很多年，那里的生态系统已经完全被毁掉了。但是他又转念一想，突然觉得自己真是个傻瓜，竟然忘记了萨鲁撒曾是帝国的首都，只不过是在几千年前了……直到后来，一场灾难改变了一切。毫无疑问是科瑞诺家族把这座拱门完好无损地搬到这里，或许是为了纪念他们的过去，抑或是作为胜利的奖章，向世人展示皇室家族是如何克服星球毁灭的灾难而走出逆境的。

当萨多卡护卫队穿过熔岩拱门，进入恢宏雄伟的宫殿时，嘹亮的号角声立刻响了起来并回荡在整个宫殿。凯恩斯叫不出这种铜管乐器的名字，因为他从小就没有音乐和艺术方面的天赋。大千世界，有这么多的自然科学要学习和研究，何必浪费时间去研究那些东西呢？

在走进这座宏伟的皇家建筑，进入这如宝石般闪耀的穹顶之前，凯恩斯仰起头，再次凝视湛蓝的晴空。

在来凯坦的旅途中，坐在宇航公会远航机的封锁区里，凯恩斯花了些时间来了解这座帝国的首都，他以前可从来没有把他的行星学知识用在这种具有高度文明的星球上。凯坦星无疑经过了精心的设计和鬼斧神工的建造，可谓美轮美奂。这里有郁郁葱葱的林荫大道、巍峨高耸的建筑、滋润灌溉的花园，道路两旁有着娇艳欲滴的花篱……以及其他许多的美景。

在帝国的官方报告中，凯坦常年气候温暖，舒适宜人。从未遭遇过风暴侵袭。天空总是清澈湛蓝，万里无云。一开始，他以为这些不过是为了吸引游客的夸大宣传，但当华丽的宇航公会远航机降落时，他发现有许多的气象卫星和气候控制台——正通过强制性的手段——来维持凯坦星的和谐稳定，成为一个和谐怡人的宁静港湾。

气候工程师们当然可以强行控制天气，使之符合某些人心目中的最佳状态——尽管他们这么做其实是把自己置于了险境，创造了一个最终会导致人们心理、身体和精神萎靡不振和极度不安的环境。皇室家族永远也不会明白的。他们只会继续躺在晴朗的天空下悠然自得，继续徜徉在草木旺盛、灌溉充足的园林里，殊不知一场环境灾难即将在他们眼前发生，而他们却还浑然不觉。留在这个星球上并研究人造环境对星球的影响将会是一项极大的挑战——但不知为何，凯恩斯怀疑这就是帝国皇帝埃尔鲁德九世把他召唤来的原因……

负责护送的卫兵领他走进了回音绕梁的宫殿深处，沿途尽是精美的雕像和古典绘画。庞大的觐见厅很有可能是一座古代的角斗竞技场。大厅的地板向前延伸，看上去就像一块光滑锃亮、五彩斑斓的四方石板——每一块石板都来自帝国统治下的不同星球。随着帝国的扩张，两侧和壁龛上也添加了不少石板。

王庭里的王公大臣们都穿着亮丽华贵的朝服，就像一只只披着艳丽羽毛的鹦鹉，神气活现、趾高气扬地走来走去，仿佛在炫耀身上这身由贵重金属丝线织成的衣服。他们手里拿着文件，忙着各种各样令人费解的事情，有的正匆匆忙忙地赶去开会，有的则彼此在窃窃私语，仿佛只有他们自己才知道他们到底在干些什么。

凯恩斯是这个政治世界里的异类，他宁愿到野地里去，也不愿待在这里。虽然瑰丽的美景令他着迷，但他还是渴望孤独的自由，渴望领略无人探索过的自然风景，渴望探究陌生动植物的奥秘。而在这个熙熙攘攘、热闹喧嚣的地方待久了，会让他觉得头疼的。

萨多卡卫兵带着他穿过一条长长的走廊，在五光十色的灯光下，他们的脚步声尖锐而有节奏，听起来就像武器开火的声音。唯一不和谐的是，凯恩斯走路跌跌撞撞的。

前方的蓝绿色水晶高台上坐落着一个半透明的金狮宝座，用一整块哈葛尔石英雕刻而成。在那张令人眩目的宝座上正襟危坐的，正是皇帝本人——已知宇宙的帝国统治者埃尔鲁德·科瑞诺九世。

凯恩斯凝视着他。皇帝看上去消瘦而憔悴，因年迈而瘦骨嶙峋，枯细的脖子上架着一个笨重的大脑袋。虽然有极尽奢华又夸张的华服加身，但这位老迈龙钟的帝国统治者仍显得有些微不足道。不过只要他那骨节粗大、如枯柴一般的手指轻轻一抖，就可以下令毁灭整个星球，处死数十亿人。埃尔鲁德在金狮宝座上端坐了将近一个半世纪之久。帝国治下到底有多少行星？这个人到底统治着多少臣民？凯恩斯不禁好奇起来，不知道如此数量惊人的数据究竟有谁能计算得清。

凯恩斯被带到了高台之下，他犹疑地朝埃尔鲁德笑了笑，紧张地咽了口唾沫，然后立刻移开视线，鞠躬行礼。在这里，没人乐意劳心费神去教他礼仪，而他对宫廷里的各种礼节也一无所知。皇帝宝座旁的小桌子上有一杯香料啤酒，一丝淡淡的肉桂香气扑鼻而来。

一名侍从走上前来，朝萨多卡卫队的队长点了点头，然后转过身，用官方语言加拉赫语大声宣布：“行星学家帕多特·凯恩斯觐见！”

凯恩斯挺了挺胸膛，站得笔直，搞不懂既然皇帝明知道他是谁，为什么他们还要煞有介事地大声介绍呢——不是皇帝把他召传到这儿的吗？凯恩斯不知道此时是不是应该打个招呼，问个好，但最终他还是决定先等一等，静观其变。

“凯恩斯，”老皇帝的嗓音尖厉而沙哑，在位多年，整日发号施令，令他的声音里透出一股威严，“有人向我大力举荐你。皇宫的大臣们从众多人选之中，选中了你，对此，你有什么要说的吗？”皇帝倾身向前，扬眉立目，脑门上顿时皱起好几道抬头纹。

凯恩斯咕哝了几句表示荣幸和高兴的客套之辞，然后清了清嗓子，问了一个憋在心里很久的问题：“不过陛下，不知选中小人究竟所为何事？”

埃尔鲁德听到这话咯咯地笑了起来，身子向后一靠，说道：“好久没见过这样的人了，不诚惶诚恐地一味迎合，也不刻意附和那些蠢货和谄媚之人，而是直言自己心中的困惑，满足自己的好奇心，真是与众不同，令人耳目一新呀。”埃尔鲁德笑着说道，他脸上的皮肤很有弹性，笑起来的时候，皱纹咧向面颊两侧。皇帝的皮肤则略微发灰，有些像羊皮纸的颜色。“报告上说，你是在萨鲁撒·塞康达斯长大的，你写了一篇关于那个星球生态环境的报告，内容堪称客观详尽。”

“是的，大人，呃，陛下。我的父母是官员，被派到那里的帝国监狱工作。那时我还只是个孩子，所以也跟他们一起去了。”

事实上，凯恩斯听说他的父母是因为不知怎么得罪了埃尔鲁德，所以才会被贬到了那个环境恶劣的星球。但是年轻的帕多特·凯恩斯却发现这个荒野之地甚是迷人。所以他毕业之后一直在探索这个满目疮痍的荒原——做笔记，研究那些在古代原子大毁灭中幸存下来的昆虫、植物和生命力顽强的野生动物。

“是的，是的，我知道，”埃尔鲁德说，“后来没过多久，你的父母就被派到另一个星球。”

凯恩斯点点头，说道：“是的，陛下。他们去了哈蒙塞普。”

皇帝挥了挥手，结束了凯恩斯父母的话题：“但是后来，你又自愿回到了萨鲁撒，是这样吗？”

“嗯，是的，关于萨鲁撒星球，我还有很多东西要学习和研究。”他尴尬地耸了耸肩，回答道。

凯恩斯独自一人在萨鲁撒的内陆地区生活了很多年，研究和总结出了萨鲁撒星球气候和生态系统的奥秘。为此他吃过不少苦，也受过不少罪。他甚至遭受过拉扎猛虎的捕食，不过最后幸免于难。后来凯恩斯发表了一篇长篇论文，讲述他多年来在那里生活和研究的所见所感，内容丰富翔实。这篇论文犹如打开了一扇瞭望之窗，让世人对萨鲁撒星球——这个曾经备受珍爱，如今却被遗弃的原帝国首都有了更多的了解。

“那个地方的荒凉与破败激起了我对生态学的兴趣。研究这样一个……满目疮痍之地，对我来说更有吸引力。我发现在一个太过文明现代的世界很难学到什么东西。”

埃尔鲁德听了他的话，开怀大笑了起来，环顾四周，王庭之上的那些大臣也都笑了起来。“你指的是像凯坦星这样的地方吗?”

“呃，我相信这里肯定也有很多吸引人的地方，陛下。”凯恩斯连忙解释道，但愿他没有因这一时失言而犯下不可饶恕的错误。

“说得好!”埃尔鲁德的声音低沉有力，“我的大臣选中你是正确的决定，帕多特·凯恩斯。”

这位行星学家不知道自己该说些什么，也不知道该做些什么了，只好尴尬地深深鞠了一躬。

在萨鲁撒·塞康达斯生活了多年之后，他又去了贝拉·特古斯星的沼泽，然后就是其他一些令他感兴趣的地方。他几乎能在任何有陆地的地方生存下来，因为他基本上没有什么物质方面的需求。对他来说，最重要的就是获取科学知识，比如在岩石下寻找自然演变留下的那些痕迹和秘密。

但是现在，他的好奇心突然被激起来了。自己到底为什么如此引人关注呢?“请允许我再问一次，陛下，您到底想让我做什么?”然后他又立刻补上一句，“当然，我非常乐意为陛下您效劳。”

“你，凯恩斯，已经被公认为是一个真正了解宇宙的人，你能够分析复杂的生态系统并驾驭它，使其适合帝国的需要。我们选择派你去厄拉科斯那个沙漠星球，到那里去施展你的才华和能力吧。”

“厄拉科斯！”凯恩斯惊讶得难以自持——是的，他当然很高兴，光是想想就让他兴奋不已了，“我记得那里的游牧民族弗雷曼人把那个星球叫做沙丘。”

“管它叫什么呢，”埃尔鲁德的声音有些尖刻，“总之那里是帝国统治之下最不让人喜欢，但同时也是最重要的星球之一。你当然清楚，厄拉科斯是香料美琅脂的唯一来源地。”

凯恩斯点了点头，说道：“我一直纳闷为什么没有搜寻者在其他星球上发现香料。香料究竟是如何产生或者沉积而成的，为什么就没人知道呢?”

“那就由你来替我们把它弄明白吧，”皇帝说，“而且也是时候了。”

凯恩斯突然意识到他刚才的话可能有些越界了，所以欲言又止，举棋不定。此时此刻，他身处在百万星球中最威严宏伟的皇宫里，与至高无上的皇帝埃尔鲁德九世面对面地交谈。王庭上其他的王公大臣们都在盯着他，有的面露不悦，有的面带惊恐，有的幸灾乐祸，仿佛在期待着皇帝立刻下令，对他严惩不贷。

但是随即凯恩斯又想到了那风蚀残垣的沙漠，那广袤无际的沙丘以及那巨大而骇人的沙虫——这些景象他只在胶片书里见过。他忘记了自己刚才的无心失言，屏住呼吸，等待皇帝交代他具体的任务。

“我们都知道美琅脂的奥秘对帝国的未来至关重要。迄今为止，还没有人肯花费时间和精力去揭开它神秘的面纱。人们认为厄拉科斯是个无尽的宝藏，那里的资源取之不尽，所以他们毫不关心也不思考这其中的细枝末节，这真是太过愚昧和肤浅了。”他停顿了一下，继续说道："这就是你即将面对的挑战，帕多特·凯恩斯。我们正式任命你为帝国御用行星学家，受命前往厄拉科斯。"

当埃尔鲁德说这番话时，他低头看着这位饱经风霜的中年男人，暗暗打量了一番。他一眼就看出，凯恩斯这个人并没有什么心机：他的情绪和心思全都写在了脸上。宫廷大臣们曾经对他说，帕多特·凯恩斯是个没有半点儿政治野心和欲望的人。他唯一真正感兴趣的是他的工作，以及对宇宙自然规律的研究和领悟。他对陌生世界和恶劣严酷的自然环境抱有如孩童一般的痴迷。他会以无限的热情来执行和完成这份工作，并会交出一份最为诚实的答卷。

埃尔鲁德在位多年，围绕在他身边的大多都是无能之辈，要么是惺惺作态的谄媚小人，要么是唯唯诺诺的蠢货。这些人说的话都是阿谀逢迎，溜须拍马。但是眼前这个外表粗犷的男人，别看不擅交际，不懂世故，却不是个伪善的小人。

而现在更为重要的是他们想要了解香料真实的面貌，以便提高香料的生产效率，这对帝国来说至关重要。前有阿布鲁尔德·哈克南七年间庸碌无为的统治，后有野心过大的弗拉基米尔·哈克南不久前犯错造成的重大事故，皇帝开始担心如今香料的生产和分配已经遭遇了瓶颈。毕竟香料必须源源不断。

宇航公会需要给他们那些变异的领航员提供大量的美琅脂。而他自己以及帝国的所有上层阶级，每天都需要（而且需求量越来越大）服用美琅脂，以保持他们的活力，延长他们的寿命。还有就是贝尼·杰瑟里特姐妹会①，需要用美琅脂训练和创造出更多的圣母。门泰

①贝尼·杰瑟里特是一个强大又古老的女性团体，其目标和行动构成了人类进化和许多重大阴谋的关键因素。贝尼·杰瑟里特姐妹会的主要目标是获得更大的权力和影响力，并指引人类走上有洞察力和稳定性的道路。

特[1]则需要用美琅脂来集中精神，提高专注力。

尽管他对哈克南男爵近来的许多严苛管理措施并不怎么赞同，但埃尔鲁德却不能简单粗暴地把厄拉科斯直接据为己有。毕竟哈克南家族经过了数十年的政治操作，才在李芝家族被驱逐之后被任命为厄拉科斯继任掌权者的。

一千年来，厄拉科斯总督一职一直是作为帝王的恩惠，赏赐给某个家族的，而这个家族凭此可以从沙漠中榨取数不尽的财富，但每任总督的任期不会超过一个世纪。每当此封地即将易主时，都会引来一阵异常激烈的明争暗斗，人们如蜂群一般涌进皇宫，请求皇帝将总督一职赐给自己的家族。而兰兹拉德联合会对皇帝的支持是带有很多附加条件的，有些附加条件就像是套在埃尔鲁德脖子上的绳索。

虽然他是皇帝，但他的权力地位建立在与众多势力的联盟关系上，而这种关系保持着微妙的平衡，但又很不稳定。这些势力就包括着兰兹拉德联合会里大大小小的家族、宇航公会，以及像宇联商会这样包罗万象的商业联盟。其他一些势力则更难对付，因为那些势力喜欢隐藏在幕后。

*我需要打破这种平衡，*埃尔鲁德心想。*厄拉科斯的生意做得太久了。*

皇帝倾身向前，看到凯恩斯眼里迸发出喜悦和热情的神采。看来他真想去那个沙漠世界——这再好不过了！“行星学家，你要尽一切所能发掘出厄拉科斯上所有的奥秘，并定期向我汇报。哈克南家族将会奉命给予你所需的一切支持和协助。”*不过他们一定不会喜欢有个帝国派来的观察员在自己的地盘上四处窥探。*

哈克南男爵是新上任的厄拉科斯星总督，目前正被皇帝玩于股掌

①门泰特指的是一种职业或学科，是在芭特勒圣战禁止创造具有人类大脑功能的机器之后，作为计算机和思维机器的替代品而发展起来的。

之上。“我们会为你提供旅途中所需的一切物品。把你需要的东西列好清单，然后交给我的宫廷总管。到了厄拉科斯之后，哈克南家族的人会奉命为你准备一切所需的东西。”

“我没什么需要的，”凯恩斯答道，“我只需我的眼睛和头脑。”

“是啊，不过让我们看看你能否让男爵为你提供更多的便利吧。”埃尔鲁德又笑了笑，然后让这位行星学家退下了。皇帝注意到，凯恩斯被带出皇宫觐见厅时，他明显兴奋得跳了起来。

汝等不得创造像人一样思维的机器。

——源自芭特勒圣战[①]的总戒律，见于《奥兰治天主圣经》

“苦难是人类伟大的老师。”老演员们站在舞台上齐声唱道，声音整齐划一。虽然这些表演者都只是一些来自卡拉丹[②]城堡下面小镇的普通村民，但他们已经为这一年一度的家族戏剧节做了充足的排练。他们的戏服虽然是自制的，但色彩艳丽，五颜六色。演出的背景道具——阿伽门农宫殿的正面，以及铺着石板的庭院——展现出了一种基于淳朴热情的现实主义，基本上都是仿照古希腊胶片书上的几页快照制成的。

埃斯库罗斯的长剧上演已经有一段时间了，聚集在剧院里的观众很是热情，气氛也很融洽。球形灯照亮了舞台和一排排的座位，而演员们周围的火把和火盆里烟雾缭绕，为这座剧院增添了一抹芳香的味道。

虽然背景噪音很大，但老公爵那如雷的鼾声仍快要传到舞台上演员的耳朵里了。

---

①芭特勒圣战是人类向计算机、思维机器以及那些有自主意识的机器人发起的圣战，战争爆发于公会前纪元201年，结束于公会纪元108年。

②卡拉丹是孔雀四丙星系的第三行星，是一个郁郁葱葱的海洋世界，也是厄崔迪家族26代人的祖籍。

“父亲，快醒醒!”雷托·厄崔迪用胳膊肘轻轻捅了捅保卢斯公爵的肋部，低声说道，“戏还没演到一半呢。”

保卢斯坐在私人包厢的椅子上，扭了扭身子，然后坐直了，随后又掸了掸自己宽阔的胸膛，仿佛胸前有面包屑似的。他那张布满皱纹而又瘦削的脸庞，还有浓密而花白的胡子都被阴影遮盖着。此时的他穿着一身厄崔迪家族的正装礼服，左胸前别着一枚红鹰徽章。“只不过是一群人站在上面说说唱唱罢了，孩子，”他朝舞台眨了眨眼，舞台上的那几个老头老太太仍然站在原地，几乎没动过地方，“我每年都看他们这样。”

“此话非也，我亲爱的保卢斯。人们都在看着呢。”说话的人是雷托的母亲，她就坐在公爵的身旁。海伦娜夫人皮肤黝黑，穿着一件精致的长裙，认真地听着这部希腊歌剧的冗长台词。“专心听歌词吧，毕竟讲述的是你们家族的历史，而不是我的。”雷托瞧瞧自己的父亲，又看看自己的母亲，心里很清楚，他母亲所在的李芝家族跟厄崔迪家族一样高贵显赫，也同样走向了衰败没落。当年的李芝家族正值“黄金时代”，荣华富贵，享用不尽。后来则一落千丈，到如今落了一个日暮途穷，势单力薄。

据传厄崔迪家族的历史可以追溯到一万两千多年前，是古老泰拉星上的厄崔柔斯后裔。如今，虽然也有过许多悲惨和不光彩的事件，但这个家族还是历经悠远的历史而延续了下来。家族的历代公爵都遵循着一个传统，那就是每年都将《阿伽门农》这出经典悲剧搬上舞台。阿伽门农是厄崔柔斯之子，也是厄崔柔斯的众多子嗣中最出名的一个。因为他是征服特洛伊的将军之一。

雷托·厄崔迪长着一头乌黑的头发，脸形瘦削，尽管有着跟他父亲一样的鹰钩鼻子和线条刚硬的面部轮廓，但总的来说他还是长得更像他母亲。年轻的雷托衣着华贵，但他自己觉得这身衣服很不舒服，他观看着舞台上的表演，大概明白这个古老故事的背景。这部历史舞台剧的作者无疑希望他的观众能够理解剧中那些深奥的典故。这位阿伽门农将军是人类历史上最传奇战争中的一名伟大的军事指挥官，这场战争远在奴役人类的思维机器出现之前，更远在解放人类的芭特勒圣战之前。

在雷托十四年的人生中，他第一次感受到了传奇的压力和重担。他感觉到自己与这个命运多舛的家族历史进程中的每一个人都有着联系。终有一天，他将继承父亲的爵位，并成为厄崔迪家族历史的一部分。他的童年正逐渐消逝，他正渐渐长大成人。他清楚地看到了这个事实。

“不被人觊觎的财富才是最好的，”两位老人齐声念着台词，“宁可将城市洗劫，也不要听从别人的命令。”

在出发驶向特洛伊城之前，阿伽门农献祭了自己的女儿，以保证众神能让自己的船顺风而行。而他那悲痛欲绝的妻子克吕泰涅斯特拉，在她丈夫离开的十年里一直在谋划复仇。现在，特洛伊战争的最后一场战役已经告捷，一连串的烽火沿着海岸点燃，把胜利的消息传递回家。

“所有的行动都是在幕后进行的。”保卢斯喃喃自语道，虽然他从来都不是个读者或文学评论家。他只活在当下，享受每一次的经历和取得的成就。他更喜欢和他的儿子或士兵在一起。“但人人却都站在台前，等待阿伽门农的到来。”

保卢斯最痛恨就是无所作为，他总是告诉他儿子，一定要当机立断，哪怕错误的决定也比不做决定要好。在这部剧中，雷托认为老公爵最同情的人是这位伟大的将军，因为这位将军很合他的心意。

老人合唱队乏味沉闷地继续唱着，克吕泰涅斯特拉的扮演者走出了宫殿，说了一大段话，然后合唱队又继续唱起来。一个传令官假装从船上下来，走到台上，吻了吻地面，然后念诵出一大段长长的独白，

“阿伽门农，荣耀的王！你理应接受人们欢呼，因为你摧毁了特洛伊城，毁灭了特洛伊人的家园。敌人的神殿已成废墟，他们的神永失慰藉，他们的土地则是一片的贫瘠。”

战争和混乱——这不禁让雷托想起了他父亲年轻的时候，他曾为皇帝带兵出征，和他的朋友多米尼克一起镇压了埃卡兹星上的一场血腥叛乱。后者现在已经是伊克斯星球维尔纽斯家族的伯爵了。老公爵跟雷托单独在一起的时候，常常津津有味地给他讲述自己那些辉煌的往事。

在幽暗的包厢里，保卢斯大声叹了口气，似乎毫不打算掩饰他的无聊和厌烦。海伦娜夫人目光锐利地瞪了他一眼，然后转过头去平复了一下神色，免得被人看到自己的异样，之后则继续面带着微笑，神情专注地看戏。雷托朝父亲咧嘴苦笑了一下，表示同情，保卢斯朝他眨了眨眼睛。公爵夫妇各司其职，从容地扮演着自己的角色。

终于，在包厢下面的舞台上，阿伽门农乘着战车凯旋，随行的还有一位作为战利品而被虏获的情人——一个几近疯狂的女先知卡桑德拉。与此同时，克吕泰涅斯特拉已经做好了准备，装出一副虔诚而爱慕的样子，等候她恨之入骨的丈夫出现在面前。

老保卢斯开始松开他礼服的领子，但海伦娜立刻伸手把他正在解领口的手拿开。但她脸上依旧带着笑容。

这样的一幕雷托经常会看到，不由得让他心中暗自发笑。他的母亲一直在努力保持着她所谓的“得体礼仪”，而父亲则十分随意，不拘小节。父亲教给他许多治国之道和驭人之术，而母亲海伦娜夫人则教授给她儿子贵族的礼仪和宗教。

海伦娜·厄崔迪公爵夫人是李芝家的女儿。她出生在一个显赫的贵族家庭，但由于家族在经济竞争和政治斗争中失败，整个家族因此失去了权力和威望。在被撤去厄拉科斯总督的职位之后，海伦娜的家族通过与厄崔迪家族的联姻挽回了一些名望。海伦娜的几个姐妹也都嫁入了不同的豪门望族。

尽管公爵夫妇之间有很多不同，但老公爵曾经告诉雷托，在他们结婚的头几年里，他还是真心爱着海伦娜的。然而随着时间的推移，这种爱意渐渐消退了，他身边有了很多情人，可能还生了几个私生子，但不管怎样，雷托仍是他唯一的法定继承人。几十年过去了，他们夫妻之间积怨已久，产生了很深的裂痕。如今他们的婚姻完全是政治性的。

“我最初是为了政治才结婚的，孩子，”老公爵曾经对他这样说过，“永远别想去寻找真爱。对我们这种身份的人来说，婚姻就是一种工具。不要把爱情掺杂进来，否则会把一切都搅乱的。”

雷托有时会怀疑，自己的母亲海伦娜是否爱过他的父亲，还是她爱的只是父亲的头衔和地位。最近的她似乎已经变成了保卢斯的御用管家，总是把他父亲打扮得整洁体面，光鲜亮丽。因为父亲的举止、仪表对他和母亲的声誉都有影响。

在舞台上，克吕泰涅斯特拉迎接她丈夫归来。她把紫色的挂毯铺在地上，这样阿伽门农就可以荣耀地走在地毯上，而不用脚沾泥土。在人们欢呼雀跃和号角齐鸣声中，阿伽门农昂首阔步走进自己的宫殿，而先知卡桑德拉却惊恐地说不出话来，拒绝随他一起进去。她预言自己即将丧命，也预言将军将会惨遭谋杀。当然，根本没人听她的。

通过精心钻营的各种政治渠道，雷托的母亲与其他权贵家族仍然保持着联系，而保卢斯公爵则与卡拉丹的平民百姓建立了牢固而稳定的关系。历代厄崔迪公爵都领导他们的臣民为自己的家族服务。他们只从家族企业获取的利润中，留下适当的一部分给自己的家族，其余的全都公平合理地分给百姓。这是一个富裕的家族，但是不算财大气粗——从不依靠压榨百姓中饱私囊。

在舞台上，当胜利归来的将军去洗澡时，他那蓄谋已久的妻子用紫色的长袍将他紧紧缠住，并刺死了他和他的情人。“我的神啊！死亡的匕首正刺向我！”阿伽门农哭着离开舞台，消失在人们的视线之外。

老保卢斯嗤笑了一声，弯腰对他的儿子说：“我在战场上杀过许多人，从来没听到有人临死时这么说过！”

海伦娜叫他保持安静。

“神啊，救救我，又有一剑向我刺来！我就命丧于此了！”阿伽门农哀号道。

当观众们都在全神贯注地看着这悲剧的一幕时，雷托却在心中暗暗思索，想要理清自己对这一形势的看法，以及与自己生活的关系。因为毕竟这是他的家族代代相传的遗产。

克吕泰涅斯特拉并没否认自己就是凶手，她要报复她的丈夫，因为他残忍无情地杀害了他们的女儿，用她来献祭，因为他在特洛伊城奸淫掳掠，因为他明目张胆地把他的情人卡桑德拉带到自己家中。

“荣耀的王啊，”合唱者悲叹道，“我们对您的爱戴无穷无尽，我们哀恸的眼泪永不止歇。蜘蛛将您缠入了那张可怕的死亡之网。”

雷托觉得内心一阵翻滚，五味杂陈。厄崔迪家族过去曾经犯下过可怕的罪行。但是这个家族已经改变了，也许是受到了历史幽灵的驱使。老公爵是个可敬的人，很受帝国兰兹拉德联合会①的尊敬，同时也深受百姓的爱戴。雷托希望等到他掌管厄崔迪家族时，他也能做得跟自己的父亲一样出色。

这出戏的最后几句台词念完了，演员们列队走到舞台前，向台下

---

①兰兹拉德联合会是帝国时期代表所有大家族的机构。它由最高委员会统治，并由帕迪沙皇帝监督。

的一众的政界和商界大员们鞠躬致意。这些大员个个衣着精美华贵，与他们尊贵的身份十分相称。

“太好了，终于结束了。”保卢斯叹了口气，不过演出大厅里的球形灯①仍然亮着。老公爵站起身来，轻吻了一下妻子的手，然后走出了皇室包厢。“你先走吧，亲爱的。我有话要对雷托说。到接待室里等我们吧。”

海伦娜看了儿子一眼，随即转身，沿着古老的木石结构剧院的走廊离开了。她的神情似乎表明她完全知道保卢斯想说什么，但她还是屈从于他那老掉牙的传统，男人们谈论“重要的事情”，而女人们则到别的地方忙自己的事去。

财阀、大商人以及其他德高望重的当地人开始挤满了走廊，啜饮卡拉丹葡萄酒，咀嚼开胃小菜。“来这边，孩子。”老公爵一边走在后台的过道上一边说着。他和雷托大步流星地走过两个向他们敬礼的卫兵，然后乘坐电梯管道上了四层楼，来到一间金碧辉煌的更衣室。巴鲁特水晶球形灯飘浮在空中，闪烁着温暖的橙色灯光。这个房间以前是一位传奇的卡拉丹演员的住处，现在只供厄崔迪家族的人以及他们的亲信密谈时使用。

雷托不明白父亲为什么带他到这里来。

保卢斯随手关上门，坐在一把黑绿相间的浮空椅上，然后示意雷托坐在他对面。年轻人乖乖照做，他调整了一下控制装置，把浮在空中的椅子抬高了一些，这样他的眼睛就能和他父亲平视了。只有在私下里，雷托才会这样做，甚至在他母亲面前也不敢这样，因为他的母亲会认为这种行为非常不得体，有损身份。相比之下，老公爵却很喜欢他儿子的这种傲慢和不羁，因为这跟他年轻的时候一模一样，简直是一个模子刻出来的。

---

①球形灯是一种浮空自供电照明装置，通常使用有机电池。

"你已经长大了，雷托。"说着，保卢斯从他椅子扶手上的一个暗格里取出一根精美华丽的木质烟斗。他单刀直入，并没有太多闲聊，"你不能只学习眼前的东西。所以我要送你去伊克斯学习。"他打量这个一头黑发的年轻人，他看上去很像他的母亲，但肤色比他母亲更浅，更接近橄榄色。他的脸形瘦削，棱角分明，还有一双深灰色的眼睛。

*伊克斯！*雷托激动得瞬间心跳加快。*那个机器星球。一个完全陌生的异域世界。*帝国里尽人皆知，在那个神秘的星球上有令人难以置信的科技和创新，但几乎没有外人去过那里。雷托感觉有些晕头转向，仿佛身处航行在暴风雨的一艘小船里，此刻正站在摇晃不定的甲板上。他的父亲总是喜欢出其不意，制造像现在这样的惊喜，看看雷托对于突如其来的变化会做出怎样的反应。

伊克斯人对他们的产业运作严加保密。有传言称他们一直游走于合法性的边缘，制造出近似思维机器的仪器，严重违反了圣战禁令。*可父亲为什么送我去这样的地方呢？他是怎么安排的？为什么没人问过我呢？*

雷托旁边的地板上冒出了一张机器桌，桌子上出现一杯冰凉的西缀特果汁。年轻人的口味众所周知，就如同人人都知道老公爵没什么嗜好，就爱抽烟斗一样。雷托抿了一口酸酸甜甜的西缀特果汁，咂了咂嘴。

"按照联盟的几大家族约定俗成的传统，"保卢斯接着说，"你要在那里学习一年。伊克斯星的生活与我们星球田园式的生活截然不同。你可要从中好好学习啊。"他端详手里的烟斗，那是用伊拉迦的蓝花楹木雕刻而成的，烟斗呈深棕色，上面有一道道螺旋形的花纹，在球形灯的照耀下，闪闪发光。

"您到过那儿，父亲？"雷托想起来了，笑着问道，"是去见你的老战友多米尼克·维尔纽斯[①]，对吧?”

保卢斯摸了摸烟斗侧面的燃烧垫，点燃了烟草，实际上那只是一种富含尼古丁的金色海草。他深吸了一口烟，然后吐出烟雾，回答道：“去过很多次了。伊克斯人与世隔绝，孤立保守，他们不相信外来人。所以你必须经过无数安全检查、审查盘问和全面细致的扫描才能进入他们的星球。他们知道哪怕有一瞬间掉以轻心，放松警惕，都可能会带来致命的后果。因为宇宙里许多大大小小的家族都在觊觎伊克斯星拥有的技术和设备，都想将其据为己有。”

“李芝家族就是其中之一。”雷托说。

“这话可别跟你母亲说。李芝家族现在只剩下过去的一个影子了，因为伊克斯发动了全面的经济战争，彻底击溃了他们，”他俯身向前，吸了一口烟斗，继续说道，“伊克斯人是工业破坏和专利盗取的专家。如今，李芝家族唯一擅长的就是制作廉价的山寨品，没有任何创新了。”

这些事情雷托从来没听说过，他在心里反复思量公爵刚才所说的一番话。老公爵一口一口抽着烟斗，腮帮子一鼓一鼓的，胡子也一翘一翘的。

“孩子，出于对你母亲的尊重，对于你所学的东西，我们事先都经过了一番筛选和过滤。李芝家族一落千丈，下场十分悲惨。你的外祖父伊尔班·李芝伯爵家丁兴旺，子嗣众多，他跟子女在一起的时间比看管家族企业的时间还多。所以不出所料，他的孩子们都是娇生惯养，在蜜罐中长大的，因此他的财富也就灰飞烟灭，最终消失殆尽了。”

雷托点点头，他听父亲讲话的时候，总是神情专注，聚精会神。

---

①多米尼克·维尔纽斯是伊克斯伯爵。他娶了珊多·巴鲁特夫人，并和她生下了自己的后代：一个名叫泰洛斯·瑞法的私生子，以及他的合法儿子隆博和凯莉娅。

但是他知道的东西比保卢斯想象的还要多。他私下里听过学监无意中遗留下来的全息录音和胶片书。然而，他现在突然意识到，也许这一切都是精心设计好的，他们有计划地向他一点点揭开他母亲家族的历史，就像一朵花，一次摘下一片花瓣。

雷托一直对李芝家族很感兴趣，所以连带着，他一向对伊克斯星也十分好奇。因为它曾是李芝家族在产业上的竞争对手，最终伊克斯星的维尔纽斯家族作为科技巨头获得了最终的胜利。伊克斯的王室也是帝国里最富有的家族之一——而他即将被送到那里去学习。

父亲的话打断了他的思路。"你的训练伙伴是隆博王子，维尔纽斯家族爵位的继承人。我希望你们两人能够和睦相处。他和你年纪相仿。"

伊克斯星的王子。雷托心里有些打鼓，但愿这个年轻人别像兰兹拉德联合会里那些权贵家族的孩子一样，是个娇生惯养的纨绔子弟。为什么不能是个公主呢？脸蛋标致，身材婀娜，就像上个月他在冬至舞会上见的那位公会银行家的女儿一样。

"那么……这位隆博王子是个什么样的人？"雷托问道。

保卢斯哈哈大笑，仿佛这个话题里包含了很多年少轻狂和放荡不羁。"怎么问起这个了，我也不太清楚。我已经好久没去过多米尼克家见过他和他的妻子珊多了，"他揶揄地笑着说，"啊，珊多——她曾经是皇帝的妃子，却让多米尼克这家伙把她从老埃尔鲁德的眼皮底下给拐走了。"他粗犷地大笑了一声，接着说道："然后他们便有了一个儿子……还有一个女儿，名叫凯莉娅。"

老公爵神秘一笑，继续说道："我的孩子，你要学的东西太多了。一年后，作为交换生，你们两个都将来到卡拉丹学习。你和隆博将被带到南部低地沼泽地区的庞迪米种植农场，住在棚屋里，在稻田里劳作。你们还会进入奈尔斯舱游览海底世界，在海里潜水，寻找珊瑚宝石。"他面带微笑，拍着儿子的肩膀说："毕竟有些东西是在胶片书和教室里学不到的。”

“是的，父亲大人。”他闻到海藻烟草里散发出的一股碘味，不由得皱起眉头，但愿缭绕的烟雾能遮挡住他略带厌恶的表情。他不喜欢自己的生活中出现这种突如其来的变化，但他很尊敬自己的父亲。雷托从很多惨痛的教训中认识到一点，那就是老公爵言出必行，完全知道自己在做什么。保卢斯最大的心愿就是让他的儿子继承自己的衣钵，追随自己的脚步。

公爵慵懒地靠在悬在空中的浮空椅上，接着说道：“孩子，我知道你不太高兴，但对你和多米尼克的儿子来说，这是你们人生中至关重要的一次经历。在卡拉丹这里，你们两个人将会领悟到我们最大的秘密——如何使臣民对我们誓死效忠，为什么我们毫无保留地相信臣民，而伊克斯的贵族却对其人民没有一丝信任。”

保卢斯神情变得十分严肃，眼睛里再无半点打趣和玩笑。“我的儿，这比你在工业化世界里学到的任何东西都重要，记住：人比机器更重要。”

这是雷托经常听到的一句格言。这句话仿佛就是保卢斯生命中的一部分，对他来说几乎和呼吸一样重要。“我们的士兵之所以个个冲锋陷阵，所向披靡，原因就在于此。”

保卢斯倾身向前，吸完最后一口烟，吐出滚滚烟雾，然后说道：“孩子，终有一天，你将继任公爵，成为厄崔迪家族的族长，成为帝国兰兹拉德联合会里一位德高望重的代表。你将和几大权贵家族的首领平起平坐，拥有同等的话语权。那将会是巨大的责任。”

“我会做好的。”

“我相信你会的，雷托……但是不要太过紧张，让自己放松一下。如果你不开心，别人能看得出来——如果他们的公爵不快乐，那么他们也不会快乐。有压力就要及时化解，这样你就不会受到伤害。”他伸出食指，重重点了点说道：“要寻找更多乐趣。”

乐趣。雷托又想起了公会银行家的女儿，脑海中浮现出她那丰满的胸部和圆润的翘臀，还有她那红润的嘴唇，以及看向他时那妩媚动人的眼神。

也许，他并没有父亲所认为的那样严肃……

他又喝了一口西缀特果汁，酸酸甜甜的凉意在他喉咙里化开，沁人心脾。"父亲，凭您德高望重的地位，还有厄崔迪家族对盟友那忠诚信实的名望，伊克斯人为什么还要对我们如此盘问和审查呢？难道您也认为尽管经过多年教育和培养，厄崔迪人仍然有可能会成为背信弃义的叛徒吗？我们会变得像……像哈克南家族那样吗？"

老公爵皱起了眉头。"曾经的我们跟他们并没有什么不同，只是过去的那些事情暂时还不能讲给你听，因为你还没有准备好。记住咱们刚才看的那部剧吧，"他举起一根手指，说道，"帝国的形势在不断变化中。联盟的形成和解散都在一念之间。"

"我们的联盟绝非如此。"

保卢斯迎上男孩灰色的眼睛，然后将目光移开，落到一个角落里，他烟斗里冒出的烟雾在厚厚的窗帘处缓缓缭绕。

雷托叹了口气。他想知道的事情太多了，而且恨不得马上就知道。但那些事情从来都是一点一点向他揭示，就像他母亲在一次奢华的聚会上给他吃的花式小点心一样，一小块一小块地喂给他吃。

这时，他们听到外面有很多人在走动，人们正在清理剧院，为下一场《阿伽门农》的演出做准备。演员们会在此期间休息一下，换换戏服，准备为另一拨观众演出。

和父亲一起坐在这个私人房间里，雷托觉得自己比以往任何时候都更像一个男人。也许下次他会自己点上一根烟斗抽。也许下次他会喝点儿比果汁更烈的东西。保卢斯看着自己的儿子，眼中也溢满了骄傲和自豪之情。

雷托亦望着父亲会心一笑，想象自己将来成为厄崔迪公爵的样子

——随后他突然感到一阵内疚，因为他意识到，把公爵的印戒戴到自己手指上，便意味着他的父亲必须先要死去。他不希望那样的事情发生，所幸的是，距离那一天的到来还有很长一段时间。那肯定会在遥远的将来，现在根本不用去多想什么。

宇航公会：维持大联合协定稳定的三大支柱之一。该公会在芭特勒圣战之后，建立了第二所身体－意志训练学校（见《贝尼·杰瑟里特姐妹会》）。宇航公会垄断了整个帝国的太空旅行、货运交通，以及星际银行业务，所以帝国公历又被称为宇航公历。

——《帝国概况》

帝国皇帝埃尔鲁德九世威严地坐在金狮宝座上，怒视着站在宝座之下那个肩膀宽阔、自信过度的男人。那个男人站在最下面一级的台阶上，脚上的一只靴子还沾着灰尘，他的脑袋光秃秃的，就像抛光的大理石圆球。多米尼克·维尔纽斯伯爵依然像当年那样豪情万丈，依然表现得像当年那个功勋卓著、万人敬仰的战争英雄，尽管那个时代已经过去很久了。埃尔鲁德皇帝怀疑是否还有人记得这个男人驰骋疆场、威震天下的光辉岁月。

宫廷内侍艾肯·海斯班迅速走到这位觐见者身旁，语气粗鲁地命令多米尼克把那只脏脚挪开。海斯班面色土黄，留着两撇长长而下垂的胡子。此时凯坦星午后最后的一缕阳光照在高墙之上，留下道道斑驳光影，透过窄窄的棱镜窗户，将河流映成了金色。

伊克斯的维尔纽斯伯爵听从吩咐，把脚挪开了，但仍然目光如炬地盯着埃尔鲁德皇帝。多米尼克的上衣领子上佩戴着一枚紫铜色螺旋形的伊克斯徽章。虽然皇帝的科瑞诺家族比统治伊克斯的维尔纽斯家族势力强大得多，但多米尼克却有一个令人恼火的习惯，那就是平等地看待皇帝，似乎过去的种种恩怨给了他足够的理由，使他能够不拘礼节。这一点是内侍海斯班绝对不赞同的。

几十年前，多米尼克曾率领帝国军队参与了残酷的内战，从那之后，他就再也没有真正尊重过这位帝国的皇帝。埃尔鲁德轻率地娶了第四任妻子哈布拉，从而引发了一场政治危机，几位兰兹拉德联合会的领导人被迫动用家族的军事力量来再次维护帝国的稳定。伊克斯的维尔纽斯家族和厄崔迪家族便是其中的同盟。

多米尼克浓密的胡子下露出了笑容，目光不屑地看着埃尔鲁德。这老秃鹫既没有丰功伟绩，又没有宽宏仁爱之心，配不上这皇位。多米尼克的叔公盖洛德曾经说过："如果你生来就拥有权力，那么你必须通过善行来证明你配得上它——否则的话就应该放弃。哪怕少做了一点善事，都应该觉得良心有愧。"

多米尼克不耐烦地站在棋盘一样抛光的石板地面上——据说这些石板来自帝国统治下的各个星球——他等着埃尔鲁德开口。*帝国麾下是有一百万个星球吗？这里不可能有那么多石头，当然我也不想一个个地去数。*

内侍低头看着他，仿佛吃了一肚子的发酵酸奶似的。但是维尔纽斯伯爵却泰然自若，没有一丝不安，他也不问皇帝为何召他来此，只是一动不动地站着，面带笑容地看着老皇帝。多米尼克的表情和那双锐利的眼神，暗示他知道很多关于这个老头儿令人尴尬的秘密，而且远比珊多告诉他的要多——显而易见，这种猜疑让埃尔鲁德感到十分恼怒，就像一根伊拉迦棘刺在扎着他的心一样。

右边有一道人影晃动，就在门口拱门的阴影里。多米尼克发现那里站着一个穿黑袍的女人，是一个贝尼·杰瑟里特姐妹会的女巫。他看不清她的脸，因为她的脸有一部分被宽大的斗篷遮住了。贝尼·杰瑟里特姐妹会臭名昭著，隐藏着无数秘密，她们总是靠近权力的中心，始终在监视……也始终在操纵。

“我不会问你这是不是真的，维尔纽斯，”皇帝终于开口了，“我得到的消息绝没有错，我知道你做了罪大恶极的事情。伊克斯的科技！哼！”他那哼的一声，仿佛是有一口痰要从他那干瘪的嘴巴里吐出来似的。多米尼克并没有抬眼瞧他。埃尔鲁德总是摆出一副盛气凌人的姿态，但却总是空有架势。

多米尼克继续笑着，嘴咧得更大了。“陛下，不知我做了什么‘罪大恶极’的事情。如果您不相信我，那就去问问您的真言师好了。”他瞥了一眼那个穿黑色长袍的女人，那个贝尼·杰瑟里特的女巫。

“你就是罪大恶极——别跟我装傻，多米尼克。”

然而多米尼克还是不说话，他在等，想让皇帝亲口说出他到底犯了什么罪。

埃尔鲁德恼羞成怒，宫廷内侍也被他气得七窍生烟。“该死，宇航公会本就垄断了太空的货运交通，你还给他们设计了新型的远航机，每运输一趟增加了百分之十六的载运量！”

多米尼克鞠了一躬，但仍然笑容可掬。“实际上，陛下，我们已经能够把运载量提高到百分之十八了。这比之前的设计有了更大的改进，不仅革新了机身，还创造出了能使远航机更加轻省小巧的盾构技术。因此运载效率才能够大幅度地提升。这就是伊克斯创新科技的核心，是让维尔纽斯家族几个世纪以来都强盛不衰的关键啊。”

“你的技术改造导致宇航公会运送同等数量货物的飞行次数减少了。”

“怎么了，陛下，这是很自然的啊。”多米尼克看着宝座上的老头儿，觉得他好像得了老年痴呆，“如果远航机每次的运载量增加了，那么运输同等数量的货物，所需的运载次数必然会减少啊。这是很简单的数学原理呀。”

“你的重新设计让帝国皇室家族陷入了十分棘手的困境，维尔纽斯伯爵。”艾肯·海斯班说道。他紧握着自己的官职链徽，就像在攥着一块手帕。他长长的胡子看起来仿佛是海象的长牙。

“哦，我想我明白您关注此事的原因了，陛下。这着实有些缺乏远见。”多米尼克根本不屑去看那个自命不凡、摆臭架子的内侍，而是直接对皇帝说道。原来，帝国的税收是基于航班的次数而不是货物的数量，因此新型远航机的使用确实导致科瑞诺家族的收入大幅减少了。

多米尼克摊开他那双伤痕累累的大手，使自己看上去一副通情达理的样子：“可是你们总不能要求我们公然阻止科技的发展吧？伊克斯绝不会违反大骚乱禁令的。我们的科技创新得到了宇航公会和帝国兰兹拉德联合会的全力支持。”

“你明知道会惹我发火，却还要坚持这么做？”坐在巨大宝座上的埃尔鲁德身子前倾，看上去更像一只秃鹫了。

“行了，陛下！”多米尼克大笑起来，公然藐视皇帝的愤怒，“在科技发展和进步的进程中，个人的感情毫无意义。”

埃尔鲁德从宝座上站了起来，那身宽大松垮的长袍现在就像遮雨篷一样罩在他瘦骨嶙峋的身上：“我不能和公会重新谈判要求按公吨重量征税，这你是知道的，维尔纽斯！”

“而我也无法改变最基本的经济和商业法则，”多米尼克摇了摇头，然后耸耸肩，说道，“生意就是生意，埃尔鲁德。”

听到多米尼克·维尔纽斯用如此直白和平等的口吻对皇帝说话，王庭上的王公大臣们纷纷吓得倒抽一口凉气。“你好大的胆子。”内侍警告说。

但多米尼克丝毫不理会他，继续说下去：“这种设计上的改进影响了很多人，绝大部分的影响都是积极的。我们只关心科技进步，以及为我们的客户，也就是宇航公会，提供最好的服务。一架新型的远航机所花费的成本，要比大多数星系一个标准年的制造成本还要高。”

埃尔鲁德定睛看着他。“也许是时候派我的行政管理人员和授权商去检查你们的生产设施了，”他的声音里带着威胁的语气，“我收到了不少报告，怀疑伊克斯的科学家们可能正在秘密开发非法思维机器，违反了圣战禁令。而我还听说你残酷压榨工人们，弄得人们怨声载道。是这样吧，艾肯？”

内侍沉着脸，点头说道：“是的，陛下。”

“真不知道哪来的这种谣言，”多米尼克嗤笑道，不过他现在也有点儿不敢确定了，“不管怎样，说这话的人得拿出证据来啊。”

“哎，这些报告都是匿名的，所以没有留下任何记录，”皇帝留着长长指甲的指尖敲打着宝座的扶手，同时脸上露出发自内心的笑容，“是的，我认为最好的办法就是对伊克斯进行一次突击检查，不事先通知，以免有人提前泄露消息好让你们把秘密研制的东西提前隐藏起来。”

“根据帝国与兰兹拉德联合会签订的长久公约，伊克斯内部运作区域是禁区，帝国无权干涉。”多米尼克终于被激怒了，但他仍然尽力保持镇定。

“我并没有签署这项协定，”埃尔鲁德低头看着自己的指甲，“我当皇帝这么久，从来没签订过这种约定。”

“是你的祖先签订的，所以你必须得遵守。”

“我有权签署协议，也同样有权撕毁。你好像还没意识到我才是帕迪沙的皇帝，我想怎么样就怎么样。”

“兰兹拉德联合会会找你的，鲁迪。”多米尼克话一出口就后悔了，他不该叫埃尔鲁德的小名，他真想把话立刻收回来，但是为时已晚。

皇帝顿时被气得火冒三丈，脸色通红，他一跃而起，指着多米尼克愤怒地破口大骂起来，手臂气得不住地颤抖：“你好大的胆子！”

萨多卡卫兵立刻向前，举起武器对准了他。

“如果帝国坚持派人来检查的话，”多米尼克轻蔑而不屑地说，“我会坚决抵制，并且上书兰兹拉德联合会，向兰兹拉德联合会法庭提出正式控告。你这么做是毫无先例的，你自己知道。”他鞠了一躬，向后退了几步说：“我很忙的，陛下，请原谅我得告辞了。”

埃尔鲁德怒目圆瞪，多米尼克竟敢叫他的小名，那一声鲁迪就像一把匕首捅进他的心脏。他们俩都知道，这个特别的昵称只有一个人用过，那就是埃尔鲁德曾经的情人——美丽的珊多……而如今，她已经成了维尔纽斯夫人。

在平定埃卡兹叛乱之后，皇帝埃尔鲁德授予年轻英勇的多米尼克英雄勋章，并准许他拓展封地，将七公六星系中的其他所有星球都纳入伊克斯星。在埃尔鲁德的邀请下，年轻的维尔纽斯伯爵经常出入宫中。在皇家晚宴和各类的国宴中，这位战争英雄的出席总是会令现场气氛格外热闹。热情豪爽、幽默开朗的多米尼克当时十分招人喜欢，是宴会中极受欢迎的客人，也是晚宴中令人骄傲自豪的同伴。

但也就是在这里，多米尼克遇到了珊多，皇帝的众多妃嫔之一。那时的埃尔鲁德处于未婚状态。因为他的第四个，也是最后一任妻子哈布拉早在五年前就去世了，他也已经有了两个男性继承人（不过他的长子法夫尼尔在那一年晚些时候也被毒死了）。皇帝依然养了很多漂亮的女人，但这只是表面装样子，因为他很少跟珊多或者其他妃子同床共眠。

但危险的是，多米尼克和珊多相爱了，这种情人关系秘密保持了好几个月。五年之后，埃尔鲁德显然已经对她失去了兴趣，于是她选择这时向皇帝提出请求，想获得自由离开皇宫。埃尔鲁德虽然有些困惑，但还是答应了。他是有些恋恋不舍，但也觉得自己没有理由拒绝她这个简单的要求。

其他的妃子认为珊多太傻了，竟然放弃这难得的锦衣玉食和荣华富贵。但珊多已经受够了这种奢华糜烂的生活，她想要的是真正的婚姻，并且生儿育女。而埃尔鲁德显然是不可能娶她为皇后的。

她一获得自由，便马上离开了皇宫，跟多米尼克·维尔纽斯结婚了。他们举行了一个小小的结婚仪式，并交换了誓言，虽然排场低调，但其婚姻的合法性毋庸置疑。

一听到有人要娶她，埃尔鲁德的自尊心就瞬间驱使他改变了主意——但为时已晚。从那以后他就对多米尼克怀恨在心，觉得自己被戴了绿帽子，而且总是疑神疑鬼，担心珊多和她丈夫的床笫之言会泄露自己不为人知的秘密和隐私。

比如鲁迪。

那个徘徊在宝座附近，躲在卡尼达尔花岗石柱后面的贝尼·杰瑟里特姐妹会女巫，此时隐藏得更深了。

多米尼克不知道那个披斗篷的女人对这件事是高兴还是生气。

多米尼克强迫自己不要犹豫，也不要着急，自信从容地从两个萨多卡卫兵身前大步走过，进入外面的走廊。毕竟埃尔鲁德只要一发出信号，他们就可以立即处决他。

于是多米尼克加快了脚步。

众所周知，科瑞诺家族的人向来行事鲁莽。他们不止一次被迫用巨大的家族财富来弥补自己因草率和鲁莽而造成的后果。在大庭广众之下，杀死维尔纽斯家族的首领就是鲁莽的行为之一——这会连带着把宇航公会也卷入其中。公会对伊克斯青睐有加，对伊克斯的关注和支持也与日俱增——并且正在使用伊克斯最新设计的远航机——并且连皇帝和他残暴的萨多卡卫兵都不能对公会有任何反对和阻挠。

但讽刺的是，科瑞诺家族拥有强大的军事力量，可宇航公会却毫无战斗力，也没有自己的武器装备。但是如果没有公会和他的领航员们发现穿越折叠空间的安全路径，就不会有星际旅行，也没有星际银行——更不会有让埃尔鲁德统治的帝国。只要接到信号，公会就可以停止星际交通，让军队搁浅，结束军事行动。而如果皇帝的萨多卡军队只能在凯坦星上行动，又有什么意义呢？

最后，多米尼克终于走到了皇宫的大门口，从萨鲁撒熔岩拱门下出来。他等着三名卫兵对他进行安全扫描。

不幸的是，公会的保护只能到此为止了。

多米尼克对老皇帝毫无尊敬之心。他看不起这个统治着百万星球的无能帝王，也曾经试图掩饰自己对他的蔑视，但他犯了一个可怕的错误，那就是把皇帝看作一个普通的男人，也就是他妻子的前任情人。而受到了怠慢和奚落的埃尔鲁德，一怒之下可以毁灭整个星球。皇帝就是这样一个报复心极强的人。所有的科瑞诺人都是如此。

我也有我的眼线，埃尔鲁德一边看着自己的死对头离去，一边在心中暗想。*我可以贿赂那些制造新型远航机零部件的工人——虽然这可能会有点儿困难，因为据说次人没有思维和头脑。如果这个办法行不通的话，多米尼克，那我可以去找那些被你打压排挤的人，他们自然会投靠到我这边来。你的错误就在于太忽视他们了。*

埃尔鲁德的脑海里浮现出珊多那美丽可爱的身影来，他回想起几十年前他们还在一起的亲密时光。紫色的丝绸床单，暧昧而凌乱的睡床，盈盈袅袅的熏香炉还有水晶般璀璨的球形灯。作为皇帝，他可以得到他想要的任何女人——而在万千女人当中，他只对珊多情有独钟。

两年间，珊多一直是皇帝最喜欢的妃子，甚至在他的妻子哈布拉在世时，珊多就已经备受宠爱了。她身材娇小，柔若无骨，就像个瓷娃娃一般娇弱妩媚，惹人怜爱。在凯坦的这几年里，她越发地千娇百媚，楚楚动人了。但埃尔鲁德也知道，在她内心深处有一种天生的坚韧和不屈。他们喜欢一起玩多语言字谜游戏。当他邀请珊多来皇帝的卧房与自己同床共枕时，她就曾在他耳边轻声唤他“鲁迪”，而在那激情的时刻，她也会激动地大哭出来。

在记忆中，他听到了珊多那轻柔的声音：鲁迪……鲁迪……鲁迪……

然而，作为一个平民，珊多并不能成为他结婚的对象，甚至连考虑都不能考虑。皇室的高层很少与他的妃子结婚，皇帝更是从不这样做。年轻英俊又意气风发的多米尼克，用他的阴谋诡计和花言巧语让珊多打开了心房，并教唆她欺骗埃尔鲁德，获得了自由，之后他还偷偷把她带到伊克斯，并在那里跟她秘密结婚。后来才得知消息的兰兹拉德联合会对此深感震惊。尽管出了这等丑事，这两个人这么多年来却仍然在一起。

埃尔鲁德向兰兹拉德联合会提出了申诉和控告，但他们却拒绝采取任何行动。因为毕竟多米尼克明媒正娶了这个女孩，而皇帝却从来没有跟她结婚的打算。一切都是合法的。尽管埃尔鲁德嫉妒得要命，但他不能以任何法律条款来定珊多的通奸罪。

但多米尼克·维尔纽斯竟然知道了她对皇帝的昵称。珊多还告诉她丈夫什么了？这种猜疑像脓疮一样在啃噬他。在腕带安全监视器的屏幕上，他看到多米尼克站在大门口，苍白的安全光束扫过他的全身——那扫描仪也是一台精密的伊克斯机器。

他只要发出一个信号，扫描仪就会把一个人的思维意识完全抹除掉，让他变成个植物人。一股意想不到的电涌……一场非常可怕的事故……假如埃尔鲁德用一台伊克斯扫描仪杀死了伊克斯的伯爵，这将会是多么讽刺啊。

哦，他多么想这么做啊！但不是现在。因为时机不对，而且可能会引发很多令人尴尬的问题，甚至可能会带来一场调查。这种级别的复仇需要精心的设计和周密的计划。只有这样，复仇成功所带来的惊喜和最终的胜利才会令人陶醉。

于是埃尔鲁德关掉了显示器，屏幕暗了下来。

站在高大的宝座旁边，内侍艾肯·海斯班发现他的陛下开始微笑起来，但他并没有询问这笑从何而来。

生态学的最大作用是知晓后果。

——帕多特·凯恩斯，《向帝国提交的首份报告——贝拉·特古斯的生态》

在刀锋般锐利的地平线上，浮光闪烁的空气泛着日出时的柔和色彩。在这短暂的瞬间，整个厄拉科斯静谧安详，温暖的阳光倾泻而下，洒遍如褶皱般层层叠叠的沙漠……昏暗的沙漠眨眼间变得格外明亮，温度也随即升高。白色的太阳突然蹿到地平线之上，先前干燥空气中的柔光已然消失殆尽。

终于来到了这个沙漠世界，帕多特·凯恩斯深吸了一口气，这才想起来要把面罩戴上，遮住自己鼻子和嘴以避免水分流失。微风吹动他稀疏的沙色头发。他来到厄拉科斯才短短的四天，但已经感觉到这个地方蕴含着无数的秘密，也许穷其一生也揭示不完。

他更喜欢顺其自然，听天由命。他想带着他的仪器和日志独自穿越布莱德沙海，然后研究熔岩岩石的特征，以及沙丘那层次分明的沙石层。

然而男爵的侄子、哈克南家族的继承人格洛苏·拉班正好说要到沙漠深处去猎捕传说中的沙虫。这样的机会对凯恩斯来说简直太难得了，这诱惑太大了，他无法不动心。

作为随行人员中唯一的行星学家，作为一个科学家而不是一个战士，他觉得自己与所有人格格不入。哈克南家族的沙漠部队从装甲中心带来了武器和炸药。他们乘坐着一辆运兵舰，带领他们的向导名叫泰卡尔，自称曾经在一个沙漠村庄里居住过一段时间，不过现在他是迦太格的一名水商。尽管他不承认，但他长得的确很像弗雷曼人，但是哈克南家族的人似乎都没有注意到这一点。

至于怎样追踪沙虫这种像蛇一样蜿蜒的巨兽，拉班并没有具体的计划。他不想去香料采集场，因为那里的工人会干扰他的猎捕行动。他想要亲自追捕并杀死一只沙虫。他只是把所有他能想到的武器全都带来了，至于如何猎杀则完全打算依靠他的杀戮本能……

几天前，凯恩斯乘坐特使专机抵达了厄拉科斯，降落在这个相对来说新兴的城市。他想尽快开始工作，于是亲自向男爵提交了他的帝国委任书。那个身材瘦削的红发男人仔细地看了一遍凯恩斯的委任书，然后认真核实了一下帝国的官印。他撇了撇厚厚的嘴唇，然后勉强答应和他合作："你只要牢记别妨碍我们真正的工作就好。"

凯恩斯对他鞠了一躬："男爵大人，我就是喜欢一个人做研究，绝对不会妨碍你们的。"

在来到这座城市的头两天里，凯恩斯一直在采购前往沙漠的装备，也和边远村庄的村民们谈了谈，了解了一些有关沙漠的各种传说、习俗、禁忌以及有待去探究的神秘事物。在了解到这些情况和信息后，凯恩斯花了一大笔钱，买了他所能找到的最适合沙漠生存的装备——蒸馏服、定位罗盘、水蒸馏器以及可靠的笔记存储和记录设备。

据说，许多神秘的弗雷曼人部落就居住在这片人迹罕至的荒漠上。凯恩斯想要跟他们聊聊，了解一下他们是如何在如此恶劣的环境中生存下来的。但是在迦太格境内的弗雷曼人似乎都很拘谨，谨小慎微，沉默寡言。每当他想要跟他们交谈时，他们总是匆忙地转身离去……

凯恩斯并不太喜欢这座城市。四十年前，在宇航公会的暗中操纵下，哈克南家族获得了厄拉科斯星作为其封地，于是哈克南家族便在这里齐心协力[①]地建立了新的总部。是的，迦太格是依靠源源不断的人力而快速建造起来的，但建造者既不重视城市建设的细节，也没有精心的设计和规划，可以说十分粗制滥造：一栋栋的建筑都是用不合格的材料建造的，目的只是为了卖弄和炫耀，能用就行，毫无美感。

迦太格这座城市似乎并不属于这里，城市的结构和布局让他很是反感。凯恩斯天生有一种能力，可以一眼看出一个地方的生态系统如何相互交织，他也能洞察到生态系统中的各个环节和部分如何与自然界相互融合。但这个人口密集的中心城市在他看来显然是漏洞百出，它的存在是一个极大的错误，就像星球表面上鼓起了一个脓包。

在迦太格西南部的另一个前哨城市厄拉齐恩则是一座更为原始的城市。它依偎着一道名为“屏蔽场城墙”的山峦式屏障，缓慢而自然地发展着。也许凯恩斯应该先去那里看看。但是由于政治的因素，他不得不向这个星球的统治者妥协。

不过至少，这给了他一个亲身搜寻巨型沙虫的机会。

大型扑翼机载着拉班的狩猎队伍起飞了，没过一会儿，凯恩斯就第一次领略到了真正的沙漠景观。透过舷窗，凯恩斯凝视下面连绵起伏的荒漠。凭借从其他沙漠地区得到的经验，他能够轻而易举地识别出沙丘的类型……依靠它们的形状和线条分布，沙漠所呈现出的这些自然景象可以揭示很多东西，比如沙漠地区季风的类型，盛行的气流，以及风暴的严重程度等等。沙漠表面的这些纹理和线条，就好比天气的指纹，通过对这些纹理和线条的研究，能够了解到很多东西。他的脸几乎贴在了舷窗的观察孔上，而飞机上的其他人则对下面的景观一点儿兴趣也没有。

---

①此处原文为法语 en masse。

哈克南的猎捕队员们都穿着厚重的蓝色制服，同时也都配戴着沉重的武器装备，看上去燥热难耐。他们的武器互相碰撞，刮擦着地板。这些人好像没有盾甲在身就会感到不安似的，但是盾甲和霍尔茨曼屏蔽场会让附近的沙虫都进入疯狂杀戮的状态。看来今天拉班要亲自上阵，捕杀猎物了。

二十一岁的格洛苏·拉班是厄拉科斯那位无能的前任总督之子。他坐在前面，离飞行员很近，正盯着沙地寻找目标的踪迹。他有一头棕色的头发，剪得很短，肩膀宽阔，声音低沉，脾气暴躁；晒得黝黑的脸上长着一双冰冷的淡蓝色眼睛。他似乎做一切事情都尽可能地与自己的父亲截然相反。

“在空中我们能找到沙虫的踪迹？”他问道。

在拉班身后的沙漠向导泰卡尔凑了过来，他好像恨不得能和拉班拉近一些距离：“沙子的移动掩盖了沙虫的行动轨迹。毕竟它们游走于地下深处，所以只有当它靠近沙地表面准备攻击时，您才能看到它移动的踪迹。”

高高瘦瘦的凯恩斯十分专注地听着向导的话，并在心里暗记下来。他很想把听到和看到的所有东西都详细地记在笔记里，但这得等以后有空再说了。

“那我们怎么去找一只来呢？我听说沙漠里爬满了这些沙虫。”

“没那么简单的，拉班大人，”泰卡尔回答说，“大沙虫有自己的领地，有些领地甚至延伸了数百平方公里。它们会在自己的领地的边界内猎杀入侵者。”

拉班则变得越来越不耐烦了，他从座位上转过身来，面沉似水，皮肤显得更黑了：“那我们怎么知道沙虫的领地在哪儿？”

泰卡尔笑了，那两只瞳距很近的乌黑眼睛里流露出若有所思的神情："整个沙漠都归夏胡鲁①所有。"

"归谁来着？别跟我绕圈子，有话直说。"有那么一刻，凯恩斯甚至觉得拉班会一拳打向那个沙漠向导的下巴。

"您在厄拉科斯这么久，却不知道这件事吗，拉班大人？弗雷曼人把大沙虫看作是神祇，"泰卡尔平静地回答，"而他们管这个大沙虫叫做夏胡鲁。"

"那咱们今天就杀死一个神好了。"拉班大声高喊，引得机舱后面的其他猎手们一阵欢呼。然后他突然转身对沙漠向导说："两天后我要启程前往杰第主星，必须得带个战利品回去。所以这次狩猎行动必须要成功。"

杰第主星，凯恩斯心想，那可是哈克南家族的母星。不过至少他一走，就没人来烦我了。

"您一定会得到战利品的，我的大人。"泰卡尔信誓旦旦地说。

"那还用说。"拉班回道，但语气更加乖戾了。

凯恩斯穿着他买的那身沙漠装备，独自坐在队伍的后面。他觉得跟这样的一群人在一起很不舒服。他对男爵侄子的雄心壮志丝毫没兴趣……但是如果这次狩猎能让他有机会看到沙虫那怪物的真容，那也不虚此行，要是他自己探索的话，估计好几个月也不一定能碰上一只沙虫。

拉班凝视着前方的路况，他眯着眼睛，目光凌厉，眼角周围堆起厚厚的褶皱。他仔细观察这片沙漠，在拉班眼中，眼前的沙漠是一顿美味的大餐，而在凯恩斯的眼中，这片沙漠则是一幅壮丽的美景。

"我有个计划，咱们这么办好了。"拉班转过身，看向自己的队

---

①夏胡鲁指的便是厄拉科斯的沙虫。又被称作"沙漠老人""永恒老父""沙漠老爷爷"。是弗雷曼人信奉的土地神。沙虫可以长到非常大（有人在沙漠深处见过长达四百多米的沙虫），而且寿命极长，除非被同类吞噬，或被水淹死（对沙虫来说，水是剧毒之物）。厄拉科斯的香料多数是沙虫活动的产物。

伍，然后打开通讯系统，命令观测机聚拢在狩猎队伍所乘坐的扑翼机周围，列队飞行。它们开始在开阔的沙地上巡游起来。下面的沙丘层层叠叠，看起来就像老人皮肤上的皱纹。

“你们看下面那块露出地面的岩石，”说着他做了个手势，同时读出坐标，“我们把那儿当作基地。先在距离岩石大约三百米处的开阔沙地上着陆，然后让泰卡尔带着他那个叫‘沙槌’的装置下去。接着咱们再飞回那块露出地面的岩石，那儿是安全地带，沙虫够不着。”

瘦削的沙漠向导惊恐地抬起头来：“把我一个人扔在外面啊？可是，大人，我不——”

“是你自己给了我启发和灵感，”他又转身对着穿制服的士兵们说道，“这位泰卡尔说过，这个弗雷曼人的装置叫沙槌，能把沙虫引来。我们把它放置在沙地上，周围埋上足量的炸药，等沙虫来了就引爆炸药。泰卡尔，我们留你在那儿埋置炸药，启动沙槌。完事之后你就穿过沙地，在沙虫到来之前，跑到岩石那边跟我们安全会合，没问题吧？”拉班说着对他灿烂一笑。

“我——我……”泰卡尔张口结舌起来，“看来我别无选择了。”

“就算你来不及跑过来，沙虫应该也不会袭击你，它可能会先去攻击沙槌。所以它还没来得及吃你，就先被炸药干掉了。”

“那我就放心了，大人。”泰卡尔说。

这个弗雷曼人的装置引起了凯恩斯的兴趣，想给自己也弄一个。所以他现在希望能够近距离地观察这个沙漠向导，看看他是怎么跑过沙地，又如何躲避那个对震动十分敏感的“沙漠老人”的。但是这位行星学家深知自己要尽量保持沉默，不要引起拉班的注意，希望这个血气方刚的哈克南人不要主动提出让他去协助泰卡尔。

在机舱后面的客舱里，一个名叫巴托尔的小队长和他的部下们各自把激光枪取了下来，然后查看了一下弹药储备。然后把炸药安装在泰卡尔带来的那个类似木桩的装置，也就是那个叫沙槌的东西上。

凯恩斯好奇地看着那个沙槌，他发现那其实只是个带有弹簧齿轮的发条装置，会发出响亮而且有节奏的震动声。当这个沙槌被插进沙子里，它发出的震动声会在沙漠深处回响，传到“夏胡鲁”能够听到的地方。

“等我们一着陆，你就尽快把这些炸药都埋好，”拉班对泰卡尔说道，“即使没有弗雷曼人这玩意儿，扑翼机的引擎声也会把沙虫吸引来的。”

“我明白的，大人。”泰卡尔说。此时他那橄榄色的皮肤似乎蒙上了一层灰白色，是那种油乎乎的颜色，显得异常恐怖。

扑翼机贴着沙地低空盘旋，扬起沙土。舱门打开，泰卡尔——这时狠下心来——抓紧他的那个沙槌，一下子从扑翼机上跳了下来，双脚叉开落到了松软的沙地上。他好像恋恋不舍地回头望了一眼扑翼机，而它正准备掉头飞向三百米开外的那排坚固岩石。

巴托尔把炸药递给了那个倒霉的沙漠向导，而拉班则做手势叫他们赶快撤离。“希望你别成为沙虫的盘中餐，我的朋友。”他大笑着喊道。舱门还没来得及关上，飞行员就驾驶扑翼机飞走了，把泰卡尔孤零零一个人留在原地。

凯恩斯和其他哈克南家族的士兵们全都涌到扑翼机的右舷，挤在舷窗口，看着他们的向导在开阔的沙地上绝望地安装沙槌和炸药。在这些人的注视下，这个沙漠里土生土长的人仿佛变成了另一个人，一个荒漠中求生的野人。

“对不起，打扰一下，请问杀死一只沙虫到底需要多少炸药？”凯恩斯好奇地问。

“泰卡尔应该有足够多的炸药，行星学家，”巴托尔回答他说，“我们给他的量足够把整个城市广场都炸平了。”

凯恩斯的注意力又转回到下面的沙地上。扑翼机飞得越来越高，泰卡尔手忙脚乱地忙活起来，他抓起炸药的零部件，把它们组合到一起，然后用志贺藤缆线把它们捆起来。凯恩斯甚至看到了炸药上有几个小灯在闪烁不已。接着，这个瘦成皮包骨的男人把沙槌插进了致命炸药旁边的沙地里，仿佛把一根木桩扎入了沙漠的心脏。

扑翼机猛地转向，径直飞向那块岩石堡垒，伟大的猎人拉班将在那里舒适而安全地等待。泰卡尔启动了沙槌的弹簧发条装置，然后立刻转身狂奔起来。扑翼机里的一些士兵们甚至开始拿他的下场下注了。

没过多久，扑翼机便降落在一片漆黑而又坑坑洼洼的岩石上，看上去就像松软的沙漠里隐藏着的一块暗礁。飞行员关掉引擎，打开了舱门。拉班把士兵们推到一边，率先跑到了闪烁着微光的岩石上。其余的人则随后鱼贯而出，凯恩斯等着大家先走，最后一个走了出来。

士兵们各自占据观察位置，用双筒望远镜对准远处那个正在狂奔的小小身影。拉班则站在高处，手里拿着一把威力巨大的激光枪，只不过凯恩斯想不出他拿枪打算要做什么。透过望远镜，男爵的侄子望向被炎热扭曲的空气，看到沙上的波浪与海市蜃楼。他集中注意力在那个砰砰作响的沙槌和埋放着炸药的黑色记号上。

其中一架高空观测机报告说，在南边大约两公里处似乎发现了沙虫的踪迹。

远处的沙漠里，泰卡尔正疯狂地奔跑着，脚下沙土飞扬。他朝着那片安全的岛屿——沙海中的岩石之岛——拼命狂奔，但仍然还有好几分钟的路程。

凯恩斯注意到泰卡尔奔跑的姿势很奇怪。他自己似乎就像是一只痉挛的昆虫，在不停地抖动跳跃。凯恩斯不知道他是不是在用一种毫无规律的节奏来蒙骗即将到来的沙虫。难道这是沙漠行者们的独门绝技吗？如果是的话，有谁能教教他吗？他必须了解这个地方的一切，包括这里的人、沙虫、香料还有沙丘。这不仅是因为帝国的命令，也是帕多特·凯恩斯自己的心愿。一旦他参与了进来，就要把一切问题的答案都解开，他讨厌留有任何疑团。

大家都在等待，时间一分一秒过去。士兵们开始交头接耳，议论纷纷起来。沙漠向导继续以特有的姿势狂奔着，不知不觉距离岩石也越来越近了。凯恩斯感觉到自己的蒸馏服上的微夹芯层正在不断吸收他身上滴下的汗珠。

他跪了下来，端详脚下的暗色岩石。是玄武岩熔岩，上面被侵蚀的蚀坑是由熔岩中残余的气泡形成的，或者被厄拉科斯星上著名的科里奥利风暴所侵蚀而成的。

凯恩斯捡起一把沙子，任由它从手指流过。不出所料，他发现这些沙粒是石英颗粒，在太阳下闪烁着微光，上面还带着一些可能是磁铁矿的深色微粒。

凯恩斯曾经在别的地方也见过沙子，有些地方的沙子里有锈色，有些沙子里有黄褐色、橙色和珊瑚色的纹路，这些都暗示沙子里有各种不同的氧化物。有些沙子中的颜色可能还来自于风化沉积的香料美琅脂。但是凯恩斯之前从来没在野外见过未经加工和过滤的原始香料。到目前为止还没有亲眼目睹过。

终于，盘旋在头顶上空的观测机确认有一只沙虫正在渐渐靠近，体形巨大而且移动速度很快。

士兵们都站了起来。望着远处依稀模糊的沙漠，凯恩斯看到沙地上出现了一道涟漪，就像一根粗壮的手指在水面下面搅动，使水面泛起一层层波纹。沙地上那巨大的波纹让凯恩斯大吃一惊。

“虫子从侧面来了！”巴托尔大喊道。

“它朝泰卡尔冲过去了！”拉班也大喊起来，脸上露出残忍而嗜血的狞笑，“他被夹在沙虫和沙槌之间了。哦，真是太倒霉了。”他宽宽的脸上竟然流露出一种异样的期盼神色。

即使隔这么远，凯恩斯也能清楚地看到泰卡尔加快了奔跑速度，他甚至忘记了自己那独特的蹒跚步调，因为他也发现了那只像山丘一样庞大的沙虫正在向他逼近。凯恩斯完全可以想象到此时那个沙漠人脸上那恐惧又绝望的表情。

这时，带着视死如归的决心和彻底的绝望，泰卡尔突然停了下来，平躺在沙地上，一动不动，凝望天空，也许是在向夏胡鲁虔诚地祈祷吧。

随着沙漠人轻微脚步声的停止，远处沙槌的敲击声显得格外响亮起来，就像皇家乐队正在演奏一样。砰，砰，砰。沙虫也停了下来——然后改变了路线，径直朝埋着炸药的地方而去。

拉班耸了耸肩，若无其事地接受了这个无关紧要的失败。

凯恩斯听到了沙地下面传来了嘶嘶声，那是巨兽在行进。它距离炸药越来越近，就像一个铁块被致命的磁铁牢牢吸引一般。当它靠近沙槌时，那只沙虫突然盘旋着潜入更深的地下，然后猛地从沙地里钻了出来，准备将那个吸引并激怒了它的东西一口吞下——或许这就是这些瞎眼沙漠巨兽的本能吧。

沙虫从沙地里猛然窜起，露出一张足以吞下一艘宇宙飞船的血盆大口。它越升越高，嘴也越张越大，那灵活的颚部像花瓣一样张开。刹那间，它一口吞下了那沙槌以及周围埋着的所有炸药。它那水晶般的牙齿闪闪发光，就像许许多多尖利的小棘刺，盘旋着从它那无底的食道里钻出来。

三百米之外的凯恩斯终于亲眼看到了这个远古巨兽，那山脊一般隆起的脊背，还有那盔甲一般层层叠叠的褶皱，这些都能对它起到很好的保护作用，让这个巨型生物在沙地之下自如游走。沙虫现在吞下了致命的诱饵，开始再一次沉入沙海之下。

拉班站了起来，脸上带着恶魔般的狞笑，手里拿着一个小型的无线控制装置。一阵热风夹带着沙土拂过他的脸，让他的牙齿上沾满了沙粒。他随即按下了控制器的按钮。

远处爆发出一阵巨响，犹如滚滚沉雷，震得整个沙漠都颤动起来。沙海突然之间爆开，就像发生了一场小小的雪崩，沙土四处溅落，形成了一个个指甲状的小沙丘。被沙虫吞掉的炸药在它的食道里依次爆炸了，将沙虫的食道从内部撕开，炸开了它的内脏，同时也撕裂了它皮肤上的盔甲。

当沙尘逐渐散去，凯恩斯看到了那只奄奄一息，垂死挣扎的怪物，平躺在被炸得面目全非的沙地上，就像一只搁浅的毛皮鲸。

“这玩意儿足有二百多米呢！”拉班对他的猎杀成果感到很满意，兴奋地喊道。

士兵们都在欢呼雀跃。拉班转过身，用力拍了一下凯恩斯的后背，力道大得差点儿把他的肩膀拍脱臼了。“你瞧，行星学家，战利品到手了。我要亲自把它带到杰第主星去。”

几乎没人注意到泰卡尔终于跑回来了。他跑得满头大汗，气喘吁吁，拖着疲惫的身子瘫倒在安全的岩石上。然后怀着复杂的情绪回头看了一眼那个躺在远处沙地上，奄奄一息的巨兽。

沙虫停止最后的挣扎蠕动之后，拉班带头冲了上去。欣喜若狂的士兵们也都大喊着朝沙地跑了过去。凯恩斯急不可待地想要近距离观察这个神奇的沙虫标本，于是便马上沿着哈克南狩猎队开出的崎岖沙路，踉踉跄跄地跟了过去。

几分钟后，凯恩斯终于站在了这只巨大的古老沙虫身前。他气喘吁吁，大汗淋漓，但一脸敬畏。它的皮肤是鳞片状的，上面落满沙砾，厚厚的皮肤上覆着一层耐磨的老茧。然而在被炸药炸开的伤口之中，他看到了沙虫那粉红色的柔软皮肤。沙虫张开的嘴巴就像是一口竖井，上面一颗颗锋利的牙齿现在看起来像是水晶制成的匕首一般。

“这可是这个该死的星球上最可怕的生物啊！”拉班自鸣得意地宣布，“而我亲手杀死了它！”

士兵们仔细观瞧着，但谁也不敢凑上前去。凯恩斯不知道男爵的侄子打算怎么把这件战利品带回去。不过哈克南家族向来行事铺张，所以凯恩斯认为拉班肯定会找到办法的。

这位行星学家转过身来，看到精疲力尽的泰卡尔已经步履蹒跚地慢慢走了过来。他的眼睛里闪烁着银光，就好似燃烧的火光。也许是因为刚刚与死神擦肩而过，现在又看到弗雷曼人的沙漠之神被哈克南人的炸药炸得气息奄奄，这个沙漠人的世界观好像发生了天翻地覆的改变。

“夏胡鲁啊。”他低声呢喃。然后转过头看向凯恩斯，似乎感觉他们俩算得上是同类人，“这可是一只年代久远的沙虫啊，是最古老的沙虫之一。”

凯恩斯走上前去，看着沙虫那硬壳一般的皮肤，又看了看它身体的各个部分，心里思索着该如何着手对这个标本进行解剖和分析。当然拉班应该不会反对吧？要实在不行的话，他就亮出自己钦差的身份，让这家伙明白这是皇帝给他的任务，他必须得服从。

但就在他逐渐靠拢这只古老的沙虫、伸手打算摸一摸时，他突然发现那只沙虫的皮肤正在闪闪发光，它竟然还在动。这只巨兽其实早就已经死了——甚至连神经功能都已经完全丧失，不再抽搐了……但是它的皮肤外层却竟然在颤动和收缩，仿佛正在融化。

正当凯恩斯惊讶地盯着看时，一阵半透明的细胞雨从这只老沙虫的身上滴落下来，就像一颗颗鳞片掉在翻滚的沙地上，眨眼间便消失不见了。

“怎么回事?”拉班喊了起来，脸色铁青。眼前的沙虫似乎正在蒸发。它的皮肤渐渐脱落，变成像变形虫一样的小片，犹如熔化的焊料一般在沙地里抖动，然后钻进沙子里。这只远古巨兽最终陷入了沙漠之中。

最后，地上只剩下了沙虫的骨骼、肋骨上的软骨，还有乳白色的牙齿了。接着，就连这些残骸也开始慢慢下沉，最终融化成一堆堆被沙子覆盖的松软明胶。

哈克南的狩猎队伍后退，保持着安全距离。

在凯恩斯看来，他仿佛在短短的几秒内亲眼目睹了一个生物历经了千年的衰败。是加速熵在起作用。饥渴的沙漠仿佛急不可待地吞噬了每一丝痕迹和证据，掩盖沙虫被人类击败的事实。

凯恩斯暗暗思索着这个问题，倒不是为失去这次解剖标本的机会而感到沮丧，更多的是感到困惑和惊讶，他想知道这种庞然大物的生命周期究竟多么奇异。

厄拉科斯这个星球上有太多的东西值得他去学习和探索了……

拉班站在沙地上，怒火中烧，脖子上的青筋绷得像铁索一样紧。“我的战利品啊！”他转过身，握紧拳头，一拳打在泰卡尔的脸上，把他打倒在沙地上。一时间，凯恩斯以为男爵的侄子可能真的会杀死这个沙漠人。但是随后拉班把他的愤怒转向了仍然还在融化的沙虫，眼看它化成一块块碎片，在沙地上抖动，最后沉入滚滚黄沙。

拉班对着融化的沙虫尖声咒骂起来。凯恩斯转过头看着他，发现他那冷漠而凶狠的眼睛里露出坚定的神色。他那被太阳晒黑了的脸此刻也涨得更红了。“等我回杰第主星，我会找个更好的猎物。”随后他的心思好像一下子转到了别的念头上，不再理会沙虫的事情，他转过身，大摇大摆地离开了。

要观察幸存者，并向他们学习。

——贝尼·杰瑟里特教义

传说帝国统治着百万个星球，但是年轻的邓肯·艾达荷一直待在杰第主星，从来没去过别的地方。杰第主星是一个被石油浸染、被工业所覆盖的星球，充满了人造建筑、方正的直角、冷冰的金属和滚滚的浓烟。哈克南家族就喜欢让自己的老家始终保持这样的风格。除此之外，八年来邓肯对于外界的一切都不知晓。

他曾经的那个家，虽然隐藏在昏暗又肮脏的小巷里，但也比现在的这个要强多了。邓肯和家人一起被囚禁了几个月了，他开始怀疑自己是否还能走出这座巴洛尼城①。他的生日快到了，但他不知道自己还能否活到自己九岁生日那一天。他撩了一下卷曲的黑发，发现自己头上满是汗水。

他继续跑，猎人的脚步声越来越近了。

此时，邓肯正在监狱城的下面，身后的追兵紧跟不舍。他弓着背，冲过狭窄的维修管道，仿若他五岁时，妈妈让他养的那只背部有脊椎的啮齿动物。他蹲下身子，在狭小的缝隙、臭气熏天的通风井以及电力管道之间碎步疾行。那些穿着厚重防弹服的大块头，绝对追不

①巴洛尼是杰第主星的首都。

到这里来的。他爬进了一般人根本不该去的地方，手肘被金属墙壁刮伤了。

男孩发誓绝不会让哈克南家的人抓住自己——至少今天不会。他讨厌那些人的游戏，拒绝成为任何人的玩物或猎物。他凭借嗅觉和直觉在黑暗中摸索前进，他感到有股泛着腐臭味的微风拂过自己的脸庞，于是开始警惕地留意起空气流动的方向。

他的耳朵里回荡着自己前行时听到的回声：那是其他被囚禁的孩子们奔跑的声音，他们同样在绝望而拼命地逃命。他们应该算是邓肯的队友，但他已经从之前的屡次失败中得到了一个教训，那就是不能依靠那些求生技能不如自己的人。

他发誓这次一定要摆脱那些猎人，但他知道那些人永远也摆脱不了。在这种受控的环境中，追捕他的那些人会再次抓住他，然后再次地放他出来，再追捕他，让他一次又一次地拼命逃跑。他们把这称为“训练”。但究竟训练的是什么，他完全不知道。

邓肯的身体右侧还隐隐作痛，那是上一次逃跑时受的伤。那些人似乎把他当成了一只珍稀动物，把他折磨得遍体鳞伤之后，再把他受伤的身体放入皮肤编织机和细胞修复器里。他的肋骨还是有些疼，不过已经一天比一天好了。直到今天。

从定位信标被植入他肩膀肌肉里的那一刻起，邓肯就再也无法真正逃离这个被奴隶主所拥有的城市了。巴洛尼城市是一座由塑钢和装甲强化玻璃建造而成的巨石建筑，有九百五十层楼高，四十五公里长，没有任何地面开口。在哈克南人的追捕游戏中，他总是能找到很多地方藏身，但却永远也逃不出这座城，也永远无法获得自由。

哈克南家族关押了许多囚犯，他们对这些囚犯百般凌辱和虐待，迫使他们认命服从。如果邓肯能在这次逃跑训练中获胜，如果他能躲避这些追捕者足够长的时间，那么监狱管理员就会答应放走他和他的家人，让他们回到原来的生活。所有的孩子都得到了同样的承诺。因为受训者需要有一个奋斗的目标，一个获胜的奖赏。

他凭直觉穿行于秘密通道，尽量压低自己的脚步声。在不远处，他听到了眩晕枪开火的爆破声和嘶嘶声，以及一个孩子痛苦的尖叫声。接着他又听到一阵牙齿打颤般的抽搐声，看来又有一个孩子被击倒在地了。

如果被追捕者抓住，就肯定会受到伤害——有时这种伤害会很严重，这取决于当时“受训者”的供应量。这可不是小孩子玩儿的捉迷藏游戏。至少对受害者来说绝对不是。

虽然小小年纪，但邓肯已经明白了一个道理，那就是生与死都是有代价的。哈克南家族毫不在乎有多少幼小的孩子在训练的过程中受到了伤害。因为这就是哈克南家族制定的游戏规则。邓肯非常清楚游戏能有多么残酷。他以前见过类似的事情，特别是一些和他一起被关在监狱里的孩子，他们会把昆虫的翅膀扯下来，或者把老鼠的幼崽用火点着。而哈克南家族以及他们的军队就是那些孩子的成人版，只不过他们拥有更强大的资源，更丰富的想象力，以及更凶狠恶毒的心肠。

他找到了一个狭窄生锈的梯子，于是他毫不犹豫，悄无声息地爬了上去，躲进了黑暗之中。邓肯不得不做出一些意料之外的举动，比如躲在他们很难找到的地方。随着这样的艰险的生活一天天继续，日积月累，他的一双手已经伤痕累累，布满伤疤和瘢痕了。

这座古老的巴洛尼城依然坚如磐石，牢不可破。邓肯所在的这片区域里设施完好。建筑里的电源线和浮空管像虫洞一样穿过主体结构——有的管线是直的，有的是弯的，还有一些则是斜的。这个地方就像一个巨大的障碍赛道，哈克南的狩猎队伍可以随意朝他们的猎物开火，而不用担心会对建筑造成什么重大的损伤。

在他头顶上的主通道里，他听到了军靴飞奔的脚步声，头盔上通信器里传来的嗡嗡声，还有一声叫喊。附近传来的“嘀嘀”信号声则表明士兵们已经搜索到他植入体内的定位装置，锁定了他的位置。

炽热的白色激光枪瞬间开火，炸开了他头顶的天花板，熔化了金属隔层。邓肯放开梯子，纵身而跃，向下坠落而去。一名武装士兵把滚烫的地板揭起来，朝他扔了过去。其他士兵则再次开枪，打断了梯子的支脚，梯子随孩子一起掉了下去。

邓肯落在了较低的一个竖井的地板上，沉重的梯子随后“咣当”一声砸到他的身上。但是邓肯并没有因为疼痛而哭出声。那只会让追兵更快地追过来……他已经不再指望能长时间地躲开那些追捕者了，因为肩膀上的定位装置一直都在闪烁。除了哈克南人，谁还能赢这场游戏呢？

他挣扎着站了起来，重新燃起疯狂的斗志和对自由的渴望，然后再次奔跑起来。但令人沮丧的是，前面的小隧道已然成了一条宽阔的通道。路一宽可就糟了，那些大块头就能追上来了。

他听到了身后传来阵阵叫喊声，以及枪声和越来越急促的脚步声，随后还有中弹后的尖叫声。追捕者们用的应该是眩晕枪，而邓肯十分清楚在今天的追捕中，大多数人肯定都会被抓住——而且越晚被抓，危险越大。因为猎人们并不想输。

邓肯必须从中幸存下来。他必须得是最强的那一个。因为如果他死了，他就再也不能回去看他的母亲了。但如果他活着并打败了那些混蛋，那他的家人也许就能得到自由……甚至像哈克南的那些公职人员一样，在杰第主星上都能享有一些自由。

邓肯以前也见过一些打败了猎人的受训者，那些孩子后来都不见踪影了。如果那些公告说的是真的话，那么这些获胜者和他们被囚禁的家人就应该是已经从巴洛尼城的地狱里被释放，重获自由了。但所有的这一切，邓肯都无法证实，但他有足够的理由去质疑哈克南家族给出的承诺。然而他仍想要去相信他们，因为他不能放弃希望。

他不明白为什么他的父母会被关进这个监狱。他们只是小小的政府公务员，能犯下什么大罪受到这样的惩罚呢？他只记得曾经的他们过着平常的生活，而且也很快乐……但突然有一天，他们就被送到了这里，每天都受到欺压和奴役。如今，小小的邓肯每天都被迫为活命逃跑，为自己和家人的未来斗争。而他也越来越擅长此道了。

他还记得他人生中最后一个平常日子的下午，他在哈克城一个修剪整齐的露台草坪上散步，哈克南家族限制他的臣民拥有露台公园，这是为数不多的几个公园之一。花园和树篱被精心施肥和照料过了，毕竟这个星球长期处于污染状态，所以土壤遭到破坏，植物很难长好。

邓肯的父母和其他家庭成员一直喜欢玩这种无聊的草坪游戏，也就是将自动球朝草地上放着的目标扔去，球内部的高熵装置会使球随机弹跳。男孩发现，相比之下他还是更喜欢跟小朋友们肆无忌惮地嬉闹，因为成年人的游戏与孩子们的不同，枯燥无味不说，还附带一大堆规则。

一个年轻的女子站在邓肯身旁观看比赛。她有着一头巧克力色的头发，皮肤黝黑，颧骨很高，原本应该十分美丽的容貌，却因为她苍白紧绷的表情和凌厉的目光而显得黯然失色。他不知道那个女人是谁，只知道她的名字叫詹妮斯·米拉姆，好像跟她的父母一起工作。

邓肯看大人们在草坪上嬉戏，听着他们的笑声，然后对那个女人笑了笑说："他们变得和老头儿一样了。"詹妮斯显然对邓肯以及他的看法并不感兴趣，因为她只是严厉地哼了一声，不怎么理睬他。

在朦胧的阳光下，邓肯继续看着人们游戏玩耍，但对身边这个陌生人却越来越好奇了。他能感觉到她很紧张。这个詹妮斯，似乎并没有心思看别人游戏，而是时不时地四处张望，好像在寻找什么。

没过多久，哈克南的军队就来了，把邓肯的父母还有他，甚至他的叔叔和两个堂兄弟都抓了起来。他凭直觉就知道，这一切都是詹妮斯造成的，不管是出于什么原因吧。从此他再也没见过这个女人，而他和他的家人现在已经被关在监狱里半年了……

随着一阵嘶嘶声，他身后的天花板上有一扇活板门被打开了。两个身穿蓝色制服的士兵从上面跳了下来，用枪对准了他，然后得意洋洋地大笑起来。邓肯立刻向往前冲去，同时左躲右闪，躲避激光枪的光束。激光枪一下子击中了墙壁，光束从墙壁反弹回来，在走廊里留下一道像被闪电劈过一般烧焦的痕迹。

邓肯马上闻到了一股金属烧焦后的臭氧味。只要被一道激光射中，他就没命了。他厌恶那些猎人们狞笑的样子，仿佛是在故意戏弄他。

两名追兵从离他只有一米远的侧面通道里冲了出来，但邓肯跑得太快了，要么是那两个人没看见他，要么是他们没来得及做出反应。邓肯一拳打在其中一个壮汉的膝盖上，把他撞到一边，然后全速从两人中间冲过去。

那个壮汉趔趄了一下，然后被一道激光射中了盔甲，他连忙喊道："别开枪，白痴！自己人！"

邓肯以前所未有的速度奋力奔跑，因为他清楚自己还是个孩子，这两条小短腿绝对跑不过那些训练有素的大人。但是他绝不会放弃。因为他天生就不是个会放弃的人。

前面出现了一条敞开的走廊，他看到通道的岔口处亮着明晃晃的灯光。当他越来越靠近时，脚底突然打滑了起来。他立刻停下脚步，发现那个十字岔口根本不是通道，而是一个浮空管，也就是一个圆筒形的通风井，中间有霍尔茨曼①力场。悬浮的子弹头列车从巨大的监狱城一端径直行驶到另一端，毫无阻力地从浮空管道穿行而过。

---

①霍尔茨曼是一位著名的物理学家和科学家，他开创了一门有关亚原子粒子排斥力的理论。这一物理领域的大多数发现都以他的名字命名，因为它们都基于霍尔茨曼效应，而霍尔茨曼效应是人类历史上许多科技的基础，包括：用做个人和飞船护盾的霍尔茨曼屏蔽场、悬浮力场、球形灯、亚原子电池、太空旅行等等。

这里没有门，也没有开口的通道。邓肯再也跑不动了。身后的士兵们举着枪，朝他一拥而上。就算他现在投降，他怀疑那些人仍会开枪把他击倒。这是很有可能的，他思忖着，毕竟我把他们惹毛了。

在他面前这个水平方向的通风井中间，有悬浮力场在闪闪发光。他模糊地知道那是干什么用的。他只有一个地方可去，但是不确定真的到了那儿之后会发生什么——但是他知道如果那些士兵抓住他的话，他一定会受到惩罚，甚至很可能会被他们残忍地杀死。

于是，就在那些人渐渐逼近他时，邓肯转过身来，注视着悬浮力场。他深吸一口气，壮起胆子，手臂一甩，纵身跳进了那闪闪发光的管子里。

当他迅速下落时，卷曲的黑发在微风中飘动不止。他大声喊叫着，那声音听起来介乎于绝望的哀号和解脱的呐喊之间。假如他最后死在这里的话，那他至少在临死前的最后一刻里终于获得了自由！

就在这时，霍尔茨曼力场把他包裹了起来，并且牢牢接住，使得他的身体猛然一震。他感觉自己的胃差点儿被挤到了胸口，这才发现自己已经被一张看不见的网给兜住了。他浮在半空，没有掉落下去，而是悬在力场的中间。这屏蔽场的力量足以使高速的子弹头列车悬浮起来，让它们在广阔而巨大的巴洛尼城里穿梭飞驰，所以肯定也能接得住他。

他看见士兵们冲到站台边上，朝他大声怒吼。其中一人挥舞着拳头，另外两个人则举起枪对准了他。

邓肯在力场里不住挣扎，想要游过去——不管什么动作，只要能离开这里就行。

伴随着一声警告，一名士兵把同伴手里的激光枪按了下去。邓肯听说过如果激光枪的光束穿过霍尔茨曼力场的话，会引起相当可怕的后果：光束和力场碰撞在一起，相互作用，会产生一种毁灭性的潜在能量，就像已经被禁用的原子武器一样致命。

于是士兵们转而使用眩晕枪朝他开火。

邓肯在半空中翻滚。虽然他手无寸铁，无处可躲，不占任何优势，但至少他在扭动和旋转中，使自己成了一个移动的靶子。眩晕枪的能量波在他身体两侧变成了弧形，路径也由直线变成了曲线。

尽管受到霍尔茨曼力场的限制，他仍然能感觉到周围的气压有所变化，并能感觉到气流的运动轨迹。他在半空中不停地翻腾跳跃——直到看见一辆迎面驶来的子弹头列车发出的灯光。

而他就身处力场的中心！

邓肯挣扎起来，拼命地想要离开。他让自己飘向悬浮区的另一边，远离士兵的火力。士兵们则继续开枪射击，但由于气压的变化，眩晕枪的能量波反而距离目标更远了。他看到穿制服的人开始调整枪口的位置。

他的下方是通向巴洛尼城内部的其他通道，有各种入口、坡道和平台。也许他能进入其中一个通道……如果他能逃离这个封闭管道的话。

另一道眩晕能量波呼啸而来，这一次击中了他肩膀附近靠近背部的地方，他顿感一阵麻木，肌肉和皮肤像爬满了上千只带刺的昆虫似的。

这时，邓肯终于摆脱了力场的磁力，摔落下来。他脸朝下坠落下去，正好看见了下面的站台。他伸出那只还有些力气的胳膊去抓栏杆。子弹头列车带着一阵风擦着他呼啸而过……差几厘米就撞到他了。

他已经尽力缓解坠落的冲击力了，但即便如此，这股巨大冲击力还是差点儿把他的胳膊给扯掉。邓肯挣扎着爬上站台，跑进了一条隧道，但进去之后发现那只是一个小凹室，周围只有金属墙，看不到任何出口。凹室的门还紧闭着，并且上了锁。他用力地敲打门，无路可去了。

这时，他身后的那扇门也“哐当”一声关上了，他被关进了一个金属墙壁的箱子里。他被困了在里面。这一次的逃跑训练也宣告结束。

过了一会儿，士兵们打开了后门。他们的目光和他们的武器一样锐利，眼神中既带着愤怒，又流露着些许钦佩。

邓肯无可奈何，只有顺从地等待，等他们用枪把他打死。

但他并没有被杀死，相反，狩猎队的队长一本正经地对他笑着说：“恭喜你，孩子。你做到了。”

精疲力竭地回到牢房后，邓肯和父母坐到了一起。他们每天吃的都是些淡而无味的谷物、淀粉蛋糕和蛋白片——这些食物营养丰富，但几乎都是用难闻的或没有味道的东西做成的。到目前为止，抓住他的士兵们并没有跟他说什么，只说了一句“做到了”。这句话应该意味着自由吧。他只能这么心怀希望地想了。

他和家人所在的这间牢房很脏。尽管他的父母尽力保持房子的清洁，但他们没有扫帚，也没有拖把和肥皂，水也很少，所以不能把水浪费在做卫生上。

在被囚禁的这几个月里，邓肯接受了残忍而激烈的“训练”，而他的家人则充满恐惧地坐在牢房里，什么也做不了。监狱里的每个人都有号码，还有奴隶牢房的地址，而且大家（除了邓肯以外）都无事可做——不用干活，也没有娱乐。他们只是在等待判决的变化……但是又害怕这变化的到来。

邓肯既兴奋又自豪地告诉母亲他的冒险经历，给母亲讲述他是如何用计策战胜那些追击者的，他又是如何随机应变，打败哈克南最精良的士兵的。在这一天的逃跑训练中，其他的孩子也没有一个成功逃脱的，但邓肯确信自己已经做到了最好，足以换取自由。

他们随时都会被释放。他想象着他的家人再次聚在一起，自由地站在监狱之外，再次抬头仰望晴朗星空的情景。

他的父亲则用骄傲的目光凝视这个男孩，他的母亲却觉得难以相信这种事情会是真的。她有充分的理由相信哈克南人不会兑现他们的承诺。

没过多久，牢房里的灯光开始闪烁起来，原本不透明的门变得透明，随后被打开。一群身穿蓝色制服的狱警站在面带微笑的狩猎队长旁边，邓肯就是被这个人抓住的。邓肯的心都快跳出来了。*这是来释放我们吗？*

但他很不喜欢狩猎队长脸上的那种笑意。

穿制服的人站到一边，以表示对一个肩膀宽阔、嘴唇厚实、肌肉发达的人的尊重。这个人的脸被晒得红红的，就好像他在阴暗的杰第主星以外的地方待了好长时间似的。

邓肯的父亲立刻站起身来，然后笨拙地鞠了一躬，说道："拉班大人！"

拉班没有理睬那对父母，他的眼睛只盯着那个脸蛋圆圆的年轻受训者。"狩猎队长告诉我，你是表现最棒的男孩。"他对邓肯这么说道。他迈进牢房，士兵们随即跟在他身后也挤了进来。拉班咧嘴笑了开来。

"大人，您应该在今天的训练中看到他的表现了，"狩猎队长说，"从来没见过比他还机灵的小崽子。"

拉班点了点头说："11368号，我看过你的记录，也看过你在狩猎游戏中的全息影像。你的伤怎么样了？不严重吧？你还年轻，我相信很快就会痊愈的。"他的脸色随即一沉，说道："你身上还有很多乐趣有待发掘。就看看你是怎么对抗我的吧。"

他转身说道："跟我去打猎吧，孩子，现在就走。"

"我的名字叫邓肯·艾达荷，"男孩语气挑衅地回答，"我不是一个数字。”他的声音又细又尖，但却透着一股勇敢无畏的劲头，让他的父母感到十分震惊。士兵们也都很吃惊，转头看向他。邓肯看向他的母亲，寻求她的支持，仿佛期待得到鼓励和奖赏。但她的母亲却立即示意他闭上嘴，别说话。

拉班冷静地从站在他旁边的士兵手中夺过一把激光枪，然后毫不迟疑地朝邓肯父亲的胸口开了致命的一枪。可怜的父亲“砰”地一声撞在墙上。还没等他的尸体滑落在地，拉班就换了一把武器，把邓肯母亲的脑袋也烧成了灰烬。

邓肯惊声尖叫起来。他的父母现在都倒在了地板上，成了一摊毫无生气的尸体，上面满是水泡和烧焦的痕迹，血肉模糊。

“现在你没有名字了，11368，”拉班说，“跟我来。”

士兵们一把抓住邓肯，不让他冲到死去的父母身边，甚至连哭的时间都不给他。“在我们开始下一轮的游戏之前，这些人会让你做好准备。我需要换个地方好好捕一次猎。”

士兵们把不停踢打和尖叫的邓肯拖出了这个充满噪声的牢房。他觉得自己的内心已经死了——只有一股冰冷的仇恨之火在他胸中燃烧，把他童年的一切痕迹都烧得一干二净。

民众一定认为他们的统治者比他们更伟大，不然他们为什么要追随他呢？最重要的是，一个领导者必须是一个表演者，给予他的臣民们所需要的面包和马戏表演。

——保卢斯·厄崔迪公爵

不知不觉，几个星期过去了，这些日子里雷托一直在为去伊克斯留学而做准备，他要把所有关于这里的记忆都牢牢印刻在脑子里，把故乡的所有景象都铭记心中，以便在未来一年背井离乡的生活中，慢慢提取这些记忆和片段，以慰思乡之情。他会想念卡拉丹咸湿的空气，想念如轻纱般的晨雾，想念午后像是优美乐曲一般的沙沙雨声。伊克斯那个光秃秃且黯然无色的机器星球，怎么能跟这里比呢？

在这个水资源丰富的星球上，有许许多多的宫殿和度假别墅，而坐落在海边悬崖上的卡拉丹城堡是他真正的归属之地，同时也是政府的主要所在地。终有一天，他将会戴上公爵印戒，作为第二十六代厄崔迪公爵端坐在城堡的宝座之上。

他的母亲海伦娜大部分时间都在为他操心，总是忧心忡忡，常常诵经祷告，摘引《奥兰治天主圣经》[1] 里她认为非常重要的章节。儿

[1]《奥兰治天主圣经》又称“集锦之书”。是一本包含了大多数古代宗教要素的宗教书籍，其内容涵盖了穆美萨利教、大乘基督教、禅逊尼天主教等。其最高的戒条是：“汝等不应毁损灵魂。”

子将要离开她整整一年的时间，她为此苦恼不已。但是她不会对老公爵的命令提出异议——至少不会让别人听到。她的表情很不安，雷托意识到，在帝国这么多星球里，保卢斯却偏偏选择把他送到伊克斯星，这让母亲海伦娜尤其感到震惊。“那是一个滋生和发酵可疑科技的温床。”等她的丈夫走远，听不到他们说话的时候，她这么对雷托说道。

“您确定，您这么说不是因为伊克斯是李芝家族的死对头，母亲?”雷托问她。

“我不这么认为!”她正给雷托的衬衫系上优雅的衣领，说这话时，细长的手指突然停住不动了，“李芝家族依靠的是久经验证的真正的技术设备，这些设备的安全性完全能够符合规定的标准。李芝家族一直以来都严格遵守和执行圣战禁令，这一点没人能提出质疑。”

她的一双黑色眼睛现在直直地凝视雷托，接着突然泪流满面。她抚摸着雷托的肩膀，发觉最近他又长高了不少，几乎跟她一样高了。“雷托，我的儿，我不希望你到了那里之后就失去纯真的本性，或者丧失了灵魂，”她对他说，“风险实在太大了。”

在这之后，公爵一家人到餐厅里用餐，各自安静地吃炖鱼和饼干。海伦娜又一次请求老公爵把雷托送到别的地方去。但对她的担心，保卢斯只是一笑了之。海伦娜始终拒绝让步，态度平和却也十分坚决，最后终于惹得老公爵勃然大怒：“多米尼克是我的朋友——上帝啊，我们的儿子只有在他那里才能学到真东西，除了他别无二人。”

雷托尽力专注地吃饭，却被母亲的抗议弄得有些心烦意乱。但是尽管如此，他还是站在了父亲这边。“我想去那儿，母亲，”他把勺子轻轻放在碗边，然后重复着她母亲经常对他说的一句话，“这是最好的选择。”

在雷托的成长过程中，保卢斯的很多选择都令海伦娜感到厌恶，比如：让雷托与村民一起干活；带他出去与百姓面对面地交流；让他和平民交朋友；鼓励他亲自去干又脏又累的工作。雷托看到了其中所蕴含的智慧，因为终有一天，他将成为这些臣民的公爵。但是海伦娜仍旧以各种理由提出反对，而且经常引用《奥兰治天主圣经》里的章节来证明自己的观点。

雷托的母亲尽管在重要会议和公共活动中保持着完美的形象，但实际上她并不是一个有耐心的女人，而且对她唯一的孩子也并不怎么热情。她总是对自己的外表很挑剔，经常说她再也不要生孩子了。抚养一个儿子和管理公爵的家务事已经占用了她大部分宝贵的时间，她本可以把这些时间花在学习《圣经》和其他经文上的。显然，海伦娜生下这个儿子只是为了履行她对厄崔迪家族的使命，而不是真心渴望当一个抚养孩子长大的母亲。

也难怪老公爵要找一些不那么挑剔和难相处的女人做伴了。

有时到了晚上，雷托能听到父母在伊拉迦柚木制成的厚重大门后面激烈地争吵，他们暴跳如雷的声音在整个城堡里回荡着。海伦娜夫人完全不同意把他们的儿子送到伊克斯。但是老公爵保卢斯是厄崔迪家族的首领，他的话就是金科玉律，不管在城堡里还是在整个卡拉丹，不管他那心急如焚的妻子怎样反对，都无法使他的决心产生一丝动摇。

这是最好的选择。

雷托知道，他们的婚姻是包办的，只是为了满足几个权贵家族的需求而在兰兹拉德联合会家族之间达成的一笔交易。这是摇摇欲坠的李芝家族孤注一掷的最后一搏，而厄崔迪家族也希望这个曾经创造出辉煌科技的家族，有朝一日能够东山再起。与此同时，老公爵也因迎娶了李芝家族众多女儿中的一个而得到了不少好处和回报。

“贵族家庭里几乎容不下对爱情的痴迷和浪漫，小民们为爱情而神魂颠倒，那种难以克制的激情是贵族们永远也感受不到的。”他的母亲曾经这样对他解释婚姻的政治意义。毫无疑问，他知道等待他的将会是同样的命运。在这一点上，就连他父亲也同意母亲的看法，而且比她更加笃定。

“家族的第一原则是什么?”老公爵不厌其烦地重复问他。雷托不得不一字不差地回答着同样的一句话：“永远不要为爱而结婚，否则就会把整个家族带入深渊。”

雷托已经十四岁了，还从来没有恋爱过，尽管他的确感受过欲望之火的灼热难耐。他的父亲鼓励他和村里的姑娘们厮混，只要他觉得哪个姑娘吸引人，就可以跟她玩玩——但是不要给出任何承诺。因为是厄崔迪家族未来的继承人，所以雷托怀疑自己永远也不会有什么机会爱上一个女人，特别是那个最终将要被他娶作妻子的女人……

一天早上，就在雷托计划启程离开的前一周，他的父亲拍了拍他的肩膀，带着他一起四处巡游，跟百姓们亲切交谈，甚至连仆人也都问候了几句。公爵带领一个小小的仪仗队走进了城堡下面的海滨小镇，逛街购物，跟臣民们近距离接触。保卢斯经常和他的儿子像这样一起外出巡游——雷托一直觉得每次巡游都是一段美好的时光。

碧空如洗，老公爵笑容满面，那洋溢着慈祥和善良的面容极富感染力，让百姓们深受感动。当这位亲切和蔼，精力充沛的老人走在百姓中间时，人们都兴高采烈起来。雷托和他的父亲一起漫步在集市上，经过蔬菜摊和鲜鱼摊，去看用打烂的蓬吉纤维和火线织成的漂亮挂毯。保卢斯·厄崔迪经常在这里给他的妻子买一些小玩意或纪念品，尤其是在他们争吵之后，不过公爵似乎并不了解海伦娜的喜好，所以从来没挑选对合她心意的东西。

老公爵在牡蛎摊前突然停了下来，他抬头望着乌云密布的天空，想到了一个绝妙的主意。于是他低头看着儿子，咧嘴一笑，捋了捋他那浓密的胡子说道：“啊，孩子，我们得准备一场精彩的表演，好为你送行。你的送行会要让所有卡拉丹人都难以忘怀呀。”

雷托强迫自己不要觉得难为情。他听说过父亲曾经有过很多疯狂的想法，知道老公爵经常会不按常理出牌，而且一旦打定主意就会坚持到底。“那您想到什么好主意了吗，父亲大人？需要我做什么吗？”

“不需要，什么也不用做。我将亲自宣布为我的继承人和儿子举行一场送行会。”他抓住雷托的手，高高举起，在空中挥舞，仿佛在欢庆胜利。然后他低沉浑厚的声音响起，令在场的人都安静了下来：“我们要举行一场斗牛表演，一场为民众而举办的传统盛会。这一天将会成为卡拉丹的庆祝日，并且制成全息影像传送到全球各地。”

“是萨鲁撒公牛[①]吗？”雷托问道，他脑海中浮现出那些脊背高高隆起的野兽，黑色的脑袋上长着很多只角，眼睛是多面的。雷托小的时候经常去马厩里看那些可怕的动物。马夫长伊雷斯克曾经是李芝家族的一名老仆，被他母亲召来，为保卢斯照看公牛，好让他偶尔过过斗牛的瘾。

“当然了，”老公爵说，“像往常一样，我还要亲自跟它们斗一斗呢。”说着他夸张地挥动起手臂来，仿佛想象自己身披色彩艳丽斑斓的斗篷。“我这把老骨头还灵活得很呢，足可以躲避开像萨鲁撒公牛那样笨重的家伙。我会让伊雷斯克去准备一头公牛——要不然你亲自给我挑选一头吧，孩子，你说呢？”

“我以为您不会再亲自斗牛了，”雷托说，“您都快一年没上场了，自从……”

“这种话你是从哪儿听来的？”

“是您的大臣们说的，这太危险了，父亲。何不让别人替您去斗牛呢？”

老公爵哈哈大笑起来：“多么愚蠢的想法啊！我离开赛场只有一个原因：有一段时间，公牛的质量有所下降，因为基因遗传不平衡，

---

①萨鲁撒公牛是原产于萨鲁撒·塞康达斯的牛类生物。它们的背上布满了尖刺，头颅是黑色的，上面长有多个利角，有多面眼睛和两个分开的大脑。

公牛战斗力不强，所以就变得毫无价值了。不过这种情况现在已经改变了，新的公牛正在陆续培育出来，而且比过去更加强壮有力。伊雷斯克说那些牛已经准备好战斗了，而我也是如此。”说着他伸出胳膊，搂住雷托窄窄的肩膀，“我要用一场斗牛表演①为我的儿子送行，没有什么比这更合适的了。你要亲自来现场观看我的斗牛表演——这将会是你第一次看到斗牛。你的母亲再也不能说你太小了。”

雷托勉强地点了点头。他的父亲一旦下了决心，就绝对不可能动摇了。不过好在保卢斯受过斗牛训练，而且还戴着个人屏蔽场。

雷托自己就曾经用个人屏蔽场跟人类对手战斗过，所以他知道屏蔽场的优势以及局限性。屏蔽场可以阻挡住敌人的枪弹，以及飞速袭来的致命武器，但是任何低于阈值速度的刀刃都可以穿过屏蔽场，刺入屏蔽场下面毫无保护的肉体。一头横冲直撞，长着尖角的萨鲁撒公牛，动作非常缓慢，所以即便是最精密的盾牌也能被牛角刺穿。

他紧张地咽了咽唾沫，琢磨着新培育出来的那些更加强壮的公牛。马夫长伊雷克斯曾经给他展示的那些老公牛看上去就已经够危险的了——雷托还记得就是那些公牛也至少杀死过三个斗牛士……

保卢斯公爵对他想到的这个主意十分满意，于是便在集市上通过植入摊位和货摊的公共广播系统宣布了这一消息。一听到这个消息，市场上的人们立刻欢呼起来，一个个脸上乐开了花。他们的欣喜若狂，一部分是因为对精彩的斗牛表演充满期待，另一部分是因为他们又有了一个新的休息日和狂欢节。

雷托心里很是清楚，自己的母亲一点儿也不喜欢这样——保卢斯在战斗，雷托在一旁观瞧——但是雷托也知道，海伦娜越是提出反对，老公爵就会越坚定。

---

①此处原文为西班牙文 corrida de toros。

在正午的阳光下，托罗斯广场看起来就像一个巨大的碗盘。看台呈一个巨大的网格状展开，里面挤满了人。最远的一排观众看上去就像是小小的彩色像素。公爵从来没有向前来观看表演的民众收取任何费用，因为他太过以这些百姓为荣了，太喜欢向他的臣民们炫耀自己的强大了。

巨大的黑绿相间的横幅在微风中飘摆，喇叭里锣鼓齐奏，号角齐鸣，声音震耳欲聋。广场高耸的柱子上雕刻着厄崔迪家族的鹰隼纹章，为了这次活动，人们特意把柱子重新喷漆、抛光，所以看起来闪闪发亮。广场上花团锦簇，这些成千上万的花束都是从田野和低地采集来的，现在整齐地摆放在斗牛场周围——这是一种含蓄的暗示，因为公爵喜欢人们在他每次战胜公牛之后，将鲜花撒在斗牛场地上，以示欢呼和祝贺。

在斗牛场一层的准备室里，保卢斯正在穿戴装备，准备战斗。雷托和他一起站在护栏后面，听着人们迫不及待的呼声。“父亲，我为您的这次冒险感到十分不安。您不应该这么做……特别是不该为我这么做。”

老公爵对他的话不以为然：“雷托，我的孩子，你必须明白一点，治理人民并且赢得他们的忠诚和拥护可不能只靠签署文件、收点儿税或是参加兰兹拉德联合会会议。”他拉了拉身上那件紫红色的斗篷，然后自信满满地看着镜子里的自己。

“我要依靠外面的那些百姓在卡拉丹劳作，尽可能地生产出最多的物产和财富。他们必须心甘情愿地为我努力工作——不仅仅是为了他们自己的利益，也是为了他们的荣誉和荣耀。如果厄崔迪家族再次奔赴战场，这些人将会为了我而流血牺牲。他们会甘愿在我们家族的旗帜下献出自己的生命，”他又整了整自己身上的盔甲说，“帮我把这个勒紧点儿，好吗?”

雷托一把抓起公爵后背皮板上的绳扣，用力一拉，把绳扎紧。他没有说话，但点了点头表示自己懂得了父亲的用意。

“作为他们的公爵，我需要回报他们一些东西以证明我是有价值的。这不仅仅是为了娱乐大众，而是为了灌输和加深我在他们心中的印象，坚信他们的公爵是一个强大的人，一个英勇无畏的英雄……由这样的人来统治他们，将会是上帝的恩赐。所以我必须这么做，只有我亲自出战，证明我的强大，他们才会心悦诚服，甘心臣服于我。领导别人不能被动地守在原地，而是要主动出击。”

保卢斯检查了一下他的屏蔽场腰带，然后微微一笑，只不过隔着浓密的胡子很难看出他的笑容。“‘活到老，学到老，’”他引用了一句名言，“这是《阿伽门农》里的一句台词——我只想告诉你，我看上去像是睡着了，但其实我还清醒着呢。”

表情严肃的武器大师杜菲·哈瓦特一直站在公爵身旁。作为一个忠诚的门泰特，哈瓦特不会公开反对上级的决定，而是尽其所能地给出最好的建议。他低声对保卢斯讲解着，他观察到的这群新培育出的变异萨鲁撒公牛，都有些什么特点和习性。

雷托知道他的母亲会出现在公爵包厢的看台上。她会穿着精美华丽的长裙，披着色彩艳丽的纱袍，戴着轻薄的面纱出现在民众面前，尽职地扮演她的角色，比如向人们挥手致意。前一天晚上，公爵夫妇在他们的卧室里又一次激烈地争吵起来。最终，保卢斯公爵大吼一声让她闭嘴，这才安静下来。之后他就睡着了，为第二天的奋力战斗积蓄体力。

公爵戴上了他的绿边帽，然后拿起征服狂野公牛所需的装备：一把短剑和一支尾羽长矛，矛尖上涂着神经毒素。杜菲·哈瓦特曾经建议马夫给这头公牛注射镇静剂，以抑制它的冲动和暴躁。但公爵是个喜欢挑战的人，不允许他的对手被注射任何药剂。

保卢斯把激活装置扣在他的屏蔽场腰带上，启动了屏蔽场。这种屏蔽场只有半面，保护身前，然后公爵用一个名叫穆莱塔[①]的艳丽斗篷来遮在他的身后。

保卢斯先向他的儿子鞠躬，然后是他的门泰特，最后向在竞技场门口等候的教练鞠躬。“开始吧。”雷托看着老公爵像只求偶的鸟儿一样盘旋了一阵，然后才昂首阔步地走到开阔的托罗斯广场上。他的出现引发了观众们的热烈欢呼，那声音如雷鸣一般，甚至盖过了萨鲁撒公牛的怒吼。

雷托站在护栏后，耀眼的阳光照得他直眨眼睛。他面露微笑地看着自己的父亲在竞技场慢慢地绕场一周，挥动斗篷，向欣喜若狂的观众们鞠躬致意。雷托能够感觉到人们对这个勇敢的男人由衷的爱戴和钦佩，让他的心里也觉得暖融融的。

雷托在暗处等待，他发誓要尽其所能地从父亲的辉煌成就中吸取经验，以便将来他也能像父亲一样得到人们的尊敬和爱戴。胜利……雷托暗暗对自己说，这将是他父亲的又一个辉煌战绩，他一生无数的丰功伟绩将会添上新的一笔。但他不禁又开始担心起来。每一次屏蔽场的闪光，每一次牛角的冲撞，每一次牛蹄的重踏，都是无法预测的变数，处处都充满了危险。

铃声响起，广播员的声音传来，对即将到来的斗牛[②]作了详细的介绍。保卢斯公爵戴着闪闪发光的手套，朝赛场对面的那扇加厚门做了个手势。

为了能让自己看得更清楚，雷托移到了另一个拱门处，提醒自己这不是一场虚假的表演。他的父亲将用自己的生命与狂暴的公牛殊死相斗。

---

①穆莱塔是西班牙斗牛士专用的红布。

②此处原文为西班牙文 corrida de toros。

马夫们一直在照料这些凶猛的野兽，马夫长伊雷斯克为今天的表演[1]特意精心挑选了一头公牛。老公爵看了这只公牛之后非常满意，他相信看台上的人们也会为它的凶猛暴戾而感到满意的。他十分期待这场战斗。

沉重的大门打开了，悬浮铰链嘎吱作响，萨鲁撒公牛冲了出来，在耀眼的灯光下摇晃着它那巨大而多角的头。它那多面的眼睛闪烁着野性的愤怒。这种变异生物背部黑黝黝的鳞片反射出彩虹般的光芒。

保卢斯公爵吹着口哨，挥动起他的斗篷来："在这儿呢，蠢货！"观众们开始哈哈大笑。

公牛转过身来，面向保卢斯，喷了一声响亮的鼻息，低下了头。

雷托注意到他的父亲并没有开启他的屏蔽场。相反地，保卢斯却开始"啪啪"地挥动他那色彩斑斓的斗篷来，试图引起野兽的愤怒。萨鲁撒公牛用爪子使劲刨竞技场上的沙土地，接着从鼻子里喷出怒气。雷托想要大喊一声，提醒他的父亲小心。父亲难道是忘了打开他的屏蔽场了吗？没有屏蔽场的话，他怎么保住性命呢？

那头公牛风驰电掣一般地冲了上来，保卢斯优雅地把斗篷掠向一边，巨兽也因此被转移了注意力，从斗篷下穿了过去。但它那钩形的牛角还是把斗篷的底部撕成了碎片。随后，公牛再次奔袭而来，老公爵却转过身去，背对着它，将自己毫无防护的后背给了那头野兽，显得超然自信。他揶揄地向人群鞠了一躬，然后站直了身子——接着，镇定自若，不慌不忙地打开了身前的屏蔽场。

公牛再一次发起了进攻，公爵则开始用他的短剑戏弄它，他趁机用短剑刺穿它那厚厚的鳞片状兽皮，接着在它的身侧划开了一个小小的伤口。那头公牛多面的眼睛，此时也看到了这个折磨它的人所显示出的色彩鲜艳的多重影像。

---

①此处原文为西班牙文 corrida。

它再次蓄势待发。

雷托思忖着，如果公牛的速度太快，就不会穿透屏蔽场。但是如果久战之下，公牛疲惫乏力，速度就会减慢，那样一来，父亲可就更加危险了……

战斗还在继续，雷托眼看着他的父亲掌控全局，游刃有余，同时还不忘逗乐看台上的观众。老保卢斯随时都可以杀死那头萨鲁撒公牛，然而他迟迟不动手，因为他想细细品味，好好享受这场战斗带来的乐趣和刺激。

从观众的反应看来，雷托知道这次斗牛表演将为人们津津乐道多年。稻农和渔民们的生活沉闷而艰苦，但是这次斗牛盛会使公爵那英姿勃发、浩气凛然的形象牢牢印刻在他们的脑海中。他们会说，别看咱们老公爵上了年纪，但依然宝刀未老，太厉害了！

最后，公牛渐渐精疲力尽，眼睛也被自身流下的鲜血染红了。它的鼻息沉重而疲惫，因为它的身上鲜血淋漓，红色的血液顺着身体滴落在竞技场的沙土地上。保卢斯公爵终于决定要结束这场战斗了。他把这场战斗拖延了将近一个小时。虽然他汗如雨下，但却始终保持着王者之气，不让自己显露出半点疲态，也不让自己一身华丽的服装显得有一丝凌乱。

在看台上，海伦娜夫人继续挥舞她手里的三角旗，面带微笑地注视着竞技场里这令人惊心动魄的场面。

现在，那头萨鲁撒公牛就像一台发了疯的机器，一头狂暴的巨兽，它黑色的鳞甲上几乎没有能够穿透的弱点。这头猛兽再次朝公爵猛冲过来。只见它步履蹒跚，闪闪发光的牛角像长矛一样尖利。保卢斯公爵佯装向左闪躲，但当那头公牛冲过来时，他又折了回来。

接着，保卢斯移向一旁，把他那飘动的斗篷扔到地上，双手握住长矛的矛杆。他使尽全力，将长矛刺向公牛的脊背，动作一气呵成，精准到位，完美无瑕。长矛的尖锋刺穿了萨鲁撒公牛鳞甲上的一个裂缝，穿透脊骨和头骨的交叉点，斜直地刺穿了公牛分开的两个大脑——这是杀死公牛最难的一种方法，所需的技巧也最为复杂。

公牛突然停了下来，喘息呻吟着——之后应声倒地，一命呜呼。它的尸体就像失事的宇宙飞船坠落在地一般。

保卢斯公爵一脚踩在牛角上，慢慢拔出那把血迹斑斑的长矛，然后把它扔在尘土飞扬的地上。接着他拔出短剑，高高举起，以胜利者的姿态，得意洋洋地旋转剑柄。

看台上的人全都站了起来，尖叫，呼喊，欢呼。他们挥舞手中的旗帜，从花盆里抓起花束，把花扔向竞技场。他们一遍又一遍地高喊保卢斯的名字。

厄崔迪家族的族长陶醉在这崇拜的高喊声中，他微笑着转过身，打开外衣，让人们看到他那溅满鲜血、汗湿衣襟的样子。因为他是杀死公牛的英雄，此刻已经不需要再炫耀他华丽的衣装了。

欢呼声渐渐平息下来，几分钟后，公爵再次举起短剑，向下砍去。他接连不断地砍，直到把公牛的头砍下。最后他将那把血淋淋的短剑插进广场松软的地面，然后双手抓住公牛的角，把它高高举过头顶。

“雷托！”他转过头喊道，高亢洪亮的声音回荡在托罗斯广场，“雷托，我的孩子，快过来！”

雷托仍然站在拱门的阴影下，他犹豫了片刻，然后大步向前走去。他抬起头，昂首挺胸地穿过被牛蹄踏得一片狼藉的沙土地，站到了父亲身边。人群中再次响起热烈的欢呼声。

老公爵保卢斯转过身来，把他砍下的那个血淋淋的牛头交给了他的儿子。“这就是雷托·厄崔迪！”他指着自己的儿子向观众宣布，“你们未来的公爵大人！”

人们继续鼓掌欢呼。雷托抓住了公牛的一只角，他和他的父亲站在一起，高举那只被击败的野兽的头，那个战利品上红色的血液一滴一滴地落在沙地上。

当雷托听到人们一遍遍高喊他的名字时，内心深处备感激动，他第一次想要知道，成为一个领袖是不是真的就是这种感觉。

恩基：一种在肾上腺积聚的慢性毒药，也是最具隐蔽性的毒药之一，必须在公会和平协定和大联合协定的允许和限制下使用。（参见《暗杀战争》）

——《暗杀指南》

“嗯嗯嗯嗯，你知道，皇帝是死不了的，沙达姆。”一个身材矮小的男人开口说道，他那一双黑溜溜的眼睛大得吓人，脸也长得跟黄鼠狼一样。此人名叫哈什米尔·芬伦，此时正坐在屏蔽场球游戏机的一侧，对面坐着的则是帝国太子沙达姆。“至少在你盛年之时是坐不上那个皇位了。”

芬伦用他那犀利的目光注视着黑色的屏蔽场球，看着它停在了一个低分点上。在他的这一轮游戏过后，这位帝国的继承人显然对结果很不满意。他们俩是亲密的朋友，从小到大大部分时间都在一起。芬伦很清楚如何在适当的时候分散他的注意力。

从芬伦的豪华顶层公寓的游戏室里向外望去，沙达姆可以看到在一公里外的山坡上坐落着一座宫殿，里面灯光晶莹闪耀，那是他父亲的皇宫。多年以前，在芬伦的帮助下，沙达姆把他的哥哥法夫尼尔干掉了，但直到今天，那张金狮宝座似乎依然遥不可及。

沙达姆走到阳台上，深深地吸了一口气。

他三十多岁，体格健壮，下巴坚毅，鹰钩鼻；红色的头发剪得很短，涂了发油，看起来就像一个造型完美的头盔。奇怪的是，他看起来很像是那尊有着百年历史的半身雕像，而其原型就是他的父亲埃尔鲁德皇帝，那雕像是在皇帝执政最初的几十年里雕刻而成的。

天刚刚黑下来，凯坦星上空的四个月亮中，有两轮明月此刻正低悬在巨大的帝国大厦上空。被灯光照亮的滑翔机掠过黄昏静谧的天空，成群的鸣鸟追在后面，紧紧跟随。有时沙达姆确实需要暂时离开这座庞大的宫殿，换个环境。

“他当了一百三十六年的帕迪沙皇帝了，”芬伦用他那带着浓浓鼻音的声音继续说道，“老埃尔鲁德的父亲也统治了帝国一个多世纪。你想想吧，嗯－嗯－嗯－啊？你的父皇继承王位的时候只有十九岁，而你现在的年龄几乎是他的两倍了。”这个脸形瘦窄的男人，用自己那双贼大的眼睛盯着他的好友，“你就不觉得闹心吗？”

沙达姆没有回应，只是呆呆地凝视远处的天际线，他清楚自己现在应该回到游戏中去……但是他和他的朋友还有一场更大的游戏要玩儿。

凭借着多年的密切交往，芬伦清楚这位皇位继承人在玩游戏的时候总是会分心，无法思考复杂的问题。好吧，就这样，先到此为止吧。

“轮到我了。”芬伦说道。然后他拿起一根小杆，放在他那一侧的发光屏蔽场球上，然后穿过屏蔽场用杆子触碰球体内部的一个旋转圆盘。触碰会导致球体中心的一个黑色球悬浮在半空。芬伦估算好准确的时机，把杆子收回，黑球落到了一个椭圆形容器的中心，容器上显示芬伦拿到了最高分。

“该死，哈什米尔，你又赢了，”沙达姆从阳台上回来，“等我当了皇帝，你能聪明到决定输给我吗？”

芬伦的那双大眼睛顿时充满警觉，目露凶光。他是一个天生的阉人，因为先天畸形而无法生育，但他仍是帝国中最凶狠冷酷、阴险毒辣的战士之一。他的凶残暴戾无人能比，就连萨多卡卫兵都无法企及。

“等你当了皇帝?”芬伦和太子之间有太多不为人知的秘密，彼此之间没有任何隐瞒，“哎，沙达姆，你有听我说话吗，嗯哼?”他懊恼地叹了口气道，“你都三十四岁了，到现在还干等着有朝一日能——登上皇位。埃尔鲁德至少还能再活三十年。他就是个命硬的老波萨格[①]，你看他喝香料啤酒的那样子，估计他活得比咱们都长。”

“既是如此，那你还提这个干吗呢?”沙达姆摆弄着屏蔽场球的游戏机，显然想再玩儿一轮，“我想要东西的已经在这儿了。”

“你准备一辈子都来玩游戏么？我还以为你有更好的打算呢，嗯哼？比如你那科瑞诺血统应有的命运。”

“啊，是啊。但如果我的命运最终却没有降临呢，”沙达姆语气苦涩地说，“那你会怎么样?”

“我会很好的，谢谢。”芬伦的母亲在进入皇宫，成为埃尔鲁德第四任妻子的宫廷侍女之前，曾受训为贝尼·杰瑟里特姐妹会的成员。她精心培养自己的儿子，为其将来做一番大事做准备。

但是哈什米尔·芬伦现在对他的朋友十分反感了。在沙达姆十几岁的时候，他还曾一度野心勃勃地想要登上皇位，甚至鼓动芬伦毒死皇帝的长子法夫尼尔。当时法夫尼尔已经四十六岁了，正热切地期盼着加冕登基的一天早日到来。

现在，法夫尼尔已经死了十五年了，但那只老秃鹫仍然没有任何垂死的迹象，甚至也从没有要从容体面地脱袍退位的想法。而与此同时，沙达姆自己却失去了动力，反而十分享受身为皇子所享有的锦衣玉食和无限乐趣。当然，身为太子生活自然无忧无虑。但是芬伦想要的更多——为了他的朋友，也为了他自己。

---

①波萨格是萨多卡的将军级司令官。

沙达姆瞪了一眼芬伦。皇太子的母亲哈布拉在皇太子还是婴儿时就抛弃了他——那可是埃尔鲁德和她唯一的孩子——只是指派她的侍女查奥拉·芬伦当了他的奶妈。从孩提时代起，沙达姆和哈什米尔就一直在讨论，等太子真的登上金狮宝座，成为帕迪沙皇帝沙达姆四世之后，他们要做些什么。

但对沙达姆来说，这样的对话已经失去了魔力。多年以来，太多现实的沉淀让人变得麻木，太多遥遥无期的等待让人变得绝望。他已经对未来不抱任何希望了，对登基的那份热情亦变得冷淡。为何不把时间都用在玩儿屏蔽场球上呢？

“你个混蛋，”沙达姆最后说，“再玩儿一轮吧。”

芬伦却无视朋友的提议，直接关掉了游戏机。“回来再说吧，帝国有太多重要的事情需要关注了，你我都清楚，你的父皇把事情搞得一团糟。如果一个公司的老板像你父皇治理帝国这样管理他的企业，他早就被解雇了。想想宇联商会的丑闻，比如塑石交易逃税瞒报那件事。”

“啊，是。关于这个我确实无话可说，哈什米尔。”沙达姆发出一声长长的叹息。

“那些混进皇室的人——什么公爵、公爵夫人之类的……都是些该死的冒牌货，他们在你父皇的眼皮底下狐假虎威，胡作非为。谁能监督他们呢？现在他们消失在了一个个的流氓星球上，不受帝国控制。这种情况本不该发生的，不是吗，嗯–嗯–嗯–嗯？你自己想想，塑石交易贪污瞒报，导致巴塞尔和其相关系统损失了多少利润。埃尔鲁德到底在想什么呢？”

沙达姆看向别处。他不喜欢为这些帝国大事操心，光是想想就让他头疼。因为他父亲依然身体健朗，精力充沛，所以这些事情对他来说似乎还很遥远，与他无关。

但芬伦仍然坚持：“现在看你没什么机会改变现状了。埃尔鲁德一百五十五岁了，而且身体仍然十分健康。在他之前的皇帝，冯迪尔三世则活到了一百七十五。科瑞诺的皇帝寿命最长的活到了多少岁来着？”

沙达姆皱起眉头，用满含渴望的目光眼巴巴地望着游戏机。“你知道我对这些事情并不关心，即使导师因为这而对我发火，我也不在乎。”

芬伦用手指戳了他一下：“记住我的话，埃尔鲁德会活到两百岁。你麻烦大了，我的朋友……除非你听我的。”说着他扬起了细细的眉毛。

“啊，是啊，估计大多都是《暗杀指南》里那些手段吧。小心指南里写的那些东西。你会惹祸上身的。”

“胆怯的人注定只会找到胆怯的工作。沙达姆，你和我未来还有很多事情要做。想想那些我们将会做的事情，当然，只是假设啊。另外毒药有什么不好？那玩意儿很管用，而且只对目标人物起作用，完全符合大联合协定的要求。既不会连带害死旁人，也不会造成任何收益上的损失，更不会破坏可继承的财产。干净利落，而且神不知鬼不觉。”

“毒药是用在家族之间的暗杀，而不是用来做你说的那件事的。”

“我用它来对付法夫尼尔的时候，你怎么没这么说呢，嗯－嗯－嗯－啊？现在如果他还活着的话，应该已经六十多岁了，同样也在眼巴巴地盼着皇冠呢。你也想等这么久吗？”

“别说了，”沙达姆跺着后脚跟，仍然坚持自己的想法，“这种事情连想都不要想，这么做是不对的。”

“那你是要拒绝享有你那与生俱来的权力吗？如果你等到老了，像你父皇这样老态龙钟时才当上皇帝，那还有什么意义呢？看看厄拉科斯都成什么样子了。当我们把阿布鲁尔德·哈克南赶下台，换了一个总督的时候，香料生产就已经受到了极大的损坏。阿布鲁尔德不知道如何用皮鞭教训下人，所以工人们都不尊敬他。而如今的男爵又对工人鞭打得太狠了，弄得士气低落，甚至还引发了许多工人叛乱，破坏活动十分猖獗。但这也不能全都怪哈克南家族。归根结底是你父亲帕迪沙皇帝的错，这都是他做出的那些错误决定导致的，”接着，他语气稍微平和了一些，“为了帝国的稳定，你也应该坐上那个皇位。”

沙达姆抬头瞥了一眼天花板，似乎在寻找间谍眼或其他监听设备，虽然他知道芬伦这个私人顶层公寓的安保堪称无懈可击，会定期进行扫描，但他还是不放心。“你考虑用哪种毒药？当然，我只是假设性地问一下。”说着他再一次转过头，越过城市里闪耀的灯光，凝视远处的皇宫。那座流光溢彩的建筑看上去就像传说中的圣杯，一个遥不可及的珍宝。

“应该会用某种慢性毒药，嗯哼？这样一来埃尔鲁德看起来就像是自然衰老死亡。没有人会怀疑，毕竟他已经很老了。这件事就交给我吧。作为未来的皇帝，你不应该操心这种过于细节的事情——一直以来都是我替你办这些事的，没忘吧？”

沙达姆咬着下嘴唇。帝国里没有人比自己更了解面前这个人。但他的朋友会不会最终也要背叛他？也许吧……不过芬伦很清楚获得权力的最佳途径是通过沙达姆。如何让这个雄心勃勃的朋友始终在自己的控制之下，如何做到每件事都想到他前面——这会是一个很大的挑战。

皇帝埃尔鲁德九世，很清楚哈什米尔·芬伦的夺命技能，自己就派他执行过许多秘密行动，所有的行动最后都是万无一失。埃尔鲁德甚至怀疑过芬伦与太子法夫尼尔之死有关，但即使如此，他也从容地接受了现实，因为他认为这是帝国政治的一部分。多年来，芬伦已经谋杀了至少五十个男人和十几个女人，其中一些曾经是他的情人，里面有男有女。他一直认为自己是一个无论是正面加害，还是背后行凶，都不会感到任何内疚的杀手，并且引以为傲。

有时候，沙达姆甚至希望他和咄咄逼人的芬伦不是从小就在一起的至交：这样他就不会被迫面对许多艰难的选择了，这些选择他甚至连想都不愿去想。沙达姆应该一学会走路就甩掉这个婴儿时就和自己绑在一起的同伴。和这样一个冷酷无情的杀手在一起是很危险的，有时他甚至觉得跟这样的人交朋友玷污了自己的身份。

尽管如此，芬伦现在还是他的朋友。他们之间有一种特别的吸引力，一种说不清道不明的东西，连他们自己也搞不明白。眼下，沙达姆发现接受这种友谊——当然，为了他自己好，他希望这是一种友谊——比断绝它更容易，和他断交的话肯定会带来极其危险的后果。

沙达姆正沉思着，突然听到身边传来一个声音，打断了他的思绪。“你最喜欢的白兰地，我的王子。”沙达姆扭头一看，发现芬伦递给了他一大杯烟熏黑的基拉那白兰地。

他接过那杯酒，但却有所怀疑地盯着杯里的酒，摇晃了一下酒杯。会不会里面有别的颜色的东西，没有完全融化在酒里？他把杯子边缘凑近鼻子，像个品酒家似的，闻着白兰地的香气——其实他是在闻酒里有没有别的什么化学味道。白兰地闻起来很正常。不过芬伦不会让酒里散发出别的味道的。他可是个十分狡猾又有心计的人。

“你担心的话，我可以把毒物探测器拿过来，给你的酒做个检测，不过你永远不用担心我会给你下毒，沙达姆，”芬伦带着令人恼火的笑意说道，“可你父皇的情况就完全不同了。”

“呃，是啊。你刚才说用一种慢性毒药？我想你心里已经有数了吧。那么在你开始给我父亲下毒之后，他还能活多久？我的意思是，假设我们真的这么做的话。”

“两年吧，也许三年。足以让他的身体衰弱显得很自然。”

沙达姆抬起下巴，试图让自己看起来更有帝王之气。他的身上散发着芬芳的香水味，淡红色的头发向后梳得整整齐齐，光滑平顺。“你要知道，我是为了帝国才心存这种弑父忤逆的想法——我只是不想让我那父皇继续利用皇权给帝国带来灾难。”

芬伦那张黄鼠狼似的脸上露出一抹狡猾的微笑：“那是当然。”

“两年或三年，”沙达姆若有所思地说，“我想，现在是我准备承担领袖责任的时候了……而你也要面对某些更加令人不快的帝国事务了。”

“那么你真不打算喝这杯白兰地吗，沙达姆？”

沙达姆迎上那双硕大的眼睛，看到芬伦正目光凌厉地注视着他，不由得脊梁背发冷，打心里感到一阵恐惧。他打心眼里不相信芬伦。他又颤抖地吸了一口气，然后抿了一口浓烈的白兰地酒。

三天之后，芬伦像个幽灵一样，穿过皇宫里的屏蔽场和毒物探测器，悄悄溜进了皇帝的寝宫，他站在熟睡的皇帝身边，聆听着他轻柔的鼾声。

这老头儿睡得可真香，仿佛宇宙里的一切都与他无关似的。

没人能进入皇帝这个自古以来安保最严的寝室。但芬伦有自己的办法：这儿行点儿贿，那儿用点儿计，这边让一个妃子生病，那边让一个看门的侍从出点儿乱子，于是宫廷内侍不得不到处跑，解决这些棘手的麻烦。这种伎俩他以前使过好多次了，而且屡试不爽。皇宫里的人都习惯了芬伦四处神出鬼没的，他们也都很清楚地闭上嘴，别问太多问题。现在根据芬伦的准确估算——即便是一名门泰特也会为他感到骄傲的——他有三分钟的时间动手，幸运的话，可能会有四分钟。

他有足够的时间来改变历史的进程。

就像他在屏蔽场球游戏中所展示过的那样，芬伦这人很会掐准时机。之前他在人体模型以及厨房仓库里那两个不幸的女仆身上也都做过演练。此时，芬伦原地不动，静静等待，观察受害者的呼吸，他看上去就像一只即将向猎物猛扑过去的拉扎恶虎。他一只手里拿着一根长长的毛细针，夹在两根细长的手指之间；而另一只手则拿着一支雾管。老埃尔鲁德仰面躺着，身子挺得笔直，看上去就像个木乃伊，脑袋上羊皮纸般的皮肤紧紧地包裹着他的头骨。

他单手悄悄上移，手中的雾管距离老皇帝越来越近了。芬伦屏息掐算时机，静静等待……

趁着埃尔鲁德呼吸的间隙，芬伦捏住雾管上的一根控制杆，往老皇帝的脸上喷出了强力麻醉剂。

埃尔鲁德没有什么明显的变化，但芬伦知道神经阻断剂立刻就起了作用。现在他要行动了。他把一根纤维细密、自动导向的毛细针蜿蜒地穿过了埃尔鲁德的鼻窦，刺入他的大脑额叶。芬伦只用了片刻时间，就在老皇帝的身体里投下了一颗化学定时炸弹，然后悄无声息地离开了。这一切只用了几秒钟。没有留下任何痕迹，也没有引起皇帝任何痛苦。这种毒药深入人体，根本察觉不到也探测不着，但是它已经奏效了。这种微小的催化剂会不断生长，并对人的肌体造成破坏，就像一个苹果里第一个腐烂的细胞一样，不知不觉地就会渐渐蔓延开来。

皇帝每一次饮用他最喜欢的饮料——香料啤酒——他的大脑就会释放出微量的催化毒素到他的血液中。如此一来，老皇帝日常饮食中的普通成分就会通过体内的化学物质被转化为麝香毒——喝酒便是喝毒药。他的脑子会因此逐渐变得呆滞，神志不清……在一旁偷偷看着他的生命慢慢衰弱，真是人生极大的乐趣和享受啊。

芬伦就是喜欢这种低调。

魁萨茨·哈德拉克："捷径之法。"这是贝尼·杰瑟里特所追求的一个基因解决方案：一个男性贝尼·杰瑟里特，其精神和肉体可以穿越时间和空间。对于这样一个未知的人物，她们将其称为"魁萨茨·哈德拉克"。

——《帝国术语》

又是一个寒冷的清晨。老金星系里那颗蓝白色的小太阳现在越过陶瓦屋顶，悄悄探出头来，驱散了淅沥沥的雨水。

圣母阿妮鲁尔·萨朵·童金抓住她那身黑袍的领子，紧紧裹住身子，抵御从南方刮来的一阵湿冷寒风。风吹湿了她那铜棕色的短发。她脚步匆匆地走在湿漉漉的鹅卵石路上，径直朝着贝尼·杰瑟里特行政大楼那圆拱形的大门走去。

她迟到了，所以不得不一路小跑。只不过像她这么高地位的女人，此时还像个女学生似的在路上狂奔，跑得满脸通红，看上去很不得体。大圣母和她选定的议会成员们都在分会的会议厅里等着——如果阿妮鲁尔没到的话，会议就无法开始。姐妹会完整的培育计划以及其他记忆里的全部信息都在她一个人的脑子里。

贝尼·杰瑟里特姐妹会遍布帝国的各个星球，而位于瓦拉赫九号星[1]上的这座宏伟庞大的圣母学校建筑群则是贝尼·杰瑟里特姐妹会的大本营。历史上第一个姐妹会圣殿就在这里建立，时间可以追溯到芭特勒圣战时期。那个时代，训练人类精神意志的伟大学校才刚刚起步。训练区内的一些建筑已经有几千年的历史了，里面回荡着许多幽灵和记忆的回声。其他的几座建筑则是在最近的几个世纪建造的，其风格经过精心设计，使之与原本建筑风格相匹配。圣母学校的田园式建筑外观蕴含着姐妹会的一个最基本的原则：看似不起眼的外观，内涵却博大精深。阿妮鲁尔的脸型有些窄长，让她看起来有点儿像一只母鹿，不过她有一双深邃的大眼睛，仿佛其中也蕴含着千万年的智慧。

这座半木质结构的建筑群是由灰泥和木材建构而成，融合了古典的建筑风格，褐土制成的屋瓦上青苔纵横；斜面的加固窗户，旨在集中来自小太阳的自然光和热量。简洁质朴而又蜿蜒狭窄的街道小巷，与训练区古朴雅致的外观遥相呼应，掩盖了建筑内部所蕴含的厚重历史和错综复杂的微妙。那些傲慢的访客每每来到此处，也绝不会留下什么深刻的印象，而姐妹会则一点儿也不在乎。

纵观整个帝国统治时期，贝尼·杰瑟里特姐妹会始终保持低调，但她们总是出现在重要的领域，在关键时刻改变政治平衡，观察、推动并实现自己的目标。别人的轻视和低估，对她们来说最好不过。因为越是如此，姐妹会实现目标的过程中所遇到的阻碍就会越少。

尽管瓦拉赫九号星表面上存在种种缺陷和不利条件，但它仍然是培养圣母所需的精神力量的最佳场所。这个星球上那错综复杂的建筑以及工人太有价值了，浸透着悠久的历史和传统，无法轻易被取代。是的，在帝国麾下的无数星球中，有很多星球比这里气候更温暖、更适宜居住，但如果信徒不能忍受这样的条件，也就无法忍受精神和肉

---

①瓦拉赫九号星是老金星系的第九行星，是贝尼·杰瑟里特学院的所在地。

体上的痛苦，更无法忍受严酷的环境和那些令人心痛的抉择，而这些都是一个真正的贝尼·杰瑟里特将会面对的。

阿妮鲁尔圣母平复了一下自己急促的呼吸，走上了被雨水打湿的行政大楼台阶，然后停下脚步回头看了一眼对面的广场。她身形高大，站得笔直，却感到历史和记忆的重担正沉沉地压在自己肩上——对于贝尼·杰瑟里特来说，这两者之间几乎没有什么不同。过去几代人的声音在其他记忆①中回响，那是所有圣母都能听到的包含智慧、经验和意见的声音，而阿妮鲁尔听起来更为清晰。

在这里，历史上的第一位大圣母拉奎拉·贝托·阿妮鲁尔——阿妮鲁尔的名字就取自这位大圣母——曾向尚在雏形期的姐妹会发表了那篇传奇般的演说。拉奎拉将一群绝望而柔弱的人从思维机器的奴役下解救出来，这群人几个世纪以来一直备受折磨和煎熬，他们最终成为拉奎拉的追随者，并且在她的领导下建立了一所新的学校。

*你意识到很久以前你都做了些什么吗？*阿妮鲁尔这样问自己。*多少密谋，多少计划……你做了那么多事情，仅仅是为了实现一个单纯而隐秘的希望。*有时，死去的拉奎拉大圣母会在冥冥之中回应她内心的疑问。但今天却没有。

从她那些埋藏在灵魂深处的大量记忆中，阿妮鲁尔知道那位伟大的祖先曾经踏过的每一级台阶，走过的每一个脚步，也能听到许久以前她说过的每一句话。一阵寒意涌上她的脊背，让她停下了脚步。尽管她还年轻，皮肤依然光滑细致，但她的内心却饱含古老的智慧，就像所有还活在人世的那些圣母一样——在她灵魂深处，这些声音十分响亮。在她最需要的时候，会有无数的记忆抚慰她的心，为她出谋划策，由此避免很多愚蠢的错误。

---

①其他记忆是贝尼·杰瑟里特姐妹会的一个术语，来描述姐妹会的圣母所拥有的遗传记忆之井。其他记忆主要被用作获取知识的来源。

但如果阿妮鲁尔没有参加会议，她就会被指责为玩忽职守、心不在焉。有人认为她太年轻了，不适合做魁萨茨圣母，但是其他记忆向她展示的信息远比向其他姐妹展示的更多。她比其他圣母更能理解几千年来对培育魁萨茨·哈德拉克的基因要求，因为过去无数代的圣母唯独向她揭示了一切，而对贝尼·杰瑟里特的其余大多数人都隐瞒了其中的细节。

培育出魁萨茨·哈德拉克是姐妹会几千年来的梦想，甚至早在圣战胜利之前，她们就在一次秘密会议中提出来了。贝尼·杰瑟里特有许多育种计划，旨在拣选和提高人类的各种特性，但没人能完全了解其中奥秘。这个培育弥赛亚救主计划的基因遗传谱系是帝国有史以来最为严格保守的秘密，就连其他记忆也不会轻易向人透露细节。

但是其他记忆却把整个育种计划展示给了阿妮鲁尔，她深知这其中的全部含义。于是她被选为了这一代的魁萨茨圣母，成为贝尼·杰瑟里特最重要目标的守护者。

然而，她的名声和权力不能成为她在议会会议迟到的借口。许多人仍然认为她太年轻，心浮气躁，行事冲动鲁莽。

阿妮鲁尔打开了一扇厚重的门，门上刻满了象形文字，那是只有圣母才知道的语言。她穿过大门，走进了一个门厅，那里有另外十几个贝尼·杰瑟里特姐妹在等着她，她们都和阿妮鲁尔一样，穿着带兜帽的黑色长袍，站成一群。在这座毫不起眼的建筑里，低声私语。贝尼·杰瑟里特姐妹会里流传着这样一句格言：宝藏总是藏在朴实无华的壳里。

阿妮鲁尔像一个游泳的人分开水一样，从她们中间穿过，其他的姐妹们立刻退后，为她让开路。虽然阿妮鲁尔身材高大，不过一举一动仍然显出一种从容和优雅……但这对她来说并不容易。十几个圣母窃窃私语地跟在阿妮鲁尔后面，走进了八角形的分会会议厅，古代的姐妹会领袖们就在这里开会。阿妮鲁尔脚下踩着破旧的地板，发出嘎吱嘎吱的响声，门吱呀一声在她们身后关闭并锁上了。

古旧的房间里摆着几张伊拉迦木长椅。大圣母哈里什卡像个普通教徒一样坐在其中一张长椅上。这位圣母是个混血儿，有与人类不同分支的血统。她年迈而佝偻，黑色的兜帽下显露出一双黑色的杏眼。

贝尼·杰瑟里特姐妹们走到房间的两侧，也像大圣母一样坐在白色的长椅上。没过多久，长袍的沙沙声渐息，房间里鸦雀无声。古老的建筑里不知从何处传来嘎吱的响声。窗外细雨绵绵，仿佛寂静无声的雨幕，遮住了微弱黯淡的蓝白色阳光。

“阿妮鲁尔，我在等你的报告呢。”大圣母终于忍不住开口了，并对阿妮鲁尔的迟到表示出了一丝不满。哈里什卡掌管着整个姐妹会，但是阿妮鲁尔拥有对整个育种计划的绝对决策权。“你承诺过要跟我们讲解基因育种计划的总结和预测。”

阿妮鲁尔站在房间的中央。头顶上是拱形天花板，像花朵一样一直延伸到顶部的哥特式彩色玻璃窗，每一块玻璃上都雕刻着姐妹会历史上伟大领袖的家族徽章。

阿妮鲁尔深吸一口气，平复自己紧张的情绪，同时抑制住自己脑海中的各种声音。许多贝尼·杰瑟里特姐妹可能不会喜欢她所说的话。虽然过去几代圣母的声音会给她安慰和支持，但是她还是要说出自己的看法，并且必须坚持自己的意见。她还必须开诚布公，坦诚相对，因为哪怕有一丝欺骗，大圣母都能敏锐地察觉到。大圣母注意到阿妮鲁尔的迟疑和一切细微的表情，那双杏眼里既含着一丝期待，也透露出一丝不耐烦。

阿妮鲁尔捂住嘴巴，清了清嗓子，然后开始了她的报告。她用的是定向耳语，也就是说在这个密闭的房间里，她的声音传到了每个人的耳朵里，但是除了在座的这些人，任何人、任何角落都听不到她的声音。整个房间里寂静无声，即使有隐藏的监听装置，也录不到任何东西。贝尼·杰瑟里特姐妹们都知道她的职责和工作，不过为了证明她声明的重要性，她还是把相关的细节都告诉了她们。

“数千年来的精心培育使我们比以往任何时候都更接近我们的目标。历经九十代人，甚至在芭特勒圣战的战士们从思维机器中解放出来之前，此项目就已经开始谋划和执行了。我们姐妹会的成员们早已开始计划制造属于我们自己的武器。我们培育出的超级人类会用他的精神和意志来架起时间和空间的桥梁，穿越时空。”

她的话沉闷而冗长。其他的姐妹会成员虽然一动也没动，不过她们似乎对阿妮鲁尔的这种例行公事的总结感到厌烦和无聊。好吧，那我就告诉她们一些不一样的东西来唤起她们的希望吧。

“随着遗传基因的不断演变进化，我已经能够确定，最多再有三代，我们的育种计划就可以大获成功了，”她的脉搏加快了，“很快，我们的魁萨茨·哈德拉克就会诞生。”

“这可是秘密中的秘密，千万要小心谨慎。”大圣母提醒她道，虽然表面依然沉稳，但掩盖不了她内心的激动。

“我对计划的每个细枝末节都很留意，大圣母。”阿妮鲁尔用一种十分高傲的口吻反驳道。她努力控制自己的情绪，让自己窄窄的脸上始终面无表情，但其他人已经看出了她的心态波动。这会引起人们更多的抱怨，更加觉得她年轻气盛，冲动鲁莽，不适合担任如此重要的角色。“所以我对我们必须要做的事情确定无疑。基因样本已经分析完毕，所有的可能性也都已经充分预测。现在，我们前面的道路比以往任何时候都更加平坦。”

在她之前有那么多的姐妹为了实现这个不可思议的目标而做出了不懈努力。而现在，她的职责就是实施和决定育种计划的最后步骤，监督一个女婴的出生，并指导她的成长。因为那个女婴很可能就是魁萨茨·哈德拉克本尊的祖母。

“我得到了最后一组基因组合的名字，”阿妮鲁尔宣布，“结合指数表明，这些组合结合成功的可能性最大。”她停顿了一下，享受着众人那注视自己的热切目光。

在外人看来，阿妮鲁尔只不过是一位圣母，跟其他的教团姐妹没有什么不同，而且也没看出有什么特别的天赋或能力。贝尼·杰瑟里特向来擅长保守秘密，而魁萨茨圣母理应是所有圣母中最能保守秘密，也最伟大的一位。

“我们需要一个古老的家族的血脉，并与这个家族结合，生下一个女儿——她就相当于圣母玛利亚的母亲——将来她必须与我们为她挑选的男人婚配。这两个人将会是魁萨茨·哈德拉克的祖父母，他们的后代，也会是个女儿，将在瓦拉赫九号星上接受训练。这个贝尼·杰瑟里特成员将会成为魁萨茨·哈德拉克的母亲，她会生下一个男孩，由我们亲自抚养，并完全处于我们的控制之下。”阿妮鲁尔缓缓地叹了口气，说完了最后的这几句话，然后回味她这一番话所蕴含的深远意义和分量。

再过几十年，那个震惊世人的孩子就将诞生——很有可能，阿妮鲁尔在自己有生之年能看到这一天的到来。回想着其他记忆的时间隧道，她脑海中仿佛展开了一张时间的画布，她看到了无数代人历经千年的不懈努力，所有的一切都是在为这个婴孩的诞生而做准备。阿妮鲁尔意识到自己能活在这个时代，亲眼见证这样的时刻真是无比幸运。她的灵魂深处仿佛出现了一道光谱线，她的前辈们此刻就站在光谱线中，热切地注视着，期盼着。

当这个无与伦比的育种计划最终开花结果之时，贝尼·杰瑟里特就不需要再去操纵和控制帝国那风云变幻的政治，以使其保持微妙的平衡了。到那时，一切都将会属于她们，古老的银河封建制度将会土崩瓦解，坍塌陨落。

虽然没有人说话，但阿妮鲁尔仍然从姐妹们鹰一样锐利的眼神中看到了担忧，她们心存怀疑，但没有一个人敢表达出自己的困惑和疑虑。“那么是哪个家族的血统呢？”大圣母问道。

阿妮鲁尔没有丝毫犹豫，站直身子答道："我们必须让……弗拉基米尔·哈克南男爵生下一个女儿。"

从她们的脸上，阿妮鲁尔看到了惊讶的表情。哈克南家族？没错，他们是整个育种计划的一部分——所有的兰兹拉德联合会家族都是这个计划的一部分——但是谁也没有想到，贝尼·杰瑟里特的救世主竟然是出自这个男人的血脉。这个世系的血统对魁萨茨·哈德拉克来说预示着什么呢？一个出身于哈克南家族血统的超级人类，将来贝尼·杰瑟里特能控制得了他吗？

所有的这些疑问——以及更多的困惑和不解——在众姐妹之间传递着，但没有一点儿声音，甚至没有用定向耳语。但阿妮鲁尔把一切都一清二楚地看在眼里。

"大家都清楚，"最后，她终于开口道，"哈克南男爵是个奸诈狡猾，擅长设计和摆布他人的危险人物。我们可以肯定地说，他应该听说过许多贝尼·杰瑟里特的育种计划，但我们这个计划是绝不能透露出去的。所以我们得找一个方法，在不告诉他具体原因的前提下，让他与选中的姐妹交合，使其怀孕。"

大圣母撇了撇她满是褶皱的嘴唇："男爵只对男人和男孩有欲望。他不会接受一个女性成为他的情人，更不会对她产生兴趣的——特别是我们强推给他的女人。"

阿妮鲁尔表情严肃地点点头。"我们的诱惑能力会受到前所未有的限制，"她用富有挑战性的目光看着一众能力超群的圣母，然后说道，"但我毫不怀疑，凭借贝尼·杰瑟里特姐妹会所拥有的资源和条件，我们一定会找到办法对付他。"

为了严格响应芭特勒圣战禁令，反对机器对人类的精神施加影响，很多学校展开了加强人类精神力量的教育和训练，恢复之前由计算机完成的大部分工作。圣战之后，一批重要的学校蓬勃兴起，其中就包括贝尼·杰瑟里特姐妹会建立的学校，他们对学员的精神和身体进行了高强度的训练；另外还有宇航公会建立的学校，他们培养的是学员出色的预见能力，以便能通过折叠空间找到安全的飞行路线；此外就是门泰特学校，他们如计算机一般的大脑具备超凡的推理和思考能力。

——伊克布汉的《精神论》，第一卷

雷托为离家一年的求学在做准备，这期间他一直努力保持自信。他知道，对他来说这是他人生中非常重要的一步，也明白为什么父亲为他选择了伊克斯作为求学之地。但他还是会十分想念卡拉丹的。

这位年轻的公爵继承人并不是第一次前往完全不同的星系。雷托和他的父亲曾经探索过盖尔星系中的许多星球，其中雾气笼罩的皮拉尔戈星，被认为是孕育卡拉丹人祖先的摇篮和发源地。但是所有这些都只不过是外出郊游，或者激动人心的观光旅行而已。

然而一想到要独自一人离开故乡这么长时间，他就会觉得忐忑不安，比自己预想的还要紧张。但是他不敢把内心的担忧和顾虑表现出来，因为终有一天，我要成为厄崔迪家族的公爵。

雷托穿上华贵的厄崔迪家族礼服，和老公爵一起站在卡拉市太空港，等待客运穿梭机把他送到公会的远航机上。雷托的脚边放着两个悬浮式行李箱。

他的母亲建议他带上几个家仆，再带上装满衣服和娱乐用品的货箱，以及美味的卡拉丹食品。但保卢斯公爵却笑着说，他像雷托这么大的时候都已经在战场上拼杀好几个月了，除了个背包身上什么东西都没有。而且他坚持让雷托把一把传统的卡拉丹钓鱼刀放进刀鞘，别在他的后腰上。

和往常一样，站在父亲身边的雷托选择轻装简行。毕竟伊克斯是个富有的工业星球，而不是个荒野之地。他在学校里不会缺什么的。

在众人面前，海伦娜夫人只好带着坚忍的优雅，忍受这个令她不悦的决定。此刻她站在出发的队伍旁边，身穿精美绝伦的长袍，披着闪闪发亮的披风。虽然雷托知道他的母亲是真心为他的安全和健康担心，但作为厄崔迪公爵夫人，她永远也不会把自己任何的情绪表露出来，永远都要以最完美的公众形象示人。

雷托调整了他父亲的野外望远镜的焦距，透过望远镜凝视远方。越过黎明时分地平线上那些不断变幻的淡彩光线，望向即将消失的黯淡夜幕。一个不停闪烁的小亮点在星星的映衬下正在移动。雷托调整焦距，发现那个亮点逐渐变大，最后，他认出那是一架正在低空轨道上航行的远航机①，周围闪烁着屏蔽场防御系统发出的微光。

“你看见了吗？”保卢斯抚着他儿子的肩头问。

“在那儿呢——启动了全屏蔽场系统。他们是担心遇到军队袭击吗？在这儿？”雷托无法想象，如果有人敢对宇航公会的飞船进行攻击的话，会引发多么严重的政治和经济后果。虽然宇航公会并没有自己的军事力量，但是他们可以——通过取消运输服务的方式——使太

---

①远航机是宇航公会用来在已知宇宙中运送人员和设备的星际飞船。

阳系里的任何一个星球受到严重的打击。通过精细严密的监视机制，公会可以追踪和识别流氓攻击者，并向皇帝发送信息，然后根据共同条约，皇帝将派遣萨多卡军队前来救援。

“永远不要低估敌人孤注一掷、铤而走险的战术，孩子。”保卢斯说道，但他并没有进一步解释。他时常会告诉自己儿子一些秘闻，有人针对某些人而恶意捏造出各种罪名对其进行指控。过去的这些诬陷和诽谤，目的只有一个，那就是消灭皇帝或者宇航公会的敌人。

雷托觉得在他离开之后，他最为怀念的就是父亲的真知灼见和简洁明了的谆谆教诲。“帝国的统治不仅仅依靠法律，”保卢斯继续讲道，“另一个强有力的执政基础是联合同盟、施与恩惠和宗教宣传三者结合而形成的一个巨大网络。信念比事实更有力量。”

雷托透过夜幕笼罩的天空，凝视远处那艘恢宏气派的飞船，不禁皱起了眉头。真实与虚假经常难以分辨。

他看到一个橘黄色的小亮点出现在巨大的轨道飞船下面。渐渐的，那个橘色的亮点变成了一道向下投射的光，形成了一架穿梭机的形状。没过一会儿，那架穿梭机就飞到了卡拉市太空港，在停机坪上空盘旋。四只白色的海鸥在穿梭机降落时激起的气流中展翅翱翔，然后尖叫着飞向海边的悬崖。

在穿梭机周围有一层屏蔽场在闪光，然后忽明忽暗地渐渐消失了。沿着太空港的栏杆有一圈旗子，在清晨咸咸的微风中拍打飘舞，发出啪啪的声音。穿梭机是一架子弹头形状的白色飞船，正飘过停机坪，朝停机坪而来，雷托和他的父母站在登机平台上，与侍卫队分开。一群围观者和善良的民众在停机坪外围朝他们挥手欢呼。飞船和平台对接完毕，机身上一扇舱门滑开了。

雷托的母亲走上前来向他道别，默默地拥抱他。原本她不想来的，并威胁说要在卡拉丹城堡的一个塔楼上远远看着雷托离开，但保卢斯说服了她。人群欢呼起来，大声欢送雷托，跟他道别，保卢斯公爵和海伦娜夫人则手拉手站在那里，向人们挥手致意。

“记住我告诉你的话，孩子，”保卢斯说，他指的是他最近这几天对雷托反复的叮嘱和告诫，“向伊克斯学习，向一切学习吧。”

“但是你要用心去辨别和感知什么是真实的。”他的母亲补充道。

“我会的，”他说，“我会想念你们的。我会让你们为我骄傲的。”

“我们已经为你骄傲了，孩子。”老公爵向后退了几步，来到侍卫队的前面，然后跟他的儿子互相敬礼，以厄崔迪家族的礼仪互相施礼致意——张开右手举在太阳穴旁——所有的士兵们也都紧随其后，行同样的礼。之后保卢斯大步走上前去，给了雷托一个热情的拥抱……

很快，无人驾驶的穿梭机便起飞了，它越过卡拉丹岛上黑色的悬崖、翻滚的海水和氤氲缭绕的农田，飞驰而去。雷托坐在飞船观察休息室的一张豪华座椅上，凝视窗外。当飞船飞入太空那靛蓝色的黑暗中时，他看到了宇航公会的远航机犹如一座巨大的金属岛屿一般，宏伟气派，阳光洒在机身上，熠熠生辉。

随着穿梭机越来越靠近，远航机的底部突然裂开了一个巨大的黑洞。雷托深吸了一口气，眼看着庞然大物一般的远航机把穿梭机一口吞了下去。他突然想起曾经在胶片书里看到的厄拉科斯星上的一只沙虫把香料采集机吞没的情景。这个画面不禁让他不安起来。

穿梭机顺利地滑入对接口，一艘威库人的客船正悬挂在远航机巨大货舱内的泊位上。雷托登上远航机，两个行李箱在身后飘浮着，他下定决心按照父亲的吩咐去做。

向一切学习。此时，雷托坚定的好奇心战胜了内心的胆怯，他爬上楼梯，来到主客舱，找了一个靠窗户的位子坐下。他旁边坐着两个经营塑石的商人，正在滔滔不绝地交谈，时不时还夹杂着业内行话。老保卢斯曾经想让雷托学习如何保护自己，所以为了增强体验感，雷托这次是以一位普通乘客的身份出行，没有特殊待遇，也没有声势浩

大的排场，没有同行的随从，更没有任何迹象表明他是一位公爵的儿子。

他的母亲因此吓坏了。

在船上，戴着墨镜和耳夹式耳机的威库小商贩在乘客中来回穿梭，以高昂的价格出售甜点和芳香饮料。雷托挥手打发走了一个对他纠缠不休的小贩，虽然那人卖的卤味肉汤和烤肉条闻起来很香，但他却并不感兴趣。他能听到从那个小贩耳机里传出来的音乐，也看见那个人在随着音乐的节拍在摇头晃脑，扭腰耸肩。威库人在做着自己的小本买卖，招呼顾客，在一片纷乱嘈杂的环境中，养家糊口，勉强过活。虽然宇宙外部的景象壮观，令人惊叹，但相比之下，他们却更喜欢待在宇宙内部。

这艘公共交通运输飞船在宇航公会的合同规定下，是由威库人运营的。他们在不同星系之间穿梭，运载着乘客。威库人曾经也是个庞大的势力，但是早已分崩离析，衰败陨落，他们所在的星球在第三次煤袋战争中尽数被毁，所以如今的威库人已经成了吉普赛人，在宇航公会的远航机上过着流浪的生活。虽然根据古代的投降条款，威库家族的成员被禁止踏上帝国麾下的任何星球，但是宇航公会却给了他们避难之所，具体原因不明。岁月如梭，尽管历经好几代人，但威库人一直没有表现出任何向皇帝请求赦免或撤销施加在他们身上的诸多严格限制和约束的意愿。

透过客舱的窗户，雷托看到了远航机上灯光昏暗的货舱。那是一个真空舱，空间大得可以用广阔无边来形容。相比之下，这艘客运飞船就像是鱼肚子里的一粒米一样。他能看到头顶上高高的天花板，但看不见几公里外的墙壁。其他大大小小的飞船也都依次排列在货舱里：护航舰、货物运输船、穿梭机、驳船和装甲监视器。另外还有堆放在一起的“垃圾箱”——也就是无人驾驶的货物集装箱，这种集装箱可以将低轨道物质直接倾倒在行星表面。此时这些集装箱就悬浮在主外部舱口旁边。

客船里每个房间的主墙上都放着一本利读联晶纸手册，上面刻着宇航公会的各项规定。按照规定，客船上的乘客禁止离开船只的隔离区。透过邻近的窗户，雷托偶然瞥见了其他飞船上的乘客——这些开往帝国各个星球的飞船里载满了各个种族的人们。

威库族的水手们完成了第一轮的值班任务，而乘客们则等待着。穿越折叠空间的旅程用时不超过一个小时，但是出发之前却需要很长的准备时间，有时甚至要好几天。

最终，在没有任何通知的情况下，雷托察觉到一丝微弱而平缓的轰隆声，似乎是从很遥远的地方传来的。他现在能感觉到自己身体上的每一块肌肉了。“飞船要出发了。”他说着，转头看向那两个塑石商人，两个人却依旧无动于衷。他们瞥了雷托一眼，迅速移开目光，故意不理睬他。看到这两个人轻蔑无礼的态度，雷托觉得他们肯定是把自己当成一个没文化、没见过世面的乡巴佬了。

在飞船顶部一个独立的房间里，一名公会领航员在一个充满美琅脂香料的气罐里游泳，他开始用意念覆盖整个太空，设想出一条穿过折叠空间的安全通道，好将远航机以及远航机里运载的乘客和货物传送到遥远的地方。

前一天的晚上，在城堡的餐厅里用餐时，雷托的母亲曾大声质疑过，领航员是否会违反芭特勒圣战禁令中禁止人机互动的规定。因为她知道雷托很快就要启程前往伊克斯了，而且很有可能被那儿的污浊风气带得道德沦丧。所以她一边大口吃着柠檬烤鱼，一边天真地说着自己的观点。她总是用最通情达理的语气，发表极具挑衅性的言论，其效果就像是把一块大石头扔进一潭死水里。

“哦，别胡说，海伦娜！”保卢斯边说边用餐巾擦了擦胡子，“如果没有领航员，我们能去哪儿呢？”

“那只是因为你们习惯了这样而已，习惯去做一件事并不代表这件事是对的，保卢斯。《奥兰治天主圣经》里并没有说道德是由个人的便利来定义的。”

父亲还没来得及争辩，雷托就抢先说道：“我认为领航员只是看到了路，一条安全的通道。实际上霍尔茨曼发电机才是真正控制太空飞船的东西。”他决定引用他从《圣经》中记住的一句话，“‘物质之最高主宰乃是人之思想，田间野兽、城中机器须永服从于人。’”

“当然是这样，亲爱的。”他母亲说道，然后就放下这个话题不提了。

现在，当他进入折叠空间时，他没有发觉到自己感官上有任何变化。在雷托还没察觉之前，根据交通运输时间表，远航机就已经到达了另一个太阳系——哈蒙塞普。

远航机到达那里之后，雷托还得再等五个多小时，看着货船和穿梭机在远航机货舱里进进出出。另外还有一艘运输船，甚至还有一艘超级护航舰。之后这架公会的远航机再次离开，利用折叠空间到达另一个新的太阳系——基拉娜阿尔法，然后同样的情况再次重演。

雷托在客舱里打了个盹，随后出来买了两根嗞嗞作响的烤肉条和一杯烈性死滴酒。海伦娜希望雷托能由厄崔迪家族的侍卫陪同护送，但保卢斯坚持认为，只有一个人出行才能让他的儿子学会照顾自己。雷托则有着自己的计划和打算，他发誓一定要按自己的想法去做。

最后，到了第三站，一名威库水手命令雷托顺着甲板往下走三层，登上一架自动穿梭机。这名女水手穿着俗艳的制服，表情严肃，似乎没心情跟人说话。她的耳机里传出来低沉的音乐声。

“是到伊克斯了吗？”雷托问她，说着便伸手去拿他的悬浮式手提箱。两个箱子会随着他而自行移动。

“我们现在是在七公六星系。”她答道。因为戴着墨镜，所以雷托看不见她的眼睛。“伊克斯是在第九行星。你从这里下船吧。我们已经把垃圾箱都倒出去了。”

雷托遵照指示朝指定的穿梭机走去，但打心底希望能被告知更多的信息和提醒。他不知道自己到达那个高科技的工业化星球之后首先该做些什么，但是他觉得维尔纽斯伯爵会欢迎他的，至少会为他举办个欢迎会什么的。

他深吸一口气，尽量不让自己太过焦虑。

这架无人驾驶的穿梭机从远航机的货舱里飞了出来，朝着一个布满山脉、云层和寒冰的行星表面迅速下降。无人穿梭机根据一套设定好的指令自动运行，因此对话交谈并不在其技能范围之内。雷托是这架穿梭机上唯一的乘客，显然也是唯一一个前往伊克斯星的旅客。毕竟这个机器星球并不怎么欢迎外来的访客。

然而，当雷托透过舷窗向外看时，他心中突然涌起一种不祥的预感，感觉有些不对劲儿。威库族的穿梭机正在驶向一座高山上的高原，隐蔽的高原上森林密布，树木高耸入云。他没看见任何建筑物，也没看见他所期待的高楼大厦和生产工厂。空气中没有滚滚浓烟，目光所及之处，没有城市也没有人烟，没有一丝文明的迹象。

这里不可能是工业化高度发达的伊克斯星球。他环顾四周，顿时警惕起来，准备自我防卫。他不会是被出卖了吧？被什么人诱骗到这里，前不着村后不着店，无路可走，好叫我一个人困在这儿？

穿梭机在一片光秃秃的平原上停了下来，平原上散布着斑驳的花岗石和一簇簇的白花。“这就是您下船的地方，先生。”机器人飞行员用合成的声音说道。

“我们这是在哪儿？”雷托问道，“我要去的地方是伊克斯的首都啊。”

“这就是您下船的地方，先生。”

“回答我！”要换作他的父亲，一定会用洪亮的声音对这个愚蠢的机器破口大骂起来，然后就算把它大卸八块，也要撬开它的嘴问出答案，“你看看这周围，这里怎么可能是伊克斯的首都呢？”

“您有十秒钟的时间离开飞船，先生，否则你将会被强行弹出。公会交通运输的行程安排得很紧，远航机已经准备好要前往下一站了。”

雷托低声咒骂着，胳膊肘碰了碰他悬浮的行李箱，然后踏上了布满碎石的地面。几秒钟之后，这架白色的子弹形飞船就升向空中，在天空中逐渐缩小成一个橘黄色的光点，最后完全消失在他的视野中。

两只行李箱在他身边晃悠着，一阵清风吹乱了他的头发。如今只剩下雷托独自一人。“喂?”他大声喊道，却没人应答。

他凝视着布满积雪和冰川寒冰的崎岖山脊，不禁打了个冷战。在卡拉丹，大部分地方都被海洋覆盖，几乎看不到这么巍然耸立的高山。但他可不是来看山的。“你好！我是雷托·厄崔迪，来自卡拉丹！”他大声喊道，“有人吗?”

一阵难受的感觉攫住了他的胸口。他远离家乡，身处一个未知的世界，在浩瀚的宇宙中不知道何去何从。*这里会是伊克斯吗?*寒风呼啸，但空旷的原野却出奇地安静。稀薄的空气中弥漫着一种压抑的寂静。

他是听着大海的摇篮曲长大的，从小到大，每天萦绕在耳边的是大海的浪涛声、海鸥的歌声和村民们的喧闹声。但是在这里，他却什么也没看见，没有欢迎的队伍，没有人居住过的痕迹。这个星球看起来……人迹罕至，空空如也。

如果我真被困在这儿，有人能找到我吗?

厚厚的云层遮住了天空，不过他还是透过氤氲的缝隙看到了远处的蓝色太阳。他又打了个寒战，不知道该怎么办，也不知道该上哪儿去。如果他要成为公爵，那么他必须学会当机立断，做出决定。

淅沥沥的雨滴夹着雪花开始落了下来。

历史的画笔以最黯淡的笔墨描绘出阿布鲁尔德·哈克南的形象。以他同父异母的哥哥弗拉基米尔男爵，以及他的两个亲生儿子格洛苏·拉班和费伊德-劳萨·拉班的标准来看，阿布鲁尔德跟他们完全是不同的人。然而对于哈克南家族最终的失败，我们不得不说，很大程度上都要归咎于阿布鲁尔德的软弱无能，他做的决定太过愚蠢和鲁莽。尽管被流放到兰基维尔并被剥夺了所有的权力，但阿布鲁尔德还是取得了一个这个庞大的家族中其他人无法比拟的胜利：他学会了如何快乐地生活。

——《兰兹拉德联合会大家族百科全书》，后圣战版

虽然哈克南家族在政治斗争中十分擅长暗中操控、耍阴谋诡计、弄虚作假，但是在这方面，贝尼·杰瑟里特仍是无可争议的大师。

贝尼·杰瑟里特的育种计划实施已久，至今已经历经了十代人，早在思维机器土崩瓦解之前就已经存在了。如今为了进行这一伟大计划的下一个步骤，姐妹会的姐妹们需要找到一个支点来动摇男爵那坚硬冰冷的心，让他屈从于姐妹会的意愿。

没过多久，她们就发现了哈克南家族的弱点所在。

年轻的贝尼·杰瑟里特姐妹玛格特·拉西诺-齐娅，来到了寒风凛冽的兰基维尔星球，她装扮成新来的家仆，潜入了男爵同父异母的弟弟阿布鲁尔德·哈克南的家中。美丽的玛格特是魁萨茨圣母阿妮鲁

尔亲自挑选的，曾经接受过间谍和挖掘信息的训练，并且熟练地掌握了如何将一些毫不匹配的数据连接起来，构建成更广阔的图景的本领。

她还熟知六十三种徒手杀人的方法。姐妹会的成员都极其努力地保持她们温雅娴静、蕙质兰心的学者形象，但是她们也有自己的杀手。玛格特姐妹被公认为是她们当中的佼佼者。

阿布鲁尔德·哈克南居住的小屋坐落在一片崎岖不平的土地上，一直延伸到深海，与狭窄的图拉峡湾接壤。这座木屋的周围是一个小渔村。农田向内陆推进，进入狭窄的岩石山谷，不过这个星球上大部分的食物都是来自冰冷的海洋。兰基维尔的经济完全依靠于活跃的鲸毛皮业。

阿布鲁尔德住在溪水潺潺的山脚下，这座山终日被钢灰色的云层和弥漫的薄雾笼罩着，所以很少能看到山顶。木屋和周围的村庄是这个边境国度最接近和类似首都中心的地方。

由于这里很少有陌生人前来，所以玛格特事先做好了准备，尽量不引起别人的注意。她的身材比许多四肢粗壮、肌肉发达的当地人都高，所以她站着的时候，总是故意微微弯腰，掩盖自己的身高。她把自己蜂蜜一般的金发染成了黑色，并且把头发剪得厚实而蓬乱，这是在村民当中非常受欢迎的一种发型。她还用化学药剂把她光滑嫩白的皮肤弄得粗糙而黝黑，让皮肤看起来饱经风吹日晒的样子。她混入人群，完全能够融入其中，丝毫没有引起别人的注意和怀疑，一眼就能让人接受。对于一个受过姐妹会训练的女人来说，保持这种水平的伪装简直是小菜一碟。

哈克南家族成员分布广泛，人数众多，所以贝尼·杰瑟里特派出了许多姐妹潜入到这些成员当中作为间谍刺探情报。而玛格特只是被派遣的众姐妹之一。她们会在被派往的地方秘密搜查所有的商业记录。男爵此时还没有理由怀疑姐妹会在暗中调查和监视哈克南家族

——因为他很少跟姐妹会打交道。但是如果在这些派出的女间谍当中有人被抓到，那么这个又瘦又恶毒的男人肯定会毫不留情地折磨她们，挖出她们的底细。幸运的是，玛格特认为任何受过严格训练的贝尼·杰瑟里特都可以在被痛苦折磨到被迫说出秘密之前，想办法先结束自己的生命。

哈克南家族历来擅长暗中操纵，瞒天过海。但是玛格特知道她一定会找到确凿的罪证。尽管其他姐妹都认为应该在距离哈克南家族权力中心更近些的地方挖掘证据，但玛格特坚信阿布鲁尔德才是最合适的人选。毕竟，这位哈克南男爵的弟弟曾经在厄拉科斯经营过七年的香料生意，所以他肯定知道一些信息。如果有什么东西要隐藏起来的话，那么男爵很可能会把秘密藏在阿布鲁尔德的眼皮底下，越是出人意料，往往才越安全。

一旦贝尼·杰瑟里特发现了哈克南家族的错误，拿到男爵在财务上欺上瞒下的罪证，她们就会以此作为要挟的武器，逼迫男爵屈从，进而推进她们的育种计划。

身穿染色的羊毛和毛皮衣服，玛格特现在扮成了一个土生土长的当地村民，悄悄溜进了码头上的一幢乡间大房子。这座建筑高高耸立，由大量的木材建成，表面被漆成呈深色。每个房间的壁炉里都弥漫着带着树脂香味的烟雾，球形灯被调成了橘黄色，尽量更贴近阳光的色彩。

玛格特打扫卫生，掸扫灰尘，帮忙做饭……同时也在寻找财务记录。一连两天，这位与男爵同父异母的弟弟一直对她笑脸相迎，态度和蔼可亲。他一点也没觉得有什么不对劲。作为一个很容易就相信别人的人，他似乎从来没有为自己的安全担心过，他甚至还允许当地人和陌生人进入他豪宅的主卧房和客房参观，更是可以接近他本人。他有一头灰金色的头发，一直垂到肩膀；红扑扑的脸上布满皱纹，永远挂着微微的笑意。据说，他是他父亲迪米特里最喜爱的儿子。他鼓励阿布鲁尔德接管哈克南家族的产业……可惜阿布鲁尔德却做出了太多错误的选择，他的许多决定都是基于人而不是商业需要。这就是他失败的原因。

玛格特穿着温暖但硬得扎人的兰基维尔服装，目光始终低垂，原本那双灰绿色的眼睛戴着隐形的镜片，使她的眼睛看起来是棕色的。实际上，她本可以考虑把自己变成一个金发美女，前来引诱阿布鲁尔德，这样也能轻而易举地从他嘴里套出想要的信息。但她却决定不这么做。因为这个男人似乎对他那位矮胖而健壮的本地妻子埃米·拉班忠贞不贰，不可动摇。这位埃米·拉班就是格洛苏·拉班的母亲。阿布鲁尔德很早以前在兰基维尔遇到了埃米·拉班，并深深地爱上了她。后来他不顾父亲的反对，与埃米结婚，让他的父亲深感失望。在他混乱的执政生涯中，他一直都带着自己的妻子，到各个星球旅行，周游宇宙。阿布鲁尔德似乎对任何女人的诱惑都无动于衷，唯独对这个女人一往情深。

结果，玛格特只靠淳朴的魅力和静默的纯真就轻而易举地找到了书面财务记录、积满灰尘的账簿以及存货仓库，并且没有引起任何人的怀疑。

最终，她抓住每一个没人的机会，神不知鬼不觉地找到了她所需要的东西。利用在瓦拉赫九号星上学到的快速记忆技术，玛格特将一大堆利读联晶纸一一扫描，读取了上面所有的数据、货物清单、已报废或正在使用的设备清单、可疑的损失以及受到风暴等自然灾害所导致的损失等信息。

在附近的房间里，一群女人正在准备做一锅热气腾腾的炖鱼，有的在剥鱼皮、取内脏，有的在切菜，有的则在给水果剥皮去根。这是因为阿布鲁尔德和他的妻子打算请家里所有的佣人吃饭。他们一直坚持和所有为他们工作的人在同一张桌子上吃同样的饭。进餐的铃声开始回荡在这座大宅的每个房间了，而在这之前，玛格特早已偷偷地把所有记录都扫描完毕。

之后当她回到自己房间，一个人的时候，她一边听着外面的狂风暴雨声，一边在脑海中回顾之前看到的数据，研究阿布鲁尔德在厄拉科斯当政期间的香料生产记录，以及男爵现在向宇联商会提交的香料生产和交易报告，还有就是各种走私组织从厄拉科斯偷运走的美琅脂香料数量。

通常情况下，她会将这些数据先收起来，等到姐妹会的整个团队都凑在一起时，再共同对这些数据进行分析。但玛格特这次想自己找出答案。所以她假装睡着了，闭着眼睛聚精会神地思考，陷入很深的灵态。

那些数据被巧妙地篡改了，但在被玛格特剥去层层遮掩的面纱和虚假的面具之后，真相终于浮出了水面。只不过她清楚，一个贝尼·杰瑟里特姐妹能看出其中端倪，但皇帝的财务大臣或者宇联商会的会计师却未必能发现这些数据有假。

除非有人给他们指明方向。

她的这一发现说明了一件事，那就是宇联商会和皇帝严重低估了香料的产量。所以要么是哈克南家族是在非法出售美琅脂香料——不过她觉得应该不会，因为这样做很容易被追踪到——要么就是哈克南家族在暗中积累自己的秘密储备。

有意思，想到这里，玛格特不由得扬起了眉毛。她睁开眼睛，走到一扇加固的玻璃窗前，凝视外面像液态金属一样的海洋，汹涌的波浪冲击瓶口一样狭窄的峡湾，犹如一头被困的野兽；阴暗笼罩的乌云在崎岖不平的岩石壁上盘旋。萧瑟而荒凉的远方，长着毛皮的鲸鱼发出怪异的嗡嗡声。

第二天，她预定了下一班宇航公会远航机的机票。接着，她去掉身上的伪装，坐上一辆装满加工过的鲸鱼毛皮的货运车，驶离这个小小的渔村。她怀疑在兰基维尔根本没人注意到她曾经来过，也没人发现她已然离开。

有四样东西是隐藏不住的——爱、烟雾、火柱和一个人大步流星地走在旷野里。

——弗雷曼人的智慧

一个人走在寂静而荒凉的沙漠里——这才是应该有的样子。帕多特·凯恩斯发现，只有当自己全神贯注，并且有充足的时间去思考的时候，他的工作效率才会达到最高。如果有别人在场，就会有太多的干扰，因为很少有人会跟他一样专心致志地探索同一个目标或是对同一样东西感兴趣。

作为被派到厄拉科斯的帝国行星学家，他需要将这一望无际的景象全都深深印刻在自己的脑海中，将所有的信息和知识都吸收到自己的每一个毛孔中。一旦他有了正确的观念，他就能真正感受到这个世界的脉搏。此刻，他正站在一块凹凸不平的黑红色岩石上，这块岩石是由于周围盆地隆起而形成的。这个身形清瘦，饱经风霜的男人，凝视着眼前浩瀚无垠的景象。沙漠，目之所及尽是沙漠，一望无际。

他低头看着地图屏幕，上面显示这条山脉名为西部岩墙。测高仪表明这座山脉最高的山峰远远超过了六千米……然而，他没有看到这里曾经有过任何降雪、冰川或者结冰，甚至降水的痕迹。要知道即使是像萨鲁撒·塞康达斯星那些经过原子爆炸，满布疮痍的山顶上，也都有积雪覆盖。但这里的空气极度干燥，所以即使沙漠表面有水的话，也无法以任何形式存在。

凯恩斯向南眺望，越过茫茫的沙海，看向举世闻名的一片沙漠——“丧原”。毫无疑问，地理学家们已经发现了足够多的地理特征，并且按照这些特征将这片土地细分成不同的区域——但是很少有人曾经冒险到过那里。因为那是沙虫的领地，所以根本没人需要地图。

令凯恩斯感到困惑的，是他想起了从地球早期就开始使用的古代航海图，在地图那些神秘的未知区域上，人们会做上简单的标记，上书“此处有怪物”几个字。是的，他回想起拉班猎捕令人闻风丧胆的沙虫时那震撼的场景来。这里的确有怪物。

站在西部岩墙锯齿一样的山脊上，凯恩斯取下了蒸馏服[①]上的鼻孔塞，揉了揉被过滤器摩擦得生疼的鼻子。然后他把嘴上的呼吸罩拿下，深深地呼吸了一口带着焦煳味的干燥空气。按照沙漠指南上所说，如非必要，不能让自己暴露在空气中，以免造成过多的水分流失。凯恩斯知道这一点，但是他需要呼吸厄拉科斯的空气，闻一闻空气中的味道，让自己与这个星球产生共鸣，感受这个星球心跳的节奏和声音。

他闻到了灼热的灰尘味、矿物的微咸味，以及沙子、风化的熔岩和玄武岩的独特味道。这是一个完全没有潮湿气味的世界，没有植物生长或腐烂的味道，也没有预示生物生与死的味道。只有沙子和岩石，以及更多的沙子。

然后，他在细细观察之下，发现即使是最严酷的沙漠也依然充满了生命，一些特有的植物、动物和昆虫，早已适应了这种恶劣的生态环境。他跪在地上，仔细观瞧岩石上阴暗的小孔洞，那是清晨微小的

---

①蒸馏服是厄拉科斯星球发明的全封闭式装束。由三层微循环材料制成，提供散热和过滤身体排泄物的功能。回收的水被收集在积存袋中，可以通过水管直接饮用。

露珠最有可能聚集的地方。小孔洞周围布满了苔藓，仿佛在用小手紧紧地抓住粗糙的石头表面。

那几粒硬邦邦的小球应该是一些小啮齿动物的粪便，很有可能是更格卢鼠。昆虫可能会在高海拔地区安家，同时在那里安然生存的还有一些随风摇曳的小草或耐寒而孤独的杂草。在垂直陡峭的悬崖上，甚至会有蝙蝠在黄昏时分出来寻找掩护，捕食夜蛾和蚊虫。他抬起头，偶然在湛蓝的天空中发现一个黑点，那一定是一只隼或是秃鹰。对于这么大的动物来说，生存一定特别困难。

那么，弗雷曼人又是如何生存下来的呢？

他曾经看到过他们尘土飞扬地行走在村里的街道上，但这些沙漠里的人却沉默不语，从不与人交流，办完自己的事之后就迅速消失了。凯恩斯注意到那些“文明的”村民们对待他们的态度很不一样，不过不清楚是出于敬畏还是蔑视。弗雷曼人有句谚语：*优雅和品味出自城市，而智慧则来自沙漠。*

根据他找到的一些稀疏零落的人类学笔记上记载，弗雷曼是古代游牧民族禅逊尼①遗留下来的残存者。禅逊尼人曾经被当做奴隶在各个星球之间辗转，饱受奴役。后来，也许是被释放，也许是成功逃离，重获自由的他们要寻找自己的家园。但是几个世纪以来，无论他们走到哪里都会遭到无情的压迫和残害。最终，他们来到了厄拉科斯这里，并且生存下来，繁衍生息。

有一次，当一个弗雷曼女人从凯恩斯身边经过时，他试图和她说话，但那个女人用她那令人震惊的蓝中透蓝的眼睛盯着他，由于食用了大量香料，她眼睛里的眼白完全被高纯度的靛蓝色香料所浸染，凯恩斯惊讶得愣住了，以至于把想要问什么都忘到脑后了。他还没来得

①禅逊尼可追溯至公会纪元1381年，信奉的禅逊尼教是沙丘世界的宗教之一，主要强调神秘主义，并回归父系时代。

及说话，那个弗雷曼女人就裹紧在蒸馏服外的破旧褐色朱巴斗篷[1]，急匆匆走了。

凯恩斯听说过一个传闻，弗雷曼人的人口中心都隐藏在盆地和屏蔽场城墙[2]的岩石壁里。他们靠土地为生，可是土地提供给他们赖以生存的东西确实太少了些……他们是怎么活下来的呢？

对于厄拉科斯这个星球，凯恩斯还有太多的东西需要学习和了解。他觉得弗雷曼人可以教给他很多东西。但前提是如果他能找到他们的话。

在污秽不堪、建筑粗糙的迦太格，哈克南家族一直不愿为这位不受欢迎的行星学家配备精良而昂贵的装备和仪器。凯恩斯向物资补给官提交了物资征用单，补给官怒视征用单上那个属于帕迪沙皇帝的印章，然后批准让他拿了些装备服、一个氧气瓶、一套救生包、四个贮水袋的水、一些野外干粮、一架破旧的单人扑翼机以及大量的燃料供给。这些东西对于凯恩斯这样的人来说已经足够了。因为对于奢侈的装备和仪器其实他并不了解，也不怎么熟悉。他并不在乎是否拥有正规的服装，也不在意那些无用的细节。他更关注的是如何能更多地了解厄拉科斯。

对预估的风暴模式和盛行风[3]进行了检查之后，凯恩斯驾驶着扑翼机起飞了，朝东北方向而去，深入到极地地区周围的山区。因为中

①朱巴斗篷是厄拉科斯上的一种多用途斗篷，可以反射或吸收辐射热，或是改造成吊床或庇护所，通常穿在蒸馏服外。

②屏蔽场城墙是位于厄拉科斯北部的一个多山、多岩石的地貌。它保护着一小块区域免受科里奥利风暴的影响。它十分高耸。

③盛行风，又称最多风向，是指在一个地区某一时段内出现频数最多的风或风向。通常按日、月、季和年的时段，用统计方法求出相应时段的盛行风向。

纬度地区的荒原酷热难当，所以大多数人类居住地都集中在高地附近。

他驾驶着老式的扑翼机，耳边是引擎的轰鸣声和可移动机翼的震颤声。他独自一人驾驶扑翼机在空中飞行：这是查看下面景象的最佳方式，能以广阔的视角观察地质缺陷、地形模式、岩石的颜色以及峡谷的地貌。

透过满是沙砾刮痕的前窗，他可以看到干涸的小溪和峡谷，以及由古代洪水冲积而成的扇形支流。一些陡峭的峡谷壁似乎是经受过水流的侵蚀，仿佛志贺藤像钢锯一样锯穿了岩层。有一次，在热气蒸腾如海市蜃楼一般的远处，他感觉好像看到了一个闪闪发光的盐积盆地，看上去很可能是一个干涸的海底。但当他朝那个方向飞去时，却找不到那块盆地了。

凯恩斯开始相信这个星球上曾经有过水。而且有过很多。证据就真真切切摆在那里，任何行星学家都能看到。但这些水源现在都到哪里去了呢？

极地冰帽里的冰量微不足道，水商在那里开采水源，然后拉到城市里高价出售。这些冰帽当然不足以解释消失的海洋以及干涸的河流。这地方的水是被毁掉了，还是被人从这个星球上移走了……又或是躲了起来？

凯恩斯继续往前飞，睁大眼睛不停地搜索。他不知疲倦，勤勤恳恳地做笔记，把他发现的每一件有意思的事情都记了下来。为了写一篇有理有据，内容翔实的论文，光是收集足够的信息就得花费他几年的时间，但在过去的这一个月里，他已经向皇帝递交了两份定期的进度报告，只是为了表明他正在履行自己的职责。他把这些报告交给了一位帝国信使和一个宇航公会的代表，一个在厄拉齐恩，另一个在迦太格。但他不知道埃尔鲁德皇帝或是他的大臣们是否读了这些报告。

凯恩斯发现自己大部分的时间都处于迷路状态。他手里的地图和图表残缺不全，或者根本就是错误的，这让他感到很困惑。如果厄拉科斯是美琅脂的唯一来源——那么这个星球便应该理所当然成为帝国中最重要的星球之一——可为什么测绘出的地图会如此漏洞百出呢？只要宇航公会多安装几颗高分辨率卫星，大部分的问题就得到解决了，但为什么不这么做呢？似乎没有人知道答案。

不过，对于一个行星学家来说，迷路并没有什么大不了的，毕竟他是个探索者，就是要漫无目的地四处游荡。虽然扑翼机开始嘎嘎作响，但他还是继续向前飞去。离子推进引擎非常坚固结实，这架扑翼机虽然破旧，但他驾驶起来倒是得心应手。即使遇到强风和上升气流，也能应付得很好。另外他也有足够的燃料，能维持好几个星期。

凯恩斯还清楚地记得他在环境恶劣的萨鲁撒星生活的那些年，为了搞清楚几个世纪前那场毁灭萨鲁撒星的旷世灾难，他克服了各种艰难困苦，潜心研究，不断探索。他曾经见过那个星球古代的图像，知道曾经的帝国首都是多么美丽富饶。但在他的心里，那里将永远都会是如今这副地狱般的模样。

同样，在厄拉科斯也发生过划时代的大事件，但没有目击者或者任何记录能够在那场古老的灾难中幸存下来。他认为导致这场灾难的不可能是原子，尽管这个结论很容易就能假设得出来。毕竟，芭特勒圣战以及圣战之前的古代战争都是极具毁灭性的，都把整个太阳系炸成了碎石瓦砾和滚滚尘埃。

不……这里发生的事不尽相同。

这样的日子依旧持续，凯恩斯仍在四处游荡。

在凯恩斯已经绕了半个星球的时候，在一个荒芜、寂静的山脊上，他爬上了另一座岩石山峰的顶端。他把扑翼机降落在一个布满卵石，像马鞍一样的平地上，然后徒步爬上斜坡。他身上背着叮当作响的装备，手脚并用地往山顶上爬。

按照早期地图绘制员那缺乏想象力的绘图所示，这条蜿蜒起伏，连绵不绝的岩壁犹如一道屏障，将东至哈班亚沙海、西至碧水鸟洼地的整片地区围在其屏障的保护之下，因此被永久性地命名为“假墙西”。凯恩斯认为这里是建立数据收集站的最佳地点。

凯恩斯感觉到自己的两条腿有些发沉，同时还听到他那套蒸馏服因使用时间过长而发出的滴答声。他知道自己此时一定大汗淋漓。但尽管如此，他的衣服还是吸收并循环利用了从他身体发散出的水分，因此他并没有感到任何不适。当他实在口渴得忍不住的时候，他便从喉咙附近的集水管里吸了一口有些微温的水，然后继续沿着凹凸不平的山路向上艰难爬行。按照弗雷曼人的老话说的：*身体是保存水的最好地方*。这是卖给他蒸馏服的小贩告诉他的。他现在已经穿惯了这身滑溜溜的蒸馏服，感觉它好像变成了他的另一层皮肤。

根据测高仪显示，这座陡峭的山峰大约有一千二百米高。他在一个天然的休息处前停了下来，这个遮蔽的休息处是由一块断了尖头的硬石形成的。他在这里建立了一个便携式的气象站。气象分析设备将记录下这片区域的风速、风向、温度、气压和相对湿度的波动。

在这个星球上，早在美琅脂香料的特性被发现之前，就已经建立了生物试验站，距今已经有几个世纪之久。那时候的厄拉科斯不过是一个不起眼的干燥星球，几乎没有什么理想的资源——除了最绝望的殖民者，没有人对它感兴趣。许多试验站年久失修，无人看管，有些甚至已经被人遗忘了。

凯恩斯怀疑从这些生物试验站收集到的信息也未必有多可靠。所以现在他要用自己的设备收集数据。伴随着一个小风扇的嗡嗡声，一个大气采样器吞下了一个大气样本，并显示出了成分数据：23%的氧气，75. 4%的氮气，0. 023%的二氧化碳，以及其他微量气体。

凯恩斯发现这些数字十分特别。当然，这里的空气是完全可以呼吸的，而且这些数据也十分符合人们的预期，换句话说，这是一个正常的星球，有着适合动植物蓬勃生长，繁衍生息的生态系统。但在这个干燥灼热的地域，局部气压过高导致了许许多多的问题。没有海洋或暴风雨，没有浮游生物，没有植被覆盖……那么这些氧气都从何而来呢？这完全说不通啊。

他所知道的唯一大型本地生物就是沙虫。会不会是由于沙虫数量过多，使它们的新陈代谢对大气的组成产生了巨大的影响呢？是否有某种奇怪的浮游生物在沙地里大量繁殖呢？众所周知，美琅脂香料矿含有机成分，但是凯恩斯不知道它是怎么产生的。贪婪的沙虫和香料之间有什么联系吗？

厄拉科斯真是个谜一样的星球，一个生态奥秘中包含着另一个奥秘。

凯恩斯的准备工作顺利完成，他从气象站的最佳设置地点转过身来。随后他突然意识到，在这座孤立的山峰之上，有些看上去是天然凹室的地方，其实是有意安排的。

他惊讶地弯下腰，用手指抚弄粗糙的凹痕。石头上有台阶！这意味着不久之前，人类曾经踏足过这里，并且阻断了通往这个地方的捷径。这里曾是一个前哨站吗？一个瞭望台？还是弗雷曼人的观察站点？

一股寒气窜过他脊背，这寒气是他这个身穿蒸馏服的人贪婪地喝下汗水引起的。与此同时，他也感觉到一丝兴奋，因为他突然想到弗雷曼人也可以成为盟友，他们是个在恶劣的环境中自强不息的民族，而且跟他有同样的目标和计划，也同样需要了解和改善这片沙漠……

凯恩斯转过身，看向开阔的沙漠，突然感觉有人在盯着自己。“有人吗，是谁啊？”他大声喊着。但是回答他的只有沙漠的寂静。

所有这一切都是如何联系在一起的呢？他不禁思考起来。而且如果有联系的话，那弗雷曼人知道吗？

谁能知道伊克斯是否走得太远了呢？他们把设备隐藏起来，奴役他们的工人并要求工人保密。鉴于这样的情况，他们怎能不受诱惑以至于越过芭特勒圣战禁令的限制呢？

——利班·李芝伯爵，向兰兹拉德联合会提交的第三次上诉

“善用你的智慧和身边的资源。”老公爵总是这样教导他。现在，雷托独自站在原地，瑟瑟发抖，他对这两者都进行着估算。

他沉思着眼下这种令人始料不及且令人沮丧的境遇，自己孤零零地被扔在伊克斯星上的一个荒无人烟的地方——或许这里根本就不是伊克斯。他被困在这里，是偶然还是阴谋？最坏的情况会是什么？宇航公会应该保存着他被粗鲁而突然地赶下远航机的记录，知道他被穿梭机运走的地点。如果他没有在预先安排好的目的地按时出现，他的父亲一定会迅速集结厄崔迪家族的军队前来找他——但这又需要多长时间呢？他在这里能活多久？如果维尔纽斯就是在背后搞鬼的叛徒，那么这位伯爵会向父亲报告他失踪了吗？

雷托想尽量保持乐观，但是他知道救援队可能需要很长时间才能赶来。他既没食物，也没保暖的衣服，更不用说移动避难所了。他必须自己处理这个问题。

“有人吗？”他又一次大声喊道。但他的声音被空旷的荒原所吞没，瞬间化为乌有，甚至连个回声都没有。

他琢磨着要不要冒险出去找个地标或者定居点，但是最终还是决心暂时留在原地。随后他又在心里暗自盘算了一下自己行李箱里的物品，看看有什么东西能用来发送信息。

他的身旁有一片蓝绿色的多刺植物丛，那是些在冻土中挣扎求生的顽强植物。这时，从那片多刺植物丛中传来了一阵沙沙声。雷托大吃一惊，吓得向后跳了一步，然后仔细观察。是刺客吗？还是一群要抓他的人？绑架公爵继承人绝对可以拿到不少赎金，足以换来堆成山的宇宙索……另外还有保卢斯·厄崔迪公爵的勃然大怒。

雷托从别在后腰的刀鞘里抽出父亲送给他的那把钓鱼刀，随时准备战斗。他心跳加速，警惕地观察着四周可能出现的危险，准备伺机而动。厄崔迪家族的人从来都是临危不惧，不怕流血牺牲的。

树枝和尖尖的树叶微微摇晃，然后树丛分开，地上露出一个圆形的强化玻璃板。然后，随着机器的嗡嗡声，一个透明的管状升降电梯从地下冒了出来，看上去与崎岖不平的地面完全不搭调。

一个健壮敦实的年轻人就站在透明的电梯里，脸上带着温暖的笑意，热情地向他表示欢迎。这个男人一头金发，虽然梳理得很仔细，但还是有些蓬乱。他穿着宽松的军装长裤和一件变色丹迷彩衬衫。那张和蔼开朗的脸庞显得有些苍白，由于还有些婴儿肥，所以面部轮廓很柔和。这个陌生人的左肩上背着一个小背包，和他手里拿着的包差不多大。他看上去似乎和雷托年纪相仿。

透明电梯停了下来，一扇弧形的门旋转着打开。一股暖风拂过雷托的手和脸。他蹲下身子，准备用他的钓鱼刀进行攻击，尽管他实在无法想象这个看起来一脸天真的陌生人会是个冷酷的杀手。

“你一定是雷托·厄崔迪吧？”那个年轻人问道。他说的是加拉赫语，也就是帝国的官方语言，“那么我们是不是应该以徒步远足作为开始呢？”

雷托眯起自己那双灰色的眼睛，盯着男孩衣领上紫铜色相间的伊克斯螺旋形徽章。他尽力掩饰自己虚惊一场，如释重负的心情，以一种镇定自若，甚至是怀疑的表情看着对方，然后点点头，刀尖落下。陌生人则假装没有注意到。

“我叫隆博·维尔纽斯。呃，我以为你想在我们去下面安顿下来之前，先在这附近活动活动呢。我听说你喜欢户外活动，不过我更喜欢一个人待在下面。也许你和我们相处一段时间之后，会觉得我们的洞穴城市里和你在自己家中一样舒服。伊克斯真的很不错呢。”

他抬头看了看天上的云层和高空的雨夹雪：“咦，怎么下雨了？地狱在下，我讨厌这种不可预测的天气，”隆博厌恶地摇了摇头，“我吩咐过天气控制台，给你一个温暖、晴朗的好天气。很抱歉，雷托王子，是我的过失——不过在我看来，这里太沉闷无聊了，咱们坐电梯下去，到大王宫去如何？”

隆博忽然发现自己一直在滔滔不绝说个没完，于是把两个背包都扔进了电梯里，又把雷托的两个悬浮行李箱也推了进去。“很高兴终于见到你了。这么多年我父亲一直跟我念叨厄崔迪这个，厄崔迪那个的。我们会一起学习一段时间，估计大概是族系家谱和兰兹拉德联合会政治一类的。我是金狮宝座的第八十七顺位继承人，不过我想你的排位应该比我更靠前吧。”

金狮宝座。这些权贵家族的顺位排名是按照宇联商会－兰兹拉德联合会系统精心安排的。每个家族都以长子继承制为基础来排列等级。雷托的地位实际上的确要比伊克斯的王子高得多——从他母亲的族系血统来看，他实际上是埃尔鲁德九世的曾孙。因为埃尔鲁德与他的第二任妻子伊薇特生了三个女儿，雷托母亲就是其中一个女儿的后代。但是这种血缘关系其实并没有什么意义，因为皇帝有许许多多的曾孙。他和隆博根本连宝座的边都沾不上。而且雷托觉得，承担厄崔迪家族公爵的重任就已经够有挑战性的了。

两个对各自的星球有一半统治权的年轻人，互相握了握手，指尖相触。伊克斯王子右手上戴了一枚火宝石戒指，雷托感觉到对方的手上丝毫没有粗糙的老茧。

“穿梭机降落之后，我以为自己来错地方了呢。”雷托说。他的不安和困惑终于显露了出来，“我以为我被困在渺无人烟的荒山野地里了。这里真的是……伊克斯吗？那个著名的机器星球？”说着他指了指那些巍峨壮观的山峰，冰雪覆盖的岩石和幽暗隐秘的森林。

雷托想起父亲曾经告诉过他，伊克斯人对于安全性的执着和偏爱。他这才注意到隆博有些犹豫：“哦，呃，这个嘛，你以后就知道了。我们尽量不让自己太过显眼。”

王子请他走进电梯，电梯的强化玻璃门随即旋转着关上了。电梯穿过一公里长的岩石，急速下落。即使在垂直下落过程中，隆博仍然继续镇定自若地说着：“由于我们技术操作的特殊性，伊克斯里有数不清的秘密，许多敌人想要摧毁我们。所以我们尽量隐藏自己的资源，并且低调地进行交易，躲开别人窥视的目光。”

两个年轻人穿过一个由人造材料制成的发光蜂房，然后进入到一片开阔的空间，眼前是一个巨大的洞穴世界，一个被星球那厚厚的地壳保护着的人间仙境。

一根根造型优美的支撑梁犹如一顶顶王冠，赫然映入眼帘。这些支撑梁与菱形晶格柱相连接，巍然耸立，高不见顶。透明的强化玻璃电梯继续下落，自由飘浮在一个伊克斯独创的悬浮装置之上。电梯的透明玻璃地板令人很是不安，给人一个要掉下去的感觉。雷托紧紧抓住旁边的栏杆，两个悬浮行李箱在他身边晃来晃去的。

他抬起头，看到头顶上伊克斯阴晴不定的天空，蓝白色的太阳正透过乌云，洒下微弱的阳光。隐藏在星球表面的投影仪，将真实的天气图像传输到覆盖在岩石天花板的高分辨率屏幕上。

这个巨大的地下世界广阔无垠，就连宇航公会的远航机在它面前都会显得十分渺小。从石拱顶上向下看，雷托看到一座座建筑都呈几何形状倒立着，看起来就像有人居住的水晶钟乳石。这些钟乳石形建筑由一条条人行道和管道彼此连接。泪滴形状的飞机无声无息地在地下王国里飞行，在建筑物和支撑梁之间穿梭。载人的悬挂式滑翔机飞速掠过，留下一道道五彩斑斓的印迹。

在地下洞穴的深处，他发现了一个湖和几条河流——全都隐藏在地下深处，不为外人所见。

“这里就是韦尔尼”，隆博宣布，“我们的首都。”

透明电梯在倒悬的钟乳石建筑之间穿行滑动，雷托看到了地行车、公共汽车和空中管道运输系统。他感觉自己仿佛变成了一片神奇的雪花，在城市上空飞舞。“你们的建筑真是美得令人难以置信。”他感叹道。灰色的眼睛目不转睛，仿佛要将所有的景象尽收眼底，“我一直以为伊克斯是个嘈杂喧嚣的工业化世界。”

“我们，呃，是有意给外人留下这种印象的。我们发明了一些特殊的建筑结构材料，不仅外形美观，而且非常轻盈坚固。所以我们住在地下，既能受到保护，又能隐藏起来不被人发现。”

“所以你们就能始终保持星球表面的原始状态。”雷托说道。伊克斯的王子看样子似乎并没有考虑这个优势。

“贵族和官员们住在上层钟乳石建筑里，”隆博继续介绍，“工人、值班主管以及所有的次人都住在下层的聚居区里。每个人都共同为伊克斯的繁荣而努力工作。”

“城市的下面还有房屋？还有人住在比这更深的地方？”

“那个，他们其实不能算是人。他们被称作次人①，”隆博轻蔑地挥了挥手说，“是我们专门培育出来的，目的是让他们毫无怨言地做苦差事。这可是基因工程的巨大胜利啊。天知道要是没有他们的话，

①次人是伊克斯行星上的下等阶层。它们有人类的身体，但却没有典型的人类行为。伊克斯的领导家族，维尔纽斯家族，把这些次人当作“人类机器人”，让它们从事繁重的劳作。次人的皮肤为灰色，通常有雀斑。

我们该怎么办才好。”

他们的悬浮电梯绕过一条管道运输线，继续沿着倒悬的天际线行驶。他们逐渐临近了城市中最瑰丽壮观的倒顶宫殿——那是一座巨大而又造型别致的倒悬式建筑，看上去就像古老的大教堂——雷托问道：“我想你们的审问官在等着我了吧？”他微微抬起下巴，准备迎接严峻的考验，“我以前从来没做过深度精神扫描。”

隆博揶揄地笑着说：“呃，如果你真想经历这种严酷考验的话……我倒是可以给你安排。”伊克斯王子专注地凝视着雷托，“雷托啊，雷托，如果我们不信任你的话，就根本不会答应让你来伊克斯。伊克斯的安全措施与你父亲来时相比，已经有了很大的改变。不要听信那些黑暗阴险的故事，那都是我们故意散播出去的，用来吓跑那些对伊克斯心怀好奇的人。”

最终，透明电梯降落在一个由互锁地砖铺成的巨大阳台上。雷托感觉到他们脚下似乎有一个固定装置。接着，电梯开始横向移动，径直朝一座镶着装甲强化玻璃的建筑滑去。

雷托尽量不让自己如释重负的心情显露出来。“好吧，那我听你的吧。”

“等我们到你的星球时，我也会听你的。大海，鱼群，还有开阔的天空。感觉卡拉丹……嗯，很美呢。”他的语气听起来却正好相反。

穿着黑白制服的管家和仆人们纷纷从那座建筑里出来迎接他们。穿着制服的男男女女站到了电梯通道两旁，排成两条整齐的直线，每个人都站的笔直。

“这里就是大王宫，”隆博说，“你有什么要求和愿望就跟这些人说，他们都会一一满足你的。由于你是我们这里目前唯一的客人，所以他们会有求必应，全心全意照顾你，绝对会让你有宾至如归的感觉。”

“所有这些人就只服务……我一个人吗？”雷托想起自己在家的

时候，如果想吃鱼的话，就得自己去钓，然后亲手宰鱼刮鳞。

“雷托，你身份尊贵，既是公爵之子，也是兰兹拉德联合会的盟友，更是我们家族的朋友。你觉得我们会怠慢你吗?”

“事实上，我的家族并没有什么可观的财富，我们的星球上唯一能创造财富的人就是海里打鱼的渔民、飘浮的帕拉丹瓜田的瓜农，还有种植庞迪米的稻农。”

隆博哈哈大笑，发出友好而爽朗的笑声：“哦，你还真是谦虚呢。”

在两个悬浮行李箱的伴随下，两个年轻人并肩走上三阶宽阔而优雅的台阶，进入了大王宫。

雷托环顾中央大厅，看到了伊克斯水晶吊灯，这是帝国所有星球中最好的水晶吊灯。华丽的大理石桌上装饰着水晶高脚杯和各式花瓶；黑色接待桌的两边各摆着多米尼克·维尔纽斯伯爵和他的妻子珊多·维尔纽斯夫人的全身天青玉石雕像。雷托曾经见过他们的三联照片，所以能够认出这是伯爵夫妇的雕像。

身穿制服的家仆们慢慢回到皇宫里，回到各自的岗位等待上级的指示和调遣。穿过大厅，一道双扇门打了开来，只见肩膀宽阔，头发秃顶的多米尼克·维尔纽斯伯爵迎上前来，看上去就像一个从神灯里冒出来的精灵。他穿着金银相间的无袖短袍，领子上镶着白边。胸前别着一枚紫色和红铜色相间的伊克斯螺旋形徽章。

“啊，这位一定就是我们年轻的客人了!”多米尼克热情好客，幽默爽朗地说道。他那双棕色的眼睛炯炯有神，眼角的鱼尾纹此刻变成了慈祥的笑纹。他和他儿子隆博两个人的面部结构几乎一模一样，只不过他的脸不像他儿子那样瘦削，而是红扑扑、肥嘟嘟的，布满褶皱。他那浓密的黑胡子在洁白的牙齿周围形成了一个醒目的框架。多米尼克伯爵比他的儿子要高上几厘米。他的脸型不像厄崔迪家族和科瑞诺家族的人那么瘦窄，线条没那么刚硬，因为他们维尔纽斯家族来自于科林战役时期的一个古老世系。

站在伯爵身后的是他的妻子珊多，她曾经是皇帝的妃子。此时她身穿一件正式而隆重的长袍，她的五官精致，轮廓分明，琼鼻小巧，肤白如脂，有一种雍容华贵之美，光彩照人，她的出现令周围一切都黯然失色。她虽看上去娇弱柔美，但实际上却透着一股坚强的韧劲。

他们的女儿凯莉娅站在伯爵夫人身旁，似乎正努力让自己的光彩和魅力盖过母亲。她穿着一件淡紫色的锦缎连衣裙，映衬着她那一头铜黑色的头发。凯莉娅看上去比雷托年纪小一些，不过走路时故意摆出一副优雅而专注的样子，仿佛尽力让自己表现得仪态万方，优雅得体，不敢让自己有半分松懈。她的眉毛细长，弯如拱形；翠绿色的眼睛令人瞩目；窄窄的下巴上是一张像猫一样宽宽的嘴。她盈盈一笑，行了一个夸张而又完美的屈膝礼。

雷托点头致意，礼貌回应每个人的介绍，尽量不让自己的目光落在维尔纽斯伯爵女儿的身上。然后他照母亲所示，打开了他其中一个行李箱上的封条，取出一个沉甸甸的珠宝盒，那是厄崔迪家族的珍宝之一。他拿着珠宝盒，身子站得笔直："这是送给您的礼物，维尔纽斯大人。这里面有我们星球上独一无二的东西。另外我还有一件礼物要送给维尔纽斯夫人。"

"太好了！太好了！"多米尼克似乎对于这种过分讲究的礼节而感到有些不耐烦，但他还是立刻接受了礼物，并且示意一个仆人过来把礼物收起来，"今天晚上如果有时间的话，我会好好欣赏一下这些宝物的。"说着他搓起了自己宽大的双手。这个男人似乎更适合在冒着烟的铁匠铺里当个铁匠，或者去战场杀敌，而不适合住在豪华的宫殿里。"对了，雷托，来伊克斯的这一路上还顺利吗？"

"很顺利，大人。"

"啊，那真是太好了。"多米尼克轻松地笑了起来。

雷托微微一笑，不知道怎样才能给这个人留下好印象。他清了清嗓子，羞赧地说出了自己刚才的担心：“是的，先生，但在公会把我送到您的星球上后，我差点以为自己被抛弃了，因为我只看到了一片光秃秃的荒野。”

“啊！那是我叫你父亲别告诉你的——这是我俩的一个小恶作剧。他第一次来这里时，我也是这样戏弄他的。你肯定是以为自己被弃荒野了吧，”多米尼克开心地咧嘴大笑起来，“不过年轻人，你现在看上去休息得很好。你这个年纪应该没什么时差问题。你是什么时候从卡拉丹出发的，两天前是吧？”

“不到两天，大人。”

“这远航机还真是神速啊，这么短的时间就跨越了如此遥远的距离，令人难以置信。我们正在改进远航机的机型设计，使每架远航机都能够运载更多的货物，提高有效载运量，”他洪亮的声音使得这一成就显得更加宏伟震撼，“我们第二阶段的改造将在今天晚些时候完工，这是我们的又一个胜利。我们会把所有的改进情况都告诉你，这也是你来此要学习的内容之一啊。”

雷托彬彬有礼地微笑着，但实际上他觉得自己的脑袋好像要爆炸了似的。他不知道自己还能吸收多少新的信息和知识。等到一年期限到了的时候，估计他会脱胎换骨的。

有些武器是无法拿在手里的。你只能把它们记在心里。

——贝尼·杰瑟里特教义

一架贝尼·杰瑟里特姐妹会的穿梭机朝着杰第主星的暗面渐渐降落，最终停在了戒备森严的哈克城太空港，时间正好是在当地时间的午夜之前。

男爵从厄拉科斯那地狱般的沙漠返回家中后，就开始担心起来，不知道那些该死的女巫想从他这里得到什么。男爵走到哈克南要塞一个被屏蔽场保护着的上层阳台上，紧盯着那架穿梭机上的灯光。

他的周围尽是一座座庞大的黑色强化玻璃和钢铁结构的塔楼，但是建筑结构沉闷单调，毫无特色。这些高塔在烟雾弥漫的黑暗中闪耀着炫目而俗艳的灯光。人行道和马路上覆盖着波纹遮雨篷和过滤罩，保护行人免受工业废物和酸雨所带来的伤害。如果城市建造的过程中能多一些想象力和对细节的关注的话，那么哈克城很可能会成为一座十分引人注目的城市。但是恰恰相反，这个地方看上去满目疮痍。

“我有份数据资料要呈交给您，男爵大人。”男爵身后传来一个带着浓浓鼻音却又很尖厉的声音，说话的人离他很近，仿佛近身的刺客。

男爵吃了一惊，转过身来，挥起肌肉结实的手臂就要打向那人。但随即他便皱起了眉头。原来那人是他的私人门泰特，彼得·德伏，瘦削的身子裹着长袍，正站在阳台门口。

“别偷偷靠近我，皮特。你怎么跟沙虫一样滑不溜丢的，”这个比喻不由得让人想起了男爵侄子拉班的那次沙漠狩猎之行，以及最终那令人尴尬的结果，“要知道，哈克南家的人可是猎杀沙虫的高手。”

“这我听说了，”德·弗里斯语冷冷地回答，“但有时候，悄无声息地移动是获取信息的最佳方式。”他的嘴角微微一动，脸上浮现出一丝苦笑。他的嘴边很红，那是因为门泰特为了提高自己的脑力而经常喝一种蔓越橘色的纱芙果汁，时间久了，嘴边就会被浸染成红色。男爵喜欢寻求肉体上的快乐，对一些令人上瘾的东西十分好奇，总是想要尝试新东西。所以他自己也尝过这种纱芙果汁，但在喝过之后他发现这种饮料其实味道很苦，难喝得要死。

“是圣母和她的随从到了，”弗里斯朝穿梭机的灯光点了点头，“有十五名姐妹和侍从，另外还有四名男性护卫。没有发现可以被我们探测到的武器。”

德·弗里斯曾经接受过贝尼·特莱拉教团①的训练，从而成为了一名门泰特。这个由一群基因变异的巫师组成的教团，训练出了帝国最强的人类计算机。但是男爵想要的并不是一个只能纯粹进行数据处理的人类大脑——他想要的是一个精于算计的聪明人，不仅能够了解和预估哈克南家族一些计划的结果，还能够运用他阴险奸诈的天性，协助男爵实现自己的目标。彼得·德伏就是这样一个特殊的造物，是

①贝尼·特莱拉，或者更常见的名字特莱拉人，是一群神秘的基因改造人，他们居住在特莱拉，塔利姆星系内的唯一行星之上。贝尼·特莱拉教团的习俗和伦理遭到了已知宇宙中大部分文化的广泛反感。特莱拉文化是一种固有的孤立主义文化，由严格的等级制度和压倒一切的宗教热情所支配。长期以来，他们把精力集中在遗传学上，并通过改造身体来追求精神上的提升。他们的文化和宗教高度暗示极端的大男子主义，这与贝尼·杰瑟里特的极端女性主义形成了鲜明对比。

臭名昭著的特莱拉教团“变态的门泰特”[①] 之一。

“但她们想要什么呢？”男爵凝视着降落的穿梭机，喃喃自语，“那些女巫来到这里似乎志在必得。”还没等穿梭机上的乘客出来，哈克南家族麾下一群身穿蓝色制服的士兵们，就像群狼一般将飞船包围起来。“我们可以用最简单的防御手段，把他们瞬间消灭掉。”

“贝尼·杰瑟里特的人并没有携带任何武器，男爵阁下。有人说她们自己就是武器，”德·弗里斯举起一根细杆似的手指说道，“激起姐妹会的愤怒绝对是不明智的。”

“我当然知道这一点，你个白痴！对了，那个圣母叫什么名字？她想干什么？”

“盖乌斯·海伦·莫希阿姆。至于她想要什么……她的姐妹会拒绝透露。”

“姐妹会都去死吧，带着她们的秘密去死吧。”男爵一边在广场强化玻璃封闭的阳台上转圈，一边嘟囔着。然后他大步走向走廊，前去迎接穿梭机上的访客。

彼得·德伏在他身后笑了起来：“贝尼·杰瑟里特姐妹说话时，常常会像说谜语一样含糊其词，但她们的话里也包含了很多真实的信息。你只需要把那些真实的信息都挖掘出来就行了。”

男爵咕哝了一声，继续向前走。皮特自己也怀着强烈的好奇心，跟了上去。

在路上，门泰特边走边回忆着他对这些黑袍女巫的认识和了解。贝尼·杰瑟里特一直以来为了无数的育种计划而不停忙碌，似乎是为了某种不为人知的目的而繁衍人类。她们还掌握着帝国最大的信息库

---

①变态的门泰特是源自特莱拉星球的门泰特。在单纯计算能力的那些非本质特征上与普通的门泰特不同。他们的身体结构、情感性质和心理构成会根据客户的订单发生扭曲。合法学校生产的门泰特也有这样的一些特定，但与特莱拉人通过基因工程制造的变态门泰特相比相对良性。

之一，利用她们庞大而又错综复杂的资源来观察人类活动，研究一个人在星际政治中的行动所产生的影响。

作为一名门泰特，德·弗里斯很想得到这个知识宝库。有了这么多宝贵的数据，他可以进行计算和初步预测——甚至也许能搞垮整个姐妹会。

但是贝尼·杰瑟里特不允许外人接触到她们的资源，甚至连皇帝本人也不允许。因此，即使是门泰特也会因为缺少足够的信息和数据，而无法进行估算和预计。所以德·弗里斯对这位来访女巫的意图只能靠猜了。

贝尼·杰瑟里特操纵政治和社会大多都在暗中进行，这样一来就很少有人能追踪到她们影响政治和社会的确切模式。但不管用什么方法，圣母盖乌斯·海伦·莫希阿姆都清楚地知道该如何为达到目的找到一个合适的切入点。她身披黑袍，身边有两个衣冠楚楚的男性侍卫保护着，身后则跟着一群侍从，昂首阔步走进这座哈克南家族历代传承的要塞，进入了接待大厅。

男爵坐在一张闪亮的黑色水晶玻璃桌旁，正等着她的到来。身旁站着的是他那位变态的门泰特，另外还有几个精心挑选的私人保镖。男爵故意穿了一件宽松的便服，以表示对这些来访者的轻蔑和漠视。他既没有为他们准备茶点，也没有张灯结彩，准备鼓乐齐鸣一类的欢迎仪式。

*这很好，*莫希阿姆心想，*这种秘密的会面也许再好不过了。*

她先是用坚定有力的声音表明了自己的身份，然后朝他走近了一步，把她的随从留在身后。这位圣母相貌平平，看上去并不温柔娇弱，反而有一种坚韧不屈的气质——虽然不丑，但也不迷人。她的鼻子从正面看没什么，但是从侧面看去却显得太长了。“弗拉基米尔·

哈克南男爵，我们姐妹会有事情要跟您商谈。”

“我没兴趣跟女巫打交道。”男爵伸手摩挲着下巴说，那双如蜘蛛一般乌黑的眼睛上下打量来访的这群人，仔细端详圣母身旁男护卫的体型和外表。他的另一只手则放在腿上，手指敲着大腿，发出令人紧张的节奏。

“无所谓，但您还是得听一听我要说的话。”圣母的声音像钢铁一样铿锵有力。

看到男爵越来越怒火中烧，彼得·德伏走上前来：“需要我提醒你一下吗，圣母？别忘了你现在在什么地方。我们可没有邀请你到这里来。”

“也许我应该提醒一下你，”她对门泰特说，“我们有能力对厄拉科斯星上哈克南家族的所有香料生产活动进行详细的分析，比如设备的使用、消耗的人力等等。我们不会将最终的调查结果跟我们自己的精确预测相比对，而是与你们上报给宇联商会的香料生产数据进行比较。这样一来，任何异常情况最终都会……昭然若揭了吧，”她扬起了眉毛，“我们掌握了第一手的资料，并在此基础上进行了初步的研究，这些第一手资料都有”——她笑了笑——“可靠的来源”。

“你指的是间谍吧。”男爵愤怒地说。

她看得出，男爵话一出口就后悔了，因为这正暗示了他心里有鬼。

男爵站了起来，伸了伸胳膊，还没等他反驳莫希阿姆的含沙射影，德·弗里斯就插进话来：“我想也许我们最好还是单独谈谈，只有圣母和男爵两个人的密谈，没有必要把一场简单的谈话变成一个隆重壮观的场面，弄得尽人皆知……更别记录在案。”

“我同意，”莫希阿姆露出一丝赞同的神情打量起这个扭曲心智的门泰特，立刻说道，“不如我们去您的寝宫里谈吧，您看如何，男爵阁下？”

男爵噘起嘴来，原本宽厚的嘴唇现在变成了一朵黑色的玫瑰花："为什么我要把一个贝尼·杰瑟里特女巫带进我的私人寝室里呢？"

"因为您别无选择。"她声音低沉而坚定地说。

男爵被她的大胆吓了一跳，但随即哈哈大笑起来："既然如此，那何乐而不为呢？再没有比寝室更私密低调的地方了。"

德·弗里斯眯起眼睛看着他们俩。他在重新考虑他的建议，大脑里运行着数据，计算着概率。女巫单刀直入得太快，太直接了。她想要单独和男爵在一起。这是为什么呢？她私下里打算要做什么？

"请允许我陪您一同前去吧，男爵大人。"德·弗里斯说道，然后便大步流星地向门口走去，穿过走廊和浮空管，走向男爵的私人房间。

"这件事最好只有男爵和我单独谈。"莫希阿姆说。

哈克南男爵气得浑身紧绷。"你没有权力命令我的人，女巫。"他用低沉而威胁的语气说。

"那么您的意思呢？"她无礼地问道。

男爵犹豫了片刻，然后说："我同意你的请求，允许你私下跟我密谈。"

莫希阿姆微微点了点头，然后回头看了一眼她的随从和护卫。德·弗里斯发现她的手指一动，似乎是女巫的某种暗号。

莫希阿姆那双鸟一般的眼睛紧盯着德·弗里斯，弗里斯不自在地挺了挺身子。这时莫希阿姆对他说道："有件事倒是可以交给你去办，门泰特。请务必悉心招待我的同伴们，并给他们准备食物，因为我们没有时间留下来寒暄。谈完事情之后，我们必须火速赶回瓦拉赫九号星。"

"去吧。"哈克南男爵命令道。

她不屑一顾地看了一眼弗里斯，仿佛把他当作帝国里地位最低下的仆人。然后便跟着男爵走出了大厅……

男爵一走进他的房间，就注意到那有一堆自己的脏衣服，他心里觉得还挺高兴。家具摆放也凌乱不堪，墙上甚至还有几处红色的污渍没擦干净。他想借此强调，女巫不值得受到优待，也不值得受到热情地欢迎。

他双手叉腰，挺起胸膛，扬起结实的下巴说：“好了，圣母，告诉我你究竟想要什么。我没有时间再跟你玩什么文字游戏了。”

莫希阿姆露出一丝微笑。“文字游戏？”她知道哈克南家族最懂得政治的微妙之处……也许善良的阿布鲁尔德不懂这些，但是男爵和他的谋臣们肯定精于此道，“那好吧，男爵阁下，”她简单干脆地说道，“姐妹会要利用您的家族基因繁衍后代。”

她停了下来，欣赏着他那张冷酷的脸上的震惊表情。男爵张口结舌，不等他回应，她就精心挑选了一部分内情作为解释。实际上，对于这其中的具体细节和原因，莫希阿姆自己也不清楚，她只是知道不管什么原因都要服从。“您一定知道，多年来贝尼·杰瑟里特将许多重要的世系血统与姐妹会相融合。姐妹会的姐妹们代表了高尚人性的全部，同时也包含了兰兹拉德联合会内大大小小家族中所有最可取的优点和特质。这其中就包括了很多代以前的哈克南家族。”

“你是想改进你们所拥有的哈克南血统吗？”男爵警惕地问道，“是这样吗？”

“您理解得很对。我们必须让您，弗拉基米尔·哈克南，生下一个孩子来。确切地说是一个女儿。”

男爵踉踉跄跄地后退了几步，然后突然咯咯地笑了起来，边笑边用手抹去笑出的眼泪：“那你可得另找别人了。我没有孩子，将来也不可能会有。跟女人生孩子，光是想想让我觉得恶心。”

莫希阿姆十分清楚这位男爵的性取向，所以并没有回答。与许多贵族不同的是，他没有后代，甚至连被淹没在茫茫人海之中的私生子也没有。

“不管怎样，我们都想要一个哈克南家族的女儿，男爵阁下。她不是继承人，也不是权力和爵位的觊觎者，所以您不必担心有任何对哈克南家族地位的威胁。我们已经仔细研究过世系血统，所以我们的愿望和目的非常明确。您必须跟我结合，让我怀孕。”

男爵的眉毛抬得更高了。“什么？老天爷，我凭什么要那么做呢？”他上下打量着她，扫视她身体的每一个细节，从头到脚看了个遍。莫希阿姆相貌平平，她的脸很长，棕色的头发稀疏而平常。她的年龄比他还要大，眼看就快要到生育年龄的尽头了。“尤其还是跟你。”

“贝尼·杰瑟里特是通过基因预测来决定谁和谁相互结合，而不是通过任何两情相悦或身体上的吸引。”

“不行，我坚决反对，”男爵转过身来，把双臂交叉在胸前，“你走吧，带上你的那些小跟班，赶紧给我离开杰第主星。”

莫希阿姆又盯着他看了一会儿，仔细打量着他房间里的每个细节。利用贝尼·杰瑟里特的分析技术，她了解到许多关于男爵以及他性格特点的信息。从他私人寝室里的难闻气味，以及没有为正式的来访者提前进行打扫和装饰来看，他不知不觉中展示出了他信息量丰富的内心世界。

“好吧，如果您真希望如此的话，男爵阁下，”她说，“那么我的穿梭机下一站将会是凯坦星，在那里我们已经安排好了要与皇帝会面。我飞船上的个人资料库里有你在厄拉科斯储存香料的所有记录的副本，还有关于你是如何故意篡改香料生产记录来隐藏你的私人库存，而不让宇联商会和科瑞诺家族发现的那些资料和文件。我们的初步分析包含了充足的信息，足以发动公会银行对您的香料生产和交易活动进行全面审计和核查，并最终撤销您宇联商会临时董事一职。”

男爵瞪大了眼睛看着她。两人四目相对，都不打算妥协和让步。但是男爵在圣母凝视的眼神中看出她所言非虚。他毫不怀疑女巫们利用她们恶魔般的觉察力，已经明确地知道他到底干了些什么，知道他隐藏了秘密，愚弄和欺骗了帝国皇帝埃尔鲁德九世。他也十分清楚，莫希阿姆会毫不犹豫地利用那些资料和文件继续威胁他。

所有记录的副本……那么这就意味着即使毁掉她的飞船也无济于事。显然该死的姐妹会还存有其他副本。

贝尼·杰瑟里特很可能掌握了帝国皇族科瑞诺家族的把柄，并以此来要挟皇帝，甚至连宇航公会和强大的宇联商会一些重要的交易内幕和见不得光的数据，也都落在了姐妹会手里。这些都是她们用来讨价还价的筹码。姐妹会很擅长找出潜在敌人的弱点。

男爵痛恨莫希阿姆让他毫无选择的余地，但对此又无能为力。这个女巫只要一句话就能把他毁了。最终只能逼他留下自己的血脉。

“为了让你更轻松一点儿，我可以告诉你一件事，我有能力控制我的身体机能，”莫希阿姆通情达理地告诉他，“我可以随心所欲地排卵，我保证这个不愉快的任务不会重复多次。只要跟你结合一次，我就可以保证生出一个女孩。之后你就不必担心我们会再次找上门来。”

贝尼·杰瑟里特的计划总是在不断进行，就像车轮一样滚滚向前，她们似乎总是让人猜不透、看不清。男爵皱起眉头思索起来，从各种可能性中寻找答案。女巫们非常想要一个女儿，但尽管她们矢口否认，她们是否其实想要的是一个私生子，然后等他长大成人之后再宣布他成为下一代哈克南家族的首领呢？这也太荒谬了。因为他已经在培养拉班成为继承人了，而且没有人胆敢质疑或是提出异议。

“我……”他结结巴巴地说，“我需要一点时间来考虑这个问题，我必须和我的大臣们谈谈。”

听到他这么说，莫希阿姆圣母直翻白眼，不过最后还是同意了他的请求，示意男爵可以慢慢考虑。她把一条血渍斑斑的毛巾扔在一边，懒洋洋地躺在长沙发上，舒舒服服地等待起来。

尽管弗拉基米尔·哈克南为人阴险卑鄙，却是个很有魅力的男人，体格健壮，五官端正：淡红色的头发，厚厚的嘴唇，额头上还有性感的美人尖。然而贝尼·杰瑟里特向教团里的所有姐妹都被灌输了一个至关重要的信念，那就是结合仅仅是一种操纵男人并获取后代的工具，目的是为姐妹会的基因网络添砖加瓦。无论她接到的命令是什么，莫希阿姆从没打算要享受结合的乐趣。尽管如此，她还是觉得把男爵置于自己的股掌之间，任由她控制，逼迫他屈服是一件很愉快的事。

圣母身子往后一靠，闭上眼睛，集中精力于她体内荷尔蒙的涨落，以及她生殖系统的内部运作……做好一切准备。

她知道男爵的答复会是什么。

“皮特！”男爵急匆匆冲进大厅，“我的门泰特在哪儿呢？”

德·弗里斯从隔壁的一个厅里溜了出来，那里有几个他以前钻出来的隐蔽观察孔，他本来打算借此偷窥一下男爵私人寝室。

“我在这里，我的大人。”他答道。然后他拿出一个小瓶，喝了一口瓶子里的饮料。纱芙果汁的味道触发了他大脑的反应，激发了他的神经元，提升了他的脑力。“女巫要求什么？她想干什么？”

男爵转过身来，终于找到了一个适合发泄怒气的靶子：“她要我让她怀孕！真是头母猪！”

让她怀孕？德·弗里斯思考起来，并且立即把这个信息加入到他的门泰特数据库中。随后以极快的速度重新评估了这个问题。

“她要生下我的女儿！你能相信吗？另外，她们还知道了我在私藏自己的香料储备！”

德·弗里斯进入了门泰特模式。事实：男爵不会以任何方式生儿育女。因为他讨厌女人。此外，在政治上他非常谨慎，所以不会随意地散播他的种子。

事实：贝尼·杰瑟里特在瓦拉赫9号星上有广泛的遗传基因记录以及无数的育种计划，其结果和目的并没有明确的解释和说明。要与男爵生下一个女儿而不是儿子——女巫们希望以此实现什么目标呢？

她们是想利用哈克南家族基因里的某些缺陷或者优势吗？还是仅仅因为她们认为这么做是对男爵最羞辱的惩罚？如果是这样的话，那么男爵是因何冒犯了姐妹会的呢？

“一想到这事我就恶心！竟然要我跟那匹发情的母马结合，”男爵咆哮道，“但我还是好奇得快要发疯了。怎么也想不明白，姐妹会到底想要什么呢？”

“我无法作出预测，男爵阁下。数据不足。”

男爵看上去气得像要揍德·弗里斯一顿，但还是忍住了：“我又不是贝尼·杰瑟里特的种马！”

“男爵大人，”德·弗里斯平静地说，“即使她们真的掌握了您储存香料的信息，您也不能承认。虽然她们也许只是虚张声势，但您的反应也无疑已经告诉了她们想要知道的一切。如果她们向凯坦提供证据的话，那么皇帝就会把他的萨多卡军队派到这里来，将哈克南家族一网打尽，并派另一个大家族来接管厄拉科斯，就像他们之前赶走了李芝家族，然后派我们来接管一样。毫无疑问埃尔鲁德一定会这么做的。他和宇联商会可以随时撤销与您的合约，拿走您的财产。为了激怒和羞辱您，他们甚至会把厄拉科斯和香料生产交给……比如说，厄崔迪家族。”

“厄崔迪！”男爵气得直想吐唾沫，“我绝不会让我的财产落入他们的手中。”

德·弗里斯知道他说到点子上了。哈克南和厄崔迪家族之间的宿怨早在几代人之前就存在了，始于科林战役期间的悲惨事件中。

“所以您必须按照女巫的要求去做，男爵大人，”他说，“这一轮较量，贝尼·杰瑟里特赢得了胜利。最优先选择：保护您家族的财产、您的香料生意，以及您的非法储备。”门泰特笑了笑，然后说道：“不过君子报仇，十年不晚。”

男爵脸色发灰，青筋暴突：“皮特，我要你从现在开始，立刻清除掉所有证据，疏散库存，把那些香料分散到没人能想到，也没人会去查的地方。”

“您指的是我们盟友的星球吗？我不建议这么做，男爵大人。因为安排起来太复杂了，而且联盟也时常会有变化。”

“好吧，”他那蜘蛛般的黑眼睛亮了起来，“那就把大部分香料储备都放在兰基维尔上，就放在我那愚蠢的同父异母兄弟的眼皮底下。他们永远不会怀疑这种事与阿布鲁尔德有关。”

“遵命，大人。这的确是个好主意。”

“这当然是个好主意了！”说着他皱起眉头，四下看了看。一想到他同父异母的兄弟，他不禁就想起了他珍爱的侄子，“拉班在哪儿呢？也许女巫可以用他来代替我。”

“我想这恐怕不行，男爵大人，”德·弗里斯说，“她们的基因计划通常是极为明确而具体的。”

“好吧，不过他到底在哪儿呢？拉班！”男爵转过身来，在大厅里踱来踱去，好像在找什么东西似的，“我都一整天都没看见他了。”

“他肯定是又出去进行那个愚蠢的狩猎了，现在应该在森林保护区里，”德·弗里斯强忍住笑意说，“这里只能靠您自己了，男爵大人，我想您最好还是回您卧房去吧，您还有责任得去履行呢。”

基本准则：永远不要支持弱者，永远要支持强者。

——贝尼·杰瑟里特《阿扎之书》，大机密汇编

一艘轻型巡洋舰翱翔在夜晚荒漠的上空，这里看不到杰第主星的城市灯光，也闻不到城市上空浓烈刺鼻的工业烟雾。邓肯·艾达荷被关在飞船腹部的一个笼子里，透过舷窗看着巨大的巴洛尼监狱被抛在了身后，渐渐远去，它就像一个几何形状的淋巴结，因囚禁了无数被百般折磨和凌辱的人类，而愈发溃烂化脓。

至少他的父母不再是困在里面的囚犯了。拉班杀死了他们，目的却只是激起他的愤怒和斗志。在这几天的准备过程中，邓肯的怒火的确燃烧得越来越旺了。

巡洋舰底舱那光秃秃的金属墙壁上现在仿佛结了一层铜绿色的霜。邓肯万念俱灰，心如铅重，原先的勇气和劲头儿也都荡然无存了，此时此刻的他仿佛失去了灵魂，只剩下了一副躯壳，身上的皮肤就像一条无情的毯子包裹着他。引擎的轰鸣声穿过层层甲板传来。他听到上层的甲板上有一群狩猎队员穿着护甲在焦躁不安地走来走去。这些人都随身带着装有追踪器的枪。他们有说有笑，嘈杂喧闹，准备着晚上的游戏。

拉班也在那上面。

狩猎队给了邓肯一把钝刀（美其名曰不希望邓肯伤到自己），一

把手电筒和一条很短的绳子，他们说这是“一个运动的机会”。他们认为对于一个八岁的孩子来说，用这些东西来躲避一群哈克南家族专业狩猎队员的地面追捕已经足够了。

在上层的甲板上，拉班坐在一张温暖的软垫椅上，一想到笼子里那个惊恐而愤怒的孩子，他就不由得咧嘴笑了起来。如果这个邓肯·艾达荷再高儿、壮点儿，他就跟一头凶猛的野兽一样危险了。拉班不得不承认，对于一个这么小的孩子来说，邓肯已经很厉害了。他在巴洛尼监狱里躲避哈克南精英部队的表现非常令人惊艳，特别是跳进浮空管里那招，真是太绝了。

巡洋舰飞离了监狱城，也远离了被石油浸透的工业区，来到了一个高地上的野外保护区，那里有黑松林，有砂岩峭壁，有洞窟、岩石和溪流。这片精心保护的荒野甚至还养了几只经过基因改良和强化的野生动物。这些动物都是凶狠残暴的捕食者，跟哈克南的猎人们一样，对稚嫩的男孩如饥似渴。

巡洋舰降落在一片布满卵石的草地上，甲板倾斜成一个陡峭的角度，然后当稳定器将飞船调整水平之后，一切又恢复正常。拉班按下腰部的控制带按钮，发出了一个信号。

男孩面前的液压门发出来嘶嘶的声音，渐渐打开了，他从笼子里被放了出来。夜晚寒气逼人，刺痛他的脸颊。邓肯一心只想飞奔出去，冲到开阔的空地。他可以拼命快跑进茂密的松树林里。进入树林后，他就会钻到干燥的褐色针叶下面，屏息静气，自我保护地蛰伏起来。

但是拉班的目的就是让男孩逃跑然后躲起来。他知道他跑不了多远。所以眼下，邓肯只能凭借自己的机警和本能行事。还不能因冲动而行事鲁莽，不到时候。

邓肯必须得先在巡洋舰旁等着，直到猎人们过来向他解释游戏的规则，虽然他完全能猜到他们要他做什么。这里是一个更大的竞技场，将会有一场耗时更长的追捕，赌注也更高……但本质上跟他在监狱城里所受的训练是一样的。

上层的舱门在他身后打开，门口出现了两个被光晕笼罩的身影：他一眼便认出了那两个人，一个是巴洛尼城狩猎队的队长，另一个肩宽体阔的男人就是杀死自己爹娘的凶手——拉班。

男孩转过身来，避开突如其来的亮光，那双早已适应了黑暗的眼睛却一直盯着开阔的草地和黑影笼罩的黑色针叶林。夜晚星空灿烂。由于之前训练太过艰苦，邓肯感到肋部一阵剧痛，但他努力把这疼痛置之脑后。

“这里是森林保护区，”狩猎队长对他说道，“就当是在野外度个假吧。好好享受你的假期！这是个游戏，孩子——我们把你留在这儿，让你先走一步，然后我们再追你。”他眯起眼睛，继续说着，“但别搞错了。这可跟你在巴洛尼的训练不同。如果你输了，你就会被杀死，你的脑袋就会和拉班大人的其他战利品一起，被挂到墙上去。”

在他旁边，男爵的侄子张开厚厚的嘴唇朝邓肯微微一笑。拉班对这次狩猎行动备感期待，激动得都有些发抖了，那张被太阳晒黑的脸也涨得通红。

“那如果我跑掉了呢？”邓肯尖声问道。

“你是跑不掉的。”拉班回答。

邓肯并没有继续追问。因为就算逼他给出答案，那也只不过是个谎言而已。如果他打算逃掉，他就得按照自己的游戏规则来。

他们把邓肯扔到了覆盖着霜冻的草地上。他身上只穿着单薄的衣服，穿着一双破旧的鞋子。夜晚的寒风像铁锤一样敲打着他瘦小的身子。

“你就自求多福吧，孩子，尽量多活些时间哈，”拉班在巡洋舰的门里冲他喊道，当引擎加速，飞船震动得越来越厉害时，他便立刻缩进了舱里，“让我痛快地打一回猎吧，别像上次似的让我失望。”

邓肯一动不动地站着，紧盯着飞船升到空中，朝一个守卫森严的小屋和前哨飞去。他们会在那里稍作休息，几杯酒下肚之后再整装出发，前去追捕他们的猎物。

也许这位哈克南的纨绔子弟会好好玩弄他一番，享受这场所谓的运动……也许当他们抓到他的时候，他们已经冻得要死了，渴望能尽快喝杯热饮，然后便一不做二不休地直接用手里的武器把他砍成碎片。

邓肯忽然转身，朝树荫下飞奔而去。

即便他已经离开了草地，那冻霜的草地上还是留下了一条被踩过的明显印迹。他拨开一根根茂盛的绿树枝，爬上斜坡，向崎岖不平的砂岩石堆而去，脚下踩着枯萎的松针叶，发出沙沙的响声。

在手电的光线下，他看见从自己鼻孔和嘴里呼出的热气瞬间变成了冰冷的白烟，像心跳一样急迫而短促。他吃力地爬上一个岩锥斜坡，朝着最陡峭的峭壁爬去。他费力地攀上岩石，用双手抓住，挖开破碎的沉积岩。尽管那些年代久远并且晶莹剔透的雪堆像小沙丘一样堆积在峭壁岩脊上，但至少在这里他不会留下太多的脚印。

露出地面的岩石从山脊的一侧突伸出来，就像在绿毯般的森林里站岗放哨的卫兵。峭壁上的洞穴和凹痕饱受风雨侵蚀，有些洞口小得只够做老鼠窝，有的洞口则比较大，足够一个成年人藏身。面对这绝望的境地，邓肯决定孤注一掷，铤而走险，于是他爬到了人类几乎无法呼吸的高处。

他来到了露出地面的那块岩石之上，在手电的灯光下，那块岩石呈棕褐色，就像生了锈一样。他蹲在地上环顾四周，打量周围的荒野。不清楚猎人们是否已经出动了，是否就在他附近不远处。

远处传来一声动物的嚎叫。邓肯立刻把手电关掉，把自己隐藏在黑暗之中。他肋部和背部的旧伤此刻灼痛难忍，就像火烧一样。他上臂被植入脉冲定位信标的地方，也在隐隐跳动。

他的身后全是悬崖峭壁，高耸而陡峭，峭壁表面布满了蜂窝状的凹痕和岩脊，上面还点缀着几棵稀疏凌乱的树木，就像人脸上的疤痕处长出难看的胡须一般。这里距离最近的城市和最近的太空港十分遥远，还有很长的路要走。

森林保护区。他的母亲曾告诉过他，这是一个与世隔绝的狩猎区，是男爵的侄子尤为钟爱的地方。“拉班十分残忍，因为他要证明自己跟他父亲完全不一样。”她曾经对小邓肯这样说。

在这个小男孩九年的人生中，几乎大部分时间都生活在巴洛尼监狱那座巨大的建筑里，呼吸着充满润滑油、溶剂和化学废气的循环空气。所以他从来不知道这个星球有多么寒冷，夜晚会有多么刺骨……也从不知道星空有多么璀璨清澈。

他头顶之上的天空，犹如一个无边无垠的漆黑穹顶，布满了微小的光点，宛如一场针孔般的暴风雨刺穿了遥远的银河星系。在那遥远的地方，宇航公会的领航员们正在运用他们的精神力量来指引如城市一样大的远航机在星际之间穿越。

邓肯从来没见过宇航公会的飞船，也从来没离开过杰第主星——此时此刻，他怀疑自己是否还能离开。生活在这样一个工业城市里，他从来没有想过去学习有关星图的知识。不过即使他知道了罗盘的指向或者认识星座，他也仍然无处可去……

邓肯坐在岩石上，望着寒冷刺骨的黑夜，思索他所身处的这个世界。他蜷缩着身子，把膝盖紧抱在胸前，以保持温暖，但他的身子仍在瑟瑟发抖。

遥望远处，他看到高地上有一长列灯光在闪烁，就像精灵的游行队伍一样，从树木繁盛的山谷一直延伸到守卫森严的前哨小屋。狩猎队员们穿戴整齐，全副武装，正在不急不忙地寻找他的踪迹，慢慢享受猎捕的过程。

邓肯此刻占据着有利位置，居高临下，忍受着寒冷和孤寂在等待时机。如果要活下去，那么他必须做出决定，他该怎么做？该去哪儿？而又有谁会关心他？

拉班用激光枪把他母亲的头打了个稀烂，让他无法再亲吻她的脸颊，也无法再抚摸她的头发了。他这辈子再也听不到她的声音，听不到母亲再叫他一声“亲爱的邓肯”了。

而现如今，哈克南的人也打算像对待他母亲一样对待他，而他却无力阻止。他只是一个手里拿着钝刀、手电和一根短绳的孩子。而那些猎人们却有李芝信标追踪器、加热盔甲和强大的武器。他们有十几个人，而他只是孤零零的一个人。所以他根本没机会逃脱。

如果他只是坐在这里等着猎人们追来，也许更容易些。狩猎者们追踪被植入他体内的信号器，最终一定会找到他的……那时他便会选择束手就擒，让他们不费吹灰之力就抓住他，从而达到破坏他们狩猎乐趣的目的。如果像这样乖乖投降，对他们这项野蛮残忍的娱乐表示完全的蔑视，那么他至少可以获得一个小小的胜利，这也是他唯一有可能获得的胜利。

或者邓肯·艾达荷选择反击，在他们追捕他的同时，他也可以尝试寻找机会对付哈克南的人。自己的爹娘没机会为自己的生命而战斗，但是拉班却为他提供了一个这样的机会。

拉班觉得他只是个无助的孩子。而狩猎队则认为射杀一个孩子能给他们带来一些乐趣。

他撑着僵硬的两条腿，站起身来，掸了掸衣服上的灰尘，止住了颤抖。*我不会轻易倒下去的，*他下定了决心——*我要让他们看看，让他们不敢再嘲笑我。*

他猜测猎人们不会戴个人屏蔽场。因为他们认为对付这样一个弱小的孩子，不需要屏蔽场的保护。

口袋里那把钝刀的刀柄摸起来又硬又糙，对抗做工精良的盔甲基本上毫无作用。不过他可以用这把刀做些别的事，既痛苦但又必须要做。是的，他要奋起反抗——为了自己的存在价值而斗争。

邓肯爬上斜坡，让身子始终在岩屑堆上保持平衡，然后从岩石爬向一棵倒下的大树，最后来到了一个块状砂岩上挖空的小洞里。他避开残留的积雪，走在冻得像铁一样坚硬的土地上，这样便不会留下明显的踪迹。

当然，不管他跑到哪里，被植入体内的示踪器都会直接把那些猎人带过来。

在洞穴上方近乎垂直的陡壁上，有一块突出的岩石给了他第二次机会：那块岩石周围有松动的砂岩块，上面覆盖着青苔，巨大而沉重。或许他可以移动它们……

邓肯爬进山洞的隐蔽处，但他发现即使进了山洞，身子也一点儿没变暖和，只是周围更黑了些。山洞的洞口很低，成年人只能爬着进去，另外里面也没有任何别的出口。这个山洞不会给他提供多少保护，所以他必须得抓紧行动。

他蹲在那里，打开小手电，脱下污迹斑斑的衬衫，拿出小刀。他感觉到左上臂有一块隆起，位于肩膀三头肌的后部，那就是定位示踪器被植入的地方了。

他的皮肤已经被冻得麻木了，意志也因为环境的冲击而变得迟钝。但当他用刀刺进自己身体时，他还是感觉到刀尖扎进了自己的肌肉，导致神经立刻灼痛起来。他闭上眼睛，拼命克制自己机体本能的反抗，他又将刀扎深了一些，开始用刀尖剜戳自己的肌肉。

他凝视着洞穴黑暗的墙壁，看到苍白的光线投射出骷髅般的阴影。他的右手机械地移动着，像一个探针似的挖掘着微小的示踪器。他的意识渐渐模糊，似乎疼痛也逐渐消失了。

最后，定位失踪器终于被挖了出来，这块鲜血淋漓的微型金属碎片掉在了肮脏的洞穴地面上，发出一声叮当的响声。这种尖端的技术来自李芝家族。邓肯痛得快要站不稳了，他拿起一块石头想要砸烂那块示踪器。但他想了想又把石头放下了，然后把那个小装置移到了没人看得见的暗处。

示踪器留在那儿作用更大，可以当做诱饵。

邓肯再次爬出山洞，抓起一把颗粒状的积雪。红色的鲜血滴落在苍白的砂岩壁上。他把雪敷在自己肩膀血流如注的伤口上，透骨的冰冷减轻了那道他自己划开的伤口的疼痛。他用力把冰雪按压在自己的伤处，直到白色的雪变成粉红，逐渐在指间融化。于是他又抓起一把雪，敷了上去，此时的他已经不在乎是否会留下明显的痕迹了。因为不管怎样，哈克南的人都会找到这儿来。

至少冰雪把他伤口上的血止住了。

然后，邓肯爬了起来，离开洞穴，小心翼翼地不留下任何显示自己去向的痕迹。他看见山谷里跳动的灯光此时已经分散开来，看来狩猎队的猎人们攀上悬崖时，各自选择了不同的路线。漆黑的夜空中还有一架昏暗的扑翼机在头顶盘旋。

邓肯拼尽全力地快速移动，同时小心翼翼地不让鲜血再喷溅出来。他把衬衫撕成几块布条，轻轻擦去伤口处渗出的鲜血。此时他的胸前没有了衬衫的遮挡，只能任由胸膛赤裸在外，忍受着瑟瑟冷风。他又把撕破的衣服向后拉到肩膀上，缠住肩部的伤口。也许森林里的捕食者会闻到血腥的气味也加入到追捕他的行列，但肯定不是为了游戏和刺激，而是把他当作美味。但眼下他没有精力再去想这个问题了。

脚下松散的卵石啪嗒啪嗒地响着，他绕了一大圈后回到之前栖身的那块突出的岩石处。邓肯的本能是漫无目的地逃跑，能跑多远就跑多远。但他最终还是停了下来，他觉得回到这里是更好的选择。他蹲在松动而沉重的岩石后面，试着推了推，看看需要用多大的力气，然后蹲下来等待着。

没过多久，第一个猎人的身影就出现了。只见他爬上山坡，来到了那个山洞。猎人身穿一件配有加强屏蔽场的盔甲，身前挎着一把激光枪。他正低头盯着一个手持设备，那个设备很像是一个李芝定位示踪器。

邓肯屏住呼吸，一动不动，避免自己触碰任何卵石或岩石碎片。鲜血在他的左臂上勾勒出一条红色的长线。

猎人在洞口前停了下来，他注意到地上凌乱的积雪和血迹，另外还有闪着亮点的定位示踪器。虽然邓肯看不到那人的脸，但他知道那个猎人脸上肯定带着一种轻蔑而自信的笑意。

猎人把激光枪扔进他前面的山洞里，然后慢慢蹲下，由于穿着护甲，他僵硬地弯着身子，腹部着地，半蹲半爬地钻进了黑暗的洞穴中。“逮着你了，小子！”

邓肯用脚和腿部肌肉的力量，使劲儿蹬那块岩石，把那块布满青苔的巨石推下了悬崖。然后他走到第二块巨石后面，再次用力蹬去，把第二块巨石也推了下去。两块沉重的大石头齐齐向下掉落，在空中翻滚。

他听到石头撞击和裂开的声音。还有令人毛骨悚然的咔嚓声。接着便是悬崖下那个男人奄奄一息的喘息声。

邓肯爬到悬崖边上，看见那两块巨石中，有一块被撞到了一边，然后反弹回来，滚下了陡峭的斜坡，伴随着滚滚的隆隆声，那块巨石滚落的势头越来越大，掀起周围的碎石，也跟着一起滚下去。

而另一块巨石则落在那个猎人的背部，压碎了他的脊骨，把他狠狠地钉在了地上，就像被一根针扎穿了身体的昆虫标本。

邓肯从悬崖爬下来，气喘吁吁，踉踉跄跄。猎人虽然被压在巨石下不能动弹，但还活着。只见他的腿不住地抽搐，靴子头敲在冻得坚硬的地面上砰砰作响。而邓肯不再害怕他了。

邓肯从猎人笨重而全副武装的身体旁边挤进洞穴，打开手电照向他那双呆滞而充满惊恐的眼睛。这不是游戏。他知道那些哈克南人会对他做什么，因为他已经看过拉班是怎样对待他可怜的爹娘了。

现在邓肯要按照他们的规则来玩这场游戏。

奄奄一息的猎人声音沙哑地对他说了一句不明所以的话。邓肯却没有丝毫犹豫，他眯起黑色的眼睛——从这一刻开始，那双眼睛里再也没有孩童的神色了——紧盯着面前的敌人。他把刀子从猎人下巴刺了进去，猎人剧烈地扭动身子，扬着下巴，更像是接受了自己的命运，而不是在进行反抗——那柄钝刃刺穿了他的皮肤和肌肉。猎人的颈部静脉血管被刺破了，血如泉涌，洞穴的地面上眨眼间就变成了一片黑暗而黏稠的血水之潭。

邓肯来不及思考自己做了什么，也不等猎人身体冷却下来。他在那人腰带上的东西里翻找了一通，找到了一个小医疗急救包和一个能量补给棒。然后他把猎人手里握着的激光枪夺了过来。又用枪托把李芝定位示踪器砸成碎片。他不再需要这东西作诱饵了。那些追捕他的猎人们得用自己的头脑和智慧来抓他了。

他估计那些人免不了一番震怒，但之后也许会更喜欢这场刺激感十足的追逐。

邓肯爬出了山洞，身后拖着那支几乎跟他一样高的激光枪，在地面上摩擦出咔嗒咔嗒的响声。峭壁之下，狩猎队的灯光越来越近了。

由于这次不可思议的成功，现在邓肯有了精良的武器和能量补给，他愈加精神振奋，迅速消失在了夜色之中。

帝国的许多势力都相信自己掌握着无限的力量：宇航公会垄断着星际旅行；宇联商会掌握着帝国经济的咽喉；贝尼·杰瑟里特姐妹会拥有无数不为人知的秘密；门泰特控制着精神的力量；科瑞诺家族把持着至高无上的皇权；兰兹拉德联合会里大大小小的家族持有帝国的大量资本和财富。而当其中的一方势力决定向其他势力示威，试图证明自己的绝对力量时，我们就要大祸临头了。

——哈什米尔·芬伦伯爵，从厄拉科斯发来的紧急文件

雷托在大王宫的新房间里休息了还不到一个小时。“呃，抱歉打扰了，”隆博穿过滑动门，走进了水晶走廊，“只是这件事情你绝对不能错过。我们花了好几个月的时间，终于造出了新型远航机，我想带你去观景台上看看，你准备好了就给我个信儿。”

雷托还没有安顿好，但很庆幸能有点儿时间独自待一会儿。他粗略地查看了一下自己的房间，然后开始整理行李。他看着行李箱里那些精心包裹好的物品，其实远远超过了他的实际需要，其中包括一些小饰品，一包他母亲给他写的信件，以及一本《奥兰治天主圣经》。他答应过母亲，每天晚上都会念一段圣经里的经文。

他凝视着这些东西，心里暗想，要离开卡拉丹整整一年啊，不知需要多少时间才能适应这里，才不会思念故乡。不过会有足够的时间的。在伊克斯要待上一整年呢。

长途奔波让他的身体很是疲惫，但他的脑子却停不下来，仍对这座地下大都市的奇异和陌生而感到不知所措。脱下舒适的衬衫，雷托仰面躺在床上，但他身子还没躺稳，还没来得及把枕头铺好，就听到了隆博的敲门声。“来呀，雷托！快点儿！穿好衣服，我们，那个，还得赶时间搭交通工具呢。”

雷托边往外走边匆忙地把左胳膊伸进袖子，隆博则在大厅里等着他。

一列子弹头形状的管道载着他们穿梭在上下颠倒各个建筑物之间，驶向地下城市的郊区。然后由一个升降舱把他们送到了一个建筑的二楼，这些建筑上都有观景的瞭望穹顶。从升降舱里出来后，隆博拨开聚集在阳台和宽大窗户前熙熙攘攘的人群，抓住雷托的胳膊，从维尔纽斯的警卫和围观人群中挤了过去。王子激动得脸色通红，他迅速问着其他人：“几点了？开始了吗?”

“还没有。还得再等十分钟。”

“领航员已经在路上了。人们正护送他的舱室穿过场地。”

隆博一边说着谢谢或对不起，一边领着他那位困惑不已的同伴来到观景台倾斜墙面上一扇巨大的玻璃窗前。

在观景台的另一端，另一扇门悄悄打开了，人群从中间分开，现出两个黑发的年轻人——是两个长相一模一样的双胞胎。他们身材矮小，都有着一脸骄傲的神情，簇拥着两人中间的一个女孩——那是隆博的妹妹凯莉娅。虽然不久前雷托刚跟她见了一面，但是这么短的时间里，凯莉娅就又换了一身衣服，而这次的衣服跟刚才那身不同，没有那么多褶边，不过一样的漂亮。那对双胞胎的眼中似乎只有凯莉娅的存在，而凯莉娅也十分享受这两人对自己的恭维和奉承。她对他们俩笑了笑，然后把他们带到了观景窗前的一个好位置上。

隆博拉着雷托站在他们身旁，对周围的人不怎么理会，只对下面的景象感兴趣。雷托环视四周，觉得好像这里所有的人都非富即贵，肯定都是重要人物。他低头凝视下面，仍然一头雾水，不知道将要发生什么事。

一个巨大的围场呈漏斗形伸向远处，场地的穹顶无边无际，在远处与地平线交汇。他看到下面有一架完整的远航机，一艘仿佛行星一般大小的飞船，跟当初把他从卡拉丹载到伊克斯的飞船一样。

“这是伊克斯最大的，呃，制造工厂，”隆博介绍道，“也是帝国中唯一可以容纳整艘远航机的地表场地。其他星球都是用太空的干船坞来停靠远航机。而这里则是直接停在陆地上，就算是如此大规模的建造工程，其安全性和效率也比在太空船坞里更高，从成本效益上来讲也更为划算。”

闪亮的新型飞船占满了整个地下深谷。装饰性背光阵列的风扇在近侧闪闪发着光。机身上有一个闪亮的紫红相间的伊克斯螺旋形徽章标志，与宇航公会那巨大的白色八字曲线图案相互连接融合，形成了一个圆形突出、代表了无限的象形文字。

这架太空飞船是在地下深处建造的，飞船停靠在一个悬浮的起重装置上。这个装置可以提升飞船的高度，这样一来大型的地面卡车就可以在船体之下驶过。次人们身穿银白色的制服，用手持设备扫描机身，执行机械性的任务。在这些下等的工人们检查宇航公会的飞船，做好升空前的准备工作时，在建造中心的周围舞动起了一排排的光芒，那是一个能量屏障，可以阻挡和击退入侵者。

吊车和悬浮支架现在看起来就像爬在远航机机身上的寄生虫，不过大部分的机械都聚集在舱室倾斜的墙壁上。正在渐渐撤离……是要准备升空了吗？雷托认为这是不可能的。毕竟成千上万的工人还在下面来回移动，像蚂蚁一样在地面成群结队地工作，他们还在清理碎片，为这艘大得难以置信的飞船起飞做准备。

观景台上的观众窃窃私语，声音越来越嘈杂。雷托感觉到似乎有什么事要发生。他看到了屏幕上由电子眼传输过来的无数图像，眼前的景象使他惊叹不已，连忙问道："可是……你们打算怎么把它弄出去呢？那可是这么大的一艘飞船啊？上面有岩石天花板，四周的墙壁看着也挺结实啊。"

站在他旁边的那对双胞胎兄弟中，有一位露出了自信的微笑："等着瞧吧。"两个一模一样的年轻人方形的脸上都长着一双细长的眼睛，他们表情专注，皱着眉头。他们的岁数比雷托要大几岁，皮肤苍白，这是长年生活在地下的必然结果。

站在双胞胎中间的凯莉娅清了清嗓子，看了看她的哥哥。"隆博?"她说着，瞥了一眼双胞胎，又看了看雷托，"你忘记礼节了吗?"

隆博突然想起了他的义务。"哦，对了！这位是雷托·厄崔迪，卡拉丹星厄崔迪家族的继承人。这两位分别是克泰尔和德默尔·皮尔鲁。他们的父亲是伊克斯驻凯坦星的大使，母亲是宇航公会的银行家。他们都住在大王宫的偏殿里，所以你会在皇宫里见到他们。"

两个年轻人一齐鞠躬，似乎朝凯莉娅又靠近了一些。双胞胎之一的克泰尔说道："我们正准备在接下来的几个月里迎接宇航公会的检查。希望有一天能够成为领航员，然后亲自驾驶这样的一艘飞船。"他朝着下面那艘巨大的飞船点了点头。凯莉娅看着他们两人，绿色的眼睛里闪烁着担忧的神色，似乎并不确定成为领航员会是个好主意。

雷托从那个年轻人深褐色的眼睛里看到了渴望和期待，使他深受感动。另一个双胞胎兄弟则好像不是太喜欢社交，似乎只对下面的情况感兴趣。"领航员的舱室来了。"德默尔说。

众人的下方，一个巨大而笨重的黑色罐子飘浮在清理干净的路上，工业用的悬浮装置支撑着这个罐子的重量。按照传统，宇航公会的领航员会把自己隐藏在浓浓的香料气体中，不会让人看到自己。人们普遍认为，成为一名领航员指的就是从一个正常人变成非正常的人类，一个更进化的人。对这种猜测，宇航公会从来不置可否，既没有证实也没有否认。

“里面什么也看不清啊。”克泰尔说。

“是啊，不过领航员的确在里面，我能感觉到他。”德默尔向前探着身，目不转睛地看着，仿佛要从超强化玻璃的观景窗口里飞出去似的。两个孪生兄弟都不再理会凯莉娅了，只是专注地看着下面的飞船，于是凯莉娅转而看向雷托，那双祖母绿色的眼睛直直地凝视他。

隆博指着下面的飞船，继续滔滔不绝地给雷托介绍道：“我父亲对他的有效载荷增强版新型远航机非常骄傲和自豪。我不知道你有没有研究过你们星球的历史，不过远航机最初确实是由李芝家族建造的。然后伊克斯和李芝同时在竞争跟宇航公会的合作，但我们逐渐调动起我们星球上的各种资源，利用各种政策和措施，全方面地为这项工程提供各种人力和物力支持，比如各种补贴、征兵、税收等等，因此我们最终胜出了，获得了这份合同。我们伊克斯人做事情绝对有始有终，不会半途而废。”

“我听说你们同样也是工业破坏和专利抢夺方面的高手。”雷托想起了母亲说过的话，于是说道。

隆博摇了摇头：“那只是一些家族因妒生恨而我们进行的诽谤。地狱在下，我们并不想偷窃任何人的想法和专利——我们只是对李芝家族发起了一场技术上的战争，并且不费一枪一弹就取得了胜利。但对李芝家族来说确实是个原子弹式的致命打击。毕竟这是一场没有硝烟的战争，不是你死就是我亡。所以从上一代开始，李芝家族便失去了对厄拉科斯的管理权，同时也失去了在技术上的领先地位。我想这应该是家族首领的无能导致的。”

“我母亲就是李芝家族的人。”雷托语气冷硬地说。

隆博顿时尴尬不已，满脸通红：“哦，很抱歉。我给忘了。”说着他挠了挠蓬乱的金发，掩饰着自己的羞愧。

“没关系。我们不会自欺欺人，”雷托说，“我知道你在说什么。

李芝家族仍然存在，但已日渐凋零，不复当年的辉煌了。官僚作风严重，创新太少。我妈妈从来都不想带我去那里，甚至也不想带我去看她的家人。我想虽然她始终惦念那个家族，并希望和父亲的结合能够有助于使李芝家族东山再起，恢复当年的兴盛，但对她来说，那里有着太多痛苦的回忆了。”

这时，观景台下面那个巨大的气罐连同里面神秘的领航员一起被运进了远航机最前端的一个舱口。锃亮的黑色舱室消失在浩大无比的飞船之中，就像一只小昆虫被吸进了一条大鱼的嘴里。

虽然凯莉娅比她哥哥年纪小，但说话更加一板一眼：“新的远航机建造计划将会成为我们有史以来获利最丰的项目。凭借它带来的新合同，今后将会不断有大笔的款项流入我们的账户之中。新型的远航机也会为宇航公会节省大量成本，并同时获取更多利润，在我们合作的第一个十年期间，维尔纽斯家族将会抽取利润的百分之二十五。”

雷托不由得想起卡拉丹那些与此相比微不足道的经营活动：庞迪水稻收割、从渔船上卸载捕捞上来的海产……以及斗牛结束后，人们向老公爵发出的热烈欢呼声。

安装在巨大地下空间的扬声器里传来一阵刺耳的警报声。下面那些次人就像铁屑在磁力线中流动一般地从新型远航机的四面八方撤离。在这个上下颠倒的城市里，有无数钟乳石一般悬吊着的高塔，高塔上也有同样的观景台，巨大的观景窗前，灯光闪耀，璀璨夺目。雷托甚至能看到远处的观景窗前攒动的人头。

周围的人群突然安静了下来，隆博往雷托身边又靠近了些。

“怎么了?”雷托问他，“发生了什么事?”

孪生兄弟之一的克泰尔回答说：“领航员要驾驶飞船出去了。”

“他要驾驶飞船从伊克斯起飞，然后开始它的旅程。”德默尔补充道。

雷托盯着头顶上的岩石天花板——那可是行星地表中无法穿透的

屏障，他觉得穿过它是绝对不可能的。这时他听到了一阵微弱得几乎不可察觉的嗡嗡声。

“把这样的飞船开出去并不困难——呃，至少对他们中的一个来说不难。”隆博双手交叉环抱在胸前，“这可比引导远航机飞回到这么一个狭小的空间要容易得多。飞回来的话非得是一名顶级的领航员才行了。”

雷托像所有其他观众一样，屏住了呼吸，注视下面发生的一切。只见远航机闪烁着微光，眨眼间远去，变成了模糊的一个点儿，然后完全消失在视线之中。

巨大的地下洞穴里，空气随着空间内物体的突然移动而产生巨大的轰隆声，在整个洞穴里回响着，震得观景巨塔一阵颤动。雷托的耳朵都快被震聋了。

现在地下洞穴里空空如也，只剩下一个巨大的封闭空间，远航机踪影全无，只残留下一些地面设备，以及地面、墙壁和天花板上一块块变色的斑点和印迹。

“记住领航员是如何开走飞船的吧。”德默尔看到雷托脸上的困惑之色，于是说道。

“他是通过折叠空间开走的，”克泰尔解释道，“那架远航机从没有穿过伊克斯的地壳岩石。领航员只是从这里出发……然后直奔目的地。”

一些观众鼓掌欢呼起来。隆博对着下面空荡荡而又浩大无边的地下洞穴比画着，看起来非常高兴：“现在那里空了下来，可以再建一架远航机了！”

“这只是最简单的经济学。”凯莉娅看了雷托一眼，然后刻意端庄严肃地移开目光，正色道：“我们不会浪费一分一秒。”

按照贝尼·杰瑟里特姐妹会和宇航公会的联合协议，我父皇的那些奴婢妃妾们是不允许生下王位继承人的。但是那些女人之间的勾心斗角仍在不断发生，经常上演，简直令人窒息。我的母亲、姐姐和我渐渐适应了在这些阴谋诡计之中游走，变得十分擅长避开那无形的死亡之手。

——摘自《在我父皇的家族中》，作者伊勒琅公主

皇太子沙达姆在皇宫里有自己的私人教室，教室之大几乎都能容纳得下某些星球的一个村庄了。这位科瑞诺家族的继承人显然对学习毫无兴趣，对着面前的教学机器一直发呆，似乎陷入了沉思，而芬伦则一直在注视着他。

“父皇仍然想让我像个孩子一样坐在教室里上课，”沙达姆怒视着教学机器上的灯光和旋转装置说道，“我都到了该结婚的年纪了，甚至连我自己的继承人都该有了。”

“你怎么会有这种想法？”芬伦笑道，“这样一来，皇位就可能会跳过你，等你儿子长大成人后就直接传给他了，嗯哼？”

沙达姆今年三十四岁，似乎这辈子都跟皇位无缘。那老头儿每喝一口香料啤酒，他体内的毒素就被多释放了一分——但是恩基这种毒药已经在他体内释毒好几个月了，唯一的结果似乎就是使老皇帝变得越来越暴躁。看来他们还是得再加点儿药量！

就在这天早上，老皇帝埃尔鲁德还严厉地训斥了沙达姆一通，责备他不专心学习。“好好看，认真学！”——他父亲平时总是说这些没劲的话——“你怎么就不能像芬伦那样用功呢，哪怕一次也行。”

哈什米尔·芬伦从小就和皇太子一起上课。表面上他是给沙达姆做伴，实际上他自己暗地里也十分用心，学到了很多知识，所以对宫廷里各种阴谋和政治都十分了解。在学术上，芬伦总是比他的皇室朋友更出类拔萃：只要是对他提升地位有利的知识和信息，他都会毫不遗漏地去吸收和掌握。

他的母亲查奥拉是一位非常内省的宫女。自从皇帝的第四任妻子哈布拉死后，她便找了一座安静的房子安顿下来，靠帝国的养老金生活。在查奥拉服侍哈布拉皇后期间，她一手把这两个小男孩一起抚养长大，这给了芬伦更多的机会——就好像她早就计划好了一样。

最近的这些日子里，查奥拉一直假装不知道自己的儿子在皇宫里做了什么，尽管她也曾受过贝尼·杰瑟里特姐妹会的严格训练，不可能看不出端倪。芬伦很狡猾，他知道他的母亲不是普通侍女那么简单，她知道的事情远比表面上显露出来的要多很多，一定有许多密谋和育种计划在他完全不知情的情况下进行着。

沙达姆突然苦闷地哀号了一声，转身离开了教学机器。“那老家伙为什么不赶紧死了算了，就不能让我过得好受点儿吗?”说完这句他立刻捂住了嘴，突然被自己下意识脱口而出的话吓住了。

芬伦在宽阔的教室地板上走来走去着，抬头看了看挂在墙上的兰兹拉德联合会各家族旗帜。皇太子应该知晓兰兹拉德联合会所有大大小小家族旗帜的颜色和徽章图案，但是沙达姆却连这些家族的名字都很难记全。

“耐心点儿，我的朋友。一切都要顺其自然。”他走到一个壁龛前，一根点燃的熏香正散发着香草的味道，他深深地吸了一口熏香的气味。“与此同时，你要学习和你的皇位有关的知识。不久的将来你会用得着的，嗯－嗯－嗯－啊?”

“别老出那种怪声，哈什米尔，真烦人。”

“嗯嗯嗯嗯?”

“小时候你就总发出这声音，让我上火，到现在你还这样。别出怪声了!”

在隔壁的房间里，在那面私人屏幕后面，沙达姆可以听到他导师发出的咯咯笑声，衣服和床单互相摩擦的沙沙声，以及肌肤相亲的声音。这位导师几乎每天下午都跟一位身材玲珑有致，美若天仙的女人在一起。这个女人在情爱方面受过专业培训，可谓技术一流。沙达姆给这个女人下了命令，要她好好服侍他的导师，一定要把他迷得晕头转向、七荤八素才好，这样一来他和芬伦就能够避开所有耳目，在私下里谈话——在耳目众多，到处都充满窥探目光的皇宫里，能找个私密的地方说话真是不容易。

然而，这位导师并不知道，这个女人本是作为礼物献给埃尔鲁德的，以补充他的后宫。这个小计谋可以让太子抓住他的把柄，威胁这个令人讨厌的导师。如果这件事被皇帝发现了的话……

“学会操纵别人是统治的重要手段。”芬伦经常在给他提出建议或者出谋划策时说这句话。至少在这一点上，沙达姆还是不糊涂的。芬伦心中暗想，只要太子能继续听从我的建议，他最终还是能成为一名合格统治者的。

屏幕上显示着枯燥无聊的运输资源统计数据，主要星球的初级产品出口情况，以及每种产品的全息图像，从最好的染色鲸鱼毛皮，到伊克斯的缓音速挂毯……再有墨藤、志贺藤、精美绝伦的埃卡兹艺术品、庞迪大米和驴粪等等。所有这些知识都从教学机器里喷涌而出，像是一个失去控制的智慧之泉，就好像沙达姆应该完全背下来这些细节似的。但其实这些都是专家和大臣们该做的事情。

芬伦低头看着屏幕：“在帝国所有的事物中，沙达姆，你认为什么是最重要的呢，嗯－嗯－嗯－嗯？”

“你现在也要当我的导师了吗，哈什米尔？”

“我永远都是你的导师，”芬伦回答，“如果你能成为一个伟大的皇帝，那么对于所有人民……自然也包括我，都是一种福祉。”

隔壁房间的床发出有节奏的响声，令人心猿意马，无法集中精神。

“最重要的是和平安宁。”沙达姆磕磕巴巴地回答道。

芬伦在教学机器上敲了一个键，机器咔嗒咔嗒地响个不停。一幅沙漠星球的图像跃然出现。是厄拉科斯星。芬伦坐到沙达姆身旁的凳子上说道：“美琅脂香料才是最重要的。没有它的话，帝国就会崩溃。”

他倾身向前，灵巧的手指掠过控制面板，屏幕上出现了人们在这颗沙漠星球上采集香料的场景。沙达姆看到了一只巨大的沙虫，眼见着那只沙虫把荒野深处一台香料采集车生吞活剥了下去。

“厄拉科斯现在是宇宙中唯一已知的美琅脂香料产地，”芬伦一只手攥成拳头，重重地砸在牛奶色的大理石强化玻璃桌面上，“可是为什么呢？帝国里有那么多探险者和勘探家，科瑞诺家族几代以来一直提供着巨额赏金，但为什么至今没人在别的地方发现香料呢？毕竟帝国麾下拥有十亿颗星球，别的地方肯定也应该有香料存在才对。”

“十亿颗星球？”沙达姆噘起了嘴唇，“哈什米尔啊，你知道这只是迷惑大众的夸大说法。我见过的星球总共也就只有一百万颗左右。”

“一百万和十亿有什么区别吗，嗯哼？我的意思是，如果美琅脂是宇宙中的一种物质，那么我们应该不止在一个地方发现它。你知道被你父皇派到厄拉科斯去的那个行星学家吗？”

“当然知道了，帕多特·凯恩斯。我们一直在等着他的下一份报告。上次的报告还是好几个星期以前发来的呢，”他骄傲地抬起头，“我已经下定决心，等报告一来，我就立刻好好看看。”

从挂着窗帘的隔壁房间里传来了喘息声和咯咯的笑声。沉重的家具好像滑到了一边，什么东西被“砰”的一声打翻在地。沙达姆脸上闪过一丝笑意，那个小妾的确受过良好的训练。

芬伦转了转他那双超大的眼睛，翻了个白眼，然后回到了教学机器前：“注意力集中点儿，沙达姆。香料是至关重要的东西，所有的香料生产都是被一个星球上的一个家族所控制。如果生产陷入停滞，那么对帝国来说就是个巨大的威胁。即使有帝国的监督和宇联商会的压力也无济于事。为了帝国的稳定，我们需要一个更好的香料来源。如有必要，我们甚至应该研究人工合成香料。我们需要一个香料的替代品。”他转头看向太子，那双黑色的眼睛闪闪放着光，“一个能够被我们控制的替代品。”

与导师那无聊的程式化学习相比，沙达姆更喜欢这样的讨论。“啊，没错！如果有美琅脂香料的替代品，就会改变帝国的整个力量平衡，不是吗?”

“是的！事实上宇联商会、宇航公会、贝尼·杰瑟里特、门泰特、兰兹拉德联合会，甚至科瑞诺家族，所有的势力都在为来自同一个星球的香料生产和分配而相互斗争不止。但如果有另外一种选择，一种完全由皇室掌控的替代品，那么你的家族就会成为真正的皇帝，而不是受其他多个政治势力所控制的傀儡。”

“我们才不是傀儡，”沙达姆厉声说道，“就连我那个老态龙钟的父皇也不是傀儡。”他紧张地瞧着天花板，仿佛那里藏了个电子眼似的，不过实际芬伦已经用检测仪扫描好几次了，“呃，祝他老人家万寿无疆。”

“如您所说，我的太子殿下，”芬伦毫不让步，“假如我们现在就开始寻找的话，那么等您坐上皇位时，就能水到渠成地享受胜利果实了。”他摆弄着教学机器，“好好看，认真学！”他故意哑着嗓子，语速缓慢地模仿起埃尔鲁德低沉暗哑的声音。沙达姆听出他对皇帝的嘲讽和挖苦，也被逗得咯咯笑了起来。

教学机器屏幕上显示出了伊克斯的各种工业成果，所有的这些发明和技术革新，都是维尔纽斯家族在把获利奉为圭臬的基础上创造出来的。“你觉得伊克斯人为什么不能用他们的技术来寻找香料的替代品呢？”芬伦问道，“我们曾经一次又一次地命令他们分析香料成分，然后为帝国开发出另一种香料，但是他们却一直在摆弄他们那些导航机器还有愚蠢的计时器。谁需要知道帝国里每个星球的确切时间呢？难道他们所追求的那些发明创造比香料还要重要吗？要我说的话，维尔纽斯家族就是个彻头彻尾的失败者。”

“这台教学机器就是伊克斯人发明的。那架该死的新型远航机也是伊克斯人设计建造的。还有那高性能的地行车也是……”

“别岔开话题，”芬伦打断了他，“我相信维尔纽斯家族不会在解决香料替代品问题上投入半点儿技术资源。对他们来说，这并不是当务之急。”

“那么父皇应该给他们更明确的指示，”沙达姆双手背在身后，想摆出一副帝王的气派，比如脸红脖子粗，“等我当上皇帝，我一定要让人们明白他们最优先要做的是什么。啊，是的，我要亲自指挥他们，让他们知道对帝国和科瑞诺家族来说，最重要的事情是什么。”

芬伦在教学机器周围转着圈，就像一只潜行在猎物附近的拉扎猛虎一样。他从旁边桌子上的水果盘里拿起了一颗蜜枣，然后说道：“很久以前，老埃尔鲁德也信誓旦旦地说过类似的话，然而到目前为止，他曾经的那些承诺一个都还没有兑现。”他挥了挥手，看着自己长长的手指继续说道，“哦，一开始他的确让伊克斯人去研究香料的事了。他也为那些前往未知星球探寻美琅脂香料的探索者们提供了大笔的赏金。”他把蜜枣扔进嘴里，然后舔了舔手指上沾着的蜜糖，吞下了那颗甜润的果子，“但仍是一无所获。”

“那么父皇应该增加赏金才对，”沙达姆说，“他做得还不够。”

芬伦仔细端详他那修剪整齐的指甲，然后抬起头，那双硕大无比的眼睛看着沙达姆说道：“或者老埃尔鲁德九世压根不打算考虑任何的香料替代品?”

“他虽无能，但也不是个傻子啊。他为什么要这样呢?”

“但是如果有人建议他考虑一下替代品呢? 比如……贝尼·特莱拉? 这也会让他们成为了唯一可行的解决方案。”芬伦靠在一根石柱上，观察着沙达姆的反应。

太子脸上掠过一丝厌恶的表情。“肮脏的特莱拉教团！为什么有人想跟他们这种人打交道?”

“因为他们能提供给我们所寻求的答案。”

“你一定是在开玩笑吧。谁会相信特莱拉人的话呢?”他的脑海中浮现出那个种族的模样来，灰色的皮肤，油光锃亮的头发，五短身材，圆溜溜的眼睛，扁平的鼻子还有尖利的牙齿。他们隐遁避世，深居在他们的核心星球，故意挖出一条与世隔绝的鸿沟，让他们可以肆无忌惮地在坑里面摸爬滚打。

然而，贝尼·特莱拉却是实打实的基因变异巫师，他们喜欢使用非正统且令人发指的方法来处理生者或死者的肉体，以及处理生物废弃物。凭借一种神秘而强大的培育罐，他们能从活细胞中培育出克隆体来，也能从死亡的细胞中克隆出死灵来。特莱拉人行事诡秘，总带着一股奸邪狡猾，阴险诡异的气息。怎么会有人看重这种人呢?

“你好好想想，沙达姆。特莱拉人难道不是有机化学和细胞力学方面的大师吗，嗯－嗯－嗯－嗯－啊?”芬伦轻蔑地说，“通过我自己的间谍网，我对贝尼·特莱拉有了一定的了解，尽管我们对他们嗤之以鼻，但不可否认他们已经发展出一项新技术……其实我自己对这些技术也略知一二。我相信特莱拉的这种技术可以适用于人工美琅脂香料的开发和生产……这就是属于我们自己的资源了。”他那双像鸟一样贼亮的眼睛直直地注视着沙达姆，“还是说你不愿意考虑寻找香料的替代品，好让你的父亲继续控制一切？”

沙达姆局促不安，犹豫不决，不知该如何作答。他宁愿自己一直在玩儿那个屏蔽场球游戏。也不愿费心去想那些侏儒一样的狂热的宗教信徒。贝尼·特莱拉教团对外高度保密，不邀请任何人进入他们的领地。他们也丝毫不在乎其他星球如何看待他们，只会派出他们的代表前往各个星球去进行观察，就其独特的生物工程产品与星球的最高层进行交易。有流言说，外人从来没有见过特莱拉教团里有女人出现。*从来没有*。他们认为如果教团里有女人的话，要么美艳不可方物……要么就是丑得不能见人。

看到太子打了个寒颤，芬伦立刻用手指他说：“沙达姆，不要跟你的父皇一样落入同样的陷阱。作为你的朋友和谋臣，任何一个看不见的机会我都要去研究和调查，嗯哼？把那些厌恶的感觉都放到一边，考虑一下如果这招管用的话会带来的胜利成果——到时候兰兹拉德联合会、宇航公会、宇联商会以及狡猾的哈克南家族都会被我们打败。李芝家族倒台后，哈克南家族为得到厄拉科斯而动用了一切手段，结果付出的所有心血和投入都付之东流，到最后竹篮打水一场空，想想看，这会有多么可笑啊！”

他的声音柔和了起来，听起来变得十分通情达理，善解人意：“就算我们跟特莱拉合作，又有何不可呢？科瑞诺家族要是能够打破其他家族对香料的垄断，建立自己独立的香料产业链，何乐而不为呢？”

沙达姆看了看他，然后转身背对着教学机器问道：“你确定？”

“不，我不能确定，”芬伦直截了当地说，“没有人能确定，只有做了之后才能知道。但是至少我们应该考虑一下，给它一个机会。如果我们不做，那么也许别人会……弄不好贝尼·特莱拉自己就去做了。为了我们自己的生存，我们需要如此。”

“如果父皇听到这个计划会怎么样？”沙达姆自问道，“他肯定不会赞成这个主意的。”

老埃尔鲁德总是无法独立思考，更何况芬伦给他下的麝香毒已经发挥了作用，开始把他的大脑变成化石了。一直以来皇帝都是个可怜的棋子，被各股政治力量左右。也许这个老秃鹫已经和哈克南家族达成了协议，让他们继续控制香料的生产。即使那个年轻强大的哈克南男爵把老埃尔鲁德玩弄于股掌之间，沙达姆也丝毫不会感到惊讶。毕竟哈克南家族极其富有，他们的势力范围也极其广阔。

最好的办法就是把他们踩在脚下，让他们俯首下跪。

芬伦双手叉腰，说道：“我可以促成咱们与特莱拉的合作，沙达姆。我跟他们有联系。我可以带一个贝尼·特莱拉的代表前来，并且不被任何人发现。他可以在御前陈述我们的观点——到时如果你父亲拒绝了他，那我们就知道控制皇位的人到底是谁了……一切也就水落石出了。所以我来安排好吗，嗯－嗯－啊？”

太子回过头来，看了一眼教学机器，显然那机器还在继续指导并不存在的学生。“好，好的，当然。”他不耐烦地说。现在他终于下定决心，做出了选择，“那就别浪费时间了，你也别再出怪声了。”

“我需要点儿时间把所有的东西都准备好，不过所有的这些投入都是值得的。”

隔壁房间里传来高亢的呻吟声，然后是微弱而狂喜的尖叫声，声音一浪高过一浪，整块墙壁都快被震塌了似的。

“我们的导师一定是学会了如何取悦他的小宠物，”沙达姆皱着眉头说，“不过也许她的兴奋只是假装的。”

芬伦笑着摇了摇头，说道：“那不是她，我的朋友，那是他的声音。”

“真想看看他们在里面在干什么。”沙达姆说。

“别担心。都录下来了，这些记录你以后可以尽情享受。如果我们敬爱的导师乖乖跟我们合作，不给我们造成任何麻烦，我们就当作为欣赏罢了。但如果他不听话，那我们就等着瞧好了，等这个小妾被作为私人玩物献给你父亲之后——咱们再把这些录下来的画面给埃尔鲁德皇帝看看。”

“不管怎样，我们都会得到我们想要的。”沙达姆说。

“的确如此呢，我的太子殿下。”

行星学家在考察工作中可以获得很多资源、数据和预测。然而最重要的工具还是人类。只有在人类当中培养生态意识和素养，才能拯救整颗星球。

——帕多特·凯恩斯，《贝拉·特古斯星案例》

当帕多特·凯恩斯为下一份给皇帝的报告收集资料时，他发现了越来越多的证据，指出有人在巧妙地进行生态操控。他怀疑是弗雷曼人。毕竟在厄拉科斯这片荒芜的旷野里，除了他们还能有谁呢？

他越来越清楚地意识到，这些沙漠人的人口数量肯定比哈克南家族想象的要多得多。而弗雷曼人也有他们自己的梦想和计划……但是作为一名行星学家，他还是怀疑他们是否能够制定出一个切实可行的计划来实现他们的目标。

当他深入研究这个沙漠世界的地质和生态之谜时，他开始相信他的指尖有一种神奇的魔力，能给这些被太阳晒得起泡的沙地注入鲜活的生命。厄拉科斯并不仅仅像表面所展示的那样毫无生气，死板一块。相反，它是一颗能够茁壮成长的种子……只要环境能得到适当保护的话。

哈克南家族肯定不会花费半点力气去保护环境。尽管他们已经在这个星球上统治了数十年，但男爵和他那些反复无常的下属的所作所为完全就像个不守规矩的客人，只知道在厄拉科斯疯狂攫取，却从不进行长期投资。作为行星学家的凯恩斯能够看出这个明显的事实：哈克南家族一直在这个星球上强取豪夺，尽其所能挖掘美琅脂香料，但根本不考虑未来。

政治阴谋和权力更迭可以迅速而轻而易举地使联盟发生改变。毫无疑问，在未来几十年里，皇帝肯定会将香料生产的控制权移交给其他的某个大家族。所以哈克南家族在这里进行长期投资的话，将不会得到任何收益。

这个星球上的许多居民也同样十分贫穷：香料走私者、水商、以及随时能卷铺盖走人，飞到另一个星球的新兴城镇定居的商人。没人关心这个星球的困境——厄拉科斯仅仅是一个可以被肆意开发，然后随意丢弃掉的资源点。

不过凯恩斯认为弗雷曼人可能会有不同的想法。据说这些隐居的沙漠住民有着非常严苛的生活方式。在这个民族漫长的历史进程中，他们从一个星球流浪到另一个星球，一路筚路蓝缕，饱受欺压、蹂躏和奴役，直到最后来到厄拉科斯——这个自古以来就被称为沙丘的星球，他们在此定居下来，并把这里当做了自己的家园。那些掠夺和剥削者强取豪夺所造成的后果，最终只能由他们来独自承担。

如果凯恩斯能争取到弗雷曼人的帮助——假如真像他所猜测的那样，这个神秘的种族人数众多的话——那么整个星球都可能会发生变化。等到他积累了足够多的关于天气模式、大气含量以及季节波动的数据，他就可以制定一个客观而现实的时间表，研究出一个最终能把厄拉科斯变成一个苍翠之地的发展计划。*而且这个计划是绝对可以实现的！*

一个星期以来，他的勘探工作都集中在环绕北极地区巨大山脉的屏蔽场城墙附近。大多数的居民都居住在有岩石保护的地带，他猜测这是因为在这样的地带不会有沙虫出没。

为了近距离观察这片土地，凯恩斯选择了驾驶单人地行车缓慢行进。他绕着屏蔽场城墙墙根四处游走，丈量尺寸，收集样本。然后测出了岩石中地层的角度，并通过数据证实了这种山峦式的屏障是由地质动荡造成的。

随着时间的推移，他在细致研究后甚至可能会发现化石层、附着在石灰岩上的石化海贝或者来自这个星球曾经更湿润时期的原始海洋生物化石。到目前为止，在一个有多年考察经验的人眼中，已经有足够多的微妙证据能够证实这个星球上曾经有原始水源的存在。然而发现这样一个隐秘的动物遗迹，将是他这一理论的基石，是支持他这一猜测的无可辩驳的证据……

一天清晨，凯恩斯开着他那辆摇摇晃晃的地行车缓缓前行，在久经侵蚀而松动的山壁上留下了一道车辆行进的痕迹。这一带所有的村庄，从最大的村落到最脏乱不堪的定居点，在地图上都有详细的标记。毫无疑问，哈克南家族是为了征税和剥削而特意标注在地图上的。本来粗略含糊的地图突然变得精准了，真是让人松了一口气。

他发现自己来到了一个叫做云萨的地方，这里是哈克南家族警卫站和军营的所在地，与沙漠居民的关系很不稳定。凯恩斯继续往前开着，地行车在崎岖不平的山路上颠簸不已。他一路哼着小曲，抬头望着悬崖峭壁。引擎突突作响，就像催眠曲一样让他不知不觉陷入了沉思。

接着，在他越过一个高地，绕过一块岩石之后，他惊讶地发现自己面对着一场小型的殊死搏斗。六名肌肉强健、训练有素的士兵，身穿哈克南的制服，身披屏蔽场，全副武装。他们手持利剑正在戏弄三个被他们逼入绝境的年轻弗雷曼人。

凯恩斯立刻把地行车停了下来。这悲惨的一幕让他想起了自己曾经遇到过的某个场景：在萨鲁撒·塞康达斯星上，一只吃饱喝足的拉扎猛虎玩弄一只又脏又可怜的地鼠。吃得心满意足的老虎不需要再吃猎物了，只是单纯享受扮演捕食者的乐趣。它把那只惊恐万状的小老鼠困在岩石之间，然后用它那长而弯曲的利爪去抓挠猎物，撕裂它那疼痛而血淋淋的伤口……它故意把猎物弄得伤痕累累却又不夺其性命。当时凯恩斯用高倍望远镜观察着这一幕，眼看着拉扎虎折磨了地鼠好几分钟。最后老虎终于玩腻了，一口咬掉了那只小老鼠的头，然后掉头走开，把尸体留给了那些腐食动物。

相比之下，这三个年轻的弗雷曼人可要比那只地鼠顽强多了，但他们身上只穿着蒸馏服，手里也只有一把刀子，既没有屏蔽场也没有盔甲。与装备精良并受过严格战斗训练的哈克南士兵相比，这几个年轻人根本毫无胜算。

但他们却并没有屈服。

弗雷曼人从地上抓起尖利的石头，奋力扔向敌人，但石头碰到闪闪发光的屏蔽场后立刻被弹了回来，敌人毫发无伤。那几个哈克南士兵哈哈大笑，步步逼近。

远处的凯恩斯从地行车上下来，被眼前的景象惊得愣住了。他调整了一下身上的蒸馏服，松开绑带以便活动自如。然后确保面罩戴好但不会紧紧封住。此刻的他不知道自己是否应该像对那只拉扎虎那样，只从远处观察，还是应该做点儿什么，比如去帮那三个弗雷曼人。

哈克南士兵的人数是弗雷曼人的两倍，如果凯恩斯冲过去保护那三个年轻人，那么他会面临危险：重则受伤，轻则被哈克南官员指控干扰内部事务。一个受命来此的帝国行星学家不应该干涉当地事务。

他把手放在腰间刀鞘的附近。不管怎样，他都已经准备好了，但他希望他所看到的不过是一场持久的骂战，也许威胁会不断升级，或许会发生一场扭打，但最终只会以双方不合而收场，最多只是会有人被打伤。

他正在瞎琢磨，双方对峙的性质就忽然发生了变化——凯恩斯这才意识到自己刚才的想法是有多么愚蠢。这可不仅仅是单纯的嘲弄和讥讽，而是一场致命的对峙。哈克南的士兵确实打算杀死他们。

六名士兵冲向弗雷曼人，刀锋闪亮，屏蔽场开启。三个年轻的弗雷曼人则殊死反击。一眨眼的工夫，一个弗雷曼人倒下了，鲜血从他那被割断的颈动脉中喷涌而出。

凯恩斯想要大喊，但却喊不出声，愤怒已使他的眼前变得一片血红。他这一路驾车前行时，就已经定下了一个宏伟的计划，要把弗雷曼人当成一个强大的资源，一个真正的沙漠民族来看待，他要跟他们分享自己的想法。他梦想能把他们改造成一支强大的劳动力大军，帮助他实现自己那恢宏的生态改造计划。而他们也会心甘情愿地成为他的盟友和热心的助手。

但现在，这些头脑迟钝的哈克南士兵——毫无理由地——打算杀死他的工人，他用来改造这个世界的工具！他绝对不能让这种事情发生。

看着同伴倒在了沙地上，血流不止即将死去，另外两个弗雷曼人在只拿着最原始的乳蓝色小刀且没有任何护具的情况下，开始疯狂地反击，他们杀红了眼的样子让凯恩斯惊愕不已。“塔克瓦[①]！”他们大喝一声。

两名哈克南士兵被这突如其来的攻击打倒在地，但他们的四个同伴却迟迟不来救援。那几个穿着蓝色制服的士兵只是犹豫不决地朝年轻的弗雷曼人靠拢过去。

凯恩斯对哈克南士兵这种毫无天理的恶行而义愤填膺，一时冲动之下，他做出了回应。他从后面悄悄贴近那几个彪悍的士兵，动作迅速而安静。同时打开了自己的屏蔽场，拔出了用来自卫的短刃刀——这是一种针对屏蔽场的武器，刀尖上涂有毒液。

---

①塔克瓦的字面意思是“自由的代价”，指极其珍贵之物，神灵向凡人要求索取之物（此种要求会引起极大的恐惧）。

在萨鲁撒·塞康达斯星上那几年的艰苦岁月里，他学会了如何使用这种武器来作战，也学会了怎样用它来杀人。他的父母曾经在帝国最臭名昭著的监狱里工作过，而在凯恩斯日常的探险工作中也会需要用它来保护自己，抵御强大捕食者的袭击和伤害。

他没有发出半点儿呐喊，因为那样就不会达到出其不意的效果了。凯恩斯把武器放低，隐藏起来。他并不是特别勇猛的人，只是十分专注。仿佛有一股力量在驱使着手持利刃的凯恩斯，只见他的刀刃尖端缓缓地穿过那个离他最近的哈克南士兵的屏蔽场，然后用力推进，斜向上刺入士兵的肌肉、软骨和骨头。刀刃穿过他的胸腔，刺穿了他的肾脏，割断了他的脊髓。

凯恩斯猛地拔出刀子，半侧过身子，转到他的左侧，将刀子插进了另一名刚转过头来的哈克南士兵的身体里，屏蔽场一开始减缓了毒刃刺穿的速度，但当哈克南士兵准备攻击他时，凯恩斯突然直击要害，将刀子深深刺入那人柔软的腹部，然后再次顺势向上划开他的身体。

就这样，两个受了致命伤的哈克南士兵倒在了血泊之中，来不及喊出声就一命呜呼了。现在六个士兵里已经倒下了四个，包括刚才被弗雷曼人杀死的那两个。剩下的两个哈克南恶徒被这急转直下的形势惊得目瞪口呆，然后对着这个突然出现的高个子陌生人咆哮起来。他们交换了个眼神，分散开来，对凯恩斯盯得比那两个弗雷曼人还紧。而那两个弗雷曼人仍视死如归地站在原地，随时打算冲上前去拼个你死我活。

再一次，弗雷曼人扑向了敌人。依旧大声高喊着：“塔克瓦！”

幸存的两名哈克南士兵中的一个挥剑刺向凯恩斯，但是这位行星学家动作迅速，在手刃两人之后早已热血上涌，面红耳赤，胸中燃烧着愤怒之火。他举刀上刺，穿透屏蔽场，干脆利落地划开了袭击者的喉咙。手法之凌厉令人瞠目。那名士兵一把扔掉手中的剑，徒劳地捂住自己的脖子想要把血止住。

第五个哈克南士兵一头栽倒在地上。

两个弗雷曼人把他们的复仇目标转向了剩下的唯一一个敌人。凯恩斯蹲下身来，对那个受了重伤的弗雷曼人说道："保持镇定，我会救你的。"

这个年轻人的鲜血被他大口喷到了夹杂着沙砾的尘土中。但凯恩斯的腰带上正好有一个急救包。他在年轻人粗糙的颈部伤口处涂了一层伤口密封胶，然后给他输入急救包里备着的血浆和高能兴奋剂，这样就可以暂时维持住他的生命了。他摸着年轻人手腕，测量了一下他的脉搏，他的心跳还算平稳。

凯恩斯清楚这个年轻人受伤的严重程度，他很惊讶这个年轻人竟然没有失血太多。如果没有医疗救援的话，他很可能在几分钟内就死去。但同样令凯恩斯感到吃惊的，是这个男孩竟然存活了这么长时间。*弗雷曼人的血液凝结得很快*，另一个事实迅速印刻在他脑海中——难道这是为了能在干旱沙漠中减少水分流失，产生的一种生存适应本能吗？

"啊！"

"不！"

混合了痛苦和惊恐的号叫声传来，凯恩斯脸抬起头来，寻找着声音的来源。原来在不远处，弗雷曼人用刀尖挖出了那个仅存的哈克南士兵的眼球。然后他们开始缓缓地活剥那人身上的皮，一条条地剥着粉红色的皮肤，然后再把这些皮肤放进挂在臀部上的密封袋里。

浑身是血的凯恩斯站了起来，大口喘着粗气。形势最终还是发生了逆转，看到弗雷曼人如此残忍的行径，他不禁怀疑自己是否做了正确的决定。这些弗雷曼人简直就像野兽一样疯狂至极。虽然他救了他们的命，但他们是不是也要把他杀死呢？对于这些绝望的年轻人来说，他完全是个不折不扣的陌生人。

他注视着他们，同时也等待着。当那几个年轻人结束了令人毛骨悚然的刑罚之后，他迎上他们的目光，清了清嗓子，然后用帝国通用的加拉赫语说道：“我名叫帕多特·凯恩斯，是帝国派到厄拉科斯来的行星学家。”

他低头看着自己血迹斑斑的皮肤，于是决定还是不伸手打招呼了。在他们的文化中，这个打招呼的手势很可能会被误解。“我很高兴能做这个自我介绍。我一直期盼着能见到弗雷曼人。”

崇拜乃恐惧之种。

——杜菲·哈瓦特，门泰特兼厄崔迪家族安全指挥官

邓肯·艾达荷躲在茂密的松树林里，双膝跪在落满松针叶的柔软土地上，却感觉不到一丝暖意。寒夜的空气减弱了夹杂着树脂味道的绿植香气，至少他可以在这里躲避那如刀刮一般的寒风。他离开洞穴已足够远了，终于可以停下来喘口气，哪怕只是歇歇脚也好。

他知道哈克南的那些猎人是不会停下来休息的。他们定会暴跳如雷，因为他杀死了狩猎队里的一员。也许，他心想，他们甚至可能会更享受这场追逐的，特别是拉班。

邓肯打开了从被他伏击的追踪者那里偷来的急救包，从里面拿出一小包新肤再生药膏，涂在了肩膀的伤口处。那的伤口现在已经硬化成痂了。之后他又狼吞虎咽地吃掉了营养棒，最后把包装纸塞进口袋里。

借着手电的亮光，他开始研究那把激光枪。他之前从来没有用过这样的武器，但他看到过监狱的看守和猎人们用这种步枪。他抱着武器，摆弄上面的机械和控制装置。他把枪管朝上，想要搞明白自己应该做什么。因为如果决心战斗到底的话，他就必须要学会怎么使用这把枪。

一股突如其来的力量爆裂开来，白热的光束击中了松树的枝头。

树枝突然燃烧起来，发出噼噼啪啪的声响。一丛丛冒着烟的常绿针叶像火红而滚烫的雪花一样，飘落在他身边。

他尖叫一声，把枪扔在地上向后爬。但在自己还没忘记刚才按的是哪个按钮之前，他又赶紧把枪捡了回来。他必须记住那些按钮的功能，学会怎么使用它。

头顶上熊熊燃烧的火焰就像烽火台的篝火一般，喷出一圈圈的浓烟。现在的他已经没什么可失去的了，邓肯瞄准目标，又开了一枪，确保能用这把激光枪保护自己。这把笨重的武器可不是给小男孩造的，更何况他的肩膀和肋骨本就疼得突突直跳。但他现在只能用这把枪了，也不得不用了。

邓肯知道那群哈克南人一定会朝着火光来，所以他必须逃出这片树林，另寻一个藏身之处。他又一次向高地走去，沿着山脊线行进，这样他就可以继续看到猎人们那零星分散的球形灯，掌握他们的动向。他知道那些人的确切位置，也清楚地知道他们离自己有多远。

*但他们因何会如此愚蠢呢，他琢磨着，就让自己这么暴露行踪？*是因为过度自信……这就是他们的弱点吗？如果是的话，那也许会有助于他。哈克南的人希望自己陪他们玩儿这个游戏，好欣赏他惊恐的模样，最后在应该死的时候死掉。邓肯这回只好让他们失望了。

也许这次要按照我的游戏规则来玩儿了。

他一路飞奔，避开一块块的积雪，绕过嘈杂的灌木丛林。然而，邓肯太专注于那些成群结队的追兵，却疏忽了周围其他事物，让他没能发现真正的危险。他忽然听到身后和头顶上传来干枯树枝折断的声音，还有灌木丛的沙沙声，接着是爪子踩在光秃秃的岩石上的嗒嗒声，同时伴随着一阵沉重而嘶哑的喘息。

这绝不是哈克南猎人的声音——而是某个闻着他身上的血味一路寻来的森林捕食者。

邓肯脚下一个打滑停了下来。他抬起头，在黑暗中寻找那双闪闪发光的眼睛。在听到一声湿漉漉的咆哮声后，他才转头朝头顶上裸露的岩石看去。在星光下，他辨认出那是一只肌肉发达、蹲伏着的野生猎犬，正虎视眈眈地看着他，它背上的毛像羽毛一样竖立起来，张着大嘴露出尖利的牙齿。它那双巨大的眼睛直勾勾地盯着眼前的猎物：一个细皮嫩肉的小男孩。

邓肯急忙后退，用激光枪开了一枪。由于瞄得不准，光束偏离这个追踪而来的生物十万八千里，连边都没挨着，只是击中了猎犬下方的岩石，炸出了一团岩石粉末。捕食者怒吼咆哮着向后退去。邓肯又开了一枪，这次在猎狗的右臀部烧出了一个黑窟窿。随着一声刺耳的哀嚎，那只猎狗嘶吼着逃回了黑暗之中。

猎狗的吼叫声，以及激光枪发出的光束，肯定会把那些哈克南猎人引过来，于是邓肯又一次在星夜里拼命奔跑起来。

拉班双手叉腰，低头凝视他的手下——那个在洞穴里被伏击的猎人惨不忍睹的尸体。愤怒之火燃烧他的全身——同时还有一种残酷的满足感。那个狡猾的孩子把猎人诱入陷阱。真是机灵。追踪者身上虽然有盔甲和武器，却没能躲过掉落下来的大石头。然后他又用一把钝刃的匕首刺进了他的喉咙，给了致命的一击。

拉班沉思了片刻，似乎在评估这次挑战。即使如此寒冷的夜晚，也掩盖不住那种死亡的腐烂味道。这变成一个真正的挑战了——不过这就是他想要的，不是吗？

另一个追踪者爬进了低洼的洞穴，用手电在洞穴里四处照着。光束照亮了血迹和被踩碎的李芝追踪器。“原来是这样，大人，那个小崽子挖出了自己体内的追踪装置，”说着，猎人不由得咽了咽唾沫，好像不知道该不该继续说下去，“这小子还真机灵，是个好猎物。”

拉班怒视着眼前这幅惨遭屠戮的场面，看了好一会儿，脸颊上仍带着那些被晒伤的痕迹。他开始慢慢地咧嘴微笑起来，最后爆发出一阵大笑：“一个八岁的孩子，竟然仅凭着想象力和一把钝刀，就打败了我手下的一个士兵！”他又一次放声大笑。洞穴外面，其他的人站在原地，沐浴在球形灯的灯光之下，一时间都不知所措。

“这样的男孩是天生的猎捕好手，专为狩猎而生。”拉班说。然后他用靴尖踢了踢死去的追猎者，说道：“这样的蠢货不配做我的手下，就让他的尸体留在这儿慢慢腐烂吧，留给些食腐动物作美餐得了。”

这时，两名侦察员发现了树林里那燃烧着的火焰，拉班也指着火焰的方向说道：“那儿！看来那小崽子想暖暖手。”他再次仰天大笑起来，其余的猎人们最后也都跟着笑了起来，“这将会是一个多么激动人心的夜晚啊。”

邓肯占据着高点，凝视着距离那座小屋很远的地方。有一盏明灯忽明忽暗，灭了一下，十五秒之后又忽明忽暗起来。应该是某种信号，而且发信号的地方远离着哈克南猎人，也远离小屋或森林保护区，不属于附近任何一个定居点。

邓肯好奇地转过头，好奇起来，灯光一会儿亮，一会儿灭的，究竟是谁呢？

森林保护区是一个守卫森严的区域，只供哈克南家族成员使用。如若发现任何非法进入的人或动物，要么格杀勿论，要么就被当成今后狩猎活动中被追捕的猎物。邓肯看着那若隐若现的灯光，一下子被吸引住了。这显然是一个信息……可又是谁发送的呢？

他深吸了一口气，在这个广阔无边而又危机四伏的世界里，他觉得自己很渺小，当然也斗志满满。他无路可走，也没有别的选择。到目前为止，他虽然一路避开了敌人……但这情况不会永远持续下去。

很快那些哈克南人就会带来更多的后备力量，比如扑翼机、生命追踪器、也许还有能闻着他衬衣上的血腥味就追踪而来的猎食动物，就像他刚才遇到的那只疯狂的猎犬一样。

邓肯决定去找那个发送信号的神秘人，希望能有个好结果。他无法想象会有人来帮他，但他不能放弃任何希望。也许他能借此找到逃跑的办法，比如偷偷乘船或乘车逃离这里。

但首先他必须给那些猎人们设下另一个陷阱。他想到了一个主意，一个肯定会令他们大吃一惊的主意，而且办法十分简单。如果他能够借机再杀死几个敌人，那么他逃跑的机会就更大了。

他认真观察和研究了这里的岩石、积雪和树木之后，邓肯找到了第二次伏击的最佳地点。他打开手电，把光束对准地面，这样一来，远处那些目光敏锐的猎人便发现不了亮光了。

追兵现在就在他身后不远处。他偶尔会在深沉的寂静中听到几声模糊的叫喊，看到狩猎队的球形灯像萤火虫一样照亮他们的眼前的路，方便他们穿过树林。他们似乎在推测他们的猎物会走哪条路。

而此时此刻，邓肯正希望他们能推测出他走的路线……但他们永远也猜不到他到底想干什么。他跪在一堆十分松软的雪堆旁，把手电插进雪里，在寒冷刺骨的夜色下，使劲把雪堆推了下去，然后立刻收回了手。

白雪反射着亮光，就像水渗透进海绵里一样。微小的冰晶使光线发生折射，从而光线放大。这个滚动的雪球在黑暗的空地上闪闪发光，犹如一座磷光闪烁的岛屿一般。

他把激光枪拿在身前，随时准备射击。然后一路小跑回到了隐蔽的树林里。地上的松针软的就像垫子一样，他趴在松针垫上，小心翼翼地不让人发现自己。然后把激光枪的枪管架在一小块岩石上。

他等待着。

不出所料，猎人们追来了。邓肯觉得双方的角色似乎颠倒了过来：他现在变成了猎人，而他们则成了他的猎物。他举起武器瞄准，手指紧贴在射击按钮上。终于，猎人们进入了空地。一眼看见了黑夜中闪亮着的雪堆，都被吓了一大跳，围着雪堆四处转起来，想弄清楚那到底是什么东西，他们的猎物在要什么诡计。

两个追踪者向外望去，怀疑是森林里出现了什么打斗和袭击。其他人则站在幽灵般的灯光下，轮廓分明，目标清晰——就像邓肯所期望的那样。

在狩猎队伍最后，邓肯一眼认出了那个身强力壮、颐指气使的家伙，拉班！邓肯回想起了他的父母如何倒下，也回想起了他们身上皮肉烧焦的味道——他死死按住了开枪的按钮。

就在这时，一名侦察员走到拉班面前向他报告。忽然一道光束穿透了他的盔甲，燃烧着冒出烟来。那人张开双臂，发出了一声撕心裂肺的惨叫。

拉班以闪电般的速度做出反应，他那强壮结实的身体纵身一跃，扑向一边，光束穿过那人戴着护具的胸口，带着咝咝的声响落入雪堆。邓肯再一次开枪射击，射中了另一个站在发光雪地上、轮廓鲜明的猎捕者。顿时其余的猎人纷纷向黑暗的森林里疯狂地射击起来。

邓肯的下一个目标变成了移动的球形灯。他一枪又一枪地击灭了那些球形灯，把那些倒霉的追猎者留在了火焰笼罩的黑暗中。随后他又干掉了两个人，其余的人则开始争先恐后地寻找掩护。

激光枪里的弹药即将用尽，邓肯连忙跑到他发起进攻的那座山脊后面，然后以最快的速度朝他刚才看到的那盏闪烁的信号灯跑去。不管藏在那盏灯后面的是什么，总对他来说都是唯一的机会。

哈克南的人肯定会陷入惊恐和混乱，然后再惊魂未定一阵子。邓肯知道这是自己最后的生机，于是他把谨慎小心都抛到了九霄云外，不顾一切地奔向那盏忽明忽暗的信号灯。他拼命地跑，中途偶尔脚下一滑，偶尔跌落山坡，偶尔还会撞到岩石之上，但他没时间理会身上因擦伤或摔伤而引起的疼痛。他也来不及掩盖住自己的踪迹了，也不打算再躲起来。

就在他越跑越远时，在他身后的某个地方，传来了猎人们低沉的咆哮和怒吼，还伴随着气急败坏的叫骂。一群疯狂的猎狗围拢在他们周围，寻找着受伤的猎物。邓肯掩面一笑，继续朝着断断续续闪烁着的灯光跑去。他看到那灯光就在前面靠近森林保护区边缘的地方。

他终于离近了，开始轻手轻脚地朝一块浅浅的空地挪去。这时他的眼前忽然出现了一架安静的扑翼机，那是一架可以搭载几名乘客的高速飞船。那闪烁的信号灯原来是从飞船顶部发出来的——但四周却一个人也没有。

他默默地等了一会儿，然后小心翼翼地离开树影斑驳的松林，向前走去。难道这架扑翼机被人遗弃了吗？是专为他留的吗？难道又是哈克南人设下的圈套？可他们已经在追捕他了啊。

难道是某个神秘人前来救他了？

邓肯·艾达荷今天晚上大干了一场，收获颇丰，但此时的他已然精疲力尽了。他对自己人生中发生的如此巨变而深感震惊。但他毕竟只有八岁，即使这是他唯一能够逃生的方式，他也逃不出去了，因为无论如何他也开不了这艘飞船。不过他仍然没有放弃，他打算去里面看看，也许能找到些补给、食物或是另一件武器……

他倚靠着机身，查看四周，不让自己发出半点声响。舱门敞开着，就像在邀请他进去一样。但这艘神秘飞船的内部却漆黑一片。要是他的手电还在就好了，他小心翼翼地向前走着，用激光枪的枪管探测前方的阴影。

这时，飞船的阴影中突然伸出一双手来。邓肯还没来得及后退，手里的枪就被夺了过去。邓肯手指刺痛，皮肉生疼，踉踉跄跄地后退，边退边叫。

飞船里的人“咣当”一声把激光枪扔在了飞船甲板上，然后冲过去一把抓住男孩的胳膊。粗糙的双手紧捏着他肩膀上的伤口，疼得他直抽气。

邓肯双腿一通乱踢，拼命挣扎，然后抬起头来，看到了一个瘦削无比，一脸苦相的女人，她有着一头巧克力色的头发以及黝黑的皮肤。他立刻认出了眼前的这个女人：詹妮斯·米拉姆，当年在庭院里站在他旁边，跟他一起看草坪游戏的那个女人……之后哈克南的军队就抓走了他的父母，并把他全家都送进了巴洛尼监狱。

就是这个女人向哈克南家族告的密，把他给出卖了。

詹妮斯在他喊出声之前就捂住了他的嘴。然后用一只胳膊牢牢夹住他的头，让他无法挣脱。

“抓住你了。”她说，声音沙哑而低沉。

她再一次出卖了他。

我们把所有不同的星球看作是个基因库，这些星球是教学和教师的来源，同时也是各种可能性的源头。

——贝尼·杰瑟里特分析报告，瓦拉赫九号星档案馆

弗拉基米尔·哈克南男爵对卑鄙的行径并不陌生。尽管如此，这个突如其来的遭遇战比他所经历过的任何恶劣情况都更令他心烦不安。他手足无措，完全陷入了慌乱。

然而在整个的过程中，那个该死的圣母怎么能如此镇定，又如此的自鸣得意呢？

尴尬之下，他遣走了哈克南城堡里所有的卫兵和官员，清除了所有可疑的耳目。拉班这小子，在我需要他的时候他跑哪儿去了呢？竟然是去狩猎了！他怒气冲冲地回到自己的房间，做好准备。他的胃里一阵翻滚，心绪不宁。

他额头上闪烁着晶莹的汗珠，那是紧张的汗水。他穿过华丽的拱门，拉上私密的窗帘。要不干脆熄灭了那些球形灯，假装在做着别的事情好了……

男爵走进房间，发现那个女巫并没有脱掉衣服，也没有充满诱惑性地斜靠在乱糟糟的床罩上，这让他稍稍松了一口气。相反，女巫仍身着长袍坐在那里，显示出作为贝尼·杰瑟里特姐妹应有的庄重肃穆的姿态，安静地等候他。但她的嘴角却挂着一丝高傲得令人发狂的

微笑。

男爵真想掏出一把锐利的尖刀把那张令人抓狂的笑脸割下来。他深吸一口气，惊讶于这个女巫竟能让他感到如此的无助。

“我能给你的就是一小瓶我的精液，”他尽力让自己的声音显得冷硬喑哑且镇定自若，“至于你能不能怀孕则不关我的事。这样你的目的就达到了吧。”他扬起坚毅的下巴，接着说道：“我只能做到这些，你们贝尼·杰瑟里特也只能接受。”

“可惜我们不能接受，男爵阁下，”坐在长沙发上的圣母后背又挺直了些，“你知道我们的规矩。我们不是在培育罐里培养后代的特莱拉人。我们是贝尼·杰瑟里特，必须通过自然过程受孕分娩，不得有任何人为的干预，至于原因你肯定无法理解。”

“我能理解很多事情。”男爵咆哮道。

“但此事例外。”

他本来就没想着这招能奏效。“你需要的是哈克南的血统——那我侄子格洛苏·拉班怎么样？其实还有更好的选择，那就是他的父亲阿布鲁尔德。你们去兰基维尔好了，你们跟他想生多少孩子就能生多少。比找我可容易多了。”

“不可行。”莫希阿姆说。她眯着眼睛，冷冷地看着他。脸上看起来有些苍白，坦率直接且毫无表情，“我不是来这儿和你谈判的，男爵阁下。我要奉命行事。所以我必须怀着您的孩子回到瓦拉赫九号星。”

“但是……如果——”

女巫举起手打断了他的话：“我已经说得很清楚了，如果你拒绝会怎么样。所以你自己做决定吧。不过无论如何，我们都会从你这儿得到我们想要的。”

他的私人房间在他眼里忽然变成了一个陌生而可怕的地方。他挺起肩头，拱起了二头肌。他是个肌肉发达，身体精壮，反应敏捷的人，他现在唯一的出路似乎就是用拳头狠狠地揍这个女人，直到她屈服为止。但他也知道贝尼·杰瑟里特的战斗能力，特别是她们那些神秘莫测的怪异招式……他怀疑自己是否能赢得这场较量。

圣母站起身来，迈着无声无息的步子穿过了房间，僵直地坐在男爵那张污迹斑斑，凌乱不堪的床边："如果能给你一点儿安慰的话，我可以告诉你，我跟你一样也对这种事丝毫感受不到乐趣。"

她审视男爵那匀称的身材，他肩膀宽阔，胸肌结实，腹部平坦。脸上还带着一种高傲的神情，显然是因为他的贵族出身。在别的场合看来，弗拉基米尔·哈克南甚至可能是个不错的情人，就像贝尼·杰瑟里特在莫希阿姆育龄期时配给她的那个男教练一样。

她已经给贝尼·杰瑟里特姐妹会生了八个女儿了。这些女孩都是在瓦拉赫九号星或者其他培训星球上被抚养长大的，没跟她在一起过。莫希阿姆从来没有想过要看看她们训练的进展，或是打探她们的情况。因为这违反姐妹会的规定。她跟哈克南男爵所生的女儿也不会例外。

就像她的许多其他训练有素的姐妹一样，莫希阿姆拥有一种特殊的能力，就是能够操纵她身上最细微的身体机能。为了成为一名圣母，她必须喝一种扩展意识的毒剂来改变自身的生化反应。当这种致命的毒药在体内转化时，她会通过长久回响的血系，进入心灵深处，与所有的女性先祖们进行沟通和对话，与其他记忆中各种嘈杂的声音进行交流。

她可以提前为自己的子宫做准备，可以随意排卵，甚至可以在精子和卵子结合的那一刻就选择和决定婴儿的性别。贝尼·杰瑟里特想要她生下一个女儿，一个有哈克南血统的女儿，那么莫希阿姆便会依照指示生下一名女婴。

由于大部分育种计划的细节披露有限，所以莫希阿姆并不清楚为什么贝尼·杰瑟里特需要这种特殊的基因组合，也不知道为什么选择由她来生下这个孩子，更不清楚为什么只能是弗拉基米尔男爵，而不能是其他哈克南家族的人来为贝尼·杰瑟里特实现这一育种计划。她只是尽自己的职责，奉命行事。对她来说，男爵只是一个工具，一个不得不出力配合的精子捐献者。

莫希阿姆撩起她的黑裙，仰面躺在床上，抬头看着男爵："来吧，男爵阁下，不要再浪费时间了。毕竟这只是件举手之劳的小事。"然后把目光向下移到了他的胯部。

男爵气得满脸通红。而她则继续用温柔的声音对他说："我有能力可以增加你的快感，也可以消除这种快感。不管哪种方式，对我们来说结果都一样。"她弯起薄薄的嘴唇，莞尔一笑道："想一想，你瞒着皇帝，偷偷储藏起来的那些美琅脂香料。"她的语气越来越重，"再想一想，如果老埃尔鲁德发现你一直在欺骗他，会怎样处置哈克南家族。"

男爵皱着眉头，摸索着他的睡袍，步履蹒跚地走向床边。莫希阿姆闭上眼睛，喃喃地说着贝尼·杰瑟里特的祝祷语，这是一种能让自己平静下来的祈祷，能让她专注于自己身体的动作和体内的新陈代谢。

男爵与其说是激动，不如说是恶心。他忍受不了莫希阿姆那裸露的身体。不过幸运的是，她和他一样，身上大部分地方都穿着衣服。她的手指灵活地忙活起来，直到他有了反应。在整个机械性的动作中，男爵始终闭着眼睛。他别无选择，脑海里只能想象自己早年间的征服、痛苦、力量……以及任何能让他从恶心和混乱的男女结合行为中解脱出来的东西。

这绝对不是欢爱，而只是两个人的身体之间为了交换遗传物质而进行的一种令人厌倦和疲惫的仪式。对他们两个人来说，甚至连结合都算不上。

不过不管怎样，莫希阿姆还是得到了她想要的。

彼得·德伏站在私人的单向窥视窗口前，悄无声息地移动。作为一个门泰特，他早已学会了如何像影子一样无声地移动，也学会了如何在不被人发现的情况下去观察。一个古老的物理学定律曾说过，仅仅依靠观察就能够改变参数。但是任何一个优秀的门泰特都知道如何能够透过表面，看到不易察觉且尚未发现的问题。

德·弗里斯经常从这个窥视孔偷看男爵的秘密行为。有时这些行为会让他十分反感，但有时又让他分外着迷……更难得的是，这些行为激发了他很多灵感和想法。

现在，当男爵被迫与贝尼·杰瑟里特的女巫结合时，他无声无息地透过微小的窥视孔，目不转睛地看着他们每一个细小的动作。他饶有兴致地望着他的主人，欣赏着他那副尴尬的样子。他从来没见过男爵如此狼狈不堪。哦，他多么希望自己能找时间在这儿装个录像设备啊，这样一来，他就能一次又一次地享受这一幕了。

从那女巫提出要求的那一刻起，德·弗里斯就知道这个结果不可避免。男爵是个十足的走卒，完全陷入了人家的圈套，在这件事上，他根本没有什么选择的余地。

但这一切又是为了什么呢？

德·弗里斯虽然拥有一名优秀门泰特的非凡智力和高深造诣，但猜不透姐妹会打算从哈克南家族或者其后裔身上得到什么。毕竟，他们的基因并没有多么特别和令人惊艳。

不过现在，彼得·德伏只是单纯在欣赏这场表演。

许多发明都选择性地提高了某些特定的技术或能力，强调某一方面或某一领域。但这些发明和革新都没能触及人类思维的复杂性和适应性。

——伊克布汉的《精神论》，第二卷

在伊克斯大王宫人造石练习场的一侧，雷托站在警卫队长扎兹的身旁，大口大口喘着粗气。这位格斗教练是个精瘦的男人，有着一头浓密的棕色头发，浓浓的眉毛，还有修剪得方方正正的胡子。跟他的学生一样，扎兹没穿衬衫，只穿着一条米色的短裤。尽管空气交换装置功率强劲，但仍阻挡不住汗水和热金属的气味弥漫在空气之中。不过，跟大多数的早晨一样，训练师观战的时间要比作战的时间多得多。几乎大部分的训练工作都是由战斗机器完成的。

在日常学习之余，雷托喜欢上了这种格斗训练，因为这项运动富于节奏的变化，既强身健体，又充满挑战。如今，他已经适应了伊克斯的生活，每天进行数小时的高科技身体和精神训练，另外还会参观各类技术设施，接受商业理念方面的指导。虽然他经常要为隆博解释一些难懂的概念，但他还是对这位热情的伊克斯王子很有好感。隆博头脑并不迟钝，只不过……有些不谙世事。

每隔三天，这些年轻人会在早上离开教室，到自动化的训练场进行训练。雷托很喜欢这种强筋健体的锻炼和令人血脉偾张的刺激。不过隆博和格斗教练似乎都认为，在课程中增加这一科目有些陈旧过时，这只是维尔纽斯伯爵本人对战争的一种记忆和怀念罢了。

雷托和毛发浓密的警卫队长看着敦实的隆博王子挥舞一根金色的长矛，对付一个线条优美、反应敏捷的战斗机器人。扎兹并没有对他的学生进行单独指导。因为他觉得，如果他和他的安全部队尽忠职守，做好本职工作，那么维尔纽斯家族里的任何成员都不可能陷入到这种残忍而野蛮的肉搏战中去。不过他还是为这种半智能化的战斗机器人设计编写了内部程序。

在休息状态下的战斗机器人，是个一人多高、没有人类特征的木炭色卵圆形机器，它没有胳膊和腿，也没有脸。然而只要战斗一开始，这个伊克斯的机器人就变成一个粗糙的突起物组合，并且根据扫描仪的反馈，呈现出不同的形状来，内部程序会指导它如何以最佳的方式击败对手。它身上有钢铁拳头，也有刀和柔性钢索，还有其他各种令人意想不到的机关和暗器。它那张机械的脸庞可以完全消失，也可以改变表情——它可以用呆滞的表情迷惑对手；也可以变得暴怒凶恶，眼睛变红；甚至还可以展现出轻蔑而不怀好意的奸笑来。战斗机器人每一步都在自我学习，并对敌人的动作做出解析和反应。

“记住，没有固定的招式，”扎兹对隆博大喊道，他的胡子像一把铲子一样，沿着下巴往前突出，“不要让它看穿你。”

两只钝刃的飞镖从王子的头顶上飞过，他迅速低头躲了过去。电光火石之间，战斗机器人的身体里突然伸出一把刀刺向王子。年轻王子的肩头马上被刺出了鲜血。虽然受了伤，但隆博仍然虚晃一招，发起反击。王子连吭都没吭一声，雷托不禁为有这样一位皇室同伴而倍感骄傲。

有几次，隆博曾向雷托寻求建议，甚至对格斗的模式提出了不满。雷托都诚实地回答了他的问题，他心中谨记自己并不是个技术纯熟的专业教练——他也不想透露太多厄崔迪的战斗技巧。再说，隆博将来可以亲自向老公爵的剑术师杜菲·哈瓦特本人讨教。

王子在战斗机器人木炭色的身体上发现了一个弱点，于是把刀尖直刺向那里，战斗机器人突然倒地“死了”。

“干得好，隆博！”雷托大声喊道。

扎兹点了点头，说：“这就舒坦多了。”

雷托当天也跟战斗机器人交手了两次，每次战斗的难度系数都比隆博王子设置的要高，而且他两次都击败了机器人。扎兹问雷托是怎么学会这些格斗技巧的，年轻的厄崔迪继承人并没有透露太多，因为他不想太过炫耀。但现在，他有了亲身体会和第一手的证据——虽然伊克斯战斗机器人的智能化程度令人不寒而栗，但厄崔迪的训练方法却要更胜一筹。雷托的训练武器包括了轻巧细长的双刃剑、刀、慢速散弹击昏器和屏蔽场——杜菲·哈瓦特可是个招式变化莫测，难以预料的教练，要比任何自动化装置危险百倍。

就在雷托拿起自己的武器，准备进行下一轮战斗时，电梯门打开了，凯莉娅走了进来。她身上珠光宝气，璀璨夺目，一身舒适的金属纤维套装看上去华丽而随意。她手里拿着一支手写笔和一个利读连平板记录仪。看见大家都在训练，她扬起眉毛，假装很惊讶的样子：“哦！不好意思。我是来看战斗机器人设计的。”

这位维尔纽斯伯爵的女儿喜欢探索知识和文化，并且喜欢研究商业和艺术。雷托总忍不住想要多看她几眼。有时，她的那双眼睛就像在对他暗送秋波，眉目传情，但更多的时候，她却对他爱答不理，以至于他开始怀疑她跟自己一样，都被对方深深吸引了。

在大王宫居住期间，雷托曾在餐厅、开放式观景阳台和图书室里曾与她不期而遇。他也曾经跟她有过几次尴尬的交谈。除了她那双美丽的绿眼睛里闪烁着的诱人光芒外，凯莉娅并没有给他任何特殊的暗示，但他总是无法抑制自己对她的倾慕，亦无法停止对她的思念。

*她只不过是个小女孩，装出一副淑女的样子，*雷托提醒着自己。

然而不知为何，他总是无法说服自己相信这套臆想出来的说辞。凯莉娅是个很自信的人，她注定不会一辈子在伊克斯的地下城里生活，她会有更伟大和辉煌的未来。她的父亲是位战争英雄，是大家族的首领，而且他领导的还是帝国最富有的家族之一。她的母亲美貌过人，曾经连皇帝也被她迷倒过。凯莉娅本人也非常优秀，商业头脑十分出色。凯莉娅·维尔纽斯，她的未来显然有无数的可能性，可以说是前程似锦。

她聚精会神地看着那一动不动的灰色卵圆形机器。“父亲已经答应我，考虑要把我们最新型的战斗机器人商业化。”她仔细端详着那个静止不动的训练机器，但眼角却偷瞄了一下雷托，注意到他那强健的身型和那如帝王一般高贵的挺拔鼻梁。“我们的战斗机器无与伦比，帝国里任何星球的战斗设备都无法与之相比。它适应性强、用途广泛，而且具备自我学习能力，是圣战以后所开发出的最接近人类的对手，也是最能够模拟人类与敌人对抗的机器。”

他突然想起母亲给他的种种警告，让他一下子不寒而栗起来。假如母亲在场的话，她一定会伸出手指大声斥责，直到别人无话可说为止。雷托马上看向那个炭色的卵圆形机器说：“你是说这个东西有大脑吗?”

“以所有圣人和罪人之名，你是在指控我们违反了大骚乱后的律法吗?”扎兹队长严肃而惊讶地问道，“也就是禁令中那句‘汝等不得创造像人一样思维的机器’。”。

“我们，呃，对此一直非常谨慎的，雷托，”隆博一边说，一边用一条紫色的毛巾擦去脖子后面的汗水，“所以不用担心。”

雷托并没有就此打住，而是继续问道：“战斗机器人能扫描人类，或者用你们的话说，能看穿人类，那它们是如何处理扫描出来的信息呢？如果不是通过计算机的大脑，那又是通过什么呢？这并不仅仅是一个反应装置，因为它会学习和反馈，从而调整自己的进攻方式。”

凯莉娅在利读连晶纸上草草记了几笔，然后调整了一下她那铜黑色头发上的一把金色梳子。“这其中有很多灰色地带，雷托。如果我们十分小心，谨慎行事的话，维尔纽斯家族会获得巨大的利润，”她的指尖轻划了一下她那弯弯翘起的嘴唇，“不过，最好还是先把未贴标识的机器模型放到黑市上，看看反应再说。”

“别担心了，雷托，”隆博想要甩掉这个令人不舒服的话题。他那头蓬乱的金发上还滴着汗珠，皮肤也由于激烈运动而通红，“维尔纽斯家族有一群门泰特和专业的法律顾问团队对各种法律条文进行仔细审查。”他看向自己的妹妹，好让她安心。凯莉娅则心不在焉地点了点头。

在大王宫里上课的时候，雷托了解到了一些有关行星间专利纠纷、技术性细则以及微小漏洞的知识。难道伊克斯人想出了一种完全不同的利用机械设备处理数据的办法，并且这种设备不会令人联想到曾经奴役人类数百年的思维机器吗？他实在想不明白，维尔纽斯家族是如何创造出这种能够自我学习、并且适应性强的战斗机器人，而且又不违反圣战禁令的。

这要是让母亲发现了的话，她一定会不顾老公爵的反对，无论如何都要把他从伊克斯带回家的。

“那咱们就看看这个产品的性能有多优越吧。”雷托拿起了一件武器，背对着凯莉娅说道。他能感觉到她的目光正在盯着他那裸露的肩膀和脖颈处的肌肉。扎兹漫不经心地向后退了几步，准备观战。

雷托把他的长矛从一只手换到另一只手上，缓步跑到场地中央。他摆出一副经典的格斗姿势，对着木炭色的卵圆形机器喊出了作战难度系数。“七点二四！”这要比上一次的难度高了八个等级。

战斗机器人纹丝没动。

“难度等级太高了，”训练师向前伸了伸长满胡子的下巴，说道，“危险的高级别难度被我默认关闭了。”

雷托皱起了眉头。这位格斗教练不想挑战自己的学生，也不想让他们受太重的伤。杜菲·哈瓦特要是知道肯定会笑死的。

“你是想在年轻的女士面前炫耀吗，厄崔迪少爷？小心被机器人打死哦。”

雷托望着凯莉娅，发现她正注视着自己，脸上带着困惑和揶揄的表情。然后立刻低下头在利读连晶纸上记了几笔。雷托脸刷地一下红了，觉得脸上像火烧一样。扎兹则伸手从架子上拿了一条柔软的毛巾，扔给了雷托。

“训练课程结束了。如果在格斗训练时出现这种分心的情况，对你很不利，甚至会导致严重的伤害。”他转向公主，“凯莉娅小姐，我请求您在雷托·厄崔迪与我们的战斗机器人格斗比武时离开训练场。因为有太多的荷尔蒙在作祟了。”警卫队长掩饰不住自己的笑意，“您的出现可是比任何敌人都要危险啊。”

我们必须在厄拉科斯星上做一件从未尝试过的事情。我们必须把人作为一种建设性的生态力量——通过介入具有适应性的地表生物：即植物、动物和人——来改变水循环，建立一种新的生态景观。

——帝国行星学家帕多特·凯恩斯呈给帕迪沙皇帝埃尔鲁德九世的报告（未发送）

两个浑身是血的弗雷曼年轻人请帕多特·凯恩斯跟他们一道回去。凯恩斯不知道自己被当作了客人还是犯人。不管怎样，他仍对他们提出的这个请求很感兴趣。因为他终于有机会能亲身见识和体验一下弗雷曼人那神秘的文化了。

其中一个弗雷曼人迅速利落地把他那位受伤的同伴抬到凯恩斯的小地行车旁边。另一个年轻人则走到地行车后面，打开了后备箱，把凯恩斯辛辛苦苦收集的地质样本都扔了出来，腾出更多的空间。这位行星学家目瞪口呆，但什么也没说。毕竟他想跟他们搞好关系，不想得罪他们——他想更多地了解他们。

不一会儿，他们就把那几个被杀的哈克南士兵也都扔进了车里，毫无疑问这是弗雷曼式的报复。也许是对敌人的进一步亵渎吧。他排除了另一种不太可能的推测，也就是这些年轻人只是单纯想把那几个死人埋了。他们把尸体藏起来是害怕受到报复吗？似乎看起来也是个错误的推测，因为这与传闻中的弗雷曼人性格并不相符。要不然这些居住在沙漠里的人是把他们当作了资源，准备回收他们身体组织中的水分？

接着，其中一个冷酷的弗雷曼人一言不发，既没有道谢，也没有一句解释，就直接开着车，载着受伤的同伴和士兵的尸体飞快地离开了，一路上扬起滚滚沙尘。凯恩斯眼睁睁地看着自己的车被那个弗雷曼人开走了，被带走的还有他的那些沙漠求生装备和地图，其中很多都是他自己画的。

他发现第三个弗雷曼年轻人与他一同留了下来——是看着自己的狱卒，还是朋友？如果这几个弗雷曼人想让他在失去装备补给的情况下困在这里，那过不了多久，他就没命了。也许他可以凭直觉和经验找到方向，步行回到云萨村，但在最近这几次开车探索的过程中，他几乎没有留意过人口聚居村落的位置。对一个帝国的行星学家来说，这下场可不怎么好，他心说道。

又或者这些被他所救的年轻人想从他这里得到一些别的东西。怀着对厄拉科斯未来的新梦想，凯恩斯迫切地想要了解弗雷曼人以及他们非同寻常的生活方式。显然，这些人是隐藏在帝国里的秘密宝藏。他总觉得等他把心里的这些想法告诉弗雷曼人之后，他们一定会热情地欢迎他。

留下来的那个弗雷曼人开始用一个小补丁包修补起他蒸馏服的裤腿上一个被撕开的口子来，然后开口对他说道："跟我来。"接着转身朝不远处一堵陡峭的石墙走去，"快跟上，不然你会死在这里的。"他回过头来，用一双靛蓝色的眼睛瞪着凯恩斯，"你觉得哈克南的人要等很久才想到要来寻仇吗？"

凯恩斯急忙追上前去："等一下！你还没告诉我你的名字呢。"

年轻人奇怪地看着他。他有一双蓝中带蓝的眼睛，这是长期吸食香料的结果；他那饱经风霜的皮肤让他看起来比实际年龄要老得多。"用得着交换姓名吗？我们弗雷曼人早就知道你是谁了。"

凯恩斯眨了眨眼睛，说道：“呃，我刚才救了你和你同伴的命，这在你们弗雷曼人眼里不算什么吗？在大多数社会里这可不是小事呀。”

年轻人似乎吃了一惊，然后不得不认同地说：“你说得对。你让我们之间结成了水债。我叫图洛克。我们得赶紧走了。”

水债？凯恩斯压抑住满腹的疑问，跟随在年轻人的身后。

身穿一套破旧蒸馏服的图洛克爬过岩石，向陡峭得几乎垂直的悬崖爬去。凯恩斯则步履艰难地走在倒下的巨石旁，时不时地脚下打滑。走近之后，行星学家才注意到面前的地层是裂开的，是一条裂缝使古老的岩石隆起并分开，形成了一条被沙尘和暗淡的颜色所掩盖的缝隙。

弗雷曼人溜进缝隙中，就像一条沙漠里的蜥蜴迅速钻进黑暗中一般。凯恩斯既好奇又害怕迷路，所以紧跟在弗雷曼人后面，动作也不慢。他希望能有机会认识更多的弗雷曼人并了解他们。他丝毫没有怀疑图洛克可能会把他引入陷阱。把他引入陷阱有什么意义呢？这个年轻人完全可以在光天化日之下轻而易举地杀了他。

图洛克走到一个阴凉之处，停住了脚步，让凯恩斯能有时间赶上来。他指了指附近石壁上的几处特定位置：“这儿，这儿——还有这儿。”也不管对方听没听懂他的意思，这个弗雷曼人就一步步地踩着这些特定的地点，抓着几乎看不见的把手，踩着几乎看不出来的踏板爬上了悬崖，凯恩斯倾尽全力跟了上去。图洛克就像是在跟他玩着某种游戏，以此试探他。

但这位行星学家还是令他大感吃惊。他不是一个脑满肠肥的腐败官僚，也不是个被派到不属于他的地方并无所事事的酒囊饭袋。作为一个在帝国最恶劣严酷的星球里游荡的人，他的身体状态非常好。

凯恩斯继续跟随年轻人的脚步，在他的身后，用自己的指尖钩住悬崖上的凸起，一步步往上爬。没过多久，年轻人就停了下来，蹲在一个狭窄的岩架上。凯恩斯坐在他身旁，尽量不让自己气喘吁吁。

“用鼻子吸气，然后用嘴呼气，”图洛克告诉他，“这样你的过滤器就更有效率了。”然后略带钦佩地点了点头道：“我想你可以一直爬到穴地了。”

“穴地是什么？”凯恩斯问道。他依稀记得一些古恰科博萨语，但是从没有研究过考古学和语音学。他总是觉得这些东西与他的科学研究毫无关系。

“是一个安全的秘密地点——我们的族人就居住在那里。”

“你是说穴地就是你们的家？”

“整个沙漠都是我们的家。”

“我很想跟你们的族人谈谈，”凯恩斯说，简直无法抑制自己的兴奋之情，“我对这个星球有些自己的看法，并且制定了一个可能会令你们感兴趣的计划，弄不好也会让厄拉科斯星上所有的居民都感兴趣。”

“沙丘，”年轻的弗雷曼人更正道，“只有帝国和哈克南人才把这个地方叫厄拉科斯。”

“好吧，”凯恩斯说。“那就叫沙丘。”

在他们面前，岩石的深处，一个头发花白，只有一只眼睛的老弗雷曼人在等候他。他那只毫无用处的左眼窝上只盖着一张皱巴巴的像皮革一样的眼皮。这位老人就是红墙穴地的耐布①了，他的名字是海纳尔。年轻时在一次用晶牙匕②进行的决斗中，他不仅失去了左眼，

①耐布是对弗雷曼部落首领的称呼。

②晶牙匕是弗雷曼人的圣刀。由死掉沙虫的牙制成，有两种形式，一种是“已定”，另一种是“未定”。未定之刀必须贴近人体的磁场，否则会迅速分解。已定之刀受过处理，可以收藏。所有的晶牙匕长度都约为20厘米。

还被砍掉了两根手指。但在最终的决斗中他还是活了下来，而他的对手却没有。

海纳尔被他们的族人认为是一位略显严厉但强干的领导人。多年来，他所领导的穴地愈加兴盛，人丁兴旺，他们隐藏的储水量也随着月亮的周期变化而逐渐增加。

在医疗洞穴里，两个老妇人正在照料愚蠢而鲁莽的斯第尔格，也就是刚刚被地行车运来的那个受伤的年轻人。两位老妇人检查了外来人给他敷用的药膏，又在上面加了些自己的药以增强药效。两位老妪互相商量了一下，然后同时朝那位穴地领袖点了点头。

“斯第尔格会活下来，海纳尔，”其中一位老妪说，“如果当时伤口没有及时处理的话，他就会没命的。是那个陌生人救了他。”

“那个陌生人救了一个冲动鲁莽的傻瓜。”耐布低头看着小床上的年轻人。

几个星期以来，海纳尔耳朵里灌满了这个充满好奇心的外来人，着实令人心烦。而现在，这个名叫帕多特·凯恩斯的男人不知用了什么手段，即将被自己的族人带着穿过岩石通道，来到穴地了。这个陌生人的行为实在让人捉摸不透——一个帝国的特派员怎么会杀死哈克南的人呢？

欧姆恩，也就是把受伤的斯第尔格带回穴地的年轻人，正站在洞穴的阴影里，焦急地守在受伤的同伴身边。海纳尔让那两位老妇人继续照顾病人，然后用仅剩的那只眼睛看向欧姆恩。“为什么图洛克要把一个外来人带到我们的穴地里？”

“不然我们怎么办呢，海纳尔？”欧姆恩面露惊讶的神情反问道，“我需要他的车才能把斯第尔格送回来呀。”

“那你们把他的车开走，再把车上的东西和水都带给部落不就好了。”耐布声音低沉地说。

“现在也不晚呀，”其中一个老妇声音粗哑地说，“等图洛克带他过来，动手把他杀掉不就行了。”

“可这个陌生人是为了救我们才杀了哈克南人的！要不是他及时赶到，我们三个人就都没命了，”欧姆恩语气坚决地说，“不是说敌人的敌人就是我们的朋友吗？”

“我根本不相信，也搞不懂他的忠诚，”海纳尔强壮的双臂环抱在胸前，说道，“当然，我们知道他是谁，听说这个被帝国派来的人——是个行星学家。他至今仍留在沙丘是因为哈克南人被逼无奈，只能放手让他去做自己的工作，但这个凯恩斯似乎只向皇帝本人汇报工作……如果是这样的话，那么这个人身上还有很多未解之谜。”

海纳尔疲惫地坐在墙边的石凳上。洞穴的洞口悬挂着一幅由香料纤维织成的彩色挂毯，借此隔出了一个有限的私人空间。穴地的居民们早就明白了一个道理——隐私是藏在心里的，跟环境无关。

“我会跟这个叫凯恩斯的人谈谈的，先问问他想从我们这里得到什么，为什么他要保护这三个愚蠢而粗心的小子，为此不惜毫无理由地去对抗哈克南的人。然后我要把这件事呈报给长老议会，让他们做出最后的裁决。我们必须做出对穴地最有利的选择。”

欧姆恩艰难地咽了咽唾沫，回想起这个叫凯恩斯的男人与那几个残暴的士兵英勇对战的情景。但与此同时他的手指则在口袋里摸来摸去，数着口袋里的水环——这是一种金属的标记物，记录着他在部落里所积累的财富。

如果长老们最终决定杀死这位行星学家，那么他和图洛克，还有斯第尔格就会把这个男人的储水量，连同那六个被杀的哈克南士兵的赏金一同平分。

图洛克终于带他穿过守卫森严的洞口，经过门封，进入了穴地。凯恩斯惊奇地看着这个地方，仿佛这个洞穴里蕴藏有无限的奇迹。这里气味浓郁，充满浓浓的人性气息：有生命的气息、人群集中密集的气味……劳作、煮饭的味道，甚至还有隐隐的生活废物和利用化学物质处理死尸所挥发出来的气味。他以一种超然而客观的方式，证实了他曾经的怀疑，原来那几个年轻人的弗雷曼人偷走哈克南士兵的尸体，并不是为了某种迷信的残害，而是为了收集他们身体里的水。*不然的话，就白白浪费掉了……*

凯恩斯原以为当自己找到隐蔽的弗雷曼人聚居点时，会发现一个原始的、简陋至极的所在。但当他到了这里之后，才发现这个洞穴不但四周都有围墙，另外还有侧洞、熔岩通道，甚至还有着遍布整座山的隧道系统，就像城市的街区一样，四通八达。凯恩斯发现这些沙漠人生活既简朴又舒适。他们的居所甚至可以与迦太格市哈克南官员们的房屋相媲美。不同的是，这里的居住环境要更加淳朴自然。

凯恩斯跟在年轻向导的身后，发现自己的注意力被一个又一个迷人的景象所吸引。大部分地面上都覆盖着豪华而精美的编织地毯。侧边的各个房间里都铺满了靠垫，另外还有用金属和磨光的石头做成的矮桌。其中还有少量珍贵而稀有的外星球木制品，看上去十分古老：比如一个沙虫木雕和一个他没见过的棋盘，棋盘上有用象牙或骨头雕成的精美棋子。

古老的机械让穴地里的空气得以循环，还将人们呼出的气体里的湿气保留起来，不会流失。他闻到穴地里四处弥漫着原始香料那种浓浓的麝香味道，就像熏香一样，几乎掩盖住了被堆在狭小空间里尚未清洗的尸体上散发出的酸臭刺鼻的气味。

他听到女人们在说话，还有孩子们的声音以及婴儿的啼哭声，但所有声音都是轻声低语，隐忍克制。凯恩斯在图洛克的带领下，走在洞穴里，所经之处无不引来弗雷曼人的窃窃私语，还有对外来人那怀疑和打探的目光。一些上岁数的弗雷曼人在看着他时，总是露出不怀好意的笑容，让这位行星学家不禁有些担心起来。他们的皮肤看起来如皮革一样坚韧，像是滤掉了所有多余的水分。每一个弗雷曼人的眼睛都是通透的蓝。

最后，图洛克举起一只手，手掌朝外，示意凯恩斯在一个巨大的会议厅前停了下来，这是山里天然形成的一个带有拱顶的洞穴。洞穴里空间宽敞，数百人站在里面都绰绰有余。红墙边上还有长椅和阳台。这个穴地里到底住了多少人啊？凯恩斯抬起头望向这个空空荡荡，回音缭绕的巨大空间，发现上面有一个高高的阳台，似乎是个演讲台。

过了一会儿，一位神情高傲的老人走上了阳台，轻蔑地俯视下面这个不速之客。凯恩斯注意到这个人只有一只眼睛，而且言行举止之间透出一股领袖之气。

“那是海纳尔，”图洛克在凯恩斯耳边低声说道，“红墙穴地的耐布。”

凯恩斯扬起一只手，对着上面的人打招呼，他大声喊道：“我很高兴能够见到这个神奇的弗雷曼之城的领袖。”

“这位来自帝国的人，你想从我们这里得到什么？”海纳尔用冰冷而威严的语气对下面的人说道。他的话回荡在巨大的洞穴里，听起来就像冰冷的钢铁敲击着坚硬的石头一样。

凯恩斯深吸了一口气。许多天来，他一直在等待这样的一个机会，今天终于如愿以偿了。何必再浪费时间呢？梦想终归是梦想，时间越长，梦想就越晚变成现实，实施起来也就越困难。

“我的名字叫帕多特·凯恩斯，是皇帝特派的行星学家。我有一个想法，耐布大人——一个为您和您的族人而设计的梦想。我希望能把这个想法与所有的弗雷曼人共同分享，只求你们能给我一个机会，听我一言。”

“宁可聆听微风拂过常绿灌木，亦不要听那蠢人开口说话。”这位穴地领导人回答道。他的话听起来有着沉重的力量，似乎是弗雷曼人一句古老的谚语。

凯恩斯同样凝视老人，迅速编出了一句自己想出来的格言，希望也能给他留下深刻的印象："若拒真理和理想之言，那么谁人才是更大的傻瓜？"

年轻的图洛克倒吸了一口凉气。一旁观望的弗雷曼人也都被惊得目瞪口呆，睁大了眼睛盯着凯恩斯，谁都没想到这个陌生人竟会如此大胆，敢这么跟耐布说话。

海纳尔的脸立刻变得阴沉起来，犹如暴风雨即将来临一般。他感到自己全身弥漫一股阴沉的气息，恨不得立刻就把这个胆大妄为的行星学家就地正法，让他横尸穴地。他把一只手放在腰间的那把晶牙匕首的刀柄上。"你是在对我的领导地位提出挑战吗？"耐布下定决心，从刀鞘里拔出了弯刃匕首，怒视着站在下面的凯恩斯。

凯恩斯却没有丝毫的退缩。"不，大人——我要挑战的是您的想象力。您是有足够的勇气去迎接挑战，还是胆小得连听都不敢听？"这位穴地的首领全身紧绷地站在原地，手里高举那把奇怪的乳白色匕首，低头俯视被领来的囚犯。凯恩斯毫不畏惧，笑容坦荡。"和站得那么高的您说话实在很困难啊，大人。"

最终，海纳尔轻声笑了起来，他低头看了看自己手里那把寒光闪闪的匕首，说道："晶牙匕一旦出鞘，血光必见。"说完，他迅速用匕首划向自己的前臂，在胳膊上划出一道细细的红色血线，眨眼间便凝固了。

巨大的议事厅里飘浮着一串串闪亮的球形灯，灯光折射在凯恩斯的眼睛里，看上去闪烁着兴奋的光芒。

"很好，行星学家。你可以畅所欲言。你的命运还需定夺，所以你可以留在穴地里，直到经过长老会商议并作出裁决后再行处置。"

"但您会先听我说话。"凯恩斯信心十足地点了点头。

海纳尔转过身，准备离开高高的阳台，但刚迈了一步，就背对着他说道："你是个陌生人，帕多特·凯恩斯。作为帝国的仆人和哈克南的客人——你是我们的敌人。但你也杀了哈克南的人。所以你还真是给我们出了个难题啊。"

穴地的首领迅速做了个手势，气势凛然地发出号令，命令下人给这位身材高大、充满好奇的行星学家准备一个舒适的小房间，他既是弗雷曼人的囚徒，也是他们的客人。

海纳尔一边大步流星地离去，一边心中暗想：*无数代弗雷曼人经历了重重苦难和流离漂泊，如今竟然有人跟我们谈什么希望……这个人如果不是脑子有问题，就真是勇敢无畏了。*

我想父皇只有一个真正的朋友，那就是哈什米尔·芬伦伯爵。他是一个基因变异的阉人，也是帝国当中最致命的战士之一。

——摘自《在我父皇的家族中》，作者伊勒琅公主

即使身在帝国天文台最高、最黑暗的房间里，也看不到凯坦上空的繁星，因为瑰丽宏伟的帝都灯火辉煌，流光溢彩，耀眼的光芒让星空显得黯淡无光。这座天文台是在几十个世纪前，由英明睿智的帕迪沙皇帝哈西克·科瑞诺三世建造的。但如今这一任的皇帝却很少来此，也没怎么使用过它……至少不是用它来研究宇宙的奥秘。

太子沙达姆在冰冷而光亮的金属地板上来回踱着步，而芬伦则在摆弄一台大功率的观星仪控制器。这个基因变异的阉人嘴里哼哼着，发出令人厌烦的声音。

"你能不能别发出那种噪音了？"沙达姆说，"赶紧把那该死的镜头对准焦距。"

芬伦继续哼哼着，只不过声音稍微小了些。"油镜必须保持精确的平衡，嗯－嗯－嗯－嗯－啊？图像的清晰完美比速度重要。"

沙达姆怒气冲冲地说："你怎么不问问我到底哪个重要？"

"我替你做决定了。"他站在校准过的观星仪前，向后退了一步，摆出一种令人厌恶的姿势，一本正经地鞠了一躬，"我的王子殿下，轨道上的图像就在眼前，您亲眼瞧瞧吧。"

沙达姆眯起眼睛，盯着目镜，一个异常清晰的东西逐渐映入眼帘，在远处悄无声息地飞行。由于脆弱的分辨率和大气扭曲引起的起伏，图像有些波动。

这艘巨大的远航机足有一颗小行星那么大，高悬在凯坦星上空，等待与一群来自地面的小型飞船会合。一个微小的细节此时引起了沙达姆的注意，他发现一架载着外交官和特使的护航舰从凯坦星升空，后面跟着几架运载帝都文物和货物的飞船，每艘飞船的引擎上都闪着黄白色的亮光。那艘护航舰舰体巨大，两侧各有一群小型飞船相随——但是跟曲线型船身的远航机相比，一切船只都显得格外渺小。

与此同时，远航机里的其他船只都纷纷驶离机舱，朝帝都的方向缓缓降落。“那是各星球派来的代表团，”沙达姆说，“他们是来向父皇进贡的。”

“确切地说，应该是纳税——而不是进贡，”芬伦纠正道，“意思是一样的，只不过进贡这个词听起来有些过时了。当然，埃尔鲁德还是他们的皇帝，嗯-嗯-嗯-啊?”

太子阴沉着脸，一脸不悦：“还得等多久啊？你那该死的麝香毒到底什么时候才能见效？难不成得几十年吗？”虽然有亚音速白噪音发生器扭曲他们的声音，干扰窃听设备，但沙达姆仍尽力压低着自己的声音：“你就不能再找别的毒药试试吗？换一种更快见效的毒药。这种等待太折磨人了，简直快把我逼疯了！这都过去多长时间了？我几乎一年都没怎么睡好觉。”

“你的意思是我们应该明目张胆地弑君吗？这可不是明智之举。”芬伦回到观星仪前，调整了一下自动跟踪设置，继续追踪那架轨道上行驶的远航机，“耐心点儿，我的王子殿下。在我没提出这个计划之前，你不是已经等了好几十年了吗，所以再等个一两年又有什么关系呢，跟与你最终统治帝国的时间相比，这又算得了什么呢，嗯-嗯-嗯-嗯?”

沙达姆把芬伦从目镜前推开，他现在不想看到这个爱耍阴谋的同伙。“我们总算是开始行动了，我恨不得那老家伙早点儿死，我没时间去后悔当初的决定。我要尽快登上金狮宝座，不然我会窒息而亡的。我注定要成为统治这个世界的领袖，哈什米尔，而有些人却一直在我身旁嘀嘀咕咕，说我永远也得不到这个机会。这让我很害怕，最后弄得我不敢结婚，更不敢生育后代。”

要是他希望芬伦能尝试说服他的话，那他肯定要失望了，因为芬伦始终沉默不语。

过了一会儿，芬伦才再次开口道：“恩基是一种慢性毒药。我们花了这么长时间，费了那么多心血来实施这个计划，你的冲动和不耐烦不但毫无作用，甚至还会造成无法挽回的损害，徒增失败的风险。如果我们忽然出现一些异常举动，肯定会引起兰兹拉德联合会的怀疑，嗯哼？他们会用各种离间计和丑闻来削弱你的地位。”

“可我是科瑞诺家族的继承人啊！”沙达姆的声音听起来像耳语一样，沙哑低沉，“他们怎么能质疑我的权力呢？”

“你会带着所有的义务和枷锁，以及敌意和偏见登上皇位。别傻了，我的朋友——帝国是由各种错综复杂的势力构成的，皇帝只不过是众多势力中的一支。如果其他所有的家族都联合起来反对我们，即使你父亲有强大的萨多卡军团，也会抵挡不住。没人敢冒这个险的。”

“等我登上皇位，我一定要加强皇权，彰显帝国皇帝的威严。”说着，沙达姆转身离开了观星仪。

芬伦无奈地摇了摇头，脸上那难过的表情显得格外夸张和造作。“我愿意以一货舱品质最上乘的鲸鱼毛皮作为赌注，跟你打个赌，那就是自从大骚乱以来，你的大多数先祖都曾经对自己的大臣说过同样的话，”他深吸了一口气，眯起那双又大又黑的眼睛，继续说道，“即使恩基能按照计划发挥效力，你也至少还得再等上一年……所以冷静点儿，别着急。我们已经能感觉到你父亲的衰老程度正在逐渐加速，所以你无须担心。有这功夫倒不如鼓动他多喝些香料啤酒。”

沙达姆又气呼呼地转身回到观星仪前，仔细观察远航机的机腹部位，那里有一个伊克斯和宇航公会联合建造的标志。货舱里挤满了来自各个家族的护航舰队，以及运送到宇联商会的货物，另外还有指定运送到瓦拉赫九号星图书馆的珍贵档案和记录。

“顺便说一句，远航机上有个特别的人。”芬伦说。

“哦？”

芬伦双臂交叉抱在瘦窄的胸前，说道：“表面上看起来像是一个销售庞迪米和奇卡巴根的商人，正要前往特莱拉中转站。实际上他的任务是把你的口信传给特莱拉的大师们，告诉他们你提议要与他们见面，商谈秘密为帝国提供资助的大计划，也就是为帝国生产美琅脂香料的替代品。”

“我提议的？这提议可不是我的！”沙达姆的脸上闪过一丝厌恶之色。

“嗯－嗯－嗯，是您说过的，我的王子殿下。啊，您当时说的是用特莱拉的非常规方式开发出一种人工合成香料，对吧？您的这个主意真是太棒了！一定要让您的父亲看看您到底有多么的聪明睿智。”

“别把责任推到我身上，哈什米尔，这是你出的主意。”

“您难道不想以此邀功吗？”

“一点儿都不想。”

芬伦扬起眉毛，说道：“你说要打破厄拉科斯的瓶颈，建立一个由皇室独揽，并且有无限资源的香料产业，对吗？你是认真的吧？”

沙达姆怒视着他道：“我当然是认真的。”

“那么我们就秘密地把特莱拉的大师带到这儿来，再把这计划告诉皇帝。我们很快就能看到老埃尔鲁德会怎么做了。”

盲者，眼盲之外，种类繁多。狂热者思盲，领导者心盲。

——《奥兰治天主圣经》

几个月以来，雷托作为伊克斯的贵宾一直住在地下城市韦尔尼。如今，他已经适应了这个陌生的环境，习惯了这里每天的生活，也体会到伊克斯人引以为傲的安全感——甚至有些太过安逸，以至越来越放松警惕了。

王子隆博是个夜猫子，总是晚睡晚醒。而雷托则正好相反，他就像卡拉丹的渔夫一样，很早就起床了。这位厄崔迪家族的继承人独自漫步在钟乳石建筑的上层，走到观景台的窗前，观察生产设计的流程或是生产线的操作。他学会了如何使用传输系统，同时也发现维尔纽斯伯爵给他的生物智能通行卡可以开启很多大门。

雷托在好奇心的驱使下四处漫步，在这过程中所看到和了解到的东西比在各学科老师的教学中学到的还要多。他坐上带有自动导向功能的电梯管道，心中始终铭记着临行前父亲的叮嘱，那就是从一切所见所闻中，吸取知识，不停学习和领悟。如果没有电梯管道的话，他就走人行道，或者货梯，甚至爬梯子，从这一层走到那一层。

一天早上，醒来后的雷托神清气爽，跃跃欲试。他来到上层的一个中庭，走到一个观景阳台上。虽然是在地下，但伊克斯的洞穴十分巨大，以至于能产生气流和风，只不过与家乡城堡上的塔楼和悬崖边上呼啸的海风相比，还是有着天壤之别。他深吸一口气，却发现这里的空气总带着一股石尘的味道。也许只是他的错觉吧。

雷托张开双臂，眺望远处，看到了一个宽阔的洞窟，那里就是曾经停靠宇航公会远航机的地方。望着洞窟墙壁上的累累刮痕以及带有支撑作用的机械，他能够辨认出另一艘巨大的远航机雏形骨架已经基本建成，所有的组件都是由次人团队用闪光焊焊接在一起的。他看着下面的工人们就像昆虫一样在有条不紊，循序渐进地工作。

一个货运平台从阳台下方经过，逐渐下降到远处的工作区。雷托靠在栏杆上，看到那个平台上堆满了从伊克斯星地表开采出来的各种原材料。

一时冲动之下，他翻过阳台边缘，深吸一口气向下跳去，落在了两米之下的平台大梁上，然后准备前往建造远航机的工地。他心想，凭借那张生物智能通行卡以及对这座城市的熟悉程度，他完全可以找到回钟乳石上层的路。悬浮的平台下，有一个领航员在指挥着货物的降落，他似乎并没有发现，也没有想到会有不速之客出现。

雷托朝着温暖的洞穴逐渐下落，凉风吹过雷托的头发，让他想起了家乡凉爽的海风，情不自禁地又深吸了一口气。在这无边无际的穹顶之下，他感到一种久违了的自由，让他不由得想起了海边。一想到这，思乡之情不禁油然而生，他想念卡拉丹徐徐的海风，想念村里集市上的热闹喧嚣，想念父亲爽朗的笑声，甚至想念母亲那严肃古板的关切神情。

雷托和隆博在伊克斯地下城市的建筑里待了太久了，他经常渴望能呼吸到清新的空气，感受到迎面吹来的徐徐凉风。也许他会让隆博再陪他回到地面上去。到了外面的世界，他们两个可以在荒野中漫步，仰望无垠的天空。雷托可以伸展筋骨，感受真正的阳光照在自己的脸上，而不是从洞穴里天花板上发出的全息照明。

虽然这位伊克斯王子的武艺比不上雷托，但也并不像其他的许多豪门贵族之子那样，是个被宠坏的纨绔子弟。他有自己的兴趣，喜欢收集各种岩石和矿物。隆博本性随和，宽厚大度，还有一种持之以恒的乐观精神，但千万不要误解，在这柔软的外壳之下，隐藏着的是坚定的决心和追求卓越的渴望。

在巨大的洞穴工地里，起支撑作用的支架和悬浮千斤顶已经准备就绪，等待新的远航机在此被组装成型。设备和机器就停在不远处，在半空中闪烁着远航机的全息蓝图。即使有充足的原材料和数量众多的次人，建造这样一架巨大的飞船也得需要一个标准年的时间。一架远航机的建造成本相当于太阳系里许多星球的经济产出总和。因此，只有宇联公司和宇航公会有这样的经济实力，能够资助如此大规模的项目。而维尔纽斯家族——作为制造商——则会获得惊人的丰厚利润。

伊克斯星的工人阶级十分温顺，其数量远远超过该星球行政官员和贵族之总和。在洞穴的地面上，有许多建在坚硬岩石上的低矮拱门和小屋，那是通往生活居住区的入口。雷托从来没去过次人住的地方，但隆博曾向他保证，下层阶级的生活有十分完善的保障和照料。雷托知清楚是这些工人日以继夜地在建造着新的飞船。次人的确为维尔纽斯家族付出了辛劳。

货物平台渐渐下落，直到悬浮在岩石洞穴的地面之上。一群一群的工人走上前来，搬卸这些沉重的原材料。雷托从平台大梁上跳下来，手脚着地，然后站起身来，掸去身上的灰尘。异常平和温顺的次人肤色苍白，脸上都布满了雀斑。他们茫然地看着雷托，对于他的出现没有任何疑惑，也没流露出任何的惊讶或不满，他们只是看了雷托一眼，便移开视线，继续回到工作中了。

根据凯莉娅和隆博的说法，雷托曾经在脑海中把次人想象成一种远不及人类的、肌肉发达且没有头脑的穴居人，只会辛勤工作，经常累得满头大汗。但他看着周围的这些次人，却很难看出他们跟正常人有什么不同，也许不像科学家或外交家那么聪明绝顶，才华出众吧，但这些工人看起来似乎也不是动物。

雷托灰色的眼睛大睁，他沿着洞穴前行，在观察远航机建造的同时，尽量不妨碍别人工作。这是一个令人难以置信的浩大项目，其复杂的工程和高效的管理令雷托赞叹不已。洞穴地面上的空气更污浊，也更憋闷，另外他还闻到了一股混合着激光焊接和合金熔合材料的刺鼻气味。

次人们严格遵照总体规划，像蜂群一样按部就班，一步步地按照指令行事。他们完成了一个又一个艰巨的任务，而且丝毫没有被剩下的巨大工作量而压垮。次人之间既不闲聊，也不唱歌或者打闹……总之，雷托曾经在卡拉丹的渔民、农夫和工厂工人当中看到的种种情况，在这些次人身上统统都没有发生。这些肤色苍白的工人们始终只专注于他们自己的工作。

在自己的想象中，他以为这些次人平静而苍白的面孔下，掩藏着对上层人无尽的怨恨，隐含着对剥削者无限的愤怒，但当他独自一人来到这里时，他并没有感觉到任何敌意，也没有感到丝毫的恐惧。保卢斯公爵总是鼓励雷托跟村里的孩子们一起玩耍，跟渔民一起去出海打鱼，跟集市里的生意人和织工交流来往。他甚至还在庞迪稻田里干过一个月的活儿。老公爵曾经对他说："要想知道怎样统治你的百姓，首先必须要了解他们。"

当然，他的母亲非常不赞成这种做法，并且坚持认为作为公爵的儿子绝不能下地去干活，他的手不能被稻田里的泥土弄脏；也绝不能去出海打鱼，让鱼身上的黏液弄脏他的衣服。"让我们的儿子学会如何刮鱼鳞去内脏，对他来说有什么用呢？他未来可是家族的领袖。"但是保卢斯·厄崔迪始终坚持己见，并且明确表示他的意见就是律法，任何人不能改变。

雷托不得不承认，尽管有时自己累得腰酸背痛，肌肉酸疼，皮肤晒伤，但那些艰苦的工作让他十分有满足感，这是在卡拉丹城堡里举行的任何盛大宴会或招待会都无法给予他的。因此，他认为他很了解那些普通百姓，理解他们的感受，也知道他们工作有多么辛苦。这让雷托对百姓们始终充满感激，绝不会对他们嗤之以鼻。老公爵因为看到自己的儿子懂得了这个最基本的道理而欣慰不已，并为能有这样有出息的儿子而感到骄傲。

此刻，雷托在次人当中穿行，也想用同样的方式试图去了解他们。大功率的球形灯高悬在工作区域上空，亮如白日，驱散了阴影，让一切都清晰可见。次人们忙碌地工作，发出叮叮当当的响声，但是由于洞穴太大，竟然一点儿回声都没有，声音反射到墙壁上，然后消失在了远处。

雷托看到了一条通往地下隧道的入口，因为到现在为止，还没有人对他在这里而产生质疑，所以他认为这是一个能更多了解次人的好机会。也许他能够发现一些连隆博都不知道的东西。

当一群穿着工作服的工人从拱门里出来时，雷托趁机溜了进去。他信步进入隧道，并沿着隧道盘旋而下，经过一个个空无一人的小房间，所有的房间都一模一样，间隔均等，让他想起了昆虫的巢穴。他偶尔也会看到一些温馨的东西，比如色彩缤纷的织物或挂毯、几幅画、挂在石墙上的画像等等。接着他又闻到了做饭的味道，听到了低声细语的谈话声，但是没有音乐，也没有笑声。

他想起了自己在钟乳石建筑上层生活和学习的这些日子，那些倒过来的摩天大楼、光滑锃亮的地板、镀铬合金的多面水晶玻璃窗、柔软的大床、锦衣华服，还有美味佳肴。

在卡拉丹，普通百姓可以随时向公爵申诉和请愿。雷托还记得他和父亲在集市里游逛，与商人和工匠聊天，与民同乐，他们要让老百姓亲眼看到他们，并把他们看成是真正的人，而不是从不露面、高高在上的统治者。

他认为多米尼克·维尔纽斯并没有注意到他和他的战友保卢斯之间的区别。这位热情豪爽却秃顶的伯爵，把所有的注意力和热情都放在了家人和他眼前的几个仆人身上，专注于整体的工业运作和商业政治，使伊克斯有源源不断的财富涌入。但是多米尼克却把次人视为一种资源。是的，他的确对这些次人有所关照，但这种关照就像维护贵重的机器一样。只是在雷托看来，隆博和他的家人并没有把次人当作人来看待。

他已经往下走了好几层，污浊的空气让他憋得难受。前方的隧道变得更加黑暗和空旷。寂静的走廊通向更深处的房屋，他听到从公共区域传来的说话声和沙沙的脚步声。他打算转身往回走，因为他知道今天还有很多事等着他去做：学习和谈论机械操作和工业流程。隆博现在可能连早饭还没吃呢。

雷托好奇地在拱门前停了下来，看到许多次人聚集在一个公共休息室里。房间里没有座椅和长凳，所以所有的人都站着。他听见一个个子不高、肌肉发达的男人站在房子前讲话，声音洪亮，充满激情。从那人的声音里，从他眼神中闪烁的火光里，雷托突然有一种特殊而奇怪的感觉，因为他从别人嘴里听说过次人，据说他们性情温和，从没有任何要求。

"远航机是我们建造的，"他的声音越来越高亢，"所有的那些技术产品也都是我们造的，然而我们却没有任何权力做任何决定。我们只能按照命令行事，甚至明知道那些计划是错的，我们也得照做!"

次人们开始窃窃私语。

"有些新技术已经超越了大骚乱后的禁令。我们正在创造的是思维机器。我们不需要看蓝图和设计，因为我们知道他们要造的是什么!"

雷托犹豫了一下，退到拱门边上的阴影里。由于他经常跟平民百姓在一起，所以通常来说他并不害怕他们。但这里似乎有异常的情况发生。他想掉头就跑，却也想继续听下去……

“就因为我们是次人，所以伊克斯依靠科技赚取的丰厚利润，半点也没我们的份儿。我们只是老老实实地活着，没有分毫野心——但我们有自己的信仰。我们读的是《奥兰治天主圣经》，我们清楚什么是对的，”说着，这个次人演讲者举起了自己指节粗大的拳头，大声疾呼，“我们也知道，我们在伊克斯上所建造的很多东西都是不对的！”

群众们又一次躁动不安起来，眼看就要被激怒了。隆博坚持认为这群次人生性和光同尘，也毫无能力反抗。然而此时此刻，雷托看到的却完全是另一番景象。

那个次人演讲者眯起眼睛，忧虑地接着说道：“我们该怎么办？应该向我们的主人申诉，要求得到他们的回复吗？我们还能做什么呢？”

他扫视着聚集在那里的众人——突然，他那双眼睛就像两枚尖锐的飞镖，直直射向在拱门偷听的雷托。“你是谁？”

雷托踉踉跄跄地向后退，举起双手，说道：“很抱歉，我迷路了。我没有任何恶意。”正常情况下，他完全知道如何让自己受到欢迎，但此时此刻，由于他太过困惑和惊讶，以至于内心一下子紧张慌乱起来。

工人们立刻转过身来，从他们的眼神中，可以看出他们理解了那个演讲者刚才所说的话，也清楚了雷托偷听到了什么。

“我真的很抱歉，”雷托继续说着，“我是无意中走到这里的。”他的心脏怦怦直跳。额头上满是汗珠，他感觉到一股极度危险的气息。

几个次人开始像机器人一样向他走来，步子越来越快。

雷托对他们露出最亲切的微笑：“如果你们同意的话，我可以替你们跟维尔纽斯伯爵谈谈，把你们的意见和不满转告给他——”次人们步步逼近，雷托立刻转身就跑。他弯腰穿过低矮的走廊，不知方向，胡乱地左转右拐。工人们则在后面紧追不舍，却怎么也追不上，开始愤怒地咆哮起来。他们蜂拥地冲出来，分散到各条通道去追赶雷托。雷托却完全不记得那条回到开阔洞穴的路了……

雷托的迷路反倒救了他一命。次人们继续对他围追堵截，想要在通道里把他拦住，不让他上去。但是雷托根本不知道要往哪里去，于是他胡乱地转弯，盲目地乱跑，时不时躲在没人的犄角旮旯，直到最后来到了一扇小小的检修门前，在工业球形灯的照耀下，那扇门笼罩在满是尘埃的空气中。

几个次人看见他站在门口的身影，立刻朝下面大喊起来，但是雷托跑到了一部应急电梯里。他在读卡装置上扫了一下生物智能通行卡，并获准升到上层。

雷托紧张得肾上腺素激升，甚至浑身发抖。他无法相信自己刚才所听到的事情，也完全不知道如果被次人抓住的话会怎么样。光是看到他们的愤怒和激烈的反应，就已经够让他吃惊的了。从道理上讲，他不相信他们会杀了他——因为毕竟他是厄崔迪公爵的儿子，维尔纽斯家族的贵宾。况且，他还提出要帮助他们。

但是次人显然有引发暴力的倾向。他们深藏在可怕的黑暗中，并设法躲避那些位于建筑上层统治他们的人。

雷托忧心忡忡，不知道别处是否还有其他的反对者，或者还有别的什么团体和组织在进行着同样号召力十足的演讲，煽动着下层广大工人群众的不满情绪。

雷托坐在电梯里一直向上而行，他低头向下看去，看到下面的工人们正在专心致志地扮演他们的角色，像往常一样按部就班地工作，佯装无知，仿佛什么事都没发生过。他知道他必须把这件事上报。但是会有人相信他吗?

他心里一紧，突然意识到，他了解到的伊克斯远比他想要知道的多得多。

希望是被压迫者最强大的武器，对即将失败的人来说则是最大的敌人。我们必须始终清醒地认识到它的优点以及它的局限性。

——海伦娜·厄崔迪夫人，摘自她的个人日记

在经过数周漫无目的的航行之后，货运飞船从沿着轨道飞行的远航机上驶出，并快速降落，穿过了卡拉丹上空厚厚的云层。

对邓肯·艾达荷来说，他漫长的栉风沐雨似乎就要结束了。

在杂乱的货舱里，邓肯移开了身边一个沉重的箱子。那个箱子的金属包角摩擦着甲板地面，发出了刺耳的声响。不过他最终还是把箱子挪开，这样他就可以把飞船舷窗上的法兰盖拿下来了。邓肯紧贴着舷窗，低头凝望着下面波澜壮阔的海洋。终于，他开始相信了。

卡拉丹，我的新家。

即使从太空高处轨道上看，杰第主星依然是那么的阴森恐怖，就像一块感染了病毒的伤口。但卡拉丹却截然不同，这里是传说中的厄崔迪公爵——也就是哈克南家族之死敌——的家乡，看上去就像一颗在阳光照耀下闪烁着璀璨光芒的蓝宝石。

在经历过重重磨难和艰辛之后，邓肯似乎还是无法相信，这个名叫詹妮斯·米拉姆的奸诈女人真的会信守她的诺言。她纯粹为了一己私欲才救了自己，完全出于恶意的报复，但对邓肯来说，什么原因并不重要。重要的是他来了。

他们坐着远航机，在各个不同星系之间穿梭辗转，兜了一大圈才来到卡拉丹，这一路上邓肯都是度日如年，简直比噩梦还要可怕。

当时在黑暗的森林保护区，在邓肯靠近那架神秘的扑翼机时，那女人一把抓住了他，趁他反应不及，紧紧钳制住了他。男孩当时惊恐不已，疯狂地挣扎，但詹妮斯猛地拉住他的胳膊，力道大得撕开了他肩膀伤口处敷着的硬化新皮肤。

皮肤黝黑的女人用惊人的力气把他拖进了那架小扑翼机，并且迅速把入口的舱门关上了。邓肯像野兽一样嘶吼号叫，又抓又打，想要挣脱她。他砰砰地砸着弧形的舱门，拼命地想要逃进那遍布武装猎人的黑夜之中。

但是扑翼机的门仍旧紧锁着。詹妮斯放开男孩，气喘吁吁地甩了甩巧克力色的头发，怒视着他说道："如果你再折腾下去，艾达荷，我就把你扔给那些哈克南猎人。"

她轻蔑地转过身去，开启了扑翼机的引擎。邓肯感觉到引擎的嗡嗡声顿时响彻整个船身，座位和地板都开始颤动起来，透着一种不祥的预兆。他马上弓起身子靠到了墙上。

"你已经把我出卖给哈克南家族了！是你让那些人抓走我父母的，是你害死了他们。就是你，这些年来害得我不得不拼死训练，现在他们追着想要猎杀我。我知道这一切都是你害的！"

"没错啊，可惜世事难料，现在一切都不一样了，"她举起一只黑漆漆的手，无意识地挥了挥，然后转向驾驶控制仪表盘，"哈克南人竟然那样对待我，我不会再给他们卖命了。"

邓肯愤怒地握紧双拳。再次撕裂开的伤口流出鲜血，渗到了他破旧的衬衫上。"他们能对你做什么？"他想象不出谁会比他和他的家人还要悲惨。

“你不会明白的。你只是个孩子，他们手掌心里的又一个玩物而已。”詹妮斯笑着驾驶扑翼机飞离地面，“但是通过你，我就能报复他们了。”

邓肯冷笑道：“也许我只是个孩子，但我花了一整夜的时间跟他们玩儿追猎游戏，并且打败那些哈克南人。我亲眼看着拉班杀死了我父母。谁知道他们对我叔叔、婶婶和兄弟们干了什么？”

“我不觉得杰第主星上还能有叫艾达荷的人活下来——尤其是你今晚让他们颜面扫地了。真是不走运呐。”

“就算他们下手了，也是白费力气，”他极力掩饰自己内心的痛苦，“反正我也不认识我的那些亲戚。”

詹妮斯驾驶飞船加速行驶，飞船低低地掠过漆黑的树林，离开了森林野生保护区。“现在，我正在帮你摆脱那些猎人，所以闭上你的嘴，高兴点儿。因为你没别的选择。”

她把引擎蒙住，在没有灯光的情况下驾驶飞船，但邓肯实在想象不出他们怎样才能从哈克南人的眼皮底下逃走。他杀死了好几个猎人——更糟的是，他还是以智取胜，在心理和智力上都羞辱了拉班。

邓肯不禁露出了一丝满意的微笑。看到詹妮斯系着安全带坐在驾驶座上，邓肯走上前，疲惫不堪地倒在詹妮斯身旁的一个座位上：“我为什么要相信你？”

“我要你相信我了吗？”她用黑眼睛瞟了他一眼，反问道，“好好利用这个机会吧。”

“你有什么要说的吗？”

詹妮斯沉默地开着飞船，沿着树冠飞驰而过，之后过了好一会儿才回答道：“是真的。对，我是向哈克南家族告了密，让他们逮捕了你的父母。当时我听到了一些传言，知道你父母做了一些会让哈克南官员们不高兴的事——你也知道，哈克南的人不喜欢那些惹他们生气的人。我只为自己谋求利益，从中看到了有利可图。我想要是举报了他们，也许会得到一笔奖赏作为回报。再说了，麻烦是你父母自己先惹起来的，是他们自己犯了错。我只是想借机赚笔钱而已。没有任何私人恩怨。就算我不做，别人也会做的。”

邓肯怒目而视，紧握他那双脏兮兮的小手。他真希望自己有胆量拿刀捅死这个女人，但这样一来，扑翼机就会坠毁了。不管怎样，此时此刻，她是他唯一的出路。

接着她忽然咬牙切齿起来：“可是哈克南人又给了我什么回报呢？升官？发财？没有，什么都没有。当头给了我一个闷棍，真是气死我了。连句‘谢谢’都没有。”她的脸上掠过一丝暴戾之色，但是眨眼间就消失了，就像一朵浮云从阳光下飘过，“做这种事有多纠结，你以为我乐意吗？但在杰第主星上，一夜暴富，升官发财的机会少之又少，我多少次眼睁睁地看着机会从我身边溜走了啊。”

“这事儿本来应该让我出人头地的。但当我找上他们，求他们给我一些回报时，他们却把我赶了出去，命令我不准再回来。我到头来不仅白忙了一场，反而生活变得更糟了，”她气得七窍生烟，“竟敢这么对我詹妮斯·米拉姆，我要让他们吃不了兜着走。”

“所以你这么做根本不是为了我，”邓肯说，“不是因为你对给别人带来了痛苦和折磨而感到内疚。而只是因为你想报复哈克南家族。”

“唉，小子，你闭上嘴歇会儿吧。”

邓肯在储物舱里东翻西找，最后找到了两根水果粮棒和一瓶气泡果汁。他问都没问，直接撕开了包装，开始狼吞虎咽地吃起来。水果粮棒吃起来有一丝肉桂的味道，有点儿像美琅脂香料。

“不客气。”詹妮斯嘲讽地说。

邓肯没有回答，像饿虎扑食一样，风卷残云。

扑翼机飞了一整晚，飞过低地上空，驶向了令人生畏的巴洛尼城。一时间邓肯以为她打算把他扔回到监狱里，到了那里的话一切都得从头再来了。他把手伸进口袋，摸着那把钝刀的刀柄。但是詹妮斯驾驶着的这架没有标记的飞船却飞过了监狱城，一路向南，又经过了十几个城市和村庄。

接着，一天下午，飞船降落了，他们停在一个小中转站补充给养。詹妮斯给了他一件蓝色的蒸馏服，并且尽她所能地给他清理伤口，手法粗鲁。她并没有特别精心地照顾邓肯，她这么做只不过是希望把他的伤口弄好，不要引起别人的注意。

日暮时分，他们再次出发，向南驶向一个独立的太空港。邓肯不知道他们这一路途经之处都叫什么名字，他也没有问。因为没人教过他地理知识。每次他壮着胆子提出问题，詹妮斯要么对他厉声呵斥，要么干脆不理不睬。

太空港的建筑混合了商人的铜臭气和宇航公会的味道，不像哈克南建筑那样粗笨丑陋。它强调高效、实用和耐久，而不像哈克南建筑只一味追求豪华。这里的各个通道和空间都十分宽敞，足以容纳和运送宇航公会领航员所在的密闭气罐。

詹妮斯把扑翼机停在一个比较显眼的地方，然后在离开飞船之前，设置好了飞船的短路点火安全系统。“跟我来。”她说道。然后詹妮斯便大步走进了嘈杂喧嚣的太空港，小邓肯跟随在她身后。“我都已经安排好了。但如果你在这儿走丢了，我可不会去找你。”

“难道我不应该逃跑吗？我又不相信你。”

“我要带你上飞船，带你离开杰第主星，远离哈克南家族，”她低头看着邓肯，语气激烈，“你自己选吧，小子，别再给我找麻烦了。”

邓肯咬紧牙关，跟上她的脚步，不再言语。

詹妮斯追踪到一艘破旧的货船，一群工人正忙着把一个个磨损的箱子运上船。他们用悬浮板把沉重的货盘拖进货舱，随意堆放在那里。

“这艘船的二副是我老朋友了，”詹妮斯解释道，“他还欠我个人情。”

像詹妮斯·米拉姆这样的女人能有什么样的朋友，也不知道她做了什么，能让人欠她的人情……邓肯心里琢磨着，但并没有当面问她。

“我可不会为你花费半分钱的船费，艾达荷——因为你们全家人已经害得我没了良心，又毁了我当官发财的机会，现在可以说是一无所有。但我朋友雷诺说，只要你除了标准的口粮以外，不吃不喝，不浪费任何人的时间，也不给任何人添麻烦，你就可以待在货舱里。”

邓肯看着周围太空港上热闹繁忙的景象。外面的世界是什么样子，他完全没有概念。这艘货船看起来很破旧，一点儿也不起眼——但只要能让他上去，带他离开杰第主星，那么对他来说，这艘船就是从天堂飞来拯救他的金色小鸟。

詹妮斯粗暴地拉着他的胳膊，把他推向装卸货物的坡道。他的肩膀疼得直颤。“他们正在运送可回收材料和其他回收物。这些东西将被送到卡拉丹的一个回收物品处理站。卡拉丹是厄崔迪家族的所在地……也就是哈克南家族的宿敌。你知道这两个家族之间的恩怨吗?”邓肯摇了摇头，詹妮斯嘲笑地说：“你当然不知道。像你这种跟老鼠一样脏兮兮的小子，怎么会知道兰兹拉德联合会和豪门贵族的那些事呢?”

她拦住了一名正在指挥一个摇摇晃晃的悬浮平台的工人问道：“雷诺在哪儿? 告诉他詹妮斯·米拉姆来了，我要立刻见他。”她低头看了邓肯一眼，邓肯挺直了腰板，努力让自己看上去更像样些，“告诉他我如约带来了他要的货。”

那人按了一下领口上的通信器，喃喃地说了些什么。然后，他就不再理会詹妮斯，继续把他的货物推给一个身材矮小的搬运工。

邓肯在一边冷眼旁观，观察周围人的行动。詹妮斯则皱着眉头，坐立不安。没过多久，一个脏兮兮的男人出现了，他的皮肤上满是润滑剂、污垢和油腻腻的汗水。

“雷诺！”詹妮斯朝他招着手，“该死的，快一点儿！”

那个男人紧紧地拥抱了詹妮斯，还给了她一个长长的并且湿乎乎的吻。詹妮斯忙不迭地挣脱开，然后指了指邓肯。“就是他，”她笑着说，“带他去卡拉丹。把他带到哈克南人最不希望他去，也最不可能找到他的地方去，没有比这更好的报复办法了。”

“你在玩儿一个危险的游戏，詹妮斯。”雷诺说道。

“我喜欢游戏，”她握起拳头，调侃地捶向他的肩膀，“别告诉任何人。”

雷诺扬起眉毛说道：“如果不是因为你，我才不回这个破港口来呢。在那寂寞而黑暗的床上，除了你还有谁会陪我呢？不可能的，告发你太不值得了。不过你还是欠我一次哦。”

出发之前，詹妮斯蹲下身来，直视小邓肯·艾达荷，似乎想装出一丝同情的样子：“看，孩子。这就是我要你做的。到了卡拉丹之后，你下船，坚持要见保卢斯·厄崔迪公爵本人。记住是厄崔迪公爵。告诉他你来自哈克南家族，想要为厄崔迪家族做事。”

雷诺一脸惊诧，嘴里不知道咕哝了些什么。

詹妮斯的表情则坚定而专注，她在对这个她曾出卖过的男孩开最后一个残忍的玩笑。她知道这个脏兮兮而又无亲无故的流浪儿，是不可能踏进卡拉丹城堡大门的——但是这并不能阻挡他尽力去尝试的脚步……也许多年以后，有可能会实现。

她从拉班的狩猎队眼皮底下偷走了那个男孩，对她来说，这就已经是胜利了。她知道他们要把邓肯带到森林保护区，所以她尽全力去寻找他，然后把他抓走，最后再交给哈克南家族最大的敌人。但现在，无论这个男孩将来如何，都已经与她无关了。但是詹妮斯仍然会想象邓肯未来将要经历的种种苦难和挫折，直到他最后因支撑不住而放弃人生。想到这些，她就忍不住在心里偷笑起来。

“来吧，”雷诺拉着邓肯的胳膊，粗声粗气地说，“我在货舱里给你找个地方，你可以藏在里面睡觉。”

邓肯没有回头看詹妮斯。不知道她是否期待着他会跟她说再见或者对她所做的这一切表示感谢，但不管怎样，他是绝对不会这么做的。她帮助他并不是出于关心，而是出于恨意。不，他不会屈尊向她道谢，也永远不会原谅这个毁了自己家庭的女人。这个奇怪而陌生的女人。

他走上斜坡，眼睛直视前方，不知道自己要去向何方。失去了双亲，不知道下一步该怎么做的邓肯·艾达荷就这么出发了……

雷诺没有给他任何安抚，也没有给他任何食物，但至少给了他一个安身之处。在整个宇宙中，邓肯·艾达荷最需要的就是时间，他需要恢复身体，整理思绪和记忆，并学会带着永远无法忘却的记忆活下去。

他独自睡在破旧的货舱里，周围全是废金属和可回收废物。没有一样东西是软的，尽管躺在泛着铁锈味的地板上，背靠着冰冷的舱壁，但他依然睡得很好。在他的记忆中，这是他最近度过的最平静的一段时光。

最后，货船朝着卡拉丹降落下去，准备卸除货物了，他会孤零零一个人，无情地弃于这个陌生的世界，不过邓肯已经做好了准备。他精神饱满，亦动力十足，既然他做出了选择，就绝对不会放弃，也绝不会动摇。

现在，他唯一要做的就是找到保卢斯·厄崔迪公爵了。

历史让我们看到了显而易见的东西——但不幸的是，为时已晚。

——拉斐尔·科瑞诺王子

隆博上下打量着雷托：一头凌乱的黑发，沾满灰尘的衣服，还有顺着脸颊而流下的汗珠，不由得咯咯地笑了起来。他并不是有意嘲讽或奚落，但似乎仍是不相信雷托所讲的那个荒谬的故事。他退后一步，看着他的朋友问道："地狱在下！你不觉得你有点儿……反应过度了吗，雷托?"

隆博大步走到一扇宽大的窗户前。房间的墙壁上到处都是壁龛，里面陈列着精心挑选的各种奇石异宝，向人们展示他的喜悦和自豪。身为伯爵之子，除了享受锦衣玉食外，隆博还在搜集来的矿物、水晶和宝石中找到了乐趣。他本可以买到比这些更珍稀瑰丽的石头，但王子就是喜欢亲自在洞穴的地面和窄小的隧道里探索，挖掘自己喜爱的东西。

不过在他的探索生涯里，作为维尔纽斯家族未来统治者的隆博，始终对那些蠢蠢欲动的工人选择视而不见。现在雷托终于明白了为什么老公爵坚持要让自己的儿子学会体察民情，了解民意了。"孩子，统治的核心要领就是，不要超越人民所能容忍的限度，"保卢斯曾经对他说，"不过庆幸的是，大部分民众都不知道这一点。如果你是个足够优秀的领导者，那么你的人民就不会提出质疑。"

似乎被雷托这戏剧性的消息和狼狈样子弄得有些尴尬，这个头发蓬乱的年轻人于是俯视起下面生产车间里那一群群忙碌的工人来。看上去一切都似乎很平静，工作还是照常进行。“雷托啊，雷托……”隆博伸出胖乎乎的手，指着那些看起来十分满足于现状的下层阶级，“这帮次人连自己晚上吃什么饭都无法决定，更别说团结起来发动叛乱了。主动性……对他们来说，有点过于超出能力范围了。”

雷托摇了摇头，他依然气喘吁吁着。那被汗水浸湿的头发粘在前额上。虽然他现在安全了，但身子却比之前更不稳当，一下子瘫坐在隆博私人房间里的一张舒适椅子上。在刚才逃命时，他所有的反应都是出于本能。而现在虽然想放松下来，但心还是怦怦地跳个不停，无法控制。隆博的早餐托盘上有一个高脚杯，里面是酸酸甜甜的西缀特果汁，雷托一把拿过那杯果汁，喝了一大口。

“我只是把我所看到的事情据实相告，隆博，并不是在危言耸听。我看过太多的真实情况，足以辨别什么是真的，什么是假的。”他倾身向前，灰色的眼睛直视着他的朋友，目光灼灼，“我跟你说，有什么事情要发生了。次人们在谈论要推翻维尔纽斯家族，要拆毁你们所造的这一切，然后把伊克斯占为己有。他们正在准备暴乱啊。”

隆博犹豫了一会儿，似乎在等着他说出这个笑话的梗：“好吧，我会转告我父亲的。你也可以把你对这件事的看法告诉他，呃，我相信他会进行调查。”

雷托沮丧地垂下肩膀，心想要是维尔纽斯伯爵选择无视这件事怎么办？等事态一旦发生变化，一切就来不及了。

隆博掸了掸他身上那件紫色的外衣，笑了笑，然后困惑地挠了挠头。他似乎尽力使出了极大的耐心才重新提到这个问题。显得真的很困惑不解：“可……如果你刚才去了下层的话，雷托，那你应该能看到我们是怎么照料这些次人的。我们给了他们食物、住所、家庭和工作。当然，大部分的利润可能的确都被我们拿走了……但事情就是这样运转的，这就是我们的社会。我们不会虐待我们的工人。所以他们有什么可抱怨的呢?”

“也许他们有不同的看法，”雷托说，“身体上的压迫不是虐待的唯一方式。”

隆博爽朗地笑了，伸出手来道：“来吧，我的朋友。正好咱们今天有一堂政治演讲课，咱们可以把这件事当作一个话题来进行讨论。”

雷托跟在隆博身后，心急如焚，但更多的还是忧心忡忡。他担心伊克斯人看不到这件事的严重性，而只是把它当作一个有趣的政治话题来讨论。

多米尼克·维尔纽斯此时正在大王宫最高一座的尖塔上，统治这个隐藏在地下深处，不为外人所见的工业帝国。这个身材高大的男人在他球形办公室的透明地板上来回踱步。办公室像一个华丽的水晶球从洞顶垂悬下来。

办公室的墙壁和地板是由伊克斯玻璃建造而成的，堪称完美无瑕，没有一丝接缝，也丝毫没有扭曲和变形。他看上去就像是行走在空中，从他的领地上空飘过一般。他时不时停下脚步，感觉自己像个高高在上的神，凝视着自己的宇宙。他伸出一只手，长满老茧的手掌摩挲着自己刚刚剃过的光头，珊多给他按摩头皮时用的那种活肤乳液，到现在还让他的头皮刺痛不已。

他的女儿凯莉娅正坐在浮空椅上盯着他看。他一直同意自己这个对家族生意很感兴趣的女儿参与国事，但今天他跟她争辩了太久，令他觉得很是心烦了。他掸了掸刚洗过的无袖外衣，就好像觉得上面沾了什么碎屑似的，然后他转过身，又绕着他那张银光闪闪的书桌转悠了一圈。

凯莉娅继续看着他，尽管她明白他们目前所面临的问题，但却没有给出任何建议。

因为伊克斯设计和建造了新型远航机，使帝国税收遭受了损失，多米尼克没有料到的是，那个老“鲁迪”竟然一反常态，全盘接受了这个结果。不，皇帝一定会想办法把这个纯粹的商业事件刻意扭曲成是对他个人的侮辱和冒犯的。但多米尼克却不知道皇帝会用什么办法来报复他，也不知道对他的报复从何时何地开始。埃尔鲁德这个人向来都是难以捉摸的。

“您只需要比他领先一步就行了，”凯莉娅说，“这是您最擅长的。”她想起了自己的父亲是如何从皇帝眼皮底下把他的爱妾抢走的……而埃尔鲁德对此一直耿耿于怀。她的话里流露出了一丝怨恨之情。她其实更希望自己是在美轮美奂的凯坦星长大，而不是隐藏在地下。

“如果我连他的动向都不知道的话，又如何领先一步？”多米尼克反问道。他头顶上是坚固的岩石天花板和大王宫的塔尖，脚下却是开阔的半空，这位伊克斯伯爵看上去就像被倒悬着一样。

凯莉娅拉了拉自己长袍上的花边，调整了一下上面的饰物，然后弯腰查看货运记录，并且再次比对舱单，希望能找到一个更好的模式来销售伊克斯的科技产品。多米尼克并不指望自己的女儿比身边的顾问和专家们做得更好，他只是想让她从中找到乐趣。她提出要把伊克斯的自学型战斗机器人交给几个黑市贩子暗中销售，这简直堪称天才之举。

他停下来，看着凯莉娅，露出一抹意味深长的微笑，以至那长长的胡子都陷进了嘴角的皱纹里。他的女儿美艳动人，简直是一件巧夺天工的艺术品，足以配得上某个豪门贵族，成为领主夫人……然而她不但花容月貌，还冰雪聪明。没错，凯莉娅是个十分特别的女孩：她痴迷于宫廷里的膏粱锦绣，纸醉金迷，以及凯坦星上一切瑰丽壮美，高贵奢华的东西，但她也执着地投身于维尔纽斯家族的各项事务中，努力学习和钻研家族事业。虽然年纪轻轻，但她却明白了解幕后交易的复杂性是一个女人在帝国中获得权力的真正关键所在——不过，做起来仍会是十分困难，除非她加入贝尼·杰瑟里特。

多米尼克认为他的女儿并不理解珊多为什么会离开宫廷，与他一起私奔到伊克斯。为什么她要离开宇宙中最有权力的男人，而下嫁给一个住在地下城市，饱经风霜的战争英雄呢？有时候多米尼克也在问着自己同样的问题，但他对珊多的爱是永无止境的，他的妻子也经常对他说，她从来没有后悔过自己当初的决定。

除了相貌之外，凯莉娅和她的母亲截然不同。这个年轻的女孩身着精美绝伦，高贵华丽的衣服，看起来似乎并不怎么舒服。但她总会选择最雍容华贵的衣装，好像生怕错过什么机会似的。也许她是不愿失去人生中任何一个能去帝国皇宫的机会，哪怕被皇宫里的保荐人拒之门外也在所不惜。他注意到她一直在与皮尔鲁大使的双胞胎儿子克泰尔和德默尔暧昧不清，玩弄着他们的感情，仿佛认为只要和他们当中的一个结婚，就能把她带进凯坦星的大使馆似的。但是克泰尔和德默尔却计划参加宇航公会的职业测试，如果测试通过了的话，他们就会在一周内离开伊克斯。不管怎样，多米尼克确信能为自己唯一的女儿找到一个更有益处的伴侣，为她安排一桩更有利可图的婚姻。

也许雷托·厄崔迪……

墙上的电子眼闪烁着黄光，一下子打断了他的思绪。这是一条重要的消息，是关于一些谣言的最新进展，那些谣言就像洒在蓄水池里的毒药一样，迅速传播开来，令人心烦不安。

“怎么样？”他问道。凯莉娅主动走了过来，穿过看不见的透明地板，站在多米尼克身边。进展报告投射在书桌水银一般的桌面上，凯莉娅为父亲读着上面的信息。她眯起祖母绿色的眼睛，朗读报告。

闻着女儿身上淡淡的香水味，看着她深褐色头发上别着的梳子闪闪发着光，多米尼克脸上露出了慈父般的笑容。如此风华绝代，又如此精明强干。

“你真想了解这件事吗，孩子？”多米尼克问她道。他并不希望自己的女儿听到这个可怕的消息。劳工关系可比技术革新要复杂得多。凯莉娅只是生气地看着他，认为他就不该有此一问。

他今天早些时候看了更多有关此事的细节，但他还是无法完全相信雷托·厄崔迪声称自己亲眼所见和亲耳所听到的那些事。一场骚乱正在地下深处酝酿，次人们已经开始怨声载道了——这种情况是前所未有的。

凯莉娅深吸了一口气，整理了一下思绪，然后说：“如果次人们真有这样的不满，那他们为什么不选个发言人出来？为什么他们没有向我们正式提出申诉和要求呢？”

“哦，他们只是在发牢骚罢了，孩子。他们宣传他们被迫建造和组装了违反芭特勒圣战禁令的东西，而他们并不想做这种‘亵渎神明’的工作。”

报告读完后，信息屏幕变暗了。凯莉娅站起身来，双手背在身后，怒气冲冲，裙子也沙沙作响。“这么荒谬的想法他们是从哪儿学来的呢？那些操作的细节性和复杂性，他们又是怎么开始了解的呢？他们一直在伊克斯的各个工厂车间里接受培养和训练——是谁把这些想法灌输给他们的？”

多米尼克摇了摇头，意识到他的女儿提出了一个很好的问题：“你说得对。次人们肯定无法自己做出这样的推断。”

凯莉娅继续愤愤不平地说：“难道他们没有意识到我们给了他们多少恩惠，在他们身上花费了多少成本吗？我看了成本和收益情况。那些次人们根本不清楚他们跟其他星球上的工人相比，生活条件到底有多好。”她摇了摇头，眉头紧皱。她透过脚下的透明地板，望着远处洞穴里的工厂，“也许他们应该去杰第主星或者厄拉科斯参观一下。这样他们就不会对伊克斯有什么抱怨了。”

但多米尼克仍然思考着她提出的第一个问题。“次人们是专门培育出来的智力有限者，他们只能完成指定的任务……应该是没有任何怨言的……这是他们心智结构的一部分。”他和女儿一起低头凝视洞穴里的车间，看着里面一个个正在建造着远航机的工人，“我们的生物智能设计人员是不是忽略了一些重要的东西？那些次人有了自己的思想吗？机器思维的定义范围很广，但也许会有些灰色地带……”

凯莉娅摇了摇头，在利读连晶纸上写了些什么。“我们的门泰特和法律顾问一直小心谨慎，严格遵守圣战禁令，产品质量控制方式也行之有效。因此我们所有的科技都有坚实的基础，建造生产的每一个产品都有合法的保证。”

多米尼克咬着下嘴唇，说道：“次人们不可能指证出什么，因为所有的产品都没有任何违规。至少我们并没有故意越界，完全没有。”

凯莉娅看着自己的父亲，然后又低头看着忙得热火朝天的工作区：“也许您应该派扎兹队长带领一个检查小组对所有产品，以及每一个设计环节和生产程序进行检查，向次人们证明他们的抱怨是毫无根据的。”

多米尼克考虑过这个想法：“我当然不想对工人太过苛刻。更不想去镇压他们，但我也不希望他们叛乱。我们会一如既往善待他们的。”他迎上凯莉娅的目光，发现她虽然年纪轻轻，但看起来却像个成熟的大人了。

“好啊，”凯莉娅声音严肃地说，“那就再好不过了。”

穴地就是你生命中的一部分，是你人生最坚实的基础和堡垒，你将从这里走向世界，走向整个宇宙。

——弗雷曼人格言

帕多特·凯恩斯对弗雷曼人的文化、宗教和日常生活十分着迷，以至于他完全没有注意到，穴地里的人正就他的生死存留问题在激烈地争论。穴地的耐布海纳尔告诉他，他可以跟这里的人交谈，讲述他的想法——所以他一逮着机会就找人说话。

在整个月亮周期里，弗雷曼人都在他们的小洞穴和房间里低声沟通他们的想法，或者在穴地长老会议里隔着桌子、大声地发表出自己的意见。他们当中甚至有些人十分赞同这个奇怪的外来人所说的话，对凯恩斯的话感同身受。

虽然他的命运尚有待裁决，但凯恩斯一刻也没有放慢他的脚步。穴地的向导们带着他四处参观，向他展示许多他们认为会使他感兴趣的东西。不过这位行星学家也会停下来，向不同的人问一些问题，包括在蒸馏服工厂里做工的妇女，在管理供水系统的老人，或者在操作太阳能炉的老奶奶，以及把废金属上的毛边锉掉的大婶等等。

封闭的洞穴里，人们都在紧张有序地忙碌着，一些生产活动让他感到十分惊讶：比如一些工人会把香料残渣踩碎，并用这些踩碎的残渣来提取燃料；还有的人则把香料凝结起来发酵。动力织布机上的织布工用他们自己的头发、变异老鼠的长毛、一缕缕的沙漠棉，甚至野生动物的毛皮作为原料，织成他们所需要的耐用织物。当然，穴地里也有学校，教年幼的弗雷曼孩子沙漠生存技能，以及残酷的格斗技巧。

一日清晨，凯恩斯醒来后觉得神清气爽，在硬地板的垫子上睡了一夜让他感觉非常舒服。在他一生的大部分时间里，他都是睡在露天，以天为被，以地为床。所以他练就了一身铁骨，可以在任何地方休息。他早餐吃的是脱水的水果和无水蛋糕，这是弗雷曼妇女们用烤炉烤出来的。他的脸上也冒出了新长出的胡楂。

一个名叫弗丽思的年轻女子给他端来了餐盘，上面放着一把装饰华丽的壶，壶里是精心准备的香料咖啡。这位女子一直低着头，深蓝色的眼睛始终低垂，自从凯恩斯来到穴地的第一天起，她就每天早上都为他送来咖啡。凯恩斯一直没有留意过这个冷淡不语，默默照顾他的女人，直到有一天，有人告诉了他："你从哈克南那几个狗奴才的手里救了斯第尔格的命，而她就是斯第尔格那未出嫁的妹妹。"

弗丽思五官端正，古铜色的皮肤光滑细腻。她的一头秀发用水环盘了起来，如果把水环解下，让头发散下来的话，大概能顺垂到腰部。她有着弗雷曼人特有的性格，举止文静，无所不知。凯恩斯说出的每一个小小的愿望，她都极力地去满足，而他却总是专注于周围的一切，以至于没有留意到这个女子究竟有多么的美丽。

啜饮了一口散发着豆蔻味道、口味浓烈的咖啡后，凯恩斯拿出了他的电子记事本，把自己的所见所闻以及所感详细记录下来。这时他突然听到有什么动静，抬头一看，只见身材瘦削的图洛克正站在门口："你好啊，行星学家，只要你还在这红墙穴地里，你想去哪儿我都能带你去。"

凯恩斯笑着点了点头，完全不在乎自己其实是一个被囚禁在穴地里的俘虏。他们对他并没有什么怨恨。他很清楚，除非弗雷曼人能够接受他，决定完完全全地相信他，不然的话他永远也不可能活着离开穴地。如果他能融入这个族群，那么他们之间就不会再有任何秘密。而从另外一个角度看，如果弗雷曼人最终还是决定处死他，那么对一个死人来说，也就无须保守什么秘密了。

在此之前凯恩斯已经见识过了穴地里的隧道、食物储藏室、守卫森严的供水系统，甚至还有瓦努伊亡者蒸馏器。他着迷地观察这些饱经沙漠风霜的男人所组建的家庭，每个男人都有好几个妻子。他目睹着他们向夏胡鲁祷告。然后开始在脑海中勾勒出这个穴地里文化、政治和家庭关系的大致情况，但要想弄清楚这些因素之间的微妙关系，了解几代人之前男性弗雷曼人所承担的责任和义务与现在相比有何细微差别，则需要花上数十年的时间。

“我想去岩顶。”凯恩斯想起了他作为帝国行星学家的职责，于是说道，“如果能从我的车上取回一些设备——我想那些东西应该还在吧？——我打算在这里建立一个气象站。我们必须从尽可能多的独立观测点收集气象数据——比如气温变化、大气湿度以及风向等等。”

图洛克看着他，既惊讶又觉得难以置信。然后他耸了耸肩说：“好吧，如你所愿，行星学家。”图洛克了解穴地长老们因循守旧的作风，因此对这个充满激情、却不怎么聪明的人将来的命运而感到悲观。这个凯恩斯到现在还一心扑在工作上，简直就是白费劲。但如果这样能让他在最后的日子里开心一点的话……

“那就来吧，”图洛克说，“穿上你的蒸馏服。”

“呃，我们只需要出去几分钟的时间。”

图洛克皱起眉头，瞪着他，看上去表情很严厉，比实际年龄显老多了：“呼出的水分蒸发到空气中是一种极大的浪费。我们没那么富裕，浪费不起水。”

凯恩斯耸了耸肩，穿上了他那件皱巴巴且表面光滑的蒸馏服，然后花了些时间把所有的密封装置都弄好，不过动作很是笨拙。图洛克重重地叹了一口气，实在看不过去，只得出手相助，告诉他穿蒸馏服最简便有效的方法，并且帮他把蒸馏服上的装置都调整到最佳效果。

“你倒是买了一套很棒的蒸馏服，一看就是弗雷曼人制作的，”年轻人承认道，“至少你眼光还挺不错。”

凯恩斯跟着图洛克来到了存放他那辆地行车的库房，这里原本是弗雷曼人的一处生活设施。他的设备和仪器都被放在洞穴地面一个敞开的箱子里，接受检查和分类。毫无疑问，穴地里的居民们一直在试图弄清楚这些东西该如何使用。

他们还是打算要杀我，凯恩斯心想，*难道他们没听到我说的话吗？*奇怪，即使这么认定，他也没有丝毫沮丧，也没有一丝惧怕。对他来说，只有知识才是挑战。他并不打算放弃——因为还有太多事情要做。他必须要让他们明白他的想法。

在这一堆杂物当中，凯恩斯找到了他的气象设备和仪器。他把那些部件夹在胳膊底下，但是并没有说明他要用这些东西做什么。他知道弗雷曼人有一种集体思维：个人所拥有的东西是属于整个集体的。由于他一生中大部分时间都是独来独往，一切都只依靠自己的能力，所以他觉得弗雷曼人的这种心理让他很难理解和接受。

图洛克没有提出要帮他搬运设备，只是带着他一步步爬上陡峭的台阶。这些台阶都是沿着石墙粗凿而成的。凯恩斯气喘吁吁，但并没有任何抱怨。前面领路的向导替他移开了许多路障、挡水板和门封条。图洛克回头瞥了一眼，看看那位行星学家是否跟了上来，然后加快了脚步。

最后，他们从碎石遍布的山顶裂缝中钻了出来。年轻的弗雷曼人靠在岩石的阴影处纳凉，而凯恩斯则直接走到大太阳底下。周围的石头都是铜褐色的，有几处石头上有变色的地衣。*这是个好迹象*，他心想。因为这就是生态系统存在的印迹。

他凝视大盆地一望无垠的广阔远景，看到了一座座沙丘。这些沙丘呈灰白色或棕色，说明是新分解的岩石颗粒。另外还有一些沙丘呈奶黄色，说明年代久远，沙粒氧化。

从之前见到的沙虫，以及富含香料的沙子里夹杂着大量浮游生物等种种迹象来看，凯恩斯知道沙丘已经具备了复杂生态系统所需要的环境基础。他确信只要在合适的环节做一些关键的改动，推动生态系统形成的进程，这个休眠的沙漠之地很快就会苏醒，重现生机。

弗雷曼人是可以做到的。

“喂，帝国来的人，”图洛克从阴影中走出来，问道，“看你这么专注地望着沙漠，你究竟看见什么了?”

凯恩斯没有回头，只是径自回答：“我看到了无限的可能。”

穴地深处的一个封闭的房间里，枯瘦的海纳尔坐在一张石桌前，他那只独眼怒目而视。这位穴地耐布面前的议会长老们大吵大嚷，互不相让，他自己却始终独坐一旁，不参与这场激烈的争论。

“我们知道这个人是忠于帝国的，”一位名叫耶拉斯的长老说，“他是为帝国卖命的。你们也看过他的档案。他也是作为哈克南家族的客人来到沙丘的。”耶拉斯的左耳垂上戴着一个银环，他在一场决斗中杀死了一个走私犯，这银环是从死者手里夺来的战利品。

“那并不能说明什么，”另一位长老阿利德反驳道，“难道我们弗雷曼人就不能穿别人的衣服，戴别人的面具，装作其他人了吗？当环境需要，这就是一种生存的手段。在所有人当中，你最应该知道不能以貌取人。”

迦尔纳，一位看起来老态龙钟，一脸疲惫之色的长发老者，用长长的手指托着自己尖尖下巴，说道：“最让我生气的还是那三个蠢小子，在那个行星学家帮他们打败哈克南士兵，救了他们之后，竟然把他带到了穴地里来。只要有点儿脑子的正常人都应该一不做二不休，把那个人也杀了，连同那六个士兵一块儿，弃尸荒野……当然，虽然有些遗憾，但还是应该这么做。”他叹了口气，继续说道：“这些毫无经验的年轻人，真是缺乏锻炼。就不应该让他们单独去沙漠的。”

海纳尔则嗤之以鼻道：“你不应该这么指责他们，迦尔纳。在道义上，他们有责任。毕竟帕多特·凯恩斯救了他们的命。就连那三个毛头小子也知道，他们欠了他的水债。”

“但是难道他们对红墙穴地和我们的族人没有义务和责任吗?”长发老者迦尔纳依然坚持己见，“他们只不过是欠了一个帝国侍从的债，难道比忠于自己的族人还重要吗?”

“问题并不出在那几个孩子身上，”阿利德打断了他的话，“欧姆、图洛克和斯第尔格已经尽力了。我们现在唯一能做的，就是决定这个行星学家的生死和命运。”

“他就是个疯子，”第一个长老耶拉斯说，“你们听见他说的那些话了吗？他希望能在沙漠里培育出树木，开发出水源、灌溉系统和农作物来——他想要创造出一个绿色星球来替代沙漠。”他哼了一声，然后摩挲着耳朵上的银环，“要我说，他简直就是疯了。”

阿利德若有所思地皱起嘴巴，说道：“经过几千年的流浪漂泊，我们终于来到了这里，并定居下来，生活至今——所以我们有什么理由轻视和嘲笑一个人对天堂的追求和梦想呢?”

耶拉斯皱起眉头，但还是接受了他的这番话。

“也许凯恩斯是个疯子，”迦尔纳说，“但疯狂的人往往都是天才。也许正是因为他足够疯狂，才能听到神的话语，而我们这些凡人却听不到。”

“这个问题是我们无法做出回答和决定的。”海纳尔说。这位耐布最终用威严的声音，把讨论的焦点重新拉回到正题上来，“我们要选择的不是神的话语，而是我们穴地的生存之道。帕多特·凯恩斯住在我们隐秘的住地里，看到了我们的生活方式。按照帝国的指示，只要他有所发现，就必须向凯坦星发送报告。所以对我们来说，这是巨大的危险。”

“那他所说的那些关于沙丘上的天堂呢?”阿利德问道，他仍然极力为那个陌生人而辩护，“开阔的水域，绿草遍地的沙丘，枣椰树成林，沙漠上到处是灌溉的农田。”

“那全都是胡扯,”耶拉斯怒斥道，“那个人对我们弗雷曼人和沙丘了解得太多了。他绝不可能为我们保守秘密的。”

坚持不懈的阿利德再一次试着替凯恩斯说话：“可是他杀了那些哈克南人。对我们弗雷曼人以及我们的穴地来说，不也欠了他一笔水债吗？因为他救了我们部落里的三个族人。”

“我们什么时候又欠帝国的债了?”耶拉斯又拉了拉自己的耳环，问道。

“那些哈克南人，人人得而诛之,”迦尔纳耸了耸肩，用另一只手握住尖尖的下巴，“我自己就杀过哈克南人。”

海纳尔倾身向前，说道：“好了，阿利德——关于沙丘变成绿洲的说法，你有什么看法？你倒是说说那么多的水从何而来？那个行星学家所说的这种事情，他到底能做到吗?”

“你没听他说吗?”迦尔纳用嘲讽的语气回答道，“他说水就在这里，远远超过我们辛苦积攒并赖以生存的那点儿可怜的水量。”

耶拉斯扬起眉毛，哼了一声：“哦？我们弗雷曼人在这沙漠里已经生活了一代又一代，都没有找到水源，这个人来到我的世界才一两个月，就已经知道在哪里可以找到珍贵的水源了吗？难道赤道上会有绿洲吗？哈！真是笑话。”

“但他的确救了我们的三个族人。”阿利德依然坚持到底。

“那三个蠢货打得过哈克南人。我觉得那个人没有义务去救他们。而且他也见过晶牙匕了。你知道我们的规矩：见晶牙匕出鞘者必死……”迦尔纳的声音渐渐低下来。

“如你所说。”阿利德不得不承认道。

“众所周知，这个凯恩斯喜欢独自旅行，去探索那些荒无人烟的地方，”海纳尔耸了耸肩，说道：“如果他从这个世界消失了，没人会注意到的。哈克南人和帝国官员都不会发现什么可疑之处。”

“毫无疑问，对于他的消失，最后只会被解释为是一场单纯的意外。毕竟这里环境恶劣，不是宜人之地。”迦尔纳说。

耶拉斯只是笑了笑：“说实话，哈克南人巴不得赶紧甩掉这个爱管闲事的家伙呢。如果把他杀了的话，我们自己也就没有危险了。”

一时间，尘土飞扬的空气中笼罩着一股寂静。“没错，肯定会是如此，肯定的，”海纳尔站到了桌子前面，“我们都知道只有这个结论了，不可能有其他的答案，也不可能有任何理由能改变我们想法。总之，我们必须保护穴地，无论付出什么代价，也无论要背负多大水债。”

他双臂交叉，环抱在胸前：“凯恩斯必须死，这就是我们的决定。”

我们探索了二百三十八颗行星，其中许多行星上只有少量可居住区域（见另附星图）。被勘探出的有价值原材料都在资源调查表上一一列出。许多星球都值得进行再次勘察，以期发掘矿产或作为可开发的殖民地。然而，正如在之前的报告中所述，此次探索行动中并没有发现任何香料。

——独立侦察队，第三次远征，呈交给皇帝冯迪尔·科瑞诺三世的报告

哈什米尔·芬伦贿赂了老埃尔鲁德的侍卫和随从，安排了一场所谓“与一位十分重要但意想不到的代表”的秘密会面。这个长着一张黄鼠狼脸的男人用他那三寸不烂之舌以及铁板一样的意志，操纵了皇帝的日程安排，故意留出来空隙并加以利用。三十多年来，芬伦一直频繁地出入王宫，由于与太子沙达姆的关系极为亲密，因此他成了一个十分有影响力的人物。通过各种威逼利诱，他成功说服了每一个他需要说服的人。

并且丝毫没有引起老埃尔鲁德的怀疑。

当特莱拉代表按照约定时间到达时，芬伦和沙达姆——这个表面上是个对官僚制度求知若渴的学生，实际上是一心想夺权篡位、密谋称帝的野心者——已经出现在觐见厅里了。埃尔鲁德觉得让他们来到觐见厅，是为了帮助他们了解国家大事，却不知道那两个年轻人一直

在背后嘲笑他。

芬伦凑近太子，在他耳边悄声说道：“这下子有意思了，嗯哼？”

“好好看，认真学。”沙达姆一本正经地说道，然后扬起下巴，暗暗窃笑。

宏伟的浮雕大门打开了，黑色的塑石和晶莹的雨晶闪亮夺目，上面还蚀刻着格拉万金属。穿着灰黑色制服的萨多卡卫兵站姿笔挺，对刚刚到来的陌生人格外警惕。

“好戏开始了。”芬伦说。他和沙达姆愈加难掩笑意，窃笑不止。

身着制服的侍官上前一步，用一种像是经过处理的，类似电子翻译器的声音高声宣读：“尊敬的皇帝陛下，至高无上的万界之王——贝尼·特莱拉的代表，希达尔·芬·阿吉迪卡大师，应您的要求前来私下与您会面。”

一个灰白色皮肤，侏儒一样的男人紧接着傲气十足地走进大厅，两侧是脸色苍白的警卫和他的贴身侍从。他那双穿着拖鞋的双脚疾步走在光滑的石头地板上，所到之处人们无不窃窃私语，议论纷纷。

王庭之上，所有的人无不惊讶万分，并且面露厌恶之色。宫廷内侍艾肯·海斯班被气得吹胡子瞪眼，他愤怒地站在宝座后面，怒视着皇帝的日程调度官，似乎察觉到这是一个有意安排的阴谋诡计。

坐在巨大宝座上的埃尔鲁德九世也突然身子前倾，要看他的日程表。

芬伦心中暗想，这个老家伙也许会因为太过惊讶，反而能更专注地听来者讲话。内侍艾肯·海斯班目光锐利地看向芬伦，似乎看穿了什么，但芬伦只是一脸温和，投以好奇的目光作为回应。

特莱拉的代表阿吉迪卡耐心地等待着，毫不理会周围的窃窃私语和喋喋不休。他脸形瘦长，鼻子长，黑色的尖胡子像一把铲子似的从下巴上的颏裂处突了出来。紫褐色的长袍显出阿吉迪卡那尊贵的气质。他的皮肤看上去很粗糙，手上有一些苍白褪色的斑点，尤其是在手指和手掌上，似乎是由于经常暴露在烈性的化学物质中，导致皮肤中的黑色素被中和了。尽管这位特莱拉的大师身材矮小，但他还是信步前行，仿佛他有充分的权力进入凯坦星的帝国王宫觐见厅。

沙达姆在大厅的侧边仔细端详阿吉迪卡，忍不住皱起鼻子来，因为那位大师身上散发出来一股特莱拉独有的食物气味，那股臭乎乎的味道萦绕在空气中，挥之不去。

“愿唯一真神的光芒穿透帝国上空所有的繁星，照耀于您，尊敬的皇帝陛下。”希达尔·芬·阿吉迪卡走到巨大的哈葛尔石英宝座前，双手合十，鞠躬致意，引用《奥兰治天主圣经》福音。

特莱拉人素以处理尸体以及从尸体上获取细胞资源而臭名昭著。但毫无疑问他们是杰出的遗传学家。他们最早的发明创造之一是一种非同寻常的新型食物——猪蝓（被誉为“天堂里的至臻美味”），这是一种由巨型蛞蝓和猪杂交而成的品种。然而大众仍然认为这种猪蝓是从培育罐里培育出来的基因突变产物。这种丑陋无比的生物会排出黏糊糊、恶臭熏天的排泄物，身上还长着很多张嘴，一刻不停地吞噬垃圾。所以人们一想起贝尼·特莱拉，就会自然而然地联想到猪蝓，即使当人们品尝着用卡拉丹葡萄酒腌制的猪蝓肉饼时，也是如此。

埃尔鲁德挺直了后背，瘦骨嶙峋的肩膀拉成了一条直线。他皱起眉头看着宝座下的来访者。“这是……这是什么情况？是谁让这个人进来的？”老皇帝环顾四周，两眼目光灼灼，“从来没有特莱拉的大师来到我的宫廷，要求私下会面过。我怎么知道他是真的特莱拉大师，还是变脸者①假扮的呢？”埃尔鲁德怒视着他的私人秘书，然后转向他的宫廷内侍问道，“既然他被安排进了我的日程里，那我怎么能知道你自己不是变脸者假扮的呢？这太荒唐了，简直令人难以

①变脸者，字面意思是面舞者，是贝尼·特莱拉的一个种族，他们在特莱拉人社会中的地位低于特莱拉大师，他们可以变形成他人的能力使他们扮演多种角色，比如间谍和刺客。

接受。”

私人秘书后退了一步，对皇帝所说的话感到震惊不已。身材矮小的阿吉迪卡则抬头看着皇帝，一脸的平静，似乎任何人的偏见或厌恶都不会使他受到影响：“尊敬的埃尔鲁德陛下，您可以随意进行测试，来证实我们的变脸者并没有出现在您的王庭之上，也没有伪装成任何人。我向您保证，我并不是变脸者。亦非刺客和门泰特。”

“那你为何来此？”埃尔鲁德质问道。

“作为贝尼·特莱拉最重要的科学家之一，我是应邀来此的。”这个侏儒寸步未移，依然站在金狮宝座的脚下，紫褐色的长袍也纹丝未动，“我开发了一个颇具前景的计划，不仅能有利于皇室，也能够造福于我们自己。”

“我并不感兴趣。”帕迪沙皇帝下了结论。他瞥了一眼自己的萨多卡卫兵，正要举起他那粗糙干瘪的手，令人把来者强行遣走。王庭上的人看到此景，皆欣喜万分，雀跃不已。

哈什米尔·芬伦立刻上前一步，他知道在这千钧一发之际，他必须得出来说些什么，而且机会只有一次。“埃尔鲁德陛下，我可以说句话吗？”没等得到允许，他便装作一脸无辜地径自开口道，“这位特莱拉大师如此胆大妄为，令我十分好奇。”他瞥了一眼希达尔·芬·阿吉迪卡那张面无表情的脸——这位灰色皮肤的大师似乎对施加给他的任何出言不逊和粗暴无礼都无动于衷。他的言行举止中丝毫没有暴露出他与芬伦的关系。正是芬伦向他提出了开发合成香料的设想——而这个想法很快就得到了特莱拉科学家们的支持。

太子沙达姆也走上前来，抬头望着自己的父亲，脸上露出诚挚而期待的表情：“父皇，您曾教导我要尽我一切所能，学习您的治国之道和领导能力。观察您如何以开明的态度和强硬的手腕来处理这种情况，我定会受益匪浅。”

埃尔鲁德抬起那只戴着戒指的手，却因枯弱无力和无法控制的痉挛而颤抖不止。“很好，那我们就简单听听这位特莱拉人有什么要说的。但务必要言简意赅，如果我们认定他浪费了我们宝贵的时间，那他必将受到严惩。”皇帝用余光瞟了沙达姆一眼，然后拿起身旁的香料啤酒，抿了一口。“这应该不会花太长时间。”

您说的太对了，父皇。你的确没有多少时间了，沙达姆心想。但脸上仍保持着真诚而单纯的笑容。

“陛下，我的话需要单独对您讲，”阿吉迪卡说，“此事非同小可，必须非常谨慎。”

“应不应该谨慎得由我来决定，”埃尔鲁德干脆直接地说，“说说你的计划吧。”

这位特莱拉大师把双手拢在他那宽大的紫褐色长袍袖子里，说道：“陛下，流言蜚语就像传染病一样迅速扩散。一旦谣言传出去，就会在人与人之间传播，通常会造成严重的后果和影响。所以最好一开始就采取必要的预防措施，防患于未然，而不是在流言传开后，再被迫采取行动去消除流言。”阿吉迪卡说完便沉默不语，直直地站在原地，坚持要等到觐见厅里的人都走了再开口。

皇帝不耐烦地做了个手势，把所有的大臣、侍从、使臣、宫廷小丑和护卫都打发走。除了萨多卡卫兵站在门口保卫着皇帝外，其他人都一边嘟嘟囔囔着慢吞吞地离开了。隐私屏幕嗡嗡作响，以防止有窃听者暗中偷听。

芬伦和沙达姆坐在宝座脚下，假装成专心致志，一心好学的学生，尽管他们俩都已经三十多岁了。老皇帝看上去虚弱无力，病病恹恹，他表示要让这两个人留下来在一旁看着，特莱拉人并没有反对。

在此期间，阿吉迪卡的目光始终专注地看着埃尔鲁德，从未离开。皇帝假装厌烦地回望了这个矮小的男人一眼。特莱拉大师希达尔·芬·阿吉迪卡无视皇帝对他以及他们种族的厌恶和反感，并且对保护隐私的措施感到满意，因此终于开口了。

“我们贝尼·特莱拉在基因、有机化学和基因突变等领域一直进行着不断的实验。我们的工厂最近开发出一种十分特别的合成技术，并合成出一种可以说是非同寻常的物质。”他的话言简意赅，既说明了重点，又不拖泥带水，“我们初步的研究结果表明，这种最新的合成物质在所有重要的化学性质上都与美琅脂极为相似。”

“香料吗？”埃尔鲁德终于有了兴致，全神贯注地看着特莱拉人。沙达姆察觉到他父亲的右侧脸颊抽搐了一下。“是在实验室里创造出来的吗？怎么可能！”

“并非不可能，陛下。在适当的时间和条件下，这种人工合成的香料可以成为取之不尽用之不竭的资源，可以大量生产且价格低廉——如果您愿意的话，可以为科瑞诺家族专属。”

埃尔鲁德像一只秃鹫干尸一样，向前探着身子说：“可这种人工香料以前从来没有成功过。”

“我们的分析表明，这种香料是一种有机物质。通过精确的实验和开发，我们确信可以将我们特莱拉独有的培育罐进行改造，用来生产美琅脂。”

“就像你们用尸体的细胞培育出死灵和克隆人一样吗？”皇帝厌恶地皱眉问道。

沙达姆好奇而惊讶地瞟了芬伦一眼。*培育罐？*

阿吉迪卡则继续目不斜视地看着埃尔鲁德，说道：“陛下，实际上……”

“可是你们为何来找我呢？”埃尔鲁德问道，“我倒是觉得邪恶的特莱拉人创造出的一种香料替代品是为了自己的利益，这样就能把帝国攥在手心里，任你摆布。”

“贝尼·特莱拉并不是一个强大的种族，陛下。如果我们发现了如何制造我们自己的美琅脂并且秘而不宣的话，我们知道这样一定会招致帝国的愤怒。您会亲自派遣萨多卡军队前来，从我们的手中夺走秘密，然后将我们彻底毁灭。宇航公会和宇联商会也会很乐意与您携手，给予帝国大力协助——而哈克南家族也将不惜一切代价，捍卫他们对香料的垄断。”阿吉迪卡淡然一笑，毫无幽默的味道。

“你们倒是很清楚自己的从属地位，这一点倒是值得称赞，”埃尔鲁德把他那瘦骨嶙峋的胳膊搭在沉重的宝座上，说道，“即使是最富有的豪门贵族，也没有足够强大的军事实力能与我的萨多卡军队抗衡。”

“因此，我们经过慎重考虑，决定迎合银河系中最强大的力量——帝国家族。只有这样我们才能通过最新的研究成果，得到最大的利益。”

埃尔鲁德用长长的手指摩挲着自己那张如纸一般干薄的嘴唇，陷入了沉思。这些特莱拉人聪明狡猾，如果他们能造出专属于科瑞诺家族的香料替代品，而且成本低廉，那么皇帝无疑就有了强大的谈判筹码。

经济上也会出现巨大差异。哈克南家族将会一落千丈，很可能会被逼破产。厄拉科斯亦将变得毫无价值，因为从沙漠中开采香料，相对来说成本高昂。

如果这个侏儒能够说到做到的话，那么兰兹拉德联合会、宇联商会、宇航公会、门泰特以及贝尼·杰瑟里特都将被迫向皇帝寻求帮助，以获得他们所需的香料。大多数贵族豪门的后裔都已经吸食香料成瘾，所以届时，埃尔鲁德就会成为他们的香料供应者。想到这里，他的内心顿时激动不已，简直快要乐开了花。

阿吉迪卡则打断了埃尔鲁德的思绪：“请允许我强调一下，这不是一件简单的工作，陛下。美琅脂香料具体化学结构十分复杂，要进行精确的分析并非易事，我们必须分辨出哪些成分是该物质必需的，哪些成分是无效的。为了实现这一目标，特莱拉将需要大量的资源，以及充分而自由的时间，使我们能够全身心投入在研究上。”

芬伦在抛光得锃亮的台阶上动了一下身子，抬头望着老皇帝，突然插嘴道："陛下，我现在终于明白了，阿吉迪卡大师要私下与您会谈是正确的。如果科瑞诺家族要独揽资源，那么行事必须谨慎，一切都要完全保密。啊，还有，帝国里的某些势力一定会不惜一切代价，阻止您制造独立研制，且价格低廉的香料，嗯哼？"

芬伦此时可以看出，老皇帝已经意识到阿吉迪卡的提议，无论在政治上还是在经济上，都会给他带来巨大利益和好处——尽管人人都本能地厌恶特莱拉人。他敏锐地感觉到平衡正在改变，年老体衰的皇帝正在按照芬伦所希望的那样，一步一步走进他的陷阱。*是的，这个老家伙仍然可以被操纵。*

埃尔鲁德自己也看到了利益的天平上悬着许多势力。由于哈克南家族野心勃勃且难以驾驭，他早就想安排另一个大家族掌管厄拉科斯。但是那位哈克南男爵仍将掌权数十年。出于政治上的原因，皇帝在把李芝家族赶走后，被迫将这片价值连城的封地授予了哈克南家族，而新的封地拥有者已经挖好了自己的战壕，筑起了自己的地盘。但他们做得太过了。即使把无能的阿布鲁尔德赶下台后（他是被他的父亲迪米特里·哈克南指定为接班人而登上总督之位的），也并没有带来什么令人满意的结果。事实上，男爵一旦掌握了实权，效果反而更糟。

但是如果找到了香料替代品之后，厄拉科斯该怎么办呢？埃尔鲁德心想，我觉得可以把它完全控制在自己手中。没有了对香料的垄断，那里也许会变得很便宜。如果价格合适的话，也许可以把那里另作他用……比如建立一个极为严酷的军事训练区？

"你把你们的想法告诉我是正确的，希达尔·芬·阿吉迪卡，"埃尔鲁德双手紧握着膝盖，两只手上戴着的金戒指碰到了一起，但他拒绝为自己之前的粗鲁态度而道歉，"那么请详细说明一下你们需要什么。"

“遵命，陛下。”阿吉迪卡又鞠了一躬，双手仍合拢在他那宽大的紫褐色衣袍袖子里，“最重要的是，我的手下需要设备和资源……还有一个能够做研究的地方。我将会亲自负责这个项目，但是贝尼·特莱拉需要一个合适的技术研究基地和必要的工业设施。最好功能完备，且能够立即投入使用——还得有良好的防御性。”

埃尔鲁德思考这个问题。当然，帝国拥有这么多星球，当中肯定有这样的地方，一个拥有工业实力的高科技星球的话……

最后的拼图终于完成，他突然醒悟：这是个除掉他的老对手维尔纽斯家族的好办法——多米尼克厚颜无耻地抢走了他的爱妃珊多，还设计建造了新型远航机，使得帝国税收锐减，严重威胁到了帝国的利益，这下新仇旧恨正好一块儿清算。*嗯，真是一箭双雕！*

哈什米尔·芬伦坐在宝座的水晶底座台阶上，不明白为什么皇帝笑得如此得意。大厅里一片寂静，沉默许久。不知道是否是因为慢性麝香毒侵入大脑的结果。这个老家伙很快就变得越来越不理智，越来越多疑，之后他便会一命呜呼了。*死得越痛苦，越好。*

但在那之前，所有的齿轮都已经开始运转了。

“是的，希达尔·芬·阿吉迪卡，我想我们的确有个适合你们做研究的地方，”埃尔鲁德说，“一个十分理想的地方。”

等到多米尼克发现时，肯定为时已晚了，皇帝心想，到那时他肯定会知道这是谁干的。不过等他明白时，他也离死不远了。

时机必须拿捏得恰到好处，帝国里的许多事情都是如此。

几个世纪以来，宇航公会一直为精英领航员披上神秘的面纱。无论是最低级的飞行员，还是最杰出的舵手，他们都备受尊敬。他们生活在充满香料气体的容器中，能看到所有穿越时空的路径，引导船只到达帝国各个边远之处。但没人知道一个人成为领航员所需要付出的代价。我们必须保守这个秘密，因为一旦他们知道了真相，他们对领航员便不再是尊敬，而是同情和怜悯。

——《宇航公会训练手册，舵手分册》（机密）

朴实无华的宇航公会使馆大楼坐落在伊克斯星上，与城市里其他宏伟壮观的钟乳石建筑形成了鲜明的对比。在地下城市一座座璀璨闪亮、华丽无比的高塔之中，这座使馆建筑显得毫无光彩，低调而灰暗。宇航公会向来崇尚功能性和实用性，而不看重奢华的装饰，也不刻意炫耀。

今天克泰尔和德默尔将要接受宇航公会的测试，希望能成为公会的领航员①。克泰尔不知道自己是兴奋还是害怕。

这对孪生兄弟肩并肩走出大王宫，穿过屏蔽场保护的水晶走廊，

①宇航公会领航员是一种超级进化人类，对许多公会成员来说是个人野心的顶峰。通过摄入和暴露在大量香料混合物中而发生的人体变异，经过心智训练的领航员能够使用一种心灵预知能力，引导一种叫做远航机的星际飞船安全地在银河空间中航行。

克泰尔发现这座使馆建筑从外观上看令他十分厌恶，于是想转身离开。宇航公会拥有巨大财富，但这座建筑却如此简朴寒酸，毫无威严之气，令他很是有些不安。

他的兄弟好像也有同感，但却得出了不同的结论，他看着克泰尔对他说道："公会的领航员看惯了宇宙的浩渺奇观，世间再多华美装饰也入不了他们的法眼。这些俗艳的装饰怎能与领航员在穿越折叠空间的旅程中看到的浩渺奇观相媲美呢？他们看到的可是宇宙啊，兄弟！是整个宇宙。"

克泰尔点点头，认可了德默尔的观点："好吧，从现在开始，我们都用另一种视角来看问题。还记得老达维·罗格是怎么跟我们说的吗？——'跳出思维定式'，你会发现事情将会……变得完全不同。"

如果他通过了宇航公会的层层选拔和考试，他将不得不接受未来的挑战，但其实他并不想离开这座美丽的洞穴之城韦尔尼。他的母亲司缇娜是位高权重的宇航公会银行家，他的父亲则是位受人尊敬的大使，并且还有维尔纽斯伯爵本人的大力协助和举荐，他们这对孪生兄弟这才有机会能参加宇航公会的测试。他一定会使伊克斯引以为傲的。也许未来的某一天，人们还会为他竖立一座雕像，或者以他和他兄弟的名字命名一个洞穴……

他们的父亲正在凯坦星与皇帝以及一千名官员一起，处理各项外交事务，而他的这对双胞胎儿子则留在了这座地下城市，为"更重大的事情"做准备。多年以来，在他们生活在地下的童年岁月里，克泰尔和他的兄弟曾多次来到宇航公会的使馆来看望他们的母亲。在此之前，他们一直是这座大楼里的常客，但这次，这对双胞胎兄弟将要面临的考验要严峻得多。

克泰尔的未来将在几个小时后决定。银行家、审计师和商务专家都是人，都是官僚。但领航员远不止这些。

不管怎么努力给自己打气，克泰尔还是不能肯定他能顺利通过这些测试。他凭什么认为自己能成为出色的宇航公会领航员呢？他那位高权重的双亲只能给他们的双胞胎儿子一个参加测试的机会，但并不能做出任何保证。他能成功吗？他真的有那么出众吗？他用手理了理自己的黑发，发现连指尖上都是汗水。

“如果在测试中表现优异的话，你们两个都将成为宇航公会里的重要力量，”他的母亲脸上带着骄傲自豪的神情，微笑着告诉他们，“非常重要的中坚力量。”克泰尔心中万分感慨，甚至有些哽咽，德默尔则自信满满。

伊克斯家族的公主凯莉娅·维尔纽斯也祝福他们两人能够顺利通过测试。克泰尔怀疑这位伯爵的女儿在玩弄他们，但他和他的兄弟都喜欢跟她调情。有时，当凯莉娅不经意间提到年轻的厄崔迪家族继承人雷托时，他们甚至假装很嫉妒的样子。她挑逗这对双胞胎，让他们兄弟二人为了她而互相争风吃醋，他和德默尔为了讨她的欢心，展开了一场善意的竞争。尽管如此，他还是怀疑他们的家人不一定会同意这门亲事，所以他们三人之间也不可能有什么结果。

如果克泰尔加入了宇航公会，那么他就必须得远离伊克斯和他深爱的这座地下城市。如果他成了一名领航员，那么许多事情都要改变了……

他们提前半个小时来到了大使馆的接待室。德默尔在他焦虑不安的兄弟身边躲来躲去的。而克泰尔则紧张得出神，一言不发，仿佛沉浸在自己的思绪和欲望之中。虽然这两个年轻人看上去一模一样，但德默尔意志更为坚定强大，也更乐于接受挑战，而克泰尔一直在努力效仿他的兄弟。

此时，在等候区里，克泰尔紧张地咽了咽唾沫，脑子里不断回想着早上他和他兄弟说过的话，它们像咒语一样挥之不去。*我想成为一名领航员，我想加入公会。我想离开伊克斯，在星际航线上驾驶飞船航行，我的思维要与宇宙相连。*

十七岁的年纪，他们都觉得自己太年轻，无法忍受如此紧张激烈的选拔过程。而无论他们以后会做出什么决定，这次选拔将会永远锁定他们今后的人生道路。但是宇航公会希望候选人在身体足够成熟的同时，在思维上能够拥有极强适应能力和可塑性。年纪轻轻就受训的领航员往往表现更为优异，有些甚至达到了最高级别舵手的水平。然而，过早选拔候选人也可能会导致严重的后果，候选人有可能会变异成可怕的模样，只能从事无须太多技能的低级工作，变异更为严重的会被实施安乐死。

“你准备好了吗，兄弟？”德默尔问道。克泰尔看到他的孪生兄弟如此自信，也不禁从对方身上汲取了力量和激情。

“当然了，”他答道，“你和我，咱们从今以后就要成为领航员了。”

克泰尔打消了心中的顾虑，给自己鼓起劲儿来，他要成为领航员，这将是对他能力的极大肯定，是他家族的荣光……但是他无法消除萦绕在他心头的疑虑和忧心。在他内心深处，他真的不想离开伊克斯。他的父亲，也就是伊克斯的大使，从小给他们灌输这个星球的地下工程有多么恢宏壮观，这里的技术创新和科技发展有多么高效和迅速。所以在他们心里，伊克斯在帝国里是独一无二的，无与伦比。这种想法已经根深蒂固，永远不会磨灭。

当然，如果他离开了伊克斯，也就意味着他永远失去了凯莉娅。

他们被叫到像迷宫一样的使馆更深处。这对孪生兄弟肩并肩地穿过入口，感到十分孤独。他们没带随行护卫，没有人为他们的胜利欢呼，也没有人为失败的他们而送来安慰。他们的父亲甚至没陪他们一起来，好给他们加油打气。因为这位大使前不久被派往凯坦星了，为下一次兰兹拉德联合会小组委员会议做准备。

当天早上，随着不祥的时刻越来越近，克泰尔和德默尔坐在大使馆官邸的早餐桌前，挑选各种精致的彩色蛋糕，而司缇娜则正在播放他们的父亲为他们录制的全息信息。他们根本没什么胃口，不过还是认真听着父亲卡马尔·皮尔鲁的话。克泰尔希望能从父亲的只言片语里听到一些特殊的暗示或者能够用到的知识，但结果在全息影像里闪闪发光的大使，只是说了一些鼓励之辞以及冠冕堂皇的套话，就像他在外交工作中经常说的那些陈词滥调一样。

最后一次拥抱之后，母亲一一凝视了他们一会儿，然后匆匆赶往宇航公会银行总部，处理日常工作。公会银行总部其实就在他们此时所处位置的前面，在公会使馆大楼里面。司缇娜本想在测试期间跟她的儿子们在一起，但是公会禁止这么做。领航员测试是非常私密的，候选人要单独进行。每个人都必须依靠自己的能力进行单独测试。所以他们的母亲会待在她的办公室里，可能会心不在焉，可能会为他们担心。

当司缇娜跟他们道别时，她一直在极力掩饰内心的恐惧和绝望。克泰尔注意到了她闪烁其词的目光，但德默尔却并没有看到。不知道他们在准备测试的时候，母亲对他们隐瞒了什么。*难道她不希望我们成功吗？*

领航员是充满传奇的人物，一直被神秘的面纱所笼罩，而宇航公会的极度保密使得这种神秘的色彩更加浓厚。克泰尔听到过一些传言，说领航员持续不断地沉浸在高浓度的香料中，会对人体造成损害，使身体产生变异。外界从来没有人亲眼见过领航员，那么这些人是怎么知道这些有着非凡智力的人会发生身体变异的呢？并且会发生什么样的变异呢？对于这种愚蠢的猜测，他和他的兄弟都嗤之以鼻，并嘲笑这些人的想法是多么离谱。

但这些传言真的这么离谱吗？母亲在害怕什么呢？

“克泰尔——别走神！你看起来怎么这么沮丧。”德默尔说。

克泰尔的语气里充满了讽刺。“沮丧？没错。我也想知道为什么！我们即将面临人生中最大的考验，却没人知道如何为这场考验做准备和学习。我担心我们准备得还不够充分。”

德默尔极为关切地看着他，他抓着他兄弟胳膊说：“你的紧张很可能会导致你的失败，兄弟。领航员测试不需要学习，而是要考查我们与生俱来的能力，拓展我们的思维潜力。我们必须安全地越过思维的真空。现在该轮到你记住老达维·罗格的话了：只有让自己的思维超越别人为自己设定的界限，才能取得成功。放开你的想象力吧，克泰尔，和我一起越过思维的边界。”

他兄弟的信心似乎是不可动摇的，克泰尔除了点头，别无选择。*达维·罗格*，直到今天早上，他才回忆起这个残疾而古怪的伊克斯发明家。这对双胞胎兄弟在十岁时，遇到了这位著名的发明家罗格。他们的父亲给他们做了介绍，还为他们三人拍了全息合影，并把合影放在大使馆的剪贴簿上，然后便掉头匆匆离开去见其他重要人物了。而这对兄弟则继续与发明家交谈，还受邀参观他的实验室。两年后，罗格一直把自己定位为克泰尔和德默尔的另类导师，直到他去世。如今导师已然逝去，他们唯一记住的是达维·罗格的谆谆教导，还有他对他们取得成功的信心。

*罗格如果知道我疑虑重重，一定会责骂我的。*克泰尔心想。

“兄弟，你应该想一想，如何在眨眼的时间里把巨大的飞船从一个星系转移到另一个星系，”德默尔眨了眨眼睛，语气轻松而自信地对他说，“你会通过测试的，我们都会成功的。准备好在充满香料的气体中遨游吧。”

他们大踏步向使馆内的接待处走去，克泰尔凝望这座地下城市韦尔尼，看着球形灯闪耀光芒，照亮另一架正在建造中的远航机施工现场。也许未来的某一天，他将会驾驶那艘飞船在太空航行。一想到之前见到的领航员是如何迅速地把这艘体型庞大的远航机开出洞穴，飞入浩瀚无边的太空，这个年轻人的心中就充满了无限的渴望。他热爱伊克斯，想继续留在这里，想再一次见到凯莉娅——但他也想成为一名领航员。

兄弟俩表明身份，然后等待着。他们两人一起默默地站在接待处大理石台面的柜台前，各怀心事，仿佛这种凝神沉思能够增加他们成功的概率似的。*我要让自己的思维保持开阔，我要做好一切准备。*

一位身材匀称、穿着宽松灰色套装的女监考官出现在他们面前。她的衣领上有宇航公会的无限符号标志，但除此之外她没有佩戴任何珠宝首饰，或是其他饰品。“欢迎二位，”她并没有介绍自己，而是直接向他们做了一番说明，“宇航公会招募的是最具天赋和能力的人才，因为他们要从事最至关重要的工作。没有他们便没有太空旅行，没有太空旅行，帝国的组成结构就会土崩瓦解。想想看，你们就会意识到我们对领航员的要求有多么挑剔和苛刻。”

她面无表情，没有一丝笑意，红褐色的头发剪得很短。要是在别的时候，克泰尔也许会觉得她很迷人，但现在他脑子里除了即将到来的测试以外，什么念头也没有。

监考官再次检查了他们的身份，然后护送他们分别来到各自独立且相互隔离的测试室。“这是单人独立测试，你们必须独自面对。无法作弊，也不能相互帮助。”她说。

克泰尔和德默尔被分开了，他们吃惊不已，相互望着彼此，默默地祝对方好运。

测试室的门在德默尔身后砰地一声关上了，声音大得令人害怕。他的耳朵因为气压差而嗡嗡作响。他现在独自一人，十分孤独——但他知道自己能够应对并战胜这次挑战。

自信是成功的一半。

他注意到装有护面的墙壁密不透风。嘶嘶作响的气体从天花板上的一个喷嘴里喷出……形成了一层厚厚的锈黄色气团，带着辛辣的姜汁味，灼烧他的鼻孔。是毒气，还是麻醉剂？突然，德默尔明白了宇航公会想要让他做什么了。

美琅脂！

他闭上眼睛，闻到了稀有香料中明显的肉桂味。高纯度的美琅脂缭绕在空气中，充满了整个房间，不断冲击他的每一次呼吸。由于母亲在宇航公会银行工作，所以他多多少少了解一些内幕，知道这种产自厄拉科斯的香料有多么的昂贵。德默尔又吸了一大口香料。这测试的成本也太高了吧！难怪宇航公会不会随便给人测试机会——因为仅一次测试的价格就足以在某个星球上建造一大片住宅区了。

宇航公会掌控着巨大的财富——银行、交通运输以及星际探索，这些财富数目惊人。公会连接宇宙各个角落，联系到宇宙中的每一个人。他想要成为公会的一员。既然他们有了如此多的美琅脂，又何必再需要那些轻浮花哨的装饰呢？

他感到有什么东西在周围旋转，他好像看到了各种四通八达的线路，就像一幅精致的等高线地图，上面有波纹还有十字路口，有以点连成的轨迹，也有出入虚空的各种路径。他放开了自己的思维，放任自己通过香料被带到宇宙的任何地方。对他来说，似乎是一件与生俱来的事情，毫不费力。

橙黄色的烟雾笼罩着德默尔，他再也看不到测试室里平淡无奇的墙壁。他感到自己的每一个毛孔和细胞都被美琅脂所浸透。这种感觉真是太奇妙了！他把自己想象成了一个受人敬仰的领航员，将自己的思维扩展到帝国最遥远的地方，骋怀游目，大千世界，浩瀚苍穹，尽收眼底……

德默尔虽然身在测试室，思维和意志却一直在宇宙中遨游——至少他是这么认为的。

这次测试比克泰尔想象的还要糟糕。

没人告诉他应该做什么，他手足无措起来。先是被香料气体呛得喘不上气，头晕目眩，只能挣扎着尝试控制自己的感官。然后又因为过度吸食美琅脂香料，渐渐有些神志不清，不记得自己是谁，也不记得自己为什么来到这里了。他努力保持清醒，却还是迷失了自己，昏了过去。

等他最终醒来，恢复意识时，他发现自己衣服一尘不染，头发和皮肤也被洗得干干净净（也许这样能让宇航公会将美琅脂香料重新回收再利用）。那位身材玲珑有致的红发女监考官正低头看着他。她对克泰尔露出迷人的苦笑，摇了摇头。“你把自己的思维禁锢在香料气体里，从而把自己束缚在了尘世之中，”她接下来说的话，就像给他判了死刑一样，“宇航公会不能招募你。”

克泰尔坐了起来，咳嗽不止。他吸了吸鼻子，强烈的肉桂味仍然刺激着他的鼻孔。“我很抱歉，但没人告诉我应该做什么啊——”

她扶着克泰尔站起来，然后急匆匆地领着他走出大使馆。

他的心就像熔化了的铅块一样，沉甸甸的。女监考官并不需要回答他，只是带领他来到了接待区。克泰尔四下观瞧，寻找他的兄弟，但等候区里空空如也。

这时，他突然意识到还有比自己的失败更糟糕的事情。

“德默尔在哪儿？他成功了吗？”克泰尔的声音里充满了希望。

监考官点了点头道：“他表现得很好，令人钦佩。”她伸出手指向出口，但克泰尔侧步闪开了。他回头看着里面的走廊，看向他兄弟去的那个密封的测试室。他想去向德默尔表示一下祝贺，尽管现在看这个胜利是喜忧参半的。但至少他们当中有一个人可以成为领航员了。

“你再也见不到你兄弟了，”监考官却冷冷地告诉他。她挡住了他回去的路，“德默尔·皮尔鲁现在是我们的人了。”

克泰尔从震惊中缓过神来，迅速从监考官身边冲过去，跑向那个密闭房间的门前。他对着门一通猛敲，大声喊叫，却没有人回应他。几分钟后，宇航公会的警卫将他包围起来——态度冰冷严肃，毫不温和——然后把他拖了出来。

暴露在美琅脂香料里产生了一些不适的后遗症，克泰尔仍觉得头晕目眩，不知道他们要把他带到哪儿去。他眼冒金星，辨不清方向，最后才发现自己站在了斑驳的灰色使馆外一条水晶走道上。下面是其他人行道，街道上满是熙熙攘攘的车辆和行人，在高楼大厦间穿梭往来。

如今的他比以前更孤独了。

监考官站在使馆的台阶上，阻止克泰尔再次进入。尽管他的母亲在使馆里面的公会银行里工作，但克泰尔知道，使馆的大门以及通向未来的大门从这一刻起，已经永远地关上了。

“为你的兄弟而感到高兴吧，”监考官从台阶上喊道，她的声音里终于显出了一丝人情味，“他已经进入了另一个世界，可以穿越到你永远也想象不到的地方。”

“我再也见不到他，再也不能跟他说话了，是吗?”克泰尔说，仿佛身体的一部分被硬生生地扯掉了。

“恐怕是的。”监考官双臂交叉环在胸前，抱歉地皱了皱眉头说，“除非他……遭遇逆转。这是他第一次完全沉浸在香料气体中，当时就开始了……转换的过程。宇航公会无法拒绝他如此卓越的天赋。他已经开始改变了。”

“把他带回来，”克泰尔说，此时他的眼睛里充满了泪水。他在心里为他的兄弟祈祷，“哪怕就一会儿。”他想为他的孪生兄弟而高兴和自豪。德默尔通过了测试，这对他们两个人来说意义重大。

这对双胞胎兄弟向来亲密无间。没有了彼此的陪伴，他们怎么能生活下去呢？也许他的母亲可以动用她在公会银行的关系，疏通一下，让他们至少可以见最后一面，相互告别。或者可以让他的父亲利用大使的特权让德默尔回来。

但是克泰尔知道，这永远也不会发生的。他现在终于明白了。他的母亲早已知道结果，她是在害怕同时失去两个儿子。

“在大多数情况下，这个过程是不可逆转的。”监考官斩钉截铁地说。

公会的安保人员走了出来，站在女监考官身旁，确保克泰尔不会失去理智而强行闯入。

“相信我，”监考官对他说，“你不会想让你兄弟回来的。”

人体就是一台机器，一个由有机化学物质、流体管道和电子脉冲所组成的系统。政府同样如此，是一个有互动的社会、法律、文化、奖惩和行为模式的机器。最后，宇宙本身也是一台机器，行星围绕着太阳，恒星聚集成星群，星群和其他恒星构成整个星系……我们的工作就是保持机器正常运转。

——苏克内部学校，《主旨教义》

皇太子沙达姆和宫廷内侍艾肯·海斯班都皱着眉头，看着一个五短身材、骨瘦如柴的男人渐渐走了过来。尽管身材矮小，但他走起路来一副趾高气扬，气势凌人的样子，仿佛自己就像穆泰利巨人一样高大。经过多年的训练和职业的影响，所有的苏克医生①似乎都是这么一副严肃认真，一丝不苟的样子。

“那个埃拉斯·扬戈尔看上去不像是个受人尊敬的医学专家，倒更像是个马戏团的演员。”沙达姆看着扬戈尔那弯弯拱起的眉毛、乌黑的眼睛和钢灰色的马尾辫，说道，“真希望他知道自己在做什么。但愿我那病恹恹的可怜父亲能得到最好的治疗。”

站在沙达姆身旁的海斯班捋了捋他那长长的胡子，但没有任何回

①苏克医生或者苏克学校的毕业生都是已知宇宙中的杰出医生。他们因先进的医学知识和心理训练闻名于世，据说这种心理训练能够阻止任何对病人的背叛，减少谋害病人生命的可能性。

应。他穿着一件镶金边的蓝色及地长袍。多年来，沙达姆一直不喜欢这个趋炎附势又自命不凡的家伙，成天紧贴在父皇身边，到哪儿都跟着。他发誓等自己登基继位之后，一定要换一个新的宫廷内侍。只要这位苏克医生找不到埃尔鲁德病情日益恶化的原因，沙达姆登上皇位就指日可待。

哈什米尔·芬伦也曾经强调过，即使动用苏克学校中所有的医生和医疗资源，也无法阻止已经发生的事情。侵入老皇帝大脑的化学催化剂不会引起中毒，因为它本身就不是毒药，只有跟香料啤酒混合在一起，才会转化为致命的物质。而由于老皇帝身体越来越不舒服，他会越来越依赖香料啤酒，饮用量日益增多。

这位瘦削的医生，身高不足一米，皮肤光滑，但眼睛却格外深邃，表明他具有渊博的医学知识。扬戈尔医生的前额中央有一块黑色的钻石形状纹身，钢灰色的头发向后梳成马尾，用一枚苏克银环牢牢系住。束成的马尾辫比女人的还长，几乎垂到了地板上。

埃拉斯·扬戈尔没有多费口舌寒暄，直接切入主题。“你们准备好钱了吗?”他先看了看宫廷内侍，然后又目光专注地看着太子。“在我们开始治疗之前，必须建立新的账户。考虑到皇帝的年龄，我们对其医治和照料的时间可能会很长……并且最终会徒劳无功。他必须像所有其他公民一样支付医疗费用。在我们眼里，君主、矿工和编织篮子的手艺人是一样的，没什么区别。人人都想要健康，但不可能所有人都能得到医治。我们的医疗服务只提供给那些愿意并且付得起钱的人。”

沙达姆一只手搭在宫廷内侍的袖子上，说道：“啊，当然，为了父皇的健康，我们将不惜一切代价，是吧，艾肯。一切都已经安排好了。”

他们此时正站在帝国觐见厅高高的拱门门口，头顶的天花板上是一幅恢宏瑰丽的壁画，描绘了科瑞诺家族历史上的各个重大事件：浴血杀敌的圣战、赫雷斯吉尔桥上孤注一掷的最后决战、思维机器的毁灭等等。沙达姆总是觉得这个古老帝国的历史既沉闷又乏味，与他当前的目标毫无关系。几个世纪以前的那些陈年旧事无足轻重——他只是希望改朝换代的一天早日到来，不要拖得太久。

在回声缭绕的大厅里，帕迪沙皇帝镶满宝石的华丽宝座上空无一人。朝廷官员和几名身穿黑袍的贝尼·杰瑟里特在侧门通道和壁龛里来回走动着，尽量隐藏踪迹，不被人发现。两名全副武装的萨多卡卫兵站在高台的台阶上，神情戒备，保持警惕。由于自己的父亲卧病在床，所以沙达姆不知道这些萨多卡卫兵如今是否还效忠于老皇帝。他决定暂时按兵不动，先不去验证自己的这个想法。为时尚早。

“这种信誓旦旦的话我们听得太多了，”医生说，“但我们还是希望先看到报酬再说。”他的语气固执，眼睛向上瞟，一副目中无人的样子，不过目光却始终没有离开沙达姆，但太子并没有说太多话。扬戈尔选择跟这群人进行一种奇怪的权力较量，但很快他就会被踢出这个权力的圈子。

“这还没看病呢，就得先付款吗？”宫廷内侍气呼呼地说，“你们还有医德吗？”

最终，扬戈尔医生不耐烦地看了一眼海斯班，说道：“你以前跟我们打过交道，内侍大人，你也知道培养一个训练有素、经验丰富的苏克医生，需要付出多少成本。”

作为金狮宝座的继承人，沙达姆很熟悉苏克医生，他们对病人保证绝对的忠诚。在几个世纪以来的医学史上，从来没有一个从苏克学校出来的医生背叛过自己的病人。

一些皇室成员曾经花尽心思，费尽唇舌，希望传说中的苏克医生在对患者忠诚的同时，对金钱不要太过贪婪。但医生们从来没有动摇过他们的立场，他们不会仅仅因为对方口头上答应给予报酬就先医治——就连皇帝也不例外。苏克医生接受任何信用贷款，支付的报酬必须是实实在在的，并且立即付款。

扬戈尔用一种令人恼火的抗辩语气说道：“虽然我们也许不如门泰特或者贝尼·杰瑟里特那样杰出，但苏克学校仍是帝国中最伟大的学校之一。光是我们的设备就抵得过大多数星球的价值。”扬戈尔指着身旁的悬浮医疗设备舱说，“当然，我接受报酬，并不是以我个人的名义，因为我只是个托管人，以受托者的身份收下这笔钱。我会带着这笔钱回到苏克学校，并把钱上交，用于造福全人类。”

海斯班毫不掩饰自己对这位苏克医生的厌恶，恶狠狠地瞪着他，脸色气得通红，胡子也在一个劲儿地抽搐：“是造福那些能负担得起你们医治费用的那部分人吧。”

“你说得对，内侍大人。”

沙达姆看到医生那坚定而不可理喻的自负，不禁打了个寒战。等他自己坐在皇位上后，不知道他是否能做些改变，让这些苏克医生摆正自己的位置……他发现自己正出神地胡思乱想，于是立刻回过神来。*现在想这些还不是时候。*

他叹了口气。他的父亲埃尔鲁德太过软弱，让太多的控制权从他的指缝中溜走。芬伦是对的。尽管沙达姆不愿自己的双手沾满鲜血，但推翻老皇帝是必要之举。

“如果您更关心治疗费用的话，”苏克医生继续心平气和地激怒着宫廷侍从，“那么您还是为已知宇宙最至高无上的皇帝陛下雇佣一个更便宜的医生好了。”

“行了，别斗嘴了。跟我来吧，医生。”沙达姆说，现在局面开始由他来掌控。扬戈尔医生点点头，然后转身背对内侍，仿佛他和空气一样无足轻重。

“现在我终于知道你们的额头上为什么会有一个钻石形状的文身了，”海斯班一边在他们身后跟着，一边气呼呼地说，“因为你们满脑子都是钱。”

太子带领大家来到一个开启了安全防护罩的前厅，穿过闪闪发光的带电帘幕，走进深处的金库。在房间中央的一张金色桌子上，摆放着月白火焰石吊坠、美琅脂香料以及半开着的袋子，从袋口露出闪闪发光的塑石。

“这些就足够了，”苏克医生说道，“除非治疗过程比我们预期的更加复杂。”医生拖着脚步往回走，身旁跟着悬浮设备舱，看起来就像一只尽职的忠犬一样，“我已经知道去皇帝寝宫路怎么走了。”扬戈尔没有做任何解释，二话不说就匆匆穿过门口，走上通往皇帝寝室的巨大楼梯。

萨多卡卫兵仍然殿后，守在保护金库的力场周围，而沙达姆和海斯班则走在医生身后。芬伦此刻应该已经守在垂死的老皇帝身边，一边听他那烦人的呻吟声，一边等候他们，并且确保所有的治疗都没有一丝成功的可能。

枯瘦如柴的老皇帝躺在一张巨大的四柱床上，整张床被丝绸罩盖罩着，那丝绸精美绝伦，有古时人类手工刺绣。床柱是由精雕细刻的尤卡木制成，那是一种生长迅速的硬木，原产于伊拉迦。墙壁上的壁龛里嵌着一座精致的喷泉，流水潺潺，水声淙淙，令人心旷神怡。房间的角落里悬浮着散发香气的球形灯，灯光幽暗。

沙达姆和芬伦站在一起，看着眼前的景象。苏克医生挥手示意穿制服的侍从离开，然后登上两阶矮矮的台阶来到床侧。三名花容月貌的妃子守在这个病恹恹的男人身边，仿佛她们的存在能使他重新焕发活力似的。不过尽管房间里通风良好，熏香缭绕，空气中依然弥漫着老皇帝身上散发出来的臭气。

埃尔鲁德皇帝穿着一件光滑的皇家绸缎睡衣，头上戴着一顶老式的睡帽，盖住了他那布满肝褐色老年斑的头皮。自从他抱怨盖被子太热之后，他就一直躺在被子上面睡觉。老皇帝看上去憔悴不已，形容枯槁，眼睛都几乎睁不开了。

令沙达姆很是高兴的是，自从特莱拉大使到访以来，他父亲的身体状况堪称是每况愈下。只是埃尔鲁德的健康状况并不是一直都那么糟糕，总是时好时坏的，而且令他闹心的是每当病情恶化后，他最终还都能挺过来，就像这次一样。

老皇帝那只戴着戒指的手旁边摆着一个托盘，上面放着一只盛着清凉香料啤酒的高脚杯，紧挨着另一只空酒杯。沙达姆走进床帐内，发现老皇帝正挥动像螳螂一样的手臂，似乎想要再喝一杯毒酒。

您一定很渴吧，父亲，沙达姆心想。那就多喝点儿啤酒吧。

医生打开了他的悬浮医药箱，里面有各种闪闪发亮的仪器、滴答作响的扫描仪，还有各种颜色的测试药剂。扬戈尔把手伸进医药箱里，拿出一个白色的小装置，并把它递给了埃尔鲁德。

扬戈尔医生扯下老皇帝的睡帽，露出他那汗津津的头皮来，然后抬起老人的头，对他的头骨进行了一下全面扫描。老皇帝看上去气息奄奄，已是风烛残年，行将就木，扫描的过程似乎也让他很不舒服，令他十分不满。

沙达姆心中暗想，不知道150年后的自己会是什么模样……最好那时他已久居皇位，并在他英明的统治之下，帝国已是空前繁荣，他也因此成为了帝国有史以来最伟大的君主。在老皇帝接受医治和检查期间，沙达姆一直屏住呼吸，强忍住笑意。而站在他身边的芬伦则依然镇定而冷漠。只有宫廷内侍始终皱着眉头。

医生收起扫描仪，然后研究着皇帝的历史病例。过了一会儿，他对昏沉无力的老皇帝说道："陛下，即使是美琅脂香料也可不能使您永远保持年轻。到了您这个年纪，健康状况不比从前是自然现象。有时，滑坡速度会比较快。"

沙达姆不禁松了口气，声音几乎轻不可闻。

埃尔鲁德费了好大劲儿才坐起来，他的几个妃子们把带流苏的枕头放在他身后，作为支撑。他那张脸苍白得如羊皮纸一般，紧紧皱了起来：“可几个月前，我还觉得身体挺好呢。”

“人的衰老并不是一个完美的下降曲线，而是有起有落，时好时坏。”医生的语气听起来理直气壮的，仿佛自己学识渊博，无所不知，而这么深奥而复杂的医学概念，皇帝恐怕无法理解。“人体就是一锅含有化学成分和生物电的汤，其中的变化往往是由一些看似无关紧要的事情所引发的。您最近压力大吗?”

“我是皇帝!”埃尔鲁德厉声说道，这次他的反应很激烈，仿佛觉得这位苏克医生愚蠢得令他无法忍受，“身上担负着很多责任，当然压力很大。”

“那今后就开始把更多的权力交给太子和您信任的助手吧，比如站在那边的芬伦。您也知道，您并不是长生不老的。即使是皇帝也无法逃脱自然规律。您得为将来做打算。”“啪”的一声，医生自鸣得意地关上了他的医药箱。沙达姆真想立刻上去给他一个大大的拥抱。“我会给您开些药，并且使用一些医疗设备，让您感觉舒服一些。”

“我唯一想要的处方药就是给我的啤酒里再加点儿香料。”埃尔鲁德拿起杯子，灌了一大口酒，咕咚咕咚地发出很大声响。

“遵命。”瘦骨嶙峋的苏克医生说。他从悬浮医药箱里拿出一个小提包，放在旁边的桌子上，“这些是舒缓肌肉的设备，以备不时之需。每个设备上都有使用说明。您可以让您的妃子们用它们来给您止痛。”

“行了，行了，”埃尔鲁德说，“你可以退下了，我还有政务要处理。”

扬戈尔医生鞠了一躬，然后从床边的台阶上退了下来：“那么微臣告退了，陛下。”

老皇帝不耐烦地挥了挥那只长满结疤的老树枝的手，示意医生退下。妃子们交头接耳，窃窃私语，睁大眼睛，看着那些设备。其中两名妃子拿起肌肉舒缓仪器，开始摆弄起来。

沙达姆悄悄对一个侍从耳语了几句，让医生跟着宫廷内侍海斯班一起离开，由海斯班去给医生支付报酬。海斯班显然想继续留在皇帝寝室里，与病重的老皇帝一起讨论一些文件、条约和其他星球的各项事务。但沙达姆——觉得这些事情他自己就可以处理——想把这个碍眼的人一脚踢开。

苏克医生走后，老埃尔鲁德对自己的儿子说："也许医生说得对，沙达姆。有件事我想跟你还有哈什米尔商量一下。不管我的健康状况如何，我都希望这项政策和计划能继续执行下去。我告诉过你我们在伊克斯星的计划了吗？还有最终由特莱拉接管伊克斯的事？"

沙达姆翻了个白眼。*当然告诉我了，你个老糊涂！而且大部分工作都是我和芬伦做的。比如把特莱拉的变脸者派到伊克斯，让他们伪装成次人，渗透到那些工人里面，煽动人心，这主意就是我跟芬伦两人出的呢。*

"是的，父亲。我们知道这些计划。"

埃尔鲁德招手示意他们走近些，老人的脸沉了下来。沙达姆用眼角的余光看到芬伦把徘徊在周围的几个妃子赶走了，这才走上前去听皇帝的指示："今天早晨，我收到了派到伊克斯的探子发来的密报。我和多米尼克·维尔纽斯之间的恩怨，你们都知道吧？"

"啊，是的——我们知道，父亲，"沙达姆清了清嗓子，答道，"他总是对您出言不逊，恶意冒犯，还把您的爱妾抢走了……"

埃尔鲁德那双浑浊黯淡的眼睛突然亮了起来："似乎我们那位傲慢自负的多米尼克一直在玩火，他用格斗机器人训练自己的手下，那些机器人大概是通过计算机大脑扫描对手，处理数据并作出反应的。他还一直在黑市上售卖这种'智能机器人'。"

"陛下，这简直是罪大恶极，"芬伦喃喃道，"显然违反了大联合协定的规定。”

“的确如此，”埃尔鲁德表示同意，“而且这还不是唯一的违规行为。维尔纽斯家族还一直在研发先进而复杂的半机械人，用机械来代替部分身体。这一点倒是可以为我们所利用。”

沙达姆皱起眉头靠近自己的父亲，从老皇帝的呼吸中闻到了一股酸酸的香料啤酒味道。“半机械人吗？不过他们虽然是机械的身体，但思维和头脑还是人类的，所以这并不违反圣战禁令啊。”

埃尔鲁德笑了：“但我们知道，这其中肯定有……某些越界之处。不管是真是假，反正是给了我们的变脸者完成任务所需要的借口——现在是时候该行动了。维尔纽斯家族已经走到悬崖边上了，只要轻轻一碰，就会被推下去，万劫不复。”

“嗯－嗯－啊，有意思，”芬伦说，“然后特莱拉就可以接管那些复杂的伊克斯技术设施，进行自己的研究了。”

“这一点非常重要，我要让你们看看我是如何运作这件事的，”埃尔鲁德说，“好好看着，认真学。我的计划正在进行之中。可以说，伊克斯的次人们正被这些新技术困扰，而我们……”皇帝停下来，喝光了那杯香料啤酒，咂了咂嘴接着说道，“……则通过我们派去的变脸者，去煽动他们的不满情绪。”

埃尔鲁德放下空杯子，突然变得昏昏欲睡。他调整了一下枕头，随即躺了下来，迷迷糊糊地睡着了。

沙达姆和芬伦心照不宣地交换了眼神，他想起了这个阴谋中的另一个阴谋——他们自己也秘密参与到了伊克斯的政变当中，因为正是他和芬伦事先密谋，用计把特莱拉大师带到埃尔鲁德皇帝面前，之后才有了这一系列的计划。如今贝尼·特莱拉派出了他们基因变异的变形人，已经在伊克斯的底层劳动阶级中掀起了宗教狂热和激愤情绪。毕竟对于那些狂热而极端的特莱拉人来说，任何跟思维机器有关的事物——以及创造这些机器的伊克斯人——都是出自撒旦之手。

两个年轻人离开皇帝的寝宫之后，芬伦也和沙达姆一样，嗤笑不已。“好好看，认真学。”听听这老糊涂说的话。

埃尔鲁德，你这个不可一世的混蛋，你自己还有不少东西得学呢——不过你已经没有时间了。

芭特勒圣战运动的领导人并没有对人工智能进行充分而详细的定义，也没能预见到一个充满想象力的社会所拥有的各种可能性。因此，这其中有大量的灰色地带可以供我们利用和操作。

——伊克斯法律意见书（机密）

雷托和隆博正坐在教室里研究资源分类账簿的样本，远处突然传来了爆炸声，爆炸的地方虽然距离这里十分遥远，但掀起的冲击波仍把他们面前的桌子震得颤动起来。一小块塑垩装饰物也从天花板上掉了下来，天花板上立时出现了一道长长的裂缝。像一道锯齿状的闪电般曲曲折折地刺穿了一扇宽大的强化玻璃观景窗，把玻璃击碎。

“地狱在下！出什么事了？”隆博问道。

雷托此时已经站了起来，他把账簿一把推开，寻找爆炸的来源。他看到地下洞穴的深处，有几座严重受损的建筑倒塌下来，变成了一堆废墟。两个年轻人你看看我，我看看你，皆是一脸茫然。

“做好准备吧。”雷托立刻警惕起来。

“呃，准备什么？”

雷托自己也不知道。

他们刚才一起来到大王宫的一个辅导室，先是学习了微积分和霍尔茨曼效应的理论基础，然后学习了伊克斯的制造和销售体系。在他们周围的墙上，挂着镶入密封画框的古代油画，其中包括人类的著名绘画大师克劳德·莫奈和保罗·高更的作品，旁边还有互动的画板，可以让伊克斯的艺术家们加深和增进自己的画艺。自从雷托报告了他在次人所居住的地下隧道里经历的惊险遭遇之后，他就再也没有听到有关此事的任何讨论和调查了。也许伯爵希望这个问题能自行消失吧。

另一道冲击波撼动了整个房间。这次的爆炸距离这里更近，也更为强烈。伊克斯王子紧紧抓住桌子，不让它倒下来。雷托则冲到布满裂纹的玻璃窗前，大喊起来：“隆博，快看啊！”

只见钟乳石建筑之间的一条条人行道上，人们惊声尖叫。在左侧，一架失控的电梯管道垂直掉了下来，坠入地下深处，水晶碎片和不少乘客被炸飞到了半空。

辅导室的门“砰”地一声打开。宫廷警卫队队长扎兹手持一支新型脉冲突击激光步枪冲了进来。他的身后跟着四名下属，手里都拿着同样的武器，身着统一的维尔纽斯家族银白色制服。所有伊克斯人，特别是伯爵本人，从来没有想过雷托或者隆博有一天会需要私人保镖的保护。

“二位王子，请跟我们走！”扎兹喘着粗气说。当他看到从天花板上掉下来的石头碎片以及破碎的窗户玻璃时，那双黑色的眼睛闪烁着激愤的火花，在棕褐色胡须的衬托下显得格外深邃。尽管他已经做好了奋战到死的准备，但显然他十分不解，这个平日里安静祥和的韦尔尼城究竟是怎么了。

“发生什么事了，队长？”等警卫们护送王子和雷托迅速跑出辅导室，来到灯光闪烁的走廊上时，隆博这才开口问道。他的声音一开始有些颤抖，过了一会儿才逐渐镇定下来，他提醒着自己的身份是伯爵的继承人：“快告诉我——我的家人还好吗？他们安全吗？”

伊克斯宫廷里的其他警卫和侍从惊慌失措，乱作一团，刺耳的尖叫声此起彼伏，与紧接而来的爆炸声融合到了一起。远处传来一群愤怒暴民的喧嚣声，那声音听起来就像低沉的私语。忽然雷托听到了激光枪开火的声音。队长还没来得及回答隆博的问题，雷托就已经猜出了骚动来自哪里。

“次人们叛乱了，大人！”扎兹喊道，“不过别担心——我们很快就会控制住局势。”他按下了腰带上的一个按钮，大理石镜面的墙上突然出现了一扇从来没有人见过的大门。队长和家族警卫一直以来都接受应对大规模外部袭击的严格训练，但他们似乎却不知道该如何应对来自伊克斯内部的叛乱。“这是一条安全通道。我敢肯定您的家人们一定会在里面等着您。”

两个年轻人从镜子后面那扇半掩的低矮门下钻了过去，门立刻在他们身后关闭了。在应急球形灯昏黄的灯光下，雷托和隆博沿着一条电磁轨道快速奔跑。而与此同时，警卫队长则对着一部小型掌上通信器疯狂地大喊。淡紫色的灯光从仪器上闪过，雷托听到了一个金属般的声音：“救援马上就到！”

几秒钟后，一辆装甲列车沿着屏蔽场保护的轨道呼啸而来，随后发出刺耳的刹车声。扎兹与两名年轻的继承人和另外两名警卫一起上了车，其余的安保人员则留下来守住出口。雷托跌坐在一个桶形的座椅上，而扎兹和隆博则爬到了前排座位。列车立即开始前进。

“次人炸毁了两根钻石支柱，”扎兹气喘吁吁地看着通信器上淡紫色的屏幕说道，“部分顶壳已经塌落。”他的脸色变得灰白，始终不敢相信目前所发生的一切，他挠着自己棕褐色的胡子，“这怎么可能。”

雷托早就看到了暴风雨来临的征兆。他知道情况可能比警卫队长想象的还要糟。伊克斯的这场骚乱绝不可能在一个小时内解决。

一个金属一般的声音传来，听起来十分绝望：“次人们从下层涌了上来！怎么……他们怎么会变得这么有组织性了呢？”

隆博气得破口大骂，而雷托则忧心忡忡地看着他这位矮壮敦实的朋友。他曾经试图警告过伊克斯人，但他们却并没有查出真相。维尔纽斯家族一直没能察觉事态的严重性。

列车车厢里，雷托刚一坐好，安全带就“啪”地一声自动扣好了。伴随着阵阵嗡嗡声，列车继续平稳地加速行进，高速向上驶入隐藏在岩石天花板上的洞穴。扎兹队长在车厢前面操作着仪表盘，手指在键盘上不停飞舞。他的双手周围泛起一片蓝光。隆博则在身旁专注地看着警卫队长，仿佛清楚他很有可能要担负起扭转局势的重任。

“我们在逃生舱里，”一名警卫队副官向雷托解释道，“您二位目前很安全。一旦我们开启了上层的防御系统，次人们是进不来的。”

“可我的父母呢？”隆博问道，“还有凯莉娅呢？”

“我们自有计划。您和您的家人应该会在一个集合点会合。我以所有圣人和罪人之名祈祷我的手下知道该怎么做。对他们来说这种情况前所未有，是实战而不是演习。”

列车改变了几次轨道，随着速度的不断增加而发出咔嗒声和轰鸣声，然后陡然上升，驶入黑暗之中。不久，列车的轨道就变得平直了，当它快速驶过一面巨大的单向装甲合成玻璃墙之后，整个车身便沐浴在阳光之下。他们这才看到了下面骚乱的景象：城市下面火光冲天，次人们群情激愤地纷纷从下层涌上来，进行着示威游行。紧接着再次发生了爆炸，一根透明的上层电梯管道被炸裂开来，破裂的碎片溅落到洞穴深处的地面上。街上的行人们像小小的木偶一样，轰然倒下，纷纷殒命。

“停下来，队长！”隆博痛哭流涕，“我得看看到底发生了什么。”

“大人，咱们只能停留几秒钟，”队长说，“耽搁太久的话，那道墙会被反叛者攻破的。”

雷托发现他所听到的那些话很难理解。反叛者？爆炸？紧急疏散？曾经的伊克斯是那么先进，那么平静安宁，那么……远离纷争。那些次人即使对自己的命运不满，也不可能策划出如此大规模且有组织的协同袭击吧？并且那些发动叛乱的武器和弹药是从哪儿来的呢？

透过单向的装甲合成玻璃墙，雷托看到身穿制服的维尔纽斯士兵们正在洞穴地面，与一群脸色苍白、皮肤光滑的对手进行殊死的对抗，而这场仗对他们来说毫无胜算。次人们朝士兵猛投粗制滥造的爆炸装置和燃烧弹，而伊克斯人则用激光枪发射出一道道紫色的光束，射杀那些暴民。

“通信器里说，地下各层的次人们都造反了，”扎兹用难以置信的语气告诉大家，“他们一边喊着‘圣战，’一边发动攻击。”

“地狱在下！”隆博喊道，“什么圣战啊？这跟我们有什么关系啊？”

“我们得离开玻璃这儿，大人，”扎兹拉了拉隆博的袖口，坚持道，“必须设法尽快赶到集合点去。”

当看到身后一整条铺着瓷砖的街道都轰然坍塌时，隆博这才下意识地从车窗向后退去，一拨又一拨肤色苍白的次人开始从地下黑暗的隧道里蜂拥而出。

列车沿着轨道加速行驶，向左拐进黑暗之中，然后再次向上行进。隆博点了点头，他的脸色紧绷，难掩心痛。“我们在上层有秘密指挥中心，并且已经启动了安全防备措施，到目前为止，最重要的一些生产设施已经被军队包围和管控。用不了多久，这场叛乱就会被镇压下去。”伯爵之子的这番话听起来更像是在说服自己。

在列车前部，扎兹正专注地盯着仪表盘，仪表盘所发出的苍白光线映射到了他的脸上。“当心——前面有麻烦，大人！”说着他扭动了一下控制装置。列车顿时摇晃起来，扎兹选择让列车拐进一条岔路。另外两名警卫则端起了武器，眯起眼睛，警惕地看着四周漆黑的岩石，随时准备开火。

“第四分队已经全军覆没，”扎兹队长说，“次人们攻破了侧壁。我正试着联系第三小队！”

“全军覆没？”隆博说。他的脸刷地一下红了，不知是因为尴尬还是出于恐惧。“这些该死的次人到底是怎么做到的？”

“通信器里说特莱拉人也参与其中——次人当中混进了特莱拉的变脸者。他们都全副武装，”扎兹一边盯着源源不断传送过来的报告，一边喘着粗气说，“上帝啊，请保佑我们！”

雷托的脑子里顿时冒出了一个个问号，无数疑问像雪片一样涌来。特莱拉？他们为什么要攻击伊克斯呢？圣战？这是个机器工业发达的星球……而特莱拉人却是一群宗教狂热分子啊。难道他们是害怕伊克斯制造的机器，所以才会派出用培育罐培育出的变脸者渗透到次人中吗？这就说得通了，难怪这次叛乱这么有组织有计划。但是为什么他们对伊克斯这么感兴趣呢？怎么就盯上这里了呢？

列车一路飞驰，扎兹目不转睛地盯着仪表盘，查看接收到的作战报告：“以所有圣人和罪人之名！特莱拉的工程师们刚刚炸毁了从熔化的地核吸取热量的供热管道。”

“但我们需要这些能量来保持工厂运行啊。”隆博惊叫起来，双手紧紧抓住座椅的扶手。

“他们还破坏了把工业废物和化学物质导入地幔的回收系统，”队长的声音此时听起来更加沙哑了，“他们这是在摧毁伊克斯的核心——我们的生产线瘫痪了。”

雷托回想起他在这个星球上生活的这几个月以来所学到的东西，一块块零星的碎片开始在他脑海中拼凑起来。“你们想一想，”他开口道，“所有被破坏的东西，之后都可以被修复。他们准确地知道攻击的地点，既可以让伊克斯陷入瘫痪，又不会对生产线造成永久性的破坏……”雷托表情严肃地点着头，仿佛一下子恍然大悟了：“特莱拉想要得到这个星球，他们要占据这些完好无损的生产设施。他们这是打算接管这里啊。”

“别开玩笑了，雷托。我们绝不会把伊克斯交给那些肮脏的特莱拉人。”隆博看起来并不是生气，而是困惑。

“在这个问题上，我们可能……没有任何选择的余地了，大人。”

隆博勃然大怒，咆哮着命令下属给他武器。一名警卫无奈之下只得打开了车厢下面的一个柜子，拿出了两把箭弹手枪和两条屏蔽场腰带，递给两位王子。

雷托二话不说，立刻戴上了屏蔽场腰带，按下了测试按钮，确认防护功能完好。箭弹手枪拿在手里时，他突然感到浑身一阵冰冷。他检查了致命箭弹的弹夹，然后从警卫那里又拿了两包箭弹，把它们统统塞进屏蔽场腰带的隔层里。

伴随着隆隆的轰鸣声，逃生舱驶进了一条又长又漆黑的隧道里。雷托看到前面出现了一道亮光，光线越来越亮，光圈也越来越大。他想起了父亲对他说过的关于特莱拉的事情：“他们致力于摧毁一切类似思维机器的东西。”伊克斯自然而然地成为了他们的目标。

前面的亮光照在他们身上，光线亮得刺眼，让人睁不开眼睛，他们一头冲进了那片炫目的亮光之中。

群体之中的宗教和律法必须是统一的。任何的不服从行为都必须被判定为是一种罪，需要受到宗教的惩罚。这样将会带来双重的益处，即群体将更加服从并获得更大的勇气。因此我们不能过多地依靠个人的勇气，而是要依靠全体民众的勇气。

——帕多特·凯恩斯在穴地集会演讲时的致辞

帕多特·凯恩斯丝毫没有察觉自己的命运已被判定。此时的他正在忠实的同伴欧姆恩和图洛克的陪同下，在穴地隧道里散步。他们三个人前去探望正在家里休息和养伤的斯第尔格。

一看到有客人前来探访，瘦削的斯第尔格立刻就从病床上坐了起来。虽然他伤得很重，几乎要了他的命，但这个年轻的弗雷曼人在很短的时间内就几乎完全康复了。“我欠了你生命的水债，行星学家。”他说着，然后非常严肃地往洞穴的地板上吐了口唾沫。

凯恩斯先是吃了一惊，然后才恍然大悟。他清楚水对这些人的重要性，尤其是人体内那宝贵的水分。所以对斯第尔格来说，一滴唾液，便是自己给予对方的莫大尊敬和感恩。“我……感谢你的水，斯第尔格，”凯恩斯勉强笑了笑，说道，“不过剩下的水，你还是先自己留着吧。我希望你一切都好。”

弗丽思，斯第尔格那位文静的妹妹，一直守在年轻人的床边，总是忙个不停。她那双蓝色的眼睛总是看看这儿，又看看那儿，不停地找事情做。她久久地凝视凯恩斯，仿佛在打量他，但她的表情却又难以捉摸，让人猜不透她在想什么。最后，她悄悄地溜出去，拿来了更多的药膏，好让她的哥哥伤口恢复得更快。

从斯第尔格这里离开后，凯恩斯继续沿着狭窄的穴地通道而行，好奇的人们聚集在他身后，听着他说话。在他们的日常生活中，这位身材高大、一脸胡茬的行星学家仍然是一个新鲜而有趣的人物。他那些富有远见的疯话听起来荒谬可笑，完全是不着边际的幻想，但不管怎样，就连穴地里的孩子们也被其吸引了，都跟随在这个陌生人的身后。

当他演讲的时候，周围总是围着一群一脸困惑但又窃窃私语的人们，他们随着凯恩斯的手，抬头凝视穴地的屋顶，仿佛能从那里看到开阔的天空。虽然这些弗雷曼人都很努力了，但他们还是想象不出沙漠之上，会出现乌云压顶、大雨倾盆的景象。空荡荡的天空竟然能落下水珠？这也太胡扯了吧！

一些孩子一想到沙丘会下雨，就忍不住笑了起来，但凯恩斯依然继续讲，向大家解释他将如何一步步把空气中最微小的水蒸气收集起来。他会在黑夜里收集每一滴露珠，并按照所需要的方式，一点点扭转厄拉科斯的气候，为创造一个崭新又充满生机的生态系统铺平道路。

“你们必须从工程学的角度来思考这个世界。”凯恩斯用专家的语气说道。他很高兴能有这么一大群聚精会神听他演讲的听众，虽然他不确定他们究竟能听懂多少。“从整体上看，一颗星球仅仅是能量的体现，就像一台受太阳驱动的机器，”他降低音量，低头对一个大眼睛的年轻女孩说道，“它需要按照我们的需求被重新改造。我们这些生活在沙丘上的人，是有能力做到的……但我们真的有决心、毅力和动力吗?”

他把目光转向其他人：“这就要看我们的了。”

到现在为止，凯恩斯的大部分演讲，欧姆和图洛克都听过。起初他们对凯恩斯的想法和理念嗤之以鼻，但最终他们还是渐渐理解了他所说的话。如今的他们，越听就越觉得他的话里充满无限奔放的热情和光明磊落的诚实，也越来越相信他所说的话。为什么不能有梦想呢？从那些听众脸上的表情，他们能够看出，其他的弗雷曼人也开始相信这颗星球所能拥有的各种可能了。

穴地的长老们则认为这些相信了凯恩斯的话，改变自己想法的人属于过分乐观，过于轻信别人了。但凯恩斯却毫不气馁，继续传播他的思想，哪怕在人们眼里他是异想天开。

穴地的耐布海纳尔表情严肃，眯起他唯一的那只眼睛，递出那把仍在剑鞘里神圣无比的晶牙匕。一名强壮的勇士笔直地站在他面前，伸出手来，接过那把匕首。

耐布庄严肃穆地吟诵着充满仪式性的词句。“列特家族中的长子乌列特，你被我们所拣选，为了穴地的利益而执行此项任务。你在与哈克南人的战斗中多次得胜，证明了你的强大。你是我们穴地最出色的沙虫骑手，也是弗雷曼人中最伟大的战士之一。”

乌列特是个中年人，五官粗犷，他听完耐布的话，深深鞠了一躬。他的双手仍然平伸，镇定自若，没有丝毫退缩。虽然他是个虔诚的信徒，但心中仍隐忍着一丝敬畏。

“拿着这把神圣的晶牙匕，乌列特。”海纳尔握住雕花的刀柄，从剑鞘里拔出那把长长的乳白色匕首。晶牙匕是弗雷曼人的圣物，是由沙虫的水晶牙齿制成。这把特殊的匕首与它的主人命运相连，生死相随，它的主人死后，这把匕首就会自行溶解。

“你的匕首已经受过剧毒的生命之水的浸礼，得到了夏胡鲁的庇佑，”海纳尔继续说道，“按照我们的传统，这把神圣之剑出鞘，必要染血。”

乌列特拿起武器，突然感觉到自己重任在肩。他是个非常迷信的人，曾经在沙漠里见过无数沙虫，也曾经多次骑在它们身上。但他从不允许自己过多地去了解这种巨大的生物。因为他心里始终无法摆脱一个认知——这些沙虫便是伟大宇宙之主的化身。

“我绝不会辜负夏胡鲁的意愿。”乌列特接过了那把匕首，把它高举过头顶，有毒的刀尖朝着自己。

其他的长老们站在独眼的耐布身后，意志坚定。“带上两个司水员①跟着你，”海纳尔说，“把那个行星学家体内的水分收集起来，让他的水能为穴地所用。”

“也许我们应该取出那个行星学家体内的一部分水，种一棵灌木来纪念他。”阿利德说。但没一个人出来支持他的这个建议。

身材高大而勇猛的弗雷曼战士乌列特从石墙围成的房间里走了出来。他并不惧怕这位行星学家，不过这个外来人一直热切地谈论着他那疯狂而又荒诞不经的计划，仿佛他是被神谕所指引一样。想到这里，这位刺客突然觉得后脊发冷，忍不住一阵战栗。

乌列特眯起他那双深蓝色的眼睛，大步流星走过阴暗的通道，同时忙不迭地甩掉了脑子里的那些乱七八糟的想法。两名司水员跟在他身后，手里拿着空瓶，准备收集凯恩斯的血液，还带着吸水布，用来吸取有可能溅洒在石头地板上的每一滴血。

那个行星学家并不难找，因为总有一大群人跟随着他。那些人的脸上有的充满敬畏之情，有的显出狐疑之色。凯恩斯要比所有人的身材都要高大，因此显得有些鹤立鸡群。他漫无目的地走在一条通道上，边走边挥舞手臂，高谈阔论。众人都小心翼翼地跟在他身后，保

①司水员是弗雷曼人的神职人员，负责在典礼仪式上掌管仪式用水和生命之水。

持着一小段距离，偶尔会有人向他提问，但大多时候都是在认真地聆听。

“人类的问题，不在于有多少人能在这个体系中生存下来，”当乌列特手握匕首，面色沉重地悄悄逼近时，凯恩斯还在说话，“而在于那些生存下来的人，以什么样的方式活着。”

乌列特迈着坚定的脚步，穿过人群边缘，缓缓靠近。行星学家的听众们看到了悄然而至的刺客以及他手里握着的匕首。于是他们立刻闪到一旁，心照不宣地你看看我，我看看你。有些人表情失望，有些人则面露惧色。所有人都一下子陷入了沉默。这就是弗雷曼人的生存方式。

凯恩斯则完全没有察觉。他用一根手指在空中画了一个圈：“在这里，开阔的水源是有可能出现的，只要做出一些切实可行且细微的改变就能实现。只要你们帮我，就一定能将这梦想变成现实。想想看——在广阔的天地中，大家可以不用穿蒸馏服就能自由地出行。”他指向离他最近的两个孩子，那两个孩子害羞地向后退。凯恩斯看着他们接着说道：“你们试着想象一下：空气中水分充足，你们再也不需要穿厚重的蒸馏服了。”

“你的意思是，沙丘里甚至会有池塘，而我们可以随时从池塘里舀水喝吗？”一名满腹狐疑的听众用讽刺的语气问道。

“就是这样。我在很多星球上都见过池塘，所以我们当然可以在沙丘开凿出池塘来。有了捕风器，你们就可以从空气中获取水分，并将其用于种植花草和灌木，以及任何可以将水分锁在细胞和根系里的植物。实际上，除了建造开阔的池塘外，我们甚至可以在果园里采摘鲜美多汁的水果。”

乌列特有些犹豫不决地向前迈步。跟在他身后的两名司水员则稍稍退后。因为目标被杀之后才用得上他们。

“什么水果呢？”一个女孩问道。

“哦，你想种什么就种什么，”凯恩斯回答，“但我们首先要调理好土壤条件和湿度。也许可以在岩石斜坡上种植一些葡萄。不知道厄拉齐恩葡萄酒会是什么味道……”他笑了笑，接着又说，“还有又大又圆的橘子。啊，我很喜欢吃橘子！小时候，我的父母在萨鲁撒·塞康达斯星种过一棵橘树。结出来的橘子表面有一层坚韧的外皮，但你把它剥开之后，会发现里面的果实是一瓣一瓣的，甜美多汁，那橙色别提有多鲜艳了，你们绝对想象不到。”

乌列特眼前只有一片血红色的薄雾。他的脑海中只有两个字：任务。那两个字就像熊熊的火焰一般在他的胸中燃烧，除此之外，视野中其余的一切都变得模糊不清了。穴地耐布海纳尔的命令在他脑袋里回响。他走进一片空旷的区域，人们都簇拥到了行星学家跟前，去听他那激情四射的演说。乌列特努力让自己不去听那些令人心动的梦想，不去想象凯恩斯所描绘出的景象。显然，这个人是个恶魔，是被派来扭曲人们思想的……

乌列特死死盯着前方，而凯恩斯则继续走在通道上，完全没有注意到这位前来杀他的刺客。他挥舞手臂，又勾勒出一幅幅诱人的景象，辽阔的草原、纵横的河道、还有茂密的森林。他在众人的想象中，描绘出令人心驰神往的画作。这位行星学家舔了舔嘴唇，仿佛已经品尝到了沙丘里盛产出的美酒的香醇味道。

乌列特走到凯恩斯面前，举起了那把浸过毒液的晶牙匕。

正在演讲的凯恩斯突然注意到面前出现的这个陌生人，仿佛对他突然打断自己的演讲而感到十分生气，他眨了眨眼睛，简单地说了一句：“走开。”然后走过乌列特身边，继续向前走去。

“啊，森林！郁郁葱葱，一望无际，山丘、沼泽和宽阔的山谷里，皆是苍松翠柏，枝繁叶茂。在古老的年代里，沙子会侵蚀和破坏植物，但在崭新的沙丘之上，情况却恰恰相反：风会把种子吹到星球各处，越来越多的树木和其他植物会破土而出，像孩子们一样茁壮成长。”

刺客一下子愣住了，自己竟然这么随意地就他被打发走了。他竟然叫我“走开”。同时他也被自己即将要做的事吓住了，如果他现在杀了此人，那么自此之后，弗雷曼人就会把他叫做“弗雷曼人梦想的毁灭者——乌列特”。

“不过，首先，我们必须在岩石上安装捕风器，”凯恩斯讲解道，“这是一种非常简单的系统，建造起来很容易。这种捕风器会收集空气中的水分，并将水分汇集到我们可以使用的地方。最终我们将会拥有巨大的地下集水池，容纳所有收集来的水。这是将水从星球上的水收集回星球表面的第一步。是的，我再说一遍，沙丘上曾经有自由流动的水源，我发现了许多这里有过的水源的迹象。”

乌列特惊愕地盯着手里的那把带毒的匕首，不敢相信这个人居然一点儿也不怕他。“走开”。凯恩斯毅然决然地直面自己的死亡，径直从死神身边走过。这是神在指引他啊。

乌列特手持匕首，僵立不动，那个手无寸铁，没有任何保护的帝国特使似乎在嘲笑自己。他本可以轻而易举地将匕首刺进那个男人的脊背，让他当场毙命的。

但是现在动弹不得的却是刺客本人。

他看到了那个行星学家无比坚定的信心，仿佛受到了某位神祇的保护和庇佑。这个卓绝的男人对沙丘未来的卓识远见已经俘虏了这些族人的心。而弗雷曼人，世世代代过着艰苦的生活，无数的敌人将他们从一个星球驱赶到另一个星球，让他们流离失所，漂泊不定，所以他们的确需要一个梦想。

也许冥冥之中，上天终于派来了一位指引他们的人，一位先知。如果乌列特胆敢杀害神所派来的使者，杀死弗雷曼人长久以来苦苦等候的先知，那么他的灵魂定将受到永远的诅咒！

但他毕竟接受了穴地首领派给他的任务，也十分清楚晶牙匕不见血便不能收鞘。可在这种情况下，即使用匕首在那个人身上轻轻划一下，也会要了他的性命，因为刀刃上浸了毒，哪怕最轻微的划伤也会致命。

乌列特面临着两难的选择，那双握在刀柄上的手颤抖起来。

正在慷慨激昂、滔滔不绝地说着捕风器安装位置的凯恩斯，并没有发现周围所有的人都突然安静了下来。他的听众们正看着他们族人当中最受尊敬的勇士，都明白即将发生什么。

这时，乌列特口水直流。他努力不让自己去想象那些有人的画面，但是——就像在梦中一样——他仿佛看到了刚从树上摘下来的新鲜橘子，尝到了那甜美多汁的水果味道……一口咬下去，满口香甜的果汁，就像开阔的池塘里潺潺的流水一般。人人都将会拥有足够的水源。

乌列特举起匕首，准备出手，他向后退了一步，接着又退了一步。当他退到第三步时，凯恩斯说到了一望无际的小麦和黑麦稻田，覆盖了整个平原，另外每年春天的时候，天上还会下起蒙蒙细雨，滋润稻田。

这个刺客突然转过身来，神情恍惚，脑子里只回荡着神的使者对他说的那两个字："走开。"

乌列特转过身，低头盯着手里的匕首。然后，他身形晃动，向前迈了一步，接着停下脚步，又踉踉跄跄地向前走着，最后故意地——一下子栽倒在那把匕首上。他的膝盖并没有弯曲，也没有丝毫退缩或避开死亡的命运，而是任凭自己脸朝下，一头倒在地上，让刀尖刺入自己的身体。沾了毒药的晶牙匕穿透他的胸骨，直直插进他的心脏。他趴在石板地上，身子不住地颤抖。片刻间，乌列特就一命呜呼了，身上也没有过多地出血。

穴地里的众人看到刚刚发生的这一幕吓得惊声尖叫，纷纷向后退。此时，所有的弗雷曼人都带着崇拜而敬畏的目光看向凯恩斯，而凯恩斯的演讲也终于断断续续地停了下来。他转过身，看到了那个弗雷曼人刚刚为他所作出的牺牲，他献出了自己的生命之血。

“这是怎么回事?”凯恩斯震惊地问道，“这个人是谁?”

两名司水员立刻冲上前来，把乌列特的尸体移走。随着一阵沙沙声，两名司水员脱下了他的长袍，给他盖上毯子，用毛巾和布擦拭从他身上流出的鲜血，然后迅速把倒在地上的刺客抬走，移到了瓦努伊亡者蒸馏器室里，以待处理。

而此时，其他的弗雷曼人都带着崇敬的神情看向凯恩斯。“看呐！神向我们显灵了，告诉了我们该怎么做，”一个弗雷曼女人宣布，“乌列特之死是神的启示。神祇是通过帕多特·凯恩斯之口来给我们传达神谕。”

“乌玛，凯恩斯。”有人说道。意为先知凯恩斯。

一个男人站起来，望着周围的众人，大声喊道：“如果到现在我们还不相信他的话，那我们就太愚蠢了。”

穴地里的其他人像离弦之箭一般地从四面八方聚拢而来。只是凯恩斯并不了解弗雷曼人的宗教，所以完全无法理解这一切究竟是怎么回事。

不过，从这一刻起，他知道今后他再也不用费尽心力劝别人听他的话了。

从来没有人见过女性的特莱拉人，即使有的话，那些女人也死了，没能把这件事传出去。由于特莱拉人对基因操控极为热衷——请见本报告中关于克隆人和死灵的研究备忘录——因此这一事实引发出了一系列其他问题。

——贝尼·杰瑟里特分析报告

一名带着全部信使证件的伊克斯女人，拿着呈给皇帝的重要公报，气喘吁吁地来到了凯坦星。她大步走进宫殿，脚步匆匆，没有丝毫停留。伊克斯的次人们造反的可怕消息，就连伊克斯的官方大使卡马尔·皮尔鲁都毫不知情。

由于在行星之间并不存在瞬时折叠空间①通信，因此有资质证明和担保的信使预订了一架特快远航机的座位，并将所有的发信者所要发送的个人信息快速储存在记忆里，以便之后传达给指定收件人。最终的效果比无线电或者其他电子信号要快得多，因为通过信号传递得耗时数年才能穿越浩瀚无边的太空。

在两名宇航公会人员的护送下，信使尤塔·布蕾安排了与皇帝直接会面。这位女士坚定地拒绝向她所属星球的大使透露任何消息，因

①折叠空间是宇航公会远航机穿越宇宙用的维度，可以使其速度超越光速。当穿过折叠空间时，远航机会在空间和时间之间穿梭，使它进入另一个与我们所在的时空连续体分离的独立维度。

此大使得知消息后，立刻急匆匆冲进了觐见厅。华丽的金狮宝座上空无一人，埃尔鲁德又一次称病不能上朝。

“这份公报要亲自呈给皇帝阅览，是多米尼克·维尔纽斯伯爵的私人要求，而且十分紧急。”布蕾眼神冷酷地看向皮尔鲁大使，对他说道。宇航公会和宇联公司使用各种严酷的技术手段来培训官方信使，给他们洗脑，以保证信息传递的准确性，并确保信使无比忠诚于其任务。“但是，请留在这里别走，大使先生。我还带来了一个重大的消息，即伊克斯很有可能会失陷，政权垮台。所以您必须了解目前的局势和情况。”

皮尔鲁大使喘着粗气，恳求信使能提供更多的信息，但那名女信使始终保持沉默，随后，她把宇航公会护送人员和伊克斯大使留在了觐见厅里，自己转身而去。萨多卡卫兵在检查了她的信使证件之后，把她领进了埃尔鲁德寝室旁边的前厅接待室。

皇帝穿着一件长袍，领口上别着帝国的徽章，整个人看上去老态龙钟，面容憔悴。他颓然地坐在一张高背椅上，脚下踩着一个温热的垫脚凳。他身旁站着一个身材高大，看起来很尖酸刻薄的男人，留着两撇向下耷拉的胡子，此人便是宫廷内侍艾肯·海斯班。

看到老皇帝无精打采地坐在普普通通的椅子上，而不是威严地坐在巨大的宝座之上，布蕾感到十分惊讶。皇帝那双略带蓝色的眼睛里满是疲惫，一看就是疾病缠身，他那像树枝一样枯瘦的脖子，几乎连脑袋都支撑不住了。埃尔鲁德看上去似乎随时都有可能倒下去。

女信使匆匆鞠了一躬，然后朗声说道：“陛下，在下是从伊克斯来的信使尤塔·布蕾，多米尼克·维尔纽斯伯爵有要事相求。”

一听到老对头的名字，皇帝一下子皱起了眉头，但什么也没说，只是耐心地等待着，就像一只猛兽一样，准备随时朝猎物猛扑上去。他咳嗽了一声，像是把什么东西吐到了一条蕾丝花边手帕上。“你说吧，我听着呢。”

“只能皇帝陛下一个人听。”她冷冷地看着海斯班，说道。

“什么?”埃尔鲁德轻笑了一声，说道，“我的耳朵不太好，听不清了，这位尊贵的先生就是我的耳朵，我是不是应该说‘我的两只耳朵’? 在这种情况下，是不是应该用复数?”

宫廷内侍弯下腰，对老皇帝耳语了几句。

“他告诉我说耳朵就行了。”埃尔鲁德赞同地点了点头。

“那好吧。”布蕾说。她背诵出了印刻在记忆中的信息，甚至用了多米尼克·维尔纽斯的语气和语调。

“我们遭受到了特莱拉人的攻击，他们伪装成伊克斯内部的叛乱，向我们发动袭击。特莱拉派出变脸者伪装成次人渗透进来，并煽动次人发动暴乱。叛乱者利用这些奸诈的手段，暗中作乱，使我们措手不及。我们的大部分防御设施有的被摧毁，有的被敌人占领。他们就像疯子一样，口中高喊着‘圣战!圣战!’”

“神圣战争?”海斯班问道，“怎么回事?那伊克斯现在怎么样了?”

“目前情况尚不知晓，内侍大人。特莱拉人是出了名的宗教狂热分子。我们培育出的次人只会遵照指令行事，因此很容易被别有用心的人操纵和利用。”尤塔·布蕾犹豫了一下，嘴唇微微颤抖着，“多米尼克·维尔纽斯伯爵诚敬地乞求陛下立刻派萨多卡军队前往伊克斯，帮助镇压叛乱，制止此次的非法暴乱行径。”

女信使详细叙述了伊克斯星上的具体情况，以及特莱拉叛军的位置，包括叛乱的规模、被摧毁的生产设施以及遭受暴乱侵害的伊克斯公民伤亡情况。特别是，受害者中有一位伊克斯大使的妻子，同时也是宇航公会银行的高管，她在公会使馆大楼的爆炸袭击中丧生了。

“他们太过分了。”海斯班气愤不已，看上去就像打算要亲自发布指令，派军队保护伊克斯似的。维尔纽斯家族的要求无疑是十分合理的。于是他低头看向皇帝，说道：“陛下，如果特莱拉要指控伊克斯违反了大联合协定中的规定，那他们应该在兰兹拉德联合会法庭上公开提出申诉才对。”

尽管空气中弥漫着熏香，珍珠母托盘上摆放着香气诱人的茶点，但布蕾仍然能闻到一股令人作呕的酸臭味，在闷热的接待室里这气味尤为强烈。埃尔鲁德似乎被自己身上那身厚重的长袍压得坐立难安。他眯起浑浊的眼睛，说道：“你们的要求我们会给予考虑的，信使。我觉得我现在需要休息一下，要知道这是医生的嘱咐。这件事我们明天再讨论吧。宫里茶点你可以尽情享用，另外你也可以从宫中的贵宾厅里选一个房间作为住宿之所。你可能还要去见伊克斯大使吧。”

女信使的眼中露出惊恐而警戒的神色。“这个消息已经发出好几个小时了，陛下。我们已经处于绝境，情况岌岌可危。我奉命来向您禀报，维尔纽斯伯爵认为形势危急，刻不容缓，否则伊克斯将会万劫不复。”

海斯班十分困惑，不明白埃尔鲁德为什么不立即采取行动，不过他还是大声喝令道：“小姐，陛下已经发话，所以别再说了，不可再向皇帝陛下汇报任何消息，也不可再向陛下提出任何要求。”

“非常抱歉，皇帝陛下。请原谅我情绪过激了，但今天我亲眼看到我的星球遭受到致命的攻击。所以请问我该如何向维尔纽斯伯爵回话呢？”

“耐心点儿。等我考虑好了会及时回复他的。”

布蕾被吓得面无血色，连忙追问道：“那请问要等到什么时候？”

“大胆！”埃尔鲁德厉声呵斥，“还不给我退下。”他怒视女信使说道。

宫廷内侍海斯班走上前，一只手放在布蕾的肩头，把她带到门口，同时神色狐疑地回过头，看了皇帝一眼。

“那好吧，陛下，微臣告退。”布蕾鞠了一躬，训练有素的萨多卡卫兵立即护送她离开了房间。

埃尔鲁德并不是没有察觉到，女信使意识到自己的任务失败时脸上那愤怒和绝望的表情。他也看到了女信使眼中隐忍着绝望的泪水。虽然这在他意料之中，但还是令人厌烦。

不过一切都在按照计划顺利进行着。

伊克斯信使和宫廷内侍一走，太子沙达姆和芬伦就走进了前厅接待室，站在埃尔鲁德面前。老皇帝知道他们一直在暗中偷听。

“你们俩这下见识到了吧，嗯?”埃尔鲁德说，“好好看，认真学。”

“是，遵命，父皇。您真是英明果断，手段高明。事情正如您所料想的那样，顺利进行。”*当然是在我和芬伦的暗中帮助之下。*

皇帝眉开眼笑，然后忍不住一阵咳嗽：“我的萨多卡军队可能比特莱拉人更有效率，但我不能冒险过早暴露自己。如果伊克斯正式向兰兹拉德联合会提出申诉的话，可能会引来麻烦。我们必须尽快将维尔纽斯家族铲除，让特莱拉人接管伊克斯，成为我们的傀儡。之后，我会派萨多卡军队前去占领伊克斯，镇压骚乱，确保特莱拉人顺利接管伊克斯。”

“嗯－嗯－嗯－嗯－啊，也许更恰当的说法应该是‘促使权力平稳而有序地交接’，而不是用‘镇压’这个词。”

埃尔鲁德那像纸一样薄的嘴唇微微张合，冷笑起来，露出了黑黄的牙齿，再加上他那稀疏的头发，和皮包骨头的脸，让他的整个脑袋看起来就像个骷髅一样。“你瞧，哈什米尔，你正在学习如何成为一名政治家——不过你的方法还是太过直接了。”

推翻统治伊克斯的维尔纽斯家族的根本原因是什么，他们三个人都心知肚明，而且他们三人也都还没提起，在希达尔·芬·阿吉迪卡在伊克斯进行人工香料研究之后，他们都将会得到什么利益和好处。

宫廷内侍海斯班急急忙忙地赶回了接待室，显得十分慌乱。他向皇帝鞠了一躬，说道："陛下，请恕我直言。在我把信使送回宇航公会护卫队后，她告诉他们您拒绝按照帝国的规定行事。她已经同皮尔鲁大使一起，联合要求立即会见兰兹拉德联合会成员。"

"嗯－嗯－嗯－嗯，她正在您背后搞小动作呢，陛下。"芬伦说。

"荒唐，"老皇帝厉声说，然后开始寻找永远都放在他手边的香料啤酒，"区区一个信使怎会知晓帝国的规章律法？"

"虽然他们没有资格接受全面的门泰特训练，但有资质执照的信使有着惊人且超乎寻常的记忆力，陛下。"芬伦站在内侍海斯班常站的位置，凑到皇帝耳边对他说道。

"她是无法理解帝国的策略，但帝国的各项规章制度和条例可都在她的大脑里，她甚至当着我的面，一口气背了好几条。"

"啊，是的，但是皇帝陛下还没有做出决定呢，她怎么就反对起皇帝来了呢？"沙达姆问道。

海斯班拽了拽他那下垂的胡子，直视太子，眉头皱得更紧了。但他并没有因为沙达姆无视帝国的律法而责骂他，始终保持隐忍克制。"根据兰兹拉德联合会联邦议会和科瑞诺家族之间的协议，皇帝必须立即采取行动，支援伊克斯或是召开紧急安全会议，共同商议此事。如果您的父亲在一个小时内没有采取任何行动，那么伊克斯大使有权亲自召集兰兹拉德联合会举行会议。"

"安全会议？"埃尔鲁德嗤笑了一声，先看了看内侍海斯班，然后又看了眼芬伦，以求协助，"那个可恶的女人这是引用的哪条法律啊？"

"大联合协定第三十六卷，第六章第三条。"

"那条说的是什么？"

海斯班深吸了一口气道："是关于家族之间冲突的规定，如果冲突的其中一方向皇帝提出了申诉，那么规定中指出，皇帝不可偏袒冲突双方的任何一方。在这种情况下，您必须保持中立的立场，并对冲突做出仲裁。中立，是的，没错——但中立并不是作壁上观，而是您必须采取行动。”海斯班急忙上前一步，“陛下，臣实在想不通您为何要拖延，没有马上做出决定。当然，您肯定是不会站在……站在特莱拉人那边的，是吧?”

“很多事情你不明白，海斯班，”皇帝说，“照我说的去做就是了。”内侍惊讶不已，就像被什么东西蜇了一下似的，整个人僵在了原地。

“呃–嗯–嗯–嗯。”芬伦在皇帝坐的那把高背椅后面踱来踱去，然后从一个茶点托盘上抓起了一块蜜饯水果威化饼，“严格来说，信使是对的，陛下。这件事您不可耽搁，更别说拖一两天了。但规定里还说，如果召开兰兹拉德联合会安全会议的话，就必须讨论出一个结果来，没有做出决定的话，安全会议就不能结束。”芬伦一根手指摩挲着自己的嘴唇，像是在思考着什么。“冲突的各方及其代表都有权参加该会议。就伊克斯的目前情况来看，出席会议的代表有可能是宇航公会和皮尔鲁大使——不过我要补充一句，皮尔鲁大使的一个儿子正在伊克斯的暴乱中，生命安全受到威胁，而他的另一个儿子最近刚刚加入了宇航公会。”

“不过别忘了，大使的妻子已经在暴乱中丧生，”海斯班说，“伊克斯的人民正危在旦夕。”

“考虑到我们计划让特莱拉使用伊克斯的生产设施，所以最好也不要让宇航公会参与进来。”沙达姆说道。

“计划?”内侍突然发现这么重要的事情，他竟然被排除在外，毫不知情，不禁感到十分惊恐不安。他转向埃尔鲁德问道：“什么计划，陛下?”

“以后再告诉你，艾肯。”皇帝皱起了眉头，似乎很不舒服，坐在一起上扭动了几下，把长袍拉到因驼背而凹陷的胸前，“那个该死的女人！”

“宇航公会的人正在大厅里等着她呢，”海斯班继续施压，“皮尔鲁大使要求见您。过不了多久，其他的几个家族就会听到风声，他们也会坚持要求您尽快采取行动的——特别是那些在宇联公司拥有董事席位的家族。伊克斯的动乱会带来严重的经济后果，至少在不久的将来，损失将会十分巨大。”

“把帝国所有律法给我拿来，再派两名门泰特来，我要亲自指导分析律法，找出办法让我们摆脱这个麻烦！”皇帝因为即将面临危机而突然打起了精神，变得警觉起来，“科瑞诺家族不得干涉特莱拉接管伊克斯，因为我们的未来就靠它了。”

“遵……遵命，陛下。”海斯班鞠躬离开，随着衣角的沙沙声，他衣袍上的那一抹深蓝色渐渐消失在了人们的视线中。虽然他仍旧困惑不已，但依然忠心地听从了皇帝的命令。

几分钟后，一名仆人带着一个投影仪和一面椭圆形的黑色强化玻璃屏幕走进了前厅接待室。仆人忙碌起来，在一张桌子上设置好投影仪。芬伦则移到一旁，好让皇帝看得更清楚些。

海斯班回来了，身旁两侧跟着两位门泰特，他们的嘴唇都被纱芙果汁染得鲜红。门外，萨多卡精兵挡住了几名要求进入接待室的代表。在喧嚣声中，有一个高亢激动的声音十分突出，而且很容易就听出来，说话的人正是伊克斯大使皮尔鲁。

芬伦调出志贺藤卷轴里的记录数据。与此同时，内侍海斯班为两位御用门泰特总结和说明此次事件和相关问题。一幅幅图像在桌上舞动——都是印着黑体字的加拉赫语。沙达姆紧挨着他的朋友，深深凝视画面上的那些律法，仿佛能洞察到其他人发现不到的细微之处。

两名门泰特站得笔直，目光深邃，仿佛正各自对各项律法及附带条款进行分析。“首先，”其中一位门泰特说，“请看第六章第三条。”

一行行文字在投影仪上迅速滚动，模糊成一片，最后停在了特定的一个页面上。其中一段文字被标注成红色，另一个复制的全息页面则悬浮在半空中。复制的那一页飘到了皇帝的腿上，这样一来，皇帝和其他人就都可以看到了。

“这条不行，”另一个门泰特说，“请参照第十二卷，第七十八章第三条。”

埃尔鲁德身子前倾，仔细阅读上面的法律规定。然后他一只手伸向全息页面，愤怒地一挥，那一页就不见了。“该死的宇航公会，”他气愤地说，“看我怎么收拾你们，到时要让你们跪在我面前，磕头求饶，等我们——”芬伦忽然清了清嗓子，打断了皇帝的话，以免他泄露太多信息。

全息投影仪开始再次搜索律法，而门泰特们则陷入了沉默。内侍海斯班倾身向前，仔细研究在他面前缓慢播放的律法书页。

“把这些条例规定什么的都给我烧了！这就是我想要做的，放一颗原子弹把这些律法都炸毁了，”埃尔鲁德火冒三丈地骂道，“统治帝国的人还是不是我啊？那为什么我总得畏畏缩缩的，不但得迎合兰兹拉德联合会，还得小心翼翼不能招惹宇航公会……皇帝应该是九五之尊，高高在上，不应该这样向其他势力低头啊。”

“你说得完全正确，陛下，”海斯班也很赞同，“但是我们深陷在由各种条约协定以及各个联盟构成的一张网中，无法摆脱束缚。”

“这一条也许行，”芬伦突然说道，“《圣战协议补充条例》第十九章，对，哦，第四条，”他停顿了一下，继续说着，“在涉及芭特勒圣战以及圣战之后设立的各项约束和规定问题上，皇帝拥有额外的权限，对那些违反圣战协议，私自创造思维机器者，皇帝有权做决定对其予以惩罚。”

皇帝那双浑浊而凹陷的眼睛突然间有了光彩。“啊，既然伊克斯的确可能有违规的问题，那么也许我们可以秉着‘谨慎’的态度，合理合法地处理伊克斯的情况。特别是我们最近收到了不少关于伊克斯违规开发机器的报告，令人深感不安。”

“真是这样吗?”宫廷内侍问道。

“当然了，还记得黑市上售卖的智能自学型战斗机器人吗？的确需要更加仔细地审查。”

沙达姆和芬伦相视一笑。他们都知道这样的观点和立场可能无法长期站住脚，但眼下，埃尔鲁德需要的只是拖延时间，推迟采取行动就可以了。因为再过一两天，特莱拉人就会取得胜利，成功推翻维尔纽斯家族并占领伊克斯。没有外界的支援，维尔纽斯家族根本就没有翻身的机会。

海斯班仔细研究了律法条例上的加拉赫语，补充道：“按照这份附录所说，帕迪沙皇帝是‘圣战的神圣守护者’，负责保护它，以及它所代表的一切。”

“啊，是的。这样一来，我们就可以要求特莱拉大使出示那些所谓的证据，然后给皮尔鲁一个规定的期限，给出回复，”沙达姆停了下来，看着芬伦，以求鼓励，“等期限到了之后，皇帝可以要求暂时停止敌对行动。”

“但那就太迟了。”宫廷内侍海斯班说。

“没错。伊克斯将会陷落，他们无论如何也无力回天了。”

就像许多美食一样，复仇是一道需要慢慢品尝的美味佳肴，需要文火慢熬，精工细作。

——埃尔鲁德九世皇帝，临终前的感悟

半个小时后，沙达姆看到气急败坏的大使进入了皇帝的接待室，要求与皇帝进行私人会面，以“解决问题”。在芬伦的建议下，皇帝换上了一套更正式的服装，并带有少量的军装风格。虽然他的父亲看上去蓬头垢面，邋遢不堪，不过换了身衣服之后，总算有了些皇帝该有的威严和领袖气质。

伊克斯大使面如满月，圆润肥厚，脸色粉红。他穿着一件大翻领的哔叽长袍，看上去皱巴巴的。他那稀疏的灰色头发有些凌乱，似乎并没有来得及仔细梳理。由于他承认自己并不熟知伊克斯星暴乱的具体情况，因此他还带上了亲眼目睹了伊克斯当前状况的目击者，即女信使尤塔·布蕾。

他们唯一能找到的特莱拉代表是一个叫莫夫拉·图伊的人，此人身材矮小，一头凌乱的橘色头发，皮肤灰白。这个男人怒视对面的伊克斯大使，流露出一种难以抑制的愤怒之色，那双黑色的小眼睛目光像刀子一样凌厉，仿佛要用眼神刺穿伊克斯大使身体似的。在此之前，皇帝和沙达姆等人简要地告诉了图伊会面时应该说些什么。

皮尔鲁大使仍旧对伊克斯的整个局势而感到震惊，直到现在才开始缓过神来，意识到自己的妻子司缇娜已经殒命，并为她的逝去而心痛不已地哀悼。在他看来，这一切就像是一场噩梦，不敢相信这是真的。他步履艰难地走进接待室，心里却惴惴不安，他为自己的星球而焦急，为他目前的处境而忧虑，更为他下落不明的儿子克泰尔而担心。大使的目光环顾整个房间，似乎在皇帝身边的大臣和官员中寻找支持自己的人。当他看到那些人凛冽的目光时，不禁感到一阵透骨的寒意。

两名宇航公会的代表站在接待室的后侧，均是面无表情。其中一个人泛红的脸上有一道道的伤疤。另一个人的脑袋有些畸形，脑后鼓出一个大包。沙达姆以前也见过像他们这样的人。这些人之所以会变成这样，是因为刚开始接受宇航公会领航员培训时，便被淘汰，没能通过严格的选拔程序。

“我们先听听莫夫拉·图伊有什么话要说，”皇帝用刺耳的声音说，“我要听听他对此事作何解释。”

“还要问问他为什么进行这种前所未有的暴力行动！”皮尔鲁厉声说。但其他人却毫不理会他的愤怒。

“我们在伊克斯星上发现了非法活动，”特莱拉代表用像孩子一样的声音说道，“贝尼·特莱拉必须对其予以阻止，铲除祸害的根源，以防帝国中出现另一台邪恶的思维机器。如果我们放任不管的话，人类又将会遭受数千年的奴役。所以我们别无选择，只能这么做。”

“胡说！简直是信口开河！”皮尔鲁怒吼道，“在没有正当法律程序的情况下，你们凭什么肆意发动袭击？谁给你们的权力来充当执法者？你们根本没有证据，因为伊克斯星上没有任何非法活动。我们一直都严格遵守圣战后的各项规定。”

作为一名特莱拉人，图伊异常平静地注视房间里的每一个人，仿佛对皮尔鲁不屑一顾。“我们必须先发制人，以免对方毁掉进行非法活动的证据。难道我们还没有吸取大骚乱的教训吗？一旦智能机器被激活，它就会立刻开始报复，自行复制自己的能力，并像野火一样蔓延。伊克斯是所有机器思维的来源。我们特莱拉人愿继续将圣战坚持下去，只求能维护整个宇宙的安全，防止受到敌人的侵略和迫害。”虽然皮尔鲁大使比他高出两个头，但图伊仍然毫不畏惧，对他大喊着：“圣战！圣战！”

“好好看看你自己，先生，”皮尔鲁向后退了几步，说道，“你这行为毫无必要。”

“‘汝等不得创造像人一样思维的机器。’”特莱拉人厉声说道，“你和维尔纽斯家族将会因为你们犯下的罪而受到诅咒！”

“冷静点儿。”埃尔鲁德巧妙地掩饰住自己的笑意，示意图伊回到之前所站的位置。那个矮小的特莱拉代表虽不情愿，但依然听命照做了。

皮尔鲁和伊克斯信使低声商量了一下，语气听起来有些焦虑，然后皮尔鲁大使说道：“我请求皇帝陛下出示对方所谓非法行为的证据。贝尼·特莱拉的行径简直是无耻至极，他们没有向兰兹拉德联合会提交控诉便擅自向伊克斯发动攻击，破坏了我们的生产基地。”接着他又立刻加上一句：“并且他们也没有告知皇帝。”

“证据正在收集中，”图伊回答道，“包括你们伊克斯人在犯罪行为背后的真实动机。你们的利润率一直在下滑，这就使你们在宇联公会的成员资格变得岌岌可危。”

哈，沙达姆心想，他和哈什米尔·芬伦交换了一个眼神。*那些报告被我们伪造得如此巧妙，简直是天衣无缝！*芬伦篡改文件的本事真是无人能及。

“这简直是无稽之谈，”皮尔鲁说，“我们的利润比以往任何时候都高，尤其是在新型远航机的设计和制造项目上。你们问问宇航公会就知道了。你们特莱拉根本无权煽动事端，挑起如此的暴力——”

“我们有充分的权力，道德上的权力，来保护帝国不受另一个机器的统治。我们看穿了你们制造具有思维意识机器的动机和阴谋。难道你们的利益比人类的安全还重要吗？你们已经出卖了自己的灵魂！”

皮尔鲁的太阳穴上青筋突突直跳，他失去了作为大使的冷静克制。“你这个满口胡言的混蛋，这完全是毁谤和污蔑！”他转向埃尔鲁德，“陛下，我要求您立刻派萨多卡军队前往伊克斯，镇压贝尼·特莱拉的非法入侵，保护我们的人民免受特莱拉的迫害。我们没有违反任何法律。”

“违反芭特勒圣战是最严重的一项指控。”皇帝用若有所思的语气说道，尽管事实上他对此根本毫不在意。他又捂住嘴，咳嗽了一声：“对于这项指控，不能掉以轻心。毕竟，考虑到后果……”埃尔鲁德慢吞吞地说着，沙达姆觉得很有趣。太子不禁对他那位命不久矣的父亲另眼相看，毕竟在有些方面，老皇帝还是值得赞赏和钦佩的。只是埃尔鲁德的统治早已过了鼎盛时期，是时候该给帝国注入新鲜的血液了。

信使开口发言了：“埃尔鲁德皇帝陛下，特莱拉一边在伊克斯发动猛烈进攻，一边在这里拖延时间。请您派萨多卡军队来强制其停止在伊克斯的敌对行动，然后让双方在法庭上陈述自己的意见，出示相关证据。”

皇帝不悦地皱起眉头，抬起瘦削的鼻子，冷眼看着女信使。“区区一个信使，没资格跟我争辩。”他扫了一眼萨多卡卫兵，说道：“把这个女人拉出去。”

女信使绝望至极，尖叫着说：“请原谅，陛下，但我是最熟知伊克斯目前危机的人，维尔纽斯大人指示我一定要不遗余力，采取一切办法拯救伊克斯。所以我们要求贝尼·特莱拉立刻拿出证据来，不然就立即从伊克斯撤军。他们根本不是在收集证据，而是在拖延时间！”

“你什么时候能把证据交给我？”皇帝目光转向图伊，问道。

“是他们所谓的证据。”皮尔鲁反驳道。

“三天，陛下。”

伊克斯人发出了抗议的喘息声。“可是陛下，三天他们就可以进一步巩固自己的军事成果——并且捏造任何他们想要的证据，”皮尔鲁激动得眼露凶光，“他们已经杀害了我的妻子，摧毁了不计其数的建筑……我的儿子也下落不明。请不要再让他们烧杀抢掠三天了！”

皇帝思考了一下，大家也都安静了下来。“我相信你是在夸大伊克斯受到破坏的程度，好迫使我做出轻率的决定。考虑到指控的严重性，我更倾向于等待是否能收集到证据。”他看向自己的宫廷内侍，说道：“你怎么看，艾肯？这样做是否符合帝国法律的规定呢？”海斯班低声表示赞同。

埃尔鲁德朝皮尔鲁点点头，仿佛在给他一个天大的人情：“不过，我认为应该在两天之内提交证据，而不是三天。这一点，能做到吗，图伊大使？”

“这有些困难，陛下，不过……微臣遵旨。”

皮尔鲁惊骇万分，气得满脸通红：“我的天啊，您怎么能站在……站在这群肮脏的特莱拉人一边，来陷害我们？”

“大使先生，万不可怀有成见，在我的王宫接待室里不可有如此偏见之辞。我对你们的伯爵始终怀有无限的敬意……当然，还有伯爵夫人珊多。”

沙达姆看着房间后侧的宇航公会代表。他们低声用密语交谈着。不一会儿，他们彼此点了点头。违反芭特勒圣战协定对他们来说是最为严重的事情。

“但是两天之内，我的星球就要失陷了。”皮尔鲁用哀求的眼神看着宇航公会的人，希望得到他们的支持。但他们却沉默不语，甚至不愿迎上他的目光。

“你们不能这么做——你们会害死我们的人民！”尤塔·布蕾朝埃尔鲁德喊道。

“信使，你太冲动鲁莽了，就跟多米尼克·维尔纽斯一样。不要再考验我的耐心，”埃尔鲁德目光犀利地看向特莱拉的代表，命令道：“图伊大使，两天之内务必要让我看到你们无可辩驳的证据，否则的话就把你们的军队撤出伊克斯。”

莫夫拉·图伊向皇帝鞠躬领命。他背对宇航公会的人，嘴角微微上扬，露出一抹不易察觉的笑意，但笑容很快就消失了。

“很好，”伊克斯大使气得浑身发抖，“我在此要求立即召开兰兹拉德联合会安全会议。”

“按照法律，你有权召集兰兹拉德联合会召开安全会议，”埃尔鲁德说道，“而我也已经按照我认为的对帝国最有利的原则对此事做出了裁决。莫夫拉·图伊将于两天后出席兰兹拉德联合会会议并发言，而你将拥有同样的权力。如果你希望在此期间回到自己的星球，我会为你安排一架特快远航机送你回去。但是记住，大使先生，如果这些指控的确属实，那么维尔纽斯家族将要付出巨大的代价，赎偿自己的罪过。”

多米尼克·维尔纽斯擦了擦锃亮的光头上冒出的冷汗，打量从凯坦星回来的伊克斯大使。皮尔鲁刚刚向伯爵和伯爵夫人提交了一份令人震惊的报告。显然，大使急于在一片混乱的地下城市里寻找自己失踪的儿子，虽然他刚回到伊克斯还不到一个小时。现在他们三人站在位于岩顶深处的一个地下指挥中心里，毕竟战争期间，大王宫那个透明椭圆形办公室过于脆弱，不堪一击。在这儿可以听到机器运行的声音，交通运输管道正在通过行星地壳里的地下通道，运送伊克斯的军队和设备。

防御战进行得并不顺利。通过处心积虑的策划和精心布置的攻击点，特莱拉人目前已经控制了大部分的地下世界。伊克斯人一步步被逼到绝境，防守范围越来越小。叛乱的次人在数量上大大超过了被包围的伊克斯守军，而特莱拉入侵者则充分利用了这一优势，轻而易举地操控这些皮肤灰白的工人们。

“埃尔鲁德背叛了我们，亲爱的。”多米尼克搂着自己的妻子说道。他们身上只带着几件脏衣服和几件设法抢救回来的家当。现在他终于恍然大悟，一切都明白了。“我知道皇帝恨我，虽然他是个卑鄙之人，但我从没想到他会做出这种恶劣无耻的事来。要是我能证明这一点就好了。”

珊多夫人脸色苍白，看起来比以往更柔弱了。但她的眼睛里却显露出钢铁般的意志和视死如归的决心。她深深地吸了一口气。她那双动人的眼眸和盈润的朱唇周围，已经有了些许细纹，这是唯一能暴露她年纪之处，也时刻提醒多米尼克要日益珍惜她的美貌、爱心和善良。她走到多米尼克身旁，挽住他的胳膊说道：“我是不是应该去找他，乞求他的饶恕？他也许会念在往日的情分上……放我们一马。”

“我绝不会让你这么做的。他现在恨死你了，也恨我娶了你。鲁迪这个人没有半点同情心。”多米尼克紧握拳头，凝视皮尔鲁，但从大使的脸上看不到一丝希望。他回头看向珊多：“我很了解他，毫无疑问这一系列复杂的阴谋都是他一手策划的，即使他现在想收手也不行了。”

“即使我们取胜，也永远得不到战争赔款。我的家庭财产将会被尽数没收，我的个人权力也会被全部剥夺。”他压低了声音，试图掩饰自己内心的绝望，“这一切都是为了报复我，因为很久以前，我把他的女人从他身边夺走了。”

“我愿意为你做任何事，多米尼克，”珊多柔声说，“因为你让我成为你的妻子，而不是妾室。我一直都跟你说……”她的声音渐渐消失。

“我知道，亲爱的，”他握住爱人的手说道，“我也愿意为你做任何事。无论付出什么代价，都是值得的……甚至包括眼前的这一切。”

“我听候您的命令，大人。”皮尔鲁大使焦灼不安地说道。他的儿子克泰尔现在还下落不明呢，也许正躲在哪里，也许正在跟敌人战斗，甚至也许已经死了。

多米尼克咬了咬牙道：“显然，维尔纽斯家族已经成了要被毁灭的目标，而且我们没有别的选择。所有捏造的指控都毫无意义，那些法律规定也都成了废纸，被撕成了碎片。皇帝想要摧毁我们，而我们却无法与科瑞诺家族抗衡，尤其是面对如此毫不留情的背叛。我毫不怀疑兰兹拉德联合会将会故意拖延，等到维尔纽斯家族倒台，他们再扑上来抢夺战利品。”他怒目而视，挺起宽阔的肩膀，站得更加笔直，“我们将带着家族的原子武器和屏蔽场，逃离帝国的魔爪。”

皮尔鲁发出了一声抗议。“我们要……要变节吗，大人？那我们其他人呢?”

“很遗憾，卡马尔，我们别无选择。这是我们逃离命运的唯一办法。我希望你联系一下宇航公会，请求提供紧急运输援助，要求他们提供一切力所能及的支援，因为这是他们欠我们的。宇航公会的人亲眼见到了你和皇帝的会面，所以他们知道我们的处境。跟他们说我们想把自己的军队带走——其实本来也所剩无几了，”多米尼克沮丧地垂下头，“我从来没想过，会落到今天这步境地……竟然被驱逐出自己的宫殿和城市……”

大使僵直地点了点头，然后穿过一道闪着微光的防护门，离开了。

行政中心的一面墙上，有四个投影仪，都有画面在闪动。这些彩色投影画面是通过移动电子眼传送过来的，分别对应着整个星球不同地方的实时情况，只不过画面中全都是战争肆虐，硝烟四起的场面。伊克斯的局势还在继续恶化。

多米尼克摇了摇头，说道：“现在我们必须和最亲密的朋友以及仆人谈谈，告诉大家如果和我们留在一起会面临多么大的危险。和我们一起逃跑远比被特莱拉人征服要危险得多，处境也更加艰难。所有人都可以按自己的意愿选择，我们绝不会强迫他们跟我们一起走。作为一个变节的家族，所有家族成员以及支持我们的人，都将成为那些追名逐利者猎捕的对象。”

“赏金猎人，”珊多说道，声音里充满了悲伤和愤怒，“你和我必须分开，多米尼克——这样才更容易把敌人甩掉，增加我们逃生的机会。”

墙上的两块投影面板突然没有了图像，因为特莱拉人发现了传送信号的电子眼，并把它们摧毁了。

多米尼克柔声说道：“等我们的家族恢复名誉，重新掌管伊克斯之后，我们会永远记住我们在这里做过什么，说过什么。这就是历史。充满了戏剧性。让我告诉你一个小故事吧，一个类似的案例。”

“我喜欢听你讲故事，”珊多那坚强而柔美的脸上此刻充满了温柔的笑意，淡褐色的眼睛也变得顾盼生辉，神采飞舞，“快说吧，是什么可以给咱孙辈们讲的故事？”

一时间，多米尼克凝神地望着天花板上的一道新裂缝，凝望着水顺着墙壁流下来，然后开口讲道：“萨鲁撒·塞康达斯当年曾是帝国的首都。你知道他们后来为什么要把首都迁到凯坦星上吗？”

“好像是因为原子爆炸，”珊多回答说，“萨鲁撒在爆炸中被毁了。”

“按照帝国的版本，那是个不幸的意外事件。但是科瑞诺家族只能给出这一解释了，毕竟他们不想留给人们猜测和遐想的空间。但事情的真相却是起源于另一个变节的家族，一个豪门贵族，其家族的名字早已从历史记录中被删除。这个家族带着他们的原子武器设法来到了萨鲁撒。在一次大胆的袭击中，他们在首都萨鲁撒投下了原子弹，并造成了一场生态灾难。整个星球到现在还没有恢复。”

“原子弹袭击？我完全不知道。”

“在这之后，幸存者们把帝国首都迁到了凯坦星，位于一个和萨鲁撒完全不同的，更加安全的太阳系里。年轻的皇帝哈西克三世得以重新建立帝国政权。”看到妻子脸上关切的神情，他一把拉过珊多，把她紧紧搂在怀里，“我们不会失败的，亲爱的。”

最后一面投影面板嘶嘶地响起来，最终画面也消失了。特莱拉人把剩下的所有电子眼都摧毁殆尽了。

帝国中存在着“个人原则”，虽然至高无上，但却很少使用。所谓“个人原则”，即一个人若是在极端危险或必要的情况下违反了律法，那么此人可以要求法院召开特别会议，对其行动的必要性进行解释和说明，从而获得法律上的支持。许多法律程序就是从这一原则衍生出来的，其中包括德莱陪审团、盲审以及没收审判等等。

——《帝国律法：条例注释》

尽管伊克斯在这场突如其来的叛乱中损失惨重，但仍有许多秘密地点安然无恙。几个世纪前，维尔纽斯家族接管了伊克斯的机器生产，曾经有一段时期十分敏感多疑，在这期间，发誓要保守秘密的工程师们建造了一些没有记录在案的建筑——如蜂巢一般的海藻屋和隐蔽所，并且这些房间均有屏蔽场保护，即使最先进的伊克斯技术也探测不到这些建筑的存在，敌人得花上几个世纪的时间才能搜寻到它们。由于时间久远，就连统治伊克斯的维尔纽斯家族也忘记了半数以上的这些秘密建筑。

在扎兹队长和私人卫队的带领下，雷托和隆博藏身在一个四周墙壁都是海藻的房间里，他们是通过一条蜿蜒向上直通星球地壳的通道进来的。如果敌人搜索这一区域的话，只能探测到有藻类生存的迹象，因为隐蔽的房间大部分都被潮湿的藻类所包围。

“我们只需在这里等几天就好了，”隆博努力地想要恢复他以往一贯的乐观精神，说道，“到那时，兰兹拉德联合会或者帝国军队肯定会来救我们的，维尔纽斯家族就可以重建伊克斯了。一切都会好起来的。”

雷托眯起眼睛，保持沉默。如果他的怀疑没错的话，恐怕援军不会那么快赶来的，而且会比预计的时间要晚得多。

“这间屋子只是个集合点，隆博大人，”扎兹队长说，“我们将会在此等候伯爵一行人，并听从他的指令。”

隆博使劲点了点头道：“没错，父王知道该怎么做。他可是身经百战，久经沙场了，这辈子历经无数生死关头。”他开心地笑着说：“有些战役还是跟你父亲一起打的呢，雷托。”

雷托用力地拍了拍这位王子的肩膀，表示自己对朋友的支持。但他不知道在多米尼克·维尔纽斯之前参加的那些战斗中，防御能力是否像如今这般薄弱。在雷托的印象中，多米尼克过去所打的那些胜仗大多都是以强敌弱，他这边是兵强马壮，训练有素的正规军，而对手则是摇摇欲坠、溃不成军的反叛者，所以多米尼克总是能取得压倒性的胜利。

雷托想起了父亲曾经的教导——*在任何困难的情况下，都要仔细观察和了解周围环境*——所以他们到了小屋之后，雷托便花时间认真查看了此时身处的隐蔽之所。他确定了逃跑路线，还有就是易受攻击的薄弱之处。这间海藻屋是在坚硬的地壳岩石中凿出来的，外面生长着一层厚厚的绿色植物，因此空气中有一种酸酸的有机物质腐烂的气味。避难所里有四个房间，一间宽敞的厨房，里面备有充足的生存所需用品，另外还有一艘应急飞船，可以在近地行星轨道上飞行，这是最后的一线生机了。

房间正中，一台无摩擦、无噪声的机器在操作着一个个零熵筒①，以保持筒内食物和饮料的新鲜。其他的筒里则分别装着衣服、武器、胶片书以及妙趣无穷的伊克斯游戏，足以让藏身在此的避难者消磨时间。在这个受保护的避难所里最令人痛苦和折磨的就是无尽的等待，长期与外界隔绝所产生的无聊和厌倦反倒经常被忽视。尽管如此，伊克斯人算是准备得很周详，该想到的都想到了。

按照伊克斯的时间，现在已是傍晚时分。扎兹在外面的走廊通道和伪装好的舱门处都布置了守卫。隆博滔滔不绝地问了一连串的问题，其中大部分问题队长都无从回答，比如：外面情况怎么样了？他们是会被伊克斯的忠诚守卫者解救，还是会被特莱拉入侵者囚禁起来，还是更糟？会不会有伊克斯人突然来告诉隆博，他父母已经死了？怎么其他人还没有来会合点呢？有人知道首都韦尔尼城的情况现在怎么样吗？如果不知道的话，能派人去查看一下吗？

突然报警声响了起来，打断了他一连串的问话。这是有人在试图进入避难所。

扎兹队长立刻拿出了一个掌上监视器，按下一个按钮，屏幕的光照亮了整个房间，开启了一个视频影像。雷托一眼看到第二条走廊里的电子眼附近出现了三张熟悉的面孔——维尔纽斯伯爵和他的女儿凯莉娅，她的衣服被扯破了，铜褐色的头发也凌乱不堪。站在他们中间被两人搀扶着的，是珊多夫人，她的胳膊和肋骨处都草草地被包扎起来，看起来十分虚弱，几乎不省人事。

“请求进入，”扬声器里传来多米尼克那虚弱而沙哑的声音，“快开门隆博。扎兹！珊多需要医治。”他眼神黯淡，毫无神采，浓密的胡子下露着雪白的牙齿。

---

①零熵是一种被广泛应用的存储技术。任何物品都可以无限期地保存在零熵胶囊或容器中。

隆博·维尔纽斯立刻冲向控制室，但警卫队长急忙拉住他的胳膊，阻止了他。“以所有圣人和罪人之名，您忘了变脸者了吗，少主!”雷托这才想起来，特莱拉的变形者可以伪装成任何你熟悉的人，然后大模大样地走进安全区域。雷托连忙抓住伊克斯王子的另一只胳膊，这时扎兹对来者进行了问询，交接了暗号。最后，避难所的生物识别扫描仪屏幕上显示出一条信息——确认：多米尼克·维尔纽斯伯爵本人。

“同意请求，”隆博对语音接收器说道，“快进来——母亲，发生什么事了?”

凯莉娅看起来非常沮丧，仿佛天塌了一样，她对未来的一切憧憬都被砸了个粉碎，只是她看起来仍不甘心掉进深渊。所有刚进来的人，身上都带着一股混合了汗水、硝烟和恐惧的味道。

“你妹妹一直在骂那些次人，还叫他们回去干活，”珊多说，痛苦中透着一丝揶揄，“真是个傻丫头。”

“可有些次人已经被说动了，打算要回去干活呢——”年轻的女孩气得满脸通红，脸上还沾着煤烟的污渍。

“然后那个次人就掏出把毛拉枪[①]朝她开火了。幸好那人瞄得不准。”珊多摸了摸她的胳膊和肋部的伤处，疼得直皱眉。

多米尼克一把将警卫们推到一边，撕开了一个医药急救包，亲手给他的妻子疗伤。“还好不严重，亲爱的。等会儿我再好好给你检查一下。但你真不该冒这个险。”

“为了救凯莉娅也不行吗?”珊多咳嗽着，眼里闪着泪花，“换作是你，为了保护我们的孩子——甚至是为了保护雷托·厄崔迪，也会这么做的，不是吗?”

多米尼克移开目光，勉强点了点头说：“我的心还悬着呢，你差

---

①毛拉枪是一种发射毒镖的弹簧枪，射程为四十米。

点儿就没命了。你要是不在了，那我还为什么而战呢?”多米尼克抚摸妻子的秀发，而珊多则握住丈夫的手，将他的手掌紧紧贴到自己的脸颊上。

“你还有很多责任，多米尼克。你还要为很多人和很多事情而战。”

雷托看着眼前这一幕，突然明白是什么驱使一位年轻貌美的妃子毅然决然地离开皇帝了，也明白了为什么一位战争英雄宁愿冒着惹怒埃尔鲁德的危险，也要跟这个女人结婚。

在隐蔽走廊外，六名武装士兵重新回到自己的位置，并封锁了他们身后的通道。通过外部监视器的屏幕，雷托看到了剩余的卫队——为了防止叛军的暴力入侵而派出的突击部队——正在避难所的通道里安装激光炮、传感器和声波防御设备。

看到家人终于安全团聚，隆博可算松了一口气，他用力地拥抱自己的父母和妹妹。“一切都会好的，”他呢喃着，“一定会的。”

尽管珊多夫人受了伤，但她看起来依然骄傲而勇敢，只不过她那双微微发红的眼睛周围留有些许泪痕。凯莉娅下意识地瞥了雷托一眼，然后垂下了那双翡翠色的眼眸。此时她看起来就像打了败仗一样，脆弱而沮丧，没有了以往的高傲和冷漠。雷托想过去安慰她一些，却又有些犹豫。因为现在一切都太动荡，太令人不安了。

“我们没有多少时间，孩子们，”多米尼克一边说话，一边擦去额头上的汗水，然后又揉了揉汗津津的上臂，“这次我们要孤注一掷了。”他那剃得光亮的头皮上沾满了别人的血渍——是自己人的血，还是敌人的血呢？雷托不禁暗自好奇。多米尼克的翻领破了，上面别着的螺旋形徽章耷拉了下来。

“现在不是叫我们*孩子*的时候，”凯莉娅语出惊人地说道，“我们也是这场战争的一部分。”

隆博挺直了腰杆，站在肩膀宽阔的父亲身旁，颇具帝王之相，毫无娇生惯养的样子。“我们已经准备好帮您重新夺取伊克斯了。韦尔尼城是属于我们的，我们必须从敌人手中把它夺回来。”

“不，你们三个都要留在这里，”多米尼克举起长满老茧的大手，否定了隆博提出的建议，“第一要务是保证继承人的安全，这一点不容置疑。我不想听到任何反对意见，因为每一次争论都会使伊克斯人更加人心惶惶。他们现在需要的是我的领导。”

“你们这几个还太小，不能参战，”珊多那娇柔的脸上显出坚定而严肃的神情，“你们——尤其你们两个人，可是各自家族的未来啊。”

多米尼克走上前来，站在雷托面前，第一次如此专注地直视他，仿佛他终于把厄崔迪公爵的儿子当作了一个成熟的男人：“雷托，如果厄崔迪公爵的儿子出了什么事，他永远也不会原谅我的。我们已经给老公爵送了信，告诉他伊克斯目前的情况。你父亲在回信中承诺会给我们提供有限的援助，并派遣一艘救援船来，把你和隆博、还有凯莉娅送到卡拉丹去，确保你们的人身安全。”多米尼克将自己那双厚实的大手放在两个孩子的肩上——可他们现在需要的远不止这些：“厄崔迪公爵会保护你们，并提供给你们安全的庇护之所。这是目前他所能做的一切了。”

“这太荒谬了，”雷托说，一双灰色的眼睛闪闪发光，“大人，您也应该一同前往厄崔迪家族避难。我父亲绝不会将您拒之门外的。”

多米尼克苦笑了一下说：“毫无疑问，保卢斯的确会像你所说的那样接纳我——但我却不能这么做，因为这会毁了我的孩子们。”

隆博目光戒备地看着他的妹妹。珊多夫人则点头，她和她的丈夫已经把各种情况和可能性都讨论过了，她接过丈夫的话，说道：“隆博，如果你和凯莉娅流亡到卡拉丹，那么你们就安全了，不会引起任何麻烦。我怀疑这场暴力血腥的叛乱是在皇帝的暗中支持和影响下密谋策划的，所有的一切都是蓄谋已久。”

隆博和凯莉娅难以置信地看着彼此，面面相觑，然后又看向雷托："是帝国授意的？"

"为什么皇帝想要得到伊克斯，目前我还不得而知，"多米尼克说，"但是埃尔鲁德的怨恨只是针对我和你们的母亲。如果我跟你们一同投靠厄崔迪家族，那么帝国的爪牙会立刻尾随我们而来。他们会想方设法找到借口和理由去攻击卡拉丹。所以我们不能这么做。你们的母亲和我必须想办法让你们远离这场战争。"

隆博气愤不已，苍白的皮肤因愤怒而涨红了："我们可以在这里多坚持一段时间，父亲。我不想丢下你们自己走。"

"这件事已经决定了，儿子。我们已经跟厄崔迪家族协商过了。除了厄崔迪家族，没有人愿意帮我们——帝国的萨多卡军队不会来救我们，兰兹拉德联合会的军队也不会赶来帮我们击退那些特莱拉人。次人们现在已成了他们的爪牙。我们向兰兹拉德联合会以及所有的大家族都发出了呼吁和求救，但没人能够迅速地采取行动。幕后的黑手要比我们高明得多……"

珊多夫人坐在自己的丈夫身边，尽管她很痛苦，衣着外表也有些凌乱，但仍昂首挺胸，不失高贵的气度。她曾是豪门望族的贵夫人，在那之前则是皇帝的妃子，但最初她却是个出身低微的女人。所以即使没有了伊克斯统治者所拥有的那些财富，珊多也会很幸福。

"但是您二位有什么打算？"雷托问道。因为隆博和凯莉娅都没有勇气提出这个问题。

"维尔纽斯家族将会……将会宣布变节。"珊多没有再继续说下去，因为这个词足以让大家震惊不已，房间里一片寂静，只有怦怦的心跳声。

"地狱在下！"隆博终于缓过神来，开口骂道。他的妹妹也惊得倒吸了一口凉气。

珊多站起身来，亲吻自己的两个孩子。

“我们会尽力挽救局势，然后多米尼克和我就会分开，各自躲起来。也许要躲上几年。一些最忠诚的侍从会陪我们一起逃亡，另一些人则会离开这里，还有一些人无论伊克斯最终怎样都会选择留下来。我们将各自开始新的生活，直到维尔纽斯家族东山再起的那一天。”

多米尼克和雷托尴尬地握了握手，不太像帝国式的那种握住手指的礼节，更像是古代人类的那种握手。因为帝国——上至皇帝下到所有的大家族——都令维尔纽斯家族失望至极。一旦他们宣布自己反叛，那么整个维尔纽斯家族就不再是帝国的一部分了。

珊多和凯莉娅互相拥抱，轻声啜泣，而多米尼克则紧握住儿子的双肩。过了一会儿，维尔纽斯伯爵和他的妻子便带着一队警卫，穿过避难所的通道匆匆离去了。而隆博和他的妹妹凯莉娅则相互拥抱，目送父母黯然离开。

第二天早上，三个避难的年轻人坐在不太舒服但却很结实的浮空椅上，吃着能量棒，喝着伊克夏果汁。默默等待着。

凯莉娅沉默寡言，仿佛已经失去了对抗困境的力量。她的哥哥想逗她开心一些，但却总是徒劳无功。他们藏身于此，与世隔绝，听不到外面的任何消息，不知道援军是否已经到达，也不知道这座城市是否仍在弥漫的硝烟中燃烧……

凯莉娅把自己全身上下洗了个干净，然后把心一横，干脆把那件破了的长袍和被扯破的蕾丝花边重新改造了一下，穿回身上，最后挤出一副高傲的神情，像戴上了一个荣耀的徽章一样。“我这周本来应该参加一个舞会的，”她念叨着，声音空洞，面无表情，仿佛所有的感情都被水冲掉了一样，“杜尔冬至舞会，凯坦星上最盛大的社交活动之一。母亲说等我再大点儿就可以参加了。”她看向雷托，露出了一丝苦笑，“今年我本可以找一个合适的夫婿订婚的，这就说明我已经长大，可以参加舞会了，你说对吗?”

她拉了拉已经破了的花边袖子。雷托不知道该对她说什么。他努力想象如果是海伦娜，会对维尔纽斯家的女儿说什么。“等我们到了卡拉丹，我会让母亲举办一个盛大的舞会欢迎你。你愿意参加吗，凯莉娅?”他知道海伦娜夫人由于宗教偏见，很不喜欢这两个伊克斯的孩子。但考虑到目前的情况，他母亲一定会心软的。毕竟，别的不说，她绝对不会让人看到自己在社交礼节上出现失误和差池的。

一听到雷托的建议，凯莉娅的眼睛立刻就亮了起来。雷托吓了一跳，直往后退。“什么？你是说跟渔民一起跳猥琐的吉格舞，或是跟稻农举行什么祈求丰收的仪式吗?”凯莉娅的话深深地刺痛了雷托的心，他发现对凯莉娅来说，他的星球和他的家族地位远远达不到凯莉娅心目中的要求。

凯莉娅态度软了下来，一只手搭在雷托的前臂上：“对不起啊，雷托，非常抱歉呢。只是我很想去凯坦星，去看看帝国的皇宫，见识一下宫廷里的奇花异景和雕梁画栋。”

隆博坐在浮空椅上，脸色一沉道：“埃尔鲁德只要还对母亲怀恨在心，就绝不会让你进入皇宫的。”

凯莉娅站起身来，在这间散发着海藻气味的小屋里踱来踱去。“她为何非要离开皇帝呢？她本可以住在皇宫里，过着富贵奢华的生活——但她却舍弃了这些，甘愿来到这样……这样一个暗无天日的地下洞穴里，如今歹人四处横行，就像害虫一样泛滥成灾。如果父亲真的为她好，会要求她做出这么大的牺牲吗？真让人想不通。”

雷托试图安慰她：“你不相信爱情吗，凯莉娅？我见过你父母彼此凝视的目光，里面充满无限的爱意。”

“我当然相信爱情呀，雷托。但我也相信常识，你必须权衡感情和现实。”

凯莉娅转过身，背对着他们两人，在一堆娱乐文件里翻来翻去，想找点儿什么消磨时间。雷托决定不再追问下去，转而向隆博提出了一个建议：“咱们仨每人都应该花些时间学学怎么操作近轨道飞船，以防万一。”

“不用学。我会开。”隆博说。

雷托喝了一口酸涩的果汁，忍不住撇了撇嘴：“但如果你受了伤呢——或者出现更糟的情况呢？那时我们该怎么办？”

“没错，他说得对。”凯莉娅说道。她没有回头，一双翠绿色的眼睛依旧盯着那堆娱乐文件，目不转睛，声音听起来有些疲惫无力，“操作一把给他看看吧，隆博。”

隆博注视着桌子对面的雷托，问道：“好吧，那你知道扑翼机或者穿梭机是怎么运行的吗？”

“我十岁的时候就学会了开扑翼机。但我见过的穿梭机都是机器人自动控制的。”

“那些都是没有大脑的机器而已，只会每次执行设定好的功能和指令。我讨厌那些机器……虽然它们都是我们制造的吧，”他咬了一口能量棒，接着说道，“嗯，反正以前是这样的——在特莱拉人入侵之前。”他右手举过头顶，然后擦了一下那枚标志伊克斯统治家族继承人身份的火宝石戒指。

接收到他发出的信号之后，一个巨大的正方形物体从天花板上平稳地降了下来，落到地板上。雷托抬起头，透过一圈亮光看到一个线条流畅的银色物体。“跟我来。”隆博走向飞船的甲板，凯莉娅则跟在他身后，“我们先得进行一下系统检查。”

雷托登上飞船，感觉到一股向上的推力。三个人穿过天花板，越过银色飞船一侧的边缘，来到位于飞船机身高处的平台上。

这艘小型近轨道飞船让雷托想起了太空驳船，也就是一种机身狭小并配有强化玻璃舷窗的小型飞船。它将扑翼机和穿梭机合二为一，既可以在行星周围飞行，也可以在近轨道飞行。由于宇航公会对太空旅行的垄断，因此这种近轨道飞船一直以来都是伊克斯最严格保守的秘密，只用作最后的逃生手段。

飞船一侧的舱门打开，雷托听到飞船系统在他周围发出机械和电子的嗡鸣声。隆博率先进入了一个小而紧凑的指挥中心，里面有两把高背椅，每把椅子前面备有一个闪烁的手指操控面板。他坐进其中一把高背椅里，雷托则坐在另一个座位上。座椅是由一种特殊的弹性感知材料制成，能够高度贴合身体，坐上去感觉十分舒服。手指操控面板上闪烁着柔和的绿光。凯莉娅站在她哥哥身后，双手扶着他座椅的椅背。

隆博开始操作控制面板，手指在上面飞舞起来，然后对雷托说道："我正在给你设置教程。这艘飞船将教你如何驾驶它。"

雷托面前的控制面板变成了黄色。他不禁再次怀疑伊克斯是否打破了不得创造思维机器的圣战禁令，因此不由得困惑地皱起了眉头。这架飞船到底有多智能化，到底有多少自己的思维呢？他的母亲曾警告过他不要接受太多超前的东西，尤其是伊克斯的那些虚有其表的技术。透过清晰透明的强化玻璃舷窗，他只能看到外面灰色的岩石。那是海藻屋粗糙的内部表面。

"这么说它能自己思考？就像你们给我看的那些新型战斗训练机器人一样？"

隆博停了下来："嗯，我知道你在想什么，雷托。但这机器并不是在模仿人类的思维。可惜那些次人就是不明白。就像我们的智能战斗机器人一样，它能扫描对手，并自行决定战斗的方式，这不是思考——而是以闪电般的速度作出相应的反应。它能读懂你的动作，在瞬间进行预测并作出反应。"

"在我看来，这听上去就像是在思考。"雷托面前的手指控制面板上，各种光点在闪烁，就像跳舞一样。

凯莉娅黯然沮丧地叹了口气道："芭特勒圣战已经结束数千年了，

但人类仍觉得我们就像躲藏在阴影里那些可怕的老鼠一样。整个帝国都对伊克斯怀有偏见和反感，因为我们能够制造出精密而复杂的机器。人们并不理解我们在做什么，同时也因为误解而产生猜疑。”

雷托点了点头，说道：“那么就请帮助我理解伊克斯的科技吧。从现在开始好了。”他看着控制面板，尽量不让自己显得太过急躁不安，因为在过去的几天里，他们都承受了太多无情的压力。

“把你的手指放在身份识别面板上，”隆博告诉他，“不要触碰面板，离近一点儿就行。”

雷托照做了，之后，他的身体突然被一层淡黄色的光晕所包围，令他的皮肤微微刺痛。

“它正在吸收你身体的身份识别信息，比如你的脸形、小伤口、指纹、毛囊、视网膜印痕等等。我已经指示机器接受你的身份输入了，”光芒渐渐褪去后，隆博说道，“你现在已经被授予权限了。把你的右手拇指放在第二排灯光上，这样就能激活教程。”

雷托按照隆博的话去做，眼前立即出现了一个虚拟现实的盒子，并展现出一幅以飞船驾驶员的视角，从崎岖的山脉和岩石嶙峋的峡谷上空飞过的景象——这跟他几个月前看到的景象一模一样，正是那一天他坐着宇航公会的穿梭机，被扔到了荒无人烟的野外，困顿无助。

突然，隐蔽在地下的海藻屋里火花四溅。周围顿时全是爆炸和静电干扰的声音。虚拟的景象也变得模糊，闪了几下然后就消失了。雷托被巨大的噪声震得头疼耳鸣，脑袋都快炸开了。

“快坐下，”隆博大喊起来，“啊——这不是虚拟的了。”

“他们发现我们了！”凯莉娅跌坐在雷托身后一个低矮的机舱座位上，被个人安全屏蔽场包围了起来。隆博也锁好安全带，在驾驶座上坐好，与此同时，雷托则全身感觉一丝温暖，原来是另一个个人屏蔽场把他罩在了里面。

在近轨道飞船的监控屏幕上，隆博看到隐蔽屋的通道里此时挤满了特莱拉士兵和全副武装的次人，他们正在用激光枪扫射，想要打开隐蔽屋的门。入侵者已经穿过了第二道屏障。扎兹队长和剩下的几名警卫都倒在了地上，身上冒着烟。

“也许你们的父母已经逃走了，”雷托说，“希望他们平安无事吧。”

隆博十指飞快地点击控制面板，准备关闭教程模式，正式起飞。雷托身子向后靠在椅背上，不打算参与指挥。但眼前的面板上仍显示着教学程序的虚拟景象，吸引了他的注意力，让他无心去欣赏舷窗外伊克斯原始的自然景观。

飞船外面闪过一道蓝色的光。爆炸声响起，震得所有人都摇晃起来。雷托听到隆博发出一声痛苦的呻吟。他立刻摇了摇头，甩掉脑海中残存的教程全息影像。伊克斯王子现在瘫倒在了座椅上，鲜血顺着脸颊淌了下来。

“这他妈的是怎么了?”雷托问道，“隆博?”

“这是现实，雷托!”凯莉娅大喊道，“把这艘船从这儿飞走。”

雷托把手指压在面板上，手忙脚乱地操作起来，把系统从教程模式切换到了飞船开启状态。但隆博还没有做完起飞前的准备工作。另一次爆炸传来，炸开了房间的墙壁，满是藻类的岩石碎片四处飞溅。凶神恶煞似的敌人如潮水一般，涌进了下面的大厅。

隆博呻吟不止。在他们下方，次人正指着这艘载着三名难民的飞船大喊大叫。激光枪喷出的火焰烧焦了石墙和飞船的机身面板。雷托启动了自动起飞程序。尽管他之前对伊克斯的机器有所顾虑，但现在的他无比热切地希望这艘飞船能具备交互式计算机思维，可以有效地智能化运行。

飞船笔直地穿过一条隧道，接着穿过岩顶盖层和积雪层，最终冲上天空，直入云霄。雷托用手指操作面板，在毫厘之间躲过了一道耀眼的激光脉冲光束，那是叛军占领的伊克斯自动防御系统在向他们射击。在突如其来的强烈阳光照射下，雷托不由自主地眯起了眼睛。

雷托操纵飞船在同温层上空盘旋，警戒着，如果有敌人从太空袭击他们，他好立刻反击。这时他注意到在近地轨道上，有一架巨大的远航机向他们驶来，巨大的机身两侧上，分别射出两道V形的亮光，这是雷托再熟悉不过的标志：厄崔迪家族的飞船。

雷托通过近轨道飞船通信器发出了一个特殊的身份识别信号，一种特殊的作战语言，他的父亲和老师曾经反反复复地教过他，让他牢记于心。两艘救援船跟在近轨道飞船的两侧，进行护航。两艘救援船的飞行员示意雷托表明自己的身份。位于右侧的救援船上喷射出一道道紫色的光，驱散了下面的云层，显露出隐藏在云层中的敌舰。

“隆博，你没事吧？”凯莉娅抓空查看着她哥哥的伤势。

年轻的维尔纽斯家族继承人动了一下，用手摸了摸自己的头，呻吟起来。一个安装在天花板上的电子仪器盒砸中了他的脑袋，随后掉在地板上摔了个粉碎。“啊，地狱在下！——我的个人安全屏蔽场没能及时启动。”他不停地眨眼睛，然后抹去了眼睛里深红色的血。

雷托运用所学的新技能，跟随他的护卫船进入了正等着他们的远航机的安全区域。进入安全区域后，他看到了两艘巨大的厄崔迪战斗护航舰。当他们所在的近轨道飞船在远航机货舱区盘旋时，通讯系统里传来了一个声音，有人在用加拉赫语跟他们通话。但他却从那人的话中听出了熟悉的卡拉丹口音，并带着卡拉丹人特有的拖腔：“还好我们让远航机多等了一个小时。欢迎登船，雷托王子。您和您的同伴还好吗？有多少幸存者？”

雷托回头看了一眼正在治疗头部创伤的隆博，然后说道：“我们一共三个人，基本没怎么受伤。赶快带我们离开伊克斯吧。”

近轨道飞船停在了远航机巨大货舱内的指定位置，两侧是厄崔迪护航舰。雷托看向两边。透过这艘巨大飞船的舷窗，他看到了很多身穿黑绿色相间军装的厄崔迪士兵，胸口上都别着熟悉的鹰纹徽章，他这才松了一口气，感到如释重负。

接着，他关切地看着向隆博，只见他的妹妹正用布擦拭他额头上的血。伊克斯王子盯着雷托道："行了，忘掉那些模拟训练吧，兄弟，实践才出真知。"

说完，他一头栽倒在地晕了过去。

即使是最穷的家族也可以有最无限的忠诚。必须通过贿赂或报酬才能得到的忠诚，必然是空洞而有缺陷的，并且可能在最危难的时候逃离或背叛你。然而，发自真心的忠诚则比艾德曼合金更为坚韧，比最纯的美琅脂香料更为宝贵。

——保卢斯·厄崔迪公爵

在银河系的另一端，在另一架远航机的货舱里，有一艘没有标志的伊克斯太空船正孤零零地停在一片拥挤的飞船之中，难以分辨出身份来。这艘逃亡的飞船频繁地从一条航线转到另一条航线，不停地切换目的地。

多米尼克和珊多·维尔纽斯夫妇，便身处这艘没有标志的飞船上，同行的还有维尔纽斯家族少数幸存下来的残余部队。许多家族卫兵在战乱中被杀了，还有许多人没能及时登上逃生飞船逃跑。其他人则决定留在伊克斯，在暴乱之后想办法生存下去。船上的人很长一段时间都沉默不语。

珊多夫人的贴身男仆欧默尔坐立不安，他紧张地扭动他瘦小的肩膀，一头直顺的黑发直垂到衣领的位置。不过此时他的衣领和头发看上去都有些凌乱。欧默尔是家族侍仆中唯一一个选择跟随主人一起流亡的人。他是个胆怯的人，一想到要在特莱拉统治下开始新的生活就感到十分厌恶。

皮尔鲁大使在简报中非常清楚地表明，他们指望不上兰兹拉德联合会军队前来救援了，也别想皇帝会提供什么帮助。因此他们干脆宣布自己变节，成为叛徒，断绝了自己与帝国在法律上的一切联系和义务。

这艘变节者之船的座位里、储物箱里和储藏柜里都塞满了宝石和贵重物品，以及任何可以变卖成现钱的东西。毕竟他们的流亡之旅可能要持续很长时间。

多米尼克坐在自己的妻子身旁，握着她的纤纤玉手。他忧虑不安，眉头紧锁，光亮的额头上布满了层层的皱纹。“埃尔鲁德会派出军队来追捕我们的，”他说道，“我们会像动物一样被他们猎杀。”

“哦，他为什么就不能留我们一条活路呢?”欧默尔甩了甩那头直顺的黑发，低声嘟囔着，“我们已经失去一切了。”

“对鲁迪来说还不够。”珊多转过身对男仆说。她坐得挺直，神情庄重，依然保持着贵族的威仪，“当初我求他放我走这件事，他是永远也不会原谅的。我从来没撒过谎，但他却觉得我骗了他。”

她从狭窄的舷窗向外望去，舷窗的边缘镶着闪闪发光的镀铬合金。这艘伊克斯的飞船很小，外壳上也并没有维尔纽斯家族的标志。这只是一种用于运输货物或者二流乘客的简易交通工具。珊多紧握着丈夫的手，努力不去想他们的家族遭受了多大的重创和损失。

她还记得她离开皇宫的那天，自己沐浴更衣，身上洒满香水，还用埃尔鲁德温室里的鲜花装点了衣饰。其他妃子纷纷送上来礼物，有精致的胸针、珠宝，还有温暖的围巾。她那时年轻貌美，风华正茂，对往日时光充满无限感激，但同时又渴望和一个她深爱的男人开始新的生活。

珊多曾经对她和多米尼克的恋情守口如瓶。她认为她和埃尔鲁德并无不合，并且是在他的祝福下，结束了作为王妃服侍皇帝的宫廷生活。她最后一次侍寝皇帝时，两人深情地谈论着彼此共度的美好时光。埃尔鲁德不明白为什么她想要离开凯坦，但他宫里还有众多妃嫔，所以对他来说，放走她一人并没有什么大不了的……直到他发现她之所以离开，是为了奔向另一个男人的怀抱，这才起了怨恨之心。

如今，珊多从伊克斯狼狈逃跑，一路奔波辗转，与当初她离开凯坦时的情形相比简直是天壤之别。她苦涩地叹了口气，说道："在统治了帝国将近一个半世纪之后，鲁迪终于学会了等待时机，伺机报复。"

多米尼克早已没有了一丝嫉妒之心，听到这个昵称，他咯咯笑了起来："好吧，现在就算他跟咱们扯平了吧。我们必须耐心等待，想办法东山再起，恢复家族的地位、声望和财富。即使不是为了我们自己，也得为了我们的孩子。"

"我相信保卢斯·厄崔迪会保护他们安全的，"珊多说，"他是个好人。"

"但是我们必须承认，除此之外没有人能保证我们的安全了，"多米尼克说，"对我们来说，这会是个巨大的挑战。"

多米尼克和珊多很快就要分开了，隐姓埋名地躲到偏僻的星球上去了，与世隔绝，盼望着有一天能够一家团聚。他们向宇航公会贿赂了一大笔钱，于是他们各自所前往的目的地便查无可寻了。夫妻俩紧紧抱在一起，知道从这一刻起他们的生活便会动荡不安，再无宁日了。

前路未卜，谁也不知道未来将会怎样。

伊克斯因暴乱而被炸成了一片废墟，在这个满目疮痍的城市中，克泰尔·皮尔鲁躲在了一个狭小的信号屏蔽室里，祈祷自己千万不要被次人们发现。因为躲在这里似乎是他在这场大屠杀中幸存下来的唯一机会。

这个地方隐藏在大王宫地牢墙后面，外面被一层厚厚的外壳保护着，他母亲曾经带他来过这里。作为维尔纽斯王宫中的一员以及驻凯坦大使之子，克泰尔和德默尔曾经被赐予一个庇护所，在发生任何紧急情况时能躲避起来，保护自身安全。司缇娜作为宇航公会银行的管理人员，做事一向有条不紊，考虑周全，因此她时常提醒自己的两个儿子，谨记一切都要防患于未然。战乱爆发后，克泰尔四处逃跑，浑身大汗又饥肠辘辘，惊恐万状。幸好在弥漫的硝烟以及不绝于耳的枪炮声中，他找到了这个安全的藏身之处，这才松了一口气。

在找到这间安全屋之后，他不禁感到有些麻木，同时也对他的城市——他的世界——所发生的一切感到震惊不已。他无法相信顷刻间他们便失去了一切，无数的辉煌顷刻间便化为碎石瓦砾、淋漓的鲜血以及弥漫的硝烟。

他的孪生兄弟此时不在身边，被宇航公会带走并接受训练，最终将成为一名领航员。之前他还为失去兄弟而感到怨恨，但现在看来，至少德默尔远离了这场暴乱，平安无恙。克泰尔希望所有人都能免受战乱的摧残和折磨……但他还是希望自己的兄弟现在能得知伊克斯目前的困境。特莱拉会把这么大的事掩盖起来吗？

克泰尔曾经试图联系他的父亲，但在这危难的时刻，大使却被困在了凯坦星。面对战火，爆炸和嗜杀成性的次人，他发现除了躲起来外别无选择。如果试图进入维尔纽斯行政办公室的话，这个一头黑发的年轻人肯定会被杀死的。

而他们的母亲已经死了。

克泰尔躲藏在房门紧闭的屋子里，屋里的球形灯被他灭掉了，他静静地听着远处传来的战斗声，以及自己越来越响亮的呼吸和心跳声。他还活着。

三天前，他亲眼目睹叛乱者摧毁了宇航公会大厦的一个侧楼，灰色大楼的大部分都轰然倒塌，那里便是公会银行的办公区域，他母亲就在里面。他和德默尔小的时候常到她的办公室去。

他知道司缇娜把自己关在了档案库里，因此无法逃跑，并且也不愿相信叛乱的次人胆敢攻击中立的宇航公会大厦。但次人们不懂政治，也不懂得权力的微妙。司缇娜给克泰尔发了最后一条信息，告诉他要坚持住，确保自己的安全，等暴乱平息后再找个合适的地点见面。不过他们俩当时都没有想到情况会变得这么糟。

就在克泰尔查看信息时，次人反叛武装制造的炸弹突然爆炸了，将大部分公会大楼夷为平地。被炸毁的建筑从洞顶坠落下来。燃烧的建筑残骸发出呻吟般的沉闷声响，从高处翻滚掉落，伴随巨大的撞击声，砸在岩洞的地板上，当场砸死了数百名观望的反叛者，同样失去生命的还有身处残骸中的公会银行家和工作人员。无人生还。

空气中烟雾弥漫，尖叫声此起彼伏，而战斗还在继续。克泰尔得知消息后立刻飞奔过去寻找他的母亲，但也无济于事。他意识到自己的整个世界都正在坍塌陨落，他没有选择，只得跑向自己知道的唯一避难之处。

克泰尔躲在信号屏蔽的避难室里，像胎儿一样蜷缩着睡觉。醒来后，他隐约感到自己的决心被愤怒和悲伤所消磨，变得麻木起来。他在零熵筒里发现了一些食品储备并清点了一下。然后又在一个小军械储藏柜里找到了一些过时的武器。和较大的海藻屋不同，这个避难屋里没有逃生飞船。他希望这个避难屋并没有被记录在任何机密或非机密的官方文件或图表上。否则特莱拉人以及被他们煽动和欺骗的次人们一定会找到自己的。

此时的克泰尔无精打采，消沉颓废，躲在避难屋里，一分一秒地消磨时间，不知道什么时候能够逃出去，也不知道什么时候能向外发送消息。他并不相信会有援军赶来拯救伊克斯——因为如果有的话早就来了。他的父亲早已离开伊克斯。有些令人惊惶不安的传闻说，维尔纽斯家族的人已经逃走，并且宣布变节。大王宫已被废弃且遭到洗劫，很快就会成为新一任伊克斯统治者的大本营。

凯莉娅·维尔纽斯是跟她的家人一起逃离了吗？克泰尔希望她能逃走，安然无恙。否则她就会成为那些愤怒的反叛者发泄怒火的目标。她貌美年轻，这样的女子就是为了宫廷而生，过着锦衣玉食的生活，在宫廷里的各种勾心斗角和阴谋诡计中游刃有余。这样的女子绝不是为了苟活而艰辛度日的人。

一想到他所热爱的城市遭受到如此无情的践踏和掠夺，他就感到愤恨和恶心。他想起了晶莹剔透的水晶走廊、巍然雄伟的钟乳石建筑、以及技术高端、登峰造极的新型远航机，回想起公会领航员如施展魔法一般操纵远航机如箭一般起飞，驶向太空。他和德默尔无数次去探索那些长长的地下隧道，从远处眺望巨大的洞窟，看着所有伊克斯繁荣富饶，所有伊克斯的居民都过着丰衣足食、安定幸福的生活。可如今一切都被次人毁了。这到底是为什么呢？恐怕连次人们自己都不知道原因。

也许克泰尔能找到一条通向地面的通道，联系一艘运输船，用偷来的钱买一张船票离开伊克斯前往凯坦星，与他的父亲取得联系。卡马尔·皮尔鲁还是大使吗？一个流亡政府的大使？可能已经不是了吧？

不，克泰尔不能离开这里，不能放弃自己的星球任其被人践踏。这里是伊克斯，是他的家，他不想逃跑。但他发誓，不管怎样自己一定要活下去……为此，他会不惜付出一切代价。一旦尘埃落定，他就会穿上旧衣服，温顺地装作是一个对原先统治者心怀不满的伊克斯人，并愿意臣服于与伊克斯的新主人。只是他清楚自己永远也不再安全了。

只要他还打算继续战斗下去的话……

在接下来的几周里，克泰尔都会在特定的时间里，趁着夜深人静偷偷从藏身处溜出来，并使用一个伊克斯生命追踪器，避开特莱拉卫兵以及其他的敌人。在夜色中，他满心痛恨地看着宏伟瑰丽的韦尔尼城在他眼前变成了支离破碎的一片狼藉。

大王宫如今已被丑恶的侏儒们占领了，这些灰不溜丢的无耻小人，狡猾地在帝国冷漠的目光下夺走了整个星球。他们派出一群鬼鬼祟祟穿着长袍的代表，涌进了地下城。这些像雪貂一样的入侵者游走在各个钟乳石建筑之间，搜索隐藏在里面的贵族。变脸者军队果然比有勇无谋、鲁莽凶残的下层阶级行事更有效率。

远远的下方，次人们正在街上狂欢……他们不知道除此之外还能做什么。很快他们就会感到厌倦，然后闷闷不乐地回去继续干活了。如果没有变脸者的煽动，暗示他们想要什么或者要求什么，这些次人自己完全没有能力组织起来，也没办法做出自己的选择。他们的生活将会再次变得和从前一样，只不过是在另一拨主人的控制之下，生产定额肯定会更加严格，劳动强度也会加大。克泰尔意识到，特莱拉人攻陷伊克斯，赶走统治者并取而代之付出了巨额成本，因此新上任的特莱拉管理者将不得不立即想办法赚取巨额利润。

在这座地下城市的街道上，克泰尔在战败的民众中悄无声息地前行。在暴乱中幸存下来的生产主管和中层工人们已经无家可归了。克泰尔穿着沾满尘土的破旧衣服，穿过满目疮痍的通道，走进了被毁的城市上层，乘坐电梯管道前往满是废墟的生产制造中心。他不可能永远躲在暗处，但也不能被敌人发现。

克泰尔拒绝承认这场战斗已经失败。贝尼·特莱拉在兰兹拉德联合会中几乎没什么朋友，所以如果兰兹拉德联合会联合起来，那他们肯定就没办法了。但伊克斯似乎也孤立无援。

他站在一条铺满瓷砖的人行道上，混在几个吓得发抖的行人间，看着一群金发碧眼、轮廓分明的士兵列队走过。他们穿着灰黑相间的制服——肯定不是伊克斯或次人，也绝不是特莱拉人。这些神情高傲的士兵身材高大，昂首阔步，刚劲挺拔，一个个手持武器，头戴黑色防暴头盔，训练有素的样子，好像是刚刚来到伊克斯的。他忽然大惊失色，因为他认出了这些人。

是皇帝的萨多卡卫队。

帝国军队竟然协助特莱拉人占领伊克斯，这使得克泰尔怒不可遏，因为他明白了这场暴乱中更深一层的阴谋……但他在人群中很好地掩饰了自己的情绪。他不能引起任何人的注意。克泰尔听到了周围的伊克斯人低沉的抱怨之声——尽管有萨多卡的强行介入，但伊克斯的人民仍怨声载道，就连中产阶级也对他们境遇的改变而深感不满。维尔纽斯伯爵虽然只顾着发展科技和赚钱，但起码品性温和。而贝尼·特莱拉里却都是些性格冷酷、手段残暴的宗教狂热分子。在特莱拉政府的统治下，许多在伊克斯人眼中视为理所应当的自由，很快就会不复存在。

克泰尔希望自己能做些什么向这些奸诈的侵略者复仇。他发誓要为此而不懈努力，至死方休。

他蹑手蹑脚地走在洞穴地面阴暗的残破街道上，看到一座座建筑被烟火熏黑，从天花板上坠落下来，他感到心痛不已。上层城市已经被毁得面目全非。支撑着巨大岩石屋顶的两根钻石支柱也被炸毁了，随之而来的坍塌崩陷将次人的居住区全部掩埋。

克泰尔发出一声压抑已久的怒吼，因为他意识到所有伟大的伊克斯公共艺术品都在战争中被毁掉了，包括那座高达宫殿穹顶的宇航公会远航机模型。就连岩石天花板上利用光纤技术创造出的唯美天空也被无情破坏了，只剩下斑驳的投影。一向冷酷阴沉、不苟言笑且宗教狂热的特莱拉人从来不懂得欣赏艺术。对他们来说艺术毫无意义，只是一块绊脚石罢了。

他记得凯莉娅·维尔纽斯曾经对绘画和动态雕塑有所涉猎。她曾跟克泰尔谈论过在凯坦星上风靡一时的艺术风格，并痴迷地听着他父亲每次从凯坦星回来时所讲述的各种艺术动态和见闻。而现在所有的艺术品都消失了，凯莉娅也不在了。

克泰尔又一次被孤独和寂寞所笼罩，仿佛失去了所有知觉。

他悄无声息地溜进了一座倒塌的侧楼，这里曾经是一个植物园。突然他停下了脚步愣住了。有什么东西引起了他的注意，于是他眯起眼睛想看得更清楚。

阴燃的残垣瓦砾中，浮现出一位熟悉的模糊的老人身影，若隐若现。克泰尔眨了眨眼睛——难道是他的幻觉吗？还是某个日记光碟上断断续续的全息图……又或是别的什么？他一整天都没吃东西了，紧张又疲惫，几乎快要崩溃了。但那影像的确是真的，不是吗？

透过刺鼻的滚滚浓烟，他认出了那个身影是老发明家达维·罗格，这位身有残疾的天才曾经是这对孪生兄弟的好友，并教给他们很多有关发明的东西。克泰尔惊讶得目瞪口呆，这时那个幽灵般的身影开始用虚弱而沙哑的声音对他低声而语起来。是鬼魂……是臆想，还是疯狂的幻觉？古怪的罗格似乎在告诉克泰尔应该做什么，需要什么科技组件，以及怎么把这些组件组装在一起。

“真的是你吗?”克泰尔走近了些，轻声问道，“你想告诉我什么?”

不知为何，老罗格模糊的身影并没有回答他的问题。克泰尔虽然不明白，但也认真地听着。他的脚边散落着一些电线和金属部件，另外还有一台被炸弹炸坏了的机器。*这些就是我需要的组件。*

他弯下腰，一边小心翼翼地搜寻是否有人突然出现，一边收集那些在他脑海中闪现的碎片，以及其他科技零件：小块的金属、强化水晶玻璃以及电子元件。老人的话无疑给了他某种启示。

克泰尔把这些东西塞进自己的口袋和衣服里层。伊克斯将会在特莱拉人的新政权下发生巨大的变化，所以先前的任何一点文明的碎片都将被证明是极有价值的。如果他们找到他的话，特莱拉人将会没收所有东西。

在接下来几天的外出探险中，克泰尔再也没见过那位老人的身影，也始终都没有真正弄明白为什么会出现那次奇特的遭遇。但是他一直在努力收集各种技术组件和资源。他将会继续这场战斗……哪怕是孤身一人。

每天晚上，他都在敌人的眼皮底下侥幸度过，因为他们将要永久占领这里。在敌人开始对伊克斯进行恢复和重建，把所有过去的印记都清理和去除之前，他把城市的上层和下层的空旷废墟都彻底地搜查了一遍。

他回忆起罗格的幻象在他眼前的低声耳语，于是开始制造……某种东西。

当厄崔迪的救援船队顺利返回卡拉丹，临近卡拉市太空港时，老公爵只组织了一个小队伍来表示对隆博等人到来的欢迎。由于当前局势动荡，形势严峻，所以肯定无法像以往一样组织盛大的礼宾仪仗队，大张旗鼓地举行欢迎仪式。

厄崔迪公爵站在开阔的空地上等着，当救援船队降落时，他眯起眼睛，迎着穿透云层的斑驳阳光，望向远处的天空。他披着自己最喜欢的那件有斑点的鲸鱼毛皮披风抵御凛冽的寒风，尽管这件披风与他那件带有纹饰的束腰外衣很不相配吧。所有的家臣和近卫军都站在欢迎台旁，立正等候。但是保卢斯公爵毫不在意自己的衣着，也不在乎会给人留下什么印象，他只是很高兴自己的儿子终于平安地回家了。

海伦娜夫人站在老公爵身旁，站姿挺直，身穿正装长袍和披肩，衣着和外表均完美无缺，无可挑剔。当救援船队在太空港停机坪着陆时，海伦娜看了一眼自己的丈夫，脸上的表情似乎在说“我早告诉过你吧”，但马上又恢复神色，在众人面前，面露微笑表示欢迎。没有人知道其实在远航机把他们的儿子接回家的途中，老公爵夫妇一直吵个不停。

“我不明白你怎么能给那两个人提供庇护呢，”海伦娜声音低沉而冰冷地问道，但脸上仍保持着笑容，“伊克斯人违反了圣战禁令，如今他们正在为自己的所作所为而付出代价。干涉神的惩罚是极其危险的。”

“这两个维尔纽斯家的孩子是无辜的。他们作为厄崔迪家族的客人，可以住在这里，想住多久就住多久。为什么你总是要跟我吵呢？我主意已定，没什么可说的。”

“你的决定不必刻在石头上。如果你肯听我的，也许你就能清楚地看到我们所有人都会因为他们而面临危险，”海伦娜贴近她的丈夫说道，“我在乎的是我们，在乎的是我们的儿子。”

停机坪上的飞船展开了支撑架，然后锁定。保卢斯气急败坏地转头面向自己的妻子：“海伦娜你不明白，我对多米尼克·维尔纽斯有太多亏欠——我不能逃避自己的义务和责任。即使没有在埃卡兹叛乱中彼此欠下的血债，我也仍会为他的孩子们提供保护。我这么做不只是出于责任，更是出于真心。你是女人，心肠不要这么硬。想想那两个孩子的遭遇，他们多可怜啊。”

一阵风吹打着海伦娜红褐色的头发，但她没有退缩和让步。讽刺的是，当登机门打开时，她却是第一个挥手示意打招呼的人。同时她朱唇微启，从嘴边挤出几句话来：“保卢斯，你正在向帝国的刽子手伸出脖子来，而且一边伸脖子一边傻笑！我们肯定会为你这种愚蠢的行为而付出难以想象的代价。我只是想让大家平安无事而已。”

他们周围的护卫队则装作没听见他们的争吵。一面绿黑相间的旗帜迎着风噼啪作响。飞船的舷梯向外伸了出来。

“难道只有我一个人只关心家族荣誉而不只是考虑政治吗？”保卢斯气得咆哮起来。

“嘘！你小声点儿。”

"如果我一辈子只靠稳妥的决定和对自己有利的联盟过活的话，那我就根本不算是个男人，更不配做个公爵。"

卫兵们列队而出，分立两侧，静候从伊克斯获救的三个人。雷托是第一个从飞船走出来的，他深深地吸了一口带着海水味道的新鲜空气，迎着卡拉丹朦胧的阳光眨了眨眼睛。虽然已经梳洗了一番，换上了干净的衣服，但他看起来仍难掩疲态。他的皮肤有些暗沉发灰，黑色的头发也乱成一团，如鹰一般的眉眼之间已经开始有了岁月的痕迹。

雷托又深吸了一口气，仿佛永远闻不够附近海水中的碘盐味、新鲜的海鱼和袅袅的烟火味。这便是家乡的味道了。他再也不想离开卡拉丹了。他望向舷梯那边，迎上了父亲炽烈的目光——当再次看到儿子时，老公爵目光灼灼，仿佛对维尔纽斯家族的遭遇充满愤慨。

隆博和凯莉娅有些迟疑地走了出来，站在雷托身旁的舷梯顶部。凯莉娅那双翠绿色的眼睛里充满了恐惧。她环顾这个陌生的世界，仿佛头顶的天空变得有些格外宽阔了。雷托想去安慰她。但再一次忍住了，这次是因为他母亲在场。

隆博挺直了身子，动作明显地宽了宽肩膀并拢了一下他那头蓬乱的金发。他知道如今他是维尔纽斯家族唯一的代表了，他的父亲维尔纽斯伯爵已经宣布变节并躲了起来，因此他成了唯一能代表维尔纽斯家族，站在兰兹拉德联合会所有成员面前的人。他清楚战争才刚刚开始。雷托伸出一只强有力的手拍了拍好友的肩膀，鼓励他走向欢迎台。

凝视片刻之后，雷托和保卢斯同时走向对方。老公爵和雷托紧紧拥抱，白花花的胡子紧贴着儿子的侧脸。他们相互捶打对方的后背，默然无声。之后，两个人放开彼此，保卢斯用自己那双长满老茧的大手握住儿子的双臂，看着他。

雷托的目光越过自己的父亲，看向站在他们身后的母亲。母亲的脸上带着温暖而拘谨的笑容，对他的归来表示由衷的高兴。接着，她的目光转向隆博和凯莉娅，然后又看向自己的儿子。雷托知道海伦娜·厄崔迪夫人会接纳这两位流亡者，并把他们当作重要贵宾，举行应有的欢迎仪式。然而他也注意到，母亲戴上了印有李芝家族标记的珠宝，穿着代表李芝家族颜色的艳丽服装。要知道李芝家族可是伊克斯的对头，她的做法就像拿着一把刀捅进了这两个维尔纽斯流亡者的心头。而保卢斯公爵似乎并没有注意到这一点。

老公爵转过身来，热情地欢迎头上仍缠着绷带的隆博。“欢迎，欢迎，孩子，”他说，“正如我向你父亲承诺过的那样，你和你妹妹要留在这里和我们共同生活，并受到厄崔迪家族的保护，直到一切问题都烟消云散。”

凯莉娅抬头看着天上飞掠而过的云朵，仿佛她之前从未见过如此广阔的天空。她颤抖起来，看上去怅然若失：“如果永远都无法烟消云散呢?”

海伦娜也尽职地履行自己的义务。她走上前来，握住维尔纽斯家的女儿纤细的手臂，说道：“来吧，孩子。我们会帮你们安顿下来，这段时间里就把这里当作你们的家好了。”

隆博郑重地握住老公爵的手：“呃，我实在无法表达我的感激之情，大人。凯莉娅和我都明白，您能为我们提供庇护是冒了多么大的风险。”

海伦娜回头瞥了一眼自己的丈夫，但老公爵并没有理睬她。

保卢斯指向悬崖上的城堡，说道：“厄崔迪家族向来认为忠诚和荣誉高于一切，远比政治更重要。”他目光深邃地看着自己精疲力尽的儿子。雷托深深地吸了一口气，父亲的教诲就像一把宝剑一样直入他的内心。“忠诚和荣誉，”保卢斯重复道，“是我们必须永远恪守之道。”

只有神才能创造有活着的、有感知力的生物。

——《奥兰治天主圣经》

在瓦拉赫九号星的产房里，一个新生女婴躺在一张病床上。她就是弗拉基米尔·哈克南男爵的女儿。空气中弥漫着鲜血和消毒剂的味道，四周安静无声，只有包裹婴儿的已消毒布料发出的沙沙声。球形灯发出刺目的强光反射在粗糙的石墙和光亮的金属表面。这里出生过许多女孩，是无数新姐妹的诞生之处。

穿着黑袍的贝尼·杰瑟里特姐妹的心情比以往更加兴奋。圣母们用各种医疗器具拨弄这个骨瘦如柴的女婴，用焦虑而担心的语气谈论这个女婴。一位圣母用注射器抽取血样，另一个人用浅刮匙刮拭皮肤。所有人都轻声耳语。肤色怪异、生化指标太低，体重过低……

浑身被汗水浸湿的盖乌斯·海伦·莫希阿姆则躺在不远处的病床上，痛苦而疲惫，想要不顾自己饱受折磨的身体而挣扎着坐起来。她那保养得当的面容掩盖了她的真实年龄，她看起来太老了，已经不适合生育。这次分娩对她来说十分艰难。她之前生过八个孩子，都没有像这次这么煎熬。现在她真觉得自己老了，已经精疲力尽。

两名护理急忙跑到她的床边，把她的病床推到拱门的一边。其中一名护理把一块凉巾敷在莫希阿姆的额头，另一人则用一块湿海绵轻轻擦拭她的嘴唇，往她干燥的嘴里挤了几滴水。莫希阿姆已经完成了她的任务。剩下的事将交由其他姐妹来做。虽然她不知道她们对这个孩子有什么安排和计划，但她知道这个女儿必须活下去。

在诊疗台上，女婴皮肤上黏着的血和黏液还没来得及擦干净，就被翻过身来，紧贴到一台内置扫描仪的面板上。婴儿又冷又怕，哭个不停，但是哭得断断续续，声音听起来比刚才更弱了。

电子信号将所有的生物反应发送到中央接收器，接收器将数据显示在一面巨大的墙面显示屏上，供贝尼·杰瑟里特的专家们进行评估和诊断。圣母们仔细研究结果，并将数据与屏幕上第二列显示的最优数值进行比对。

“数值差异简直太大了。”阿妮鲁尔平静地说。那张像母鹿一样的脸上有一双大大的眼睛。年轻的魁萨茨圣母对此失望不已，仿佛有一副重担压在肩头。

“而且最意想不到的是。”大圣母哈里什卡说道。她满是皱纹的脸上长着的一双鸟眼，炯炯放光。贝尼·杰瑟里特有许多禁忌，比如在育种计划中禁止使用人工授精作为怀孕的手段，另外也不能在胎儿还在子宫内时对其进行检查或用其他手段进行干预和操纵。这个上了年纪的老圣母酸楚地摇了摇头，瞟了一眼汗流浃背、还在门边的病床上恢复体力的莫希阿姆，“基因是正确的，但这个……孩子却不对。我们犯了一个错误。”

阿妮鲁尔俯下身来，仔细观瞧这个女婴。这个孩子面色苍白，一脸病容，面部骨骼有些畸形，另外肩膀也有些脱臼或畸形。至于别的生理缺陷则可能是慢性的，需要更长的时间来进行评估。

这个女婴能成为魁萨茨·哈德拉克的祖母吗？如此病弱的身体根本没有生育的能力呀。

阿妮鲁尔内心千回百转，想知道到底出了什么问题。其他的姐妹们一定会认为她太年轻，太浮躁了。可育种记录中的预测是准确无误的，来自其他记忆的信息也确定无疑。虽然这个女孩是弗拉基米尔·

哈克南的后代，但生下来的样子却出乎所有人的预料。这个病弱的婴儿不可能是基因计划链条上的下一个环节——而这个链条将在两代之后终结，到那时，贝尼·杰瑟里特育种计划将迎来盼望已久的圣杯，即她们的超级人类。

“结合指数是不是不对?”大圣母目光从婴儿身上移开后说道，“或者结合过程中出现了什么异常?”

“基因从来都是无法确定的，大圣母。”阿妮鲁尔从婴儿身边退开了一步答道。她觉得很失望，但极力告诫自己不去为失败而找借口。她慌乱地捋了捋自己那头剪得很短的铜褐色头发：“预测是正确的。恐怕是因为提供血缘的人不大配合……”

大圣母环视了一下房间里的医生和其他的姐妹。因为她们的每一句话、每一个动作都会被记录下来，并储存在瓦拉赫九号星的档案——以及其他记忆里——以供后人查阅和参考。“你是说我们再重新考虑一下人选？男爵肯定不会是项目里最配合的人啊。”

阿妮鲁尔微微一笑。*你说得倒轻巧。*“我们的预测提供了最有可能成功的选项。因此结合的两个人肯定得是哈克南男爵和莫希阿姆，这一点毋庸置疑。育种计划是经过几千年来的精心选择才一直走到今天的。也许我们有其他人选，但没有一个能比这个更好……所以我们必须再试一次。”她尽力让自己的话听起来镇定自若且富有哲理，“育种计划一路走来，也犯过一些其他的错误，大圣母——我们不能因为一次失败就终结掉整个计划啊。”

“当然不能终结，”哈里什卡连忙说，“我们必须再次联系男爵。在莫希阿姆康复期间，派我们最优秀且最有说服力的代表前去与男爵交涉。”

阿妮鲁尔看着诊疗台上的婴儿。那孩子现在已经精疲力竭了，她静静地躺在那里，两只小手松开又握住，两条小腿蹬来踢去的。她现在甚至没力气持续地哭，只能时断时续。这孩子实在太弱了，无法担任繁育的责任。

在拱门的门口，莫希阿姆挣扎着从床上坐起来，那双明亮的眼睛望着那个新生的婴儿。她一眼就看到了孩子的虚弱和残疾，呻吟一声倒在了床上。

大圣母哈里什卡走到床边，轻声安慰着她：“妹妹，我们现在需要的是你的力量，而不是绝望。我们保证会让你和男爵再得到一次机会的。”说完，她双臂交叉环抱在胸前，转身离开了产房，衣袍沙沙作响的助手们也跟在她的身后走了出去。

在哈克南要塞那间带露台的屋子里，男爵像以往一样，对着镜子欣赏着自己赤裸而健美的身体。在他这间宽敞的侧翼房间里有许多镜子，而且光线充足，这样他可以持续不断地欣赏上天赐予他的完美体型。他身材精瘦，肌肉发达，肤色也很好——特别是当他的男性情人用香气浓郁的精油擦拭完他身体的每寸肌肤、每个毛孔后。他轻抚着自己腹部紧实的肌肉。简直太完美了。

他是如此的英俊潇洒，器宇不凡，难怪女巫们要求他再次跟她们结合。为了她们的育种计划，她们自然会想要找最杰出的男人来提供血缘。他的第一个孩子，也就是跟那个丑得像猪一样的莫希阿姆孕育出来的后代，肯定十分完美，所以她们才会想要跟他再生一个。尽管他对此十分厌恶，但他也不禁自问，这种事是否真那么可怕。

但他还是想搞清楚，自己的孩子在那些神秘而狡猾的女人们的漫长育种计划中，扮演着什么角色。他们有无数的育种计划，但除了贝尼·杰瑟里特之外没人理解它们。这个计划会对他有利吗……还是说她们打算将来把自己的女儿变成对抗他的敌人？她们一直小心翼翼，不为皇室以及任何家族生下私生子继承人，以避免引起权力的纷争，不过他自己却不怎么在意。但这对他到底有什么好处呢？就连彼得·

德伏也不知道该作何解释。

“您还没给我们答复呢，男爵阁下，”玛格特·拉西诺－齐娅在他身后说道。在他裸露的身体面前，这个女人似乎并没有表现出任何不安。

男爵看着镜子里映照出的这位金发美女。难道她们认为这个女人凭借自己凹凸有致的身材和精致漂亮的脸蛋，就能勾起他的兴趣吗？相比于上次那个女人，他会更愿意与这个女人结合吗？不，这些对他来说都不怎么有吸引力。

代表着诡计多端的姐妹会，这位玛格特提出“需要”他和那个名叫莫希阿姆的女巫再一次结合。这还不到一年呢。这些家伙真是太厚颜无耻了！不过还好，这个玛格特算是伶牙俐齿，能说善道，而不像很久以前莫希阿姆在的那个晚上那么粗野蛮横。至少女巫们这次派来了一个更会说话的传话人。

在这个漂亮女人面前，男爵拒绝穿上衣服，尤其是在她提出要求之后。他就这样赤裸地炫耀着自己的身材，装作一副若无其事的样子。*这个标致的美人怎么能不对我这样的男人发情呢？*

“莫希阿姆不合我的口味，她太平淡无趣了，”他终于转过身来，面对姐妹会的使者，“告诉我，女巫，我的第一个孩子是像你们之前承诺过的那样，是个女儿吗？”

“跟您有什么关系吗？”玛格特那双灰绿色的眼睛此时目不转睛地直视着男爵。但男爵看得出她一直隐忍着想要打量他的全身，让她的目光游走在那结实的肌肉和古铜色的皮肤之上。

“我并没有说跟我有什么关系，蠢女人——但我身份高贵，所以我问你问题，你就必须回答，不听我的命令就得死。”

“贝尼·杰瑟里特从不怕死，男爵阁下。”玛格特用最平静淡然的语气说。她的镇定冷静让他又恼怒又好奇。“是的，您的第一个孩子是个女儿，”她继续说道，“我们贝尼·杰瑟里特可以影响婴儿的性别。男孩对我们来说毫无用处。”

“我明白了。那你们为什么又回来找我呢?”

“在下无权透露更多信息。”

“我觉得你们姐妹会的第二次要求太过分了。我跟你们贝尼·杰瑟里特说过，不要再来烦我。如果你胆敢反抗我的命令，我就会杀了你。毕竟这里是我的星球，我的地盘。”

“使用暴力是不明智的。”玛格特言语沉稳镇定，还带着一丝威胁的语气。谁能想到，在这个女人如此充满诱惑而迷人的身体里，会藏着一颗如此强大而可怕的心脏呢?

“上次你们威胁要揭露我所谓的私藏香料库存。这次你们又有什么新的把柄?或者说还是老一套?”

“我们贝尼·杰瑟里特可以随时拿出新的证据来威胁您，如果您愿意的话，男爵阁下。不过您伪造的香料生产报告确实依旧可以激起皇帝的愤怒。”

男爵扬起眉毛，终于肯穿上衣服了，他从梳妆椅上抓起一件光滑的黑袍，套在身上，说道：“我可以肯定地说，几大家族都有自己私藏的香料。据说就连埃尔鲁德皇帝自己也是如此。”

“皇帝最近心情不好，身体也抱恙。他似乎把全部心思都放在了伊克斯上。”

哈克南男爵停下来思考了一下。他布置在凯坦星皇宫里的密探报告说，老埃尔鲁德近来确实情况越来越不稳定，脾气也越来越暴躁，还有些偏执多疑的迹象。他的思维渐渐迟钝，精神日益萎靡，身体也越来越衰弱，这让他比以往任何时候都更加邪恶狠毒，他开心地默许特莱拉摧毁维尔纽斯家族就是最好的证明。

“你们把我当成什么了?”男爵问道，“一头专门用来配种的萨鲁撒公牛吗?”

他没有什么好怕的，因为女巫们再也没有什么可以证明他有罪的证据了。他已经把私藏的香料分散到了偏远隐秘的兰基维尔，并下令销毁了所有来自厄拉科斯的证据。他高薪雇用了一位前宇联商会的审计员，这一切都是由那位专业人士完成的，手法熟练，不留一丝痕迹。男爵不由得笑了起来。因为就连这位前雇员也已经被德·弗里斯神不知鬼不觉地解决掉了。

这些贝尼·杰瑟里特可以为了得到她们想要的东西威胁他，但却无法真正地控制住他。意识到了这一点，他心中便涌起了一股新的力量，一种新的反抗方式。

女巫继续肆无忌惮地瞪着他。他真想一把掐住玛格特那纤细的脖子，让她永远闭上嘴巴。但即使他这么做也不能解决问题。贝尼·杰瑟里特会再派一拨又一拨的人来。他要给女巫们一个难以忘怀的教训。

“如果你们非要坚持的话，那就把你们那位负责生育的圣母派来吧。我得提前做些准备。”他很清楚自己要做什么。他的门泰特彼得·德伏，甚至可能还有他的侄子拉班都会乐意帮忙的。

“很好。圣母盖乌斯·海伦·莫希阿姆将在两周内前来，男爵阁下。”说完，玛格特就转身离开了。她那闪亮的金发和乳白色的皮肤似乎太过光彩照人，即使穿着沉闷乏味的姐妹会长袍也没能掩盖那诱人的光芒。

男爵召来了德·弗里斯。他们得开始安排了。

如果没有目标，生活便毫无意义。有时候，目标就是一个人生活的全部，一种吞噬一切的狂热力量。可一旦这个目标实现了，接下来又该做什么呢？哦，可怜的人啊，之后该怎样呢？

——海伦娜·厄崔迪夫人，其私人日记

在杰第主星度过了饱受摧残和压迫的童年之后，小小的邓肯·艾达荷发现这个草木繁盛、郁郁葱葱的卡拉丹星球简直就是天堂。落地之后，他就被扔到了卡拉丹城堡对面的一个城市，手里也没有地图。詹妮斯的朋友，那个名叫雷诺的二副，免除了男孩的债务，一脚把这个偷渡者踢到了一个低地太空港的街面上。

船员们不再理会他，而是匆忙地把可回收废品以及工业废料从飞船上卸下来，然后把一袋袋用谷物纤维袋包装的新鲜庞迪大米①运上船。之后，他们二话不说就转身离开了。二副回到了他的货运船上，没说再见，也没有提供任何建议，甚至没有对邓肯说句“祝你好运”，便驾驶飞船返回了远航机所在的轨道。

邓肯没有什么可抱怨的，因为他至少逃出了哈克南家族的魔掌。而现在唯一要做的就是找到厄崔迪公爵了。

---

①庞迪米是一种变异的大米，富含丰富的天然糖分，其谷粒很大，可以长到4厘米。这种大米是卡拉丹的主要出口物资。

男孩身处在这个陌生的世界里，站在一群陌生人中间，抬头望着那艘货船飞入云天。卡拉丹是个美丽而富饶的星球，到处鸟语花香，空气湿润，带着海水的咸湿，鱼虾的鲜美和野花的芳香之气。在杰第主星生活的那些岁月里，他从来没有见过这样的景象。

在卡拉丹的南部大陆，山势陡峭，绿草如茵，苍翠欲滴。梯田式的花园就像醉人的阶梯嵌进山坡。一队队勤劳的农夫在雾蒙蒙的淡黄色阳光下辛苦劳作。他们生活虽不富裕，但依然开心而满足。他们穿着旧衣服，用悬浮货板把新鲜的水果和蔬菜运到集市上。

邓肯饥饿的目光盯着路过的农夫们，一位和蔼的老人给了他一个成熟的小帕拉丹瓜。男孩贪婪地吃了起来。甜蜜的果汁从他的手指间滴落。这是他吃过的最美味的一餐。

看到男孩那身强力壮却又举目无亲的样子，农夫问他是否愿意跟他回去在稻田里干几天活。老头儿说不给他工钱，只给他一个睡觉的地方和一些吃的。邓肯欣然同意了。

他们走了很长的路，途中男孩告诉了农夫他与哈克南家族斗争的故事，讲述了他的父母是如何被捕又是如何被杀害的，还有他是如何被选中，被迫成为了拉班狩猎队的猎捕对象，以及最终又是如何逃出虎口的。“现在我必须去见厄崔迪公爵，”他满怀信心地说，“但我不知道他在哪儿，也不知道怎么找到他。”

老农夫聚精会神地听着，然后郑重地点了点头。卡拉丹人对他们公爵的丰功伟绩都了如指掌，也都在他为雷托前往伊克斯所举办的送行会上，亲眼见识过公爵与公牛搏斗的壮举和风采。这里的人们对他们的领袖皆是无比的敬仰。在他们看来，任何公民都可以求见厄崔迪家族的人，这完全是合情合理的。

“我可以告诉你公爵住在哪个城市，”老人说，“我的姐夫有一张卡拉丹地图，我可以给你。但我不知道怎么能到那儿，有些太远了呢。”

“我年轻力壮，我能去。”

老农夫点了点头，把这个男孩带回了庞迪稻田。

邓肯在这位农夫的家里住了四天，在水深齐腰的稻田里干活。他涉水而行，疏通水渠，把矮小但耐寒的稻苗插进松软的泥土中。他还跟庞迪稻农学会了唱他们的歌。

一天下午，在低垂的树上放哨的人敲打起平底锅来，这是在发出警报。过了一会儿，稻田的泥水中荡起了涟漪，预示着黑豹鱼正成群结队地过来了，它们这种成群出没寻找猎物的沼泽生物，能在瞬间把一个农夫啃得只剩一堆白骨。

邓肯跟在惊慌失措的稻农们身后，爬到了一棵盘根错节的树干上。他悬在低矮的树枝上，拨开树叶，低头看着水里的涟漪步步逼近。他现在能看清水下的那些巨大生物了，它们长着尖牙利齿，浑身披着宽大的鳞甲。几只黑豹鱼就围着邓肯所在的那棵树的树干来回地打转。

其中几条黑豹鱼竖起了带有鳞片的肘部，它们的前鳍已经进化成了笨拙的爪子。这些肉食性鱼类大部分身体都露出了水面，它们向上伸展，体形庞大而且极为致命。它们眨着湿润且像裂缝一样的眼睛，盯着挂在树枝上，差一点儿就能够到的年轻人。在盯着它们看了好一会儿之后，邓肯爬上了更高的一根树枝。黑豹鱼则再次潜入水中，在广阔的庞迪稻田里徘徊打转，最后消失在众人的视线之外。

过了几天，邓肯拿着农夫为他准备的简单口粮，艰难地向海岸走去。在那里，他找到了一份工作，是在温暖的南部海域一艘渔船上当渔网工，负责撒网收网。因为这条船的靠港之地正好位于卡拉丹城堡所在的大陆。

几个星期以来，他一直都在撒网捕鱼，刮鳞宰鱼，并在渔船的厨房里想办法把肚子填饱。厨师用了很多邓肯没见过的香料——比如卡拉丹辣椒和芥末，呛得他鼻涕眼泪直流。渔民们嘲笑他的窘态，并告诉他如果不能吃这种辛辣食物的话，就永远也成不了真正的男人。令他们惊讶的是，年轻的邓肯把这当成了一种挑战，不仅很快就适应了这种口味，甚至还嫌味道不够，要求再加一些调料。很快他就能比其他船员更能吃辣了。渔民们从此便不再取笑他，反而开始对他大加赞赏。

这次远航结束前，隔壁床铺上的一个小男孩计算了一下邓肯的年龄，结果发现他今年只有九岁，上下不超过六个星期。“我觉得我要比九岁大。”邓肯回答说。

他没有料到前往目的地的旅程如此漫长。不过尽管他每天做着异常艰苦的工作，但生活却比之前好多了。他感到很安全，而且比以往任何时候都自由。渔船上的这些船员成了他新的家人。

在晴空万里的一天，乘着徐徐的微风，渔船终于到达了港口，邓肯也结束了在海上漂泊的日子。他没有索要工钱，也没有向船长告别便默默地离开了。这次海上远航只是他旅途的一部分。在漫长的旅程中，他从来都没有偏离方向，始终朝着心中的目标前行，他一定要找到老公爵。他从不占任何人的便宜，只是努力干活以报答别人对他的恩情。

在码头边的一条小巷里，一名来自另一艘船的船员想要找他麻烦，但是邓肯用铁一般结实的肌肉和迅速的反应进行回击。进攻者被打得鼻青脸肿，伤痕累累，发现这个野孩子实在是难以对付，于是灰溜溜地跑了。

邓肯开始搭各种顺风车，并偷偷地搭乘地铁和短途货运飞机。他就这么一路向北，朝着卡拉丹城堡的方向前进，几个月过去，他距离目的地越来越近了。

每当遇到瓢泼大雨，他就蜷缩在树下躲避。虽然浑身湿透，又冷又饿，但他并不觉得有多么糟糕，因为他回想起在森林保护区里那个可怕的夜晚，寒风凛冽，冰冷刺骨，他还清晰地记得自己是如何用一把刀割开了肩膀。经历了如此艰难的时刻之后，任何短暂的艰辛和磨难对他来说都不算什么了。

有时，他会与其他的旅行者攀谈，听他们讲述那位受人尊敬的公爵各种传奇的故事，了解一些关于厄崔迪家族的历史片段。之前在杰第主星上，他从来没听人说过这样的事情。那里的人们都闭口不言，只有在受到胁迫的情况下才会透露一些信息。然而在这里，当地人都很乐意谈论他们的生活。一天下午，在邓肯和三个艺人一起同行的时候，他终于惊讶地意识到卡拉丹人民的确对他们的领袖充满着爱戴之情。

与之形成鲜明对比的是哈克南家族，邓肯听到的全都是可怕的故事。他完全清楚杰第主星的民众有多么害怕哈克南家族，在那儿如果有人胆敢反抗，那么无论真假后果都是不堪设想的。然而在这个星球上，人们对于他们的统治者只有尊敬，没有丝毫的惧怕。他们告诉邓肯，老公爵会身穿便衣，到民间来微服私访，不带卫兵近侍，也不带任何武器盾牌，好像从不担心会有人攻击。

哈克南男爵以及格洛苏·拉班可绝对不敢做这样的事。

*也许我会很喜欢这个公爵的。*一天晚上，邓肯蜷缩在艺人借给他的一张毛毯下，心中暗想……

终于，经过几个月艰苦跋涉的邓肯来到了一个海角下的村庄，而海角悬崖之上便是卡拉丹城堡。这座宏伟的城堡就像哨兵一样矗立在悬崖边上，眺望平静的海面。保卢斯·厄崔迪公爵就住在这座城堡里，如今早已是这个男孩心目中的传奇人物了。

清晨的寒意袭来，令邓肯忍不住打了个冷战。于是他深吸了一口气。海面上的薄雾散开，冉冉初升的太阳变成了一个深橙色的光球。他大步离开了村庄，踏上了通往城堡的一条狭长而陡峭的山路。这就是他必须要前往的地方了。

他一边走，一边打理自己，尽量让自己看上去体面些。他掸去身上的灰尘，把皱巴巴的套头衫衣角塞进裤子里。但是他对自己很有信心，不管他的外表如何，他都会面临两种境遇：这位公爵要么接受他，要么把他赶出去。但是不管怎样，邓肯·艾达荷都会坚强地活下去。

当他走到通向城堡庭院的大门时，厄崔迪的卫兵以为他是个乞丐，试图挡住他的去路。

“我不是乞丐，”邓肯高昂着头，对卫兵大声说道，“我跨过了大半个银河系，就是为了见到公爵大人，我必须要把我的事告诉他。”

卫兵们只是笑了笑，说道：“我们可以从厨房给你弄些剩饭来。别的就别想了。”

“你们可真是大好人，长官，”邓肯赞同地说，毕竟他的肚子正饿得咕咕叫，“但这不是我来这儿的原因。麻烦您给城堡里捎个信儿”——他努力回想着一位流浪歌手曾教过他的那句话——“邓肯·艾达荷求见保卢斯·厄崔迪公爵。”

卫兵们又哈哈大笑起来，但男孩发现他们的表情里多少流露出了一丝敬佩之意。其中一个卫兵转身离开，回来时手里拿了些早餐递给邓肯，邓肯一看原来是几个烤鸡蛋。他谢过了卫兵，便狼吞虎咽地吞了下去，吃完后还舔了舔手指，然后就坐在地上等。转眼间几个小时就过去了。

卫兵们一直看着他，不住地摇头。一个卫兵问他是否携带了武器，或是钱，邓肯都表示否认。随着源源不断的请愿者进进出出，卫兵们开始交头接耳，窃窃私语起来。邓肯听到有人谈起了伊克斯爆发的叛乱，公爵为维尔纽斯家族十分担心，特别是皇帝悬赏捉拿多米尼克和珊多·维尔纽斯夫妇。公爵的儿子雷托则刚刚从战火纷飞的伊克斯回到卡拉丹，还带回了两个维尔纽斯家族的难民之类的事。看来此时城堡里一切都乱作一团了。

但不管怎样，邓肯依然继续在外面等着。

太阳掠过头顶，坠入了大海的地平线下面。年轻人蜷缩在庭院的一个角落里过了一夜。第二天早上，换了一拨卫兵，他又重复了一遍自己的故事，并继续求见厄崔迪公爵。这次他提到自己是从哈克南家族统治的星球逃出来的，希望能为厄崔迪家族做事。哈克南的名字似乎引起了他们的注意。卫兵们再次检查他是否带有武器，但这次检查得更仔细了。

下午早些时候，经过一番搜身和探测——首先是用电子扫描仪扫描，找出隐藏的致命装置，然后是用毒品检测仪进行检测——最后，邓肯终于被带进了城堡。这是一座古老的石头建筑，内部的走廊和房间里都挂满了奢华的挂毯。整个城堡古香古色，充满历史的厚重感以及古朴典雅的气息。木地板踩在脚下吱吱作响。

在一个宽阔的石头拱门处，两名厄崔迪卫兵拿着更精密的装置扫描他的全身，同样没有发现任何可疑之处。他只是一个孩子，没什么可隐藏的，但他们仍然疑心重重，就好像他穿着一件怪异而别扭的外衣，并在里面设置了什么机关似的。最后，他们终于放心了，挥手示意邓肯跟着他们走进了一间带有拱形天花板的大房间，房间里有几根粗重而深色的梁柱，支撑着天花板。

在房间的中央，老公爵正靠在椅背上，打量这位来访者。保卢斯身体健壮结实，像头熊一样，蓄着浓密的胡子，一双绿色的眼睛炯炯有神。老公爵轻松随意地坐在一把舒适的木椅上，而不是正襟危坐在威严的王座之上。他每天都要花好几个小时在这里处理国家要务，好像只有在这种地方办公他才会感到安心自在似的。高高的深色伊拉迦木椅靠背比老公爵的头顶还要高，在椅背的顶端雕刻着一只雄鹰。

坐在公爵身旁的是他的儿子雷托，他的皮肤呈橄榄色，有些瘦削，一脸倦容，似乎还没有从那场磨难中完全恢复过来。邓肯迎上雷托那双灰色的眼睛，感觉到他们两人似乎惺惺相惜，好像有很多共同语言可以分享似的。

“我们这儿来了个非常固执的孩子，雷托。”老公爵看了看他的儿子，说道。

“从他的外表来看，他想要的东西与我们今天见到的其他请愿者都不一样。”雷托扬着眉毛说道。他只比邓肯大五六岁——这已经是很大的年龄代沟了——但似乎他俩都是被境遇所逼，年少早熟。“他看起来并不贪心。”

保卢斯坐在他那张大椅子上，身子前倾，表情也柔和下来：“你在外面等多久了，孩子？”

“哦，那不重要，公爵大人，”邓肯小心翼翼地回答，希望自己用词得当，“重要的是我来了。”他紧张地挠着自己下巴上的一颗痣。

老公爵立刻看向护送他进来的卫兵，皱起眉头说：“你们给这个年轻人吃的了吗？”

“他们给了我很多吃的，大人。非常感谢。我还在您舒适的庭院里睡了个好觉呢。”

“在庭院里？”他又瞪了卫兵一眼，“年轻人，那你为什么来这儿呢？你是从某个渔村来的吗？”

“不，大人——我是从杰第主星来的。”

卫兵们立刻握紧了手中的武器。老公爵和他的儿子对视了一眼，起初还有些不太相信。“那你最好还是先跟我们说说你的故事吧。”保卢斯说道。当邓肯开始讲述他的故事时，他们都聚精会神地听着，没有漏掉一丝细节，表情变得凝重且充满了厌恶。

公爵瞪大了眼睛。他看了看这个年轻人一脸坦率的表情，又看了看自己的儿子，认定他所说的一切都不是杜撰。雷托也点了点头表示赞同。毕竟这样的故事，不是任何一个九岁的孩子都能编出来的。就算有人教他这么说，他也学不上来。

“所以我就来这儿了，大人，”邓肯说，“来见您。”

“你是在卡拉丹哪个城市降落的？”老公爵又问了一遍，“给我们简单描述一下。”

邓肯想不起那个城市的名字了，于是把他所见到的一切都复述了一遍。老公爵这才确信他一定是跨越了大半个星球才到这儿的。

“大人，是有人叫我来找您的，问您能否给我事情做。我恨哈克南家族的人，大人，只要能让我留在这里，我愿意永远效忠于厄崔迪家族。”

“我觉得我相信他的话，父亲，”雷托仔细端详男孩那双深邃的蓝绿色眼睛，平静地说，“还请父亲明示。”

保卢斯身子向后一靠，双手叠放在膝盖上，胸口一阵颤抖，如同痉挛一般。过了一会儿，邓肯才意识到这位人高马大的公爵是在强忍笑意。最后老公爵再也抑制不住，突然放声大笑起来，边笑边拍自己膝盖说：“孩子啊，你所做的一切都让我深感钦佩。像你这样的年轻人有胆有识，是条汉子。我一定得把你留在身边啊！”

“谢谢大人。”邓肯说。

“我相信一定能找到些要紧的事情让他去做，父亲。”雷托带着疲惫的笑容说道。最近发生了太多变故，他发现唯有这个勇敢而执着的男孩的到来还算是一个充满了希望的变化。

老公爵从舒适的椅子上站起身来，大声唤来仆人，命令他们给孩子洗澡、换衣服，再给他准备些吃的。“我想了想”——他举起一只手——“还是干脆把餐桌摆这儿来吧。我和我儿子想和年轻的艾达荷少爷共进午餐。”

他们走进了隔壁的餐厅，仆人们忙忙碌碌，碗勺碟盆一阵叮当乱响，最终，一切都按照公爵的吩咐布置好了。一个仆人把男孩乌黑卷曲的头发梳理整齐，用静电清洁器把他那满是灰尘的衣服清理干净。在餐桌的一端，邓肯坐在公爵右边，雷托则坐在公爵左边，保卢斯·厄崔迪坐在正中，一手握拳托着下巴。

“我有个主意，孩子。既然你已经证明了你能对付那些可怕的哈克南人，那你觉得你能斗得过一头萨鲁撒公牛吗？”

“可以，大人。”邓肯说。他听说过公爵斗牛时的英勇风采和精彩场面，“如果您想让我为了您而与公牛搏斗的话，我愿意去做。”

“跟它们搏斗？”保卢斯大笑起来，“我指的不是这个。”老公爵满脸笑容，身子向后靠在椅背上，看向雷托。

雷托说：“年轻人，我想我们已经在卡拉丹城堡为你找到一个职位了。你可以在马厩里干活。马夫长伊雷斯克会指导你该怎么做。你的任务是帮着照料我父亲的公牛：喂它们饲料，如果你能走得更近的话，还可以给它们梳洗。我自己也干过这活儿。我会亲自把你介绍给马夫长的。”说着他回头看向自己的父亲，“您还记得吗，我像邓肯这么大的时候，伊雷斯克还经常让我去拍拍那些公牛呢。”

“哦，这孩子干的活可不仅仅是拍拍公牛那么简单。”老公爵说。当一盘盘丰盛的菜肴被端上餐桌时，保卢斯扬起灰色的眉毛。他注意到邓肯脸上那陶醉的表情。“如果你在马厩里干得好的话，”他说，“也许我们会为你找一个更好的差事。”

历史很少善待那些必须受到惩罚的人。贝尼·杰瑟里特对恶人的惩罚更是会令其终生难忘。

——贝尼·杰瑟里特格言

新的贝尼·杰瑟里特代表团护送着盖乌斯·海伦·莫希阿姆抵达了杰第主星。莫希阿姆刚刚生下了一个病弱的女婴，而这是她一年之内第二次走进了男爵的要塞。

这一次她是在白天来的，不过油腻腻的云层和工厂里冒出的滚滚浓烟让天空犹如一张瘀青的脸庞，一丝阳光都透不进来。

圣母所乘坐的穿梭机像上次一样，降落在同一个太空港，并要求同样的“特殊服务”。但这次哈克南男爵暗暗发誓，绝对要采取和上次截然不同的做法。

男爵亲卫队踏着整齐划一的步伐，列队前行，卫兵们一个个面容冷峻，将贝尼·杰瑟里特的穿梭机团团包围——这阵势足以威慑住那些女巫。

波萨格克鲁比曾是厄拉科斯的一名飞行员，如今则是哈克南家的安保主管。他站在穿梭机的舷梯前，距离身后的队伍只有两步远。所有的卫兵都穿着统一的蓝色军服。

莫希阿姆出现在舷梯坡道的顶端，身穿贝尼·杰瑟里特的长袍，两侧站着侍从、贴身护卫以及其他姐妹。她轻蔑地皱起眉头，盯着波萨格和他的卫队问道："摆出这阵势是什么意思？男爵在哪儿？"

波萨格克鲁比抬头看着她回答道："不要在我身上用你们那操纵人心的音言，否则我的卫队会……会让你们吃不了兜着走。上头命令我只让你一个人去见男爵。任何护卫、随从或同伴一律不准跟随。男爵大人在要塞的正厅等着呢。"他朝莫希阿姆身后的随从们点了点头，"除了您以外，飞船上的其他人都不准进入。"

"简直不可理喻，"莫希阿姆抗议道，"我要求以正式的外交礼节与男爵会面。所有与我同行的人都应受到应有的尊重和礼遇。"

克鲁比没有丝毫退让。"我知道女巫想要什么，如果她觉得她可以随时来这儿跟我上床的话，那可就大错特错了！"——不管是什么意思吧，反正这是男爵的原话。

波萨格直视莫希阿姆的眼睛，目光冷漠。"您的请求已被拒绝，"相比于这个女人，他更害怕男爵对他的惩罚，"如果您不同意的话，大可就此离开。"

莫希阿姆哼了一声，走下了舷梯，然后回头瞥了一眼留在船上的人。"虽然弗拉基米尔·哈克南男爵多少有些反常，但不管怎么说他还算是挺保守的，"她嘲弄地说道，与其说是说给自己人听，不如说是故意说给哈克南的卫队听，"尤其是在性方面。"

克鲁比对这种事情毫不知情，不过倒是对莫希阿姆所说的话十分好奇。只是他深知有些事情还是不知为好。

"告诉我，波萨格，"女巫故意用挑衅的口气对他说道，"如果我在你身上用音言，你怎么会知道呢？"

"一个好士兵是永远不会把自己的底牌抖搂出去的。"

"我明白了。"她的声音平缓而有诱惑力。克鲁格并没有感觉到任何威胁，但也不禁怀疑他的恐吓是否真的奏效了。

这个愚蠢的士兵并不知道，莫希阿姆其实是个真言师，能够辨别谎言和诡计的细微差别。她允许这个装腔作势的波萨格带她穿过人行通道上的天桥。而一走进哈克南的要塞，圣母就换上了一副超然自信的神情，装作若无其事的样子。

但她所有高度敏感的感官都感应到了最轻微的异常。男爵的所作所为让她深感怀疑。她清楚他没安好心。

哈克南男爵在大厅里烦躁不安地走来走去。他不时环顾四周，一双黑色的眼睛闪烁着凌厉的目光。这个房间又大又冷，未经过滤的球形灯发出刺目的强光，照亮了天花板以及各个角落。他穿着黑色的尖头长靴走在地板上，脚步声在房间里回响，显得整个大厅异常空旷——这是个设埋伏的好地方。

虽然要塞的住宅部分可能看起有些空旷，但男爵在各个凹室里都布置了卫兵，还安装了电子眼。他清楚自己骗不了这个贝尼·杰瑟里特婊子多久，但这没关系。就算她发现了自己被监视了，也最起码能让她停下来，并阻止她要什么阴险诡计。谨慎小心还是很有必要的，至少能给他争取几秒钟的时间。

既然这次男爵掌握了主动权，那么他也想让自己手下的人亲眼瞧瞧。他会给他们献上一场多么精彩的表演，足以让他们在兵营和运兵船里谈论多年。最重要的是，这能让那些女巫安分点儿。想敲诈我，走着瞧！

彼得·德伏出现在男爵身后，动作迅速而又悄无声息，男爵被他吓了一跳，气急败坏地说："别再这样了，皮特！"

"我把您要的东西带来了，男爵阁下。"变态门泰特伸出一只手，拿出了两个小耳塞，同时也是白噪音发射器。"把这个塞进你耳朵里。如果女巫使用音言的话，它可以使音言发生扭曲。你仍然可以听到正常的说话声，但耳塞会把搅乱人心的声音挡住，使它们无法传进你的耳朵里。"

男爵深吸了一口气，活动了一下筋骨。准备工作必须完美而周密。

“你只管做好你该做的事情，皮特。我知道自己在做什么。”他走到一个小壁龛前，拿起一瓶雕花玻璃的基拉那白兰地酒瓶，直接举起瓶子灌了一大口。他感到白兰地酒在他胸口灼烧起来，于是擦了擦嘴，又擦了擦瓶口。

男爵喝的酒比平时要多了不少。考虑到他即将要面对的严峻考验，也许他喝得有点儿太多了。德·弗里斯看出了男爵的焦急，他望着他的主人，仿佛在嘲笑他。男爵皱了一下眉头，又灌了一大口酒，以回敬门泰特的讥讽。

德·弗里斯一直忙个不停，享受他们联手打造的计划，迫不及待地想要参与进来。“男爵阁下，也许那女巫之所以回来，是因为她很享受和您的初次相遇，”他咯咯地笑着说，“您不觉得从那以后她就一直欲火焚身吗？”

男爵再次不悦地对他皱起了眉头——这一次，他的表情十分严厉，以至于这位门泰特怀疑自己是不是说得太过火了。但是德·弗里斯总有办法免遭男爵的报复。

“这就是我的门泰特给我的最佳推断吗？该死，你好好想想！为什么贝尼·杰瑟里特要我再跟她们生一个孩子？难道她们是想再往深里捅我一刀，让我更恨她们吗？”他哼了一声，怀疑是否真有这个可能。

也许出于某种原因，她们需要两个女儿。或者可能是第一个孩子出了什么问题……男爵厚厚的嘴唇向上翘起，露出一丝不易察觉的微笑。*这个孩子肯定是最后一个了。*

贝尼·杰瑟里特再没有什么证据能够拿来威胁他了。如今哈克南家族最大的香料宝藏都被转移到了兰基维尔，藏在阿布鲁尔德的眼皮底下。那个傻瓜一点儿也没有察觉他已被人利用来掩盖男爵的秘密活动了。虽然阿布鲁尔德心软，耳根也软，但他仍是哈克南家的人。即使他发现了这个阴谋骗局，他也不敢揭露的，因为他害怕自己家族的财产被毁。阿布鲁尔德太过崇敬和怀念他们的父亲了。

男爵放下了那瓶基拉那白兰地，转身走开，那股烧灼的甜味喝下去之后返回来一股酸涩的余味。他穿着一件松松垮垮的紫褐色和黑色相间的睡衣，衣带紧紧地系在他那平坦的腹部上。左侧胸口上绣着哈克南家族淡蓝色的狮鹫徽章。他裸露着双臂，炫耀他那坚实的肱二头肌。红色的头发剪得很短，凌乱之中显得放荡不羁。

他深深地凝视德·弗里斯。门泰特喝了一小瓶深红色的纱芙果汁，然后说道："您准备好了吗，男爵阁下？她正在外面候着呢。"

"是的，皮特，我准备好了。"他懒洋洋地靠在椅子上说。他那丝滑的睡裤已经松开，即使圣母用窥探的目光望着那里，也看不出有什么武器从那里凸出来——反正不是她认为的那种武器。他笑着说道："去叫她进来吧。"

当莫希阿姆进入要塞的大厅时，波萨格克鲁比和他的卫队将大厅的门关上了，留守在外。门锁"咔嗒"一声锁上，莫希阿姆立刻警觉起来。她意识到男爵精心安排了这次会面，每一个环节都暗藏杀机。

长长的大厅里，似乎只有他们两个人。房间里气氛阴冷，灯光刺眼。整个要塞都棱角突兀，线条硬朗，哈克南家族就是喜欢这种阴森、冰冷而又刚硬的感觉。这个地方不像个华丽的宫殿，倒像是工业风十足的会议室。

"您好，我们又见面了，哈克南男爵。"莫希阿姆面带微笑，即使在礼貌的问候中也夹杂着一丝轻蔑，"我知道您一直在期待我们的会面。也许您渴盼已久了吧？"她将目光移开，看着自己的指尖说道，

“也许这次我会让您更愉悦一些。”

“也许吧。”男爵语气和蔼地说。

她并不喜欢这个答案。他在耍什么花招？莫希阿姆环顾四周，感觉到一股气流正在暗处涌动，似乎正在阴暗的角落里窥视这里。她凝神屏气，想要听到房间里另外一些人的心跳声。有人在这儿……但究竟藏在哪儿了呢？他们是打算要杀了她吗？他们有这个胆子吗？她监测自己的脉搏，防止心跳加速。

毫无疑问，男爵想要的并不是仅仅是简单的合作。她从来没奢望能轻而易举地战胜他，尤其是这第二次。一些无足轻重的小家族首领很容易被操纵或灭掉——对贝尼·杰瑟里特来说是小事一桩——但这并不是哈克南家族的命运。

她望着男爵那双阴森而幽暗的眼睛，竭力运用她真言师的能力去看穿他的目的，但怎么也看不清他在想什么，也无法猜透他的计划。莫希阿姆内心深处感到一种难以察觉的恐惧。哈克南家族究竟有多大的胆量？这位男爵不敢拒绝姐妹会的要求，因为他知道如果拒绝的话，贝尼·杰瑟里特就会让他尝到苦头。或者说他敢得罪帝国，冒着遭受帝国重罚的风险吗？

同样的，他敢得罪贝尼·杰瑟里特吗？受到姐妹会的惩罚也不是小事。

如果换作别的时候，她可能会很喜欢陪他玩下去，和一个强有力的对手在精神和身体上进行一番较量。他是很狡猾，不过这样的人也更容易被打得落花流水，体无完肤。但此时她不能对男爵下手，因为他是姐妹会想要的种马，需要他提供基因。她不知道为什么，也不知道跟他所生的这个女儿究竟有多重要，但如果莫希阿姆没有完成任务就回到瓦拉赫九号星的话，她一定会受到上级的严厉斥责。

所以她决定不再浪费时间。她使出了贝尼·杰瑟里特教给她的音言能力，利用语言和语调来操纵人心，任何没有受过训练的人类都是无法抵挡的。她只是简短地说了一句：“*跟我合作*。”她觉得男爵能听从这个命令。

但男爵只是笑了笑，却没有动，眼睛却瞟向旁边，像是对谁使了个眼色。莫希阿姆这才发现音言竟然对他丝毫不起作用，不由得大吃一惊。原来男爵早已为她设下了圈套，可惜自己发现得太晚了。

门泰特彼得·德伏从一个隐蔽的凹室里冲了出来，早已站在她身后。莫希阿姆转过身，准备反击，但门泰特的动作跟贝尼·杰瑟里特一样迅速。

男爵在一旁观望，欣赏着面前上演的好戏。

德·弗里斯手中拿着一件简陋而有效的武器，也就是一种老式的神经干扰器。这是一种高功率的击昏器，残忍而又惊人。莫希阿姆还没来得及反应，弗里斯就朝她开了一枪。冲击波噼啪作响地击中她的身体，使她的思维意识以及肌肉的控制都出现了短路。

莫希阿姆向后倒去，身体一阵痉挛，痛苦地抽搐起来，仿佛身上的每一寸肌肤都被无数只蚂蚁撕咬着。

这效果简直太令人满意了。男爵边看边想。

莫希阿姆倒在了光滑的石头地板上，四肢直挺挺地叉开，就像身子被一只大脚踩扁了似的。她的头重重地撞在坚硬的石砖上，两耳因受到冲击而嗡嗡作响。她瞪着眼睛，一眨不眨地盯着拱形的天花板。即使有极高的*普拉纳－宾度*肌肉控制能力，她也丝毫动弹不得。

最后，男爵那张充满讥讽和嘲弄的脸渐渐靠了过来，出现在她有限的视野范围中。她的四肢因痉挛而不住地颤抖。她感觉到身下有一股温暖的潮湿，这才意识到自己的膀胱因无法控制而失禁了。一道细细的唾沫顺着她的嘴角流到脸颊，一路流到耳根，留下了一道浅浅的痕迹。

“好了，*女巫*，”男爵说道，“那个击昏器不会对你造成永久性伤害的。实际上，大约二十分钟后，你就能再次控制自己的身体了。所以有足够时间让我们互相了解。”他带着笑意，绕着她转着圈，在她视野里进进出出的。

男爵提高了嗓门，这样电子拾音器就可以把一切声音都传送给在暗中窥视的人。他继续说道：“我知道你们编造了虚假的资料来敲诈哈克南家族。我的律师们正在准备向帝国法庭提出上诉，控告你们。你们威胁我说，如果我不跟你们再生一个孩子，你们就利用这些虚假材料来对付我。但这只是你们这些无耻女巫的无耻威胁。”

他停了下来，微微一笑，似乎突然想到了一个好主意：“不过，我倒是不介意再跟你生一个女儿，让你们得偿所愿。真的，我并不介意。但你必须明白一点，女巫，把我的话转告给你的姐妹会：想要强迫我弗拉基米尔·哈克南达成你们的目的，就得承担后果。”

莫希阿姆把平生学到的所有技能都用上，集中所有能力控制某些特定的神经和肌肉，最终重新控制了眼睛的功能，这样她至少可以转动眼球，看向四周。尽管如此，那个神经干扰器的效力依然强大，她身体的其他部位仍旧无法动弹。

男爵竭力克制住自己满心的厌恶，俯下身去撕扯莫希阿姆的裙子。看着她这副丑陋不堪的躯体，完全没有他欣赏和渴望的那种男人的肌肉和线条。“哦，天呐，看来你这里出了个小小的意外。”他对着她尿湿的衣裙布料皱起了眉头。

彼得·德伏站在莫希阿姆身后，低头看着她那张宽胖而松弛的脸。她看见了门泰特那张血红的嘴唇，也看到他眼里闪着近乎疯狂的光芒。男爵掰开她的腿，然后摸索着他那宽松的黑色睡裤。

她看不见他在做什么，也不想去看。

男爵因为计划成功而高兴得冲昏了头，这一次，他毫不费力就有了反应。因为喝了白兰地，所以此时的他脸也涨得通红。他低头看着眼前这个毫无吸引力的女人，把她想象成了一个干瘪丑陋的老太婆，刚刚被他扔进了哈克南最残酷的奴隶集中营里。这个女人，自以为很了不起，自以为强大，此刻还不是无力地躺在这里……任由他摆布！

男爵从这过程中体验到了巨大的快感——这是他记忆中第一次和一个女人结合甚欢，尽管身下的女人只不过是一摊软趴趴的肉。

在猛烈的侵入过程中，莫希阿姆一直躺在冰冷的地板上，愤怒而又无力。她能感觉到他的每一个动作，每一次痛苦的触碰，但她仍然无法控制自己的随意肌。她的眼睛仍然睁着，尽管她觉得如果努力一把，也许能眨眨眼。

但这位圣母没有浪费体力在这上面，而是集中所有精力，感受自己的生化反应，并使之发生改变。门泰特的击昏器并没有完全击中她。肌肉是一回事，但体内的化学反应则完全是另一回事。弗拉基米尔·哈克南男爵一定会后悔的。

在这之前，她已经通过控制排卵，让自己在此时达到了受孕的高峰。即使被迫结合，她也可以利用男爵的精子让自己再次怀上一个女儿。而这才是重中之重。

从技术上来说，圣母盖乌斯·海伦·莫希阿姆对这个卑鄙无耻的男人没有更多的要求。但她打算给他一些东西作为回报，这是一种长期而慢性的报复，将会让他一辈子也忘不了。

贝尼·杰瑟里特对恶人的惩罚，总将会令其终生难忘。

虽然莫希阿姆仍旧无法动弹，但她是个十分出色的圣母。她的身体里就隐藏着非同一般的武器，即使她现在动不了，孤立无助，这些武器仍然可以由她随意使用。

贝尼·杰瑟里特姐妹的身体具有高度敏感性和卓越的功能，可以自行为进入体内的毒物制造解毒剂。她们能够将接触到的最可怕的病毒进行中和，也可以将致命的病原体摧毁……或者可以使这些病毒继续潜伏在体内，作为供今后使用的武器。莫希阿姆的体内则潜伏着好几个这样的病毒，她可以通过控制自己的生化反应来激活那些病毒。

此时，男爵正趴在她的身上，像动物一样发出呻吟，他紧绷着下巴，嘴唇微翘，露出一抹冷笑，涨红的脸上布满了汗珠。她向上看，迎上男爵的目光，直视着他，于是男爵咧嘴一笑，动作更猛烈了。

也就是在这时，莫希阿姆选择了一种特别的病毒作为渐进的慢性复仇。这种病毒会使他的身体出现神经性紊乱，最终将会毁掉他那健美的身躯。显然，男爵一直以自己的身材为傲，以欣赏自己完美的身体为乐。莫希阿姆可以传给他任何致命的病毒或瘟疫——但这种病毒所带来的折磨，对他来说将是更重的打击，而且病变的过程缓慢。她要让男爵每天都不得不面对自己那张越来越臃肿，越来越丑陋的脸。他的肌肉会慢慢退化，新陈代谢也会日益紊乱。几年后，他甚至连路都走不了。

对莫希阿姆来说，这是件再简单不过的事情……但是对男爵的影响却会持续数年，甚至余生。莫希阿姆在脑海中想象着男爵那副痛苦的样子——由于体形太胖，以至于如果没人帮忙的话，他连站都站不起来，只能痛苦地大叫。

完事了。弗拉基米尔·哈克南男爵自以为让女巫看到了他们两人之间谁更强大，于是便得意洋洋地退了出去，他站起身来，皱着眉头，用厌恶的眼神看着她说道："皮特，给我拿条毛巾来，让我把这婊子沾我身上的黏液擦干净。"

门泰特咯咯笑着冲出了房间。大厅的门再次打开。身穿制服的卫兵们列队而入，看着莫希阿姆一点点恢复着肌肉的功能。

哈克南男爵面带冷酷的笑容，警告圣母道："告诉贝尼·杰瑟里特，别再拿什么破基因计划来烦我了。"

莫希阿姆抬起一只胳膊，慢慢地拾起自己被撕破的衣服，动作近乎协调地从地上爬了起来。她骄傲地扬起下巴，却无法掩饰内心的屈辱。男爵看着她，同样也掩饰不住内心的喜悦。

你以为你赢了吗，她心想，那我们就走着瞧吧。

圣母对自己完成了任务以及对男爵的可怕报复而心满意足，于是便大步走出了哈克南要塞。男爵的手下波萨格护送她离去，然后让她独自一人，像只被驯服的狗一样上了穿梭机。其他的卫兵们仍然站姿笔直，保持戒备，守在舷梯坡道脚下。

在走向飞船时，莫希阿姆让自己冷静下来，最后露出了一丝微笑。不管哈克南要塞里曾经发生了什么，反正此时自己的肚子里已经有了另一个哈克南的女儿。而这也正是贝尼·杰瑟里特一直想要的……

当我们的救世主还只是一个梦的时候，事情真是简单啊。

——斯第尔格，泰布穴地之耐布

对帕多特·凯恩斯来说，自从他被穴地接纳之后，生活便从此改变，与之前完全不同了。

他和弗丽思的婚礼日益临近，他需要花好几个小时进行准备和静想，学习弗雷曼的结婚仪式，特别是阿哈尔——一种由女性来选择配偶的仪式——所以这个仪式是由弗丽思来主导。许多其他的神秘环节也让他十分费神，但他知道在这种敏感而重要的事情上，绝不能犯任何错误。

对于弗雷曼的头领们来说，这是一场盛大的仪式，比任何普通的弗雷曼人婚礼都要隆重。因为他们的穴地里从来没有外来人与弗雷曼女人结过婚。不过穴地耐布海纳尔听说别的穴地偶尔有过类似的事情。

在企图暗杀凯恩斯的乌列特自杀之后，这件事就在整个穴地里流传开了（毫无疑问，事情也传播到了其他隐蔽的弗雷曼穴地里）。弗雷曼人当中从此便流传出这样一个故事：乌列特看到了神降下的异象，并接受神的指引。独眼的老耐布海纳尔以及耶拉斯、阿利德和迦尔纳等穴地长老们，也因为先前对这位行星学家的激昂言论表示过质疑而深感懊悔。

虽然海纳尔曾郑重地向凯恩斯鞠躬道歉并自愿退位，希望把耐布的位子交给这位上天派来的先知。但凯恩斯无意担任穴地的领袖。因为他有太多工作要做——而且相比于统治穴地，他要做的事情更富挑战性。他十分高兴能够不受干扰地专心进行自己的生态改造计划，研究从散布在沙漠各处的仪器收集来的数据信息。他需要了解这片广阔的沙地和各种细微之处，然后他才能准确地知道如何改善这里的生态环境。

弗雷曼人尽心竭力地遵循着凯恩斯提出的各项建议，不管这些建议听起来有多么荒谬。如今，对凯恩斯所说的任何事情他们都深信不疑。然而凯恩斯太过专注于自己的研究，似乎没有留意到弗雷曼人对他有多么忠诚。如果这位行星学家说需要一些测量数据，那些弗雷曼人就会毫不犹豫地穿越沙漠，到偏远的地区设立数据采集点，将那些长久以来被帝国遗弃的植物监测站重新开启。有些忠心耿耿的助手甚至还会瞒着凯恩斯，使用一种机密的交通工具长途跋涉，前往南边的禁区。

在刚开始疯狂收集信息的那几周里，有两名弗雷曼人失踪了——但凯恩斯却毫不知晓。因为他完全沉浸在这些如潮水般涌来的珍贵数据中。他没想到短短数日便能取得如此丰硕的成果，比他作为帝国行星学家独自工作这么多年收获的都多。他简直就像进入了科学的天堂一般。

在婚礼的前一天，凯恩斯写下了自从来到穴地后第一份精心撰写的报告。这也是他对这几周以来工作的总结。一个弗雷曼信使把报告送到了厄拉齐恩，报告将从那里被送到帝国，交给皇帝。凯恩斯与弗雷曼人的合作可能会与他帝国行星学家的身份产生冲突，威胁到帝国的利益，但他必须在表面上维持与帝国的关系。所以在他的报告中完全没有提到也没有暗示他与沙漠人打上了交道。凯恩斯绝不能让凯坦方面对他起疑心，怀疑他已经“入乡随俗”地加入了弗雷曼人的行列。

在帕多特·凯恩斯心中，厄拉科斯已经不复存在了。从此，这个星球将会永远被称作沙丘。自从生活在穴地里之后，这个星球的弗雷曼名字便在他心里根深蒂固，再也想不起别的名字了。他发现的信息越多，他就愈发意识到这个异常干旱而贫瘠的星球蕴含着比皇帝想象中更深的秘密。

沙丘就是一个宝箱，等待着被人开启。

年轻气盛的斯第尔格之前被哈克南人用剑刺伤了，如今他的伤已经痊愈。他坚持要帮助凯恩斯处理这些繁杂的工作。这个踌躇满志的弗雷曼年轻人说只有这样才能减轻对凯恩斯背负的水债。但行星学家并不觉得这个弗雷曼人亏欠自己什么，也无需背负这么大的责任。可俗话说弱柳难敌强风，面对弗雷曼人的坚持他也无计可施，只好答应。毕竟弗里曼人永远不会逃避或忘记自己的责任。

斯第尔格将自己未婚的妹妹嫁给了凯恩斯作妻子。而之前行星学家几乎没有注意到，弗丽思像是收养了他似的，帮凯恩斯缝补衣服，还没等他饿就把饭菜端上了桌。她干活很勤快，一双蓝眼睛透着灵气。有好几次他还没来得及做出反应，她就把他从失礼或失言之举中拯救了出来。凯恩斯认为弗丽思对自己殷勤照顾，只不过是感激他救了她哥哥的命，于是没有多想便接受了她。

凯恩斯之前从来没有动过结婚的念头，因为他习惯了一个人，而且太执着于工作。然而在受到穴地的接纳和欢迎之后，他开始明白弗雷曼人的热情有多么难以招架。凯恩斯清楚自己是不敢拒绝的。他也意识到，考虑到在这个星球上哈克南人对弗雷曼人的政治压迫和约束，也许他与弗丽思结婚会为未来的研究者铺平道路。

因此，伴随着两轮满月当空升起，帕多特·凯恩斯与这个弗雷曼女人一起举行了婚礼仪式。今夜过后，他将成为一个女人的丈夫。现在他脸上有了稀疏的胡子，这是他有生以来第一次留胡子。弗丽思，虽然不愿说出自己心里的想法，但看起来似乎也很高兴。

在独眼的海纳尔和穴地萨亚迪娜——类似于圣母的女性宗教领袖——的带领下，参加婚礼的一行人从山上走了下来，经过小心翼翼的长途跋涉，来到了沙丘起伏的开阔沙地上。两轮皎洁的月亮当空而照，整片沙地沐浴在珍珠一般闪亮的光泽之中。

看着起伏的沙丘，凯恩斯第一次由沙丘联想到了女人那温柔而性感的身体曲线。*也许我比自己想象中更加渴望婚姻吧。*

他们一前一后走上沙丘，朝着迎风的一面向上爬，在松软的丘脊上开出一条小路。穴地的观察员早已爬到了瞭望台，警惕是否有沙虫或哈克南的间谍船出没。有部落同胞站岗放哨，凯恩斯感到很安全。如今，他已经是他们中的一员了，他知道弗雷曼人会为了保护他而不惜奉献出自己生命。

他凝视着站在月光下年轻可爱的弗丽思，长长的秀发美丽动人，一双蓝中透蓝的大眼睛正凝望着他，不住地打量，甚至还带着满心的爱意。她穿着黑色的长袍，这意味着她已经是有了婚约的女人。

之前在洞穴的几个小时里，其他的弗雷曼已婚妇女为她梳了头，并把她的金属水环和她未来丈夫的水环合在一起来编织头发，象征着两人的结合。好几个月前，穴地从凯恩斯的地行车里取走了所有的补给，并把他车里的水全搬到了主水库里。当凯恩斯被穴地接纳之后，他就收到了水环，作为他为穴地捐献水源的报酬。于是凯恩斯一下子便成为了穴地里的富人。

当弗丽思看着自己的未婚夫时，凯恩斯第一次意识到她是多么美丽迷人——随即他便暗自责备自己之前竟然没有发现这一点。这时，未婚的弗雷曼女孩都冲到了沙丘上，没有扎起的长发在晚风中飘动。在凯恩斯的注视下她们开始跳起了传统的婚礼舞蹈，载歌载舞。

穴地里的人几乎没怎么跟凯恩斯解释他们的习俗，也没告诉他这些仪式从何而来，或者有什么含义。对弗雷曼人来说，一切就是这么简单。在过去漫长的岁月里，在禅逊尼从一个星球流浪到一个又一个星球的过程中，他们的生活方式也随着需要而发展起来，并从此保留下来，始终没有改变。既然这里的人们都从不问起，那凯恩斯又何必追根究底呢？另外，如果他真是他们认为的先知，那么他就应该本能地理解这些事。

他很容易就能理解把水环绑在出嫁女子辫子上的习俗，而未婚的姑娘们则一直松散着头发。一群未婚女孩光着脚在沙地上飞奔，沙沙的脚步声在沙地上飘荡。这些女子中有的还只是小孩，有的已经到了适婚年龄。舞者们飞舞旋转着，头发也随之飘起，仿佛头上有一圈光环笼罩。

*这舞蹈象征的是沙漠的沙尘暴，他心想，著名的科里奥利旋风。*他的研究表明这样的风暴速度可以超过每小时八百公里，狂风卷席着沙粒和灰尘，形成一股强大的力量，足以把人身上的皮肉冲刮得只剩一堆白骨。

突然间，这让凯恩斯忧心地抬起头来。使他略感宽慰的是今晚的沙漠天空晴朗，繁星密布。通常在风暴来临之前，沙漠上都会先掀起一阵尘雾。弗雷曼的瞭望员将会密切观察天气变化，并时刻警惕，如有情况将立即采取预防措施。

年轻的姑娘们继续载歌载舞。凯恩斯站在他未来的妻子身边，抬头望着天上的两轮月亮，想着由它们所引起的潮汐效应以及重力的轻微变化将会如何影响这个星球的地质和气候。也许深部岩核探测会揭示出更多他想知道的信息……

在未来的几个月里，他希望能从北极的冰盖上采集大量的样本。通过测量地层并分析同位素含量，凯恩斯可以绘制出厄拉科斯精确的天气历史，也可以绘制出星球升温和熔化的周期，以及古代的降水模式，并利用这些信息来确定所有的水源都流向了哪里。

到目前为止，他仍然找不出这个星球干旱的原因和理由。难道这个世界的水资源是以某种方式被水化到沙子下面的岩层中，并被锁在行星的地壳中了吗？是受到天体变化的影响，还是由于火山爆发？这些因素似乎都不成立。

复杂的婚礼之舞结束了。独眼的耐布和老萨亚迪娜走上前来。这位神圣女人看了看这对新婚夫妇，最后将目光停在凯恩斯身上。在月色下，她的眼睛显得格外漆黑，犹如一双乌鸦的眼睛，眼神锐利，目光如炬：也同样因为食用香料而蓝中带蓝。

吃了几个月的弗雷曼食物之后，凯恩斯发现每一种食物都混合着浓郁的美琅脂味道。一天早上，当他照镜子时，发现自己的双眼也开始呈现出天蓝色，不由得令他大吃一惊。

尽管如此，他的确觉得自己更有活力了，思维更加敏捷，身体也更有力量。也许部分原因由于他对自己的研究充满激情，但他知道香料肯定也起了一定的作用。

在这里，香料无处不在：空气中、食物里、衣服上、甚至连墙上的挂饰和地毯上也有。美琅脂如同水一样与穴地人的生命交织在一起。

就在那一天，图洛克仍然像往常一样，每天带他出去探险，他也注意到了凯恩斯的眼睛出现了一抹蓝色。“你正在渐渐成为我们中的一员，行星学家。这种蓝色的眼睛，我们称之为伊巴德之眼。说明现在的你已经是沙丘的一部分了。我们的世界永远地改变了你。”

凯恩斯微微一笑，但却笑得有些勉强，因为他感到有些害怕。“是的，没错。”他说。

而此刻，他就要结婚了——这是他人生中另一个重要的改变。

神秘的萨亚迪娜站在他面前，用恰科博萨语滔滔不绝地说了一连串的话。凯恩斯完全听不懂这种语言，但他还是凭借几天前的记忆给出了恰当的答案。为了这场婚礼，穴地的长老们事先让他做了精心的准备。也许有一天，随着研究的深入，他会对弗雷曼人的各种仪式、古老的语言以及神秘的传统有更多的了解。但现在他只能凭自己的理解进行合理的猜测。

在仪式期间，他满脑子都在思考，设计各种在星球的沙地和岩石地区进行的试验，设想建立新的试验站，考虑要种植哪些种植试验园。他有许多宏伟的计划要实施，而且最终得动用一切他需要的人力。要重新唤醒这个星球需要进行大量艰苦卓绝的工作——但现在，弗雷曼人愿意帮助帕多特·凯恩斯实现他的梦想，所以他知道梦想一定可以实现。

一定会实现的！

他露出了会心的笑容，弗丽思抬头望着他，也面带微笑。不过几乎可以肯定的是，她此时心里所想的与凯恩斯截然不同。凯恩斯几乎没有留意周围的事情，对于仪式的含义也没怎么放在心上。所以没等他意识到，他就以弗雷曼人的方式结了婚。

傲慢的人只会筑起城堡的围墙，并将疑心和恐惧隐藏其后。

——贝尼·杰瑟里特格言

黎明的薄雾自带着碘味的海中升起，笼罩在支撑着卡拉丹城堡的黑色悬崖之上。通常每当看到海上的薄雾，保卢斯·厄崔迪公爵都会觉得平和宁静，心旷神怡，但是今天，眼前的薄雾却令他隐隐不安。

老公爵站在塔楼的一个阳台上，深吸了一口清新的空气。他十分热爱自己的星球，尤其是卡拉丹清晨的美景。这种清新而纯粹的宁静给了他无限活力，比一夜好眠更令他精力充沛。

即使是在现在这样动荡的时期。

为了御寒，他把自己裹在一件绿色卡尼达羊毛镶边的厚袍子里。他的妻子站在他身后的卧室里，像以往一样，每当他们吵架之后她总是屏住呼吸。表面的平静只是虚有其表。见保卢斯没有反对，海伦娜走上前来，站在他身边凝视着他们的星球。她的双眼略显疲惫，看上去很受伤，但并未被说服。他会抱着她，而她也会和他温存一番，然后再次试着提出这个问题。她仍然坚持认为保卢斯的做法会使厄崔迪家族陷入十分危险的境地。

阳台下面传来了叫喊声、隐隐的笑声和运动的声音。公爵低下头俯视下面被屏蔽场保护着的庭院，高兴地看到他的儿子雷托已经和被流放的伊克斯王子一起训练了。他们两个都带着屏蔽场。在清晨橘色的晨光中，屏蔽场嗡嗡作响，忽明忽暗。两个年轻人左手拿着钝刃的电击匕首，右手拿着训练用剑，正在进行比武。

他们回到卡拉丹已经几个星期了，隆博在从伊克斯逃跑时所受的脑震荡很快便康复了。新鲜的空气和适当的训练有助于他的身体恢复，也能让他的肌肉更结实，肤色更健康。但是这个敦实的年轻人的心态和情绪还需要更长一段时间才能治愈。他似乎仍然对发生在自己身上的事感到茫然无措。

两个人绕着圈子，互相躲闪、劈砍，试图判断他们需要以多快的速度刺向对方，才能不让刀刃被屏蔽场偏转掉。他们向对方发起挑战，猛扑过去，采取了一连串的进攻，但都无法突破对方的防御。刀锋在闪闪发光的屏蔽场上反弹跳跃，叮当作响。

“这两个孩子练了一个小时了，还这么生龙活虎。”海伦娜揉着红肿的眼睛说。这话没什么不妥，所以不会引起任何反驳。她又轻轻走近了半步，说道：“隆博都瘦了。”

老公爵望着海伦娜，发现她的那如瓷器一样洁白光嫩的脸已经有了岁月的痕迹，乌黑的头发上也出现了几缕白发。“这是训练的最佳时间，能让他们一整天血液流动都通畅。雷托小时候我就教他这么做了。”

从遥远的海面上，他听到了礁石浮标的叮当声，还有渔船行驶时的嘟嘟声。这是一种当地的柳木船，船身是防水的。他看到更远处一艘拖网渔船上闪着一盏朦胧的雾灯，穿过薄雾，划破低洼的岸边水道，正在收获海葵。

“是啊……男孩子们在锻炼呢，”海伦娜说，“但你看见凯莉娅也坐在那儿了吗？你觉得她为什么起这么早呢？”她疑惑而轻快的语气引起了公爵的注意。

公爵低下头，第一次留心观察维尔纽斯家可爱的女儿。凯莉娅懒洋洋地躺在光洁的珊瑚长椅上，一边晒着太阳，一边优雅地吃着水果拼盘。长椅上放着一本厚厚的《奥兰治天主圣经》——那是海伦娜送给她的礼物——但她却没有在读。

保卢斯疑惑不解，捋着胡子说："这姑娘总是起得这么早吗？我估计她还没完全适应卡拉丹的生活。"

海伦娜看到雷托怒气冲冲地用电击匕首刺向隆博的屏蔽场，匕首一下子刺穿屏蔽场，电击了伊克斯王子一下。隆博大叫一声，然后轻笑着后退了几步。雷托举起他的训练用剑，仿佛在宣告自己的胜利。他朝凯莉娅眨了眨灰色的眼睛，然后用剑尖抵着前额，行了个礼。

"你从来没注意你儿子看她的眼神吧，保卢斯？"海伦娜语气严肃，透着不悦。

"没有，我没怎么留意。"老公爵看着雷托，又看向那个年轻的女孩。在他的心目中，多米尼克·维尔纽斯的女儿凯莉娅还只是个孩子。他上次见到她的时候，她还在襁褓之中。也许他那迟钝的老脑筋还没有意识到她早就已经长大了。雷托也是。

想到这里，保卢斯说道："这个年纪的男孩就是这么血气方刚。我要跟杜菲谈谈。我们该给他找几个合适的姑娘了。"

"就像你的那些情妇？"海伦娜转身背对着自己的丈夫，看上去很难过。

"这没什么不对。"他心里暗自祈祷她不要再谈那个话题，"只要别陷进去就行啊。"

跟帝国里其他家族的首领一样，保卢斯也有自己的风流韵事。他和李芝家族的女儿海伦娜结婚，是经过两个家族的慎重考虑和一番讨价还价之后，完全出于政治原因而安排的。他也尽了自己的努力，有段时间里他还是很爱她的——她对他来说是一个真正的惊喜。但后来，海伦娜渐渐疏远了他，沉迷于宗教，不再拥有梦想而变得十分现实。

最终，保卢斯还是小心翼翼、不动声色地回到了他的那些情妇身边，对她们十分宠爱，自得其乐，并且十分谨慎小心，不让她们怀上他的孩子。他从来没说过这些，但海伦娜十分清楚。她一直都知道。

她不得不接受这个事实。

“不陷进去?”海伦娜探出阳台，想更清楚地看看凯莉娅，“恐怕雷托对这个女孩动了心，爱上她了。我早就跟你说过别送他去伊克斯的。”

“那不是爱。”保卢斯假装在看着下面的剑盾对决，说道。孩子们精力十足，但仍缺乏技巧。他们还需要提高技艺，精益求精。即使是最笨拙的哈克南卫兵也能扑上来，眨眼工夫就把他们两人干掉。

“你确定吗?”海伦娜担心地问道，“这可关系重大啊。雷托是厄崔迪家族的继承人，是公爵之子。他必须慎重地考量和选择自己约会的对象。他得跟我们商量，衡量利弊，争取到最大的——”

“这我知道。”保卢斯喃喃地说。

“是啊，你太知道了，”他妻子的声音变得冷漠而尖刻，“也许给他找个标致的丫头也不是个坏主意，至少能让他离凯莉娅远点儿。”

阳台下面，年轻的女孩正在啃水果，用欣赏的目光打量着雷托，并被他意外的举动逗得哈哈大笑。隆博撞了他一下，两个人的屏蔽场相互碰撞，迸出火花。但当雷托回过头对凯莉娅还以微笑时，凯莉娅却马上故作冷漠地看向自己的早餐盘。

海伦娜一眼就看穿她是在欲擒故纵，就像击剑一样花样百出：“看到他们俩看对方的眼神了吗?”

老公爵遗憾地摇了摇头说：“要在以前，维尔纽斯家的女儿也许还真是雷托最佳的婚配对象呢。”

当他得知自己的好友多米尼克·维尔纽斯受到帝国通缉时，他感到十分难过。埃尔鲁德皇帝似乎失去了理智，不只给维尔纽斯安上了叛变的罪名，还打上了流亡者的烙印。多米尼克伯爵和珊多夫人一直没有给卡拉丹送过信儿，但保卢斯希望他们还活着。但对于那些一心追求财富的野心者来说，他们两人都是追杀目标。

厄崔迪家族冒着极大的风险，接受了这两个孩子来到卡拉丹避难。多米尼克·维尔纽斯找遍了他在兰兹拉德联合会各家族所剩不多的几个愿意伸出援手的朋友，最终确认了这两个年轻流亡者将受到保护，但前提是他们不再要求和盼望重获其家族头衔。

“我永远不会同意我们的儿子和……和她结婚的，”海伦娜说，“当你在斗牛场或是游行队伍里昂首阔步时，我却时刻注意脚下。维尔纽斯家族从多年以前就已经失宠了。我早就告诉过你，可你就是不听。”

保卢斯语气温和地说：“啊，海伦娜，你们李芝家族向来持有的偏见影响了你的判断，让你无法公平地看待伊克斯。确实，一直以来维尔纽斯都是你们家族的对手，他们在贸易战争中彻底打败了你们。”尽管他们意见不一致，但公爵还是尽力地对这个家族的公爵夫人表示出应有的尊重，即使是没有外人在场的时候。

“显然，神的愤怒降在了伊克斯，”她指出，“这一点你不能否认。你不应该留下隆博和凯莉娅，得把他们送走，或者干脆杀了他们——对他们来说，这是一种仁慈。”

保卢斯公爵怒火中烧。他就知道她说着说着就得重提这个话题。“海伦娜！瞧你说的这是什么话！”他难以置信地看着她，“你也太过分了，真没想到这话竟然从你嘴里说出来。”

“为什么？他们的家族因为违反圣战禁令而自取灭亡。维尔纽斯家族以他们的傲慢嘲弄神，这一点明眼人都瞧得见。在雷托去伊克斯之前我就苦口婆心地警告过你，”海伦娜抓住他衣袍的边缘，激动得颤抖，想据理力争，“难道人类还没吸取教训吗？想想我们经历过的那些恐怖的奴役岁月，人类几乎惨遭灭绝。所以我们绝不能再次偏离正路。‘汝等不得创造——’”

“不用给我引经据典。”保卢斯立刻打断了她的话。当海伦娜陷入她那顽固而狂热的心绪时，任何反驳都无法令她醒悟。

“你听一听，读一读就行，”海伦娜恳求道，“我可以给你看圣经里的段落——”

“多米尼克·维尔纽斯是我的朋友，海伦娜，”保卢斯说，“厄崔迪家族将会跟朋友荣辱与共。隆博和凯莉娅也是卡拉丹城堡里我的客人，我不想再听你说这些了。”

海伦娜立刻转身回到卧室里了，消失不见。但保卢斯清楚她以后还会再找机会，想方设法说服他。他无奈地叹了口气。

保卢斯抓住阳台的栏杆，低头继续看着孩子们训练。他们的训练更像是一场打斗，雷托和隆博互相打闹嬉戏，追跑打斗，消耗各自的体力。

尽管海伦娜总是自以为是，但她说的话还是有些道理的。他的做法无疑是给他们家族的宿敌，也就是哈克南家族打开了一个豁口，让他们有机会趁虚而入，借此打击和摧毁厄崔迪家族。敌人的智囊团甚至可能已经开始研究怎么搞垮他们了。如果维尔纽斯家族的确违反了芭特勒圣战戒律的话，厄崔迪家族也会受到牵连，很可能被判有罪。

但是木已成舟，保卢斯已经接受了挑战。不过，他必须确保自己的儿子平安无事，不会祸及其身。

两个孩子继续在下面打闹，但老公爵知道隆博一心渴望复仇，对那些把他们从家族封地赶出去的无耻敌人进行反击。然而要做到这一点，两个年轻人都需要接受训练——不只是如何使用武器单打独斗，还要学习如何领导人民，以及何为政治统治。

公爵冷峻地一笑，知道自己该怎么做了。隆博和凯莉娅已经在他的庇护之下。他曾发誓要保护他们的安全，是对多米尼克·维尔纽斯发的血誓。他必须尽可能地给他们创造最好的机会。

他要把隆博和雷托送到暗杀大师杜菲·哈瓦特那里。

门泰特武士像铁柱子一样站得笔直，怒视着他的两个新学生。他们站在卡拉丹城堡以北几公里处的一座荒凉的海边悬崖上。海风拍打着光滑的岩石，呼啸着往上卷席，一丛丛蒲苇被风吹得沙沙作响。灰色的海鸥在头顶盘旋，尖叫着在布满礁石的海滩上寻找食物。矮小的柏树像驼背的老人一样蜷缩在一起，被强劲的海风吹弯了腰。

雷托不知道杜菲·哈瓦特有多大年纪了。保卢斯自己在年轻的时候就接受过这位门泰特的训练。而现在这位暗杀大师也一直在用蛮力击退任何衰老的迹象。他的皮肤粗糙坚韧，这是在跟随厄崔迪家族参加了多次战役、经受了无数星球严酷环境考验后的结果，无论酷热还是严寒，无论是凛冽的风暴，还是外太空的严苛，他都能抵御和适应。

杜菲·哈瓦特默默地看着这两个年轻人。他穿着磨损的皮革护胸，双臂交叉环抱胸前。他的眼睛就是武器，他的沉默就是利剑，那张不苟言笑的嘴唇被纱芙果汁染成了深红的蔓越莓色。

雷托站在自己的朋友身旁，焦躁不安。他的手指冻得直发抖，真希望能有副手套给他戴上。*我们什么时候才能开始训练呢？*他和隆博面面相觑，心急地等待着。

“我说，*看着我！*”哈瓦特喝令道，“在你俩交换那可爱的小眼神时，我就能直接过去把你俩生吞活剥了。”他气势汹汹地朝他们迈了一步。

雷托和隆博身穿锦衣华服，看上去舒适又高贵。海风吹着他们斗篷的衣角，啪啪作响。雷托披着一件镶黑边的亮祖母绿色丝绸斗篷，而伊克斯王子则穿着一件他引以为傲的代表维尔纽斯家族的紫铜色斗篷。但站在高耸的山崖上，隆博还是明显有些不安。“这里……也太开阔了吧。”他自言自语道。

在一阵冗长的沉默之后，哈瓦特抬起下巴，准备开始了："先把你们那可笑的斗篷给我脱掉。"

雷托伸手去解他脖子上的斗篷扣环，但隆博却犹豫了一下。就在眨眼间，哈瓦特拔出了他的短剑挥向王子，把他脖子上系的细绳割断了，刀刃距离他的颈静脉只差毫厘。那紫铜相间的斗篷一下子卷入风中，像一面丢了的旗子一样从悬崖飘走了。随后就像风筝似的飘落到悬崖下面翻腾的水面。

"嘿!"隆博喊道，"你怎么——"

哈瓦特毫不理会隆博愤怒的抗议："你们来这里是学习武器训练的。为什么要穿着兰兹拉德舞会或是皇家宴会的衣服呢?"这位门泰特哼了一声，然后顺风吐了口唾沫，继续说道，"战斗是件肮脏的事，除非你想把武器藏在披风里，否则穿着那玩意儿是很蠢的。就像把你自己的裹尸布披在肩上一样。"

雷托手里仍然拿着自己的绿色斗篷。哈瓦特向前探出身子，抓住衣角的一端，"啪"地一声把斗篷扯走了——转瞬间就抓住了雷托的右手，也就是出拳的那只手。哈瓦特猛地一拉，同时伸出一只脚钩住雷托的脚踝，雷托一下子被按倒在地。

他顿时眼冒金星，上气不接下气。在一旁的隆博则忍不住想要嘲笑自己的朋友，然后又极力把笑意收了回去。

哈瓦特把披风扬起，抛向空中。只见那披风也被海风吹起，跟隆博那件一样飘向了山崖下的海面。"任何东西都能作为武器，"他说，"你们带着剑，我看见你们身侧还别着匕首，另外你们还有屏蔽场。但所有这些都是明面儿上的武器。"

"然而，你们还应该给自己藏一些暗器，比如针、击昏器、毒刺什么的。当你们的敌人只能看到明面上的武器时"——说着哈瓦特拿起一把长长的训练用剑，在空中挥舞了几下，"你们就可以把它当作诱饵，然后用更致命的东西去攻击敌人了。"

雷托站直身子，掸去身上的灰尘和石砾说道：“可是，师父，使用暗器可不是闹着玩的。这岂不是违反了——”

哈瓦特在雷托面前打了个响指，听起来就像一声枪响。“你没资格在我面前说暗杀。”这位门泰特粗糙的皮肤变得更加通红，似乎无法抑制住自己的愤怒，“你是想在女人面前炫耀，还是想消灭你的敌人呢？这可不是游戏。”

这个头发花白的男人盯着隆博，目不转睛，看到年轻人心里发毛，向后退了半步。“听说如果你擅自离开卡拉丹的庇护所，皇帝就会悬赏捉拿你，王子殿下。你现在是流亡的维尔纽斯家族之子。你的生活肯定会动荡不安，而你也永远不知道死神会何时降临，所以你必须时刻做好准备。宫廷的阴谋和政治有自己的规则，但通常这些规则并不是所有搞政治的人都能搞清楚的。”

隆博紧张地咽了咽唾沫。

接着，哈瓦特转向雷托说道：“孩子，作为厄崔迪家族的继承人，你也有生命危险。所有的家族必须时刻保持警惕，以防遭到暗杀。”

雷托挺直了身子，严肃地盯着自己的师父说道：“我明白，杜菲，我确实想学。”他又转头看了看隆博，“我们都想学。”

哈瓦特被染红的嘴唇微微翘起，露出微笑。“这只是一个开始，”他说，“有很多蠢货为兰兹拉德的其他家族服务——但是你们，我的孩子们，必须出类拔萃，成为其中的佼佼者。你们不但要学到刀剑攻防格斗和杀人技巧，还要学习如何将政治和政府变成自己的武器。你们必须知道如何运用身体进行攻击，也必须学会如何通过文化和权术进行防御。”这位门泰特战士昂首挺胸，站姿坚定，“从我这儿，你们将会学到所有的这些东西。”

他打开了自己的屏蔽场。在发光力场的后面，他一手攥着匕首，一手举起了长剑。

雷托本能地打开了自己的屏蔽场腰带，面前的霍尔茨曼屏蔽场闪着微光。在门泰特佯攻过来时，隆博也笨手笨脚地照做，并在被刺中前的最后一刻躲开了。

哈瓦特手中的武器倒来倒去——从左手倒到右手，然后又倒到左手——这证明了他左右手同样灵活，两种武器都能发起致命的攻击。“仔细看着，也许有一天，你们就靠它来保命了。”

任何使未来可能性缩小的道路，都有可能成为致命的陷阱。人类不会在迷宫中穿行，他们会放眼无垠之境，因为那里充满了各种独特的机遇。

——《宇航公会手册》

交叉点是一颗十分朴素的星球，地理特点单一，景色也简单质朴，并有着一套严格的天气控制系统，用来消除各种令人烦恼和不便的气候变化。然而，这无疑是一个实用性很强的地方，曾经被选为宇航公会的总部，因为这里虽无景观，但战略位置却十分重要。

这里，便是宇航公会的候选人被训练成领航员的地方。

次生林占地数百万公顷，但都是矮小的黄杨树和矮橡树。这里也有许多古代人类曾经大量种植的作物，比如土豆、辣椒、茄子、西红柿以及各种草药——均由当地人进行种植，但这些农产品往往会变成生物碱，只有经过精心加工后才能食用。

在那场开阔思维的测试中，德默尔·皮尔鲁透过如烟似雾的美琅脂香料，看到了与众不同的全新景象，这令他大为震惊。之后他便被带到了这里，甚至没有机会向他的孪生兄弟和父母道别。一开始他感到很难过，但宇航公会的训练给他带来了无数新奇的体验，让他很快就忽略了对家人的思念，甚至忘记了其他的一切。他发现他现在可以更专注地思考了……当然，有很多事也更容易忘记了。

交叉点的建筑都是由圆形和棱角状的凸起构成的一个个巨大鼓包。这是典型的宇航公会风格，就像伊克斯星上的宇航公会使馆一样：简约实用、宏伟巨大，令人心生敬畏。每个建筑都有一个圆形的符号，象征着无限。机械基础设施既有伊克斯建造的，也有李芝建造的，都是建于几个世纪之前，至今仍在使用。

宇航公会喜欢安静的环境，不希望其重要工作受到丝毫打扰。因为对于领航员来说，任何让人分心的事情都是潜在的危险。每一个宇航公会的学员都很早就明白了这一点，他们就像年轻的德默尔一样——远离家乡，全身心地投入到学习中，丝毫不担心他的故土遭遇了何等危机。

在一片黑草地上，他沉浸在自己的美琅脂气罐里——半游半趴着。他的身体在不断变化，身体系统也在发生改变，以适应一波波香料的轰炸。他的身上开始长出黏膜，把手指和脚趾都连接起来；他的身型也开始变得比以前更长，更松弛柔软，呈现出鱼的形状。没有人向他解释他的身体将不可避免地出现多大的变化，而他不想也不需要去问。因为问与不问没什么区别。毕竟，如此广阔无垠的宇宙被展现在他面前，身体上出现一些改变也是他应当付出的代价。

德默尔的眼睛变小了，睫毛也消失了。他的两只眼睛都患上了白内障。不过，他不需要再用眼睛去看事物了，因为他有了另一双眼睛……心灵之眼——能将宇宙的全景展现在他眼前。在这个过程中，他觉得自己好像把世间一切都抛在了脑后……且丝毫没有令他感到困扰。

透过雾霭，德默尔看到黑草地上整整齐齐地摆满了一排排气罐，里面全是宇航公会的学员以及他们的领航员教官。每个气罐里有一个人。气罐里喷出的橙色烟雾是经过过滤的美琅脂气体。烟雾在站在气罐附近的人形机械侍从周围缭绕，它们戴着面具，听候指令，随时准备搬动气罐。

首席教官是一个名叫格罗丁的舵手领航员。他漂浮在一个带着黑色边框的气罐里，气罐被高高放置在一个平台上。受训者们更多地是用思维而不是通过眼睛来看他。格罗丁刚刚和一个学员从折叠空间返回。那个学员的气罐与他的气罐相邻，并用软管相连，这样他们两人气罐中的气体就会融合在一起。

到目前为止，德默尔本人已经进行了三次短距离飞行。他被认为是最优秀的受训者之一。一旦他学会了独自在折叠空间中旅行，他就可以获得飞行员资格，成为级别最低的领航员……但能力仍然远远高于他曾经作为一个普通人的时候。

舵手格罗丁的折叠空间旅行是充满传奇的发现之旅，是通过一个个外人难以理解的空间节点来实现的。首席教官的声音从德默尔气罐里的扬声器里传出来，用的是高阶语言。他讲述了自己的一次飞行经历：有一次，他用一架老式远航机运输几只类似恐龙的生物。他完全不知道这些巨兽的脖子能伸出这么长。当远航机飞行时，其中一只探着脖子进入了领航室，那张脸突然出现在格罗丁的气罐外面，睁着大眼睛好奇地朝里面窥视……

这里可真有意思，德默尔一边听着这个故事，一边心想，没有说什么。他张大了鼻孔，深吸了一口气，充分感受那强烈而浓郁的美琅脂香料味道。感官迟钝的人类把这种刺鼻的气味比作浓烈的肉桂……但美琅脂的味道远不止这些，而是更加复杂，难以言喻的。

德默尔不再需要关心人类的世俗，因为那些凡人俗事都是鸡毛蒜皮且目光短浅：政治阴谋，勾心斗角；人们就像动荡的山丘上渺小的蚂蚁，四处乱窜；生命如同营地篝火蹿出的火苗，一闪即逝。他之前的生活只是一段模糊的记忆，渐渐从脑海中消失，那些记忆中的人没有名字，也没有清晰的面孔。他看到过一些记忆中的画面，但他选择了无视它们。他再也回不到过去了。

舵手简略地讲完了那个恐龙生物的故事，然后切入正题，谈到刚才他和那个学员完成星际旅行的技巧。他们如何使用高阶数学和空间变化来窥视未来——这跟那只长颈怪物窥视他的气罐有很多相似之处。

“一个领航员要做的不仅仅是观察，”格罗丁沙哑的声音从扬声器里传了出来，“他还必须要利用他所看到的来引导飞船安全地穿过太空。如果不能利用基本的原理正确导航的话，就可能会给远航机带来巨大灾难，不但会导致船上的人员全部遇难，也会让船上的货物尽数受损。”

像德默尔这样的新学员，在成为能够进入折叠空间的飞行员之前，必须学会如何处理危机，比如折叠空间部分受损、预见判断失误、香料不耐症突然发作、霍尔茨曼引擎发生故障，甚至遭受蓄意破坏等等。

德默尔试着去想象那些不幸前辈的遭遇。与人们的普遍看法相反，领航员们并不是通过自身去折叠空间，而是通过霍尔茨曼引擎实现的。领航员们运用他们有限的预见能力来选择安全的路径。如果没有领航员的引导，飞船可以在虚无缥缈的太空穿行，但是危险的猜测终将导致灭顶的灾难。宇航公会的领航员并不能保证整个航行安全无虞——但他们能极大地提高安全概率。当不可预见的情况发生时，问题仍然会出现。

宇航公会将会尽其所能地训练德默尔，将公会所了解的一切知识都传授给他……但其中并不包括所有可能会发生的事情。整个宇宙以及宇宙中的居民们处于不断变化的状态，所有的传统教派，包括贝尼·杰瑟里特和门泰特都明白这一点。幸存者们学会了如何适应和应对各种变化，也学会了如何预见意料之外的事情。

在意识的边缘，他感觉到自己的美琅脂气罐开始在悬浮场里移动起来，落在了其他学员的气罐后面。他听到了助理教官在背诵《宇航公会手册》中的段落。气体循环器在他周围嗡嗡作响。每个细节都感觉那么清晰，那么明确，而又那么重要。他从来没想过自己的生命会如此充满活力！

他深吸了一口橘红色的美琅脂气体，感到自己所有的忧虑都渐渐消散。他的思绪又回到了正轨，平稳地滑入了他那被宇航公会强化了的大脑神经通路。

“德默尔……德默尔，我的兄弟……”

这个名字随着香料气体在他身边旋转起来，就像宇宙中有人在对他耳语。而这个名字他现在已经不再使用了，因为宇航公会给了每个学员一个公会导航码。名字通常会显现个性，强加给人一种限制和先入之见，涉及家族关系和过去的历史，带有很强的个人色彩。这与领航员的身份截然相反。宇航公会的领航员能够与宇宙相融合，在命运的纹理中看到安全的路径，出色的预见能力能让他们引导物质从一个地方飞越到另一个地方，就像太空游戏里的棋子一样。

“德默尔，你能听见我说话吗？德默尔？”那声音是从他的气罐里发出来的，但同时也来自很远的地方。他听到那音色和语调似乎很熟悉。关于自己的过去他竟然忘记了这么多吗？德默尔。那个名字已经几乎被他从脑海中抹去了。

德默尔头脑中对这个名字所产生的联系变得越来越淡漠，他那张松弛的嘴巴发出汩汩的声音：“是的，我能听到。”

在侍从的推动下，德默尔的气罐沿着一条铺好的小路滑行，朝着一座巨大的球状建筑物而去，那里是领航员们居住的地方。似乎除了他以外没人听到那个声音。

“我是克泰尔，”他的耳畔继续响起那个声音，“是你兄弟。你能听见我吗？太好了，终于成功了。你还好吗？”

“克泰尔？”这个初出茅庐的领航员感觉自己的思维意识又重新回到了自己原先的世界，部分意识受到挤压，回到了他加入宇航公会之前那种迟钝的状态。他想再做一次人类，哪怕只有一会儿。这很重要吗?

他感觉这样很痛苦，也很受束缚，就像一个人给自己戴上了眼罩，但脑海中的信息却显而易见：是的，克泰尔，是他的孪生兄弟。一个人类。他脑海中突然闪现出一些画面——他父亲穿着大使的衣装；母亲穿着宇航公会银行的制服；他的兄弟（跟他一样）有一头黑色的头发，还有一双黑色的眼睛，两个人在一起玩耍，一起探险。这些画面已经从他的意识中抹去了，就像大部分的记忆一样……但却并没有完全消失。

“是的，”德默尔说，“我知道你，我想起来了。”

在伊克斯星，克泰尔弯着腰驼着背，躲在一个阴暗的凹室里，一边拿着东拼西凑的零件组装而成的传输装置，一边心惊胆战地躲避敌人。但即使冒着生命危险也是值得的。热泪顺着他的脸颊淌下，他哽咽难言，使劲儿咽了咽口水，不让自己哭出来。特莱拉和次人们继续他们的暴行，进行着大清洗，铲除异己，将发现的任何不熟悉的技术设备和仪器都摧毁殆尽。

“在宇航公会的测试室里，他们把你从我身边带走了，”克泰尔说道，声音低沉而沙哑，“他们不让我见你，不让我跟你道别。而看着伊克斯现在所发生的一切，我这才意识到你是幸运的，德默尔。”他深吸了一口气，声音颤抖地说：“就在公会把你带走之后，我们的城市就被毁了。数十万人在战乱中丧生。现在伊克斯已经被贝尼·特莱拉统治了。”

德默尔了停了一会儿，花了一些时间重新让自己回到有限的人与人交流的方式上。“我驾驶远航机穿过了折叠空间，兄弟。银河系就在我的脑子里，我看到了数学运算，”他慢吞吞地说着，有些语无伦次，“现在我知道为什么了……我知道……啊，我跟你通话感觉很痛苦，克泰尔，怎么回事？”

“这种通讯方式伤到你了吗？”他立刻缩起身子，盯着传输器，面露关切，屏住呼吸，生怕被鬼鬼祟祟的特莱拉探子听到，“很抱歉，德默尔，也许我应该——”

“不重要。不那么厉害，像头疼……但又不一样。在我脑子里游动……又不仅在脑子里。”德默尔听上去心烦意乱，声音遥远而缥缈，“这是什么通讯连接？是什么设备？”

“德默尔，你没听见我的话吗？伊克斯被毁了——我们的星球，我们的城市现在成集中营了。母亲在一次爆炸中丧生了！我没办法救她。我一直躲在这里，冒着很大的危险跟你联系。咱们的父亲正在某处流亡，我想可能是在凯坦星上。维尔纽斯家族变节了。而我则被困在这里，只有一个人！”

德默尔的注意力仍停留在他所认为最重要的问题上：“穿过折叠空间直接通信？不可能的。跟我解释一下。”

听到这些可怕的消息，他的孪生兄弟却竟然无动于衷，这让克泰尔大吃一惊。不过克泰尔并不想指责他的兄弟，毕竟德默尔经历了这么多精神上的极端变化，他变成现在这个样子也不能怪他。克泰尔永远也不会了解他的孪生兄弟经历了什么。他之前没有通过宇航公会的测试，因为他太过害怕，也太过执拗。不然自己也可能成为一名领航员了。

克泰尔屏住呼吸，他听着头顶上的过道里传来嘎吱嘎吱的声音，远处的脚步声渐渐远去。只是些许微弱的私语声。之后一切便回归寂静，克泰尔可以继续跟他兄弟说话了。

“解释一下。”德默尔又说了一遍。

克泰尔渴望与自己的兄弟说话，说什么都行。于是他告诉了德默尔自己是如何从废墟里抢救出一些设备来的：“你还记得达维·罗格吗？就是那个老发明家，他把咱们带到他的实验室里，给咱们看他正在研究的东西。”

“瘸腿……悬浮拐杖。太老，走不动了。”

“没错，他曾经说过用中微子能量波长来进行通讯，形成一个用硅酸盐晶体盘绕的棒状网络，你还记得吗？”

“啊……又疼起来了。”

“你还是受伤了！”克泰尔环视四周，担心着继续下去的风险，“我不能再多说了。”

他的语气听起来很焦躁。而德默尔却想要继续听下去：“继续解释，需要了解这个设备。”

“有一天，在战乱之中我真的很想你，想跟你说话，这时我脑海中又断断续续闪现出罗格说话的片段。而在一片废墟里我似乎看到了罗格模糊的影子，就像一个幻觉似的。他正用年老沙哑的声音跟我说着话，像是在告诉我什么，比如我需要什么部件，怎么把那些零件组装在一起。是他给了我灵感和启发。”

“有趣。”领航员的声音平淡而毫无感情。

他的兄弟变得没有感情且毫无同情心，这令克泰尔感到十分不安。他试图询问德默尔在宇航公会过得如何，但他的孪生兄弟对这些问题显得很没有耐心，说他不能泄露宇航公会的秘密。即使对自己的兄弟也不行。他只愿意告诉克泰尔，他穿越折叠空间的感觉有多么令人难以置信。

“我们什么时候再通话呢？”克泰尔问道。他感觉到仪器已经开始发烫，这个信号十分危险，说明它随时可能坏掉。他必须赶紧把机器关上。而德默尔则因为痛苦而发出了模糊的呻吟声，但没有给出明确的回答。

不过，虽然克泰尔知道他的兄弟不舒服，但他仍想跟对方说再见，即使德默尔不再会想跟他告别了，他也依然想这么做，因为毕竟他还是个人类。“那先说到这儿吧，再见了，我会想念你的。”他终于说出了那句他很早以前就想说的话，心里的痛苦一下子减轻了不少。只是不知怎地，他感到有些奇怪，因为他不能确定自己的兄弟是否还像以前那样了解他。

克泰尔怀着内疚之心，切断了通信连接。然后坐在地上，默默无声，内心波澜起伏，各种情绪交织在一起，令他不知所措：他很高兴又和他的孪生兄弟说上话了，但同时又对德默尔游移不定的反应而感到难过。他的兄弟到底改变了多少？

德默尔本该对母亲的死和伊克斯的不幸遭遇表现出关切之情的。但是宇航公会领航员的身份却影响着全人类。所以身为领航员，不是应该更关心人类，更愿意去保护人类吗？

但这个年轻的领航员却似乎切断了与人类所有的联系，斩断了所有沟通的桥梁。德默尔的做法是宇航公会处世哲学的恰当反映，还是他由于对自己及其新能力太过沉迷而变成了一个高傲冷漠的自大狂？他有必要这样吗？难道德默尔已经断绝了与他人性有关的一切联系吗？然而现在一切都无从知晓。

克泰尔感到仿佛再一次失去了自己的兄弟。

克泰尔拿掉了自己身上的生物中微子机触点。这种机器能暂时扩展他的精神力量，开阔他的思维能力，从而使他能够与远处的交叉点进行交流。突然一阵眩晕之后，他又回到了那个被屏蔽场保护起来的匿身处，躺在狭窄的小床上。他闭上眼睛，想象着无限的宇宙，猜想着他的孪生兄弟变成了什么样子。他的脑子里嗡嗡作响，似乎那些触点还有些奇怪的残留，在他身上形成一种精神扩张的反作用。

德默尔刚才的声音听起来像是在水下说话，透过层层过滤才能听清。现在，克泰尔越想，那些话里的隐含意思就越显现出来——微妙而精炼。整个晚上他都在他那与世隔绝的隐蔽所里辗转反侧，各种想法在他脑子里来回翻腾，就像被魔鬼附了身一样。这一次的通信连接在他的大脑里激起了意想不到的火花，引起了一种惊人的反应。

接下来的好几天里，克泰尔都一直没有离开避难屋，利用那个只是雏形的装置使他的思维集中，让自己处于一种强迫性的清晰状态，独自沉浸在他那被强化的记忆里。一小时又一小时过去了，他和德默尔的对话一遍又一遍在他脑海中重复，印象也越来越清晰，那些语句和其中的隐含意思就像花瓣一样在脑海中绽放……仿佛他穿越了自己的思维和记忆的折叠空间。德默尔的话中那些微妙的含义越来越清晰显明，起初克泰尔并没有发现话里暗藏的玄机。但这只能使他对他兄弟的改变略知一二而已。

他觉得很兴奋，也很害怕。

最终不知过了多少天，他才回过神来，发现周围到处都是食品和饮料的包装袋，房间里一片狼藉。他照了照镜子，惊讶地发现自己长出了一脸粗糙浓密的深棕色胡子。他两眼布满血丝，头发也乱蓬蓬的。克泰尔几乎都不认识自己了。

如果凯莉娅·维尔纽斯现在看到他的话，一定会惊恐或轻蔑地向后退，然后把他扔到城市下层跟次人们一起干活儿。然而在伊克斯遭遇劫难，美丽的地下城惨遭荼毒之后，他对伯爵女儿那充满稚气的迷恋似乎变得不那么强烈了。克泰尔失去了很多，而这只是其中最小的损失。

而且他确信今后他还将面临更为艰巨的挑战。

不过在他梳头洗脸并把避难屋收拾干净之前，他得开始准备与他兄弟的下一次联系了。

感知主宰宇宙。

——贝尼·杰瑟里特格言

一架机器人自动驾驶的穿梭机离开了远航机所在的老金星系运行轨道，驶向瓦拉赫九号星，并向该星球传送正确的安全码，以通过姐妹会的主防御系统。这里是贝尼·杰瑟里特的大本营，但在穿梭于帝国众多星球之间漫长而迂回的航线中，这里只不过是不起眼的一个站点。

盖乌斯·海伦·莫希阿姆那浓密的头发开始渐渐变得灰白。随着年龄增长，她的身体也开始显现衰老的迹象来。她觉得几个月来，在完成了其他的任务之后，还是回到家里更好。如果把贝尼·杰瑟里特的宏大计划比喻成一条织毯的话，那么每个姐妹被派遣的每项任务都是织毯上的一条织线。没有一个姐妹知道这条织毯的全貌，也不了解由哪些人去编织哪些部分，但不管怎样，莫希阿姆完成了自己的任务。

随着她孕期的增长，姐妹会召她回家了，留在圣母学校，直到她生下那个备受期盼的女儿。只有魁萨茨圣母阿妮鲁尔了解莫希阿姆对整个育种计划的真正价值，知道她现在所怀的这个孩子是决定未来一切的关键。但即使在阿妮鲁尔的其他记忆中，那些随时能够提出各种建议的耳语者们也故意在这个问题上保持了缄默。

这架宇航公会的穿梭机上只载着她一个人。这种机器人自动驾驶的穿梭机是由李芝家族建造的，圣战的硝烟虽已散去，但人们仍惊魂未定，心有余悸。怀着对圣战的恐惧，他们刻意制造出一种外观笨重，外表由铁板覆盖的机械。它既不模仿人类的思维，外观也没一点儿人类的影子……或者说只是为了复杂而复杂。

机器人驾驶员将乘客和物资从一艘巨大的飞船里运送到某个行星的地表，然后再原路返回，周而复始，始终重复着同样的任务。它的功能比较单一，缺乏足够的程序灵活性，所以如果遇到空中交通拥堵或者天气条件恶劣等情况，便无法自行处理。机器人驾驶员只能按照设定程序驾驶穿梭机进行往返，即从远航机飞到行星表面，然后再从行星表面回到远航机……

莫希阿姆坐在靠窗的座位上，回想她对男爵实施的绝妙报复。虽然已过去好几个月，但毫无疑问男爵没起半点疑心，不过贝尼·杰瑟里特为了让仇人付出应有的代价可以等上很长时间。几年以后，当他看到那备受珍视的身体因疾病而日益虚弱和浮肿时，弗拉基米尔·哈克南男爵定会捶胸顿足，甚至可能轻生。

莫希阿姆的报复也是出于一时冲动，但男爵的所作所为实在令人痛恨，这样做也是合情合理的。就算大圣母哈里什卡也不会允许哈克南家族逍遥法外，所以莫希阿姆认为她这种自发的想法是很恰当的。这将给姐妹会节省很多时间，也省去很多麻烦。

穿梭机下降进入云层，莫希阿姆希望这个孩子能够完美无缺，因为男爵已经不能再被他们所用了。但如果还不行的话，姐妹会总会有其他的选择和计划。毕竟她们有很多不同的育种计划。

莫希阿姆觉得自己只是某个神秘基因计划的一个人选而已。她知道其他一些候选人的名字，但并不是所有候选人的名字她都知道。另外，她也知道姐妹会不希望在同一个计划中，让多个姐妹同时怀孕，因为她们担心这样做会搅乱配对指数。不过莫希阿姆确实想知道，为什么她在第一次失败后会被再次选中。她的上级没有向她作任何解释。而其他记忆里的声音也没有给出任何建议或忠告。

*这些细节重要吗？*莫希阿姆不禁自问。*姐妹会需要的那个女儿此刻正孕育在我的子宫里。*这个孩子的成功降生将会提高她在姐妹会的地位，甚至当她年老之后，可能会让她最终被选为大圣母……这一切都取决于这个女儿到底有多重要。

不过她觉得这个女孩的确*至关重要*。

莫希阿姆坐在机器人自动驾驶穿梭机里，突然感到航行出现了异常。她从狭窄的窗口向外望去，看到瓦拉赫九号星的地平线在倾斜，飞船翻转过来，失去了控制，一头向下扎去。座位周围的安全屏蔽场闪着陌生而又令人不安的黄光。机器原本平稳的嗡嗡声，此时突然变成了刺耳的尖叫，回荡在船舱，震得她耳朵生疼。

在她前面的控制板上，无数灯光疯狂地闪烁。机器人的动作因为机身的颠簸而颤抖。莫希阿姆接受过如何处理危机的训练，此时她的脑子飞快地转动起来。她知道这种穿梭机偶尔会出现故障——虽然从数据上看似乎不大可能——但由于机器人驾驶员缺乏思考和反应能力，因而危险会加剧。当危机的确发生时——莫希阿姆觉得自己此时正处于其中——发生灾难的可能性是极高的。

穿梭机垂直坠落，机身剧烈颠簸。一块块碎步似的云朵拍打舷窗。机器人驾驶员依然按照设定像往常一样按部就班地操作，不会尝试新的办法。引擎突然闪了一下光，然后熄火了。

*不可以，*莫希阿姆心想。*千万不要啊，我还怀着孩子呢。*她发自内心地认为如果自己能挺过这一关，她的孩子定会健健康康地成为姐妹会最需要的人之一。

但恐惧却向她袭来，她开始瑟瑟发抖。宇航公会的领航员们，比如这架穿梭机上方那架远航机上就有一位，他们会利用高阶空间计算法看到未来，使他们能够驾驶飞船安全地穿过充满危险的折叠空间。

难道贝尼·杰瑟里特的育种计划被宇航公会发现了？他们害怕了吗？

穿梭机继续坠落，冲向灾难和死亡。与此同时，莫希阿姆一刻不停地思考着，一系列可能性在她脑海中翻滚。她周围的安全屏蔽场逐渐扩展，闪烁着越来越黄的光。她的身体紧紧地贴着屏蔽场，眼看就快要从里面冲出来了。她双手护住自己的肚子，强烈地渴望着能活下来，期盼她那未出生的孩子平安无事——这种渴望和关切超越了狭隘的母爱，背后有着更深一层的含义。

她不知道自己怀疑是不是完全错了。在这背后是否有某种她或她的姐妹们想象不到的更强大的力量呢？难道贝尼·杰瑟里特是在通过育种计划而扮演着上帝的角色吗？撇开姐妹会对宗教的怀疑和愤世嫉俗，难道神真的存在吗？

这笑话也太残酷了吧。

她的第一个孩子生下来便是畸形，而如今她肚子里的这个孩子也将随莫希阿姆一起，难逃一死……这一切似乎另有蹊跷。但如果真有什么阴谋的话，是谁——或者是什么——在背后搞鬼呢？贝尼·杰瑟里特绝不相信什么巧合。

“‘我不能恐惧，’”她闭着眼睛吟诵着，“‘因为恐惧扼杀心智。恐惧是带来彻底毁灭的小死神。我要直面我的恐惧。我要任由恐惧掠过我身，穿过我心。当恐惧临过，我要用心中之眼看清它的轨迹。恐惧所到之处，必如风过无痕，唯我留存。’”

这是贝尼·杰瑟里特的《迎恐祷文》，由古代的一位姐妹撰写并代代相传。

莫希阿姆深吸了一口气，感觉自己的颤抖渐渐平息下来。

穿梭机暂时停止不动了，她座位旁的舷窗正好对着星球表面。引擎再次熄火。她看到陆地上一个庞然大物正渐渐逼近，她认出了那是庞大的圣母学校建筑群——一座迷宫般的白色灰泥建筑群落，屋顶是褐土制成的瓦片。

难道是穿梭机被人做了手脚，携带可怕的炸弹装置，佯装失控，撞向学校主楼？随着一声巨响，姐妹会的核心便会荡然无存了。

莫希阿姆在安全屏蔽场里挣扎，却无法挣脱。穿梭机改变了航向，地面从视野中消失。舷窗向上倾斜，露出了大气层边缘蓝白色的太阳。

这时，她的安全屏蔽场渐渐透明，莫希阿姆意识到穿梭机已经恢复了平稳。引擎再次开启，机器运转正常。在前一节机舱里，机器人驾驶员正熟练地操作飞船，仿佛什么事也没发生过似的。不过肯定是它内部的某个应急程序起了作用。

穿梭机平稳降落在大广场前面的空地上，莫希阿姆终于长舒了一口气。她冲到舱门边，打算赶紧逃到离她最近的建筑物里躲避危险……但她停下了脚步，让自己冷静下来，然后镇定自若地走出机舱。作为一名圣母，她必须保持仪态端庄。

当她走下舷梯时，众姐妹和侍从们都围过来护住她。大圣母命令扣留穿梭机，并进行全面检修和调查，寻找证据，确认是被人蓄意破坏还是只是单纯的机械故障。然而高空中的远航机却粗暴无礼地传来一个无线电信号，命令穿梭机飞回，而她们也没能阻止这道命令。

圣母阿妮鲁尔·萨朵·童金站在那里等着向莫希阿姆问候致意。她的脸上洋溢着自豪的笑容，母鹿一样的脸庞配上短短的铜褐色头发，让她看起来非常年轻。虽然大圣母经常表现出对阿妮鲁尔的尊重和听从，但莫希阿姆却从没觉得阿妮鲁尔有多重要。两个女人互相点了点头。

莫希阿姆在众姐妹的簇拥下，被护送到一个安全的大楼里，一大批全副武装的女卫兵站岗执勤，把她严密保护了起来。在这里她将会得到姐妹会的悉心照料，直到孩子出生。

“你不用再出门远行了，莫希阿姆，”大圣母哈里什卡对她说道，“你必须安全地待在这里，直到你的女儿降生为止。”

内心胆怯的人啊，要坚强不要惧怕。看呐，你们的神必来报仇，他必来把你从崇拜机器的人手中拯救出来。

——《奥兰治天主圣经》

在帝国皇宫的后宫里，按摩机正在拍打和揉捏妃子们赤裸的肌肤，用香料精油爱抚皇帝妃嫔们的丰盈玉体。这种复杂的身体保养设备可以提取皮下脂肪，改善肌肉张力，使腹部和下巴紧绷，并且可以进行微型注射，让皮肤柔嫩细腻。每一个细节都迎合了老埃尔鲁德的喜好，只不过如今的他对于这些已经不再那么感兴趣了。这四个女人是皇宫里最年长的妃子，其中格蕾拉·卡丽年已七旬，但她的身材却像是个只有她一半年龄的女人。部分原因是她经常食用香料，使自己容貌和体形始终保持年轻。

晨光透过厚厚的装甲合成玻璃照射进来，染上了一层淡琥珀色。格蕾拉的按摩结束后，机器用一条温暖的卡森毛浴巾把她裹起来，并在她的脸上放了一块浸过桉树和杜松汁的清凉薄巾。她刚才躺着的床变成了一张带有弹性感知功能的椅子，完美地贴合她的身体，坐上去非常舒适。

一个机械化的美甲装置从天花板上垂下，格蕾拉一边修剪、磨亮指甲，把指甲涂成葱绿色，一边沉思冥想，轻声低喃。之后，美甲机器滑回天花板上面的隔层里。格蕾拉站起身来，把毛巾扔在地上。一阵电场从她的脸庞、手臂和双腿掠过，除掉多余的毛发。

完美。对皇帝来说已经足够完美了。

在目前的嫔妃中，只有格蕾拉这么大年纪的人还记得珊多——那个皇帝的玩物，后来离开了皇宫嫁给了一位战争英雄，过上了“正常的生活”。那时候，在众多妃嫔中皇帝埃尔鲁德并没有对珊多太过留意，但当她离开后，他就开始责骂其他人，对于她的离去而痛恨不已，后悔不迭。在之后的岁月里，他挑选出来的妃子大多数都长得很像珊多。

格蕾拉看着其他的妃子做着同样的塑身保养，不禁在心中思忖如今皇帝的后宫已大为不同。不到一年前，这些女人还很少聚在一起，因为埃尔鲁德经常与妃子在一起，要求她们履行所谓的“皇室职责”。其中一名妃子——一个伊拉迦人，偷偷地给这只老山羊取了个绰号，叫做“老淫鬼”。这是古代人类的语言，形容他的生理能力和欲望都很强。这个绰号只在妃子之间使用，并且暗地里偷偷拿来取笑。

“最近有人见过老淫鬼吗？”在房间另一头的是四个妃子中年龄最小的两个，其中个子更高的那个妃子说道。

格蕾拉和她心照不宣地笑了笑，然后像校园里的小女生一样咯咯地笑了起来：“恐怕咱们的帝国大橡树现在已经变成垂柳了。”

老淫鬼很少再到后宫来了。虽然埃尔鲁德现在躺在床上的时间跟以前一样多，但躺着的原因可完全不同了。他的身体状况迅速恶化，每况愈下，欲望已经完全消失了。下一个要消失的很可能是他的心智。

这时叽叽喳喳的女人们突然安静了下来，惊慌地转向后宫的正门。太子沙达姆没有亮明身份就和他的同伴哈什米尔·芬伦一起进来了。由于芬伦脸形窄小，下巴尖尖，所以她们经常把他叫做“雪貂”。女人们迅速遮住自己的身体，立正站好，以示尊敬。

“什么事这么高兴啊，嗯－嗯－嗯－啊?”芬伦问道，“老远就听见你们叽叽喳喳的笑声了。”

“姑娘们只是在开玩笑。”格蕾拉言语谨慎地说。她是妃子当中最年长的，所以经常代表其他的妃子说话。

有传言说，这个身材矮小的男人刺死了他的两个情人。从他那轻飘飘、贼溜溜的举止来看，格蕾拉不由得不信。凭借多年经验，她早已学会了如何识别一个人是否残忍至极。传闻说芬伦尽管还有生理功能，但是他的生殖器生来畸形且不能生育。她从来没跟他睡过觉，也不想跟他睡。

芬伦用他那双硕大无比而又冷漠无情的眼睛打量着她，然后从她身边经过，走到两个金发碧眼的姑娘身边。太子仍然站在他身后，靠近日光浴室的门口。沙达姆身材健硕，一头红发，身穿镶着金银饰边的灰色萨多卡制服。格蕾拉知道这位帝国的继承人喜欢玩军事游戏。

“什么笑话，跟我们说说吧。”芬伦坚持道。他向那个小个子的金发女孩打招呼，那女孩才十几岁，娇小玲珑，只比芬伦矮一点儿。她的眼睛很像珊多。“沙达姆太子和我都喜欢听笑话。”

“我们只是私底下聊聊天，”格蕾拉充满保护欲地向前走了一步，回答道，“聊些私密的事。”

“不能让她自己说吗?”芬伦回头怒视着这个年长的女人，厉声喝道。他穿着一件镶金边的黑色外衣，两只手戴满了戒指。“如果她被选中来取悦帕迪沙皇帝，我相信她知道怎么转述一个简单的笑话，哼－嗯－嗯－嗯?”

“就像格蕾拉说的，”年轻的金发女孩说，“只是女孩之间的私事，不值一提。”

女孩紧紧地抓着毛巾，不让自己优美的曲线暴露出来。芬伦一把抓住毛巾的一角。女孩的脸上瞬间露出惊讶而恐惧的神色。他猛地一拉毛巾，露出了她的一个乳房。

格蕾拉愤怒地说：“别胡闹了，芬伦。我们是皇帝的妃子。除了皇帝之外，谁也不许碰我们。”

“你真幸运。”芬伦看向房间另一头的沙达姆。

太子僵硬地点了点头：“她说得对，哈什米尔。如果你愿意的话，我可以把我的一个妃子送给你。”

“可我没碰她啊，我的朋友——我只是帮她弄一下毛巾而已。”他松开手，女孩再次用毛巾遮住自己，“不过皇帝陛下……嗯－嗯－嗯－啊，最近经常临幸你们吗？我们听说他的那个地方已经不好使了。”芬伦抬头看着格蕾拉·卡丽，她比这只雪貂高多了。

格蕾拉瞥了一眼太子，想寻求支持和保护，但徒劳无功。沙达姆冷漠的目光从她身上掠过。一时间，她不禁想到如果这个皇位继承人拥有像他父亲当年那样如狼似虎的雄风，那么他在床上会是什么样子。不过她对这个人的生理能力表示怀疑。从这张冷酷无情的面孔来看，即使是躺在病床行将就木的人，床上功夫也比他强。

“老妃子，你跟我来，咱们好好聊聊笑话。也许咱们甚至可以相互借鉴一下，”芬伦说道，“我也是个爱逗笑的人。”

“现在吗，大人？”格蕾拉用另一只空着的手，指了指自己身上的那块卡森毛浴巾。

芬伦贼溜溜的眼睛半眯着，露出危险的气息：“像我这种身份的人没时间等女人穿衣服，所以我当然是说现在！”他抓起格蕾拉毛巾的一角，拉着她往前走。格蕾拉不得不跟着他走，同时挣扎着不让身上浴巾掉下来。“这边走，快点儿，快点儿。”沙达姆觉得很有趣，被动地跟在后面。芬伦强拉着格蕾拉到了门口。

“皇帝一定会听到的！”她抗议道。

“记得大点儿声喊，他耳朵不好使，”芬伦发出一阵狂笑，“况且谁去告诉他呢？有时他连自己的名字都不记得了，所以当然不会为你这样的老女人挂心。”他的语气让格蕾拉后脊一阵发凉。当老王妃在众人面前被粗鲁地拖到走廊上时，其他的妃子们吓得团团转，困惑而无助地在一旁看着。

一大清早，这里没有其他皇室成员在，只有萨多卡卫兵们立正站岗。既然沙达姆太子在这里，那些萨多卡卫兵便对眼前发生的一切视若无睹。格蕾拉看着他们，但他们却假装什么也没看见。

格蕾拉害怕自己慌乱而颤抖的声音会激怒芬伦，为了安全起见决定保持沉默。这个雪貂行事怪异，但是作为皇帝的妃子，她也没必要怕他。这个鬼鬼祟祟的家伙还不敢蠢到要害她。

她突然回头看，发现沙达姆不见了。他肯定是从另一条道溜走了。现在她完全是孤身一人跟这个卑鄙邪恶的家伙在一起。

芬伦穿过了一道安全屏障，然后一把将格蕾拉推进了一个房间里。她一个趔趄倒在了黑白相间的大理石地板上。这是一个巨大的房间，其中一面墙上有一座石砌的壁炉，这里曾是贵宾套房，但如今里面的家具都搬空了。房间里有一股新刷的油漆味儿，似乎被放置很长时间了。

格蕾拉原地不动，虽然身上只裹着一条浴巾，但她神色骄傲，毫无畏惧，并不时地抬头瞥他一眼。她尽力不表现出对芬伦的蔑视或不敬。多年的宫廷生活让她很早便学会了自保。

身后的房门被关上了。现在只剩下他们两人。沙达姆还没有出现。这个小男人想要对她做什么呢?

芬伦从他束腰外衣的护甲上掏出了一个镶着绿宝石的椭圆形东西。他按下那个东西边上的一个按钮，立时出现了一个长长的绿色刀刃，在球形吊灯的照耀下，闪闪发光。

“我把你带来不是要问你问题，老太婆。”他轻声说。接着他举起那把绿刃刀，说道：“实际上，我是想在你身上试验一下。你瞧，这是一种全新的武器。我对皇帝身边的这些行尸走肉从来都不感兴趣。”

芬伦对暗杀并不陌生。他赤手空拳杀人的次数几乎跟他阴谋制造事故或收买暴徒杀人的次数一样多。有时他喜欢暴力血腥，而有时他喜欢用阴谋诡计。在他更年轻的时候，也就是还不到十九岁的时候，为了证明自己的能力，他在夜里溜出皇宫，随意杀死了两名公务人员。直到现在他仍然在不断练习，让自己的杀人手法更加精进。

芬伦早就知道他有着杀手所必需的钢铁意志，但他惊讶地发现自己是如此享受杀人的乐趣。到现在为止，他最大的胜利便是杀死了前任太子法夫尼尔。等老埃尔鲁德一死，他便有了新的荣誉，为他的杀人履历锦上添花。因为没有比这更高的杀人目标了。

但他必须紧跟上新技术和新发明的发展和潮流。因为谁也不知道这些新玩意儿什么时候会派上用场。另外，这把神经刀实在令他很感兴趣……

格蕾拉看着闪闪发光的绿色刀刃，瞪大了眼睛。“皇帝很爱我！你不能——”

“他爱你？一个老得牙都快掉了的妃子吗？他更多时间都是在抱怨失去了珊多。埃尔鲁德老了，人也糊涂了，他永远也不会知道你失踪了，而其他的妃子则会很高兴，既少了个对手，又能再升一个等级。”

没等格蕾拉仓皇逃走，这个杀人不眨眼的家伙就已经压在她身上，速度快得令人吃惊。“你死了，没人会哀悼的，格蕾拉·卡丽。”他举起那把闪亮的绿刃刀，眼里闪烁着一团黑色的火光，朝格蕾拉捅了一刀又一刀。卡森毛浴巾掉了下来，神经刀刺进了她那光滑细嫩的皮肤。

皇帝的妃子在痛苦中惊声尖叫，不久惨厉的尖叫变成了抽吸呻吟和颤抖，最后变得毫无声息……没有伤口，没有鲜血，只有如想象中的那样痛苦。然而虽有痛苦，却没有罪证——还有比这更绝妙的谋杀吗？

芬伦满心欢喜，他跪在老王妃面前，看着她那凹凸有致的身体倒在凌乱的浴巾上。肤色完美，紧实的肌肉因死亡而变得松弛。很难相信这个女人真如他们说的那么老。肯定是食用了不少美琅脂香料，做了不少身体保养。他摸了摸格蕾拉的脖子，看了看脉搏，然后又仔细检查了一遍。已经断气了。感觉……有点儿失望。

尸体和绿色的刀刃上没有半点血迹，身上也没有很深的伤口——但他还是把这个女人刺死了。至少她认为是这样的。

这把神经刀，真是个有趣的武器。这是芬伦第一次使用这种武器。他总是喜欢在非战斗情况下测试他搞到的重要杀人工具，因为他不想在危急时刻出现意外。

这种由李芝家族发明的武器叫做“蓬塔”，那个令人厌烦的星球上有价值的发明创造不多，而这就是其中之一。虚幻的绿刃刀“咔嗒”一声缩回了刀鞘之中。受害者不仅会认为自己是被刺死的，而且通过强烈的神经刺激，她还能感觉到自己受到了致命的攻击。所以从某种意义上说，格蕾拉是被自己的意识杀死的。而此时她的皮肤上没有留下半点痕迹。

有时候，杀人见血会令杀人者更加兴奋和激动，但清理起来很麻烦，往往会引发很多问题。

他听见身后传来熟悉的声音：门开了，安全屏蔽场被关闭。他转身看到沙达姆正低头看着他。“真有这个必要吗，哈什米尔？真是浪费……不过，她早就已经没什么用处了。”

“我猜，这个可怜的老娘们是心脏病发作了吧。”芬伦从他束腰外衣的护甲上又拿出一把蓬塔，这一把上面镶着红宝石，打开之后出现的是长长的红色刀刃。“这个最好也试试。”他说，“你父亲还真能撑，比咱们预想的时间还要长。不过这东西会把他彻底解决掉的，而且干净利落，从尸体上找不到任何证据，也没有任何痕迹。何必还傻等着恩基起作用呢？”他咧嘴一笑。

沙达姆摇了摇头，好像终于有了什么新想法似的。他环顾四周，浑身发抖，竭力装出一副严肃的样子："我们还是等着吧，需要等多久就等多久。我们说好不做出格的事。"芬伦真不喜欢太子有过多自己的想法。

"嗯－嗯？我还以为你很着急呢！他一直在做错误的决定，每天都在浪费科瑞诺家族的钱，"芬伦那双大眼睛直放光，"他这种状态维持的时间越长，历史就越会把他描绘成一个可怜可悲的统治者。"

"我不能再对我父亲下手了，"沙达姆说，"我害怕会出事。"

哈什米尔·芬伦只得鞠了一躬："遵命，我的太子殿下。"

他们转身离开，留下格蕾拉的尸体继续躺在那里。迟早会有人发现的。这不是芬伦第一次如此明目张胆地杀人了，但是其他的妃子会因此清楚如果胆敢挑战他会落个什么下场。这对她们是个警告，她们会利用这个机会，互相算计，争着成为那个性无能老头儿的新宠。

等格蕾拉·卡丽已死的消息传到皇帝耳朵里时，他可能连这个女人是谁都不记得了。

人不过是丢在池塘里的一颗小石子。而如果人一旦成了一颗石子，那么他所做的一切就都不复存在了。

——禅逊尼格言

雷托和隆博每天都以厄崔迪的方式进行长时间的艰苦训练。他们以极大的热情和决心投入到日常的训练中。敦实的伊克斯王子恢复了活力，体重减轻，肌肉也紧实了。

两个年轻人发现彼此配合十分默契，是很好的格斗搭档。因为他们完全信任对方，所以雷托和隆博都能发挥出自己的极限，而不用担心双方会有危险。

虽然他们训练很刻苦，但老公爵希望的不仅仅是把被流放的王子变成一个强大的战士：他还希望能让他朋友的儿子开心，让他在这里感觉到家的温暖。保卢斯只能依靠自己的想象，猜测隆博的父母变节之后，在银河系的荒野里经受了什么样的艰辛和磨难。

杜菲·哈瓦特让他们两个人不计后果地恣意作战，磨炼他们的技能。雷托很快就发现自己和维尔纽斯家族唯一的继承人都有了显著的进步。

暗杀大师在以文化和外交为武器，以及剑术方面给了他们很多建议。根据他的建议，隆博对音乐产生了兴趣。他尝试了好几种乐器，最终确定了专心学习音调舒缓而复杂的九弦巴厘琴。他经常靠在城堡的墙上，弹奏简单的曲子，他指间流出的悦耳音符，有的是童年回忆的旋律，有的是他自己谱写的曲调。

他的妹妹凯莉娅经常一边听着他的演奏，一边学习历史和宗教。这些是年轻贵族女子的传统课程。在保卢斯公爵的坚持下，海伦娜·厄崔迪不得不出面协助授课。凯莉娅端庄娴静，温文尔雅，认真学习，接受了自己是住在卡拉丹城堡里的政治犯的身份和处境，但她想为自己争取更多。

雷托知道在他母亲那张平静温和的面孔下深藏着不为人知的怨恨。对凯莉娅来说，海伦娜是个严厉的监管者，但凯莉娅不但没有丝毫惧怕，反而被激起了更大的决心。

一天晚上，雷托的父母已经就寝。雷托爬上塔楼，想问他父亲能否允许他们乘坐一艘厄崔迪纵帆船在海上航行一天。但是当他走近公爵寝室的木门时，他听到保卢斯和海伦娜正在激烈地讨论。

“你到底给没给那两人找新地方？”从他母亲说话的语气来看，雷托很清楚她指的是谁，“如果你贿赂足够多的钱，那些边缘的小家族肯定会愿意接收他们的。”

“我不打算把那两个孩子送走，这你是知道的。他们是我们的客人，我绝不会让他们受那些可恶的特莱拉人骚扰，”保卢斯的声音低了下来，变成了咕哝，“我不明白，埃尔鲁德为什么不派他的萨多卡军队把伊克斯上的那些歹徒从洞穴里赶出去呢？”

海伦娜夫人冷冷地说：“尽管特莱拉人的人品不怎么样，但毫无疑问他们将会把伊克斯的工厂带回正道，并遵守芭特勒圣战所确立的规定。”

保卢斯愤怒地哼了一声，但雷托知道他母亲是认真的，这让他更害怕了。当她想说服自己的丈夫时，她的声音就会变得尤为激动和强烈。

“难道你不明白吗？所有这些事情都是注定要发生的。你就不该把雷托送到伊克斯去——他已经被那些人的无礼言行、傲慢思想以及对无视神的律法给腐化了。好在伊克斯被别人接管了，这才让雷托回到我们身边。同样的错误可不能再犯了。”

“错误？我对我们的儿子所学到的一切都感到十分满意。终有一天他将成为一个优秀的公爵。”雷托听到了一只靴子被扔到墙角的声音，“别瞎担心了。难道你就不为可怜的隆博和凯莉娅感到难过吗？”

海伦娜毫不动摇地回答：“出于傲慢，伊克斯的人们违反了律法，他们为此付出了代价。我该为他们感到难过吗？我不这么认为。”

保卢斯一拳重重地砸在一件家具上，雷托听到木头在石头上摩擦的声音，应该是一把椅子被砸到了一边。“我相信你很熟悉伊克斯的内部运作才做出这样的判断吧？还是你根据自己想听到的话而得出了结论，却没有任何证据？”他笑了起来，语气也温和了些，“另外，你似乎和小凯莉娅相处得很好。她喜欢跟你在一起。所以你怎么能在我面前说她的坏话，而在她面前又装好人呢？”

海伦娜听起来非常通情达理。“孩子们无法改变自己的身份，保卢斯——他们不能要求自己在哪里出生，在哪里长大，接受什么样的教育。你觉得他们看过《奥兰治天主圣经》吗？这不是他们的错。他们身不由己，我不能因此而恨他们。”

“那你——”

海伦娜突然猛烈地抨击起保卢斯来，这让站在阴暗大厅里的雷托吃惊地向后退了一步。“这都要怪你，保卢斯。是你做出了错误的选择。这个错误的选择将会使你和你的家族付出沉重的代价。”

保卢斯气得声音也变得粗哑。“我没什么选择，海伦娜，我以我的名誉保证——我别无选择。”

“你还是不顾我的警告和劝说，一意孤行。什么都是你来做决定，保卢斯，”她的声音冷得可怕，“你会尝到苦头的，会被他们害死的。”

“行了，冷静点儿，快睡觉吧，海伦娜。”

雷托心慌意乱地偷偷离开了，忘了自己要问的问题，也没有等着看他们关灯的速度有多快。

第二天，一个风和日丽的早餐，雷托和隆博站在一扇开着的窗户旁边，欣赏着海角脚下的码头。大海像一片蓝绿色的草原延展开来，蜿蜒伸向遥远的地平线。“真是个好天气。”雷托说道。他发觉自己的朋友很想念陷落的地下城市韦尔尼，大概是厌倦了这变化无常的天气，“现在该轮到我来带你参观卡拉丹了。”

他们俩沿着狭窄的崖边小路和阶梯往下走，扶着栏杆，踏着饱经风霜的拱形台阶，避开湿滑的苔藓和白色的盐雾结晶。

公爵在码头上拴了几条船，雷托挑选的是他最喜欢的小船——一艘大约十五米长的白色摩托艇，船体宽敞，前部有一个空间豁亮的小屋，下面有睡觉的地方，通过旋转楼梯就可到达。船的后部有两段甲板，分别位于中部和尾部，甲板下面是货舱。所以这种船既适合钓鱼，也适合海上巡游。另外还可以在岸上安装一些外部组装件，以改变小船的功能，比如增加船舱空间，或者将一个或两个货舱改装成睡觉或居住区域。

仆人们为他们准备了午餐，三名水手助手检查了船上的所有系统，为一天的航行做好了准备。当这些仆人和助手做着准备时，隆博看到雷托把那些人当作朋友一样对待。“你妻子的腿好点儿了吗，杰里克？你家烟棚的屋顶盖好了吗，多姆？”

最后，隆博带着好奇和惶恐不安的神情看着雷托，而雷托则拍了拍他的肩膀，说道：“你还记得你的奇石收藏吗？你和我要去潜水，寻找珊瑚宝石。”

这些珍贵的石头一般得在多节的珊瑚礁中才能找到，是卡拉丹最受欢迎和喜爱的石头，但是采集的过程还是很危险的。据说珊瑚宝石里藏着微小的生物，能引发体内自燃，看上去就像一簇簇火苗在奔腾起舞。由于具有一定危险性且成本巨大，这种宝石很少出口，不像巴塞尔星的塑石可以销往帝国里的各个星球。但这种当地的珊瑚宝石无疑是很美的。

雷托想亲自采到一颗珊瑚宝石送给凯莉娅作为礼物。凭借厄崔迪家族的财富，如果雷托愿意的话，他可以送给隆博的妹妹无数比这更贵重的东西，但是如果这份礼物是他亲手搞到的将会更有意义。不管怎样，她一定会很喜欢的。

所有的准备工作都完成之后，他和隆博登上了柳木小艇。船尾上有一面印有厄崔迪家族标志的燕尾旗，在风中噼啪作响。当水手助手们解开绳索时，一个人问道："大人，您自己能行吗?"

雷托笑着挥手，让那人走开："杰里克，你知道的，我驾驶这些船已经很多年了。更何况海面风平浪静，我们的船上还有海岸通信器。不过谢谢您的关心。别担心，我们不会走远的，只是到珊瑚礁去看看。"

隆博在甲板上转来转去，给雷托帮忙，雷托让他做什么他就做什么。他以前从来没坐过敞篷船。引擎开动，带着他们离开了悬崖，越过被屏蔽场保护的海港，进入开阔的水域。阳光像萤火虫一样在波光粼粼的海面上闪耀。

伊克斯王子站在船头，而雷托操控着小船。海水、微风和阳光都令隆博不由得沉醉其中，面露笑容。他深吸了一口气，说道："我在这里感到很孤独，但也很自由。"

从船外望去，隆博看到海面上漂着一叶叶木筏，里面装着皮叶海草和像葫芦一样圆圆的果实。那些木筏像气囊一样乘载着那些植物。"那是帕拉丹瓜，"雷托说，"你想要的话，伸手去拿就行了。如果你从来没吃过从刚海上运来的帕拉丹瓜的话，你尝一口就会立刻喜欢上那个味道的……不过我个人觉得这种瓜有点儿咸。”

在右舷远处，有一群萌萌鱼像毛茸茸的圆木一样在海里游来游去。它们体形庞大，但个性温和，与人无害。它们随着洋流漂流，发出低沉的叫声，就像低吟一样。

雷托驾着小船行驶了大约一个小时，边驾驶边查看卫星地图和航海图，朝着一片偏远的礁石群驶去。他递给隆博一副双筒望远镜，并指向一片波涛汹涌的海面。孤立的黑色岩石石脊微微露出水面，犹如正在沉睡的海怪那绵延的脊背。

“那就是珊瑚礁，”雷托说道，“咱们在半公里外抛锚，这样就不会有被礁石撞裂船身的危险。然后我们就可以去潜水了。”他打开一个暗格，从里面拿出袋子和小铲刀，每人一个。“珊瑚宝石生长的地方水并不很深，所以不用氧气罐也可以潜水。”他拍了拍隆博的后背，“到了你显身手的时候了。”

“盯着你别出事，就够我操心的了。”隆博反驳道。

当小船抛好锚后，雷托用一个扫描仪对准船外，绘制出水下的暗礁轮廓。“看看这个，”他让他的朋友看着屏幕，“看到那些裂缝和小洞穴了吗？在那里就可以找到珊瑚宝石。”

隆博看着扫描仪，点了点头。

“每一颗珊瑚宝石都包着一层外壳，看上去就像生长在它们周围的结痂。外表看起来并没什么，但是一旦你打开外壳，就会看到世上最美的珍珠，就像璀璨的星星滴落凡间。你必须让它们一直保持湿润，因为暴露在空气中会让它们瞬间氧化，变得非常易燃。”

“哦。”隆博说。他不太明白雷托的意思，但是虚荣和骄傲之心作祟，让他不愿去问。他摸索着系上腰带，腰带上面系着小铲刀和一个小小的水下照明灯，用来探照最黑暗的洞穴。

“等下到水里后，我会给你带路的，”雷托说，“你能在水下憋气多久？”

“自然是跟你一样久。”伊克斯王子说。

雷托脱下了自己的衬衫和裤子，隆博也急急忙忙把自己的衣服脱掉。两个年轻人同时跳入水中。雷托向下划水，潜入温暖的海水中，一直朝水深处游，直到感觉自己头骨周围有压力袭来。

这座巨大的暗礁是一处盘旋缠绕，始终淹没在水下的壮美景观。一丛丛珊瑚藻在温和的水流中摇曳，它们用藻叶上的小嘴来捕食水中的浮游生物。宝石色的鱼群在层层叠叠的珊瑚洞里进进出出，游来游去。

隆博抓住雷托的胳膊，指向一条长长的紫色鳗鱼。只见那条鳗鱼正拖着一条像羽毛一样的彩虹色尾巴，从他们眼前漂游而过。伊克斯王子脸颊鼓鼓的，尽力在控制自己的呼吸，样子看起来很滑稽。

雷托抓着粗糙的珊瑚，向前爬去，不时往裂缝里张望。在寻找珊瑚宝石的过程中，他一直用水下照明灯照亮。肺里隐隐作痛，他终于找到了一个褪色的珊瑚外壳，并给朝他游过来的隆博发信号。但是当雷托拿出他的小铲刀准备撬开珊瑚宝石的外壳时，隆博拼命挥舞自己的手臂，以最快的速度向上游去，因为他肺里的氧气已经耗尽了。

尽管雷托胸口怦怦直跳，但他仍然留在水里。最终他撬开了外壳，看样子很可能是个中等大小的珊瑚宝石。他带着珊瑚宝石向上游去，胸口感觉就像快要裂开似的，最后，他终于游了上来，浮出水面，看见隆博正抓着小船边缘，喘个不停。

“找到了一个，”雷托说，“看。”他把宝石放在水里，用钝刃的刀子轻敲它的外壳，直到外壳裂开。里面是一个有些畸形的卵形物体，闪烁着珍珠般的光芒，微光点点，就像熔化了的沙子在透明的环氧树脂中流动。

“太美了。”隆博说。

浑身湿淋淋的雷托从水里上来，爬上救生船旁边的中部甲板。他把一只桶扔到海里，灌满海水，再提上来，然后趁着手里的珊瑚宝石还没干透，立刻把它扔进了装满水的桶里。“现在你得自己去找珊瑚宝石了。”

王子的一头金发被海水浸湿，贴在头上。他点了点头，深吸了几口气，然后再次潜入水下。雷托跟在他身后。

不到一个小时，两人就收集了半桶美丽的珊瑚宝石。“真是收获不小。”雷托蹲在甲板上说道。身旁的隆博看着这些宝石入了迷，把手伸进桶里。“你喜欢吗？”

隆博咕哝了一声，两只眼睛闪烁着孩子一般开心的神采。

“忙活了半天，弄得我胃口大开，”雷托说，“我去准备吃的。”

“我也饿了，”隆博说，“呃，需要帮忙吗？”

雷托挺直身子，高傲地扬起他的鹰钩鼻，说道：“先生，我是长居此地的公爵继承人，有一份长长的履历，能够证明我有能力准备一份简单的饭菜。”他大摇大摆地走到避风的厨房里，而隆博则在湿漉漉的珊瑚石堆里，翻来翻去，就像一个孩子在玩弹珠。

这些美丽的珊瑚石，有些是完美的球形，有些则有些畸形和凹陷。隆博很奇怪，为什么有些宝石闪耀着一种内在的光芒，而有些宝石相比之下，就显得有些黯淡。他拿出其中最大的三块石头，放在船中部的甲板上，看着它们在阳光下闪闪发光，珊瑚壳内的光彩被一层苍白的阴影笼罩。他发现了这几块宝石的不同，琢磨着他和雷托能拿这些宝石做些什么。

他很想念他曾经在伊克斯收集的那些宝石和水晶，还有玛瑙和晶洞玉石。他在伊克斯的洞穴、隧道和竖井中四处寻找才搜集到了那些宝石。通过搜集和探寻的过程，他学到了很多有关地质学的知识——但在这之后，特莱拉人就入侵了伊克斯，把他和他的家人赶出了自己的家园。他被迫放弃了一切。虽然他没有说，但隆博心中暗暗决定，如果能再见到他母亲的话，他要为她送上一份大礼。

雷托从厨房门外探出头来，喊道：“午餐准备好了，快来吃吧，不然我就拿这些东西来喂鱼了。”

隆博一路小跑，进入船舱，坐在小桌旁。雷托端上来两碗热气腾腾的卡拉丹牡蛎杂烩饭，配上来自厄崔迪家族酒庄的新酿红酒。“这是我外婆亲传的食谱，是我最喜欢吃的一道菜。”

“嗯，不错。真没想到你真能把饭做成了。”隆博尝了一口碗里的饭菜，舔了舔嘴唇，说道：“还好，我妹妹没来，”他试图掩饰自己揶揄的语气，“不然的话，她可能会穿着漂亮的衣服坐在船上，绝不会跟我们一起下去游泳的。”

“没错，”雷托有些不置可否，“你说得对。”显然，明眼人都看得见他和凯莉娅是如何眉来眼去的，但是隆博明白，从政治上说他们之间的恋情往好了说，是不明智的，往坏了说则是十分危险的。

在他们身后的中部甲板上，太阳直射下来，晒热了木板，晒干了溅起的水渍，使脆弱的珊瑚宝石暴露在含有氧气的空气中。与此同时，三颗最大的宝石迸发出白炽的火焰，融合成一颗炽热的微型新星，其热度足以烧穿一艘金属星际飞船的外壳。

雷托立刻跳了起来，不小心打翻了自己的那碗杂烩饭。透过宽大的强化玻璃舷窗，他看到蓝橙色的火焰正在窜起，点燃了甲板，甚至包括救生艇。其中一颗宝石碎裂开来，滚烫的碎片朝四处飞溅，每一块碎片都引起了二次火灾。

眨眼间，又有两颗宝石完全烧穿了小船的甲板，掉进了下面的货舱里，吞噬着里面的大木箱。一颗宝石烧着了一个备用燃料罐，引起剧烈的爆炸，另一颗宝石则一路烧穿了船底，直至被清凉的海水熄灭。柳木船的船身虽然经过阻燃剂处理，但无法承受如此高的温度。

雷托和隆博冲出厨房，互相大喊大叫，但却不知道该怎么办。“火！咱们得灭火！”

“那些可是珊瑚宝石！”雷托一边说话，一边寻找灭火的东西，“燃烧起来会很旺，不容易扑灭。”熊熊的火焰舔舐着甲板，小船随着船底的爆炸而剧烈摇晃。在船的吊杆上，救生艇损失严重，完全被笼罩在大火之中。

“船要沉下去了，”雷托说，“可咱们离陆地太远。”他抓起一个化学灭火器，朝大火喷去。

他和他的同伴从前面的隔室里拿出水管和水泵，用海水浇淋船上的大火，但整个船舱都已经被火焰吞没了。油腻腻的黑烟从顶层甲板的裂缝中飘过。报警声哔哔响起，表明船上渗入了大量海水。

“咱们要沉下去了！”隆博一边看着仪表数据，一边大喊，并因为刺鼻的浓烟而咳嗽连连。

雷托把一件救生衣扔给了同伴，并在腰间系上了另一件救生衣。“连接海岸通信器，报告我们的位置，发送求救信号。你知道怎么操作吗？”

隆博大声喊着肯定的回答，与此同时，雷托又拿了一个化学灭火器灭火，但很快就用完了。他和隆博会被困在这里，随着船只的残骸一同在海中漂流。他必须到达陆地，在那里安顿下来，等待救援。

他记得父亲曾经教导过他：“当你发现自己身处一场看似无法逃脱的危机时，首先要解决可以解决的部分。然后，当所有的可能性缩小之后，就着手解决最困难的部分。”

他听到了隆博对着海岸通信器大喊，重复着求救信号。雷托此时不再关注大火。因为船正在下沉，很快就会没入水下，从而把他们困在海里。他朝左舷望去，看见礁石周围泛起海水的泡沫。他连忙冲进船舱。

趁着大火还没烧到船尾的引擎，他立刻开动船只，用紧急切断的方法切断船锚，向暗礁冲去。燃烧着的小船就像水面上划过的一颗彗星。

“你在干什么？”隆博大喊道，“咱们要去哪儿？”

“珊瑚礁！”他喊道，“我试着让船在那儿搁浅，这样咱们就不会沉下去了。然后你和我就再着手灭火。”

“你要让咱们撞上礁石吗？你疯了！”

“难道你宁愿待在这里被水淹没吗？不管怎样，这艘船都得沉了。”仿佛是为了印证他的观点，甲板下另一个装着燃料的小罐子突然爆炸，震得地板剧烈地颤抖。

隆博紧紧抓住厨房的小桌子以保持平衡。“就按你说的吧。”

“你收到海岸通信器的回信了吗？”

“没有，但愿他们能听到。”雷托让他继续呼叫，他照做了，但仍然没有收到回复。

海浪在他们周围盘旋，几乎要没过了甲板栏杆。滚滚黑烟直冲云霄。大火吞噬了发动机舱。小船摇曳着越来越往下沉，很快就要没入水里了。雷托推着引擎，仍旧朝着礁石冲去。他不知道自己能否赌赢。如果他能让小船冲上礁石，他和隆博就能安全地待在残骸旁边。他也不知道救援人员多久才能赶来。

白色的巨浪在他们面前升起，仿佛被恶魔驱使一般，宛如形成了一道巨大的屏障。但雷托仍然坚持航行，并没有放慢速度。“抓紧了！”

在最后一刻，大火吞没了引擎。小船凭借着迅猛的冲力向前滑行，最终撞上了凹凸不平的礁石。船猛然停下，把雷托和隆博甩到了甲板上。隆博捂着脑袋，站起身来，眨了眨眼睛，眼前一片茫然。血顺着他的前额往下流，伤口紧挨着他逃离伊克斯时所受的旧伤。

“咱们快走！下船！”雷托喊道。他抓住同伴的胳膊，把他推出船舱。雷托从前面的隔舱里把水管和便携式水泵扔进了泛着泡沫的水里。“把水管的一头浸入你能触到的最深的水里！尽量不要让礁石划伤自己。”

隆博爬过栏杆，雷托紧随其后，试图在汹涌的潮汐和奔涌的海浪中保持平衡。小船被礁石钩住了，所以现在他们不必担心会溺水，不过即使如此也很不舒服。

水泵启动了，两个男孩一人拿着一根水管，海水从两个水管里喷出来，像厚厚的幕帘一样，浇在熊熊火焰上。隆博擦去眼角的血滴，用水管不停地淋船上的大火。他们不停地向小船喷水，最后，大火终于渐渐被熄灭，只剩下点点余烬。

隆博看上去像只落汤鸡，惨兮兮的。但雷托却异常兴奋："打起精神来，隆博。你想想，伊克斯的叛乱几乎把整个星球都毁掉了，但咱们还是死里逃生。所以相比之下，这点儿小火灾算什么，不就跟小孩过家家似的吗，你说呢?"

"嗯，没错，"隆博闷闷地说，"这是我这么多年来，玩得最开心的一次。"

两人坐在齐腰深的水里，无聊地用水管往火上浇海水。烟雾不断升腾，直入卡拉丹晴朗的天空，犹如一座遇难的灯塔。

不久，他们听到从远处传来轰鸣声，声音越来越强劲，那是大马力发动机的声响。不一会儿，一艘高速水翼船出现在他们的视野中，那是一艘双体船，能够以惊人的速度在水上航行。只见那艘船绕过岩石，越来越近。在船头甲板上站着的是杜菲·哈瓦特，正对雷托摇头，表示不满。

发号施令的责任之一就是必要的惩罚……但必须是在受害人提出诉求的前提下。

——拉斐尔·科瑞诺王子，《银河系帝国的领导论》第十二版

她那巧克力色的头发凌乱不堪，衣服也撕破了，完全不适合在沙漠中行走。女人抬起头，望着一望无际的沙漠，寻找着逃跑的机会。

詹妮斯·米拉姆抬头侧望，眼里闪烁的泪水，在阳光下炙热滚烫。看到悬浮平台上站着的哈克南男爵和他的侄子拉班，她突然加快了速度。她的双脚陷入沙粒之中，使她难以保持平衡。她跌跌撞撞地走向空旷的沙漠荒野，那里更加酷热干燥，也更加致命。

被埋在附近沙丘背风处的沙槌，此刻正砰砰作响……似乎在呼唤着什么。

她试图找到一个岩石堆或者阴凉的洞穴，甚至一块巨石的阴影处进藏身。至少她想死在别人看不见的地方，这样他们就无法嘲笑她了。但是哈克南家的人却把她扔进了一片开阔的沙海。詹妮斯滑了一跤，吃了一嘴沙子。

男爵和他的侄子站在悬浮平台的安全之处，看着她在沙漠中挣扎爬行。周围的侍卫穿着像制服一样的蒸馏服，面罩垂了下来。

他们几个星期前才从杰第主星回到厄拉科斯，詹妮斯是前一天乘坐监狱船来的。起初，男爵想要在巴洛尼城处决这个奸诈的女人，但

拉班想亲眼看她在炙热的沙漠中受尽煎熬，惩罚她帮助邓肯·艾达荷逃跑。

“她在下面显得多么渺小啊，不是吗?”男爵毫无兴趣地说道。有时他的侄子确实有些独特的想法，不过他却缺乏专注，懒得去付诸实践。“这比简单的砍头要有趣多了，而且对沙虫来说也有好处，它们有东西吃了。”

拉班粗壮的喉咙里发出低沉的声音，听起来就像动物的嗥叫：“应该不会太久。那些沙槌总是能引来沙虫，总是如此。”

男爵站在高高的平台上，感受着灼热的阳光，皮肤上渗出晶莹的汗珠。他的身体隐隐作痛，这种情况已经持续好几个月了。他把悬浮平台向前推了推，好更清楚地看到他们的受害者。他若有所思地说：“据我所知，那个孩子已经是厄崔迪家的人了，负责照看公爵的萨鲁撒公牛。”

“要是我再见到他的话，他就死定了，”拉班擦去晒黑的额头上咸咸的汗水，“不光是他，只要是厄崔迪家的人，我抓一个杀一个。”

“你倒是挺像头公牛的，拉班，”男爵紧紧抓住他侄子的肩膀，说道，“但不要把精力浪费在无关紧要的事上。厄崔迪家族才是我们真正的敌人——而不是那个微不足道的小马夫。马夫……哼……”

在平台下面，詹妮斯脸朝下滑下了沙丘的斜坡，又爬了起来。男爵低沉地一笑，说道：“她永远也逃不开这沙槌了。”沙槌不断敲打，持续不停地引起地下的共振，那响亮的共鸣犹如死亡之歌的鼓点，从远处飘来。

“外面太热了，”拉班抱怨道，“就不能带个遮篷来吗?”他把蒸馏服上的水管拉到嘴边，不情不愿地喝了一口温水。

“我喜欢流汗。这样能清除体内的毒素，对身体有好处。”

拉班坐立不安。他看厌了那个女人在沙漠中笨拙地奔跑，于是转而看向灼热的沙漠，寻找一个正在逼近的庞然大物的踪迹。“哦，对了，皇帝硬塞给咱们的那个行星学家怎么样了？我还带他去捉过一次沙虫呢。”

“你是说凯恩斯吗？谁知道呢，”男爵哼了一声，“他总是待在沙漠里，偶尔冷不丁地来迦太格递送报告，然后就又消失了。有一段时间没有他的消息了。”

“要是他有个三长两短的怎么办？咱们会不会因为没照看好他而惹上麻烦？”

“我想不会的。埃尔鲁德的精神已经大不如从前了，”男爵笑了笑，带着一种讥讽的鼻音说道，“不过即使在盛年时，皇帝的脑子也没有多灵光。”

那个深色头发的女人此时身上沾满了沙子和灰尘，在沙丘之间艰难地穿行。她双脚陷入沙子，跌倒后又挣扎着站起来，始终没有放弃。

“真讨厌，”拉班说，“光是站在这儿看，一点儿挑战都没有。”

“有些惩罚很容易，”男爵说，“但光是容易往往还不够。除掉这个女人并不能抹去她在哈克南家族荣誉上留下的污点……这里面还有厄崔迪家族的协助。”

“那咱就把惩罚加大吧，”拉班咧着厚厚的嘴唇，说道，“把厄崔迪家族也算里头。”

男爵感觉炽热的阳光照在他那张暴露在外的脸上，享受着灼热的沙漠沉闷的寂静。他微微一笑，脸上的皮肤几乎要裂开了。“也许会的。”

“会怎样，叔叔？”

“也许是时候除掉老公爵，拔除我们身边那根碍眼的硬刺了。”

拉班脸上露出满怀期待的神情。

男爵的平静激起了他侄子的兴奋。他把双筒望远镜的镜头对准沙漠，对焦远处，希望靠自己发现沙虫的踪迹，而不是依靠扑翼机的侦察。最终，他感觉到地上的震动正步步逼近。同时他感觉到自己的脉搏与沙槌的在同步跳动：砰……砰……砰……

沙漠上出现了一个个新月形沙丘的痕迹，犹如一道道带着阴影的涟漪，向地平线扩散开来，形成一个移动中的细长沙丘带，宛如一条大鱼在水面下游动。在炎热而静滞的空气中，男爵听到了那只游动中的巨兽发出的刺耳摩擦声。他兴奋地抓住拉班的胳膊，指着巨兽出现的地方。

拉班耳朵里的通信器叽叽喳喳地叫着，耳机里传来一个带着噪声的响亮声音，甚至连男爵都能听到那含糊不清的喊叫声。拉班猛击了一下那个装置，喊道："我们知道了！正看着呢！"

当那条埋在地下的沙虫像火车头一样迅速逼近时，男爵继续沉思着："你知道的，我一直与……卡拉丹上的一些人保持着联系。老公爵是个墨守成规的人。而习惯是很危险的。"他笑了，嘴唇紧闭，被强光照得眯起了眼睛。"我们已经在那里安插了密探，我有个计划。"

在他们远处的沙丘上，詹妮斯转过身来，惊恐不已地狂奔。她已经看到了迎面而来的沙虫。

起伏的沙粒在一座鲸背沙丘的背风处达到了最高处。巨大的爆炸犹如巨浪吞噬码头一般，沙槌顷刻间消失在长满锋利晶牙的庞然大口里。

"赶快移动平台，"男爵催促道，"跟上她！"拉班操纵者悬浮控制器，使其飘浮在沙漠上空，以便更好地观看下面的景象。

随着女人的脚步声，沙虫改变了路线。这头巨兽潜入地下，像鲨鱼一样寻找新的猎物，此时沙地上再次泛起了涟漪。

詹妮斯瘫倒在沙丘顶上，惊恐地颤抖着，用膝盖顶住自己的下巴，尽量不发出声音，避免把沙虫引来。沙子在她周围飞旋。她僵住不动，屏住呼吸。

巨兽停下了脚步。詹妮斯吓得缩成一团，默默祈祷。

拉班把悬浮平台停在那女人的上方。詹妮斯瞪着哈克南一家，下巴紧闭，眼睛像凌厉的匕首，犹如一头困兽被逼得走投无路。

哈克南男爵伸手抓起了一个空的香料酒瓶，在漫长的而炎热的等待期间，这瓶酒早已被喝干了。他笑着举起棕色的玻璃瓶，像是在敬酒。沙虫在地下等待着，即使是轻微的动静，也能引起它的警觉。

男爵把酒瓶扔向那个肤色黝黑的女人。玻璃瓶在空中翻滚，反射出一缕缕阳光。砰的一声，它击中了詹妮斯脚边几米处的沙子。

于是沙虫立即猛扑向她。

詹妮斯一边大声咒骂哈克南一家，一边从山坡上冲了下去，身后掀起一阵沙崩。这时，她脚下的地面突然陷落，就像打开了一扇活板门。

沙虫张开血盆大口。阳光下，它那长满晶牙的大嘴闪闪发光，犹如一个巨大的洞穴，把詹妮斯和她周围的一切都一并吞没。接着，这条巨大的沙虫像鲸鱼沉入海底一般，钻进沙地下面，只剩沙尘飘荡在摇曳的空气中。

拉班碰了碰他的通信器，问头顶上的侦察飞船是否拍摄到了高分辨率的全息图像。“我连她一滴血都没看到，一声惨叫也没听到，这就完了。”声音听起来很失望。

“你愿意的话可以掐死我的一个仆人，”男爵提议，“如果这样能让你好过一点的话。不过这只是因为我心情好。”

他站在悬浮平台上，凝视着下面平静的沙丘，知道那下面潜伏着重重危险和死亡。他真希望刚才在沙漠里的人是他的老对手保卢斯·厄崔迪公爵，而不是那个女人。如果被沙虫吞噬的是厄崔迪公爵的话，他一定会下令让每一台哈克南的全息记录仪都运转起来，这样他就能从各个角度好好欣赏，一遍又一遍看着公爵被沙虫吞没，体验着把他生吞活剥的快感。

没关系，男爵告诉自己。对付那个老家伙，我自有妙计。

说真话，总会很容易，而且往往是最有力的论据。

——贝尼·杰瑟里特格言

邓肯·艾达荷透过力场栏杆望着那头巨大的萨鲁撒公牛，他用属于孩子的眼光审视着凶猛动物那双多面的眼睛。这头公牛身披墨一般漆黑的鳞片，长着好几只角，另外还有两个脑袋，而它脑海中只有一个念头：消灭一切会动的东西。

男孩已经在马厩里干了好几个星期了，即便是最脏最累的工作，他也尽自己最大的努力去做，比如给战斗公牛喂食和浇水，无微不至地照料它们，还有清理它们肮脏的笼子等等。这些动物都被关在力场防护栏后面，以防它们伤害到他。

他很喜欢他的工作，有些人可能会觉得他的这些工作有辱人格。但邓肯甚至都不觉得它们低级，尽管其他几个马夫都这么说。对他来说，这不过是一些杂活儿而已，他认为以自由和幸福作为报酬已经绰绰有余了。这全都要仰仗于他的恩人保卢斯·厄崔迪公爵的慷慨大度，因此他全心全意地敬爱这位老人。

邓肯现在吃得也很好，还有一个温暖的地方让他住，随时都有干净的衣服等生活必需品。尽管没人对他提出什么要求，但他还是尽全力地工作，拼劲十足。他甚至还有了一些休闲时间，比如和其他工人去他们的专属体育馆和娱乐厅玩。而且只要他愿意，他也可以随时到海里去游泳。码头上甚至还有个非常友善的人偶尔带他去钓上一整天的鱼。

到目前为止，老公爵一共养了五头变异公牛供他游戏。邓肯曾试图与这些野兽交朋友，尝试着用香甜的青草或是新鲜的水果来贿赂它们，打算以此驯服它们，但却被愤怒的马夫长伊雷斯克抓了个正着。

“它们是老公爵用来斗牛的——你认为大人能高兴看到它们被驯服了吗?”他那双大肿眼睛被邓肯气得更大了。白发苍苍的马夫长是在公爵的命令下才不情愿地接受邓肯的，但他没有给邓肯任何特殊的待遇。“他是想让这些牛攻击。大人在托罗斯广场斗牛时，他肯定不希望看到它们打起呼噜来。那样的话，老百姓会怎么想呢?”

邓肯垂下了眼睛，后退了几步。他一直都很听话，所以他再也没有试图把这些野兽当作他的宠物。

他曾看过公爵先前表演的全息影像，也曾看过其他著名斗牛士的表演，每当他略带伤感地看着公爵凭借漂亮的突击杀死猎物，他都会惊叹于厄崔迪公爵那万夫不当之勇和成竹在胸的自信。

卡拉丹举行的上一次斗牛表演还是为了庆祝雷托·厄崔迪离开星球去上学。现在，在好几个月过去之后，卡拉丹即将迎来一场新的斗牛表演，这是老公爵本人最近才刚刚宣布的，而这一场表演据说是为了招待他从伊克斯来的客人，他们是作为放逐者来到卡拉丹的。放逐者，其实从某种意义上说，邓肯也是个放逐者呢……

虽然，邓肯在城堡外的公共建筑里有他自己睡觉的地方，大部分城堡的工人都住在那里，但有时邓肯也会睡在马厩，在那儿，他能听到动物们的呼吸声和它们的呼噜声。他不在乎马厩的恶劣环境，毕竟他这辈子有过比睡马厩更糟糕的经历。再说马厩本身也挺舒适的，他喜欢和动物们相处。

每当他在外面睡觉时，他都能在睡梦中感知到公牛的动静。他觉得自己应该已经掌握了它们的情绪和本能。然而这些天来，动物们变得越来越烦躁，在它们的力场围栏里横冲直撞的……好像知道他们的宿敌，也就是老公爵本人正在计划另一场斗牛似的。

年轻的邓肯站在笼子外面，看着这些萨鲁撒公牛为了挣脱围栏，拼命撞向想象中的对手，最后在栏杆上撞出一个个又新又深的痕迹。

有什么地方不对劲，邓肯心里十分清楚这一点。他花了那么多时间观察公牛，他觉得自己已经可以理解它们的本能了。他知道它们应该是什么反应，也知道如何激怒它们，如何安抚它们——但眼前这种行为模式很不同寻常。

但是，当他向马夫长伊雷斯克报告这件事情的时候，那个瘦骨嶙峋的男人突然惊慌失措起来。他挠了挠头上稀疏的白发，随后脸色大变。他用那双多疑的、浮肿的眼睛盯着邓肯，说道："喂，这些公牛什么毛病也没有。如果我不认识你的话，我甚至会觉得你是个想要惹麻烦的哈克南人。现在给我滚吧。"

"哈克南人？我恨死他们了！"

"你以前可是跟他们混在一起的，小马耗子。我们厄崔迪人可是身经百战，都知道要时刻保持警惕的，"说着他狠狠推了一下邓肯，"你没事儿干了吗？要不我再给你多找些活儿来？"

他听说伊雷斯克曾是李芝家族的人，所以他其实并不是个正牌的厄崔迪人。尽管邓肯不打算让步，但他却没立马开口反驳这个马夫长："我曾是他们的奴隶啊，他们把我当野兽一样，来玩他们的猎杀游戏。"

伊雷斯克垂下了他那浓密的眉毛。他身材瘦长，头发灰白，看上去就像个稻草人一样。"就算你是个老百姓，但各大家族之间的宿怨可是很深的。我怎么知道你心里打什么算盘？"

"这和我告诉你公牛的事情毫无关系啊，先生，"邓肯解释道，"我只是在担心。再说我也不清楚你说的什么家族恩怨。"

伊雷斯克笑了起来，没有把邓肯的话当回事："厄崔迪家族和哈克南家族的宿怨可以追溯到几千年前。你没听过科林战役、大叛逆、赫雷斯吉尔之桥？还有那个懦弱的哈克南人祖先是如何差点让人类输掉与万恶的思维机器的战争的？科林当时是我们最后的阵地，如果不是厄崔迪家族拯救了全人类，我们就会万劫不复了。”

“我没学过多少历史啊，”邓肯说道，“光是找吃的就够难的了。”

马夫长抬了抬皱巴巴的眼皮，露出了又大又和蔼的眼睛，好像拼命要表现得像个慈祥的老人似的：“行啊，行啊，我跟你讲啊，厄崔迪家族和哈克南家族曾经是盟友，甚至可以算是朋友了，但在那次背叛之后就再也不是了。自从那时起，我们之间的仇恨之火就一直没有灭——而你，孩子，来自杰第主星。那可是哈克南人的故乡，”伊雷斯克耸了耸肩，接着说道，“你不会指望我们完全信任你吧？你最该感谢的就是老公爵对你的信任了。”

“但我与科林战役无关啊，”邓肯说，好像仍然没听明白似的，“再说这和公牛有什么关系？你说的那都是很久以前的事了。”

“合着今天下午我对你讲的都是废话啊，”伊雷斯克边说边从墙上的一个尖架子上取下了一个长柄刮粪器，“从现在起，你得把你这些小想法儿都给我藏在心里。这里的每个人都清楚自己应该做什么。”

尽管邓肯一直在努力地工作，拼尽全力地争取自己在这里的位置，但他来自哈克南家族的事实仍持续不断地增添他的悲伤。其他的一些在马厩工作的人，不仅仅是伊雷斯克，也把他当作一个几乎毫不掩饰自己身份的间谍……你说他们也不想想，拉班把一个九岁的奸细派到这里能做什么呢，邓肯就是不明白。

然而，直到眼下这一刻，他才真觉得自己被这种偏见冒犯到了。“公牛就是有问题，先生，”他坚持道，“公爵在斗牛之前必须要知道这件事。”

伊雷斯克再次嘲笑了他：“假如我在工作中真的需要一个孩子的建议，我一定会先问你的，小艾达荷。”说完马夫长转身离开了，邓肯只得回到马厩，继续盯着那群激动、凶猛的萨鲁撒公牛观察。而它们，则用凶残的多面眼睛回瞪着他。

这里面出了严重的问题了。他清楚这一点，但没人听他的。

不完美，如果从适当的角度看，可能是极其宝贵的。伟大的学派会不断地追求完美，常常发现这个说法很难理解，直到宇宙向他们证明，没有任何事物是随机的。

——来自《古老大陆的哲学》，遗留手稿之一

圣母学院，在她那被隔离和保护起来的漆黑卧室里，莫希阿姆挺着肿胀的大肚子，猛地坐了起来。她的皮肤紧绷有如皮革一般，毫无青春的弹性。她的被褥也被汗水浸透了，刚刚那个噩梦仍然萦绕在她的脑海里。她的后脑勺被血和火组成的幻象不断冲击。

这是一个预兆，一个信息……这是一种任何贝尼·杰瑟里特姐妹都无法忽视的征兆啊。

她想知道她的护士到底给她喂了多少美琅脂，以及这些香料是不是和她的其他药物产生了什么反应。她的嘴里到现在还留着姜肉桂的苦味。一名孕妇服用香料的安全量到底是多少呢？莫希阿姆越想越害怕。但无论她怎样试图为自己的恐惧找借口，她都不能忽视预兆的力量。

梦境……噩梦……先见之明——都在描述足以动摇一个千万年历史的帝国的恐怖景象。这是个永远都不应该实现的未来！她不敢忽视这个警告。但自己真的正确地解读了这个预兆吗？

盖乌斯·海伦·莫希阿姆圣母在雪崩开始之前，就是那块小小的

鹅卵石。

姐妹会真的知道她们在做什么吗？还有她肚子里的宝宝怎么办？还有一个月就到预产期了。幻象的焦点可都是集中在她女儿身上啊。某些重要的事，某些可怕的事……她的那些圣母姐妹看来并没有把一切都告诉自己，现在就连其他记忆中的圣母们也开始害怕起来了。

窗外的雨水让整个房间散发出一股潮湿的气味：旧的石膏墙又潮湿又疙疙瘩瘩的。尽管精确的暖气输送让她的私人房间一直保持着舒适的温度，但最温馨的感觉还是来自她床铺对面的火炉里的余烬——这是一种低效的不合时代的物件，但柴火的香气和煤炭的橙黄色光芒能带给人一种原始的满足感。

毁灭之火，从一个星球到另一个星球，最终横扫整个银河系的地狱烈焰。圣战！圣战！如果贝尼·杰瑟里特为自己女儿制定的这个计划真出了什么问题，那么全体人类的命运将危在旦夕。

莫希阿姆从床上坐起来，试图让自己镇定下来，她迅速检查了自己的身体系统。没有什么情况，生理上一切正常，甚至处于最佳状态。

这只是一场噩梦……还是说真的是个预兆？

理智上，她知道自己不能找借口，但她必须留心这个预兆所带来的后果。更何况其他记忆现在知道真相了。

莫希阿姆一直被姐妹会密切地近距离观察着——甚至可能现在也是如此。在她房间的角落里有一盏紫色的灯，就与夜视电子眼相连，线路的另一端就是观察员，会定期向阿妮鲁尔·萨朵·童金圣母报告，这个年轻的圣母似乎背负着超越她年龄的重担。终于，在莫希阿姆的梦中，其他记忆的神秘声音向她暗示了阿妮鲁尔在这个项目中的地位。看来这噩梦甚至吓到了其他记忆，让这些原本一直沉默的声音都不得不含蓄地做了些解释。

魁萨茨·哈德拉克。捷径之法。贝尼·杰瑟里特姐妹会自古以来追求的救世主和超级人类。

贝尼·杰瑟里特有着很多的育种计划，都是以人类的各种特性为基础建立的。其中很多的计划都不重要，有些甚至只是被姐妹会当作消遣和幌子。然而没有一个项目比得上魁萨茨·哈德拉克，如此的万众期待。

在这个持续了一百代人的计划开始时，作为一种古老的安全措施，知晓这一计划的圣母们都要发誓保持沉默，即使在其他记忆中，她们也要发誓，在每一代人里只向极少数人透露计划的全部细节。

阿妮鲁尔就是这样一个人，她是魁萨茨之母。她对这个项目了如指掌。*这就是为什么即使是大圣母也要听她的！*

莫希阿姆本人却一直被蒙在鼓里，尽管她的女儿在她的子宫里不断生长，距离降生也只有三步之遥。到目前为止，这个基因计划的最终完工已经是板上钉钉的事了，几千年的修修补补和详细策划终于有了结果了。一切的未来都将取决于这个即将出生的孩子。而她生下来的第一个哈克南女儿，有缺陷的那个，则是一个失误，一个错误。

而任何错误都可能导致她所预见的那个可怕未来。

莫希阿姆的噩梦准确无误地告诉了她，如果计划失败，人类将会面临怎样可怕的命运。这个预兆就像一份礼物，尽管做出决定很困难，但是她不能不付诸行动。她不敢。

阿妮鲁尔也知道我的想法吗？以及出现在我噩梦里的那个可怕的景象？那到底是个警告、承诺——或是一道命令？

想法……其他记忆……无数代的先祖们提供了她们的建议，也展示了她们的恐惧以及她们的警告。她们再也不能像以前那样，对魁萨茨·哈德拉克的事保持缄默了。莫希阿姆本人现在终于可以召唤她们了，她们也会根据自己的判断，单独或成群地出现。莫希阿姆可以请求她们的来一个集体指导，但她不想那样。毕竟她们已经透露得足够多了，多到足以让莫希阿姆惊声尖叫起来。

不能允许丝毫错误的发生。

现在莫希阿姆必须自己做出一个决定，选择她自己的未来之路，并决定如何才能完全阻止她所预见到的那个血腥味扑鼻的可怕命运。

莫希阿姆从床上爬了起来，整理好了自己的睡衣，然后迈着沉重的步子穿过黑暗，走进了隔壁的房间，婴儿们一般都会被安置在育婴堂里。现在，她那肿大的肚子让她走起路来愈发困难了。莫希阿姆不知道姐妹会的守卫会不会阻止她。

脑海中不断翻腾的思绪让她停下了脚步。在昏暗却又温暖的育儿室里，她完全能感觉到自己这个九个月大的、首个哈克南女儿，呼吸得并不规律，也并不顺畅。而在她的子宫里，那个未出生的妹妹又踢又打的——就是这个在驱使她一直前进吗？是不是肚子里的这个婴儿带来的那个预兆？

毫无疑问，姐妹会需要一个健康强壮的完美女儿。有缺陷的后代是毫无存在意义的。在其他的情形下，就算是一个体弱多病的孩子，贝尼·杰瑟里特也能让她派上用场。但莫希阿姆完全清楚这个女儿在魁萨茨·哈德拉克项目中的重要地位——并且看清了如果项目一旦出错，人类将会面临什么。

那个噩梦的景象在她的脑海里依旧清晰明亮，就像一个全息图。她只是不假思索地被它带着走而已。*去做吧*。大量地饮用美琅脂常常会带来一些有先见之明的幻觉，而莫希阿姆对她看到的景象也没有丝毫怀疑。那景象就像哈葛尔石英一样清晰无比——数十亿人被杀，帝国被推翻，贝尼·杰瑟里特姐妹会几乎被摧毁殆尽，另一场圣战席卷了银河系，毁掉了一切。

如果育种计划真的出了什么问题，那么以上所有这些景象都会发生。在面对这等毁天灭地的威胁时，一个人们并不在乎的生命又有什么存在意义呢？

她和哈克南男爵生下的首个女儿，也就是生病的这个，就是个巨大的风险。这个病女孩子很有可能会破坏遗传阶梯的有序发展。而莫希阿姆必须要排除任何可能的错误，否则她就会发现自己的手上将要沾满数十亿人的鲜血。

可她难道不是自己的亲骨肉吗?

她只得不断提醒自己，这并不是她的*亲骨肉*，一切只不过是贝尼·杰瑟里特育种计划的产物，她不属于自己，而是属于每一个有意或无意地投身整个育种计划的姐妹。就是莫希阿姆自己，在为姐妹会服务的过程中也还生过其他孩子，但只有两个孩子携带这种危险的基因组合。

两个。但只能有一个。否则，风险太大了。

这个虚弱的婴儿永远不可能适合这个育种计划了。姐妹会已经明确抛弃了她。也许有一天，这个孩子可以在圣母学校里当个仆人，或是厨师什么的，但她永远不会取得任何意义非凡的伟大成就。无论如何，阿妮鲁尔很少来这儿看望这个令人失望的婴儿，而它也很少得到任何人的关心。

但妈妈在乎你，莫希阿姆心说道，随后便开始责备起自己感情用事来。我必须要做出艰难的决定，这是必须要付出的代价啊。一阵刺骨的寒气袭来，噩梦里的景象再次涌上她的心头，坚定了她的决心。

她站在育儿室里，温柔地抚摸女儿的脖颈和额头……然后慢慢向后退去。一名贝尼·杰瑟里特的姐妹感觉不到，也不会表现出*爱*——不能有浪漫的男女之情爱，亦不能有家庭的亲情之爱，情绪对姐妹会来说，一直被认为是危险和不得体的。

莫希阿姆再一次把责任归咎于她怀孕时身体里的化学变化，她试图去理解自己的这些感受，使之与她一生所受的教育保持一致。如果她不*爱*这个孩子……因为*爱*是被明确禁止的……那为什么不……她使劲咽了口唾沫，无法把这个可怕的想法完整地表达出来。如果她真的*爱这个孩子——不顾一切规章制度——那她就更有理由去做这件*

事了。

那便是消除诱惑。

她这么做是在爱她的孩子，还是在怜悯她？她不想和她的姐妹们分享这些想法。她感到羞耻的是自己以往的经历，而不是她将要做的这件事。

迅速行动。快点把这一切结束吧！

是全人类的未来要求莫希阿姆这样做的。如果她不针对梦中的那个预兆采取行动，整个宇宙都会因自己而灭亡。自己身体里这个即将出世的孩子将会是一个身怀巨大使命的女儿，为了确保这个命运，必须牺牲另一个。

但莫希阿姆仍然犹豫不止，仿佛是那股巨大的母性力量束缚住了她，试图从她的脑海中抹掉那个一直驱使着她的幻象。

她抚摸着孩子的喉咙。她的肌肤温暖……呼吸缓慢而有规律。在黑暗之中，莫希阿姆看不清她那畸形的面部骨骼和倾斜着的肩膀。她好苍白呀……这个婴儿看起来真是太虚弱了。这时她动了动身子，低声呜咽起来。

莫希阿姆感到女儿的呼出的热气，在她手上直发烫。圣母攥紧了拳头，竭力控制住自己，低声自言自语道："我不能恐惧。因为恐惧扼杀心智……"但她的身子却一直在颤抖。

从她眼角的余光里，她看到电子眼正闪烁着紫色的光芒，穿透了育儿室的黑暗。她把自己的身体置于电子眼和孩子之间，背对着电子眼。她把自己的思绪全部集中在未来，而不是她正在做的事上。毕竟，即使是姐妹会的圣母，有时也有良心……

莫希阿姆遵从梦境的指示下手了，她拿起一个小枕头，盖在了孩子的脸上，直到她的呼吸和抽搐渐渐消失。

一切都过去了，但她仍然在不停地战栗，莫希阿姆把被褥裹在孩子的身上，然后又把她的头轻轻放在枕头上，最后用毯子盖住她的小胳膊和那变形的肩膀。突然之间，她觉得自己变得非常非常苍老了。比她实际年龄还要老上许多。

终于结束了。莫希阿姆把右手放在自己的大肚子上。现在，你可不能再让我们失望了啊，我的女儿。

统治者对被统治者承担着不可避免的责任。你是一家之主。这就意味着，有时你要对被统治者展现出完全无私的爱。

——保卢斯·厄崔迪公爵

在托罗斯广场，为厄崔迪家族预留的金碧辉煌的包厢座位上，雷托选择了一把绿色的软垫椅，在他身旁坐着的是隆博和凯莉娅。海伦娜·厄崔迪夫人本来就不怎么喜欢在公共场合露面，所以她今天来晚了。在今天这个重大的场合，凯莉娅·维尔纽斯身披丝绸和丝带，面戴五颜六色的面纱，外面则是一件华丽而飘逸的精致礼服，而这件礼服是厄崔迪家族的女裁缝专门为她特制的。雷托觉得今天的凯莉娅堪称是貌美倾城。

阴沉的天空并没有预示雨水的到来，但带来了凉爽的气温，以及潮湿的空气。即使在包厢里，他也能闻到斗牛场里尘土和血腥的味道，还有那堆积如山的尸体、石柱和长凳所发出的气味。

在通过遍布卡拉丹的新闻传讯网络发布的一份盛大声明中，保卢斯·厄崔迪公爵宣布把这场斗牛表演献给被放逐的维尔纽斯家族的孩子们。公爵将为了他们的荣誉而战，表明厄崔迪家族将同非法接管伊克斯的行为斗争到底，要替孩子们的父母，也就是多米尼克伯爵和珊多夫人讨还血债。

在雷托身旁，隆博急切地向前探着身子，用双手托着他那个方下巴，低头凝视斗牛场里堆积如山的沙子。他的金发已经剪短并梳理整齐了，但不知为何，看上去还是乱蓬蓬的。他和雷托都怀着极大的期待以及对老公爵安全的担忧，等待着入场仪式，也就是斗牛开始前一种介绍性质的游行。

潮湿的空气中飘摆着五彩斑斓的旗帜，皇家包厢上方悬挂着的则是厄崔迪家族的鹰旗。然而，在今天这个场合，厄崔迪家族的首领并不会坐在他的座位上，他将会以一名表演者而不是观众的身份出现在斗牛场的中央。

在他们周围，托罗斯广场里洋溢着数千名观众发出的嗡嗡声，堪称是人声鼎沸。人们都在拼命地挥手欢呼。一支当地的乐队正在演奏巴厘琴、骨笛和各种铜管乐器——那充满着活力的音乐让人们不由得更加情绪高涨起来。

雷托看了看观众席，聆听着音乐，感受着人们散发出来的快乐情感。他不知道是什么事情花了他母亲这么长时间。毕竟很快人们就会注意到她的缺席。

终于，海伦娜夫人被一群侍女簇拥着，从人群中走了出来。她昂首阔步，步伐稳健，尽管脸上依旧是阴云密布。侍女们把她护送到了公爵包厢的门口处，然后纷纷回到下层她们自己的座位上。

海伦娜没有跟她的儿子说一句话，也没有和他的客人打招呼，只是坐在空座位旁边那把雕花的高脚椅上。而公爵以前观看斗牛表演时，就坐在这个空座位上。至于她为什么会迟到，那是因为一个小时之前，她到教堂找她的上帝交谈去了。根据传统，斗牛士都应该在格斗前进行宗教沉思，但保卢斯公爵更关心的是测试他的装备和活动身子。

“我不得不为你父亲的愚蠢行径去祈祷了，”她望着雷托，喃喃地说，“我必须为我们所有人祈祷。总有人得这么做呀。”

雷托试探性地对母亲笑了笑，说道：“我相信父亲大人会很感激您的。”

她摇了摇头，然后叹了口气，低头望向赛场，只见有人热情洋溢地吹起了小号，震耳欲聋的乐曲顿时从环绕着广场的喇叭里传了出来。

马夫们穿着和他们身份极不相称的华丽服装，慢跑到了斗牛场里，手中开始不停挥舞起鲜艳的旗帜和三角旗，然后一路穿过沙堆。过了一会儿，在那个富丽堂皇的入口处，保卢斯·厄崔迪公爵惊艳无比地亮相了，只见他骑着一匹高挑的白色种马，昂首而出。白马的头饰上飘扬着绿色的羽毛，丝带从马鬃上垂下来，环绕在骑手的胳膊和手上。

今天，公爵穿了一件时髦的黑红外衣，上面镶着闪闪的亮片，腰间系着一条光华夺目的翡翠色饰带，头上戴着一顶传统的斗牛士帽子，帽子上还别着许多厄崔迪家族的小徽章，表明他这辈子一共杀死了多少头公牛。鼓鼓的袖口和裤子遮住了他的屏蔽场。一件鲜艳的紫色斗篷挂在公爵的肩头之上。

雷托扫了一眼下面的人群，想要从里面找出马童邓肯·艾达荷来，这个孩子可以说一直以来都殚精竭虑地为公爵工作。他本应该在入场仪式的游行队伍里，雷托此时却没有看到他。

那匹白色的种马喷着鼻息，开始绕着场子慢跑起来，保卢斯举起自己戴着手套的手，不断挥手向他的臣民们致意。最后，他在公爵包厢前面停了下来，向妻子深深鞠了一躬，公爵夫人正笔直地坐在椅子上。不出所料，她挥舞起一朵血红的花，然后给了他一个飞吻。人们在脑海中想象着公爵和他的夫人之间的浪漫童话，一下子都欢呼雀跃起来。

隆博坐在那张无比豪华却不怎么舒服的椅子上，弓着背，朝雷托笑了笑说：“这可真是大开眼界啊。我，那个，都有些等不及了呢。”

在马厩里，在力场围栏之后，那头被选中的萨鲁撒公牛发出一声低沉的吼叫，朝着墙壁径直撞了过去。木头当即被撞碎了。加固的铁架也被撞得发出了刺耳的声音。

邓肯惊恐地向后退了几步。这个生物那多面的眼睛里现在是一片铜红色，就好像眼珠里有什么东西燃烧起来似的。这头公牛显得既怒不可遏，又邪恶无比，仿佛孩童的噩梦变成了现实。

为了入场仪式，男孩身上穿着公爵送给马夫们的、特为白天的表演定制的衣服，白绿相间的迈尔赫丝绸十分华贵。邓肯以前从来没穿过、甚至碰过这么漂亮的衣服，穿着它进入肮脏的马厩本就让他感到不舒服。但现在他却因为这头公牛而更加不安起来。

顺滑的织物摩挲着他保养过的洁净肌肤。已经有侍者给邓肯全面擦洗过身子了，还修剪了头发和指甲。这种清洗甚至让他微微有些疼痛。他的双手长满了老茧，手腕处此刻系着白色蕾丝花边。不过毕竟他是在马厩里工作的人，这种身体上的清洁状态不会持续太久。

现在邓肯距离公牛已经足够远了，他拉了拉头上的帽子。眼看着那只野兽不断地喷出鼻息，用爪子狠狠刨着厚木地板，然后又撞向了笼子的另一边。邓肯又沮丧又担心地摇了摇头。

他转过身来，发现伊雷斯克就站在他的身边。马夫长正盯着这头凶猛的萨鲁撒公牛，冷漠地点着头，他那肿眼睛里充满了困扰和疲惫："看起来这家伙很想和我们的公爵决斗呀。"

"还是有点不对劲，先生，"邓肯坚持道，"我从没见过动物这样发怒过。"

伊雷斯克扬起他浓密的眉毛，又伸手挠了挠他浓密的白发，说道："噢，你原来有这么丰富的经验呀？我告诉过你不要自找麻烦。"

面对这种讽刺，邓肯不由得愤怒起来："难道你自己看不见吗，先生？”

“小马耗子啊，萨鲁撒公牛本就生性凶猛。而且我们的公爵大人知道自己在做什么。”伊雷斯克把他那稻草人一样干枯的手臂交叉在胸前，自己却不敢靠近笼子一步，“再说，这家伙越凶残，他就斗得越精彩，我们的公爵大人当然愿意斗得精彩了。因为他的子民喜欢这样。”

仿佛是为了强调伊雷斯克的观点，那只公牛在力场围栏里再次猛冲起来，胸腔里就像装了一台巨大的发动机似的，发出低沉的轰鸣声。它那长满了角的脑袋和坚韧粗糙的牛皮上有几道口子，那是它在试图撞翻眼前的一切时造成的伤口。

“我想我们应该换一头公牛，伊雷斯克师傅。”

“一派胡言，”对方回答道，语气明显更不耐烦了，“厄崔迪的家族兽医已经给它做了完整的身体组织测试，一切都检查过了。你应该去准备参加入场仪式了，不要在这儿给我添麻烦。快走吧，别错过这大好机会。”

“我想我这是在尽量避免麻烦，先生。”邓肯依然不愿放弃。他目光坚定地盯着伊雷斯克，“我要亲自去跟公爵谈谈这件事。也许他会听我的。”

“你是不可能这么做的，小马耗子，”伊雷斯克像条鳗鱼似的晃着身子过来，一把抓住了邓肯那光滑无比的丝绸领子，“看在公爵的面子上，一直以来我对你是够耐心的了，但我不能让你毁了他的斗牛表演。你没听到外面那些人的欢呼吗？”

邓肯挣扎着呼号求救。但其他的人已经在大游行的入口处排起队了。而且号角声也是震耳欲聋，人群更是在满怀期待地大声欢呼。

但是伊雷斯克并没有对他表现出过分的粗鲁，而只是把他扔进了一个空畜栏里，然后打开了防护力场，把邓肯关在了里面。邓肯踉踉跄跄地后退了几步，踩到了一堆堆摊在地上的饲料上，脚上全是棕绿色的粪肥。

“你可以坐在这儿等，”伊雷斯克对他说道，看起来很悲伤的样子，“我早就料到你会给我们添麻烦的，你就是个哈克南分子。”

“可是我恨哈克南人！”邓肯猛地站了起来，气得浑身战栗，身上的丝绸衣服现在全毁了。接着，邓肯自己就像一头公牛一样猛撞到围栏上，但显然他是不可能逃脱了。

伊雷斯克掸了掸身上的灰尘，好让自己看起来更体面，然后大步走向入场仪式入口的拱形通道。然后马夫长回头瞥了他一眼，说道：“你能来这儿的唯一原因，小马耗子，就是因为公爵喜欢你。但我经营他的马厩已经快二十年了，我完全清楚我在做什么。你就别浪费时间了——我还有工作要做呢。”

在邓肯旁边的笼子里，那头萨鲁撒公牛像一个即将爆炸的锅炉一样沸腾了起来。

保卢斯·厄崔迪公爵站在了斗牛场中央。他慢慢地转身，从洋溢的热情之中汲取能量。拥挤的看台上仿佛散发出一股股的热浪。公爵给所有的观众一个闪闪发光、无比自信的笑容。人们顿时欢呼雀跃起来。啊，他的人民多么容易陶醉啊！

保卢斯打开了他的个人屏蔽场，设置成了局部保护状态，然后小心翼翼、试探性地移动着。他嗅到了一丝危险的气息，所以谨慎地保持警觉，这让观众顿感紧张起来。接着，他攥紧了手中的穆莱塔，也就是一种颜色鲜艳的斗牛布，用来转移公牛的注意力，把对手的目光从自己身体的重点部位转移开。

带刺的长棍和浸过毒药的短标枪，都被紧紧地拴在了一起，以备保卢斯需要时使用。他会渐渐靠近这头凶猛的动物，然后把它们刺入它的颈部肌肉，注射一种神经毒素，逐渐削弱萨鲁撒牛的力量，直到他最后发动致命的一击。

这样的表演，保卢斯这辈子已经进行过几十次了，大部分都是在卡拉丹的重大节日里。他每次都能在人民面前表现出自己的最佳状态，皆因为他非常乐于展示自己的勇气和技巧。在他看来，这是报答臣民的一种方式。似乎每一次表演，他的体能都达到一个新的巅峰，这是因为他每次与这种凶猛的野兽搏杀，都是在竭力求生和拼死相搏之间那狭窄的边缘地带上挣扎。他希望隆博和凯莉娅能喜欢这个表演，要是能带给他们一分家的温暖就好了。

在保卢斯年轻的时候，只有那么一次，他真的感到生命受到了威胁：那是在一次训练当中，一头行动迟缓、步履沉重的公牛引诱他关掉了个人屏蔽场，然后把自己变成了一股狂奔而来的旋风。这些变异的生物不仅凶狠残暴，而且还长着两个大脑，保卢斯当时犯的就是这个错误，他忘记了这一点——但也只有这一次。当时公牛用长角撞得他门户大开，暴露了自己的侧翼。保卢斯被撞翻在地，如果他那时不是在和比他年轻得多的杜菲·哈瓦特同场训练的话，他可能会当场就被用牛角顶死了。

当时，那位门泰特战士一看到危险，立刻丢掉了所有的礼仪制度，一跃而起，单枪匹马地攻击并杀死了那个生物。在随后的打斗中，凶猛的公牛在哈瓦特的腿上划开了一道长长的伤口，给他留下了那道永久的、卷曲的伤疤。自此之后，那道伤疤一直是门泰特对公爵忠诚的象征。

现在，在乌云密布的天空下，在他的臣民们的簇拥下，保卢斯公爵挥了挥手，深深地吸了一口气。而喇叭里传来了战斗即将开始的信号声。

厄崔迪家族既不是兰兹拉德联合会里最强大的家族，也不是最富有的家族。尽管如此，卡拉丹还是称得上地大物博：庞迪米稻田、大海里种类丰富的鲜鱼、收割不完的海藻、耕地上那些水果和农产品，以及南方土著人手工制作的乐器和骨雕。近年来，人们又开始对孤绝姐妹会编织的那些挂毯大感兴趣了。孤绝姐妹会是一个宗教团体，一直隐居在东部大陆的丘陵地带。总之，卡拉丹提供了人民所需要的一切，保卢斯公爵深知他家族的财富是安全的。他也非常高兴有一天可以把这一切都传给他的儿子雷托。

变异的萨鲁撒公牛径直冲了过来。

“唔，唔！”公爵一边报之以哈哈大笑，一边挥舞开他手中那五颜六色的穆莱塔。公牛的脑袋左右摇摆着，然后用它那多刺的头骨铲来铲去的。其中一只牛角动作非常缓慢，使其足以穿透霍尔茨曼屏蔽场，但公爵一个漂亮的侧滑，刚好让那骨刺勉强划过他的外甲。

看到牛角离他们敬爱的领袖如此之近，观众们都被惊得倒抽了一口冷气。随后公牛的身子冲了过来，公爵闪开了，然后一脚踢起一片沙子。那只野兽一个滑步停了下来。保卢斯的一只手里高举着他的穆莱塔，不断抖动，然后另一只手掏出了那根带毒刺的短标枪。

他抬头瞥了一眼公爵的包厢，然后用短标枪的一头碰了碰自己的额头，摆了一个敬礼的姿势。雷托和隆博王子都兴奋地跳了起来，但海伦娜夫人仍然呆呆地坐在座位上，神情还是那么阴郁，双手紧贴在大腿上，一动不动。

公牛转过身来，重新调整了一下方向。通常情况下，萨鲁撒公牛在错过目标后都会感到一阵头晕，但这头牛的速度却一点也没有减慢。保卢斯公爵这才意识到，对面这个可怕的对手比他以往任何时候见过的牛都要精力充沛，目光凌厉且怒火冲天。不过，他还是笑了起来。击败这种值得尊敬的对手必将会是他这辈子最辉煌的时刻，也才是对他所收留的被放逐的伊克西斯人最恰如其分的赞颂。

公爵和公牛又斗了几个回合，他仿佛是在牛角攻击范围外的地方跳舞一般，为兴奋不已的观众献上他们期待的表演。在他身体周围，局部屏蔽场闪闪发光。

不过，那头公牛在这一个小时的大部分时间里都没有露出疲态，反而不断集中精力想要杀死公爵。保卢斯公爵不由得有些担心起来，他决定尽可能迅速地结束这场比赛。他会用到他的个人屏蔽场，这是他从帝国最优秀的斗牛士那里学来的一种绝技。

再一次，这头野兽飞奔而来，它的蹄子敲打着坚实的沙地，长角撞到公爵的个人屏蔽场上弹了回来，这次撞击终于让这只野兽迷失了方向。

公爵抓紧短标枪，把它像木桩一样扎进公牛的背部，带刺的倒钩扎进了公牛那缆绳一样粗壮的颈部肌肉。油乎乎的血顿时从兽皮表面的伤口处淌出来。保卢斯优雅地转身离开了，他松开了毒标枪的长柄。倒钩上的毒剂应该会立即起作用，烧坏这头野兽两个脑袋里的神经介质。

人群马上欢呼雀跃起来，公牛则痛苦地咆哮着。它转过身来，踉踉跄跄，似乎马就要跌倒了。公爵认为这肯定是毒药引起的反应，但很快他便大吃一惊，原来那头萨鲁撒公牛又挣扎着站起来，并再次朝他直冲过来。保卢斯又闪身躲开，但公牛却用它的多只长角扯住了穆莱塔，它甩动它的头，把那块鲜艳的斗牛布撕成了碎片。

公爵眯起眼睛，松开了他的手。这是一个比他预想中更严峻的挑战了。观众无不惊骇地叫了起来，公爵却忍不住冲他们露出了勇敢的微笑。是的，艰苦的战斗才最好，卡拉丹人将会在很长一段时间里都记住这场战斗的。

保卢斯举起他的第二根短标枪，像一把薄薄的利剑一样在空中挥砍了几下，然后转身面对那头肌肉发达的公牛。他现在没有穆莱塔来分散野兽的注意力了，所以它一定会把公爵的身躯作为主要目标。而他只有一支短而带刺的长矛作为武器，还有一面局部屏蔽场作为保护。

公爵发现厄崔迪家族的卫兵，甚至是杜菲·哈瓦特本人，都站在场边准备冲出来帮助他。但是公爵举起手来，强令他们后退。他必须自己完成这件事。在事情变得有点棘手的时候，让一群不是斗牛士的武装战士冲进去营救他是绝对不行的。

萨鲁撒公牛用它那多面眼睛死死瞪着他，爪子不断刨着地面，公爵觉得从它的眼睛里看到了一丝理智。这家伙很清楚他是谁——而且还拼命想要杀了他。不过公爵心里也抱着同样的念头。

公牛直接向他冲来，加快了速度。保卢斯想知道为什么神经毒素没能使它慢下来。他这才想到了一个致命的问题：*怎么会这样呢？我亲自把短标枪浸在了毒剂里。只不过，那是真的毒剂吗？*

公爵一边琢磨着是不是有人在蓄意破坏，一边攥紧了手里那根带刺的短标枪，标枪那锋利的倒钩在阴沉沉的阳光下闪闪发光。那头公牛冒着热气，嘴角喷出白沫，再次冲了过来。泡沫从它的鼻孔和嘴巴里翻飞而出，在它那张布满鳞片的黑色大脸上留下了点点斑痕。

当公爵和野兽距离只有几米时，公牛佯装转向右侧，保卢斯公爵用短标枪猛刺过去，但野兽立刻转向，从另一个方向发起了攻击。这一次，倒钩钩住了公牛的角质皮肤，但没有完全刺进去。公牛冲了过去，把这柄小标枪从公爵手中拽走了，落在沙地上。

在这一刻，保卢斯身上没有武器了。他马上向后爬去，想要去抓地上的短标枪。但这么一来，他就等于转身背对那头公牛了，他能听到公牛停了下来，转个圈，再次折返回来——但当他想借机弯腰捡起他的武器时，那头巨大的公牛突然以不可思议的速度出现在他身后，压低了犄角。

公爵急忙爬到一边，试图躲开，但公牛已经进入他的安全区域了，它钻入局部屏蔽场之中，狠命顶向公爵。它的长而弯曲的犄角顿时深深地刺入了公爵的后背，刺穿了他的肋骨，直入他的肺和心脏。

公牛因胜利而咆哮起来。所有人都被吓呆了，公牛把保卢斯顶了起来，把他身体从这一侧甩到了另一边。鲜血喷洒在沙地上，红色的血滴被屏蔽场的凹面减缓了滴落的速度。随后，在劫难逃的公爵被多只犄角刺穿，在地上抽搐不已。

观众席上死一般的寂静。

几秒钟后，杜菲·哈瓦特和厄崔迪家族卫兵们才反应了过来，一齐涌进了斗牛场，他们用手中的激光枪把横冲直撞的萨鲁撒公牛撕成了一堆冒着烟的烂肉。由于这只野兽自身的动量太大，导致它的尸体向不同方向爆裂开来。身子粉碎但还算完整的牛头重重落在了地上。

公爵的尸体则在空中翻转，最后仰面摔落在狼藉的沙地上。

在公爵包厢里，隆博难以置信地大叫起来。凯莉娅抽泣不已。海伦娜夫人则把下巴垂在胸前，低声哭了起来。

雷托颤抖着站起来，全身的皮肤上一点血色都没有了。他的嘴张开又闭上，找不到任何语言来表达想说的话。他想径直冲进斗牛场去，但从他父亲的惨状看，他永远也赶不上去听他最后的喘息和低语了。

保卢斯·厄崔迪公爵，他的民族中最伟大的人，死了。

观众席上爆发出震耳欲聋的哀号。雷托感觉到大地仿佛震动起来，隆隆的哭喊声穿过公爵包厢。他的目光无法离开他躺在地上，浑身是血的父亲。雷托知道，这个噩梦般的景象将会伴随他一生。

杜菲·哈瓦特站在倒下的老公爵身边，但这时即使是一个门泰特战士也帮不到他什么了。

奇怪的是，母亲却用平静的声音划破了周围的喧嚣，雷托清楚地听到了母亲的声音，就像冰镐最终穿透冰面一样清脆。“雷托，我的孩子，”海伦娜对他这样说，“你现在是厄崔迪公爵了。”

机器疫苗原理：每一种技术手段都包含着与之相对的工具，同时也包含着自身的毁灭。

——吉安·卡纳，帝国专利沙皇

特莱拉侵略者并没有花费很多时间，就对伊克斯那繁荣的地下城市进行了永久性的改造。期间许多无辜的伊克斯人惨死了，还有许多人失踪了，而克泰尔仍面临被猎杀的命运。

克泰尔这一段时间都躲在这个隐蔽的安全屋里，在这么短的时间里，伊克斯城的首都韦尔尼就已经被特莱拉人重新命名为海拉西亚了。这些狂热的篡位者甚至改变了帝国的记录，将七公六星系中的第九大行星称为“萨图赫”，而不再是“伊克斯”了。

因此，克泰尔打算杀死任何出现在他面前的特莱拉人，但他有一个更绝妙的计划。

他把自己打扮成低级工人的模样，然后在表格上做了手脚，显示他以前曾是一个低级别的生产线主管，只比一个管着一组十二个工人的次人高了一级。他又读了很多关于船壳板焊接和密封技术的书，以备不时之需。这下，终于没人会注意到他了。

在他目光所及之处，贝尼·特莱拉正在摧残他的城市，并最终会把它重建成一个黑暗的地狱。

他憎恨这种改变，厌恶特莱拉人的无耻。从他亲眼所见来看，帝国的萨多卡卫队实际上一直在助纣为虐。

现在，克泰尔对这一切是无能为力的，他不得不等待时机。这里只剩下他自己了：父亲被流放到凯坦星，不敢回来，母亲被谋杀，孪生兄弟则被公会带走了。只有他留在了伊克斯，像一只躲在墙里的老鼠一般。

但即使是老鼠也能狠狠咬上一口的。

几个月过去，克泰尔学会了融入人群，表现得像个微不足道、被恐吓的公民。他遇到生人会把目光移开，满手污渍，衣服和头发凌乱无比。他不能让人知道他是前驻凯坦星大使的儿子，并且一直忠实地为维尔纽斯家族服务——如果有办法，他现在仍然会这么做。当年的他可是能够自由自在地在大王宫里行走，不离伯爵女儿左右的啊。而他十分清楚，如果他被人发现，肯定会被判处死刑的。

最重要的是，他不能让这群狂热的反科技侵略者发现他的藏身之处，以及他藏在那里的设备。他的这些储备可能是关乎伊克斯未来的最后希望了。

整个城市那大大小小的石窟，克泰尔放眼望去，遍布被拆除的标志，街道和地区几乎都被重新命名了，那帮特莱拉小侏儒——都是男性，没有女性——为了达到他们秘密的邪恶目的，占领了那些巨大的研究设施。街道、人行道和各类设施都被戒心十足、丝毫不掩饰自己身份的帝国萨卡多卫队，或是特莱拉侵略者自己的变脸者守卫着。

在侵略者取得全面胜利后不久，特莱拉大师们就现身了，他们鼓动次人叛乱分子把他们的愤怒发泄在特莱拉人精心挑选和批准的目标上。克泰尔站在人群后面，穿着一件简单的工人连衣裤，亲眼看着那些皮肤光滑的工人聚集在工厂周围，这个工厂就是制造新型自学战斗机器人的地方。

“这是维尔纽斯家族自找的!”一个极具魅力的次人煽动者尖叫着，克泰尔几乎可以肯定他是一个变脸者。“他们会把思维机器带回来的。我们必须摧毁这个地方!”

在那些无助的伊克斯幸存者惊恐的注视下，次人们砸碎了强化玻璃窗，用燃烧弹点燃了这座小工厂。在一片宗教的狂热中，他们边吼边扔着石头。

一位特莱拉大师站在一个仓促搭建起来的讲台上，对着扬声器和扩音器咆哮:“我们是你们的新主人，我们将确保伊克斯的工业流程完全符合大联合协定的规定。”火焰继续噼噼啪啪地燃烧，一些次人开始欢呼，但大多数次人似乎根本没在听。“我们必须尽快平复这些混乱，让这个世界恢复正常运转——当然，我们会为你们这些次人提供更好的条件。”

克泰尔环顾四周，眼看着大楼被烧毁，心里一阵阵反胃。

“也就是说，所有的伊克斯技术都必须经过宗教审查委员会的严格审查，确保其适用性。任何有问题的技术都会被立即废弃。没人会再强迫你们在那些邪教机器上靠出卖灵魂工作了!”人群中传来了更多的欢呼声、砸玻璃声，以及几声尖叫。

然而，克泰尔已经意识到，即使有帝国的支持，这次侵略行动对特莱拉人来说代价也是巨大的。由于伊克斯是帝国经济的主要动力之一，新的统治者不可能让生产线停滞下来。特莱拉人为了表明立场会销毁一些有问题的产品，比如战斗机器人，但克泰尔认为那些任何真正有利可图的伊克斯设备是不可能被停掉的。

带着新主人的承诺，次人回到了工作岗位——他们的人生目的即使如此——但这一次他们只遵循特莱拉人的设计和命令了。克泰尔意识到，用不了多久工厂又会开始大量地产出商品。大量的财富将会流入贝尼·特莱拉的金库，用来支付这次昂贵的军事冒险。

事到如今，几代维尔纽斯人打造出的那些秘密氛围和安全措施开始反噬了。因为伊克斯总是笼罩在神秘之中，所以谁会注意到它发生变化了呢?一旦那些花钱的顾客对伊克斯出口的商品保持满意，那么帝国里就没有人会关心它内部的政治情况。外面的人从来都会选择无视这里发生的一切。毕竟伊克斯是自己选择把自己隐藏得严严实实的。

而这就是特莱拉人所仰仗的东西，克泰尔这么想着。迟早整个伊克斯——他永远不会称呼它为萨图赫，甚至这个字眼他连想都不会想——会作为一个谜团从帝国中隔离出去……就像几个世纪以来贝尼·特莱拉自己的家园那样。

现在，伊克斯的新主人封锁了整个星球，并用致命的武力强制实行了宵禁。变脸者也在类似克泰尔藏身的这种房间里搜索"叛徒"，然后在没有观众或任何仪式的情况下处决他们。克泰尔不觉得这样的镇压会很快结束，但他发誓自己绝不会放弃。这是他的世界，他要为之奋斗，不论付出什么代价。

克泰尔没有把自己的名字告诉任何人，尽量不让人注意他自己——但是他一直在聆听，直到把街头巷尾每一个的故事或谣言都听进去，然后开始计划。由于不知道该相信谁，所以他默认每个人都有可能是告密者，或者是变脸者，甚至干脆就是叛徒。有些时候，这种线人很容易就因为他们一句直截了当的问话而被认出来：*你在哪儿工作？你住在哪儿？你在这条街上干什么？*

但其他人就不那么容易被认出来了，比如他和那个满脸瘤子的老女人的对话。他只是想问问前往分配给他的工作地点该怎么走。她却根本没想过为他指路，只是装出一副人畜无害的样子……看上去就像一个口袋里有颗手榴弹的孩子。

"多么有趣的用词啊，"她说，而他自己都忘了刚才用了什么措辞了，"还有你的语调……你是伊克斯的贵族吗？"说着，她意味深长地看了看头顶上那些被毁坏的钟乳石建筑。

他结结巴巴地回答："不，不是，我给他们当了一辈子的仆人，也许学到了一点儿他们那些令人讨厌的言谈举止吧。抱歉哈。"说完他鞠了一躬，匆匆离去了，到最后她也没给他指路。

他觉得很是尴尬，也许是自己罪有应得吧。然后他扔掉了身上这身衣服，再也没有去过那条狭窄的街道。在这之后，他比以往任何时候都更注意掩盖自己的声调语气，避免暴露身份。只要有可能，他就干脆尽量避免和陌生人说话。令他感到震惊的是，这么多机会主义的伊克斯人转而效忠了新主人，在不到一年的时间里就完全忘记了维尔纽斯家族。

在特莱拉接管伊克斯的最初几天里，克泰尔收集了一些废弃科技的废料，并以它们为原材料制造了一台跨维度的无线电收发机“罗格”。然而，很快地，除了那些最原始的技术外，所有的科技产品都被没收并被定为非法了。但克泰尔仍然尽可能地四处搜刮，寻找着任何可以被证明是有价值的东西。他自认为冒这个险还是很值得的。

毕竟他在这里的抗争可能会持续好几年，甚至几十年。

他又想起自己和德默尔在那位残疾发明家达维·罗格的陪伴下度过的童年了。老罗格的私人实验室隐藏在上层地壳一个被忽视的煤脉里，在那里，他教给了这两位年轻人很多有趣的原则，给他们看过一些失败的原型。发明家总是咯咯地笑着，他那双明亮的眼睛也总是在闪闪发光，他鼓励孩子们把他的一些复杂的发明拆开，然后再组装起来。克泰尔在这个残疾人的指导下学到了很多东西。

如今，克泰尔回想当初，他告诉他那领航员兄弟自己在瓦砾堆中看到了波浪状景象，而他的兄弟却毫无兴趣。也许那时候达维·罗格的鬼魂并没有从阴间回来给他指示吧。他从来没有见过类似的幽灵，在那之前没有，之后也没有。但那次经历，无论是超自然的信息还是一种幻觉，都让克莱尔拥有了一个人性层面的成就：两个孪生兄弟始终要保持联系，即使现在德默尔已经迷失在公会那神秘的氛围中了，爱也能把他们两人紧紧相连。

因为时常被困在各种各样的藏身之处，所以克泰尔经常得寻找排解之道，比如每当他和德默尔通过无线电对讲机取得联系时，他就在兄弟的脑海中穿越宇宙。几个月来，他怀着兴奋和自豪的心情了解到德默尔作为一名见习飞行员，驾驶着自己的行会飞船首次独自飞越了折叠空间。而在几天前，德默尔又被批准执行他的第一个商业任务，为一艘无人驾驶的殖民地运输船领航，航行在远远超出帝国疆域的虚空之中。

如果他能持续地为公会作出杰出的贡献，目前还只是个实习领航员的德默尔·皮尔鲁很快将会得到提拔，那时他便可以在各大家族主星球之间运输货物和人员了，也许还会沿着那条他梦寐以求的凯坦路线前进。他将成为一名真正的领航员，甚至可能成为舵手……

但通讯设备最近却一直持续出现问题。硅酸盐晶体必须用刀具切成薄片，并以精确的方式连接，然而，它们只是短暂地正常工作了一会儿，就因压力而解体了。细如发丝的裂缝让它们变得毫无用处。克泰尔曾四次使用这个设备联系他的哥哥，而每次通话之后他都必须煞费苦心地切割和重新安装新的晶体。

克泰尔与黑市组织建立了密切的联系，这些组织为他提供了他所需要的东西。这些走私的硅酸盐晶体秘密地获得了宗教审查委员会的激光转录批准。而一向足智多谋的黑市商人也有伪造批准标志的手段，而且他们在很多地方都刻上了这些伪造的批准标志，用他们的力量对抗侵略者。

尽管如此，他还是尽可能少地与这些鬼鬼祟祟的黑市商人打交道，以降低自己被抓住的风险……但这也无疑限制了他和德默尔沟通的次数。

克泰尔和一群焦躁不安、满身大汗的人一起站在路障后面，这些人好像故意不希望认出彼此似的。他望向广阔的洞穴地面，望向建筑工地，那里有一架尚未完工的远航机的骨架。在头顶上，部分投影天空仍然是黑暗的，看来已经被破坏了，而特莱拉人也没打算修复它。

悬浮式探照灯和扬声器在人群上空盘旋，聚集在一起的人们等待着新的指令。没有人想提问，也没有人想听。

“这架远航机是未经批准的韦尔尼式设计，”悬浮式扬声器里那无性别的声音在石壁上回响不已，“不符合宗教审查委员会的标准。你们的特莱拉主人已经恢复了原来的设计标准，所以这艘飞船必须立即拆解掉。”

人群中悄悄响起一阵惊慌的怀疑声。

“原材料将被回收，并组织新的工作人员。五天之后将会再次开工。”

当那个身穿一身栗色长袍的组织者开始在人群中穿行，分配队伍时，克泰尔脑子里一片混乱。作为一名大使的儿子，他能够接触到他这个年龄的人无法接触到的信息。他知道，老式远航机的载货能力要小得多，操作效率也低。但是侵略者不都是希望能增加利润吗？为什么会用些宗教理由来降低利润呢？这些特莱拉人能从低效的太空运输中得到什么？

然后他忽然想起父亲在他还是春风得意的大使时，对他讲过一个故事，那就是老皇帝埃尔鲁德对这个创新曾经很不满意，因为这种高效降低了他的关税收入。这么看来，谜团的各个部分开始拼凑在一起了。克泰尔这才明白：科瑞诺家族派出了伪装面目的萨多卡卫队来维持对伊克斯人的铁腕控制，而恢复原来的远航机设计可能就是特莱拉人对皇帝军事支持的回报。

明修栈道，暗度陈仓……

现在他心里非常不舒服。如果这是真的，那么这么多人失去的生命，伊克斯的光荣传统遭到破坏，以及整个贵族家庭和整颗星球的生活方式被推翻，都是因为这么一个微不足道的原因。他痛恨牵涉其中的每一个人，甚至对维尔纽斯伯爵也是如此，他应该预见到这一点的，然后采取措施避免给自己制造如此强大的敌人。

广播系统这时传来了分派工作的指令，克泰尔被派去加入一支次人的团队，他们正在拆卸这艘部分完工的远航机，并在洞穴广场上回收它的部件。克泰尔努力保持着脸上温和的表情，他一边用激光切割着部件，一边擦去黑发上的汗水。但在心里，他恨不得能用手里的激光烧死那帮特莱拉人。最后，次人们把龙骨和底盘都拖走了，把它们堆在一起，用做下一个项目的原材料。

随着四周的铃声和叮当声，克泰尔回忆起那个更美好、更有秩序的时光来，那时他和德默尔、凯莉娅一起就站在上面的观景台上。而这似乎是很久以前的事了。当时他们亲眼目睹一名领航员将最新的一架远航机从洞窟里开了出来。也许它将会是伊克斯所造的最后一艘那种类型的船了吧……除非克泰尔能推翻这些可恶的侵略者。

那艘华丽的飞船逐渐解体，发出令人毛骨悚然的回声和化学气味。这帮次人一直在这样的环境里工作吗？如果是这样的话，克泰尔能想象出他们会有多么不满，也难怪会考虑叛乱了。但克泰尔不相信这些暴力行动完全是在工人们的鼓动下发生的。

这一切会不会都是皇帝阴谋的一部分？最终目的是摧毁维尔纽斯家族以及远航机新技术？贝尼·特莱拉在这个阴谋里是什么位置，起了什么作用？克泰尔很清楚，在所有种族中，他们是已知星系中最令人憎恨的人种了。而埃尔鲁德皇帝明明可以以不破坏帝国经济为借口，找到许多大家族来接管伊克斯上的生产。那么为什么还要找这些宗教狂热者呢？帕迪沙皇帝还想要得到什么呢？他为什么要弄脏自己的手？

强忍着内心的苦痛，克泰尔眼睁睁看着洞穴发生了变化，基础设施被重建，而他还得继续拆除那架远航机。特莱拉的尊主们都是些忙碌的小生物，总是以一种神秘的方式忙着他们的事，比如在伊克斯那座最大的建筑物里密谋，然后封锁以前开放的设施，关闭窗户，架设障碍栏和地雷区。妄图通过这些举动来保护他们那些肮脏的小秘密。

克泰尔把学习这些秘密作为他的使命，不管用什么必要的手段，不管要花多长时间。特莱拉必须倒台……

终极问题：生命为什么存在？答案：为了生命本身。

——匿名者，被认为是禅逊尼人的起源

两位圣母站在一个光秃秃的小山丘上交谈：一位年老，一位年轻。在乌云背后，落日将余晖偷洒出来，她们那带着兜帽的黑袍在身后斜坡上投下了长长的影子。几个世纪以来，无数的圣母都曾站在这同一个地方，在同一个阳光下，讨论与她们那个时代有关的重大问题。

如果这两位女士愿意，她们可以通过其他记忆重温那些过去的危机。而圣母阿妮鲁尔·萨朵·童金比大多数人对这样的思想旅行有更深刻的体会，每一次危机都只是漫漫长路上的一小步而已。在过去的一年里，她一直放任自己古铜色的头发长长，直到垂到她那狭窄的下巴。

在小山丘下方，一座白色的建筑物正在建造中。就像工蜂一样，这些女工每个人的脑子里都印着一幅完整的蓝图，她们操作重型设备，准备将屋顶模块吊到合适的位置。在极少数见过这景象的外人看来，贝尼·杰瑟里特姐妹会在瓦拉赫九号星上的图书馆和学校似乎都是一个模样，但姐妹会为了生存不断地学会适应，不断寻求变化，亦在不断地成长。

“她们这活儿干得太慢了。我以为她们已经完工了呢。”阿妮鲁尔揉着额头抱怨道。她近来一直觉得自己得了慢性头痛。随着莫希阿姆的分娩临近，阿妮鲁尔作为魁萨茨圣母的责任无疑更大了："你知道离预产期还有几天吗?"

"这怪不得别人。是你自己要求不能用普通分娩设施的，"魁萨茨圣母红了脸，尴尬地把目光移向别处，辩解道："每个姐妹都知道这孩子有多重要。她们中有很多人都认为这孩子并不是另一个育种计划中的牺牲品。有的人甚至认为这孩子就是魁萨茨·哈德拉克呢。"

说着，阿妮鲁尔把一缕垂下来的古铜色头发塞到耳后："这些议论是难免的。姐妹们都知道我们的梦想，但很少有人能意识到它离现实到底有多近。"她撩起裙子，坐在松软的草地上。阿妮鲁尔指了指建筑工地，切割木材的声音在半空中清晰地回荡着："一周之内莫希阿姆可就要分娩了，大圣母。我们连屋顶都还没盖上呢。"

"他们会按时完工的，阿妮鲁尔。你自己先冷静冷静。每个人都在尽力服从你的命令啊。"

阿妮鲁尔觉得自己像是被人扇了一巴掌似的，但她很快掩饰了自己的反应。*圣母会不会觉得我是个脾气暴躁、感情冲动的小姑娘？也许是她太坚持用自己的方式领导这个项目了，有时甚至大圣母都会带着几分怨恨看着她。其他记忆选择我来领导这样一个雄心勃勃的项目，她是不是嫉妒了？她在怨恨我的知识吗？*

"我不像你想的那样年轻了。"阿妮鲁尔说道，虽然说这话的声音确实还很年轻。贝尼·杰瑟里特姐妹会中很少有人能像她这样，承受如此沉重的历史使命。九十代人以来，很少有人像她这样知晓所有的阴谋诡计，知晓魁萨茨·哈德拉克计划的每一个步骤，知晓几千年来育种计划的每一次失败、成功以及每一次偏离。"我有获得成功所需的知识。"

大圣母冲着她皱了皱眉头，说道："那么，请相信我们的莫希阿姆吧。她已经为姐妹会生了九个女儿了。我相信她能控制分娩的准确时间，也有能力在必要时推迟分娩。”大圣母的一缕头发这时被风吹了起来，像羽毛一样贴到了这个老妇人的脸颊上，“莫希阿姆本人的作用比任何分娩设施都重要。”

面对大圣母如此严厉的口气，阿妮鲁尔还是提出了质疑：“说真的。我们不能再像上次那样失败了。”

可即使是圣母也不能掌控胚胎发育的所有进程。莫希阿姆能够通过自身内部调节，设定自己的新陈代谢，但却不能设定孩子的新陈代谢。选择孩子的性别是对母亲的化学反应的一种调整，靠的是选择精确的卵子和精子来结合。但是一旦受精卵在子宫内开始生长，后代就会有效地独立生长起来，开始一个逐渐远离母体的生长过程。

阿妮鲁尔说道：“我能感觉到这个女儿将是至关重要的，是一个关键点。”

二人脚下忽然传来一声巨响，阿妮鲁尔苦笑起来。原来是其中一处屋顶塌落到大楼内部了，干活的姐妹们连忙跑进去试图挽救这场事故。

大圣母不禁骂了一句脏话。

通过众人坚持不懈的努力，分娩设施总算是按时完成了，而魁萨茨圣母阿妮鲁尔一直紧张地来回踱步。还有几个小时就到预产时间了，建筑工人和机器人才算是完成了建造工作。医疗设备被送了进去，然后接通电源。球形灯，床铺，毯子……莫希阿姆甚至要求在古老的燃木壁炉里燃起温暖的火焰来。

阿妮鲁尔和大圣母哈里什卡在检查工作时，身上还带着灰尘和建筑材料的味道，她们忽然停下了脚步，一辆响个不停的机动轮床过来了，轮床上的正是即将临盆的孕妇盖乌斯·海伦·莫希阿姆。她警惕性十足，一直坐着，看来宫缩的次数是越来越多了。圣母们和身穿白大褂的医护人员陪在她的左右，像一群母鸡一样兴奋地咯咯叫。

“她们离得太近了，大圣母，”阿妮鲁尔抗议道，“我不喜欢在一个已经很复杂的任务中增加额外的变数。”

“我同意，”哈里什卡回答，“这些姐妹将因她们的疏忽而受到训斥。不过，如果你的设计没有那么雄心勃勃的话……”大圣母吞下了后面半句话。

阿妮鲁尔没有理会大圣母，她把注意力放到了房间的装饰上，屋子里到处都镶嵌着各种各样的象牙和珍珠，还有华丽的木雕。也许自己应该让她们更注重功能而不是奢华程度……

哈里什卡把瘦削的双臂交叉在胸前，问她道：“这个新设施的设计与我们之前基本相似啊。真的有必要重建一个吗？”

“一点也不相似。”阿妮鲁尔反驳道。她的脸涨得通红，话语中也没有了辩解的语气：“原来的产房已经不能用了。”

大圣母给了她一个慈祥的笑容，她明白阿妮鲁尔需要的是一个干净的建筑，一个没有旧的记忆，没有鬼魂的建筑。“阿妮鲁尔，通过我们的传教活动，我们操纵落后民族的思想……但我们姐妹会自己不应该迷信呀。”

阿妮鲁尔把这个评论当做是一种幽默接受了，说道：“我向您保证，大圣母，您的这种推测是荒谬的。”

老妇人的眼睛射出一道寒光：“有姐妹告诉我，说你认为旧产房里有诅咒，导致了莫希阿姆第一个孩子是畸形……以及她的神秘死亡。”

阿妮鲁尔挺直了身子，辩解道：“现在不是讨论这种事情的时候，大圣母。”她开始审视起这些近乎疯狂的准备工作来：莫希阿姆已经被放在了产床上，姐妹们准备好了温暖的卡布毛巾、净水和垫子。一组带着监视器的保温箱挂在了墙上，指示灯不停闪烁。最顶尖的助产士在周围待命，为不可预见的各种并发症作准备。

躺在轮床上的莫希阿姆现在看起来完全平静下来了，她把思想转向自身内部，冥想起来。但阿妮鲁尔还是注意到了她的老态，似乎她最后的青春之泉已经被这个孩子吸干了。

哈里什卡大圣母忽然把自己那强壮有力的手放在了阿妮鲁尔的前臂上，令人惊奇地展现出了一副亲密无间的样子："我们都有属于自己的迷信，但我们必须去掌控它们。现在，除了这个孩子你什么都不用担心。姐妹会需要一个健康的女儿，一个拥有强大未来的女儿。"

医务人员检查完设备，围拢在正躺在床上大口喘气的莫希阿姆身边。她的脸颊因用力过猛而红通通的。两位助产士扶她起来，摆好了传统的生产姿势。然后这位孕妇便开始自言自语起来，虽然宫缩越来越严重了，但她脸上也只显露出一丝丝不舒服的神情。

阿妮鲁尔虽然站得挺远，但一直在敏锐地观察，仔细考虑着刚才大圣母对她说的话。私下里，阿妮鲁尔向一位风水大师咨询过关于古老分娩设施的问题。那位大师是一位干瘪的老者，有着古代地球人的面部特征，他是古代禅逊尼哲学的实践者，该哲学认为建筑的方位、家具的摆放，以及对颜色和光线的最大限度利用都是能够带给居住者的福祉。当时他智者似的点了点头，宣布旧分娩设备的摆放并不正确，并向阿妮鲁尔说明了正确的是什么样子。距离预产期只有一个月了，魁萨茨圣母一刻也不能耽搁。

现在，当她眼看着大量的光线从真正的窗户和天窗而不是从人造的荧光屏里照射到莫希阿姆床上时，阿妮鲁尔确信自己的所作所为并不是"迷信"。所谓风水学，就是让自己与自然和谐相处，并极度清醒地意识周围的一切——这是一种哲学，从根本上说，是一种非常有益的贝尼·杰瑟里特思维方式。

太多的事情发生在这个孩子身上了。如果有机会，哪怕是很小的机会，阿妮鲁尔也不想否认自己的努力。所以她利用自己的职权，按照风水师的建议建造了这么一个新的分娩设施。然后又把老风水师送走了，让其他的姐妹们以为他只不过是一个来访的园丁。

现在，随着关键时刻的临近，她走向莫希阿姆的床，低头看着她。阿妮鲁尔希望那个老者是对的。毕竟这个女儿是他们最后也是最好的机会了。

事情在一瞬间就结束了，就在莫希阿姆下定决心的那一刻。

房间里顿时充满了婴儿的哭声，阿妮鲁尔把一个完美的女孩举在空中，给大圣母看。甚至其他记忆中的声音也都开始为胜利而欢呼起立。大家都兴高采烈地笑了，为这期待已久的孩子的诞生感到兴奋不已。那孩子则激动不安，又叫又踢的。

姐妹们用毛巾擦干了婴儿和母亲的身体，给莫希阿姆喂了一大口果汁，这样可以补充她的体液。阿妮鲁尔把孩子交还给她。由于刚才太过用力，莫希阿姆现在仍然有点呼吸困难，但她还是抱起女孩，看着她，脸上掠过一丝不同寻常的骄傲笑容。

“这个孩子将被命名为杰西卡①，意思是‘财富’。”莫希阿姆自豪地向众人宣布，虽然仍然气喘吁吁的。在其他姐妹离开之后，莫希阿姆盯着站在她身边的阿妮鲁尔和哈里什卡，说道：“我知道这个孩子是魁萨茨·哈德拉克项目的一部分。其他记忆里的声音都告诉我了。而且我看见了一个幻象，我清楚如果我们跟这孩子一起失败的话，人类会面临着多么可怕的未来。”

阿妮鲁尔和大圣母不安地交换了一下眼色。哈里什卡压低了声音，似乎希望她这个自发的启示能削弱魁萨茨圣母对这个项目的控制：“我下面对你说的话你必须保密。你这个孩子就是魁萨茨·哈德

①未来的杰西卡·厄崔迪夫人（10154 AG—10256 AG），雷托·厄崔迪一世的正式妃子，也是他的儿子，未来的保罗·厄崔迪皇帝之母。同时她也将会成为贝尼·杰瑟里特姐妹会的一名圣母。

拉克的亲祖母。”

“我就知道，”莫希阿姆又倒回枕头上，思索着这一启示的巨大意义，“看来不远了……”

孩子出生的消息在训练区迅速传开了，大楼内外响起了经久不息的掌声和欢呼声。藏书室的阳台上，讨论室里，都挤满了庆祝这一喜事的助手和教师们，尽管只有少数人知晓这个孩子在育种计划中的全部意义。

盖乌斯·海伦·莫希阿姆把孩子交给了助产士，她不能和这孩子建立任何母女之间的感情纽带，这种纽带是贝尼·杰瑟里特姐妹会明令禁止的。虽然她努力保持镇静，但她感到整个人都被吸干了，既疲惫又衰老。这个杰西卡是她加入姐妹会后生下的第十个女儿了，她希望自己这种生儿育女的责任最好是由此宣告结束。她死死盯着年轻的圣母阿妮鲁尔·萨多·童金。她要怎样才能做得比现在更好呢？杰西卡……以及她们的未来都仰仗于此了。

我真的很幸运能亲身参与到这个时刻，阿妮鲁尔低头看着疲惫的新妈妈，心里说道。一直令她奇怪不已的是，在几千年来为这个目标奋斗的所有姐妹中，在其他记忆中热切注视着的所有姐妹中，那个监督杰西卡出生的人偏偏是她。并且阿妮鲁尔还得亲自引导这个孩子进行长达数年的训练，直至必须进行的那次至关重要的结合，从而将育种计划进行到倒数第二步。

小女孩裹着毯子，终于不哭了，她安静地躺在防护舱里温暖的小床上。

阿妮鲁尔透过防护玻璃往里面看，试图在脑海中勾勒出杰西卡成年后的样子。她想象着婴儿的脸拉长、变薄，最后出脱成一个非常漂亮的高个子女人，她有着她父亲哈克南男爵那帝王般的容貌，宽厚的嘴唇，光滑的皮肤。虽然男爵本人永远也不会见到他这个女儿，也不会知道她的名字，因为这是贝尼·杰瑟里特最大的秘密。

总有一天，也就是杰西卡成年的那一日，她将被命令生下一个女儿，而这个孩子必须要介绍给阿布鲁尔德·哈克南的儿子，阿布鲁尔德·哈克南是男爵同父异母的弟弟。当时，阿布鲁尔德和他的妻子只有一个儿子，名字叫拉班——但阿妮鲁尔已经开始想办法让他们生更多的儿子了。这将提高一个雄性存活到成熟的概率，并且也会改善基因选择，提高完美性行为时机的概率。

阿妮鲁尔的眼前出现了一个再明显不过的巨大拼图，它的每一块都是不可思议的贝尼·杰瑟里特育种计划中的一个单独事件。现在只需要再安装几个组件，魁萨茨·哈德拉克就会变成有血有肉的现实——这个无所不能的男性可以跨越时空，是贝尼·杰瑟里特所能拥有的终极武器。

阿妮鲁尔现在很想知道，就像她过去敢想却不敢说出口的那样，这样的一个伟人能不能让贝尼·杰瑟里特姐妹会再一次找到真正的宗教热情，就像狂热的芭特勒家族那样。而如果他能让别人都敬他如神呢？

想想看，她心说道。贝尼·杰瑟里特姐妹会——常常利用宗教来操纵他人——结果却被她们自己创造的救世主领袖所诱骗。她怀疑这是不大可能发生的。

圣母阿妮鲁尔转身离开，加入到姐妹们的庆祝仪式中去了。

保守秘密最可靠的方法是让人们相信他们已经知道了答案。

——古代弗雷曼人智慧

“乌玛凯恩斯，你已经取得了很大的成就。”独眼海纳尔对凯恩斯说道，他们两人现在就坐在穴地上方一块突出的岩石上交谈。这位耐布现在已经把凯恩斯当作一个平等的人看待了，甚至还带着一分尊敬。而每当众人称呼他为“乌玛”，也就是他们口中的“先知”时，凯恩斯就再也不用费心和沙漠人争论什么了。

他和海纳尔看着古铜色的夕阳余晖洒在大沙海的沙丘之上。远处的地平线上笼罩着一层淡淡的薄雾，这是前一天一场沙尘暴留下的最后一抹痕迹了。

强劲的风把沙丘表面刮得干干净净，改变了地貌的轮廓。凯恩斯靠在粗糙的岩石上休息，品尝着刚刚送来的香料咖啡。

刚才，当看到自己的丈夫即将离开穴地，前往地表时，怀孕的弗丽思也紧跟在他们二人后面出来了，她知道他们这是去和今日的太阳告别。二人中间的那块平整的石头上放着一整套精致的黄铜咖啡餐具。是弗丽思为他们准备的，她还带来了凯恩斯非常喜欢吃的那种酥脆的芝麻蛋糕。当他想要表示对她的感谢时，弗丽思却早已经像影子一样消失在洞穴里了。

过了好半天，凯恩斯才对耐布对自己的赞扬心烦意乱地点了点头，说道："是的，我已经取得了很多成绩，但还有很多事情等着我去做。"他的脑海中再次浮现出他的再造沙丘之梦，以及其所需的极其复杂的各个步骤，而再造沙丘这个词在帝国中仍是鲜为人知的。

帝国。他现在很少想到老皇帝了——他自己的生活重心已经发生了很大的变化。凯恩斯再也不会把自己仅仅当做一个属于帝国的行星学家了，毕竟他终于遇到了这些沙漠人。

海纳尔抓住他朋友的手腕，说道："朋友，据说日落是一个最适合自我反省和审视自己的时候。让我们看看我们已经做了什么，而不是让未来那空虚的深渊把我们吞没。你们来到这个星球才一年多一点，却已经建立了一个新的部落，也有了一个新的妻子。"海纳尔笑了起来，"不久你还会有一个新的孩子，也许是个儿子呢。"

凯恩斯若有所思地笑了笑。弗丽思的妊娠期就快要结束了。他对弗丽思竟然能怀上他的孩子感到有点惊讶，毕竟他经常外出。凯恩斯仍不确定自己将会如何扮演父亲这个角色，这在他人生中实属首次，他以前从未想过这种事。

然而，这个孩子的出生却完全符合他对这个令人震惊的星球的总体规划。他的孩子在凯恩斯死后很久将会成为弗雷曼人的领袖，这样就能让项目继续推进了。毕竟改造星球的总体规划设定为了好几个世纪。

作为一名行星学家，他必须从长远的角度来考虑问题，而这是弗雷曼人最不习惯做的事情——虽然从他们漫长而麻烦的历史看来，他们早就应该已经学会了。沙漠人的口述历史可以追溯到几千年前，穴地里口口相传的都是他们从一个星球流浪到另一个星球的故事，把自己描绘成一个长期受到奴役和迫害的民族，直到最后他们最终在沙丘，一个没人受得了的地方建立了家园。

弗雷曼人的生活方式很保守，很多代人之后也几乎没有什么改变，这些人不习惯考虑进步所涵盖的广泛范围。他们骨子里就认定了他们的环境不能被改造得更好，所以他们仍然是这颗星球的囚徒，而不是它的主人。

凯恩斯希望自己能改变这一切。他制定了伟大的计划，包括粗略的种植时间表和水的积累，这些都是每一次成功的里程碑。他将会一公顷一公顷地将沙丘从蛮荒中拯救出来。

他的弗雷曼团队正在搜索地表，从布莱德沙海采集岩芯样本，也从那些小型的沙海和丧原采集地质样本——但是许多地质形成因素仍然是未知的变量。

他每天都能有所进展。当他表示想要得到更好的星球表面地图时，他惊讶地发现弗雷曼人已经有详细的地形图了，甚至还有气候调查报告。“为什么以前不给我看这些呀?”凯恩斯问道，“我可是帝国的行星学家，我以前看的那些卫星绘制的地图非常不准确。”

老海纳尔眯着一只眼睛朝他笑了笑，说道：“我们可是向宇航公会贿赂了大笔金钱啊，就是为了防止他们过于密切地监视我们。我们所付出的代价很高，但弗雷曼人是自由的——但哈克南人就不一样了，他们仍处于黑暗之中，和帝国的其他成员一样。”

凯恩斯听到此话一开始觉得很惊讶，随后便高兴起来，因为他确实借此掌握了很多所需要的地理信息。他立即派出商人与走私者交易，并最终获得了生命力旺盛的沙漠植物的基因工程种子。他必须从零开始设计和建立一个完整的生态系统。

在大型委员会的会议上，弗雷曼人问他们的新“先知”计划的下一步大概是什么，然后每个过程大概都需要多长时间，何时才能将沙丘改造成郁郁葱葱的绿色星球。凯恩斯把他的预估数字加了加，平静地低头看着这些数字。凯恩斯耸了耸肩，像是老师在回答孩子提出的极其简单的问题：“这会需要三百到五百年的时间吧，可能还要再多一点。”

一部分弗雷曼人强忍住了他们绝望的呻吟，而其余的人则坚忍地听着乌玛的话，然后开始按他的要求去行动了。三百年到五百年。这是一项无比长远的计划，超越了他们的生命极限。弗雷曼不得不改变他们的思维方式了。

乌列特自认为得到了来自于神的启示，他为了这个原本是暗杀目标的人牺牲了自己。从那一刻起，弗雷曼人就完全相信了凯恩斯的神圣使命。他只需指出一个方向，然后任何穴地里的弗雷曼人都会马上付诸行动。

任何一个人都可能随意滥用这种强大的权力。但帕多特·凯恩斯只是泰然自若地继续他的工作。他梦想的未来是一个永恒的世界，而不是关于他个人或某一块土地。

现在，落日的余晖消失在沙海之下，交织成一曲古铜色的交响乐，凯恩斯喝光了最后一滴香料咖啡，然后用手臂擦了擦他的沾满沙子的胡须。不管海纳尔说了什么，他发现自己都很难耐心地回顾过去的一年……未来几个世纪的劳作似乎更为重要一些，更需要得到他的关注。

“海纳尔，这里到底有多少弗雷曼人?”他凝视面前这片宁静开阔的沙漠问道。他听说过许多其他穴地的传说，也在哈克南的城镇、村庄里亲眼见过单独的弗雷曼人……但他们似乎只是一个濒临灭绝的物种的幽灵。“全世界又有多少?”

“你想让我们数一数吗，乌玛凯恩斯?”海纳尔毫不怀疑地问道，听着像是在简单地问清命令。

“我需要知道你们的人口，如果我要规划我们的重塑地表行动。我必须了解我们有多少工人可供使用。”

海纳尔马上站了起来，答道：“我这就去办。我们马上去清查我们的穴地，并把穴地的总人数记录下来。我会派沙虫骑士和密波蝙蝠到所有社区里去，我们很快就会得到确切的数字。”

“谢谢你。”凯恩斯拿起他的杯子，但他还没来得及收拾盘子，弗丽思就从洞穴的阴影里冲了出来——她一定是在那里等着他们吃完——然后手脚麻利地收拾起了咖啡餐具。她的怀孕丝毫没有减慢她的脚步。

第一次弗雷曼人口大普查，凯恩斯心说，真是一大盛事啊。

第二天早上，两眼放光的斯第尔格怀着热切的心情来到了凯恩斯的洞穴住所："我们正在为您的长途旅行收拾行李呢，乌玛凯恩斯。在遥远的南方，我们有重要的东西要给您看。"

自从斯第尔格从哈克南人带给他的刀伤中痊愈后，他就成了凯恩斯最忠实的追随者之一。他似乎也通过和他的姐夫——也就是这位行星学家的关系中提升了自己的地位。然而，斯第尔格却并不是为了自己，而是为了所有弗雷曼人的利益。

"这趟旅程要多长时间？"凯恩斯问他道，"我们到底要上哪儿去？"

那年轻人灿烂地笑了起来，露出一片雪白的牙齿："这是一个惊喜！这是您必须要亲眼去看的，否则您可能不会相信。就把它当作我们送给您的一份礼物吧。"

出于好奇，凯恩斯在他的工作凹室里找了找。找到了一个笔记本，可以用来记录这次旅行。"可是要去多久呢？"

"二十晌，"斯第尔格用沙漠人的术语回答道，然后转身离开，边走边喊，"往南很远的地方了。"

凯恩斯的妻子弗丽思现在已经怀孕了，尽管如此，她还是花了很长时间在织布机和蒸馏服修理长凳上工作。今天早上，凯恩斯坐在她身边喝咖啡，然后吃了早饭，他们彼此之间很少说话。弗丽思只是默默地看着他，他觉得自己完全摸不透这个女人。

弗雷曼的妇女似乎有着自己的独立世界，在沙漠人的社会结构中有自己独特的位置，凯恩斯在帝国其他任何一个地方获得的经验都没了用处。据说，弗雷曼人的女性是战场上最凶狠的战士之一，如果敌人不幸受伤，落入了这些凶狠的女人手里，那么他们最好还是赶紧自杀为妙。

然后，萨亚迪娜[①]也是个谜，她们是穴地的圣女。到目前为止，凯恩斯只见过她们当中的一个，她穿着一件长长的黑袍子，就像贝尼·杰瑟里特姐妹会的圣母一样——而弗雷曼人似乎不愿意告诉他有关这些萨亚迪娜的事。*不同的世界，不同的神秘。*

某天，凯恩斯忽然心血来潮，觉得编写一份关于不同文化如何应对和适应极端环境的社会学研究可能会很有趣。他想知道严酷的现实世界会对人类的自然本能和性别的传统角色产生什么影响。但是他手头已经有太多的工作要做了。更何况，他是个行星学家，不是社会学家。

吃完饭后，凯恩斯俯身吻了吻他的弗雷曼妻子。同时还微笑着拍了拍她长袍下圆圆的肚子：“斯第尔格说我必须陪他去旅行。我会尽快回来的。”

“要去多久？”想到孩子快要出生了，她连忙问道。显然，凯恩斯全身心投入到对整个星球的长远改造计划中去了，没有注意到自己孩子的预产期，也忘记了在他的计划中加上这一点。

“二十响。”他回答道，虽然自己不知道这到底代表着多远。

弗丽思惊讶地扬起眉毛，但什么也没说，然后垂下眼帘，开始清理起早餐的盘子来。“心静如水时，即使是最漫长的旅程也会过得更快，”她的语气暴露了她多少还是有一丝失望的，“我等你回来，我的丈夫。”她犹豫了一下，然后说道：“选一条好虫子吧。”

凯恩斯不知道她是什么意思。

---

①萨亚迪娜是弗雷曼宗教阶层中的女性侍祭。

过了一会儿，斯第尔格和另外十八个全副武装的年轻弗雷曼人，领着凯恩斯向下穿过弯弯曲曲的通道，离开了屏障山，来到了广袤的西部沙海。凯恩斯忽然感到一阵忧虑。面前这干燥的广阔区域似乎太远，也太危险了。他庆幸自己现在不是一个人。

"我们要穿过赤道，然后进入地下，乌玛凯恩斯，我们弗雷曼人还有别的领土，我们自己的秘密项目。你会明白的。"

凯恩斯睁大了眼睛，他听说过一些关于南部不适于人类居住地区的可怕传说。他凝视面前那令人生畏的远方，斯第尔格则迅速地检查行星学家的蒸馏服，把各个地方系紧，调整过滤器，直到自己满意为止。"可是我们怎么去呢？"凯恩斯知道穴地有自己的扑翼机，当年那玩意儿实际上就像个滑翔机，根本不够大，载不了这么多人。

斯第尔格却满怀期待的表情看着他，说道："我们骑马去，乌玛凯恩斯。"说着他朝对面一个年轻人点了点头，正是这个年轻人在很久以前开着凯恩斯的地行车把受伤的斯第尔格带回了穴地。"欧姆恩今天将会担当沙虫骑士，这在我们族人眼里可是一件大事啊。"

"这我毫不怀疑。"凯恩斯说道，与此同时他的好奇心也被激了起来。

这群弗雷曼人身披他们那被沙漠弄脏了的长袍，排成纵队在沙地上开始行进。在袍子下面是一身素净的衣服，脚上则是泰玛格沙漠靴。他们深蓝色的眼睛凝视遥远的前方。

一道黑影脱离了队伍，在前方几百米的沙丘上飞奔起来。黑影的手里拿着一根长长的黑色木桩，然后这人把它一下子插进了沙地里，胡乱地摆弄控制装置，直到凯恩斯听到了不断重复的槌击声。

在格洛苏·拉班最后那次令人沮丧的沙虫捕猎行动中，凯恩斯已经见识过这样的场景了，于是问道："他想把虫子引过来？"

斯第尔格点点头，回答道："如果这是神之意愿的话。"

欧姆恩跪在沙地上，取出一捆缠着布的工具。他把这些东西分门别类，整整齐齐地摆好。里面尽是些长长的铁钩、尖利的钓竿或是成卷的绳子之类的东西。

“现在他打算要干什么?”凯恩斯追问道。

沙槌“砰砰”地有节奏地敲打沙地。这群弗雷曼人等待着，背好了包裹和补给品。

“来。我们必须为夏胡鲁的到来做好准备。”斯第尔格边说，边轻轻推着行星学家，让他跟在队伍后面，来到了洒满阳光的沙丘之上。弗雷曼人开始窃窃私语起来。

很快，凯恩斯发现自己以前只经历过一次的事情重现眼前了，那就是一只沙虫毫无悬念地被沙槌的撞击声吸引过来，发出令人难忘的嘶嘶声和呼啸声。

欧姆恩蹲在一座小沙丘的顶上，抓紧了手中的钩子和刺棒。他腰间还挂着一条长长的绳子，身子一动不动。他的弗雷曼兄弟们则站在了附近一座沙丘的顶上。

“那里！你看到了吗?”斯第尔格忽然开口道，几乎抑制不住自己的兴奋。他边说边指着南边，那里的沙子果然泛起了阵阵涟漪，好像一艘地下战舰正朝着沙槌驶去。

凯恩斯不知道发生了什么。欧姆恩打算和这头巨兽战斗吗？这难道是他们这趟穿越沙漠的长途旅行前要举行的某种仪式或者祭祀吗?

“准备好，”斯第尔格说着抓住了凯恩斯的胳膊，“我们会尽我们所能帮助你。”

行星学家还没来得及问出下一个问题，一个咆哮着的狂沙旋涡就在沙槌周围形成了。欧姆恩也提高了警惕，做好战斗准备，他身子向后一闪，半蹲了下来，准备一跃而起。

然后沙虫那巨大无比的嘴便从沙海深处显现了出来，一口吞没了沙槌。那怪物的宽阔的脊背也拱出了沙漠。

欧姆恩拼命狂奔起来，拼命地往前跑去，想要跟上那只蠕动不已的巨大虫子，可是他滚下了松软的沙堆。但他马上一跃而起，跳上沙虫弓着的后背，用钩子和爪子把自己拉到沙虫的一节身子上。

凯恩斯敬畏地看着他，无法正常思考，也无法理解这个勇敢的年轻人在做什么。眼前这一切都不是真的，他心想。这是不可能的。

欧姆恩用他那尖尖的钩子在沙虫节段之间的缝隙中凿出一道裂缝，然后用力一拉，把沙虫原本保护完好的皮肉分开，露出下面粉红色的肉。

沙虫马上蠕动起来，它是不想让自己暴露出来的敏感部位碰触粗糙的沙子。欧姆恩爬上它的后背，又钉下一个钩子，在第二节段上撑开了一道口子，这样沙虫就不得不从沙漠深处的秘密世界里彻底钻出来了，它的身子越升越高。弗雷曼小伙子现在站在虫背上的最高处，在它巨大的脑袋后面插上了一根木桩，然后放下他的长绳子，让绳子从沙虫身体侧面垂下来。最后，他满脸骄傲地站在沙虫身上，挥手示意其他人过来。

在一片欢呼声中，其余的弗雷曼人带着凯恩斯向前冲去。他跌跌撞撞地跟在众人后面。另外三个年轻人顺着绳子爬了上去，钉下了更多他们称之为“造物主的钩子”的东西，以保持沙虫不潜回到沙丘之下。紧接着，这只巨大的生物开始向前移动起来，但动作很是混乱，似乎无法理解后背上这些讨厌的生物们什么要这么刺激它。

其余的弗雷曼人陆续跟了上去，纷纷把补给品投掷出去，再用更多的绳子把背包绑在沙虫的背上。第一批骑手以最快的速度组装完成了这些小型设施。在斯第尔格的激励下，震惊不已的凯恩斯也不得不跑到那只高耸入云的虫子身旁。行星学家甚至可以感觉到一股股热浪从沙虫体内蒸腾出来，他不敢想这虫子的身体内部到底蕴藏了何种可怕的化学火焰。

“你上去，乌玛凯恩斯!”斯第尔格大喊着，帮他把脚放进绳圈里。凯恩斯笨拙地向上爬了起来，他的沙漠靴本身就是用沙虫那粗糙的皮制成的。他手脚不停地爬啊爬。脚下夏胡鲁沸腾的能量蒸得他喘不过气来，但斯第尔格最终还是帮他登上了沙虫，其他弗雷曼骑手正聚在一块等他。

他们为他组装了一个简易的座位，形状类似一个轿子。另一个弗雷曼人则站着前面，攥紧了手中的绳子，与这条巨大的虫子对抗，就好像在驾驭一匹高高跃起的骏马。凯恩斯感激地坐到座位上，抓住扶手。他在这上面有一种不安的感觉，好像他并不属于这里，不多时就会摔下去然后被虫子压死似的。虫子不断地翻滚也让他的胃开始痉挛。

“通常这样的座位是留给我们的萨亚迪娜的，”斯第尔格说道，“但我们知道你没有受过训练，不会骑夏胡鲁，所以这座位现在便是我们先知的荣耀座位了。你不用为此感到惭愧。”

凯恩斯心不在焉地点了点头，望着前方。另一个弗雷曼人则祝贺着欧姆恩，因为他成功地完成了这个重要的仪式。他现在是一个受人尊敬的沙虫骑士，一个真正的男人了。

欧姆恩拉着绳子和钩子，嘴里不停引导着这条虫子：“嗨呦!”现在，这条巨大的、蜿蜒的动物在沙漠中奔跑起来，一路向南而去……

凯恩斯骑了一整天的沙虫，风沙摧残着他的面庞，刺眼的阳光反射在沙地上。他无法估计这条巨虫游动的速度，但他知道一定会很惊人。

当热风在他周围呼啸而过时，他能闻到一阵阵氧气的味道，以及一路摩擦出的燧石味道。在沙丘上没有大面积的植被覆盖的情况下，行星学家意识到这些沙虫必须靠自身产生大气层中的氧气。

凯恩斯只能紧紧抓住他的座椅。他没有办法伸手够到他背包里的笔记和记录。而这将是一份多么宏伟的报告啊——尽管他心里明白，他永远不能把这样的消息告诉皇帝。除了弗雷曼人，没有人知道这个秘密。*我们现在骑着的可是一条沙虫啊！*现在的他有了新的责任，有比以前更重要的效忠对象。

几个世纪以前，帝国曾在沙丘表面的战略要地设立了生物试验站，但这些设施已年久失修。近几个月来，凯恩斯重新开放了它们，部署了一些帝国派来的军队，当然只是为了装点门面。而在大部分设施里，他部署的都是忠于自己的弗雷曼人。他很惊讶于这些穴地兄弟们的渗透工作竟是如此炉火纯青，他们依靠着技术，四处搜索着必需之物。弗雷曼人真是个适应性极强的种族——而适应是在沙丘这种地方生存下来的唯一方式。

在凯恩斯的指示下，弗雷曼的工人从那些生物站里把有用的设备拆卸下来，又把找到的必需品带回穴地，随后他填写好了书面文件，向上面报告有物品遗失或损坏的情况出现。最后，健忘的帝国便会运来新仪器替代，如此一来空间站的监测器就可以持续不断地工作了……

他们驾驶沙虫快速穿越大平原已经几个小时，这条巨大的虫子开始变懒，明显有些疲劳了，欧姆恩也越来越难控制住它。很快，它又显露出想要重新潜入沙地之下的念头，它越来越不怕磨损它那敏感的、暴露在外的组织了。

最后，欧姆恩终于让这个庞然大物转过身来，直到它停下来，筋疲力尽。当凯恩斯顺着粗糙的沙虫皮肤滑到松软的沙地上时，整支队伍也都跟着滑了下来。欧姆恩把背包拽了下来，也跳下了沙虫，沙虫开始在沙地上打滚——因为它实在太累了，根本没力气攻击他们。弗雷曼人卸掉了钩子，这样他们的夏胡鲁就可以逐渐恢复体力了。

众人飞快地跑向一排岩石，那里有洞穴和避难所可以栖身，而且——凯恩斯很惊讶地看到——一个小型穴地派人迎接他们前来过夜，还献上了食物，与大家交谈甚欢。看来行星学家的梦想已经传到了沙丘上所有的秘密之地，穴地的领袖告诉他们，他很荣幸能接待乌玛凯恩斯。

第二天，他们出发了，骑着另一条沙虫，然后又换了一条。不久，凯恩斯就对斯第尔格这趟所谓“二十响”的旅行有了更全面的理解和评价。

清冽的风扬起了明亮的沙，弗雷曼人在这场伟大的冒险中获得了巨大的乐趣。凯恩斯现在像皇帝一样坐在他的轿子上，眺望沙漠的景色。对他来说，沙丘有着无尽的迷人之处，但奇怪的是，在各不相同的纬度上，它们的景色却大同小异。

一个月前，在海纳尔的地盘附近，凯恩斯驾驶他的小型帝国扑翼飞机独自飞行，漫无目的地探索着。随后他被一场小型风暴吹离了航线。他很快控制住了局面，但即使是在狂风中，当他俯视着开阔的沙海之时，他还是不由得肃然起敬。

凯恩斯以前见过类似的东西，但从来没有在沙丘上见过。这个地质构造看起来就像一个白色的椭圆形镜面，显示出这里在几千年前曾经是一片开阔海域的边界线。据他估计，这个大镜面足有三百公里长。一想到这个盆地过去可能是一个巨大的内陆海洋，他就兴奋不已。

凯恩斯把扑翼机降落在地，穿着蒸馏服走出机舱，他低下头，眯起眼睛望着飞扬的尘土。然后跪了下来，用手指抠着粉状的白色表面。他舔了舔自己的指尖，以证实他的推测。果然是苦涩的盐。现在他可以终于可以确信，这个世界上曾经有过开阔的水域。但由于某种原因全都消失了。

大家连续换乘沙虫，来到赤道以下，进入了南部这片不毛之地的深处，凯恩斯看到了很多类似的地貌，这才让他回忆起自己曾经的发现：那些闪闪发光的盆地，那些可能是古代湖泊的遗迹，证实了开阔水域的存在。当时他曾向弗雷曼向导提到过这些事，但他们只是用毫无科学意义的神话和传说来解释。而他现在的旅伴则似乎更专注于他们的目的地。

最后，在一路令人筋疲力尽的漫长跋涉之后，他们跳下了最后一条沙虫。弗雷曼人继续徒步向沙丘南部深处的岩石地貌推进，这里靠近南极圈，大夏胡鲁德是拒绝前往那里的。尽管少数水商曾探索过北部的冰盖，但沙丘的低纬度地区基本上无人居住，人们避之不及，这里一直都笼罩在神秘之中。没有人来过这里——除了眼前这些弗雷曼人。

大家越往前走越兴奋，在碎石地上一走就是一天，为的就是让凯恩斯能亲眼看到他们一直渴望向他展示的东西。在这里，弗雷曼人创造了并管理着一笔巨大的财富。

这时，大家距离极地的小冰帽已经不远了，凯恩斯被告知这里太过寒冷而不适合人类居住，但很多弗雷曼穴地都在此建立了秘密营地。顺着长长的水流，众人进入了一个崎岖的峡谷。脚下全是被很久以前的流水磨得无比光滑的石头。在南极圈这么深的地方，空气无疑是冷冽的，但其实比凯恩斯想象中的要暖和一些。

头顶上出现了一个陡峭的悬崖，冰冷的冷风消失了，取而代之的是峡谷里温暖的空气，水实际上是从悬崖的裂缝中滴落下来的，沿着他们一路走来的那条河道，季节性地流动着。弗雷曼人很聪明地在悬崖壁上安装了太阳能镜和放大镜来加热空气并融化地面上的霜。而在岩石附近的土壤里，他们还种植了植物。

凯恩斯说不出话来。这就是他的梦想啊，而且触手可及！

他想知道这水是不是从温泉里来的，但他一碰却觉得很凉。他尝了尝，发现它不含硫黄，反而很清爽——这无疑是他到沙丘以来喝过的最好的水。这是真正纯净的水，根本不是那种在过滤器和蒸馏服循环了一千次的水。

“这就是我们献给你的秘密，乌玛凯恩斯，”斯第尔格对他说道，“我们在不到一年的时间里完成了眼前的这一切。”

一簇簇耐寒的小草从河谷那湿润的地面上钻了出来，旁边的是明亮的沙漠向日葵，甚至还有一种低矮、蔓生的葫芦科植物。但最令凯恩斯惊奇的是他看到了一排排刚长出来的小棕榈树，它们紧紧抓住生命之泉不放，从多孔岩石的裂缝中吸取着水分，然后从峡谷底部的地下水位中窜了出来。

“棕榈树！”他惊呼道，“你们已经开始了。”

“是的，乌玛。”斯第尔格点点头，说道，“在这儿，我们可以看到沙丘的未来。如你所承诺的，我们确实能做到。世界各地的弗雷曼人已经开始执行你的指示了：在沙丘的下风口撒播草种，固定住水分。”

凯恩斯顿时两眼放光。所以，他们最终还是听了他的话！那些分散的草种会展开它们的网状根系，固定住水分，最终稳定沙丘的生态。随着生物试验站的设备被一件件偷出来，弗雷曼人可以持续不断地进行他们的工作，切割流域，架设风帆，并寻找其他方法来抓住云层里的每一滴水……

他的团队在这个隐蔽的峡谷里待了好几天，凯恩斯被眼前这一切弄得头晕目眩。他们在峡谷一侧安营扎寨下来，每天他们睡觉、散步时，都会有弗雷曼人从别的地方过来。这个地方似乎是这个隐秘种族的一个新聚集点。各个穴地的使者怀着敬畏的心情来到这里，凝视露天生长的棕榈树和植物，也凝视从岩石渗出的模糊的湿气。

一天晚上，一个单身一人的沙虫骑士背着装备、拖着沉重的脚步来到了营地，说是要见乌玛凯恩斯。这位新到的旅行者累得上气不接下气，眼睛低垂，似乎不想正视行星学家。

“根据您的指示，我们的普查已经完成，”他宣布道，“我们收到了来自各个穴地的信息，现在我们知道到底有多少弗雷曼人了。”

“很好，”凯恩斯笑了，“我需要一个大概的数字，这样我才能计划我们的工作。”然后他期待着看着对方。

年轻人缓缓抬起了头，一双蓝眼睛直直地盯着他，说道：“我们清查出了五百多个穴地。”

凯恩斯倒吸了一口凉气。这数字可远远超出了他的想象！

“而在沙丘，真正的弗雷曼人总数大约有一千万。您想让我把确切的数字汇总出来吗，乌玛凯恩斯？”

凯恩斯大口喘着粗气，踉踉跄跄地后退了几步。太难以置信了！帝国的预估数字以及哈克南家族的报告显示人数只有几十万啊，最多也就一百万啊。

“一千万！”他一下子抱住了对面惊讶无比的年轻弗雷曼信使。这么多心甘情愿的工人。有了这样一支劳动者大军，我们完全可以改造整个星球了！

信使微笑着向后退了一步，为行星学家给他的这份荣誉而深鞠一躬。

“还有消息，乌玛凯恩斯，”那人又说道，“我奉命告诉您，您的妻子弗丽思生下了一个强壮的儿子①，将来有一天他一定会成为他父亲的骄傲。”

凯恩斯又大口喘起气来，不知道该说什么好了。他现在是个父亲了！他看了看欧姆恩、斯第尔格和他的探险队员。弗雷曼人都纷纷举起手来向他大声祝贺。他过了好久才缓过劲儿来，骄傲的暖流在他仍旧震惊的内心深处涌动。

想到他自己的幸运，凯恩斯看着那些棕榈树，看着那些正在生长的青草和鲜花，然后又看了看峡谷之上的蓝色天空。弗丽思竟给我生

①列特·凯恩斯（10156AG—10191AG），帕多特·凯恩斯之子以及契尼·凯恩斯之父。

了个儿子！

“现在有一千万零一个弗雷曼人了。”他宣布道。

恨和爱一样是危险的情感。任何一方的力量会给另一方带来同等的力量。

——《姐妹会训诫书》，贝尼·杰瑟里特档案馆，瓦拉赫九号星

坤青双子星系那两个暗淡的太阳在贝拉·特古斯黑暗的天空中闪耀着。近处血红的太阳给午后的天空蒙上了一层略带紫色的阴影，而那片冰白色的原色——因为距离太远，所以并没有多少热量或光线——则在扭曲的天空中像一个被照亮的光洞一样盘旋着。这是一颗表面脏兮兮、毫无吸引力的星球，不属于任何一条主要的宇航公会路线，远航机也不常在这里停留。

在这个暗无天日的地方，夫人管理她在地表的花园，同时一直在尝试提醒她自己，这里只是她暂时的家。即使一年中的大部分光景都熬过去了，她仍觉得对于此地，自己还只是个陌生人。

她凝视着冰冷的黑暗，目光穿过农田，看着她雇佣的当地工人。她起了个假名字，然后用剩下的一些积蓄买了一小块地，希望能熬到……和其他人最终团聚。自从她抛下一切逃走以后，她就再也没有见过他们，也没有听到过他们的消息，但她一刻也没有放松警惕。因为埃尔鲁德还活着，追捕自己的人们还在外面。

平坦的发光盘将全光谱的原色光洒向田野，娇惯着成排的异国蔬菜和水果，它们将被她以高价出售给那些富裕的官员。

在田地的边缘，贝拉·特古斯的原生植被长得又粗又硬，根本没人会购买它们。坤青的自然阳光不够明亮，不足以让夫人庄稼里的娇嫩植物进行充分的光合作用。

她感到一阵凛冽的寒风吹拂着她的脸。她那曾经被皇帝爱抚过的敏感皮肤，现在由于严酷的天气而皲裂，一直刺痛不已。但她发誓自己一定要坚强，要适应，要忍耐。要是她能告诉自己关心的人她还活着，并且还很安全，那就好受多了。她渴望见到他们，但却不敢和他们联系，因为自己和那些一并逃走的人一样，都身处危险之中。

收割机器沿着一排排整齐的庄稼“咔嗒咔嗒”地前进着，采摘着成熟的农产品。明亮的发光盘投射出长长的影子，就像在田野里潜行的隐形生物一般。一些头发蓬乱的短工们一边走来走去，一边唱着歌，因为某些庄稼太脆，所以不能用机械收割。收割站旁挂着许多篮子，直接可以把农产品送往市场。

只有几个最忠诚的仆人被她带到了这里，陪着她过这样的新生活。她不希望有任何疏漏，不希望有人向帝国奸细告密——她也不希望把忠诚的伙伴置于危险之中。

她只有在万无一失的前提下才会和贝拉·特古斯这里的几个熟人说话。那也只是偷偷地交谈几句，迅速地瞟上几眼，微微一笑而已。电子眼或是特工可能在任何地方。

有了那些精心准备的身份证明文件，这位夫人现在摇身一变，成了一位名叫莉泽特的受人尊敬的女人。莉泽特是一位寡妇，她的虚拟丈夫是一位当地的商人和宇联商会的小官员，他给她留下了足够的经济资源来经营这座简朴的庄园。

她的整个生活发生了变化：不再有宫廷里的奢华交际，不再有音乐、宴会或招待会，不再有兰兹拉德会议——甚至连那些单调乏味的议会会议都没有了。她只是日复一日地这么活下去，在接受了这种新生活可能是她所能得到的最好的现实的同时，回忆着过去的日子，憧憬着过去的日子。

最糟糕的是，她可能再也见不到她的亲人了。

就像一个督察员在视察她的队伍一样，夫人一边走在农作物的小道上，一边欣赏悬在藤上的朱红色多刺水果。她努力背诵过她所种植的这些异国农产品的名字。重要的是要摆出一副令人信服的样子，能同任何人闲聊而不露馅，这样才不会引起别人的怀疑。

每当她出现在她的庄园外，她都戴着一条伊克斯造的漂亮项链，它其实是一个伪装的全息发生器。它在她的脸上覆盖了一层阴影，使她那原本美丽的容貌发生改变，比如把她的颧骨变得柔和，把她那娇嫩的下巴变得更宽一些，又让她眼睛的颜色发生了改变。她这才觉得安全……足够的安全了。

她停下来抬头看了看，发现天边好像正下着一场闪闪发光的流星雨。昏暗的地面上，牧场和远处村庄的灯光一直在闪烁不已。但这完全是另一回事。这是人造光——到底是交通工具还是航天飞机呢？

贝拉·特古斯不是一个人口稠密的星球。它的财富和资源都很少，对其历史的主要描述充满了黑暗和血腥：很久以前，这里曾是奴隶殖民地的所在地，此处有的是吃苦耐劳但苦苦挣扎的村庄，于是人们从这里抓来奴隶，然后再把他们卖到其他世界里去。现在，她自己也觉得像个囚犯似的……但至少她有自己的生活，知道她的家人还是安全的。

“无论如何，永远不要放松你的警惕，我的爱，”她的丈夫在与她分手时曾这样警告过她，“永远不要。”

在这种持续的警惕状态下，夫人辨认出了三架扑翼机的聚光灯，它们正从远处的太空港飞过来。这些飞行器低低地掠过平坦而干燥的地表。它们也已经打开了夜间的全部搜索信标，尽管这是贝拉·特古斯在双下午高峰时所能见到的最亮的白天了。

她顿时觉得心头一紧，但她还是挺直了身子，把深蓝色的斗篷披在身上。她本来更喜欢她的家族颜色，但她再也不敢把那种颜色的东西放进衣橱里了。

一个声音从庄园里传来："莉泽特夫人，有人来了，而且他们拒绝回应我们的欢迎信号！"

她转过身来，一眼就看见了欧默尔那个肩膀窄窄的身影，她是自己从前的一个主要助手，一个甘心陪她躲到这里来的男人，他不知道自己还能为她做些什么。欧默尔向她保证，没有什么比对她尽忠更重要或更令人满足的了，她很是感激他的忠诚。

夫人考虑逃跑，但她很快便打消了这个念头。如果这些入侵者是她所担心的那些人，那么她根本没机会逃跑。而如果她的直觉错了，她也就不用跑了。

成群的扑翼机飞到了她的头顶上，翅膀扇动，引擎轰鸣。扑翼机粗暴地毫不顾忌地降落在她的田地里，把悬浮在半空的全光谱发光盘打落在地，压塌了庄稼。

当三艘扑翼机的舱门滑开，萨多卡士兵出现时，她知道自己今天是在劫难逃了。

在如梦似幻的影像中，她回想起了那段无比快乐的时光，那次来的是一群完全不同的部队。那是在宫廷里，她还年轻的时候。那个时候，非要当一名皇室妃子的任性想法已经开始消退了。皇帝曾有很长一段时间都和她在一起，但当他的兴趣减退后，他就把目光转向了其他的妃子。这是意料之中的。她并没有感到自己被冷落，因为埃尔鲁德会继续养着她。

但是有一天，在埃卡兹的叛乱被镇压之后，她目睹了帝国战士在凯坦大街上的胜利游行。那时的旗帜是那么鲜艳，都刺痛了她的眼睛，而制服也是那么完美和干净，男人们被衬托得无比勇敢。在队伍的最前面，她第一次看到了她未来的丈夫，一个一身骄傲的战士，有着宽宽的肩膀和灿烂的笑容。即使在远处，他的出现也让她一阵眼花缭乱，她清楚自己的激情被这个男人唤醒了，她觉得他是所有这些士兵中最伟大的一位战士了……

然而，今天抵达贝拉·特古斯的这些士兵却完全不一样了，他们身着灰黑色的萨多卡军服，令人胆战心惊。

一名部队指挥官这时走上前来，亮出他的军衔徽章。他向上一挥手，示意他的人各就各位。

夫人的心里只剩下只一线希望了，她故作姿态，昂首阔步地迎上前去，说道："我是莉泽特夫人，这个庄园的主人。"她怒视着被毁的庄稼，声音很严厉，"你的笨拙给我造成了财产损失，你或你的雇主打算怎么赔偿我？"

"闭上你的嘴！"一个士兵厉声喝道，端起了手中的激光枪。

我可真蠢，夫人心想。我本可以带上屏蔽场的。如果是这种局面，如果他开枪了，这一片贝拉·特古斯领土就会在一场赝原子爆炸中消失了。

波萨格指挥官举起手来，想让那个士兵安静下来，她则一眼看穿了他的套路：先让一个鲁莽的、不受控制的士兵来恐吓她，再表现出自己是个理智坚定的军队领导人。这是个好士兵，坏士兵的传统套路。

"我们是奉皇帝旨意前来的，"波萨格说道，"我们正在调查某个叛逆家族里逃犯的下落。凭借收购权，我们需要您的合作。"

"我不熟悉法律规定，"夫人回答道，"而且我对什么叛徒一无所知。我只是一个想在这里弄好一个普通农场的寡妇。让我的律师和你说吧。我很乐意以任何方式与你们合作，虽然我觉得你们肯定会失望的。"

"我们不会失望的。"那名粗暴的士兵吼道。

在他们四周，她雇佣的短工都纷纷停止了劳作，原地不动。波萨格指挥官走上前去，站在夫人的正前方，她则丝毫没有退缩。他皱着眉头端详着她的脸。她知道自己戴着全息面具的样子与男人预期的不符。所以也只是回望着他，与他四目相交。

她还没明白他的意图时，他就一把把她的项链抢走了。她没感觉自己脸上有什么变化，但她清楚自己的伪装已经消失了。

“这才像话，”波萨格说道，“你现在还说自己不知道什么叛徒吗?”他轻蔑地笑了。

她怒视着他。萨多卡卫队继续从三架扑翼机中鱼贯而出，占据了她周围的有利位置。有些人闯进了她的庄园，有些人则去搜了谷仓、粮仓和其他外面的屋子。他们难道会以为她身边藏着一支军队？与她习惯的那种生活方式相比，现在的她几乎连一件新衣和一顿饱饭都买不起了。

另一个表情严肃的萨多卡士兵抓住了她的胳膊。她想挣脱开，但他却忽然拉起了她的斗篷袖子，用小刮匙刮了她一下。她抽气，以为这士兵就要把自己毒死了，但萨多卡只是冷静地站在她后面，开始分析他刮来的血样。

“身份确认了，长官，”他报告说，看向他的波萨格指挥官，“伊克斯的珊多·维尔纽斯夫人。”

萨多卡卫队向后退了一步，但珊多却没有动。她很清楚接下来会发生什么。

一年多来，老皇帝变得越来越昏聩，精神衰弱，身体战栗。埃尔鲁德产生了比平常更多的错觉，产生了比一个人所能承受的更多的仇恨。但他仍然是皇帝，他的法令一定会得到明确的执行。

她脑子里就剩下一个问题了，那就是他们会不会先折磨她，从而获取她自己其实也不知道的多米尼克的下落。或者他们干脆只是直接完成任务。

欧默从大房子的侧门跑了出来，边跑边喊。他的黑发凌乱不堪。手里挥舞着他在储物柜里找到的一把粗糙猎枪。*真是个傻瓜*，她想。

勇敢，可爱，忠诚——但仍是一个傻瓜。

“我的夫人！”欧默尔喊道，“你们别碰她！”

一些萨多卡士兵端起枪来，瞄准了他和田地里那些蓬头垢面的工人，但大多数的武器都对准了她。她抬头仰望天空，想起了亲爱的丈夫和孩子们，只希望他们不会有着和自己一样悲惨的结局。即使在这个时候，她也不得不承认，如果让她选择，她还会走这样的人生路。她并不后悔离开宫廷，虽然这给她的名誉和财富都带来了损失。珊多很清楚，很少有贵族体验过爱情。

可怜的鲁迪，她心里闪过一丝怜悯。你永远不会明白那种爱的感觉。像往常一样，多米尼克是对的。在她的脑海里，她又一次看到了他，就像她第一次见到维尔纽斯伯爵时那样：一个年轻英俊的士兵，从战场上胜利归来。

珊多最后一次举起手来，去抚摸多米尼克的面庞……

然后，所有萨多卡士兵的武器同时开火了。

我必须用眼和爪来统治——就像雄鹰统治小鸟那样。

——保卢斯·厄崔迪公爵，《厄崔迪家族声明》

雷托·厄崔迪公爵。

卡拉丹星的统治者，兰兹拉德联合会成员，一个大家族之主……然而这些头衔对他来说毫无意义。因为他的父亲死了。

雷托觉得自己很是渺小。他现在既沮丧又困惑，十五岁的他根本没有准备好背负起如此残忍地加诸他身上的这副重担。雷托坐在那张非常不舒服的特大椅子上，性情豪放的老公爵就是坐在这里召开那些正式与非正式的宫廷会议的，他觉得自己与周遭的一切都格格不入，觉得自己是一个骗子。

我还没准备好当公爵！

他下令举行七天的官方哀悼，在这七天里，虽然他已经是厄崔迪家族的首领了，但他还是回避了大部分困难的工作。毕竟仅仅是应付来自其他大家族的哀悼他都快要受不了了……尤其是那封来自皇帝埃尔鲁德九世的正式信件，当然肯定是由他的侍从写的，最后皇帝老儿用他那双麻痹的手签的字。“一个伟大的人民领袖逝去了，”皇帝的信件这样写道，“我向你表示诚挚的哀悼，真诚地为你的未来祈祷。”

由于某种无法解释的原因，在雷托听来，这封信件似乎更像是一种威胁——也许从签名的倾斜度，或是从措辞的选择上，都能闻出某种险恶的味道。雷托把信扔进官邸的壁炉里烧掉了。

对雷托来说，最重要的是他看到了卡拉丹人民发自内心的悲伤：鲜花、装满鱼的篮子、刺绣的旗子、准吟游诗人写的诗歌和歌曲、雕刻品，甚至还有描绘这位老公爵当年在斗牛场上英姿勃发的油画。

在没人的地方，在没人会看到他软弱一面的时候，雷托为此大声痛哭起来。他十分清楚人民是多么地爱戴保卢斯公爵，他还记得，有一天他和父亲手捧着牛头，站在托罗斯广场上，浑身充满力量。那时的他已经渴望自己能成为公爵了，他能感觉到爱和忠诚在环绕着他。厄崔迪家族！

但现在的他却希望老天爷能为他安排一个截然不同的命运。

海伦娜夫人把自己锁在房间里，将所有想服侍她的仆人都拒之门外。雷托从来没有看出他的父母之间存在多少爱或是感情，所以现在他也不知道母亲的悲伤是发自内心的还是仅仅是一种礼节。她唯一同意见的人是她的私人牧师和精神顾问。海伦娜始终恪守她从《奥兰治天主圣经》中领悟到的无上妙意。

雷托知道他需要让自己从这个泥沼中逃出来——他必须深入挖掘自己的力量，并开始管理卡拉丹的事务。保卢斯公爵一定会嘲笑雷托的儿女情长，并责备他没有把立即面对新生活当做优先事项。“孩子，找个私人时间再伤心吧，”他会这么对他说，“但千万不要让厄崔迪家族显出任何软弱的迹象。”

雷托默默地发誓，自己一定要竭尽全力。毫无疑问，这是他在新职位上要做出的许多牺牲中的第一个。

在空荡荡的会议厅里，隆博王子走到正坐在沉重的公爵椅上的雷托身边。雷托沉思着，眼睛紧紧盯着对面墙上挂着的一幅巨大肖像画，画中他的父亲穿着一身斗牛士服装。隆博把一只手放在同伴的肩膀上，使劲捏了一下，问道：“雷托你吃东西了吗？你必须保持你的体力啊。”

雷托深深地吸了一口气，转过身来望着他这位来自伊克斯的伙伴，他那宽阔的脸上充满了关切之情。“不，我没吃。你愿意和我一起用一些早餐吗?”说着他僵硬地从那张不舒服的椅子上站了起来。到了他履行职责的时候了。

杜菲·哈瓦特陪他们一起吃了一顿早餐，他们为新统治者制定了一些计划和战略，这顿早餐持续了好几个小时。在讨论的间歇，门泰特战士低下了头，与小雷托那双灰眼睛四目相交。“我的公爵，我还没有向您表明我的态度，在此我对您表示最大限度的忠诚，并且重申我对厄崔迪家族的承诺。我将尽我所能帮助和辅佐您，”说完，他的表情变得坚定起来，“但您必须明白，所有的决定都得您自己，而且只有您自己才能做。我的建议可能与您母亲或隆博王子的建议相矛盾，也可能与您选择的其他顾问的建议相矛盾。您必须决定所有的事情。您是公爵。您就是厄崔迪家族。”

雷托听得浑身发抖，感到巨大的责任像行会远航机一样压到了他身上，自己随时都会崩溃。“我知道，杜菲，我需要所有我能得到的帮助。”他坐直了身子，从一碗温热的庞迪米布丁里啜饮了一口甜奶油。为他做这份庞迪米布丁的厨师，十分清楚这食物是他从小就最喜欢吃的。不过它现在尝起来味道有些不一样了，他的味蕾似乎也变得迟钝了。

“我父亲的死因调查进展如何?真的像看上去那样是个意外吗?或者说是有人让它看起来像个意外?”

门泰特皱起了眉头，他那张粗糙的脸上顿时浮现出焦虑的神情：“公爵大人，我不愿意这么说，但我怀疑这是一场谋杀。现在有越来越多的证据表明，这背后确实存在着一个狡猾的阴谋。”

“什么?”隆博一边说一边用拳头捶着桌子，脸也涨得通红，“是谁对公爵下的毒手?怎么回事?”他不仅对雷托有深厚的感情，而且对那个为他和妹妹提供了庇护的厄崔迪族长也是一样。一种发自内心的、沉痛的感觉告诉隆博，暗杀公爵的动机很可能是为了惩罚保卢斯对伊克斯流亡者展现的仁慈之心。

“我是公爵，隆博，”雷托把手放在朋友的胳膊上，说道，“我得亲自处理这件事。”

雷托几乎能听到门泰特那复杂的头脑发出了车轮般的嗡嗡声。哈瓦特说：“在对萨鲁撒公牛肌肉组织的化学分析中，存在两种药物的微弱痕迹。”

“我以为每场战斗前，野兽们都会被检查的。”雷托眯起了眼睛，但有那么一会儿，他还是无法驱走他年轻时代的记忆，那个时候他会亲自去马厩看那些巨大的公牛，眼圈浮肿的马夫长伊雷斯克也允许他亲自喂牲口——这无疑让其他马夫们很担心。“我们的兽医参与这个阴谋了吗?”

“通常这些例行检查都是必须的，而且要在入场仪式之前。”杜菲皱了皱眉头，他的嘴唇现在已经变红了，他一边整理思绪、评估答案，一边用手指敲着桌子，“很遗憾，常规测试查出了不该有的东西。公牛被一种刺激性的东西激怒了，这种东西在它体里已经累积了好几天，并逐渐释放出来。”

“这还不足以杀死我父亲，”雷托说着，扇动着鼻孔，“别忘了我父亲是个很好的战士。最好的。”

门泰特摇了摇头，继续说道：“这头公牛还被注射了一种中和剂，是一种化学物质，可以中和公爵短标枪上的神经毒素，并同时触发这种兴奋剂的释放。当公牛应该被麻痹时，兴奋剂反而增加了。所以这头野兽最终变成了一种更加危险的杀人机器，而老公爵自己却越来越疲劳了。”

雷托被气得怒目圆睁。他怒气冲冲地从早餐桌上站起来，抬头瞥了一眼那个无处不在的毒物探测仪。他来回踱步，连米布丁也不吃了。然后，他转过身来，厉声说道，几乎用上了所有他学过的领导技巧："门泰特，给我一个初步的推测。你觉得是谁下的手？"

杜菲一动不动地坐着，陷入了沉思。数据在他头骨内的电脑里流动，这个人脑模拟的却是人类最可憎的远古敌人的数据处理方式。

"最有可能的是：来自厄崔迪家族主要政敌的个人攻击。因为时间关系，我怀疑这可能是在惩罚老公爵选择支持了维尔纽斯家族。"

"这也正是我的怀疑。"多米尼克·维尔纽斯的儿子现在看起来已经是个成年人了，他的脾气已经变得很强硬，不再只是那个娇生惯养的温厚伙伴了。自从来到卡拉丹以来，他整个人瘦了不少，肌肉更加紧实。他的双眸现在闪着锐利的光芒。

"但母亲还没有哪个家族宣称对此事负责，"雷托说，"古代的仇杀仪式都是有规矩的，有必须要遵循的流程，不是吗，杜菲？"

"但我们不能确定所有老公爵的敌人都能遵守这样的规矩，"哈瓦特解释道，"我们必须非常谨慎才行。"

想到自己的家族是被谁被逐出的伊克斯星，隆博的脸顿时红了起来："还有一些人能根据自己的需要变换外形。"

"这便是第二种可能性了，"门泰特继续说，"目标可能是保卢斯公爵本人，而不是厄崔迪家族——也就是说这不是个人仇杀或是什么个人恩怨。这样的话，那么罪魁祸首可能只是一位本地的上访者，他可能不喜欢公爵做出的某个决定。尽管这起谋杀有着巨大的影响，但讽刺的是，它的起因很可能只是一件小事。"

雷托摇了摇头，说道："这个我真不能相信。我亲眼目睹了人民是多么热爱我的父亲。他的臣民没有一人会背叛他的，一个也不会。"

哈瓦特没有退缩："我的公爵，不要高估爱和忠诚的力量，也不要低估个人仇恨的力量。"

"嗯，除此之外还有更好的可能性吗？"隆博问道。

哈瓦特直视公爵的眼睛，说道："那就是一场企图削弱厄崔迪家族的进攻了。族长的死让大人您处于劣势。毕竟您还年轻，还没有受过训练。”

雷托深吸了一口气，但听到这话的时候他还是努力克制住了自己的脾气。

“您的敌人现在会认为厄崔迪家族不稳定了，随时可能会对我们采取行动。您的盟友可能也会把您视为一种负担，并只会以一种……有限的热心来支持您。现在对您来说才是非常危险的时刻。”

“会不会是哈克南家族？”雷托问道。

哈瓦特耸了耸肩回答：“可能。或是他们的某个盟友。”

雷托把双手压在太阳穴上，又深吸了一口气。他看到隆博正不安地看着他。

“继续你的调查吧，杜菲，”雷托最后说道，“既然我们知道萨鲁撒公牛被注射了毒药，我建议你把审讯的目标锁定在马厩周围。”

马童邓肯·艾达荷站在他的新公爵面前，骄傲地深鞠一躬，准备再次宣誓效忠。尽管他只穿着一件马童的衣服，但仆人们还是把他上下清洗干净了。老公爵在最后一场致命斗牛表演前赠予他的破衣服已经被他扔掉了。卷曲的黑发仍是凌乱不堪。

他心中始终燃烧着怒火。他相信当时只要有人听了他的话，保卢斯公爵的死是可以避免的。这种悲伤让他心如刀割，他为自己还能做得更好而苦恼不已：他是应该更加坚定地坚持下去，还是应该把异常情况告诉马夫长伊雷斯克以外的人？他在想自己是否应该揭露那时的真相，但他还是先选择了保持沉默。

雷托·厄崔迪坐在公爵的椅子上，身子还是显得太小了，他眯起灰色的眼睛，盯着邓肯问道：“孩子，我还记得你加入我们家族时的情景。”他的脸看上去比邓肯第一次站在城堡大厅里时瘦了许多，也苍老了许多，“那时，我刚刚带着隆博和凯莉娅从伊克斯城逃出来。”

两名维尔纽斯难民这时也坐在大厅里，杜菲·哈瓦特和一队警卫也是一样。邓肯瞥了他们一眼，然后把注意力转回到年轻的公爵身上。

“我听说了你从哈克南家族逃脱的故事，邓肯·艾达荷，”雷托继续说道，“我知道你是怎样被监禁和折磨的。我父亲在卡拉丹城堡给你安排职位的时候很是信任你。你知道他这么做有多不寻常吗?”说着，他靠回到黑色的木椅上。

邓肯点点头回道：“是，大人。”他辜负了那位好心收留的恩人，内心涌起一股强烈的内疚感，让他脸发烫。“是的，我十分清楚。”

“可是在我父亲最后那场战斗之前，有人给萨鲁撒公牛下了药——而你就是其中一个能够接近那头野兽的人。你有很多机会可以下手。为什么那时候我没在入场仪式里看到你，而其他马夫却都在绕着竞技场游行？我还记得我当时还找你呢，”他的声音变得尖厉起来，“邓肯·艾达荷，你是被人派到这里来的吗，装出一副无辜的面孔，一副义愤填膺的样子，背地里却是哈克南家族雇佣的一个秘密刺客?”

邓肯震惊地后退了好几步：“我确实不是，公爵大人!”说着他哭了出来，“我当时想要警告每个人的。几天前我就知道公牛出了问题。我一遍又一遍地告诉马夫长伊雷斯克，但他什么都不做。他只是笑话我。我甚至和他吵了起来。所以我才没去入场仪式。然后我本来还想亲自去警告老公爵的，但吵着吵着，马夫长最后把我锁在了一个脏马厩里，”说着他泪如泉涌，“您的父亲给我的那件好衣服都给毁了。我甚至都没亲眼看见他倒在赛场上。”

雷托大惊失色，一下子从父亲的大椅子上坐了起来。他立刻转头看向哈瓦特。

“大人，我会马上搞清楚的。”

雷托仔细打量着这个男孩。邓肯·艾达荷站在他面前，没有表现出恐惧，只有深深的悲伤。当他审视他的时候，雷托觉得在他那张年轻的脸上看到了一种无私和由衷的热爱。从外表上看，这个九岁的难民似乎真的很高兴成为卡拉丹城堡的一部分，尽管他一直只是个马夫，做着低下、费力、不讨好的脏活儿。

雷托·厄崔迪在判断坏人和衡量人心方面没有多少经验，但他却有一种直觉，他能够相信这个认真的孩子。邓肯无疑是个坚强的人，聪明并且凶猛——但绝不是个奸佞之徒。

要小心，雷托公爵，他对自己说道。帝国有许多诡计，这可能就是其中之一。这时他想起了那个老马夫长，自从雷托父母的包办婚姻以来，伊雷斯克一直就在卡拉丹城堡里……这个阴谋会酝酿这么多年吗？是的，他认为可以。尽管他因为这个可怕的想法而颤抖起来。

海伦娜夫人独自溜进接待室，偷偷地走了几步。她的眼中笼罩着一层深深的阴影。雷托看着他的母亲溜进他旁边的空椅子里，当初她和丈夫就这么坐在一起，现在那椅子暂时保留了下来。她挺直腰板，一言不发，打量面前的小男孩。

过了一会儿，马夫长伊雷斯克被厄崔迪的卫兵毫不客气地带进了大厅。他那一头浓密的白发乱成一团，那双松垮垮的眼睛显得又大又茫然。杜菲·哈瓦特向他简要讲述了一下邓肯的供词，马夫长笑了起来，瘦骨嶙峋的肩膀很夸张地下垂，好像松了一口气的样子：“我为你们服务了这么多年，你们竟然会相信这么个小马耗子，这个哈克南人？”他气得翻动着眼袋，“拜托，我的公爵！”

他的表现有点太戏剧化了，雷托心想，而哈瓦特也发现了这一点。

伊雷斯克把一根手指放在嘴唇上，好像在考虑一种可能性：“大人，既然您提到了这件事，我觉得很可能是那孩子自己给那头公牛下了毒。毕竟我不能时时刻刻看着他。”

“你在撒谎！”邓肯大喊起来，“我想告诉公爵的，可你把我锁在马厩里了。你为什么不阻止这场斗牛呢？我当时告诉了你，告诉了你呀——现在公爵都死了。”

哈瓦特静静听着，他的眼睛望着远方，嘴唇湿漉漉的，被刚吞下的纱芙汁染红了。雷托发现他又进入了门泰特模式，快速浏览着所有他记忆中有关小邓肯和伊雷斯克事件的数据。

“然后呢？”雷托问马夫长。他强迫自己不去想自己过去和那个瘦长的男人在一起的日子，那时他身上总是散发着汗水和粪肥的味道。

“大人，小马耗子确实可能跟我说过些什么，但他害怕公牛。我不能简单地取消一场斗牛赛啊，就因为一个孩子觉得那头野兽很可怕，”他哼了一声，“我对这小东西多好，给了他那么多人生机会——”

“可是他警告过你公牛的事，你没有听，现在我的父亲死了，”雷托说，然后注意到伊雷斯克突然显得很害怕，“这个你怎么说？”

“可能的推测，”哈瓦特开口道，“通过海伦娜夫人的关系，伊雷斯克已经为李芝家族工作了一辈子。而李芝家族过去曾与哈克南家族有联系，也与伊克斯有过敌对关系。此人甚至可能不清楚自己在整个计划中所起的作用，或者——”

“什么？这真是荒谬！”伊雷斯克辩解道，他搔了搔自己满头的白发，“我和哈克南家族的人没有任何关系。”说着他向海伦娜夫人瞥了一眼，但她却拒绝与他对视。

“不要打断我的门泰特。”雷托警告说。

杜菲·哈瓦特端详海伦娜夫人，她则冷冷地盯着他。接着，他的目光移到她的儿子身上，然后继续进行着他的推理，目光也一直停留在她的儿子身上：“总结：保卢斯·厄崔迪和李芝家族的海伦娜的婚姻是危险的，即使是在当时。兰兹拉德联合会认为这个婚姻只是削弱李芝家族和哈克南家族关系的一种方式，而伊尔班·李芝伯爵则接受了这桩婚姻，作为他们失去厄拉科斯时挽救部分家产的最后努力。至于厄崔迪家族，保卢斯公爵获得了正式的宇联商会董事职位，并成为了议会的一名有投票权的成员——如果没有这个婚姻，那么厄崔迪家族可能永远也不会取得这样的成就。

“总之，海伦娜夫人一行人来到了这里，但她的侍从们并非都完全效忠于厄崔迪家族。哈克南家族的特工和马夫长伊雷斯克之间可能有过接触……当然，海伦娜夫人是不知情的。”

“你作为门泰特简直在胡说八道啊。”伊雷斯克大声抗议。但雷托却注意到他似乎在向房间里的每个人寻求着支持，但只有海伦娜除外，此人现在似乎刻意回避海伦娜的目光。他的喉结在他那单薄的喉咙紧张地上下跳动。

雷托盯着母亲，而她的母亲却只是默默地坐在他身旁，紧绷着下巴。他顿时感到一阵刺骨的寒意爬上了他的脊背。隔着紧闭着的卧室雕花木门，雷托曾经听到过她对父亲的维尔纽斯政策颇有微词。*是你在做出选择，保卢斯。但你的决定是错的。*现在，这些话在雷托的脑子里开始回响起来。*这个选择会让你和我们的家族付出沉重的代价。*

“呃，确实没有人会留意马夫长，雷托。”

但雷托在继续观察他的母亲。马夫长伊雷斯克毕竟是李芝家族派来的海伦娜婚礼随从之一。她会怎样对他？那个男人在她手里有什么把柄？

他感到自己喉咙发干，所有的碎片在他的脑海里交织了起来，他忽然意识到，门泰特就是这么思考问题的吧。而她最终成功了！海伦娜·厄崔迪夫人亲自主导了这一切。哦，也许她还得到了一些外界的帮助，甚至可能是来自哈克南家族……但毫无疑问，伊雷斯克是实际执行人。

但应该是她自己决定要惩罚保卢斯的。他从灵魂深处十分清楚这一点。她的儿子年仅十五岁，她现在可以完全控制卡拉丹了，她做出她认为最好的决定。

雷托，我的孩子，你现在是厄崔迪公爵了。这是母亲在她丈夫死后不久对他说的话。对于一个震惊和悲伤的女人来说，这真是一个奇怪的反应。

“请不要说下去了，”伊雷斯克绞着双手说道，“大人，我绝不会背叛我所侍奉的家族。”说着他指着邓肯，“可您清楚这只小马耗子一定是哈克南家的人。他从杰第主星才来不久啊。”

海伦娜夫人僵硬地坐着，当她终于开口说话时，她的声音却很嘶哑，好像她最近几天没怎么说话似的。她挑衅地看了儿子一眼，说道：“雷托，你从小就认识伊雷斯克了。你会指控我的随从吗？别开玩笑了。”

“我还没有指控任何人，母亲，”雷托小心翼翼地回答，“目前还只是讨论。”作为厄崔迪家族的首领，他必须努力使自己远离童年时代，远离那个急切地向满头白发的马夫长询问自己是否能看看公牛的时代。伊雷斯克曾教过他如何抚摸各种动物，骑一些较老的坐骑，打绳结还有固定马具。

但是这个大眼睛孩子雷托是新上任的厄崔迪家族的公爵。

“在得出任何结论之前，我们必须研究一下这些证据。”

伊雷斯克容颜更变起来，雷托忽然有些害怕马夫长即将说的话。他已经被逼到角落里了，性命攸关，会不会牵扯出海伦娜？大厅里的卫兵都在聚精会神地听着。就连凯莉娅也仔细地看着这一切。而不在场的人无疑也会听到并传播这里说过的一切言论。这一丑闻定会震惊整个卡拉丹，甚至兰兹拉德联合会。

即使他的母亲在斗牛比赛时策划了这场意外，即使伊雷斯克是受人指使——要不就是接受了贿赂或勒索——但雷托也不敢让此人在这里当中认罪。他想要知道真相，但最好是在私底下。如果海伦娜夫人是老公爵之死的幕后黑手这个消息传了出去，那么厄崔迪家族定会面临分崩离析的危险。他自己的统治也很可能会遭受重创而无法弥补……他将会别无选择，只能对自己的母亲进行最严厉的审判。

他想到了《阿伽门农》这出戏剧，想到了从远古时代开始就一直困扰着他的家族的厄崔柔斯诅咒，他就不寒而栗。于是他深吸了一口气，告诫自己此刻必须要坚强。

“做你必须要做的，孩子，”他的父亲这样说过，“只要是正确的决定，就没人会因此而责备你。”

但现在什么才是正确的决定呢？

海伦娜从椅子上站了起来，用冷漠的母亲式口吻对雷托说道：“我丈夫的死不是遭人背叛，而是神的惩罚。”说着她指向隆博和凯莉娅，他们似乎被这一幕惊呆了。“我敬爱的公爵因为他和维尔纽斯家族的友谊而受到了惩罚，因为他允许这些孩子住在我们的城堡里。他们的家庭已经违反了戒律，保卢斯却仍然选择接受他们。是我丈夫的骄傲杀死了他——而不是一个卑微的马夫长。事情就是这么简单。”

“我听够了，母亲。”雷托说道。

海伦娜对他怒目而视，仿佛他只是个孩子：“我还没说完呢。做一名公爵的话，还有许多事情是你还不能理解的——”

雷托仍然端坐着，把他所能集中起来的全部力量都集中在他的声音和沉着上：“我才是公爵，母亲，你现在得保持沉默，否则我就让卫兵把你从大厅里赶出去，然后锁在一座塔楼里。”

海伦娜的脸刷地一下白了，她竭力时想要控制自己的情绪，这让她的双眼充满了疯狂。她不敢相信自己的儿子竟敢如此跟她说话，但她最终还是没有选择反击。像往常一样，她努力维持自己端庄的形象。她曾在老公爵的脸上看到过类似的表情，而她从不敢让这种级别的风暴扩大。

虽然对伊雷斯克来说最好还是保持沉默，但他还是喊道：“雷托，孩子啊，你不能信这个来历不明的小马耗子而不相信我——”

雷托瞪着眼前这个疯狂又懦弱的男人，并将他的行为举止与骄傲的小邓肯进行了对比。伊雷斯克那张长着肿泡眼的脸上此刻闪着汗水。“我确实觉得他比你更可信，伊雷斯克，”雷托慢慢地说道，“然后永远别再叫我‘孩子’。”

哈瓦特此时站了出来：“我们可以通过深度审讯来获取更多的情报。我要亲自审讯这个马夫长。”

雷托把目光转向他的门泰特，说道：“最好是私下，杜菲。除了你不要有别人在场。”他闭上眼睛，用力咽了口唾沫。过了一会儿，他清楚自己必须向哈瓦特传达一条命令，那就是不能让这个马夫长在审讯中幸存下来了……他还会透露出什么是雷托所担心的。门泰特微微地点了点头，示意雷托，自己明白他那些没有说出口的话。比如哈瓦特所获得的一切情报都将是他和公爵两人之间的秘密。

当守卫们抓住他瘦弱的手臂时，伊雷斯克号叫起来。但马夫长还没来得及喊出什么，哈瓦特就用手捂住了他的嘴巴。

这时，卫兵们忽然打开了大厅的大门，一个身穿制服的人走了进来，仿佛是选择在这个最混乱的时刻觐见公爵。他大步走过来，眼睛锁定了坐在大厅尽头椅子上的雷托本人。他的电子身份徽章显示他是一名官方信使，刚从卡拉市太空港的一艘驳船上下来。雷托浑身僵硬起来，因为他知道这个人不可能带来什么好消息。

“公爵大人，我带来了可怕的消息。”信使的话震惊了王庭上的每一个人。抓着伊雷斯克的守卫们也都站着不动了，哈瓦特连忙做了个手势，让他们在信使宣布消息之前离开。

信使大步走到椅子前，站直了身子，然后深深地吸了几口气，让自己做好准备。在清楚了卡拉丹有了新公爵，以及被流放的伊克斯人就在这里的情况后，他谨慎地选择了他的措辞。

“我很遗憾地通知您，珊多夫人——被埃尔鲁德九世皇帝称之为叛徒和变节者的女人——已经被找到了，并且根据帝国法令，由萨多卡卫队在贝拉·特古斯执行了死刑。她的所有随从也都被杀了。”

隆博顿时被这道晴天霹雳击倒在公爵椅旁的抛光大理石台阶上，看上去就像被狂风拍倒在地一样。凯莉娅默默地看着眼前发生的一切，缓缓抽泣起来。泪水一下子从她那双翠绿的眼睛里涌出。她靠在墙上，用脆弱的拳头击打着石柱，直到鲜血染红了双手。

海伦娜悲伤地看着她的儿子，点着头说："你看到了吗？雷托，又一个惩罚。我是正确的。伊克斯人和一切帮助过他们的人都被诅咒了。"

雷托忿恚地看了母亲一眼，然后怒气冲冲地命令卫兵："请把我母亲带到她的房间里去，吩咐她的仆人收拾行李，准备长途旅行。"他努力使自己的声音听起来不那么颤抖，"我认为最近的事情给了她很大的压力，现在让她安静地休养去吧，就去一个离这里很远很远的地方好了。"

在于己不利的情况下，每一个生物都会变成某种别的东西，进化或退化。我们的人性来源于我们知道自己曾经是什么样子，而且——但愿如此——我们知道如何变回去。

——卡马尔·皮尔鲁大使，《厄崔迪家族声明》

密室那无声的警报系统再次把他吵醒。不间断的噩梦让他的全身都被汗水浸透了，他笔直地坐了起来，准备与前来追捕他的入侵者搏斗，并最终赶走他们。

但是贝尼·特莱拉还没有发现这个地方，尽管他们那些该死的扫描仪已经很接近了。他的信号屏蔽避难所配备了一个自动内部监测器，运行几个世纪都不会有任何问题，但那些狂热的调查人员使用了技术扫描设备来检测未经批准的机器。他们迟早会抓住他的。

他的动作安静而高效地，迅速把一切都关闭了：所有的灯、通风设备、暖气设备。然后他坐在令人窒息的黑暗中，汗流浃背地等待。除了自己的呼吸声，什么声音也听不到。没有人来检查那扇隐蔽的门。什么动静也没有。

过了很长一段时间，他动了动身子。

随机扫描将严重损害那个把他和他的库存隐藏起来的屏蔽场。克泰尔知道他必须出去偷一种设备回来。如果他能分析出特莱拉技术是如何工作的，他就能建立一个系统来抵消它的破坏。

大多数早晨，大王宫（现在是特莱拉人的政府办公大楼）的大厅和公共房间都没有人。克泰尔从一个隐蔽的通道溜了进去，然后潜入主走廊附近的一间储藏室。从那里到电梯管只有很短的一段距离，而电梯管则直接通向建筑外，穿过钟乳石结构，甚至向下到达那些较低的楼层。然后他就可以继续前进，同时保住伪装——也就是保住自己的性命。而如果他能挫败那些技术扫描仪的话，他的机会就更好了。

那些常规的调查人员可能还在留在这个设施里，也可能已经到另一层去巡逻了。克泰尔像狩猎一样全速前进，聆听周围的动静，观察走廊里的灯光，独自缓缓地移动。他早已通晓这部分建筑的全部秘密了。

虽然克泰尔身边带着一支击昏手枪和一支激光枪，但他还是担心特莱拉探测网会发现这些枪，尤其是在开火的时候。然后他们就会派专门的小队来搜捕他。所以现在他的手里举着一把锋利的长刀。这武器既高效又安静。是目前最好的选择。

他设置好了陷阱，终于发现一个面容憔悴的秃顶特莱拉人从走廊过来。他两只手端着一个小屏幕，上面喷着烟花的颜色和图案。这个调查员如此专注于阅读，以至于从一开始就没有注意到危险——直到黑头发的男人高举着长刀向他冲去。

克泰尔想把满腔的仇恨都大喊出来，甚至想大声挑战对方，但他只是发出一阵嘘声。特莱拉人被吓得张大了嘴巴，露出一排雪白的珍珠般的小牙齿。这个调查员还没来得及喊出声，克泰尔就已经割破了他的喉咙。

特莱拉人倒在了地板上，鲜血四溅，但在扫描设备掉在坚硬的地面之前，克泰尔就一把抓住了它。他如饥似渴地盯着扫描仪，几乎没有注意到他脚下敌人垂死的挣扎，一摊血水静静地漫过了华丽、光亮的瓷砖，这里以前可是维尔纽斯家族大王宫啊。

可无论如何，他心里一点也不后悔。他已经犯了很多罪了，如果那些狂热分子抓住他，他立即就会被处死。但只要他问心无愧，这又能有什么关系呢？特莱拉杀死了多少人？他们的入侵破坏了多少伊克斯历史和文化？他们自己又欠下了多少血债？

克泰尔迅速行动起来，他把死尸拖进了通往他坚硬岩石内秘密住所的那条通道，然后清理掉残留的血迹。疲惫不堪的克泰尔清理了红色血迹，刹那之间，他过往生活的闪回刺痛了他坚硬的良心。他低头看着自己血淋淋的双手，假如优雅可爱的凯莉娅·维尔纽斯看见此刻的自己会作何感想。以前，每当他们知道要见到她时，克泰尔和他哥哥都会竭尽全力打扮自己，穿上时髦的衣服，喷上古龙香水。

他只花了几秒钟时间来哀悼特莱拉人对他的改变……接着他又开始琢磨凯莉娅是不是也变了，毕竟天知道她遭受了怎样的磨难。他忽然意识到自己甚至不清楚她是否还活着。这让克泰尔有些喘不过气来。

但如果现在他不赶快抹去他的犯罪证据，逃回藏身之所，那他自己也活不长了。

对他的体形来说，这个特莱拉调查员的死尸有些出奇的重，这表明他们的骨骼结构很是致密。他把这具灰皮肤的尸体扔进了零熵筒，而在尸体开始腐烂之前，伊克斯的天空就会黑下来了。

他擦干净身子，换好衣服，便着手进行这个重要的工作了。他急切地把偷来的扫描仪放到了工作台上。

弄清楚如何操作这个装置还是相当容易的。它的控制系统很简陋：一个黑色的触摸板和一个琥珀色的屏幕，用来识别机器和科技痕迹。这些标记是用特莱拉人的密码语言写成的，他可以很容易地破译这些代码，只要把这些代码输入一个解密器就行了。

理解特莱拉扫描仪的内部结构则是一个非常困难的问题了。克泰尔必须非常小心地操作，因为里面可能存在一个特别的防篡改系统，可以熔掉内部零件。所以他不可能拿起工具直接撬开扫描仪。他不得不使用某种被动的方法了。

此时他真希望老罗格的幽灵能够再次出现，给他一些宝贵的建议。在这个几乎被人遗忘的房间里，他感到非常孤独，努力让自己不要自怨自艾。他意识到自己在做一件极其重要的事情，这才获得了力量。伊克斯的未来很可能就取决于他这条隐秘战线了。

他必须要活下来，并保证他这个藏身之处完好无损，因为这里有重要的跨空间通信器。不久之后，他可能还会找到一种定位维尔纽斯家族幸存者的手段，并为他们提供宝贵的帮助。也许只有他这个幸存者，才能解放这个他无比热爱的世界了。

为了保护这间被屏蔽的屋子，克泰尔必须得搞清楚这个该死的特莱拉扫描仪……

最后，在经历了好几天的挫败之后，他决定使用一个探测装置，希望能绘制出扫描仪内部的反射示意图。但令他吃惊的是有什么东西咔哒一声响了一下。他连忙把扫描仪扔在工作台上，后退了好几步。接着，克泰尔再次尝试靠近仔细并检查了这个装置，发现它的一侧裂开了一道缝隙。他攥住裂缝的两边，然后使劲一拉。

扫描仪打开时没有发生爆炸或熔化。他无比欣喜地发现，他不仅看清了扫描仪的内部，而且还找到了一个针头启动的全息投影仪，它能把用户指南的全息图像展示在空气中——一个衣冠楚楚的全息人很开心地开始解释起关于扫描仪的一切来。

既乐于助人又温柔体贴，这个用户指南好像丝毫不担心有竞争对手窃取技术，因为它是在罕见而珍贵的“李芝镜”基础上制造出来的，没有外人可以复制。这种镜子由未知的矿物和聚合物构成，人们认为其棱镜中包含了地穹棱镜。

克泰尔研究这个扫描仪时，虽然很不情愿，但他还是对它的构造赞誉有加，随后便开始怀疑有李芝家族的人参与了这场针对伊克斯的阴谋。毕竟仇恨是长期存在的，而李芝人一定会很乐意帮助别人来消灭他们的主要对手……

现在克泰尔必须依靠他的直觉，用搜集来的零部件碎片和这个李芝镜来制造一个关闭设备来阻止扫描仪。在反复询问了那个令人厌烦的热心用户指南后，他想到了一个解决方案……

晚上，与黑市商人的会面让他再次紧张起来，一路上很多人都惊恐地看着他，但克泰尔还能有什么选择呢？只有这些非法的贸易商才能够卖给他制造反扫描仪所需的几个元件。

最终，在买完东西后，他回到了上层安静的大楼里，用一张生物身份干扰卡骗过了入口检查站，让它以为他是一名特莱拉技术员。当他乘电梯穿过从前的大王宫向他的藏身处走去时，他想起了他散落在工作台上的那些设计画。他一心想要快点开始工作。

然而，当他走进一条走廊里时，克泰尔忽然意识到他走错了楼层。原本没有窗户的门和储藏室不见了，变成了被透明玻璃分隔开的很多间办公室。办公室里亮着暗橙色的夜灯，门上和窗户上则清晰地印着很多难看的标志，都是些陌生的特莱拉语。

他停了下来，认出了这个地方。原来他还没有完全深入坚硬的岩石层里。他愤怒地看着周围，这些房间曾经是会议厅、大使办公室、维尔纽斯伯爵宫廷成员的会议室。现在这些房间看起来竟是如此的……功能化。

还没等他退回去，克泰尔就听到左边有什么响动——是金属的叮当声和擦地板的声音——他赶紧往电梯里一缩，回到了自己的楼层。但他发现自己还是迟了一步。

“你，哪儿来的？”一个看不清面部的人用带有伊克斯口音的加拉赫语冲他喊道，“出来，让我们看看你。”克泰尔觉得他可能是通敌者之一——一个背叛了家乡的伊克斯人，他用自己的同胞当作祭品，把自己的灵魂出卖给了敌人。

克泰尔伸手找他的生物扫描卡，同时听到沉重的脚步声越来越近了。他把卡片伸到电梯读卡器里。更多的声音传来了。他掏出武器准备随时开火。

这几秒钟好似和一年一样长，电梯管最终打开了——但当他冲进去的时候，一不小心把装着刚买来的零件的袋子掉在了地上。他没时间捡回来了。

他低声骂了一句，冲进了电梯，用一种近乎严厉而威严的声音命令电梯到达正确的楼层。门咔哒一声关上，外面的喊声逐渐消失了。他担心保安可能会停掉电梯，或者叫来萨多卡卫队——所以他必须尽快离开。但要到达他所在的楼层似乎要花很长时间。

门开了，克泰尔探出头去小心翼翼地左右张望。没人。于是他回到电梯管里，设定电梯使其停在另外四层楼里，电梯会升到更高的地方，进入地壳通道。

几秒钟后，克泰尔站在他那有屏蔽场保护的房间里，汗流浃背，暗自庆幸自己逃过了一劫，但又对自己的粗心大意感到很是愤怒。他把珍贵的零件给丢了，同时也给了特莱拉人一个线索，现在他们知道自己要做什么了。

所以现在，他们会专门搜捕他了。

有一段时间，我们都生活在前人的阴影里。但是我们这些能够决定行星命运的人最终会到达一个临界点：我们不再是影子，而是光本身。

——拉斐尔·科瑞诺王子，《领导力论》

雷托·厄崔迪公爵现在是大家族和小家族联合议会的正式成员了，他将登上远航机，前往凯坦星参加下一次的兰兹拉德会议。这是他第一次正式离开自己的星球，他觉得自己已经从失去父亲的悲痛中恢复过来，可以在公开场合正式露面了。

雷托决定出席会议之后，杜菲·哈瓦特和其他几个厄崔迪家族的礼仪顾问把他锁在了城堡会议室里，给他上外交速成课。顾问们像严厉的老师一样在他周围转来转去，坚持让他快速学习那些公爵必须要考量到的社会、经济和政治知识。刺眼的球形灯照亮了房间的石墙，海风亦从敞开的窗户吹了进来，带来了海浪撞击的声音和海鸥的尖啸。尽管有这些干扰，但雷托还是在认真地学习。

轮到他说话的时候，这位新公爵坚持要让隆博在听课时坐在他身边。“总有一天，当他的家族东山再起时，他会需要这些知识的。”雷托这样说道。但一些顾问明显露出怀疑的神色，但他们没有争辩。

当他离开卡拉市太空港时，只有杜菲·哈瓦特作为他的护卫和知己陪伴着他，雷托的顾问再三警告他不可鲁莽行事。雷托把披风裹得更紧了。“我明白，”他说，“但我的荣誉感会让我去做那必须要做的事。”

根据古老的传统，雷托有权在兰兹拉德联合会议会上提出他的要求。提出他对正义的要求。作为新上任的公爵，他有自己的主张，也有足够的愤怒和属于年轻人的天真，相信无论这些顾问说什么，自己还是有可能成功的。然而可悲的是，他还记得父亲向兰兹拉德请愿的那几次，保卢斯回家时总是满脸通红的，也总是轻蔑和烦躁地痛斥着那些装模作样的官僚机构。

但是雷托这次是一次新的开始，期望值颇高。

在凯坦那永恒的阳光照耀下，巨大的兰兹拉德联合会演讲大厅巍然耸立，光彩夺目，它坐落在立法大厦和政府办公室山脉中最高的山峰上，环绕着一个椭圆形的平民区。这个大厅由所有的贵族家庭捐款建成，每个贵族家庭都想在富丽堂皇方面胜过其他家族。宇联商会的代表们帮大家从帝国各地运来了建筑材料，只是前皇帝——哈西克·科瑞诺三世——下了一道特别令，才削减了兰兹拉德联合会建筑计划那过高的费用，以免其阴影最终笼罩在皇宫之上。

在萨鲁撒·塞康达斯被核武器摧毁，帝国政府所在地重新安置在了凯坦星之后，每个人都渴望建立一个前景良好的新秩序。哈西克三世希望能向世人表明：即使在科瑞诺家族几乎被消灭的情况下，帝国事务仍将以比过去任何时候还要高的水平继续下去。

各大家族的旗帜像龙鳞组成的彩虹一样在兰兹拉德联合会大厅的外墙上飘扬。雷托站在金碧辉煌的平民区广场上，周围是高耸的金属结构建筑物。维尔纽斯家族的紫铜色旗帜早就被取下来公开焚烧了。

杜菲·哈瓦特站在年轻的公爵身旁。雷托希望他的朋友隆博也能在这里，但对于那名被放逐的伊克斯王子来说，现在离开卡拉丹的避难处并不安全。多米尼克·维尔纽斯仍然没有从他藏身的地方出来，即使在珊多被杀的消息传出来之后。雷托清楚，那个目光敏锐的男人会用自己的方式哀悼亡妻，并策划复仇……

但无论如何，雷托现在只能依靠自己了。他父亲肯定也对他抱有不小的期望。于是，在明亮的阳光照耀下，他挺起了胸膛，回忆起了他的家族史，想起了从厄崔柔斯所在的黑暗时代直到今天所发生的一切，然后庄重地凝视前方。他大步走在铺着石板的道路上，即使面对着宏伟的兰兹拉德联合会，他也不允许自己感到渺小。

在其他家族代表的陪同下他们走进了演讲厅，雷托这时看到了哈克南家族那淡蓝色的狮鹫标志。看一眼那些旗帜，他便能说出几个其他家族的名字：李芝、泰拉诺斯、穆泰利、埃卡兹、迪维兹和卡尼达尔。这些旗帜中间悬挂着一面比其他旗帜大得多的科瑞诺家族帝国旗帜，醒目的猩红色和金色装饰着中心的狮子图案。

他和其他代表们入场了，鼓乐齐鸣，震耳欲聋，不绝于耳。当这些男性代表，当然也有几位女性代表进场时，一名公告员大声宣读着每个人的名字和地位。雷托只看到几名真正的贵族，其他大多数的人都是大使、政治领袖或受人收买的马屁精。

尽管雷托本人也有皇室头衔，但他并不觉得这头衔给自己带来了力量或是什么重要性。毕竟，一个中等家族的公爵与一个富裕家庭的首相相比又算得了什么呢？虽然他掌控着卡拉丹的经济和人民，当然还有厄崔迪家族的其他财产，但很多大家族控制着更多的财富和世界。他曾一度把自己想象成鲨鱼群中的一条小鱼，然后很快便在这些想法削弱自己信心之前打消了它们。老公爵从来不允许他自卑。

在这个巨大的厅堂里，他不知到哪里去找维尔纽斯家族空着的旧座位，他心里多少有些高兴的是，虽然贝尼·特莱拉现在占领了伊克斯，但他们却永远不会得到这样的荣誉。兰兹拉德联合会不会允许被人们所鄙视的特莱拉代表进入这个一向排外的俱乐部。正常情况下，雷托一般不会容忍这种大规模的种族偏见，但这次他破例了。

会议以繁文缛节开场了，雷托坐在侧面一个豪华的黑红色包厢里，这个包厢和那些提供给其他家族显贵的类似。哈瓦特站在他的身旁，雷托则冷静地看着眼前的一切，渴望能学到一些东西，同时也准备好自己的发言。但他不得不等到有人叫他的名字才能出场。

真正的家族首领们不必每次举行这样的会议时都要出席，因为这里全是些琐碎的事情——而对这些事情的讨论一般会拖很长时间，远超其必要的时间——雷托很快就明白了这一点。尽管所有人都在探讨争论，都对礼仪或帝国法律的细节斤斤计较，但几乎没有达成什么真正的共识。

不过，新上任的雷托会把这当作是为他举行的正式招待会。当滚动的议程表终于示意轮到他发言时，这个年轻人在没有门泰特战士或任何其他助手的陪同下，独自大步穿过宽阔大厅里那令人眼花缭乱的抛光地板，走上了中央讲台。他努力不让自己看起来像个十几岁的孩子，他回忆着父亲强大的存在，回忆着他们父子站在赛场上高举公牛头时听到的欢呼声。

雷托望着面前这一大片面露倦怠的高贵代表们，深深地吸了一口气。扩音器会捕捉到他的每一句话并传送出去，这样所有的听众都能听到了，志贺藤录音机则是为了记录文件。对他来说，这将是一场至关重要的演讲——目前大多数人对他的性格一无所知，甚至很少有人知道他的名字。雷托意识到，他们会从他今天所说的话中形成对他的印象，他感到肩上的负担越来越重了。

他等待着，以便确定自己是否完全吸引了所有人的注意力，不过会议已经进行到这么晚的时候了，他怀疑根本没人还能有精力专注于任何新事物。

“你们中有许多人是我父亲保卢斯·厄崔迪的朋友和盟友，”他开始演讲了，然后很快扔下了他的重磅炸弹，“但他最近死于一次令人发指的、怯懦的暗杀行动。”说着他目光犀利地扫了一眼哈克南代表的座位。他还不知道敌人的那两个代表的姓名或头衔。

他的暗示已经很清楚了，虽然他并没有提出任何具体的指控，也没有提供任何具体的证据。马夫长伊雷斯克按照雷托的要求，没能在审讯中幸存下来，他证实了海伦娜是同谋，但没有提供关于其他同谋者的更多细节。因此，新上任的厄崔迪公爵只是利用他的声明来吸引议会中那些感到无聊的人的注意——而现在他确实做到了。

哈克南一众开始互相窃窃私语起来，都在紧张而愤怒地望着讲台。雷托没有理会他们，而是把注意力转回到了代表们聚集的中央。

就在他的正前方，在穆泰利家族的座位上，他认出了老福莱姆波特伯爵，一位非常古老的绅士，据说他多年前就失忆了。而因为长期记忆的消失，他身边一直跟着一名身材矮胖、一头金发的前门泰特候选人，充当着伯爵的便携式记忆。这名失败的门泰特现在唯一的职责就是不断地提醒老福莱姆波特，提供这位贵族可能需要的任何数据。虽然他从来没有完成他的训练，但作为人体电脑，这名失败的门泰特还是很好地满足了老伯爵的需要。

雷托的声音在人群中回荡，清晰而简洁，就像是在一个凉爽的卡拉丹早晨，浮标上的铃铛在不断鸣响一般："皇帝家门口的一块牌子上写着'法律是终极科学'。因此，我站在这里不是代表我自己，而是代表一个曾经的大家族，一个不能再来这里发言的家族。维尔纽斯家族是我们家族的亲密盟友。"

附近座位上有几个人马上抱怨出声。还有几个代表也烦躁地扭动起来。他们已经听过太多关于维尔纽斯的事了。

年轻的厄崔迪壮着胆子继续说道："多米尼克·维尔纽斯伯爵和他的家人被无端指责为了叛徒，贝尼·特莱拉非法接管了伊克斯——在座的诸位都清楚，特莱拉是一个怎样堕落和恶心的种族，不值得在这个庄严的机构面前派出代表。但是当维尔纽斯家族大声呼吁帮助和支持，抗击这种残暴的入侵时，你们所有人都躲到了阴影里，直到这种援助变得无关紧要。"雷托小心翼翼地不把矛头指向埃尔鲁德本人，尽管他心里完全清楚，是皇帝怂恿这些人拖延的。

兰兹拉德联合会大厅里响起一阵低语声，声音里还夹杂着一丝困惑和愤怒。雷托看得出来，他们现在只是把他看作是一个年轻的暴发户，一个傲慢无礼、脾气火爆的叛逆者，对帝国幕后的秩序完全不了解。他把这些不愉快的事情抖搂出来是很不合规矩的。

然而雷托却不为所动，继续说道："大家都知道多米尼克·维尔纽斯是一个值得信赖的可敬之人。你们都和伊克斯做过生意。你们中能有多少人敢说自己不是多米尼克的朋友？"说着他迅速环顾四周，但不等任何人鼓起勇气在公共场合举手，他又继续了。

"虽然我不是维尔纽斯家族的一员，但特莱拉入侵者同样威胁到了我的生命，在我父亲的帮助下，我才勉强逃过一劫。维尔纽斯伯爵和他的妻子被迫逃走了，放弃了他们的所有。况且，珊多·维尔纽斯夫人已于近日惨遭杀害，像动物一般被猎杀了！"雷托的目光中此刻充满了愤怒和悲伤，但他深吸了一口气，坚持说了下去。

"请在座的人聆听我的声音，我对贝尼·特莱拉和他们这种无耻行径持有严重的保留意见。无论如何，提出动议或是其他方案，他们都必须被绳之以法。厄崔迪家族并不是现在这个非法伊克斯政府的盟友——他们怎么胆敢把星球改名为萨图赫？这还是个文明的帝国吗？还是说我们已经被野蛮人淹没了？"他停顿了下来，心脏怦怦地跳个不停，然后继续说道："如果兰兹拉德联合会最终选择无视这个令人难以置信的悲剧，难道你们就不害怕同样的事发生在你们任何一人的身上吗？"

哈克南家族的一名代表无礼地站了起来，大声表达着他的观点："维尔纽斯家族是自己宣布变节的。根据古代法律，皇帝的萨多卡军队和其他赏金猎人完全有权力追捕并消灭变节者的妻子。照顾好公爵的小崽子吧。我们出于好心才允许你庇护她的孩子们。我们不是非这么做不可。"

雷托觉得哈克南人说错了，但他现在不打算就法律问题展开辩论，尤其是在没有杜菲的指导下："所以，任何一个家族都可能遭到迫害喽，而他们的成员会因萨多卡卫队的一时兴起而丧命，就没人认为这是不正确的？是不是随便什么人都能摧毁兰兹拉德联合会里的一个大家族，而你们——剩下的人，就只会蒙住自己的眼睛，祈祷同样的事不会再发生在自己身上？"

"皇帝不是一时兴起！"有人大声喊道。然后许多表示同意的声音也跟着喊了起来……但这些爱国和忠诚的声音少得可怜。雷托觉得这很可能是埃尔鲁德健康状况严重恶化的结果。几个月来，这位老人都没有出现在任何仪式上，据说他卧床不起，奄奄一息了。

雷托双手叉着腰，说道："我可能还很年轻，但我不是瞎子。设想一下，兰兹拉德的成员们，就像你们这样出尔反尔和虚假忠诚——如果你们的承诺像灰尘一样轻易被吹走，那你们能给彼此什么承诺？"然后，他重复了父亲从伊克斯救援飞船上下来时问候他的那句话："厄崔迪家族珍视忠诚和荣誉，远超政治。"

他举起一只手，他洪亮而威严的声音在大厅里回响："我奉劝在座的每一位都要记住维尔纽斯家族。因为只要稍有疏忽，同样的事就可能发生在你们身上。如果两个家族一有机会就互相攻击，你们还能选择相信谁？"他发现自己的话深深地打动了一些代表，但同时心里也明白，当他最终呼吁投票取消对维尔纽斯家族的悬赏时，几乎没有人会站在他这一边。

雷托深吸了一口气。他转过身去，假装已经说完了，但忽然回头大喊了一声："也许你们应该好好思考一下自己的情况。扪心自问：你们能真正信任谁？"

他昂首阔步地朝兰兹拉德联合会大厅的拱门走去。并没有掌声……但也没有笑声。只有震惊的沉默，他怀疑自己已经和他们中的一些人取得了共鸣。但也许他只是太乐观了。雷托·厄崔迪公爵还有很多治国之道要学——毫无疑问，哈瓦特在回家的路上会教他的——但他发誓不会成为嘴把式。在他的一生中，只要自己还能呼吸，雷托就会坚守可靠、忠诚和真实之道。最终，其他人定会在他身上看到这一点的……也许他的敌人也会。

杜菲·哈瓦特和他一起站在有柱廊的门口，两人一起走出巨大的演讲厅，兰兹拉德联合会则在没有他们在场的情况下继续工作了。

历史证明，技术的进步不是一条稳定的上升曲线。有平稳的时期，有上升的时期，甚至有反转的时期。

——《帝国的科技》，532 版

在两道阴影的注视下，面无表情的扬戈尔医生用一个苏克扫描仪扫描老人，老人脸色苍白地躺在床上，仿佛淹没在宽大的被褥、绣花床单和透明的蚊帐里。诊断仪嗡嗡作响。

沙达姆心想：他再也不需要他的小妾服侍了。

“皇帝驾崩了。”扬戈尔宣布，然后甩了甩他那铁灰色的长马尾。

“啊，是啊。至少现在他不再痛苦了。”沙达姆用低沉沙哑的声音说道，尽管一股迷信的寒气顺着他的脊背往上爬来。在最后，埃尔鲁德清楚是谁造成了他的死亡吗？就在临死前，老人还用那双爬行动物般的眼睛盯着他的儿子。王储心里一沉，想起了当年那可怕的一天，皇帝发现沙达姆参与谋杀了他的大儿子法夫尼尔……还有，当老人发现他的小儿子在他母亲哈布拉的食物里偷偷放了避孕药，这样她就不能再怀上一个和他竞争的儿子时，他是如何哈哈大笑的。

埃尔鲁德怀疑过自己吗？他是不是临终前诅咒了自己的继承人儿子？

好吧，现在要改变他的主意很显然已经太晚了。这位古老的统治者终于死了，沙达姆是罪魁祸首。不，不是他。是芬伦。在必要的时候就让他当替罪羊吧。皇太子绝不会承认这种罪行的。

不久之后他就不再是太子了——他终于要当上皇帝了。已知宇宙的帕迪沙皇帝。然而，他必须要克制住自己的激动或欣喜。必须要等到正式的登基大典之后才行。

“这并不意外，”哈什米尔·芬伦说道，他低下大脑袋，短圆的下巴抵到了喉咙，“这个可怜的人饱受病痛折磨已经有一段时间了，啊－嗯－嗯－嗯。”

苏克医生把他的扫描仪器收了起来，塞回他的外衣口袋里。所有其他的人都被命令离开房间：嫔妃，守卫，甚至是宫廷内侍海斯班。

“不过，有件事有点奇怪，”扬戈尔说道，“这些天来，我一直有一种不安的感觉……就是这里有什么事不只是自然死亡那么简单。我们的分析必须非常谨慎，因为这可是皇帝……”

“曾经是皇帝，”沙达姆的反应有些太快了。芬伦连忙做了一个微妙的手势来警告他。

“我就是这个意思。”苏克医生用手摸了摸自己额头上的黑钻石纹身。沙达姆不清楚他是不是只是在为他即将失去的昂贵治疗费用而苦恼。

“我的好医生，埃尔鲁德皇帝年纪很大了，压力也很大了。”芬伦以一种奇怪的祝福方式弯下腰，把指尖放在老人冰冷的额头上，这让沙达姆想起了一块被羊皮纸包裹着的岩石。“我们这些和他最亲近的人在过去的两年里都看到了他健康和精神上的明显变化。最好不要说些含沙射影的话和毫无根据的怀疑，那只会破坏帝国的稳定，尤其是在这个困难的时刻，嗯哼？帕迪沙皇帝埃尔鲁德九世已经一百五十多岁了，是科瑞诺家族历史上在位时间最长的君主之一。让我们就此打住吧。”

沙达姆清了清嗓子，也说道：“还能是什么呢，医生？我父亲周围可谓是戒备森严，到处都是卫兵和毒药探测器。谁也不可能伤害到他的。”

扬戈尔不安地看向皇太子身后那个雪貂一样的人：“身份、动机和机会。这些都是问题，虽然我不是什么警探，但我确信门泰特可以回答这三个问题。我将把我的数据整理好并提供给审查委员会。这完全是走个过场，不过非走不可。”

“谁会对我父亲做这样的事？”沙达姆问道，靠近了一些。医生的唐突让他不由得浑身僵硬起来，但这名苏克已经展现过他的傲慢了。躺在床上的那个死人似乎也在注视他们，用他的骷髅般的手指谴责他们。

“我得收集更多的证据，大人。”

“证据？什么样的证据？”他强迫自己平静下来。额头上冒出了滴滴汗珠，他伸出一只手来摸了摸他精心设计过的红色头发。也许他演得太过火了。

芬伦很是冷静地走到了床铺的另一侧，身边就放着皇帝饮用过的最后一杯香料啤酒。

医生用只有沙达姆能听到的耳语说道：“沙达姆太子，作为一名忠诚的苏克医生，我有责任警告您，您也可能身处极度危险之中。某些力量……根据我看到的报道……不想让科瑞诺家族继续掌权。”

“从什么时候开始苏克学校掌握帝国盟友和阴谋的报告了？”芬伦问道，慢慢靠近了些。他没有听到具体的词语，但几年前他就无师自通了阅读唇语这一宝贵技能。这对他的间谍活动大有帮助。他也曾试着教过沙达姆这个把戏，但太子明显还没有掌握诀窍。

“我们有自己的消息来源，”苏克医生接着说，“很抱歉，即使对于我们这样一所致力于医疗的学校，拥有这些情报渠道也是必要的。”沙达姆回想起医生甚至在看病人之前就坚持要求全额付款的情形，不禁对于其中包含的讽刺皱起了眉头。“我们生活在一个危险的时代。”

“你是不是有什么特别怀疑的人？”沙达姆嘶哑着嗓子问道，眼睛跟随着医生的目光。也许他们可以栽赃给宫廷内侍海斯班——移花接木，讹言谎语。

“在您这样的位置上，最安全的办法是去怀疑每一个人，殿下。我想对埃尔鲁德皇帝进行尸检。与内部学校的伙伴们通力合作，我们可以扫描每一个器官，每一个组织，每一个细胞……只是为了以防万一。”

沙达姆皱起了眉头，说道：“把他切成小块儿这种行为似乎对我的父皇很是不尊重啊。他本来就做过相当多的……可怕手术。啊，是的。最好让他安息吧。我们必须立即为国葬做准备。还有我的登基典礼。”

“恰恰相反，”扬戈尔坚持道，“我们是通过弄清他身上到底发生了什么，来表达对皇帝遗志的尊重。也许有什么东西在不久前植入了他的体内，那时候他的行为模式刚开始改变——就是这种东西导致了他缓慢的死亡。而就算事情过去两年，一名苏克医生也能找到最细微的残留痕迹。”

“一想到尸检我就恶心，”沙达姆说道，“我是帝国的继承人，我禁止你这样做。”说着他低头看向死去的老人，胳膊上起了一层鸡皮疙瘩，就像眼前这个老怪物的鬼魂正盘旋在他头上似的。他警惕地瞥了一眼角落里以及冰冷壁炉里的阴影。

当他的父亲最终把金狮宝座传给他时，沙达姆本以为自己一定会兴高采烈起来——但现在，每一想到是他的麝香毒导致了皇帝的死亡，他的皮肤就开始发痒。

“根据帝国法律，我有权力坚持这一点的，殿下，”苏克医生解释道，但声音仍然低沉冷静，“而且为了您的利益我也必须得这么做。我觉得您对阴谋诡计不甚了解，因为您在深宫中长大，一直受到很好的保护。您无疑认为我很愚蠢，但我向您保证我在这一点上是没错的。我心里有数。”

“也许这个好医生说得没错。”芬伦说。

“你怎么能……”沙达姆发现芬伦的眼睛里闪着奇怪的光芒，于是打断了自己的话，然后又看了医生一眼，对他说道：“我必须和我的顾问商量一下。”

“当然。”扬戈尔目送着他们二人走向大门的另一侧。

“你疯了吗？”在远处沙达姆低声质问芬伦。

“暂时听他的吧。然后因为一个……”芬伦笑了起来，谨慎地选了一个词，“……误会……老埃尔鲁德将在被他们切开之前就被火化掉了。”

“我明白了。”沙达姆突然听懂了他的话。然后，他对扬戈尔命令道：“把你的同事叫来吧，完成你的尸检。我的父皇将被转移到医务室，在那里你们可以完成手术。”

苏克医生回答道：“我需要一天的时间来接另一位医生。您能安排人把皇帝的尸身冷冻起来吗？”

沙达姆礼貌地笑了笑：“没问题。”

“那么，容臣告退了，殿下。”说着，医生深鞠一躬，匆匆离去了，身上的医疗长袍沙沙作响。银灰色的头发被一枚银戒指紧紧地扣住，束成了一条马尾辫，左右摇摆着。

就剩下他们君臣二人时，芬伦狡猾地笑着说：“如果这个计策不管用我们就杀了这混蛋，我们可不能冒这么大的险啊。”

一个小时后，一系列不幸的事件发生了，皇帝埃尔鲁德九世的尸首在帝国火葬场化为了灰烬，这皆因为他的遗体被人放错了地方。一名宫廷传令兵和两名医护人员为此付出了生命的代价。

记忆和历史是同一枚硬币的两面。然而，随着时间的推移，历史往往倾向于保留事情好的一面，而记忆注定要保留最坏的方面。

——海伦娜夫人，她的个人日记

父亲，我还没有准备好。

卡拉丹夜色笼罩着的海面波涛汹涌，狂风暴雨不停抽打着城堡东楼的窗户。然而，另一种风暴则在雷托公爵的内心深处肆虐着：他在为自己前途黯淡的家族担心。

他逃避自己的责任已经太久了……实际上足有好几个月。每到孤独的夜晚，他只想与隆博和凯莉娅呆坐在一间暖和的房间里。今天则相反，他决定最后检查一遍老公爵的私人物品。

装着他父亲的东西的储物箱被搬了进来，沿着墙壁排列好。仆人们把壁炉里燃烧的木柴烧得更旺了，一壶热酒使房间里充满了烧酒的辛辣和一丝昂贵的香料味道。四个小球形灯则提供着足够的光线。

凯莉娅在储物箱里找到了一件毛皮斗篷，她立刻便据为己有了，然后暖暖和和地把自己裹了起来——这让她看起来更漂亮了。尽管她的生活发生了翻天覆地的变化，距离她那熠熠生辉的皇宫梦想越来越远，但这位维尔纽斯家族的女儿还是坚持了下来。凭借着坚强的意志，凯莉娅似乎使她周围的环境也发生了变化，她让一切变得更好了。

尽管与变节家族发生任何浪漫关系在政治上都是个重大缺陷，但雷托公爵——如今统治着一个大家族——发现她比以往更有吸引力了。但他还记得父亲给他的那条最基本的告诫：*永远不要为爱而结婚，否则就会把整个家族带入深渊*。保卢斯·厄崔迪早就把这一点灌输给了他的儿子，就像其他的领导力训练一样。雷托清楚自己永远不能违背老公爵的命令，那已经成为他自身的一部分了。

尽管如此，他还是被凯莉娅吸引住了，虽然到目前为止他还没有勇气向她表达自己的感情。不过他清楚，她对此心里有数。凯莉娅的内心坚强且逻辑性十足。他从她那双翠绿的眼睛里，从她那红唇的曲线里，从她以为他不会注意到的凝重眼神里，都看到了这一点。

得到了雷托的允许，隆博也开始好奇地在一些巨大的储物箱中找了起来，他的目标是保卢斯公爵和多米尼克·维尔纽斯作为战友时留下的古老纪念品。他把手伸进一只箱子，掏出一件绣花斗篷，展了开来，问道："这是什么？我从没见你爸爸穿过它。"

雷托看了一眼，立刻清楚它是什么了——那是厄崔迪家族之鹰在拥抱李芝家族的知识之灯："我想那是他和我母亲结婚时穿的结婚斗篷。"

"哦，"隆博的声音因尴尬而变得有些低沉，"对不起。"说着他把斗篷叠好，塞回了箱子里。

雷托摇了摇头，深吸了一口气。他清楚他们肯定会多次踩到这样的记忆地雷，他只能选择忍受："我的父亲并不是自己选择死亡然后把我留在这个位置上的，隆博。是我母亲做出了她自己的选择。她本可以成为我的一个有价值的顾问。事情如果不是这样，我会很欢迎她的帮助和那些明智的建议的。但事实却截然相反……"他叹了口气，痛苦地看着凯莉娅，"就像我说的，她做出了自己的选择。"

只有雷托和门泰特战士知道海伦娜参与了谋杀这个真相，而且雷托发誓要把这个秘密带到坟墓里去。随着马夫长在审讯中死亡，雷托·厄崔迪公爵的双手已经沾满了淋漓的鲜血——这是他的第一次，但肯定不是最后一次。而就连隆博和凯莉娅也从未怀疑过此事。

他把自己的母亲和他亲自挑选的两个仆人送出了卡拉丹城堡。名义上是为了让她“好好修养，恢复健康”，海伦娜夫人被带到了东方大陆，在那里她在最原始的生活条件下，与孤绝姐妹会这样一个退化的宗教团体生活在一起。海伦娜高傲地接受了自己被放逐的事实，并没有要求儿子对此行为作出什么解释。

雷托虽然装出一副坚强的样子，但私下里却在为母亲的离去而伤心不止，他惊讶地发现自己在短短几个月的时间里就失去了双亲。但海伦娜对自己的亲人，自己的家族做出了最卑劣的背叛行为，他知道自己永远不会原谅她，永远也不会再见到她了。处死她是不可能的选择，他几乎都没有想过这个问题。毕竟她是他的母亲，而自己却不像她。此外，把她从自己的视线中赶走是理智的选择，因为还有大量的产业需要他来管理，而卡拉丹居民的福祉是最先要考虑的。他需要立即着手厄崔迪家族的事务。

从另一箱物品中，隆博找出了一套老式手工扑克牌和一些老公爵的奖品，包括军功章、裂口的小刀和一面血迹斑斑的小旗子。雷托则找到了贝壳，一条彩色的围巾，一首没有签名的情诗，一缕赤褐色的头发（不是海伦娜的发色），一缕金发，还有为女人设计的珐琅黄铜臂章，但他不知道该如何解释这些东西的由来。

他知道他的父亲包养了几个情妇，虽然保卢斯从没把她们当做小妾带进城堡吧。他只是玩得很开心，毫无疑问，他曾给这些女人送去过很多小饰物、纺织品或是糖果什么的。

雷托没有理会这些东西，他盖上沉重的箱盖。保卢斯公爵有资格拥有属于他自己的回忆、他的过去和他的秘密。这些纪念品与厄崔迪家族的命运毫无关系。他需要关心的是政治和生意。杜菲·哈瓦特，以及其他宫廷顾问，甚至是隆博王子都在尽力辅佐他，但是雷托还是觉得自己像是个新生儿，一切都得从头学起。

外面的雨还在下着，凯莉娅倒了一杯温红酒，递给了雷托，然后又给她们兄妹二人倒了两杯。公爵若有所思地呷了一口，品尝着辣味。温暖渗进了他的身体，向她道谢时，他不由得笑了起来。

她低头看了看那些奇怪的物品，然后摸了一下深铜色头发上别着的一把金梳子。雷托注意到她的下唇好像在颤抖，于是问道："怎么了，凯莉娅?"

她深吸了一口气，看了看她哥哥，然后又看了看雷托，说道："我再也没机会像这样摆弄我母亲的东西了。再也回不去大王宫了，就连我们逃走时她带着的那些东西我也看不到了。"

隆博走上前来搂住了他的妹妹，但她还是继续看着雷托说："我母亲从皇帝那儿拿来的纪念品，是皇帝在她离开时送给她的宝贝。她有过那么多的回忆，还有那么多的故事没来得及告诉我。她活着的时候，我都没有多花点儿时间听她说话。"

"一切都会好起来的，"隆博试图劝慰她，"我们会创造属于我们自己的回忆。"

"而且我们要让他们记住我们。"凯莉娅说道，她的声音突然变得沙哑。

雷托感到心里很难受，而且非常疲倦，雷托揉了揉手指上的公爵印戒。他知道，在遥远将来的某一天，他会把这枚戒指传给自己的儿子，让他延续厄崔迪家族的传统。

窗外，暴风雨把更多的雨水洒在这座古老石头城堡的墙壁和窗户上，而大海用泡沫对着远处的悬崖唱起了催眠曲。他觉得自己身处的卡拉丹城堡非常高大，坚不可摧，而自己却显得非常渺小。虽然今晚仍旧是凄风惨雨，但当年轻的公爵与凯莉娅、隆博互相微笑时，他仍能感到家中充满了温暖和舒适。

当雷托听到皇帝的死讯时，他正忙着和三名侍从将萨鲁撒牛头挂在餐厅。工人们得用绳子和滑轮把这个巨大的牛头挂到没有装饰过的、高度抛光的墙壁上。

一脸冷峻的杜菲·哈瓦特站在一旁，双手交叉在背后观望。门泰特心不在焉地摸了摸他腿上那道长长的伤疤，这疤痕是他从另一头横冲乱撞的公牛手里救出当时还很年轻的保卢斯时留下的。然而，最后这一次，他的行动却不够迅速……

凯莉娅抬头看着这个丑陋的东西，身子有些发抖："以后在这个大厅里吃饭可就不容易了，这玩意儿会一直盯着我们呢。我好像还能看到它角上的血。"

雷托审视着牛头说道："我认为这是在提醒我永远不能放松警惕。即使是一头哑巴动物——有了人类阴谋家的参与——也能战胜一名兰兹拉德大家族的领袖。"他打了个寒颤，"想想这个教训吧，凯莉娅。"

"我觉得你这个说法不怎么安慰人。"她喃喃地说道，绿色的眼睛里闪烁着晶莹的泪花。她眨了眨眼睛，再次恢复了理智，又去忙自己的事了。

在她面前的桌子上，一个利读联晶纸报表文件夹被打开了，她把全部精力投入到研究家庭账目上。利用她在伊克斯轨道办公室学到的知识，凯莉娅分析了厄崔迪家族的收入流，确定了在卡拉丹大陆和海洋上的劳作和生产力是如何分配的。她和雷托一直在深入地讨论这件事，尽管他们还很年轻。但雷托很高兴地发现，被放逐的凯莉娅·维尔纽斯拥有出色的商业头脑。

"当好一名公爵可不只是靠剑术和斗牛，"杜菲·哈瓦特早在最近这些麻烦事发生之前，就对雷托说过，"管理细节往往是一场更困难的战斗。”由于某种原因，这句话一直留在雷托的脑海里，如今他正在领悟这句话中所蕴含的智慧……

刚从远航机上下来的帝国信使大踏步走进了餐厅，他站得笔直，身穿一身红金相间的皇家礼服：“我前来觐见雷托·厄崔迪公爵。”

雷托、隆博和凯莉娅一下子都呆住了，不禁想起上次那个信使走进大厅时所带来的可怕消息。雷托马上开始祈祷在逃的多米尼克·维尔纽斯在他逃亡的过程中没有发生什么意外才好。而这位官方信使的衣服是科瑞诺家族的颜色，看上去好像已经宣布过这条消息十几次了。

“谨在此向兰兹拉德联合会大小家族的所有成员宣布，帕迪沙皇帝埃尔鲁德·科瑞诺九世在他统治的第一百三十八个年头因为一场长期疾病驾崩。愿历史深情地记住他绵长的盛世，愿他的灵魂得到永恒的安息。”

雷托大吃一惊，不禁后退了一步。其中一名工人几乎让挂在墙上的公牛头从上面滑下来，好在哈瓦特马上喝令他集中精神。

皇帝统治这个银河系已经有正常人的两辈子那么长了。埃尔鲁德住在凯坦星，戒备森严，不会受到任何威胁，而且对老年香料严重上瘾。雷托从来没有想到这老人有一天会死掉，尽管在过去的一两年里他确实听说埃尔鲁德变得越来越虚弱了。

雷托看着信使，庄重地点了点头，说道：“请向皇太子沙达姆转达我的哀悼。国葬什么时候举行？厄崔迪家族必定到场。”

“没必要，”信使非常干脆地答道，“应皇室要求，只会为直系亲属举行一个小型的私人仪式。”

“我明白了。”

“然而，沙达姆·科瑞诺即将被加冕为已知宇宙的帕迪沙皇帝，即沙达姆四世，当他正式登上金狮宝座时，会热切地期盼您到场并期待您的效忠誓言。登基仪式的细节已提上议事日程。”

雷托瞥了杜菲·哈瓦特一眼，回答道：“谨遵圣谕。”

信使草草点了点头，说道：“待典礼仪式确定下来，所有的日程都安排好之后，就会有圣旨送到卡拉丹。”说着他鞠了一躬，把他那件金红相间的披风披在胳膊上，转了一圈，鞋子发出了清脆的咔哒声。他迈着大步走出大厅，准备回到自己的远航机，前往下一个帝国星球，在那里他将再次传达这条信息。

“嗯……这算是个好消息。”隆博咬着牙说道，他的脸现在变得苍白而僵硬。他一直静静地站在门口，全神贯注听着。“如果不是因为皇帝的嫉妒和干预，我的家族本可以挺过这场伊克斯危机的。兰兹拉德当时也一定会援助我们的。”

“埃尔鲁德不想让我们挺过来，”凯莉娅说道，然后把目光从账目记录上移开，“我只是很遗憾，我母亲没能活着听到这个好消息。”

雷托翘了翘嘴唇，挤出一丝谨慎乐观的微笑：“等一下，这给了我们一个意想不到的机会。想想看。只有埃尔鲁德一人对维尔纽斯家族怀有个人仇恨。他和你母亲有一段痛苦的过去，我们都清楚这才是他拒绝取消对你的家族悬赏的真正原因。这是个人恩怨。”

哈瓦特站在牛头之下，仔细地打量雷托。他静静地听着，等着看他的新公爵会提出什么样的建议。“我已经试着和兰兹拉德议会谈过了，”雷托接着说道，“但他们毫无用处，态度暧昧。他们不会主动帮助我们的。但我那个娘里娘气的表亲沙达姆……”他用舌头舔了舔嘴唇内侧，“我只见过他三次，但是我的外祖母也是埃尔鲁德的孩子。我可以表明我的血缘关系。当沙达姆成为新的皇帝，我将请求他以一名仁君的姿态赦免你们。当我宣誓厄崔迪家族将永远忠于他时，我会请他不要忘记维尔纽斯家族的伟大历史。”

“他为什么会同意呢？”凯莉娅琢磨着，“这对他有什么好处呢？”

“因为这样做是正确的，”隆博答道，“是公平的。”他的妹妹却像看一个疯子似的看着他。

“他会这么做是因为这样可以确立他统治的基调，”雷托说，“任何一位新皇帝都想要创造一个形象，展示他与前任的不同之处，表明自己不会拘泥于旧的方式和旧的决定。而沙达姆想要展示的便是宽容。据说他跟他父亲的关系不是太好，在埃尔鲁德统治了一个多世纪之后，他肯定想要显示一下自己的本色。”

凯莉娅一下子扑到了雷托的怀里，雷托则笨拙地抱住她。“我们的自由能回来真是太好了，雷托——还有我们家族的财产！也许我们还能从伊克斯那儿抢救出一些东西呢。”

“我们都心存希望吧，凯莉娅。”隆博保持着谨慎的乐观，说道，“试着想象一下，也许就会成真了。”

“我们不能害怕提要求。”雷托又说。

“好吧。”隆博说道，“如果有人能做到这一点，那就是你了，我的朋友。”

带着坚定的决心和乐观的态度，雷托开始为他的凯坦星之旅制定起计划来。“我们要做一些他们意想不到的事。”他说道，“我要和隆博一起出席登基大典。”

他马上看到了导师那惊恐的目光：“大人，把维尔纽斯的儿子带去太危险了。”

“而恰恰这是他们没有预料到的。”

我们缺乏了何种感官导致我们看不到也听不到周围的另一个世界？

——《奥兰治天主圣经》

有些人会认为森林警卫站所处的遍布岩石的荒野是美丽的，是一个原始而自然的仙境。但弗拉基米尔·哈克南男爵不喜欢远离封闭的建筑、远离尖锐的棱角、远离金属和强化玻璃。没有工业、润滑油和机器的熟悉气味，寒冷的空气里全是令人不快的刺鼻气味。太原始，太充满敌意。

尽管如此，男爵深知此行目的地的重要性，并且借着观察他那位扭曲的门泰特表现出来的巨大不安来娱乐自己。彼得·德伏穿着一件脏兮兮的长袍，头发乱蓬蓬的，挣扎着跟了上来。虽然他的思维像一台强大的机器，但他却娇生惯养，骨瘦如柴，柔弱不堪。

“这儿的一切都太原始了，我的男爵，太脏了，还那么冷，”德·弗里斯说道，眼神阴郁起来，“我们一定得走这么远的路吗？除了到森林里去，我们就没别的选择了吗？”

“有些人可是愿意花大价钱到这样的地方来玩的啊，”男爵说道，“他们管这儿叫度假胜地。”

“皮特，给我闭上你的嘴，跟上队伍。”拉班说道。他们艰难地爬上陡峭的山坡，向一面布满洞穴的光滑砂岩墙前进。

门泰特皱紧眉头，扔出一句讽刺的话来反击拉班："这里就是那个小男孩打败你和狩猎队的地方吧，拉班？"

男爵的侄子转过身来，撩起厚眼皮死死盯着德·弗里斯咆哮道："你管住你的嘴，不然看我怎么收拾你。"

"收拾你叔叔的宝贵的门泰特？"德·弗里斯用毫不在意的口气反驳道，"可我是无可替代的呀？"

"他说得有道理。"男爵笑着表示同意。

拉班小声嘟囔起来。

早些时候，男爵的卫队和狩猎专家仔细地检查这个与世隔绝的狩猎保护区，目的是让他们三个人可以在不带随从的情况下进行这次旅程。拉班腰间挎着一把毛拉枪，肩上扛着一支热散射步枪，他坚称自己可以对付任何胆敢袭击他们的猎狗或是其他捕食者。但男爵对他的侄子却并不是完全的信任，因为确实有过一个小男孩要比他聪明——但至少他们现在可以远离那些窥探的目光了。

他们三个人在悬崖顶上的一块突出的岩石上休息了一会儿，然后又爬上另一个斜坡。拉班走在最前面，用手拨开浓密的灌木丛，直到面前出现了更多裸露的砂岩。脚下，一条深深的裂缝出现在破碎的岩石和地面之间，黑乎乎的。

"就在下面，"拉班说道，"来吧。"

男爵跪了下来，对着这个洞穴打着照明灯："跟我来，皮特。"

"我不是个洞穴探险者，"门泰特却回答道，"另外我也累了。"

"你只是身体不够健康而已，"男爵反驳道，然后深吸了一口气，摸了摸自己的肌肉说，"你需要多锻炼了。保持好你的身材。"

"但这不是你买我的目的啊，男爵阁下。"

"我买下你是要你做我吩咐你做的任何事。"他弯下腰，爬进洞口，他手里那细窄但明亮的光束驱散了前方的黑暗。

尽管这位男爵努力保持着完美的体形，但在过去的一年里，他一直饱受肌肉疼痛和无缘由虚弱的折磨。没有人注意到——或者也许是没人敢提出来——他其实已经增重不少了，尽管他的饮食结构没有改变。他的皮肤变得更厚，更丰满了。他曾考虑过与医学专家讨论一下这个问题，甚至可能去找一名苏克医生，无论咨询医生的费用会有多高。毕竟生活基本上就是一连串没完没了的问题。

“这里有熊尿的味道。”德·弗里斯一边在洞里蠕动着身子一边抱怨道。

“你怎么知道熊尿是什么味的?”拉班一边说，一边把门泰特往里面推了推，给自己腾出地方。

“我只闻到了你。你比任何野生动物都难闻。”

三个人终于站在了洞穴里，男爵点亮了一个小型球形灯，它漂浮起来，照在这个低矮洞穴后部的墙上。整个洞穴都很粗糙，布满了苔藓，到处都是灰尘，没有人类居住过的迹象。

“这模拟投影真不错，你们说呢?”男爵说道，“我们的人能达到的最高水准了。”说着他伸出一只戴着戒指的手，墙的影像变得朦胧起来，越来越模糊。

拉班找了一块稍微突出些的岩石，向后一推，整个后墙轰隆一声向后倒去，露出了一条通道。

“一个非常特别的藏身之处。”男爵说。

灯光一闪，照亮了这条通向悬崖中心的通道。他们走了进去，用那道假墙投影再次封好了身后的入口，德·弗里斯惊奇地四下张望，说道：“没想到您连我也瞒着啊，我的男爵阁下?”

“拉班在一次狩猎中发现的这个洞穴。我们……用了一种新技术对它做了些许修改，那可是一种令人兴奋的技术啊。我想，等我把一切都解释给你听后，你一定会看到各种可能性的。”

“真是个精心设计的藏身之处啊，”门泰特表示着同意，“对间谍自然是越小心越好。”

男爵把双手举向天花板，声嘶力竭地喊道：“让那个该死的沙达姆太子掉进粪坑里去吧！不——让那家伙掉进臭烘烘的，都是岩浆的地狱洞穴的最深处去吧！”

男爵这种毫不掩饰的叛逆情绪甚至让德·弗里斯也感到十分震惊，随后男爵咯咯地笑了起来，说道：“在这儿，皮特——或者说在杰第主星的任何地方——我一点也不担心有人会偷听。”

他把他们领进大厅，说道：“我们三个人可以躲在这里，这里挡得住哪怕是来自被禁用的核武器攻击。没人会发现我们。零熵筒里储存的物资和武器能用一辈子。我已经把哈克南家族的一切重要资料都搬到这里了，从家谱到财务文件，再到我们掌握的勒索材料——也就是其他家族那些肮脏而迷人的秘密。”

拉班在一张擦得很亮的桌子旁坐了下来，按下了面板上的一个按钮。突然之间，墙壁变得透明起来，泛着黄色的光，映照出一排扭曲的尸体，总共有二十一具，悬挂在强化玻璃板之间的空隙里，仿佛是一场展出似的。

“来见见施工队吧，”拉班说道，“这是我们为他们准备的……特殊的纪念仪式吧。

“准确地说是法老级别的待遇。”男爵用一种轻松愉快的口气说道。

尸体已经变色肿胀起来，面孔也扭曲成可怕的惨死状。但这些受害者的表情更多的是悲伤的无奈，而不是对即将到来的死亡的恐惧。任何为哈克南家族建造这样一个密室的人一定从一开始就意识到他们注定不会活着走出去。

“等这些尸体开始腐烂的时候，再看上去就不怎么舒服了，”男爵说道，“但最后还是能给我们剩下一排好看、干净的骨架。”

其余的墙壁上全都是些复杂的旋涡式装饰，上面有蓝色的哈克南狮鹫，还有一些恶心和色情的图片，比如人类和动物的结合，暗示性的设计，还挂着一座可能会冒犯到大多数观察者的机械钟。拉班看着它咯咯地笑了起来，因为这座机械钟是靠男人和女人的某个部位以一种恒定的节奏相互作用为动力的。

德·弗里斯转过身来，分析这些细节，并把它们记到自己的门泰特逻辑中去。

男爵笑着说道："这个房间被一个屏蔽投影所包围，使得物体在所有波长中都不可见。没有扫描仪能通过视觉、声音、热量甚至触摸检测到这面外墙。我们称之为*无场*。想想看吧。我们现在所处的地方，相对宇宙其他地方而言是完全不存在的。这是我们讨论我们那个……美味计划的绝佳地点。"

"我从来没有听说过这样的场——公会里没有，甚至伊克斯也没有，"德·弗里斯问道，"是谁发明的?"

"你也许还记得我们那位……来自李芝家族的访问研究员。"

"乔本恩?"门泰特问道，接着自己回答了他自己的问题，"没错，那就是他的名字。"

"他带着李芝人发明的尖端技术偷偷来到了我们这里。这是一项有风险的新技术，但是我们的朋友乔本恩看到了它的各种可能性。我们只要能给他足够多的报酬，他就会明智地把这技术带来，仅供咱们家族使用。"

拉班补充道："我们当然给了他足够多的报酬。"

"而且每一分钱花得都很值得，"男爵继续说道，同时用手指习惯性地敲击桌面，"在这个与世隔绝的小世界里，没人能偷听得到我们说话，甚至连行会的领航员和他们那该死的预知能力都做不到。乔本恩现在甚至还在做……对我们来说更好的某个东西。"

拉班不耐烦地靠在一张椅子上，说道："我们还是尽快说正事吧。"

德弗里斯坐到了一张能够自动擦拭的桌子旁，不由得眼前一亮，门泰特心智开始转动起来，暗自领会着这项隐形技术的含义。以及如何使用它……

男爵把目光从他那身材粗壮的侄子移到他那扭曲的门泰特身上。*这两者是多么鲜明的对比啊，代表了智力光谱的两个极端。*拉班和德·弗里斯都需要不断的监督，前者是因为他的木头脑袋和急性子，后者则是因为他那危险的聪明才智。

尽管他的缺陷很明显，但拉班是唯一有可能继承男爵爵位的哈克南人。阿布鲁尔德当然不够格。而且除了贝尼·杰瑟里特逼他生下的两个私生女之外，男爵没有自己的孩子。因此，他必须训练他的侄子正确地使用以及滥用权力，这样他在临死前也就能心满意足地清楚哈克南家族将会一如既往地衍续下去了。

当然，如果厄崔迪家族能被摧毁就更好了……

也许拉班需要两个门泰特来引导他，而不是以往的一个。由于他的暴虐性格，拉班的统治肯定会是特别残酷的，也许是杰第主星上从未有人见识过的那种残酷，尽管哈克南人有着长期折磨和虐待奴隶的历史。

男爵的表情变得严肃起来，说道："那就说正事。听着你们两个。皮特，我要你充分发挥你的门泰特能力。"

德·弗里斯马上从长袍里的口袋里掏出一小瓶纱芙果汁。他大口灌了下去，然后咂咂嘴，那副样子让男爵都觉得有点恶心。

"我的密探报告给了我一个非常令人痛心的消息，"男爵说道，"这消息涉及伊克斯和一些似乎是皇帝在他临死之前安排的计划。"他的手指随着那首经常回响在他脑子里的小曲不停地敲着桌面，"这个阴谋严重影响了我们家族的命运。宇联商会和宇航公会甚至都不知道这件事。"

拉班哼了一声。德·弗里斯则坐直了身子，等待男爵给出更多的数据。

“看来，皇帝和特莱拉人已经结成某种联盟，进行着某些非正统且极度非法的勾当。”

“猪蝓和屎从来都是一对儿。”拉班说道。

男爵对这样的比喻感到好笑：“我听说，我们那位敬爱的已故皇帝亲自策划了对伊克斯的接管行动。他迫使维尔纽斯家族宣布变节，然后将特莱拉人扶持起来，这样他们就可以开始着手研究，用精巧的伊克斯设施去实现他们的理念。”

“您指的是什么研究，我的男爵？”德·弗里斯问道。

男爵投下了他的重磅炸弹：“他们在寻求一种生物合成方法。他们认为可以人为地、廉价地生产香料，从而将厄拉科斯——也就是我们——排除在销售渠道之外。”

拉班又哼了一声：“这是不可能的。没人能做到这一点。”

但是当集中了相关信息后，德·弗里斯的脑筋开始转了起来：“我是不会低估特莱拉人的——尤其是在与伊克斯的设施和技术相结合之后。他们想要达成什么目标就一定能达成。”

拉班挺直了身子问道：“但如果皇帝能制造出合成香料，我们的财产会怎么样呢？我们多年积累起来的那些香料会怎么样呢？”

“假如这种新的合成物便宜又有效，那么哈克南家族通过香料累积的财富便会蒸发。”德·弗里斯冷冷地回答道，“几乎在一夜之间。”

“没错，皮特！”男爵用戴着戒指的拳头猛击桌子，“从厄拉科斯采集香料的成本是非常昂贵的。如果皇帝有自己的廉价美琅脂来源，那么市场就会崩溃，到那时科瑞诺家族将会控制其余的市场——形成一个完全掌握在皇帝手中的新垄断企业。”

“宇联商会不会喜欢的。”拉班以惊人的洞察力说道。

德·弗里斯建议道：“那么我们必须把这个信息交给宇航公会。我们必须向他们透露皇帝在做什么，并确保沙达姆停止所有的这类研究。宇联商会和公会也不想失去他们在香料制作上的投资。”

"那要是新皇帝先跟他们订个条约呢，皮特?"男爵问道，"宇联商会的部分所有权本就属于科瑞诺家族。沙达姆将会在他开始统治的时候留下他自己的印记。如果宇联商会强迫他以非常优惠的价格让他们获得合成香料，以此作为他们合作的代价呢？公会也肯定希望能有一个更便宜、可靠的供应源头。如果太困难的话，他们可能会完全放弃厄拉科斯。"

"那么我们将是唯一倒霉的一方了，"拉班咆哮起来，"每个人都会踩哈克南家族一脚的。"

门泰特半闭起眼睛，喃喃地说道："我们甚至无权向兰兹拉德联合会提交正式投诉。一种香料替代品的诞生会在联合家族中引起一场抢食狂潮。最近政治联盟也发生了变化，如果我们垄断被打破，许多家族是不会介意的。他们一点也不在乎美琅脂的价格是否会因此直线下降。唯一的输家是那些在秘密和非法的香料储备上投入巨资的人，或者那些在厄拉科斯昂贵的香料采集作业上投入巨资的人。"

"换句话说，还是我们——还有我们几个最亲密的盟友，"男爵说道。

"贝尼·杰瑟里特，还有你的那位小甜心，也许也想要一些便宜的东西呢。"

男爵怒视他的侄子。拉班只是咯咯地笑着："那我们现在能做些什么呢?"

德·弗里斯没有和男爵商量就回答了出来："哈克南家族必须自己处理这件事。我们不能指望外来的援助。"

"记住，厄拉科斯只是我们的准封地，"男爵说道，"是经过宇联商会和皇帝的同意才赏封给我们的。现在它就像一个钩子，而我们挂在上面被晾干了。所以我们必须非常小心。"

拉班开口道："我们没有足够的军事力量来对付所有敌人啊。"

德·弗里斯说道："所以我们必须处理得很精妙。"

“精妙？”男爵扬起眉毛，“好啊，我愿意尝试新事物。”

“我们必须扰乱特莱拉人在伊克斯的研究工作，”德·弗里斯说道，“最好是摧毁它。我也建议哈克南家族清算各种资产，建立现金储备，并尽可能多地榨取我们当前的香料生产的利润，因为这利润随时都可能消失。”

男爵看着拉班说：“我们需要挤一挤了。哦，我还得让你那个白痴父亲在兰基威尔岛上多收集些鲸鱼毛皮。毕竟我们得充实我们的金库。即将到来的战斗可能会耗尽我们的资源。”

门泰特从他的嘴唇上擦去了红色的果汁，说道：“我们必须绝对保密。宇联商会会仔细观察我们的财务活动，如果我们突然开始做一些不寻常的事情，他们就会察觉出来。现在我们最好不要向别人透露特莱拉的秘密研究。我们不希望宇联商会或者公会与我们的新皇帝联合起来对抗哈克南家族。”

“我们必须让帝国保持对我们的适当依赖。”男爵说。

拉班愁眉苦脸，总是试图用蛮力来解决这个问题：“但如果特莱拉人在伊克斯上站稳脚跟了怎么办，我们如何在不揭露真相的情况下毁掉他们的研究呢？前提是不暴露我们然后引来所有人的攻击？”

德·弗里斯往后一靠，盯着墙上那些性感图片。腐烂的尸体还挂在那里，像一群丑陋的窃听者。他的脑子里翻腾着各种数据，最后开口道：“我们必须让别人为我们战斗。而且最好他们自己还不清楚。”

“谁？”拉班问他。

“这就是我们把皮特带到这儿来的原因，”男爵说，“我们需要建议。”

“初步推测，”德·弗里斯说道，“厄崔迪家族。”

拉班张大了嘴巴：“厄崔迪绝不会为我们而战的！”

德·弗里斯反驳道：“老公爵已死，厄崔迪家族目前不稳定。保卢斯的继任者雷托只是一只冲动的小狗崽。他在议会里没有朋友，最近还在议会上做了一个相当尴尬的演讲。他带着一身耻辱回家了。”

男爵等着，想看看他的门泰特会把这个话题引向何方。

“第二个数据点：维尔纽斯家族，是厄崔迪家族的坚定盟友，已经被特莱拉人从伊克斯赶走了。多米尼克·维尔纽斯仍逍遥法外，帝国还在悬赏捉拿他，而珊多·维尔纽斯则刚刚因为她的叛徒身份而被处死。厄崔迪家族为维尔纽斯家族的两个孩子提供了避难。他们同特莱拉的受害者关系密切。”

德·弗里斯举起一根手指，把这些点连了起来：“现在，傲慢的小雷托是流亡的伊克斯王子的亲密朋友。雷托公爵已经把侵略伊克斯、悬赏珊多夫人和毁灭维尔纽斯家族多都归咎于特莱拉人。雷托对兰兹拉德联合会是这样说的：‘厄崔迪家族珍视忠诚和荣誉，远超政治。’他可能会把帮助隆博·维尔纽斯恢复在伊克斯星上的地位看作是他的责任。还有谁能比他更适合为我们作战呢?”

男爵听了这话，微微笑了起来：“那么……发动一场厄崔迪家族和特莱拉人之间的战争吧！让他们彼此拆台好了。这样一来，厄崔迪家族和合成香料的研究都会被摧毁的。”

拉班显然很难想象出这一幕。男爵从他脸上紧张的表情可以看出这一点，他的侄子正在竭尽全力地思考，努力跟上话题。

门泰特点了点头道：“如果处理得当，我们确实可以一石二鸟，而哈克南家族还可以完全置身事外。我们既得到了想要的，又不会脏了自己的手。”

“真有你的，皮特！我很庆幸我没有在你经常烦我的时候杀掉你。”

“我也是。”德·弗里斯回应道。

男爵打开了一个零熵筒，拿出来一瓶昂贵的基拉娜白兰地，“我们得干一杯，”然后他狡猾地笑了，“因为我刚刚意识到我们何时以及如何才能实现这一切。”他的两个听众马上聚精会神地凑了过来。

“新公爵有些被管理家族的复杂程度压垮了。当然，他得出席沙达姆四世的加冕典礼。没有哪个大家族敢在帕迪沙皇帝登基这个最伟大的日子里得罪皇帝。”

德·弗里斯立刻明白了：“所以当雷托公爵去参加加冕典礼的时候……就是我们出击的最好时机。”

“在凯坦动手?”拉班问道

“我觉得，肯定还有比这更有趣的事呢。”德·弗里斯说。

男爵呷了一口温暖甜润的陈年白兰地说道：“啊，这将是一次多么美妙的复仇啊。雷托根本无从防备，他甚至都搞不清这攻击是从哪个方向来的。”

拉班的眼睛也亮了起来：“我们会把他打倒在地的，对吧叔叔?”

男爵把水晶酒杯递给他的侄子和他的门泰特。拉班一口干了那杯白兰地，而德·弗里斯则只是盯着它，仿佛在用眼睛进行着某种化学分析。

“是的，拉班，而且他还会在地上扭来扭去的，直到一只大靴子踩扁他。”

除了特莱拉人自己，任何人都不得踏足班达隆，这座贝尼·特莱拉最神圣的城市，因为它是一个被狂热守护着的圣地，被特莱拉人的神祇净化了。

——《帝国外交》，兰兹拉德联合会出版

这座被烧毁的建筑曾经是伊克斯的战斗机器人工厂……属于无视芭特勒圣战戒律的那些亵渎神明行业的典型。但它现在不是了。希达尔·芬·阿吉迪卡盯着面前一排排的坦克和随从，看到如今此地已经被完全打扫干净并得以善用，他感到很满意。神必赞赏。

在特莱拉人取得胜利后，这个设施里原有的恶毒机器被清理干净，并得到了他们长袍主人们的祝福，这样它们就可以被用于服务贝尼·特莱拉那崇高的目的了。虽然给出命令和支持的人是老皇帝埃尔鲁德，而他已经死了，但阿吉迪卡从未觉得这是一个帝国的计划。特莱拉人不侍奉任何人，除了他们自己和他们的神。他们有自己的目的，这些目的是那些不洁净的外人永远无法理解的。

“特莱拉人的战略总是被编织在一张战略之网中，其中任何一个都可能是真正的战略，”他吟诵着他的人民的格言，“我们神祇的魔力就是我们的救赎。”

每个培育罐都包含着不同实验的成分，每个罐子都代表着解决人工美琅脂的不同方法。从来没有外人见过特莱拉人的这种培育罐，也没有人了解它们的真正功用。为了生产这种珍贵的香料，阿吉迪卡知道他必须使用那些会令人深感不安的手段。有些人可能因此被吓到，但神必赞赏，他在内心深处重复着。最终，他们一定会大量生产这种香料的。

意识到这一挑战的复杂性，这位研究大师从特莱拉一号星请来了技术专家——一些对如何实现这一目标有着不同看法的学者。在这个实验的早期阶段，所有的选择都必须被考虑在内，所有的证据都要被研究，以寻找可以直接插入有机分子遗传基因代码的线索，特莱拉人称之为神之语言。

所有的技术专家都认同人工香料必须作为有机物质在培育罐里种植，因为这些罐子是生命和能量的神圣来源。研究大师们在其中培养过无数项目，并取得了惊人的成果，从猪蝓到克隆体，再到死灵[1]……虽然其中也有过许多不幸的失败。

这些异族的容器是特莱拉人最神圣的发现，它们的工作原理就连皇太子沙达姆、他的助手和他的萨多卡卫队都不知道。在伊克斯——也就是现在的萨图赫——也要保持绝对的机密与安全，是当初与埃尔鲁德皇帝协议里的要求。那位老人同意了这种他不怎么当回事的小插曲，他一定以为只要自己愿意，就能随时拿走这些秘密。

许多人对特莱拉人做出过如此荒谬的假设。而阿吉迪卡也已经习惯了被傻瓜们解雇。

除了特莱拉大师或血统纯正的特莱拉研究者外，没有人能够接触到这些知识。阿吉迪卡深深吸了一口恶臭的化学物质，难闻的潮湿臭味是罐子正常运转的必然结果。也是自然的气味。我感觉到吾之神明的存在，他心想，他用的是伊斯拉米耶特——一种神秘的语言，在特

①死灵，也被称作古拉，是一种人工创造的人类，是特莱拉人从死人克隆而来的。培育罐是创造死灵的重要工具，可以从最初的一个细胞中重建整个人体。

莱拉秘密议会凯赫外，从来没有人大声说过这种语言——来表达自己的思想。*神是仁慈的。只有他能指引我。*

一个发光的球体在他眼前飘浮起来，闪烁着红光……长，长，短，暂停……长，短，颜色变成蓝色……五次快速闪烁，然后变回红色。是皇太子的使者急着要见他。希达尔·芬·阿吉迪卡知道不能让哈什米尔·芬伦等太久。虽然芬伦没有任何贵族头衔，但这个急性子是帝国继承人最亲密的朋友，而且芬伦比大多数兰兹拉德联合会的伟大领袖更懂得如何操纵个人权力。阿吉迪卡甚至对他有一定程度的尊敬。

于是阿吉迪卡乖乖地转过身，轻松地通过了一个身份识别区，如果没有得到合法的批准，这个身份识别区对任何人都是致命的。即使是太子本人也无法安全通过。阿吉迪卡因为特莱拉人手段的优越性笑了起来。伊克斯人使用机器和力场来保证安全，就像那些粗暴且无情的次人叛军所发现的那样……结果却造成了大面积的爆炸和连带伤害。而另一方面，特莱拉人使用的却是生物制剂，通过巧妙的相互作用释放出毒素和神经迷雾，可以让*婆温达*[①]异教徒在踏上不属于他们的土地的那一刻便马上丧命。

在安全等候区外，当研究人员离开身份识别区时，哈什米尔·芬伦冲着阿吉迪卡微笑起来。从某些角度看，这个短下巴的人长得很像一只黄鼠狼，而从另一些角度看，他又像一只兔子。这两个人面对面站在这个曾是伊克斯会客厅的地方，此地通过一个错综复杂的透明强化玻璃管道网络与外界连接。这个致命的帝国杀手比研究大师还高出一个头。

---

①婆温达是贝尼·特莱拉常用的一个术语，用来描述所有不是出生在特莱拉文化中的人，或者所有不相信他们非常具体和深奥的宗教信仰的人。这个词的意思是“不信教的人”，尽管它的字面意思与异教徒、叛教者等词有着相似的含义，但其贬义要远远大于字面意思。这个词很少在非特莱拉人群中被提及。

“啊，我亲爱的芬·阿吉迪卡，”芬伦嘟囔着，“你的实验进行得很顺利嘛，嗯－嗯－嗯－哼？沙达姆太子渴望得到最新消息，毕竟他已经开始着手管理这个帝国了。”

“我们进展得很顺利，大人。我想，我们那位没加冕的皇帝已经收到我的礼物了吧？”

“收到了，非常好，他托我向你表示感谢。”想到这里，他不禁莞尔一笑：他送来的是一头银毛的方头狐狸，能够自我复制，算是一件不寻常的小活物，但没有任何实际用处。“你们是怎么想出这么有趣的东西来的？”

“我们是生命之力的行家，先生。”眼睛，阿吉迪卡心想，看看他的眼睛，它们揭示了危险的情绪。现在又变得恶毒了。

“所以你喜欢扮演神？”芬伦问道。

阿吉迪卡克制着内心的愤怒反驳道：“世界上只有一个至高无上的神。我不敢取代他的位置。”

“你当然不敢了，”芬伦眯起了眼睛，说道，“我们的新皇帝表达了他的感激之情，但指出了一件他现在非常想要的礼物——一份人造香料的样品。”

“我们正在努力攻克这个难题，大人，但我们从一开始就对埃尔鲁德皇帝说过，开发一个完整的产品需要很多年，甚至几十年。到目前为止，我们的大部分工作只是在巩固我们对萨图赫的控制，以及调整现有设施。”

“也就是说，你们没有取得任何切实的进展？”芬伦的嘲笑有些太过分了，但他就是无法掩饰。

“有很多有希望的迹象。”

“好吧，那么关于他什么时候才能得到他的礼物，我该怎么对沙达姆说呢？他本来是希望能在他加冕之前，也就是六周后，收到礼物的。”

“我认为这是不可能的，大人。不到一个月前您才给我们送来了美琅脂作为催化剂。”

“我给你们的东西足够买下几颗行星了。”

“当然，当然，我们正在尽可能地抓紧研究。但培育罐是有生长期和修正期的，可能需要几代人的时间。沙达姆必须有耐心。”

芬伦仔细观察着面前这个小特莱拉人，寻找着欺骗的迹象：“耐心？记住，阿吉迪卡，一个皇帝的耐心是有限的。”

这个侏儒不喜欢这种帝国捕食者。芬伦那双超大的黑眼睛透露出了什么东西，他的话里也有着一丝威胁的味道，即使在讨论日常话题时也是如此。*毫无疑问。这个人将成为我们新皇帝的执行官——如果我失败了，他就会处死我。*

阿吉迪卡深吸了一口气，但为了不表现出恐惧，用哈欠掩盖住了。他开口时，语气已经变得非常平静：“当神明希望我们成功时，我们就一定会成功。我们按照他的时间表行动，不是我们自己的，也不是沙达姆太子的。这就是宇宙的运行方式。”

芬伦的大眼睛闪着危险的光芒，说道：“你知道这有多重要吗？不仅是对科瑞诺家族的未来和帝国经济……而且对你个人也是性命攸关的事，你明白吗？”

“当然明白，”阿吉迪卡没有对这个威胁做出回应，“我的人民懂得了等待的价值。摘得太早的苹果可能又青又酸，但如果静静等候它成熟，那么它的果实就会是甜美可口的。当人工香料最终得以完善时，它将改变整个帝国的权力结构。这种物质是不可能在一夜之间就造出来的。”

芬伦不依不饶道：“我们一直都很有耐心，但我们也不可能总这么干等下去。”

阿吉迪卡大方地微笑道：“如果你愿意，我们可以定期召开会议，展示我们的工作和进展。然而，这种干扰只会拖慢我们实验、我们的物质分析以及我们的进度。”

“不必了，你们继续吧。”芬伦咆哮起来。

我就知道得这么堵住你这个杂种的嘴，阿吉迪亚心想，而且他肯定一点也不喜欢这样。然而，他仍然清楚地感觉到，这个凶手会毫不犹豫地杀死他。即使是现在，尽管已经对他进行了最严密的安全扫描，但芬伦的衣服、皮肤和头发里无疑还是藏着很多武器。

当沙达姆认为他已经得到了他想要的一切，不再需要我时，他肯定会尝试杀了我的。

不过，希达尔·芬·阿吉迪卡也有着自己的秘密武器。他制定了应急计划，以应对这些极其危险的……这些想要确保特莱拉人始终处于控制之下的外来人。

我们的实验室也许真能找到香料的替代品，他心想。但没有一个婆温达人可以学会它的制造过程。

我们的时间表将让自然现象达到新的高度。一颗行星的生态系统是一个巨大而紧密交织的网络。植物和动物的变化将首先由我们操纵的原始物理力决定。然而，随着它们的稳定，我们的干预将依靠它们自身的力量来施加影响——而我们也将不得不应对这种力量。请记住，我们只需要控制能量表面的百分之三——仅仅百分之三——就能将整个结构翻转到我们制造的自我维持系统中。

——帕多特·凯恩斯，《厄拉科斯之梦》

在他的儿子列特一岁半的时候，帕多特·凯恩斯和他的妻子踏上了沙漠之旅。他们给这个安静的孩子穿上了定制的蒸馏服和长袍，以使他的皮肤免受阳光的灼烧。

凯恩斯很高兴有时间和他的家人在一起行动，能有机会向他们展示他在改造沙丘方面取得的成就。他的一生都在分享他的梦想。

他的三个徒弟，斯第尔格、图洛克和欧姆恩，坚持要一起跟着去，以便保护和引导他，但凯恩斯什么话都听不进去。“我独自一人在荒野中度过的岁月比你们任何一个活着的时间都要长。和我家里人一起住几天还是没问题的，”说着他做了一个嘘的手势，“再说，我给你们分派的工作还不够多吗？——要不然我再给你们找点别的活儿干？”

“如果您有更多的事要我们做，”斯第尔格说，“我们很乐意为您效劳。”

“那就……让你们自己忙起来吧。”凯恩斯倒有些不知所措了，然后带着弗丽思和小列特步行出发了。婴儿骑的是穴地的三头酷龙之一，这动物是被走私者和勘探者带到沙丘星球里驯养的一种沙漠驴子。

尽管这种动物天生就能适应恶劣干旱的环境，但它的水价还是很高。弗雷曼人甚至为这种野兽开发了一种改良的四条腿的蒸馏服，这可以节省它散发出来的一些水分。但身穿着这样一种精巧的装置，让酷龙移动起来变得很困难——而且看起来也很可笑——因此凯恩斯决定不采取这种极端的措施。这样一来他就需要在旅途中携带额外的水，这些贮水袋被他用绳子绑在了酷龙的背上。

在清晨的阴影中，留着胡子的大高个凯恩斯带领着他的小队沿着一条蜿蜒的路线向前迈进，只有弗雷曼人才会把这种路线叫做小路。他的双眼现在和弗丽思一样，已经是蓝色的了。那头沙漠驴爬上了陡峭的斜坡，但没有发出任何抱怨的声音。凯恩斯并不介意走路，在他研究萨鲁撒·塞康达斯和贝拉·特古斯的那些年里，他大部分时间靠的就是一双脚。他的肌肉荡起了波纹，像粗绳子一样坚韧。此外，当他步行的时候，他也可以让目光更多地集中在脚下的鹅卵石和不同的沙粒上，而不是遥远的山脉或者闷热的太阳。

为了取悦她的丈夫，每当凯恩斯指出一块岩石的构造，研究一块地面的组成，或者评估隐蔽的缝隙能否成为未来种植植物的可能地点，弗丽思都会聚精会神地听着。在经过一段时间的犹豫之后，她也尝试向他指出一些事情。“一个弗雷曼人最大的优点是善于观察，”弗丽思说道，仿佛是在为他引用一句古老的谚语，“我们观察得越多，我们知道就得越多。这些知识给了我们力量，尤其是当别人没能发现它们的时候。”

“有意思。”凯恩斯对他这位弗雷曼妻子的背景知之甚少。他太忙了，从未仔细问过她的童年和她的个人好恶，但她似乎也从没有被他对改造这颗星球的痴迷所冒犯。在弗雷曼文化中，丈夫和妻子本就生活在不同的世界里，只有几座狭窄而脆弱的桥梁把他们联系在一起。

然而，凯恩斯知道，弗雷曼妇女以勇猛的战士而闻名于世——她们在战场上是致命的，甚至在一对一的战斗中，她们比帝国士兵还要可怕。到目前为止，他一直在避免暴露弗丽思邪恶的一面，他希望自己永远也不要看到它。她非常忠诚，但如果变成了敌人，那么她也会像做朋友时一样倾尽全力。

他吃力地向前走着，这时一小片植物引起了他的注意。他叫停了身后的酷龙，跪在地上，仔细观察起一株淡绿色的小植物来。它生长在一个阴暗的小洞里，里面积满了灰尘和沙子。他认出来这是一种稀有的根状植物，于是拂去了它蜡质小叶子上的灰尘。

“看这儿，弗丽思，”他说道，口气像个老师，眼睛则闪闪发亮，“真是顽强呵。”

弗丽思点了点头，说道：“我们在需要的时候就会挖出这些根来。据说一个块茎能产出半升水，足够一个人存活几天了。”

凯恩斯想知道斯第尔格的妹妹在她那弗雷曼人的头脑里存了多少关于沙漠的知识，而迄今为止，她都没怎么和他分享过这些知识。这是他自己的过错，他告诉自己，因为他没有对她给予足够的关注。

酷龙急于吃掉这棵坚韧植物的新鲜叶子，它把嘴巴放了下来，鼻孔张得大大的。但凯恩斯把它推开了：“这一棵植物太重要了，不能当你的点心。”

他扫视了一下地面，想找到其他的块茎，但在附近却一棵也没找到。从他所了解到的情况来看，这种植物原产于沙丘，不管是什么大灾难把这个世界的水分抽干或转移后，它们都幸存了下来。

他们休息了一会儿，喂孩子吃东西。当弗丽思在岩架上安好了一架浮动遮阳篷时，凯恩斯想起了自己最近几个月的工作，以及他和员工们在这个长达几个世纪的项目刚一开始时就已经取得的巨大进展。

沙丘曾经是一个植物实验站，一个孤立的前哨，几个世纪前，在帝国扩张的日子里曾被放置过一些样本植物。这甚至要早于人们在此地发现拥有预知和延寿能力的美琅脂……这个世界曾经是一个没有任何用处的沙漠地狱。而植物实验站现在已经废弃了。只剩下一些稀疏的植被、动物和昆虫在恶劣的环境中挣扎求生。

许多物种得以幸存并多样化，表现出显著的持久性和适应性……突变的剑草、仙人掌和其他属于干旱地区的植物。凯恩斯已经安排走私者将最有希望存活的种子和胚胎运来了。弗雷曼工人们开始在沙地上播种了，播撒下这些珍贵的种子，而其中的每一粒都是生命的核心，是沙丘未来的一粒粮食。

凯恩斯是从一个水商那里得知皇帝埃尔鲁德九世的死讯。这让他清晰地回忆起他在凯坦的那次觐见，当时正是这位古老的统治者派他来厄拉科斯研究生态的。这位行星学家把他的整个未来都归功于那次觐见。他觉得自己欠了埃尔鲁德一大笔人情，但他怀疑这位古老的皇帝在过去的这一年里是否还记得他。

听到这一令人震惊的消息后，凯恩斯本打算再度跋涉回厄拉奇恩，订一张远航机的机票好去参加国葬——但他觉得这么做完全不合时宜。他现在是一个沙漠居民了，行事粗鲁、不知变通，与帝国政治之精细微妙大相径庭。此外，在这里帕多特·凯恩斯还有更重要的工作要去完成。

在远离哈克南眼线的南方腹地，弗雷曼人选了几座沙丘，在下风口播撒下一些已经适应了贫瘠的草种，让它们深深扎根于盛行的西风之中。一旦背风一侧稳定下来，沙丘的迎风面就会被推得越来越高，有可能漫过植被，那时弗雷曼人便会转移这些植物，保持着同步，最终他们建成了巨大的绵延数公里的弯曲软屏障，其中一些超过了一千五百米高。

在凯恩斯沉思时，他听到他的妻子在浮动遮阳篷下轻轻摇晃身子。她温柔地和孩子说着话，而小列特则开始通过蒸馏服上的一个阀门吮吸她的乳汁。

接下来，凯恩斯又思考了生态转型过程的第二阶段，在这一阶段，他和他的团队将会种下更结实的剑草，添加处理过的化肥，建造防风林和除尘装置。在此之后，在不给脆弱的新生态带来压力的前提下，他们会在更深处种下植物，包括苋菜、猪草、苏格兰金雀花和矮小的柽柳等等，然后是人们熟悉的沙漠标志型植物，比如树形仙人掌和桶形仙人掌。他的计划表会带领沙丘滚滚向前，直至几十年甚至几世纪之后。

在沙丘的北部那些有人居住的地区，弗雷曼人现在只能满足于隐蔽生长的小面积种植物。广大弗雷曼人民知道这个星球改造的秘密计划，一直为之挥洒他们的汗水和鲜血……同时还要设法保持这一艰巨的任务及其伴随的梦想不被窥视的眼睛所发现。

凯恩斯耐心地看着改造一点点地发生。弗雷曼人对他们的“乌玛”充满了信心。他们对他个人梦想的坚定信念和对他那些困难要求所给予的合作温暖了他的心，所以凯恩斯决心要实打实回报他们，而不仅仅是华丽的演讲和空洞的承诺。弗雷曼人理应看到希望的光芒——而他也做到了这一点。

当然，其他人都知道他在石膏盆地里有个住处，但他想成为第一个把它展示给弗丽思和他们的小儿子列特的人。“我要带你去看一些不可思议的东西，”凯恩斯说，他的妻子正在一旁拆卸微型露营车，“我想让你看看沙丘原本是什么样子的。那你就会明白我为什么要这么努力了。”

“我明白的，丈夫。”弗丽思会意地笑了笑，然后把包裹封上，“你我之间没有秘密。”说着，她带着一种奇怪的自信看向他，凯恩斯这才意识到自己其实不需要向弗雷曼人推销他的梦想。任何一个弗雷曼人。

弗丽思发现眼前这条路线变得越来越陡峭和危险，于是她没有把孩子放回酷龙，而是选择抱在怀里。

再次陷入沉思的凯恩斯开始大声地对弗丽思讲解起来，仿佛她是他最专注的学生之一。“那些不懂生态学的人没有意识到生态系统是个系统。”他边说边抓住粗糙的山壁上的一块岩石，艰难地向前爬去。他没有回头看，所以没有发现酷龙在转弯时遇到了些困难。它的蹄子在松动的岩石上绊了一下，但它最后还是跟了上去。

婴儿躺在母亲的怀里呜咽着，然后又闭上了嘴。弗丽思则继续听她丈夫讲话。

“一个系统保持着一定的流体稳定性，而这种稳定性会被一个生态位中一个小小的失误所破坏。任何事情只要出了一点小错便会一败涂地。一个生态系统从一点流向另一点……但如果有什么东西阻挡了这股水流，那么秩序就会崩溃。一个未经训练的人很可能看不到即将到来的崩溃，直到为时已晚。”

弗雷曼人已经引进了各种形态的昆虫，引进了隧道生物种群来给土壤通气。敏狐，袋鼠，还有一些较大的动物比如沙漠野兔和沙水龟，以及对应这些动物的捕食者，有沙漠鹰和小猫头鹰，蝎子，蜈蚣，蝗螬……甚至还引进了沙漠蝙蝠和咬人的黄蜂——生命之网上的每一个小点都是相互关联的。

他不清楚弗丽思是否明白他在说什么，或者她是否对此感兴趣。即使沉默着，她也全心全意地赞同他。不过，他真希望妻子能和自己辩论一次。但帕多特·凯恩斯是她的丈夫，而且被看做是弗雷曼人的先知。她那根深蒂固的信念太强烈了，她对他说的任何一句话都不敢有质疑。

凯恩斯透过他鼻子上的过滤器深吸了一口气，继续往山上走。如果他们在下午之前没有到达洞口，太阳就会从他们头上经过，然后把他们烤焦。他们得尽快找个地方躲起来，等到第二天前往石膏盆地。因为急于向妻儿展示他的生态宝库，凯恩斯不由得加快了脚步。

在他们头顶上方和身体右侧，岩石就像一只隆起了脊椎骨的饥饿蜥蜴，投下了阴影，发出着低沉的声音。酷龙吃力地前行着，同时用鼻子在地上到处闻，找东西吃。弗丽思毫无怨言地抱着孩子，突然僵住了。她睁大了那双蓝眼睛，四下张望着。然后歪着头听起来。

凯恩斯又累又热，但他的脚步中仍带着热切的期待，他走出去五米远才注意到他的妻子已经停了下来。“丈夫!”她急促而刺耳地低声对他说道。说着弗丽思抬头看向蓝白色的天空，就像打算要看穿对面的山墙一样。

“怎么了?”他眨着眼睛问道。

一架全副武装的侦察扑翼机轰隆隆地飞过山脊，从山墙的另一侧高高攀升起来。凯恩斯站在洒满阳光的小路上，抬头看向飞机。他一眼就看到了布满沙暴刮痕的哈克南家族标记，蓝色狮鹫上满是道子。

弗丽思紧紧抓住婴儿，急忙寻找着掩体。“丈夫！这边!”说着她把他们的孩子塞进一个隐蔽的岩石缝隙里，但那缝隙太小了，两个大人是进不去的，她转身跑回来找凯恩斯，而他则完全没有反应过来。“哈克南人——我们必须躲起来!”她一把抓住他蒸馏服的袖子。

满载两人的扑翼机在悬崖边上盘旋起来。凯恩斯这才意识到他们被发现了，他和他的家人在裸露的山脊上是再明显不过的目标了。哈克南的部队经常以攻击落单的弗雷曼人为乐，肆无忌惮地捕杀他们。

武器从扑翼机的翘鼻子里伸了出来。强化玻璃窗也打开了，这样那个穿着哈克南制服的士兵就可以架起他的激光枪了。他有足够的空间可以瞄准目标了。

当他的妻子跑过那头沙漠驴时，她发出了一声令人毛骨悚然的尖叫，并狠狠地打了酷龙屁股一巴掌。这头受了惊吓的动物马上嘶叫起来，猛然弓背跃起，然后沿着蜿蜒的小路飞奔而去，它的蹄子把松动的岩石踩得粉碎。

弗丽思则转向另一条路，朝山下跑去，她脸上的表情严肃而专注。凯恩斯则在后面尽力跟上。他们跌跌撞撞地跑下斜坡，躲进巨石里，寻找着阴影。凯恩斯不敢相信她把列特单独留在原地了，直到他意识到他的小儿子比他们两个其实有着更多的掩护。婴儿现在正蜷缩在阴影里，本能地不作声且一动不动。

他觉得自己既笨拙又无能，但弗丽思似乎知道这时该怎么做。她是一个弗雷曼人，懂得如何融入沙漠。

扑翼机从他们身边呼啸而过，瞄准了那头惊慌失措的酷龙。弗丽思清楚哈克南人一定会先干掉这只动物的。侧炮手从敞开的窗户里探出头来，那张晒黑的脸上挂着一抹坏笑。他端起激光枪射出一束几乎看不见的橙白色火焰，把那头沙漠驴切成了一块块滑溜溜的肉，其中几块还从陡峭的悬崖上滚了下来，而驴头和前腿则仍站在小路上冒着热气。

接着，激光枪的爆炸声开始顺着石墙向下蔓延而来，火花飞溅，石片飞了出去。凯恩斯和弗丽思几乎无法站稳，手忙脚乱。她把他推到熔岩最突出部分后面的墙上，激光器的能量束反弹了起来，打在距他们只有几厘米远的地方。凯恩斯甚至都能闻到空气中新鲜的臭氧和石头的烧焦味。

扑翼机飞得更近了。侧炮手探出身子，端起他自己的武器瞄准，相比较让飞行员用装在飞机上的重武器对付他们，他更喜欢自己来。

就在这千钧一发之际，凯恩斯的私人卫队开火了。

弗雷曼炮手们从洞穴附近伪装着的峭壁上、隐藏的城垛上攻击着扑翼机的装甲外壳。耀眼的激光让驾驶舱里的视野变得一片模糊。一名隐蔽的战士用老式的肩扛火箭发射器发射了一串走私来的小型爆炸物。炮弹击中了侦察机的腹部，它开始在空中摇摆起来。

突如其来的震动把那个本就摇摇欲坠的侧炮手从座位上震了出

来。他尖叫着从扑翼机里摔了下来，最后摔到了下方很远处的岩石上，爆成了一团红色肉沫。被他扔掉的激光枪在他身后噼里啪啦地响着。

弗丽思紧靠着峭壁，把凯恩斯紧紧地抱在怀里，也对弗雷曼人这出人意料的防御能力感到吃惊。凯恩斯能看出来，她原本是打算单枪匹马对付袭击者的——但凯恩斯也有其他的保护者。

当哈克南的扑翼机在空中摇摇欲坠时，弗雷曼战士纷纷向其脆弱的引擎部位开火了。空气中顿时充满了火焰和金属烧焦的味道。飞行员不顾一切地想要稳定住飞机，与此同时，从排气口喷出的黑烟和从被切断的输油管里喷出的润滑油嘶嘶作响起来。飞船旋转着，发出呜呜声，笨重地朝地面坠落而去。

扑翼机一下子撞到了悬崖边上，爆裂开来了，继续顺着岩壁向下滚去。扑翼机的两个翅膀不停地拍打着，像被麻痹了的肌肉一样在抽搐，直到飞机摔到了山脊的底部才停下来。

“这些人我一个也不认识，”弗丽思困惑地说道，有些喘不过气来，“这些人是谁呢？他们是哪个部落的？”

“我自己的军队，用来保卫这个项目的。”

在下方，他发现哈克南飞行员在坠机中幸存了下来。半拉舱盖突然打开，那个受伤的人从里面爬了出来，一只手臂悬着。埋伏在四周的弗雷曼部队马上从岩石中冒出来，涌上了飞机残骸。

飞行员试图退回到机舱里的安全地带，但两个弗雷曼人把他拉了出来。晶牙匕闪过一道蓝白相间的闪光，接着是一片猩红的鲜血飞溅，飞行员当场毙命。司水员——神圣的尸体处理者——迅速将这具尸体移到了可以取水的地方。凯恩斯知道，从这个受害者身上提取的任何水分或化学肥料都将用于石膏盆地项目，而不是送给任何特定的家庭单元。

“可是这里为什么这么重要呢？”弗丽思问他，“你想展示什么呢，丈夫？”

他对她报以灿烂的微笑：“你会看到的。我想让你成为我们的第一个访客。”

弗丽思急忙跑了回去，把他们的孩子从藏身之处抱出来。她抱起孩子，检查他有没有受伤。小列特甚至都还没有哭。“他是一个真正的弗雷曼人。”她自豪地说，然后把他高举起来让凯恩斯看。

在下面，小队开始有组织地拆除那架坠毁了的扑翼机，他们剥开上面的金属、打开引擎，取走里面储藏的物资。还有几个年轻的弗雷曼人爬上危险的悬崖去捡那支掉下来的激光枪。

凯恩斯带着他的妻子走到被杀死的酷龙尸体旁。他悲伤地叹了口气，说道：“至少我们有肉吃了——这可是稀罕物。我觉得一旦我们到了洞穴，有理由好好庆祝一番呢。”

弗雷曼人拼命地清除所有的坠机痕迹，把沉重的部件拖进隐藏的隧道，修补岩石上的伤疤，甚至把沙漠表面沙子进行了梳理。虽然凯恩斯和这些人在一起已经有一段时间了，但他们的超高效率仍能让他感到惊讶。

现在他一马当先，带领着弗丽思来到低矮的洞口。夕阳西下，黄色的光线把参差不齐的山峰照得更加锐利了。洞穴里飘出来的潮湿岩石般的凉爽空气令人神清气爽。

凯恩斯拔掉了他的鼻塞，深深地吸了一口气，示意他的妻子也这样做，尽管她似乎不愿意放弃自己的沙漠求生本能。随后，她向阴影深处望去，惊讶地张大了嘴巴：“我闻到了水的味道，我的丈夫。”

他挽起她的胳膊：“跟我来吧。这就是我想让你看的东西。”

他们绕过一个尖角，这个尖角的作用是挡住洞窟里的光线和水汽蒸发，这时，凯恩斯大方地做了个手势，宣布他已经在石膏盆地里造出了一个伊甸园。

黄色的萤火虫在天花板上盘旋。空气中充满了湿气，散发着花、灌木和树木的芳香。潺潺的流水声从狭窄的水槽中潺潺而出。以一种精心安排的随机方式，花坛里开满了洋红色和橙色的花朵。

灌溉系统将水滴滴入满是藻类的水箱中，同时用风扇搅动空气以保持湿度恒定。岩洞里色彩缤纷，蝴蝶、飞蛾和蜜蜂翩翩起舞，陶醉于花粉和花蜜之中。

弗丽思倒抽了一口冷气，有那么一会儿，凯恩斯透过她脸上那瓷制的面具看到了比以前更多的东西。“这就是天堂，我的爱人！”

一只蜂鸟在她面前盘旋，翅膀因快速扇动而显得模糊不清，然后又飞走了。弗雷曼园丁们兴高采烈地走来走去的，照料着这些植物。

“总有一天，这样的花园会遍布整个沙丘，包括户外。这里只是一个展示农作物和植物，以及开放水域、果树、装饰花卉、绿草的地方。我们把这里看做是为所有弗雷曼人准备的一个象征，以向他们展示我的远见。看到这些后，他们就会明白他们究竟能做到什么了。”

湿气顺着岩洞的墙壁流下来，滴落在曾除了渴望无穷无尽的岁月外什么也不知道的岩石上。“就连我也没真正理解过，”弗丽思喃喃道，“……直到现在。”

“你现在清楚为什么这值得我们为之奋斗了吗？值得我们为之献出生命了吗？”

凯恩斯漫步着，呼吸着树叶的气味，嗅着花香。他找到了一棵树，树上挂着成熟的橙色果实。他摘了一个金色的大果子下来。而这里没有一个工人会质疑他摘取新鲜农产品的权利。

“一个橘子，”他说道，“我在红墙穴地里提过这种水果。”说着他便把它作为礼物递给了弗丽思，而弗丽思则虔诚地把它捧在她那晒黑了的手心里，这是她得到的最珍贵的礼物。

凯恩斯向封闭的岩洞挥了挥手，说道：“记住眼前这一切吧，我的妻子。所有的弗雷曼人都必须明白。沙丘，我们的沙丘，只需几个世纪就能变成这个样子了。”

即使是无辜之人也有自己的罪恶。没有人能不付出代价而度过一生。

——海伦娜·厄崔迪夫人，她的个人日记

在接到近一个半世纪以来第一次皇帝登基大典的公告后，厄崔迪家族立即开始了他们的家庭内部准备工作。从旭日东升到夜幕降临，卡拉丹城堡的仆人们从衣橱找到储藏室，收集着去皇宫正式觐见所需的衣物、饰品和礼物。

与此同时，雷托则在他的房间里转来转去，试图完善他的计划，也就是找一个最好的方式求得对隆博和凯莉娅的特赦。*新皇帝沙达姆必须听到我的诉求。*

他的礼仪顾问们为了披肩、臂章和束腰外衣的合适颜色争论了几个小时……珠宝应该是华丽的还是低调的，是选择昂贵的进口埃卡兹宝石还是更简单的饰品。最后，因着他与隆博度过的那段难忘时光，雷托坚持要佩戴一颗悬浮在透明水球里的小珊瑚宝石。

凯莉娅非常想一起去。参观凯坦皇宫是她一生的梦想，她的母亲就曾在那里服侍过皇帝。雷托可以看到她绿色双眼中的渴望，以及她脸上表露出的希望，但他别无选择，只能拒绝她。而为了阐明家族的实情，隆博不得不作为随从一同前往，但如果他们失败了，这位维尔纽斯的继承人可能会因为走出了他的避难所而被处死。凯莉娅亦会性命难保。

然而，如果他们的任务成功了，雷托发誓要亲自带凯莉娅去首都世界，那将会是她梦寐以求的一次迷人旅行。

现在，在黎明前这最宁静的时刻，他在楼上的木地板上来回地踱步，听着老房梁在头上嘎吱作响。这是属于家的温暖声音。有多少公爵在这层楼里和自己一样踱步思考家族的决定？保卢斯公爵无疑这样做很多次了，他一方面为南方大陆的原住民起义感到烦恼，一方面又要为皇帝要求他扑灭外面世界的小规模叛乱感到闹心。在那些年月，保卢斯·厄崔迪第一次让他的宝剑沾上了鲜血，并与多米尼克·维尔纽斯成为了战友。

老公爵这一生献尽了他的才能和手腕，他知道什么时候该严厉，什么时候该宽容。他凭借着奉献、道德和经济稳定等要素，创造了一个忠诚于并以厄崔迪家族为荣的民族。

雷托怎么可能奢望自己也能取得如此成就呢？

他的声音现在充满了整个房间："父亲啊，您真给我留下了不小的挑战呢。"说着他深吸了一口气，然后愤怒地赶走了他的自怨自艾。为了卡拉丹，也为了纪念老公爵，他只能尽自己最大的努力。

在更为平静的黎明时分，他和隆博可能会去训练场，在杜菲·哈瓦特的指导下用刀和盾牌进行格斗训练。然而今天，雷托希望得到更多的休息，但这个愿望却并没有实现。他睡得不好，脑子里塞满了那些沉重得快把高大城堡里的石头都压碎的决定。在下方很远的地方，大海咬牙切齿一般地咆哮着——这令人不安的海水一如雷托那翻腾的思绪。

他给自己裹了一件外衬是昂贵的进口鲸鱼毛皮的长袍，他把腰带系在腰上，光脚走下通向大厅的弯曲台阶。他闻到了一股苦咖啡沸腾的味道，似乎还有美琅脂。雷托笑了，他清楚厨师一直坚持让年轻的公爵摄取额外的能量。

他能听到远处厨房里的声音，食物处理器正在准备，早餐正在出炉，老式的火堆燃烧不停。老公爵总是喜欢在一些房间里点起那些噼啦作响的真实火焰来，雷托也延续了这一传统。

他光着脚走向宴会厅，路过剑厅时却遇到一个意想不到的人，他停下了脚步。

年轻的马童邓肯·艾达荷从架子上取下了保卢斯的一把高大、雕饰华丽的礼仪用剑。他握紧了它，剑尖向下，抵在了石板地上。虽然这把长剑几乎和这个十岁的孩子一样高，但邓肯还是用力抓住了剑柄。剑柄上镶嵌的绳纹给了他所需要的支撑力。

邓肯转过身来，看到自己被人发现不由得吓了一跳。雷托刚想责骂他，声音却卡在了喉咙里。因为他刚想质问这孩子在这里做什么，无人监管也没有得到允许。便一眼看到邓肯那双大眼睛淌出的泪痕像一涓细流挂在他的脸上。

年轻人很尴尬，但语气中充满了自豪，身子也站得更直了："公爵大人，我很抱歉。"他的声音充满了悲伤，比任何这个年纪的孩子该有的声音深沉得多。他低头看了看手中的那把剑，然后穿过拱形的柱子来到了餐厅，墙上挂着的正是潇洒的保卢斯·厄崔迪的画像。这位强硬族长的画上的那双仿佛燃烧着的绿眼睛凝视下方，他穿着俗艳的斗牛士服装，仿佛宇宙间没有任何东西能使他偏离既定的方向。

"我非常想念他。"邓肯说。

雷托感到喉咙里有个硬块正在逐渐扩大，直到沉入他的胸中变成了一块沉重的石头，他走近了这男孩。

保卢斯给许多人留下了他的印记。甚至这个在马厩工作的年轻人，一个不知怎么成功胜过了哈克南猎人并逃离杰第主星的孩子，都因为保卢斯的逝去而难过得肝肠寸断。

雷托这才意识到，自己并不是唯一一个仍在为父亲的去世感到痛苦的人。他紧抱着邓肯的肩膀，两人聊了好几个小时。

最后邓肯终于好些了，他倚在那把高高的剑上，仿佛那是一根拐杖。发红的皮肤也恢复了正常的颜色，他深深地吸了一口气，说道：“我来……我来是想问您一个问题的，大人，在您去凯坦之前。”

远处的锅碗瓢盆叮当作响，仆人们四处走动。不久，就会有人端着早餐托盘来到雷托的房间。而他们会发现他的房间是空的。“问吧。”他说。

“是关于牛的事，先生。现在伊雷斯克不在了，是我和其他几个马童每天在照料它们——可您打算怎么处置它们呢？您会像您父亲那样斗牛吗？”

“不会的！”雷托很快地答道，他心里突然涌起一阵恐惧。但他很快把这下意识的反应推到一旁。“不会，”他平静地重复道，“我认为不会了。卡拉丹进行斗牛的日子已经结束了。”

“那么我该怎么办呢，大人？”邓肯又问，“我还需要继续照顾动物吗？”

雷托努力不笑出声来。在他这个年龄，孩子应该玩耍，做一些家务，让他的脑海里充满对生活中即将到来的伟大冒险的憧憬。

但当雷托看着邓肯的眼睛时，他发现在他面前的这个人不仅仅是个男孩。他的内心要老练得多。“你在他们的监狱城里躲过了哈克南人，对吗？”

邓肯点点头，咬着下唇。

“在你只有八岁的时候，你就在一个森林保护区和他们战斗了。你杀了几个人，如果我没记错你的故事的话，你还从自己的肩膀里挖出来一个追踪装置，给哈克南猎人设下了陷阱。你羞辱了格洛苏·拉班本人。”

邓肯再次点了点头，不是很自豪，只是简单地确认了事件的概要。

“你找到了一条穿越整个帝国的路，来到了卡拉丹，因为这是你想去的地方。即使相隔几大洲，也不能使你离开我家门口。”

“这些都是真的，公爵大人。”

雷托指了指那把仪式用的大剑，说道：“我父亲用那把剑训练。但它对你来说太大了——至少现在太大了，邓肯——但也许给你一些指导的话，你可以成为一个强大的战士。公爵总是需要可靠的卫兵和护卫的。”说着他噘起嘴唇，思考着，“你觉得你能成为其中之一吗?”

男孩蓝绿色的眼睛闪闪发亮起来，他咧嘴笑了，泪水干涸，皮肤也皱了起来：“您愿意把我送到吉奈斯家族的武器学校，让我成为一名剑圣吗?”

“呵，呵!”雷托发出一阵响亮的笑声，连他自己都吓了一跳，因为这笑声听起来很像是他父亲的声音，“我们的步子不要迈得太大，邓肯·艾达荷。我们先在这里把你训练到你能力的极限——然后我们再看看你是否优秀到配得上这样的奖赏。”

邓肯郑重地点了点头。“我会足够优秀的。”

雷托听到仆人们从餐厅里匆匆走来，举起一只手示意他们过去。他会和这个男孩一起吃早餐，然后再聊聊天。

“我的公爵，您可以指望我的。”

雷托深深地吸了一口气。他希望自己也能像这个年轻人那样，有着不可动摇的信心。“是的，邓肯，我相信你。”

创新似乎有自己的生命和感知。当条件合适时，一个激进的新思想——范式的转变——可能同时从许多人的头脑中出现。或者它只是在一个人的思想里隐藏了几年、几十年、几百年而已……直到别人也有同样的想法。有多少伟大的发现胎死腹中，或蛰伏不动，整体从未被帝国所接纳？

——李芝家族调查官，对兰兹拉德联合会的反驳，《真正的智能领域——私产，还是银河系的资源？》

运输管道载着两名乘客驶入哈克南要塞的深处，然后依据程序精确地将他们抛过了访问围栏。

运输舱里面坐着的是男爵和格洛苏·拉班，他们急速驶向乱糟糟的哈克城——一座挤满了建筑物、仿佛是地图上一块污渍般的城市。据男爵所知，这座城市的地下世界没有详细的地图，因为它像真菌一样不断扩展。他也不确定他们到底要去哪里。

在密谋对付厄崔迪家族的这段时间里，男爵坚持让彼得·德伏在哈克南的势力范围内找一块宽阔而隐秘的所在，用来安放实验室和制造车间。门泰特说他已经这么做了，男爵也就没有再继续追问。而现在，德·弗里斯派来的这趟运输舱正把他们送往那里。

“我想知道整个计划，叔叔，”拉班在他旁边的车厢里坐立不安地说，“告诉我我们要做什么吧。”

在前面的驾驶隔间里，一位聋哑车辆专家正载着他们疾速前进。男爵丝毫没有注意到自己身边那些一闪而过的黑色块状建筑物，以及从工厂里喷涌而出的废气和残渣。杰第主星生产的产品足以自给自足，而且他们还从兰基维尔的鲸鱼毛皮贸易和各种小行星的矿物开采中获得了可观的收入。然而，哈克南家族真正的巨额财富——超过了其他所有公司的总和——都来自于厄拉科斯的香料开发。

“拉班，这个计划很简单，”终于他回答道，“而且我也打算让你参与其中的一个关键部分。如果你能处理好的话。”

他侄子的大眼睛顿时亮了起来，厚嘴唇扭曲着咧开一个笑容。令人惊讶的是，他这回知道应该保持沉默等着男爵继续说下去了。也许，最终，他会学会……

“如果我们成功了，拉班，我们的财富将大幅增加。更棒的是，在经历了这么多世纪的争斗之后，我们最终能心满意足地眼看着厄崔迪家族毁灭了。”

拉班高兴地搓着双手，而男爵则继续往下说，眼神更加凌厉起来：“不过，如果你失败了，我会确保你会被送到兰基维尔星去，在那里你将按照你父亲的意愿接受任何方式的训练——包括合唱和背诵关于兄弟之爱的诗歌。”

拉班瞪着眼睛说道：“我不会失败的，叔叔。”

运输舱抵达了一个戒备森严的实验室，那个聋哑人示意他们下车。就算是在命悬一线的情况下，男爵也没办法找到回去哈克南堡的路。

“这是什么地方呀？”拉班问道。

“一个研究机构，”男爵说着，挥手让他往前走，“有人正打算给咱们一个糟糕的惊喜。”

拉班走在前面，急切地想看看那里的设施。这个地方闻起来有一股焊料和废油的味道，还夹杂着熔断器和汗水的味道。经过杂乱的、开放式地板，彼得·德伏走上前来迎接他们，他那污迹斑斑的嘴唇上挂着一抹微笑。矫揉造作的步伐和东倒西歪的滑行动作让他看上去像是只蜥蜴。

“你已经在这儿待了好几个星期了，皮特。这最好值一回票价。我告诉过你不要浪费我的时间。”

“别担心，我的男爵，”门泰特回答说，挥手邀他们深入大楼的高湾，“我们的宠物研究员乔本恩已经超越他自己了。”

“我一直认为，比起真正的创新，李芝人更擅长廉价的模仿。”拉班反驳道。

“任何事情都有例外，”男爵说，“让咱们看看皮特会给我们展示什么吧。”

实验室里到处都是德·弗里斯私下里向男爵许诺过的产品：一艘直径140米的改良过的哈克南战舰。表面光滑并经过了高度抛光，这一工艺让战舰在常规战斗中变得很擅长猛烈攻击和快速逃跑。现在，它已经按照乔本恩的严格要求进行了改装，修整了尾翼，也更换了发动机，还砍掉了一部分士兵舱，为所需的科技腾出空间。这艘船存在的所有记录都从哈克南的账簿删除了。毕竟彼得·德伏很擅长干这种事。

一个秃顶的、留着钢灰色山羊胡的圆胖男人从战舰的引擎室里爬了出来，身上沾满了油脂和各种润滑剂。

“男爵大人，长官，我很高兴您来视察我为您打造的东西。”说着，乔本恩把工具塞回工作服的口袋里，“组装已经完成了。我的无场将会完美地运行起来。我已经把它和船上的机器同步了。”

拉班在驾驶舱附近用指关节敲打着船体，问道：“为什么这么大呢？这个大家伙足够携带一辆地面装甲车了。靠它我们怎么能隐秘行事呢？”

乔本恩扬起了眉毛，他没认出那个魁梧的年轻人：“你是……？”

“这是拉班，我的侄子，”男爵答道，“他提出的问题很合理。我要的是一艘小型隐形船。”

“这是我能做的最小的了。”乔本恩有些恼怒地回答，“一百四十米是无场发动机能发射出的最小的隐形斗篷了。它是有极大的……限制的，我——”

这位发明家清了清嗓子，突然变得不耐烦起来：“您必须学会撇开先入之见去思考问题，长官。您得清楚我们造的是什么。很显然隐身能力会大大弥补机动能力的下降。”他又皱起了眉头，“如果没人能看见你，那么尺寸又有什么关系呢？这艘攻击舰仍然可以很轻松地装进护航舰的船舱里。”

“行啊，乔本恩。”男爵说道，“如果它能运行的话。”

德·弗里斯沿着整艘战舰来回跑。“如果没人想要去找这艘船，拉班，你就不会有危险。想象一下你能制造的混乱吧！你会变成一只杀人幽灵。”

“哦，太好了！”拉班停顿了一下，脸上露出恍然大悟的表情，“你说我吗？”

乔本恩关闭了引擎室后面的入口，说道：“一切都简单而实用。当明天您动身去参加帕迪沙皇帝的加冕典礼时，这艘船就会准备好的。”

“我已经核实过了，男爵阁下。”德·弗里斯补充道。

“好极了，”男爵说，“你已经证明了自己的价值，乔本恩。”

“你是说让我驾驶它？”拉班又问了一遍，好像他仍然不相信这个主意似的。他激动得声音都嘶哑了。哈克南男爵点点头。他的侄子尽管有缺点，但至少是一位优秀的飞行员和出色的射手，而且还是男爵的法定继承人。

发明家笑了起来：“男爵阁下，我想我直接来找您是对的。哈克南家族立刻看到了我带来的可能性。”

“等新皇帝知道了这艘船，他肯定想给自己弄一艘这种无场船[①]的，”拉班指出，“他甚至可能派萨多卡卫队来我们这里抢走它。”

“那么我们必须确保沙达姆不会发现它，至少是暂时。”彼得·德伏搓着手答道。

“你真是个聪明的家伙，乔本恩，”男爵说，“亏你能想出这么个玩意儿来。”

“实际上，我只是根据我们的需要改造了一个霍尔茨曼场。几个世纪前，提奥·霍尔茨曼的数学方法就被用于设计防护罩和折叠空间引擎了。我只是把这些法则又向前推进了几步。”

“你做梦也没想到现在你会变得如此富有吧？”男爵若有所思地问他。

“这是我应得的报酬，男爵阁下，您同意吗？”乔本恩答道，“看看我为您做了什么吧。如果我按部就班地留在李芝家族，那么我将不得不忍受多年的合法性、头衔和专利调查，在这之后，我的政府还会从我本人的发明中获得最大份额的那份利润——更不用说那些抄袭者一听到我在做的东西便会一拥而上了。这里来一个小调整，那里来一个，然后他就能去申请一个完全不同的专利了，可本质上都是一样的东西。”

“这么说，你在找我们之前一直保守着这个秘密？”拉班问道，“没人知道这项技术？”

“我傻啊，把这个东西告诉别人。您现在拥有宇宙中独一无二的无场发生器。”乔本恩边说边把双臂交叉到他的脏衣服上。

“也许暂时是这样没错，”男爵说，“但伊克斯人很聪明，特莱拉人也很聪明。迟早会有人也发明出类似的东西来的，前提是他们现在还没有做出来的话。”

---

①无场船是一种特殊的星际飞船，预知能力无法发现它的踪迹。

拉班缓缓地接近这个大大咧咧的李芝人。

“我明白你的意思了，男爵阁下，”乔本恩说道，耸了耸肩，“我不是个贪婪的人，但我肯定也想从自己的发明中获利。”

“你是个聪明人，”男爵意味深长地瞥了他魁梧的侄子一眼，说道，“理应得到全部报酬。”

“对重要的事情能保守秘密这也很好。”拉班插嘴道。

他现在站到了圆滚滚的发明家的正后方，而这个发明家听到这番赞美后不禁露出了笑容，还用裤腿擦了擦手。

拉班忽然像甩鞭子一样敏捷地出手了，他用自己那肌肉发达的前臂搂住了乔本恩的脖子，然后像老虎钳子一样紧紧地夹住了他。发明家倒抽了一口冷气，但却发不出任何别的声音了。拉班的脸庞因用力而变得通红，他把胳膊向后一拽，乔本恩的脊椎被他压碎，发出了巨大的爆裂声。

“我们也得更小心地保守我们的秘密呢，乔本恩，”男爵微笑着低声说道，“你还是不够小心呐。”

乔本恩此时就像一个破布娃娃似的瘫倒在地，只听见他的衣服窸窸窣窣地落在了沾满油污的地板上。拉班的力气是如此强大，以至于乔本恩根本没有发出任何死亡前的喘息声，也没有发出最后的诅咒。

“这样做明智吗，男爵阁下？”德·弗里斯问道，“我们不应该先测试一下这艘船，好确保我们能复制这项技术吗？”

“为什么？你不相信我们的发明家……已故的乔本恩吗？”

“这船没问题的，”拉班说道，“另外，你已经让电子眼监视他了，我们有他在施工过程中制定的全部计划和全息记录。”

“工人那边我也打理好了，”门泰特报告说，同时点头表示着同意，“那边也没有泄漏的可能了。”

拉班贪婪地笑了起来：“你一个活口都没给我留下？”

德·弗里斯耸了耸肩，答道：“嗯，我玩得很开心，但我不是个变态。我确实留了一些活口给你。”说着他朝着一排结实的大门扬了扬头，“右边第二个房间。有五个人现在躺在轮床上，已经被我下了药。你慢慢享受吧。”说着门泰特拍了拍哈克南人结实的肩膀。

拉班朝门口走了几步，然后犹豫了一下，回头看了看他的叔叔，他的叔叔还没有允许他离开。而男爵正紧盯着德·弗里斯。

扭曲的门泰特紧皱着眉头：“我们是拥有第一批无场船的人，男爵阁下。有了出其不意的优势，没人知道我们打算干什么。”

“是没人知道我打算干什么？”拉班没好气地说。

德·弗里斯拿起一台手持通讯设备，对实验室里几个懈怠的工作人员说道：“把这堆东西清理干净，在明天出发前把这艘战舰转移到家族护航舰上。”

“我要没收所有的技术记录和记录，然后锁起来。”在门泰特关掉通信器后，男爵对他下令道。

“是，男爵，”德·弗里斯答道，“我会亲自处理这件事的。”

“现在你可以走了，”男爵这才对自己焦急的侄子说道，“休息一两个小时对你有好处……它会让你的脑子为接下来的重要工作做好准备。”

他们在观察和数据收集方面表现出精妙而高效的水准。信息就是他们的货物。

——《贝尼·杰瑟里特之帝国报告》，用作教学用途

“这可真令人印象深刻，”玛格特·拉西诺－齐娅姐妹凝视着帝国－兰兹拉德联合会大厦两侧的那些宏伟建筑，感叹起来，“可谓是感官的盛宴。”在阴云密布的瓦拉赫九号星过了多年的乡村生活之后，现在她的眼睛因为看了太多的景观而疼了起来。

一片清新的薄雾从广场中央的喷泉中升了起来，像是一幅高悬在百米高空的非凡艺术品。喷泉被设计成了一个闪闪发光的漩涡状星云，里面充满了超大的行星和其他天体，同时向外喷洒着五颜六色的香水。光束折射出水面，形成一圈圈的彩虹，在空中静静地舞动着。

“啊，是啊，我知道了，你从来没有来过凯坦。”皇太子沙达姆边说边在这位可爱的金发碧眼的贝尼·杰瑟里特身边悠闲地踱步。萨多卡卫兵就跟在他的身后，似乎觉得二人离得有些太近了，警惕着皇位继承人可能受到的任何伤害。玛格特强忍着没有笑出来，她总是很高兴能看到有太多人低估了姐妹会。

“啊，我以前见过这些的，殿下。但是熟悉并不会减少我对帝国宏伟首都的钦佩之情。”

玛格特穿着一件崭新的黑袍，走起路来沙沙作响，她的一边是沙

达姆，另一边则是哈什米尔·芬伦。她没有隐藏她的金色长发、清新面孔以及她那纯朴的美丽。大多数时候，人们总会觉得贝尼·杰瑟里特姐妹都是些披着深色袍子的老女巫。但许多人，比如玛格特·拉西诺－齐娅，也同样有惊人的吸引力。而通过对她身体信息素的精确释放和精心准备的调情手段，她也可以把性作为武器。

但不是在这里，也不是现在。姐妹会对未来的皇帝有着其他的计划。

玛格特几乎和沙达姆一样高，都比芬伦高得多。在他们身后，在听不见声音的那些地方，跟随着他们的是三位圣母，她们都是经过芬伦亲自调查和筛选的。皇太子不知道这些人与这次会面有什么关系，但玛格特马上就会对他说明原因。

“你应该在晚上来看看这些花园，”沙达姆说，“这些水看起来就像流星雨一样。”

“哦，是，”玛格特微微一笑，灰绿色的眼睛闪闪放光，“这确实是我晚上最喜欢的地方。我已经来过这里两次了，在我来这里……准备与您的这次私人会面之后，殿下。”

虽然他尝试着让自己和这位强大的贝尼·杰瑟里特代表的交谈更随意一些，但沙达姆仍感到不自在。每个人都想要什么东西，每个人都有自己的意图——每个群体都认为自己欠了别人的人情，或者掌握了足够的勒索材料来左右别人的观点。芬伦已经解决了好几拨这种寄生虫了，但还会有更多。

他现在心中的不安与其说是因为玛格特姐妹，不如说是因为担心各大家族之间越来越多的不信任和动荡局面。即使没有苏克医生的尸检，兰兹拉德联合会的几位重要成员也对皇帝神秘而绵长的死亡提出了令他不安的质疑。政治联盟正在转变和重组，来自几个富裕世界的重要税收和什一税都延迟上缴了，而且没有给出充分的解释。

而特莱拉人则声称距离生产他们所承诺的人工合成香料还需要好

多年的时间。

沙达姆和他那一小圈子人将在今天上午再次讨论这些酝酿中的危机，这个已经持续一周的会议又延长了。埃尔鲁德的长久统治迫使整个帝国保持稳定（如果你不管它叫停滞的话）。没有人记得该如何进行一种有序的权力过渡。

全宇宙的军事力量都在增强，并处于警戒状态。沙达姆的萨多卡卫队也不例外。各个地区的间谍们比以往更加忙碌。有时他会想，重新启用埃尔鲁德信任的宫廷内侍海斯班是否会是个错误。海斯班现在应该正坐在小行星矿洞深处的一间石头墙小办公室里，一旦情况变得太糟糕，他就会被召回。

但在那之前，厄拉科斯的天气会变得很冷。

沙达姆的不安让他变得有些神经质，也许还有点迷信起来。他那老态龙钟的父亲已经死了——被送到了《奥兰治天主圣经》中所描述过的最深层地狱——但他仍然能感觉到手上有别人看不见的血。

在离开皇宫去见玛格特姐妹之前，沙达姆不假思索地抓起一件斗篷披在了肩膀上，用来抵御清晨空气中那只存在于他想象中的寒气。金披风和许多他从未穿过的衣服一起挂在衣橱里。直到现在，他才记起这件特别的斗篷曾是他父亲的心爱之物。

意识到这一点后，沙达姆的皮肤开始抽搐。他突然感到这种精细的布料刺痛了他，让他不住地发抖。那条精致的金链子也好像绞索一样勒住了他的脖子。

可笑，他对自己说。没有生命的物体不可能携带死者的灵魂，更不可能伤害到他。他试图把这些忧虑抛诸脑后。贝尼·杰瑟里特姐妹肯定能察觉出他的不安，而他不能让这个女人压住自己一头。

“我喜欢这里的艺术品。”玛格特说道。然后她指着一座固定在兰兹拉德联合会演讲大厅正面的脚手架，架子上的画家正在绘制一幅壁画，描绘了帝国周围的自然美景和科技成就。“我相信你的曾祖父武蒂尔·科瑞诺二世带来了这些艺术?”

“啊，是啊——武蒂尔是一位伟大的艺术赞助人。”沙达姆有点吃力地回答。他强忍着自己想把那件闹鬼的斗篷扒下来扔到地上的冲动，发誓从今以后只穿自己的衣服。“他说过，没有温暖和创造力的景观毫无意义。”

“我觉得你应该把你的观点说出来，姐妹。”芬伦建议道，他注意到了他朋友的不安，只是他猜错了原因，“太子的时间是宝贵的。皇帝死后，世界动荡不安。”

沙达姆和芬伦合谋杀死了埃尔鲁德九世。这一事实永远无法抹去，而且他们也没有完全逃脱怀疑，最起码传言是这样。除非皇太子尽快巩固他的地位，否则兰兹拉德联合会和科瑞诺家族之间的战争随时可能会爆发。

玛格特却因为太过坚信贝尼·杰瑟里特的沉默影响力而一直按兵不动，结果她忽然被通知去觐见皇太子。时间就选在了沙达姆早上散步的时候，因为这时候他通常会留出一个小时安静地进行个人思考(“为死去的父亲哀悼，”芬伦散播到宫廷的流言里是这么说的)。

玛格特给了那个黄鼠狼脸的男人一个美丽的微笑，同时随意甩了甩自己那蜂蜜般的金发。她用灰绿色的眼睛上下打量着他，问道:“哈什米尔，你很清楚我想和你的朋友谈些什么。”她用一种熟人之间的口气说道，这让皇太子感到很是惊讶，“你没有让他做好准备吗?”

芬伦拼命地摇了摇头，沙达姆发现芬伦在她面前忽然变得软弱无力起来。这个致命的人失去了往常的强硬。贝尼·杰瑟里特代表团已经来了好几天了，等待许久，玛格特·拉西诺-齐娅一定花了很多时间和芬伦进行私下讨论。沙达姆扬起了头，感觉到了某种情感——至少是相互尊重——存在于两人之间，不可能啊!

“嗯-嗯-嗯-啊，我觉得您的措辞肯定要比我好，姐妹，”芬伦说道，“殿下，我们可爱的玛格特向您提了一个有趣的建议。我觉得您应该听她说说。”

这位贝尼·杰瑟里特奇怪地看着沙达姆。她注意到我的痛苦了？他心想，突然慌了手脚。她知道我这种感觉的起因了吗？

喷泉的水声淹没了他们的对话。玛格特握住了沙达姆的双手，她的双手对他来说是那么的柔软而温暖。凝视她那双魅惑的眼睛，他感到她的力量流到了他身上，带着一种慰藉。“殿下，您得有个妻子啊，”她说道，“贝尼·杰瑟里特可以为您和科瑞诺家族提供最好的婚配对象。”

沙达姆吓了一跳，马上瞥了一眼他的朋友，把手缩了回去。芬伦则不安地笑了笑。

“您很快就要加冕为皇帝了，”玛格特接着说道，“姐妹会可以帮助您巩固权力基础——这可比和任何一个兰兹拉德联合会大家族结盟都重要得多。在你父皇的一生中，他曾与穆泰利，哈葛尔和埃卡兹家族联姻过，当然还有您来自哈西卡五号星的母亲，然而，在眼下这个非常时期，我们相信您能通过与贝尼·杰瑟里特姐妹会的力量和资源结盟，获得对您的皇位来说最大的优势。”她说这话时语气坚定，令人信服。

他注意到她的姐妹们在远处停下了脚步，站在那里看着他们。在他们谈话声音范围之外，萨多卡卫兵则像雕像一样一动不动地保持警惕。沙达姆看着玛格特那张完美的脸、金色的头发以及她令人迷醉的风姿。

她忽然转身指向自己的随从们，这让他吃了一惊：“您看到中间那个女人了吗？那个青铜色头发的？”

注意到了玛格特这个动作，那个穿着长袍的圣母走上前来。沙达姆眯起眼睛，打量着她的容貌，尤其是她那像母鹿一样的脸。即使从远处看，他也认为她很有魅力，虽然不是一个典型的美人吧。遗憾的是，她还是没有玛格特那么可爱，但她确实显得年轻而有活力。

“她的名字叫阿妮鲁尔，一个贝尼·杰瑟里特隐秘者。”

“那是什么意思?”

“这只是我们的头衔之一，殿下，在姐妹会里很常见。它在姐妹会之外毫无意义，也和您的政事无关，”玛格特停顿了一下，继续说道，“您只需要知道阿妮鲁尔是我们当中最优秀的就可以了。而我们要把她嫁给您。”

沙达姆大惊失色：“你说什么?”

“贝尼·杰瑟里特姐妹会很有影响力，这您是知道的。我们可以在幕后工作，缓和您目前与兰兹拉德联合会之间的紧张局势。这将让您能放手去做好您皇帝的工作，并确保您将来在历史上的地位。您的很多祖先都是这么过来的，效果也都很好，”说着她眯起了那双灰绿色的眼睛，“殿下，我们知道您目前所面临的困难。”

“是啊，是啊，你说的这些我都知道。”说着他看了看芬伦，好像那个长了张黄鼠狼脸的人可以为自己辩解些什么似的。然后沙达姆示意阿妮鲁尔自己走上前来。卫兵们不安地面面相觑，不知道是否应该陪她一起过去。

玛格特盯着沙达姆的目光更加严厉了：“殿下，您现在是宇宙中最强大的人，但您的政治统治是建立在您自己、兰兹拉德联合会议会、强大的宇航公会和贝尼·杰瑟里特之间的平衡之上。您和我的一个姐妹结婚将会是……互利双赢的合作。”

“此外，陛下，”芬伦补充道，他的眼睛比平时瞪得更大了，“与任何其他大家族结盟都会带来一定的……负担。您会冒着冷落另一个家族的危险联合眼前这个家族。我们可不想再次引发叛乱啊。”

沙达姆虽然对这个建议感到很惊讶，但还是很喜欢这个建议的。他父皇那些关于领导力的格言中有一条这么说过，统治者需要注意自己的直觉。那件闹鬼的斗篷现在沉重地披在他的肩膀上，仿佛千斤重担。也许姐妹会的魔力可以对抗躲在衣服和宫殿里的那些邪恶力量。

“你们的这位阿妮鲁尔长得确实很吸引人。”沙达姆看着这位要献给他的女人走上前来，她静静地站住，目光低垂，离他的皇室卫队只有五步远。

“那好，殿下，您愿意考虑我们的提议吗?”玛格特问道，然后恭恭敬敬地退了一步，等待他的决定。

“考虑?”沙达姆笑了，“我已经同意了。在我这个位置上，必须得迅速果断地作出决定啊，”说着他看向芬伦，眯起眼睛问道，“那你同意吗，哈什米尔?”

“啊–嗯–嗯–嗯，那要看你是选了一件新衣服还是选了一个妻子。”

“你的话听起来很明智嘛，”沙达姆对芬伦说道，“但我认为你很虚伪。你显然是玛格特姐妹的朋友了，是你安排了这次会面，你很清楚她的要求。所以我必须假定你站到贝尼·杰瑟里特的立场上了。”

芬伦鞠了一躬，说道：“殿下，不管我个人对我身边这位美丽的女士有什么看法或感受，决定权都是在您。”

“很好，那么我的答案是……我同意了。”听到这话，站在原地不动的阿妮鲁尔圣母甚至连个笑容都没有。“你觉得我做出了正确的选择吗，哈什米尔?”

由于不习惯被这么追问，芬伦清了好几次嗓子才开口道：“她是一位优秀的女士，殿下，毫无疑问会成为一位贤良的妻子。贝尼·杰瑟里特应该能成为很好的盟友，尤其是在这个艰难的过渡时期。”

太子笑了：“你听起来很像我们的外交官了。给我一个肯定或否定的答案，不要含糊其词。”

“是，我的陛下。也就是说，我给您的答案是肯定的，毫不犹豫。阿妮鲁尔是一个有良好教养和气质的女人……她虽然有些年轻，但很有智慧,”芬伦看了一眼身边的玛格特,问她道,“你确定她真的能生孩子?”

“皇位继承人将会不断地从她的胯间流出。”玛格特打趣道。

“这画面真美!”沙达姆叫道,又一次开怀大笑起来,“让她过来吧,我要好好看看她。”

玛格特举手示意,阿妮鲁尔急忙来到太子身边。贝尼·杰瑟里特的其他随从都叽叽喳喳地交谈起来。

沙达姆仔细看了看眼前的这个女人,注意到这个阿妮鲁尔——也就是他的准妻子——确实有着一副精致的五官。他发现她那天真的大眼睛周围有些许细纹,尽管她的目光还很年轻,动作也很轻盈。此刻,她仍低垂着那有着卷曲青铜色头发的头。她腼腆地看了一眼皇太子,然后马上又望向了别处。

“您刚刚做出了一生中最好的决定之一,殿下,”玛格特说道,“您的统治将会拥有一个坚实的基础。”

“这确实值得庆祝,值得一个无比华丽和辉煌的帝国庆典,”沙达姆说道,“也就是说,我准备让婚礼和我的加冕典礼在同一天举行。”

芬伦表示了支持:“那将会是帝国历史上最壮观的场面了,我的朋友。”

沙达姆和阿妮鲁尔交换了微笑,当他向她伸出手时,他们的手第一次握在了一起。

当风暴的中心不再移动时，你就在它的路径上。

——古代弗雷曼人智慧

厄崔迪家族护航舰满载着大量的旗帜、精美的衣服、珠宝和礼物，从卡拉市太空港出发前往帕迪沙皇帝的加冕典礼。雷托公爵想要确保他能为这场华丽的帝国庆典做出一些明显贡献。

“这是个好策略，”杜菲·哈瓦特冷冷地点了点头表示同意，“沙达姆总是醉心于他的地位。你穿得越华丽，送给他的礼物越多，他对你的印象就越深刻……因此也会更倾向于答应你的要求。”

“他似乎更看重形式而非本质，”雷托若有所思地说，“可外表有时是会骗人的，我可不敢小看他。”

凯莉娅穿着她那身漂亮的天蓝色和淡紫色的裙子为他们送行，但她会留在城堡里，独自欣赏这身服饰。雷托看得出来她是多么渴望去皇宫，但他拒绝改变自己的决定。在顽固这方面老保卢斯也把他教导得很好。

隆博也出现在了集合区，穿着一条灯笼裤和一件人工绸子衬衫，披着紫铜色的披风，那是失落的维尔纽斯家族的颜色。他一身骄傲地站着，凯莉娅对哥哥当众亮出家族身份的这份勇敢感到很是吃惊。他现在看起来更像个男人了，肌肉发达，皮肤黝黑，那种圆胖的婴儿肥消失不见了。

“有些人可能会觉得那是一种傲慢，我的公爵。”哈瓦特说着，朝隆博的衣着点了点头。

“这完全是一场赌博，杜菲，”雷托说道，“我们需要时不时回顾一下这个高贵家族在因为特莱拉人的背叛而被迫变节时所失去的荣耀。我们必须表明埃尔鲁德皇帝的阴谋是短视的。我们必须帮助沙达姆看到维尔纽斯家族对帝国皇位来说是一个多么伟大的盟友。毕竟”——他朝骄傲的隆博做了个手势——“你是愿意让这个人做你的盟友，还是愿意让肮脏的特莱拉人做你的盟友?”

暗杀大师对他谨慎地微微一笑：“我不会站出来直接对沙达姆这么说的。”

“我们确实不会用语言来表达的。”雷托回答。

“大人，您将成为一位令人敬畏的公爵。”哈瓦特说。

他们一起从集合区走向停机坪，在那里，人数比平时多一倍的厄崔迪部队刚刚登上了一艘护航舰，这艘护航舰将载他们前往等候着的远航机。

凯莉娅走上前来，给了雷托一个简短而正式的拥抱。她那柔软的衣裙随着她的动作沙沙作响，他把脸贴到她那暗红色头发上别着的一把金梳子上。他能感觉到她的身体很僵硬，似乎彼此都想要一个更加热情的拥抱。

接着，多米尼克和珊多·维尔纽斯的女儿眼含热泪，似乎更加绝望地抱住了她的兄弟：“小心啊，隆博。这太危险了。”

“这也可能是我们恢复家族姓氏的唯一方法了，”隆博回答道，“我们必须把自己置于沙达姆的怜悯之下。也许他和他父亲不一样。继续保留对我们的判决对他没有任何好处，他也会失去很多——尤其是帝国现在处于动荡之中。他需要所有他能得到的朋友和力量。”说着他笑了笑，抖了抖紫铜色披肩。

“在贝尼·特莱拉手里伊克斯算是糟蹋了，”凯莉娅指出，“他们对如何经营一家银河范围的企业一无所知。”

雷托、隆博和哈瓦特将是来自卡拉丹的代表。这也许有些傲慢，是在炫耀自己的无礼——又或者会被视为冷静的自信？雷托希望是后者。

作为公爵，他知道公然违背宫廷政治是不明智的。但他的内心告诉他，当赌注足够重要的时候，当他站在正义一边的时候，他就必须去赌一把——而这正是他一直想要的。老公爵教了他不少东西。

他的父亲曾告诉他，虚张声势的开局往往比保守和缺乏想象力的计划带来的回报要大得多……为什么不这样做呢？老公爵会不会做同样的事呢？或者在他妻子的引导下，他会不会选择一条更安全的路呢？雷托对此没有答案，但庆幸的是，现在没有像海伦娜夫人那样严厉、固执的人来妨碍他了。等他决定要结婚时，他绝不会选择像她这样的人。

他派了一名正式的信使前往东部大陆的孤绝姐妹会聚集点，通知他的母亲，他和隆博将前往凯坦星。他没有详细说明他们的计划，也没有指出其中明显的风险，但他希望她做好最坏的打算。因为没有其他继承人的存在，一旦出事，比如雷托被处决或“意外死亡”，那么海伦娜夫人将成为厄崔迪家族的统治者。虽然他知道是她唆使人谋杀了他的父亲，但在这种情况下他也别无选择了。这只是个形式。

厄崔迪家族的最后几件行李和箱子都装上了船，几秒钟之内，这艘大护航舰就消失在了卡拉丹灰色的天空中。这将是一次不同于以往的旅行——隆博的血脉前途未卜……也许还有他自己的。

在正式欢迎仪式之后，雷托幸运地被允许在加冕典礼的四天之后觐见皇帝。到那时他和隆博将会正式向沙达姆请愿，陈述他们的情况，并祈求他的怜悯。

在光辉统治刚开始的日子里，新帕迪沙皇帝会冒着给庆典蒙上阴影的风险，重新宣布死刑吗？许多家族仍等着从他的一举一动中寻找预兆，传言沙达姆和他们一样迷信。而这种预兆将会是很明显的。基于他的各种决定，沙达姆将建立起他统治的基调。而新皇帝会从否定正义开始自己的统治吗？雷托希望不是。

这艘公爵级护航舰已近停在远航机那巨大而拥挤货舱内的指定位置。在它周围，满载乘客的穿梭机优雅地停靠下来，运输船和货船则满载着卡拉丹的各种贸易货物：庞迪大米、加工海带制成的药物、手工挂毯和腌鱼制品。私有的驳船仍在不停往货舱里装着货物，穿梭于地面和远航机之间。这艘巨大的公会飞船将会从一个世界航行到另一个世界，迂回地前往凯坦星，足有一个省那么大面积的货舱里散布着来自帝国其他世界的船只，它们都是去参加加冕典礼的。

在他们等待起飞的时候，杜菲·哈瓦特看了看挂在护航舰舱壁上的精密计时钟。“在远航机完成装卸并出发之前，我们还有三个小时的时间。大人，我建议我们利用这段时间来训练。”

“你总是让我们训练呢，杜菲。”隆博说道。

“因为你们还年轻，需要大量的指导。”

雷托的豪华护航舰是如此的舒适，以至于他和他的随行人员甚至忘记了他们现在身处太空。但他已经放松够了，即将发生的事情开始让他感到焦虑，他也想找机会把这种紧张的能量释放出来。“你有什么建议吗，杜菲？我们在太空里能做什么？”

暗杀大师的眼睛亮了起来，说道：“在太空里，有很多一个公爵——和一个王子——”他边说边冲隆博点了点头，“可以学到的东西。”

一架扑翼机大小的无翼战斗舱从厄崔迪护航舰的货舱里飞了出来，从远航机直线下降进入太空。在雷托操作控制系统时，隆博就坐在他右边副驾驶的座位上。这让雷托想起了他们在伊克斯尝试过的近轨道飞船训练，而那几乎是一场灾难。

哈瓦特站在他们后面，身上系着移动安全带。这些束带让他看上去像是一根智慧之柱，正皱着眉头看着两个年轻人第一次摸索着操纵这架战斗舱。一个紧急控制面板漂浮在哈瓦特面前。

“年轻的大人们，这艘战斗舱和海上的小船可不一样，”哈瓦特说道，“与大型飞船不同的是，我们这里处于零重力状态，这意味着灵活性和约束性。你们都经过模拟训练，但今天你们会明白什么才是真正的太空格斗。”

“我先负责开火。”隆博重复着他们之前的安排。

“而我先负责驾驶，”雷托补充道，“半小时后我们互换。”

他的身后传来了哈瓦特单调的声音：“公爵大人，您不太可能会遇到需要进行太空战的情况，但是——”

“我知道，我知道，但我应该时刻准备着，”雷托说，“如果说我从你那里学到了什么，杜菲，那就是这个。”

“首先你必须学会操纵飞船。”哈瓦特指导雷托飞出了一道道巡航曲线和尖锐弧线。他距离那架庞大的远航机已经很远了，但他觉得在如此快的速度下，还是有可能撞上它。有一次，雷托的反应太快，使战斗舱陷入了失控的旋转状态，他发射了一道反作用力喷流才让它停了下来，同时还避免了转向相反的方向。

“反作用力和逆反作用力。”哈瓦特赞赏道。他那倾斜的移动安全带也调正了，“当您和隆博在卡拉丹遇上那起划船事故时，为了防止情况变得更糟，你们还可以选择在暗礁上搁浅。但这里是没有安全网来保护你们的。如果你们失去控制，就会一直处于失控状态，直到采取适当的对策。你们可能会燃烧着坠入大气层，也可能在更深处的太空里冲进虚空。”

“嗯，今天我们还是别出什么事故为好，”隆博看了看他的朋友说道，“雷托，如果你能让这东西直着飞几分钟的话，我想练习一下射击。”

“没问题。”雷托说。

哈瓦特低头看向两个男孩之间的弹药舱：“我把飞碟装进去了。隆博，你尽量多打些下来。你可以自由选择任何你想用的武器。激光、常规炸药或多阶段炮都行。但首先，我的大人，”——说着哈瓦特捏了捏雷托的肩膀——“请带我们飞到星球的另一边去吧，在那儿我们就不用担心隆博的武器失控时，我们会把远航机打下来了。”

雷托轻笑了一声，照做了。他攀升到卡拉丹的云层之上，直奔星球的阴暗面而去。在他们身后，卡拉丹那耀眼的太阳形成了一个光环，映衬着黑暗的星球。

哈瓦特发射出了十几个旋转的、闪闪发光的球体，它们飞到了随机的路径上。隆博攥住了武器控制杆——一根镶有彩色面板的漂亮杆子——然后向四面八方射击起来，只是大部分都没打中目标，尽管他确实靠着喷洒多阶段炮弹干掉了一架无人机。但他们都清楚这次命中只是一个纯粹的意外，隆博也确实并不以此为荣。

“耐心和克制，王子，”哈瓦特说道，“你必须把每一枪都当作最后一枪来看待。尽可能打中。你得先学会打中目标，然后才能像你现在这样不珍惜弹药。”

在隆博尽全力射击时，雷托则默契地追赶这些无人机。当隆博最终成功消灭了所有的目标后，他和雷托才交换了位置，二人又进行了更多的演习。

两个小时很快过去，最后，门泰特指示他们返回公会远航机，这样他们就可以在领航员折叠空间并引导飞船前往凯坦之前，好好休息一下了。

雷托懒洋洋地坐到他那把镶着鹰毛的豪华椅子上，凝视窗外远航机舱里那些拥挤的大大小小的飞船。他呷了一口温过的酒，不禁想起了凯莉娅和那个暴风雨的夜晚，他们一起在老公爵的财产里翻箱倒柜的场景。他渴望这种平静的间歇和温暖的陪伴，尽管他清楚要过很长时间自己的生活才能重新安定下来。

“这里的飞船靠得都太近了，”他说，“这让我感到不安。”他看到两艘特莱拉运输舰停在了厄崔迪护航舰附近。而在这两艘运输舰的后面，一艘哈克南护航舰也停到了公会指定的地方。

“没什么可担心的，我的公爵，”哈瓦特说，“根据大联合协定所规定的战争规则，远航机内没人能发射武器。任何违反这一规则的家族都将面临永久丧失进入公会船只权利的惩罚。没人会冒这个险的。”

“我们的屏蔽场打开了吗?”雷托问道。

“地狱在下，我们没有屏蔽场，雷托!”隆博回答，声音里假装透着惊恐。然后他笑了起来：“你在伊克斯时应该多了解一下远航机——难道那时你一直都在看我的妹妹?”

雷托涨红了脸，而隆博很快解释起来：“在远航机上，屏蔽场会干扰飞船的霍尔茨曼曼推进系统，使其无法折叠空间。一个激活的屏蔽场会扰乱一个领航员保持灵态的能力。我们就会死在太空里了。”

“而根据我们公会的运输合同，这也是被禁止的。”哈瓦特也说道，似乎提到法律能在某种程度上使其更有分量。

“所以我们就一起挤在这里，毫无保护，赤身裸体，只能互相信任。”雷托嘟囔着，眼睛仍透过强化玻璃窗看向外面的哈克南飞船。

隆博则带着挫败的微笑说道：“多谢你提醒了有多少人想要我的命。”

“王子，在这架远航机里的所有船只都同样脆弱。”哈瓦特说道，“你现在还不到担心的时候。你最大的危险是在前方，在凯坦。现在的话，就算是我也打算好好休息一下。在我们的护航舰上我们是很安全的。”

雷托抬头望向远航机那高高在上的穹顶。在一间极小的导航舱里，一名单独的领航员把自己泡在一箱橙色的香料气体中，以控制着这艘巨大的飞船。

尽管哈瓦特一再向他们保证，但他仍然感到不安。在他身旁的隆博也是一样的坐立不安，只不过他在努力掩饰着自己的焦虑。年轻的公爵激动地吸了一口气，往后一靠，试图驱散自己紧张的情绪，开始为他即将在凯坦引发的政治危机做起了准备。

风暴产生风暴。愤怒带来愤怒。复仇招致复仇。战争引发战争。

——贝尼·杰瑟里特谜语

公会远航机的外部船体舱口被密封起来，洞穴般的入口关闭，意味着飞船准备离开了。不久，领航员就会进入灵态，带领飞船前进。这条路线上的下一个也是最后一个目的地便是凯坦星，在那里，兰兹拉德联合会大小家族的代表们已经陆续抵达，前来参加帕迪沙皇帝沙达姆四世的加冕典礼。

领航员操纵着这艘巨大的飞船离开了卡拉丹的重力井，进入了开放的太空，准备启动巨大的霍尔茨曼引擎，带着这艘飞船在折叠空间里进行堪称疯狂的跳跃。

客舱内的那些家族护航舰上的乘客没有觉察到任何动静，发动机没有响动，位置也没有变化，什么声音也没有。这些拥挤的护航机就像安全图书馆里的数据砖一样，悬挂在各自的独立空间里。所有的家族都遵循着同样的规则，也都把信心寄托在一个变异生物找到安全路线的能力上。

就像屠宰场里的吉迪牛一样，当拉班爬上他那艘隐形攻击舰时，他心里这么想着。

他本可以在别人搞清楚发生了什么事之前就干掉十几艘护航舰。如果让拉班做主的话，他一定喜欢制造这样的混乱，享受这种过度暴力带来的快感……

但这不在计划之内，至少目前不在。

他的叔叔想出了一个巧妙的计策。“看着点，学着点。”他说，好主意，拉班对自己承认道。他已经发现了精心谋划的好处和慢慢品味复仇的乐趣。

但这并不意味着拉班会放弃他擅长的直接暴力形式，相反，他会简单地把男爵的妙计添加到他的谋杀计划之中。当他接管哈克南家族时，他将会是一个全面的领袖。

哈克南家族护航舰的舱门悄然打开了，屏蔽场消失的时间刚好够拉班那艘光滑的战舰潜入远航机内的密封空间。

慢一点儿，静一点儿，耐心一点儿。

还没等别人看到他的战斗机，他就开启了无场，按照皮特·弗里斯给他演示的方法操纵起来。他觉得和以往也没有什么不同，反正从他的监视器里看不出有什么变化。但现在他已经变成了一个幽灵杀手：无人可见，不可战胜。

也就是说从任何人的视角，包括外部传感器，所有的电磁信号撞到无场后都将会被反射和弯曲，他的船由此变成一个空洞。而这架攻击机的引擎要比最柔和的耳语声还要安静，所以也没人能探测到声音或振动。

没有人会怀疑这么一个东西的存在。甚至没有人能想象出一艘这样看不见的船。

拉班启动了无场船的姿态喷气，悄无声息地把这艘致命的战舰从看起来很无辜的哈克南护航舰旁驶离，径直朝厄崔迪家族的飞船而去。这艘攻击舰对他来说有些太大了，操纵起来不是很方便，对于一个快速战斗机来说确实有些笨重，但是它的隐身能力和死一般的寂静改变了一切。

他那粗壮的手指在控制面板上舞动，他感到喜悦、力量、荣耀和即将到来的满足。很快，一艘满载着肮脏野蛮的特莱拉人的飞船就会被摧毁。数以百计的人将会死去。

在此之前，拉班总是利用他在哈克南家族里的地位，不容置疑地得到任何他想要的东西，操纵别人，杀死那些为数不多的不幸挡在他路上的人。但那只是他当做个人娱乐的一种游戏。现在的他正在执行一项至关重要的任务，哈克南家族的未来就靠他了。而男爵选定了他来执行这项任务，他发誓自己一定要做好。他当然不想回家后被放逐去见他的父亲。

拉班把船慢慢地、轻轻地移到适当的位置——现在还不能着急。他的这次跨太空之旅只有一个目的，那就是发动战争。

他的攻击舰周围环绕着无场，他现在觉得自己就像一个藏在暗处的猎手。而这次是一种不同的狩猎方式，比自己在厄拉科斯炸沙虫更复杂，也比在哈克南森林保护区追捕那个孩子更精细。此时此地，他的战利品将是帝国政治版图的一个重大改变。最终，他一定会把象征着更大权力和更大财富的战利品挂到他的墙上，挂得高高的，塞得满满的。

这艘隐形的攻击舰接近了厄崔迪护航舰，近得几乎可以触碰到它。

拉班悄无声息地启动了他的武器系统，确保所有的多阶段大炮准备就绪。在目前这种情况下，他打算依靠手动瞄准。

而在近距离射击时，他不可能失手。

拉班调转他的无场船，将炮口瞄准了附近的两艘飞船，都是特莱拉人的运输船，哈克南家族通过向公会支付了巨额的贿赂，才让这两艘飞船停到了厄崔迪护航舰旁边。

这些飞船从特莱拉七号星跃迁而来，毫无疑问携带的是基因产品，这是贝尼·特莱拉的特产。每艘飞船都由特莱拉大师坐镇，还有一群变脸者，也就是他们的变形仆人。货物很可能是猪蝓的肉，动物的移植物，或者是一些可憎的死灵——用死人的肉体制造的克隆人，一些在培育罐中培育出来的副本，这样失去亲人的家庭便能再一次看到逝去的亲人。这些产品价格高昂，让这些像侏儒一般的特莱拉人变得极为富有，哪怕它们永远不会被赋予显赫的家族地位。

这真是完美！年轻的雷托·厄崔迪公爵在兰兹拉德联合会众目睽睽之下，公开了他对特莱拉人的仇恨，发誓要为他们对维尔纽斯家族所做的一切报仇雪恨。雷托对自己被记录在案的陈述并不谨慎。所有人都知道，他现在一定恨透了那艘特莱拉飞船上的人。

作为意外的收获，那个变节了的隆博·维尔纽斯此时也正在厄崔迪护航舰上，又是一个落入哈克南之网的人，又是一个血腥的厄崔迪—特莱拉之战的牺牲品。

兰兹拉德联合会将会指责雷托公爵是个鲁莽之人——性急、冲动、暴力，因着他错误的伊克斯友谊和他父亲的去世所导致的无法释怀的悲伤，他被迫采取了不明智的行动。真是可怜啊，这个可怜的雷托没有受过足够的训练来应付他身上的压力。

拉班非常清楚地知道最终兰兹拉德联合会和帝国会得出什么样的结论，因为他的叔叔和变态门泰特都已经详细地向他解释过了。

拉班立即在厄崔迪护航舰前面盘旋起来，身份不明，踪迹隐形，拉班瞄准了附近的特莱拉飞船。他那肥厚的嘴巴上浮出一丝微笑，随即他抓住了控制杆。

然后开火了。

提奥·霍尔茨曼是伊克斯历史上最多产的发明家之一。他经常进行狂欢节式创作，也就是连续几个月把自己关起来，这样他就可以不受打扰地工作。有时等他再一次现身时，就立即需要住院治疗，人们总是担心他的精神状况和健康状况。霍尔茨曼英年早逝——刚过三十个标准岁——但他的工作却永远地改变了银河系。

——《传记胶囊》，一部帝国胶片书

当拉班肩负着他的重要职责离开哈克南护航舰时，男爵就坐在一张高高的观察椅上，盯着外面巨大的远航机。领航员已经发动了引擎，把这艘巨大的飞船送入了太空。较小的船只像木柴一样并排而立，丝毫没有意识到大难即将临头……

当然，即使该知道往哪儿看，他也看不见那艘隐形飞船。而男爵看了一眼他的计时器，知道时间快到了。他望向毫无戒心的厄崔迪护航，它正停在指定的位置上，沉默而傲慢，然后他把目光停在了特莱拉飞船上。男爵用指尖轻敲椅子的扶手，观察着，等待着。

分分钟过去了。

在策划这次袭击时，哈克南男爵最初曾计划让拉班用激光枪攻击那两艘倒霉的特莱拉飞船——但设计了这艘实验飞船的李芝设计师乔本恩曾在他的笔记中留下过模糊的警告。这种崭新的无场技术与最初作为屏蔽场基础的霍尔茨曼效应有一定的关系。而就连小孩子都知道，当激光枪的光束击中屏蔽场时，产生的爆炸会像原子弹爆炸一样猛烈。

男爵不敢冒这个险了，毕竟那个李芝发明家已经被处理掉了，现在他们想问都不知道问谁了。也许自己早该预料到会有这么一天。

无所谓了。根本也不需要用激光枪去破坏特莱拉飞船，因为在远航机里的船只禁止激活屏蔽场。相反，多阶段大炮——大联合协定建议的用来限制附带损害的高能炮弹——将会发挥作用。这种炮弹穿透了一艘目标飞船的机身，在一次可控爆炸中摧毁了船身内部，之后分阶段地进行的二次和三次爆炸将会扑灭船上的火焰，保存机身残骸。他的侄子是理解不了这些技术细节的，拉班只知道如何瞄准和发射武器。但对他来说也就足够了。

最后，男爵的眼前迸发出一团黄白相间的火光，两颗致命的多阶段炮弹射了出去，看上去就好像是从厄崔迪护航舰正面射出去的。炮弹就像是一团黏稠的火焰，互相撞击在一起。倒霉的特莱拉运输船在这团火焰里颤抖着发出耀眼的红光。

噢，男爵是多么希望其他的船只都能亲眼目睹这一切啊！

第一颗炮弹直接击中了一艘飞船，在几秒钟内把船体烧成灰烬。然后按照计划，另一枚炮弹击中了第二艘特莱拉飞船的尾部，既让飞船动不了，又不用杀死船上所有的人。这给了这些受害者一个向厄崔迪攻击者还击的极好机会。事情就这样逐步升级了。

“很好，”男爵微微一笑，好像他能直接跟那群已经发疯了的特莱拉船员对话似的，“现在你知道该怎么做了。跟着感觉走吧。”

发射完炮弹后，拉班的无场船疾驰而去，从头顶上停着的护航舰之间穿了过去。

在一个紧急频道里，他听到了那艘受损的特莱拉飞船发出了紧急求救信号：“和平的特莱拉运输船遭到了厄崔迪护航舰的攻击！这个行为违反了行会法律。请求紧急援助！”

在事情发生的这一刻，公会远航机正处在*无处*——它正在各维度之间穿梭。在他们离开折叠空间到达凯坦之前，他们既不能指望报复，也不能指望强制执行。而到那时就太晚了。

拉班希望这更像是一场酒馆里的斗殴，他和他的朋友们经常会前往杰第主星那些偏远的村庄酒吧，找一些麻烦，砸破几个人的头，享受一下美好的旧时光。

在无场船舱内的控制面板屏幕上，他看到了一幅巨大货舱的图像，上面的每一个灰点都代表了一艘船。现在这些圆点都变成了橙色，因为各个大家族的舰只都启动了他们的武器，准备在这场全面的遭遇战中保卫自己。

拉班觉得自己现在就像一只拥挤舞厅地板上的老鼠，他驾驶着无场船，跟在一艘哈克南货船后面，绕到其他船只都看不见的地方，货船打开了舱门，让这艘游击船飞了进去。

进入了母船的安全范围内，拉班关闭了无场发动机，让自己这艘攻击舰在哈克南船员面前现了形。舱门打开，他走到平台上，擦去了前额上的汗水。他的眼睛里闪烁着兴奋的光芒，问道：“其他飞船都开火了吗？”

电喇叭响了起来。惊慌失措的声音像毛拉枪的弹片一样从通讯系统里喷洒出来。有人在用帝国加拉赫语①疯狂地大叫着，战斗代码也从远航机拥挤的通讯线路里传了出来：“厄崔迪家族已经对特莱拉人宣战了！武器发射！”

拉班为自己的成功而感到十分得意，他对全体船员喊道：“激活

---

①加拉赫语是帝国的官方语言，形成于人类漫长的迁徙过程之中，带有很强的盎格鲁和斯拉夫文化特征。

我方护航舰的武器阵列。确保没人向我们开火——你们知道，厄崔迪人可是十分残忍的。”说完他窃笑起来。

装卸设备这时抓住了这艘小船，然后把它放进了假舱壁之间。门上的嵌板关闭，现在就连行会的扫描仪都无法探测到它了。当然，也不会有人去寻找这艘船的，因为压根就没有无场船这种东西。

“保卫自己！”另一名飞行员用通信器喊道。

接着传来了一个特莱拉人的哀号：“我们在此通知他们，我们打算反击。我们完全有权利这么做。丝毫没有预警……公然无视行会规定。”

另一个粗重而深沉的声音则说道：“但是，厄崔迪护航舰没有武器。也许他们不是攻击者。”

“这是个障眼法！”特莱拉人尖叫道，“我们有一艘飞船被毁了，另一艘严重受损。你们看不见吗？厄崔迪家族必须付出代价。”

完美啊，拉班想道，不由得赞叹起叔叔的计划来。现在是个关键点，很可能会发生一些意外，但计划依然会奏效。雷托公爵是出了名的鲁莽，现在大家都认为他做出了十恶不赦的懦夫之举。如果运气好的话，他的飞船将在特莱拉人报复性的攻击中被摧毁，而雷托的恶行将让厄崔迪家族遗臭万年。

或者这只是厄崔迪家族和特莱拉之间长期血腥争斗的开端。

无论如何，雷托凭自己是逃不掉的了。

在厄崔迪护航舰的指挥舰桥上，雷托公爵正在竭力使自己平静下来。因为他清楚他的船并没有开火，所以他花了几秒钟才搞清楚对他的指控。

“我的公爵，炮弹源头就在咱们附近，”哈瓦特说，“就来自我们船头的正下方。”

“这么说，这不是场意外？”雷托问道，一股寒气笼罩着他。那艘被摧毁的特莱拉飞船仍然放着橙色的光，而另一艘飞船的驾驶员则继续对他尖叫。

“地狱在下！真有人对贝尼·特莱拉下手了，”隆博边说边向强化玻璃舷窗外看去，“要我说早该这样了。”

雷托听到了无线电通讯里那些刺耳的声音，包括愤怒的特莱拉求救信号。起初，他还琢磨自己要不要去帮助那艘受损的飞船。很快，特莱拉飞行员就开始咆哮着厄崔迪的名字，并要他血债血偿了。

他看向特莱拉飞船那已经烧没了的外壳——忽然发现里面的伤员正掉转枪头瞄准自己：“杜菲！他要干什么啊？”

在公开通信器里，特莱拉人正和那些拒绝相信是厄崔迪家族开火的人激烈地辩论。越来越多的声音支持了特莱拉人。有些人甚至声称自己看到了所发生的一切，说自己亲眼目睹了厄崔迪飞船向特莱拉人开火。苗头很不好。

“地狱在下，他们觉得是你干的，雷托！”隆博喊道。

哈瓦特已经跑到了防御控制面板前：“我的公爵，特莱拉已经把反击您的武器充能完毕了。”

雷托跑向通信器，打开了一个频道。在短短的几秒钟内，他的思维能力提高，大脑加速，这让他大吃一惊，毕竟他不是一个具有高级推理能力的门泰特。他意识到，这就像人们提炼出梦境一样……或是一个人面临即将到来的死亡时，他脑海中出现的那一系列不可思议的画面似的。这可真不吉利。他必须让自己尽快摆脱这个想法。

“所有人注意！”他对着扩音器喊了起来，“这里是雷托·厄崔迪公爵。我们没有向特莱拉飞船开火。我否认所有的指控。”

他心里清楚他们是不会相信他的，也不会很快冷静下来从而避免做出可能导致全面战争的公开敌对行为。有那么一瞬，他知道自己还得做些什么才行。

过去的面孔浮现在他的脑海里，祖父基恩·厄崔迪似乎正满怀期待地盯着自己，一生的沧桑都写在了他那张满是皱纹的脸上。祖父那双温和的灰色眼睛和自己一样，拥有能解除人们心防的力量，而他的敌人却常常忽视了这种力量，这会给他们带来极大的危险。

如果我能和我的祖先一样强大就好了……

“不要开火。”他对特莱拉飞行员喊道，希望其他的舰长也都能听进去。

另一个形象也出现在了他的脑海里：他的父亲，老公爵，有着绿色的眼睛和同样的表情，但那张脸庞和雷托现在的年龄差不多，只有十几岁。微光之中，更多的图像出现了：他那富有的叔叔、阿姨、堂兄弟、忠诚的仆人、佣人、政府和军队。他们都面无表情，仿佛是一个多重有机体，从不同的角度研究他，准备对他做出判断。他看不出他们脸上有爱、赞同或不尊重的表情——只是一种虚无，仿佛他真的做了一件十恶不赦的事，并且人也已经不在了。

他母亲冷笑的脸出现了，又逐渐消失了。

不要相信任何人，他想。

沮丧的感觉笼罩了雷托，随之而来的是极度痛苦的孤独。在他内心深处，在一个毫无生气的地方，雷托看到他那双冷漠的灰色眼睛也在盯着自己。这里很冷，他不禁打了个寒战。

“做领袖是一项孤独的任务。”

厄崔迪家族的血脉会和自己一道止步于此吗？或者他能孕育一些孩子，而这些孩子的声音将会加入到自古希腊以来所有厄崔迪人的声音中去吗？他在嘈杂声中寻找这些孩子的动静，但却没有感觉到他们的存在。

那些指责的目光没有动摇。

雷托自言自语起来：*政府是一个保护性的伙伴关系，你得照顾你的人民，他们繁荣或死亡都取决于你的决定。*

那些画面和声音渐渐消失了，他的思想变成了一个安静、黑暗的地方。

他这一趟紧张的精神旅程花费了不到一秒钟，而现在雷托清楚地知道他必须做什么了，不管后果如何。

“激活屏蔽场！”他大喊道。

拉班盯着那艘看似无辜的哈克南护航舰腹部的一个观察屏幕，被眼前的景象惊呆了。他从一层甲板跳到另一层甲板，最后满脸通红地跑到了他叔叔面前，气喘吁吁。因为愤怒而胆怯的特莱拉飞行员还没来得及开火，一个屏蔽场就开始在厄崔迪飞船周围闪烁起来了！

而屏蔽场是被公会运输合同所禁止的，因为它会粉碎领航员的灵态并扰乱折叠空间。

在这种干扰下，远航机那巨大的霍尔茨曼发电机将会无法正常工作。拉班和男爵都开始破口大骂起来。

忽然，远航机在他们周围晃动起来，冲出了折叠空间。

在货舱顶部的领航室里，这位经验丰富的领航员感到他的灵态崩溃了。他的脑电波发散开来，又绕了回来，失控地旋转和扭曲起来。

霍尔茨曼发动机发出了轰鸣声，折叠空间在它们周围荡漾开来，失去了稳定性。飞船出问题了。在那间充满了美琅脂的罐子里领航员开始手刨脚蹬起来。他那有蹼的脚和手胡乱摆动着，他感到眼前一片漆黑。

巨大的飞船偏离了航线，被抛回了真实的宇宙。

隆博被紫铜色衣服绊倒，摔在了铺着地毯的护航舰甲板上，雷托则抓住了一根舱壁扶手以保持平衡。他默默祈祷着。祈祷他和自己英勇的船员们能安然渡过这一关，同时希望远航机不要径直飞进太阳里。

就像雷托身旁的一棵大树，杜菲·哈瓦特凭借自己的意志力保持了平衡。这名门泰特出神地站着，在逻辑和分析的模糊区域里整理着整个事件。雷托不确定这种预测现在能对他们有什么好处。也许这个问题——在远航机内激活屏蔽场后发生灾难的概率——非常复杂，需要多层门泰特处理。

“初步预测。”哈瓦特终于开口了。他舔着自己红莓色的嘴唇，舌头的颜色也是一样，“随机抛离折叠空间，撞到天体的概率是……”

护航舰颠簸了一下，甲板下有什么东西发出“砰”的一声。哈瓦特后面的话在一片混乱中被淹没了，他又回到了门泰特的神秘灵态之中。

隆博踉踉跄跄地站了起来，把一副耳机戴到了他乱蓬蓬的金发上：“你在远航机上激活了屏蔽场？这简直就和，呃，有人刚才向特莱拉人开火一样疯狂啊。”他瞪大了眼睛盯着他的朋友，“今天一定是个疯狂的日子。”

雷托趴在一堆仪器上，做了一些调整。“我别无选择，”他解释道，“我现在终于明白了。有人想让它看起来像是我们出手袭击了特莱拉人——这是可能在兰兹拉德联合会各派系间引发大战的大事件。我能想象到所有的那些旧恩怨都找上门来了，而战线就是在这架远航机里划下的。”说着他擦了擦额头上的汗。这是来自他内心深处的一种直觉，就像一个门泰特预测出来的东西。“我现在必须尽快阻止这一切，隆博，在事态变得严重之前。”

远航机不稳定的状态终于停止了。背景噪声安静下来了。

哈瓦特也终于从门泰特状态中清醒过来。“您说得对，公爵。在这艘远航机上，几乎每个家族都有一艘代表船只，都是去参加皇帝的加冕典礼和婚礼的。在这里划下的战线将延伸到帝国，当战争委员会被召集之后，各个行星和军队都会开始选边站。不可避免地，更多的势力也会掺和进来，事态会像蓝花楹的树枝一样蔓延开来。自从埃尔鲁德去世后，联盟的关系已经发生了变化，各个家族都在寻找新的机会。”

雷托的脸涨得通红，他的心脏突突跳个不停。“帝国里现在到处都是火药桶，其中一个就在这个货舱里。我宁愿看到这架远航机上的每个人都死掉——因为与另一个结果相比，这算不了什么。宇宙的每一个角落都燃烧起战火来，会导致数十亿人的死亡。”

“我们这是被陷害了？”隆博问道。

“如果这事儿最终引发了战争，那么没人关心到底是不是我开的火。我们先阻止事态的进一步发展吧，然后再想办法找出真正的答案，”说着雷托打开了通信器，用轻快而威严的语气说道，“我是雷托·厄崔迪公爵，呼叫行会领航员。请回答。”

通讯线路“啪”地一声断了，一个波浪起伏的声音响了起来，声音沉重而扭曲，仿佛这位领航员已经记不起该如何与人类交流了：“我们所有的人都有可能被你害死，厄崔迪。”他念出家族名字的方式不禁让雷托想起了“叛徒”这个词。“我们在未知区域。折叠空间消失了。屏蔽场抵消了领航灵态。立即关闭厄崔迪屏蔽场。”

“我尊敬地表示拒绝。”雷托回应道。

在通信系统的另一端，他听到还有其他信息发给了领航舱——那是各个飞船在指控和诉求。声音都很低沉且充满了愤怒。

领航员又开口了：“厄崔迪家族必须切断屏蔽场。遵守行规。”

“拒绝，”雷托站得很稳，但他的皮肤已经变得苍白冰冷，他知道他的表情几乎快要掩盖不住他的恐惧了，“我觉得只要我们的屏蔽场还在，你就不可能把我们从这里弄出去，所以我们留在这儿，不管怎样，直到你同意我的……请求。”

“在你摧毁了一艘贝尼·特莱拉飞船并激活了屏蔽场后，你就没有资格提出任何请求了！”一个带着口音的声音喊道，那是特莱拉人。

“无礼，厄崔迪。”变异的领航员声音十分模糊，仿佛从水下传来一般。

这时传来了更多含糊不清的声音，领航员突然停止了讲话。“表明……请求……厄崔迪。”

雷托停了下来，在朋友们好奇又恭敬的目光注视下对通讯设备说：“首先，我们向你保证，我们并没有向特莱拉人开火，而且我们打算证明这一点。如果我们降下我们的屏蔽场，公会必须保证我的飞船和船员的安全，并把此事移交给兰兹拉德联合会。”

“兰兹拉德联合会？这艘飞船受宇航公会管辖。”

“你们受到荣誉的约束，”雷托反驳道，“你们也是兰兹拉德联合会的成员之一，和我一样。而有兰兹拉德联合会有一个法律程序，叫做没收审判①。”

“我的大人！”哈瓦特抗议道，“你不会是想牺牲有着几百年高贵传统的厄崔迪家族吧——”

雷托关掉了对讲机。然后把手放在门泰特战士的肩膀上，说道：“如果为了我们的封地必须死掉数十亿人，那么卡拉丹不值得这个代价。”杜菲低下头，表示了默许。“再说，我们知道我们并没有做这件事——像你这种级别的门泰特要证明这一点应该不会有什么困难的。”

雷托重新启动了通讯设备，说道：“我将接受没收审判，但所有敌对行动必须立即停止。不能有任何报复行为，否则我将拒绝解除我

---

①没收审判是兰兹拉德下属委员会的一项特别程序，其目的是审判一个贵族所犯下的严重罪行。

的屏蔽场，而这架远航机将留在这里，哪儿也去不了。”

雷托本想要虚张声势一下，比如威胁要用激光枪向自己的屏蔽场开火，从而造成可怕的原子相互作用，使这架巨大的远航机被炸得只能剩下一些熔化的碎片。相反，他还是试图以理服人：“再这么争论下去有什么意义呢？我已经投降了，我将前往凯坦星接受兰兹拉德联合会的没收审判。我只是想避免因为一个错误的指控而导致的全面战争。我们并没有犯下这样的罪行。我们会坦然面对指控以及后果，假如我们被判有罪的话。”

通讯线路断了，然后又接上了：“宇航公会同意你的条件。我将保证你们飞船和船员的安全。”

“那么，我在此宣布，”雷托说道，“根据没收审判的规则，我，雷托·厄崔迪公爵，打算放弃我封地的一切法律权利，并将听凭法庭的处置。我家族的其他成员不得遭到逮捕或是任何的法律程序。你认可兰兹拉德联合会对此事的管辖权吗？”

“我认可。”领航员用更为坚定的语气向他保证，他现在已经习惯开口说话了。

终于，只是雷托还是有些紧张，他关掉了护航机的屏蔽场，瘫坐在了椅子上，浑身发抖。巨大货舱里的其他船只纷纷关闭了武器，尽管他们仍旧怒火中烧。

现在，真正的战斗就要开始了。

在我们家族漫长的历史中，我们一直被不幸所笼罩，仿佛是它的猎物一般。人们几乎可以相信来自远古地球古希腊时代的厄崔柔斯诅咒。

——保卢斯·厄崔迪公爵，在对他的将军们的演讲中

在皇宫那一排排柱子围成的长廊里，皇太子的新未婚妻阿妮鲁尔和她的伴侣玛格特·拉西诺－齐娅大步从三个年轻女人身边走过，而她们都是皇室成员。这个展览品一样的华丽城市一直延伸到地平线，街道和建筑物上张灯结彩，为即将到来的无比壮观的加冕典礼和皇帝婚礼做好了万全的准备。

三个年轻的皇室女孩兴奋地叽叽喳喳个不停，她们都穿着一身鼓鼓囊囊的礼服，上面挂满了闪闪发光的装饰羽毛和好几公斤俗气的珠宝，几乎都快走不动了。但她们忽然闭上了嘴，因为一袭黑袍的贝尼·杰瑟里特离她们越来越近了。

“等一下，玛格特，”阿妮鲁尔在这群精心打扮的女人面前停了下来，厉声对她们说道：“别浪费时间传闲话了。做一些实实在在的事儿吧。在所有代表到达之前，我们还有很多准备工作要做。”

一个黑头发的美女，瞪大了那双棕色的大眼睛，又想了想，然后以带有和解的表情和语气说道：“您说得对，夫人。”说完便突然领着她的同伴们沿着长廊朝一道宽阔的拱形门道走去了，那门道就是一

整块坑坑洼洼的萨鲁撒火山岩，通向大使们的房间。

玛格特和隐匿身份的魁萨茨圣母交换了一下笑容，打趣道："可是皇宫就是用来传播流言蜚语的啊，阿妮鲁尔？那不是她们的主要业务吗？我得说，这些女士履行职责的表现还是很令人钦佩的。"

阿妮鲁尔怒目而视，这让她看上去比她年轻的容貌老了许多："我应该给她们明确的指示。那些女人只是些装饰品，就像宝石喷泉似的。她们根本不知道如何提高工作效率。"

在瓦拉赫九号星的那些年里，她通过其他记忆了解到了贝尼·杰瑟里特在帝国历史的版图上曾取得过多么大的成就，她认为人的生命是宝贵的，每一个人都是永恒之火中的一个小火花。但这些交际花在乎的不过是……不过是满足权贵们的欲望。

事实上，阿妮鲁尔对这些女人没有管辖权，即便她是太子未来的妻子。玛格特把自己柔软的手放在她的前臂上，说道："阿妮鲁尔，你一定不能冲动。大圣母承认你的天赋和技能，但也说过你必须还要修行。所有成功的生命形式都得学会适应环境。你现在加入皇室了，所以要适应新的环境。我们必须隐蔽起来工作。"

阿妮鲁尔对她苦笑了一下，说道："我一直觉得我的坦率是我的主要优势之一。大圣母哈里什卡清楚这一点。它让我能够自由讨论我感兴趣的话题，并学习我在其他情形下可能不会学到的东西。"

"前提是如果别人愿意听的话。"玛格特扬起苍白的眉毛，露出她完美无瑕的额头。

阿妮鲁尔像皇后一样高昂着头，继续沿着长廊向前走去。闪闪发光的宝石头饰像蜘蛛网一样覆盖在她那青铜色的头发上。她知道交际花们议论的正是自己，她们都想知道这些贝尼·杰瑟里特女巫在宫廷里的秘密任务，她们到底用什么咒语去引诱沙达姆。啊，要是她们真知道就好了。她们的闲言碎语和胡乱猜测只会增加阿妮鲁尔的神秘感。

“好像我们自己也有流言蜚语要说呢。”她说道。

玛格特把一绺蜜金色的头发从眼睛里拂了出去：“当然。你是说莫希阿姆的孩子?”

“还有厄崔迪家族的事也很重要。”

她们来到了一个露台花园，阿妮鲁尔俯身从一丛蓝宝石玫瑰中深深地吸了一口气。这甜美的香气唤醒了她的感官。她和玛格特一起坐在了一条长凳上，这样她们就能看到所有靠近的人了，虽然她们为了防止被偷听一直用很低的声音说话。

“厄崔迪家族和莫希阿姆的女儿有什么关系呢?”作为贝尼・杰瑟里特姐妹会中最有成就的特工之一，玛格特圣母很清楚魁萨茨・哈德拉克项目下一阶段的机密细节，而现在莫希阿姆本人也得到了一些简要的介绍。

“从长远来看，玛格特，想想遗传模式，想想我们绘制的世代梯形图。雷托・厄崔迪公爵就要被捕了，他的生命和爵位都岌岌可危。也许你会觉得他看起来不过是一个不起眼大家族里的一名微不足道的贵族。但你想过这种情况对我们来说会造成多大的灾难吗?”

玛格特深吸了一口气，一切线索都汇聚到了一起：“雷托公爵?你不是想说需要他的是……”她不能说出那个最秘密的名字，魁萨茨・哈德拉克。

“我们必须得保证下一代中有厄崔迪的基因!”阿妮鲁尔说道，脑子里回响起激动的声音，“在这件事上人们都不敢支持雷托，我们都知道原因是什么。一些重要的裁判官可能出于政治原因对雷托的行为表示同情，但没人真正相信雷托是无辜的。为什么这个小傻瓜要做这种不明智的事呢？这超出了我的理解范围。”

玛格特也悲哀地摇了摇头。

“尽管沙达姆曾公开表示了中立，但他私下里是反对厄崔迪家族的。他当然不会相信雷托是无辜的。更何况这里还有更深层次的原因。比如皇太子会不会和特莱拉人有什么牵扯，一些他没对任何人透露的事。你认为这有可能吗？”

“反正哈什米尔对我只字未提，”玛格特意识到自己用了朋友之间的叫法，只好对她的同伴笑了笑说，“他确实和我分享过一些秘密。而到了特定时候，你的男人也会和你分享的。”

阿妮鲁尔皱起了眉头，想起了沙达姆和芬伦那些没完没了的计划，就像玩着什么政治游戏一样：“所以，他们在谋划一些事情。两个人一起。也许雷托的命运正是他们计划的一部分？”

“也许吧。”

阿妮鲁尔靠在石凳上，身子前倾，以便更深地藏在玫瑰树篱后面：“玛格特，我们的人想要毁灭厄崔迪家族，不管是出于什么原因吧……但姐妹会必须要有雷托的血统才能让我们的计划走到最后。这是我们最大的希望了，几个世纪以来的工作都有赖于此。”

玛格特·拉西诺－齐娅对这些话并不完全理解，她灰绿色的眼睛盯着阿妮鲁尔，说道：“我们对厄崔迪基因的需求和他的家族地位无关呀。”

“无关吗？”阿妮鲁尔耐心地解释起她心中最大的恐惧来，“雷托公爵没有兄弟姐妹。如果他的策略失败——也就是没收审判——他就很可能会自杀。别忘了他是一个非常骄傲的年轻人啊，尤其是在失去父亲之后，这对他来说将是一个致命的打击。”

玛格特怀疑地眯起眼睛：“这个雷托内心非常强大。以他的性格无论如何都会继续战斗的。”

风筝鸟从头顶飞过，它们的歌声像破碎的水晶一般清澈透亮。阿妮鲁尔抬头望着万里无云的天空，凝视它们：“那假如皇帝赦免了他，但复仇心重的特莱拉人却把他给暗杀了怎么办？假如哈克南他看到了制造‘事故’的机会呢？所以雷托·厄崔迪不能失去贵族地位的保护啊。要是打算让他活下去的话，最好还是让他继续掌权才行。”

“我明白你的意思了，阿妮鲁尔。”

“必须不惜一切代价保护这位年轻的公爵——首先，我们必须保护他的家族。他不能输掉这场审判。”

“嗯——哼，也许有办法。”玛格特抿嘴笑着说。她说话时声音低沉，仿佛若有所思，“如果哈什米尔知道了我的想法，他甚至可能会因此钦佩我的，尽管他本能地会表示反对。当然，我们一个字也不能对他说，也不能对沙达姆说。因为这会让所有的玩家陷入完全的混乱中。”

阿妮鲁尔默默地等待着，只是她的眼睛里明显燃烧着强烈的好奇心。玛格特靠近了她的好伙伴，说道：“我们的对于特莱拉人的……怀疑。我们可以用它唬唬人。但我们能做到不伤害沙达姆或是科瑞诺家族吗?”

阿妮鲁尔强调道：“我未来的丈夫——甚至包括金狮宝座本身——在我们的繁殖计划中都是次要的。”

“你说的当然没错，”玛格特无可奈何地点了点头，似乎惊讶于自己的愚蠢，“可是我们该如何开始呢?”

“从给雷托写信开始吧。”

真相是一条变色龙。

——禅逊尼格言

雷托被关押在凯坦星兰兹拉德联合会监狱的第二天早上，一名官员带着一份重要的文件来见他，要他在上面签字——文件正式要求对他进行没收审判，要求他正式交出厄崔迪家族的所有财产。对他来说这是个关键时刻，他必须证明自己选择这条危险路线是正确的。

虽然这里无疑是一所监狱，但他的牢房里却有两个房间，一张舒适的吊床，一张用抛光的埃卡兹蓝花楹做的桌子，一个胶片书阅读器，还有很多不错的设备。这些所谓的礼遇是因为他在兰兹拉德联合会里地位而给他的。任何一个大家族的领袖都不会被当作普通罪犯那样对待——至少，在他通过正当程序失去一切，或者像维尔纽斯家族那样宣布变节之前是这样。雷托清楚除非他能证明自己的清白，否则他可能再也不会被这些优雅的服饰包围了。

他的牢房很暖和，食物充足可口，床也很舒服——尽管他在准备即将到来的严峻考验时几乎没有睡过觉。他对迅速而简单地打发掉眼前这个人不抱什么希望。信使只会带来更多的问题。

这名官员是一位拥有安全许可的兰兹拉德联合会法庭技工，身穿一件棕青色相间的兰兹拉德联合会制服，配以银色的肩章。他称呼雷托为“厄崔迪先生”，没有通常的公爵头衔，仿佛这份没收文件已经签好字了一般。

雷托选择不把他的这种失礼放在心上，尽管在文件签字和判决书盖印之前，他仍是一名公爵。在帝国统治的这么多世纪中，没收审判以前只被引用过三次，在其中两起案件中，被告败诉，然后他们的家族便被消灭了。

雷托希望打破这个不吉利的记录。在他父亲死后才不到一年的时间里，厄崔迪家族不可能就这么土崩瓦解。这会让他以有史以来最无能家族领袖的身份在兰兹拉德联合会历史上赢得一个永久的位置。

雷托身上穿的是那身黑红相间的厄崔迪制服，他在一张蓝色玻璃桌子旁坐下。杜菲·哈瓦特则扮演着他门泰特顾问的角色，也一屁股坐到了公爵身旁的椅子上。他们一起检查了那捆法律文件。就像帝国大多数正式文件一样，证据表格和审判文件都被镌刻在利读联晶纸①的微细薄片上，这些永久的记录可以保存数千年之久。

在他们的触碰之下，每张晶纸都开始放出光芒，以便雷托和哈瓦特研究优美的文字。老门泰特运用他的技巧把每一页内容都刻印在他的记忆里，他以后会更详细地吸收和理解这一切。这些文件清楚地说明了在审判准备和实际审判期间将要发生的事情。每一页都有法院官员的身份证明，包括雷托自己的律师。

作为非正统程序的一部分，厄崔迪护航舰的船员已被释放，并获准返回卡拉丹，尽管许多忠实的追随者仍留在凯坦，默默支持他们。任何个人或集体的罪责都完全由指挥官厄崔迪公爵承担。此外，无论厄崔迪家族的状况如何，维尔纽斯家族孩子的避难所将继续存在。即使审判的结果可能会是最糟糕的情况，但雷托也从这场小小的胜利中

---

①利读联晶体是一种可以加工成只有几个分子厚的薄片的材料。一本数千页的书可以被装订在利读联晶板制成的封面之间，并且从封面到封底厚度只有1.5厘米。这种书只能通过嵌入书脊的自动翻页机来阅读。静电使页面之间无法相互接触。

得到些许安慰。最起码他的朋友们会很安全。

在没收条款的规定下——即使是他那个被放逐了的母亲也不用离开她与孤绝姐妹会的秘密住所——雷托公爵将他所有的家族财产（包括家族原子武器和卡拉丹星球的管辖权）置于兰兹拉德联合会议会的全面监督之下，同时他也得准备在他的同僚面前接受审判。

一场对他不利的审判。

然而，无论输赢，雷托都知道他避免了一场大战，挽救了数十亿人的生命。无论这会对他自己造成什么后果，他的行为都是正确的。就是老公爵保卢斯也会做出同样的选择。

“是的，杜菲，这一切都是正确的。”雷托说着，翻到了最后一页闪闪发光的利读联晶纸。他摘下公爵的图章戒指，又从制服上剪下那只红色的纹章鹰，把它们交给了法庭技工。他觉得自己就像被割掉了几块肉一般难受。

如果他输了这场孤注一掷的赌博，那么卡拉丹的财产将会变成一场兰兹拉德联合会自由混战的战利品，而这个水世界的居民们只是些无助的旁观者。他被剥夺了一切，他的未来和财富都岌岌可危。*也许他们会把卡拉丹交给哈克南人，雷托绝望地想，只是为了报复我们。*

法庭技工递给他一支万能笔。雷托把自己的食指压在这个微型墨水装置柔软的一面上，在利读联晶纸上流畅地签下了名字。他感到晶纸上传来一阵轻微的静电噼啪声，也许是自己的焦虑导致的幻觉吧。法院技工又在上面加上了他自己的身份证明以见证这些文件。然后是很不情愿但还是照做了的哈瓦特。

当穿着一身棕青色相间制服的法院技工离开后，雷托隔着桌子宣布：“我现在是个平民了，没有爵位，也没有封地了。”

“只是在我们胜利之前。”哈瓦特说道，他的声音微微有些颤抖，“不管结果如何，您永远都是我尊敬的公爵。”

门泰特在牢房里踱来踱去，活像一头被困住的沼泽豹。他停下脚步，背对着一扇小窗户，窗外是一片宽阔平坦的皇宫黑色外墙。清晨的阳光从他身后照射进来，把哈瓦特的脸笼罩在一片阴影之中。

“我研究了官方的证据，是远航机的扫描仪采集的数据，再加上目击者的描述。我同意您律师的看法，大人，这看起来对您很不利。我们必须从这样一个假设开始：那就是您真的没有以任何方式煽动这种行为，然后我们再说后面的事。”

雷托叹了口气道：“杜菲，如果连你都不相信我，那我们在兰兹拉德联合会法庭上就没任何胜算了。”

“我当然认为您是无辜的。只是现在有几种可能性，我将把可能性按从小到大的顺序列出。首先，尽管可能性很小，但那艘特莱拉飞船的失事可能只是个意外。”

“我们需要比这更好的说辞，杜菲。你这套没人信的。”

“而更有可能的是，特莱拉人自己炸毁了他们的船，目的只是嫁祸于你。我们知道他们对人命的轻视。被毁飞船上的乘客和船员可能只是些死灵。而他们总是可以在培育罐里生产更多的副本。”

哈瓦特把手指交叉在一起，说道：“不幸的是，问题是动机还是不够。特莱拉人会制造出这样一个复杂又无耻的阴谋，仅仅是为了报复你庇护了维尔纽斯家族的孩子吗？他们能从中得到什么呢？”

“别忘了，杜菲，我确实在兰兹拉德联合会大厅里当众对他们明确表示过我的敌意。他们也把我看作是敌人了。”

“我仍然觉得这还不够级别，公爵。不，这背后是一件更大的事情，让幕后主使甘愿冒着发动全面战争的风险，”他顿了一下，又接着说，“我不知道贝尼·特莱拉在厄崔迪家族的窘境或毁灭里能得到什么好处。您顶多是他们的一个外敌而已。”

雷托自己也在苦苦思索这个谜题，但假如连门泰特都看不清其中关联的链条，那么一个普通的公爵怎么可能找到如此微妙的线索。“好吧，还有什么可能？”

“也许……是伊克斯人在搞破坏。某个伊克斯变节者试图反击特莱拉的结果。一个试图拯救被流放的多米尼克·维尔纽斯的错误举动。或者多米尼克本人也参与其中了，虽然自从他变节后就再没人看到过他了。”

雷托消化了一下这些话，但更为实际的问题却让他心烦意乱起来：“破坏？通过什么手段？”

“很难说。特莱拉飞船内部被掏空表明是一个多阶段炮弹。化学残留物分析也证实了这一点。”

雷托靠在那张不舒服的椅子上，又问道：“怎么会呢？谁会发射这样一枚炮弹呢？我们别忘了，有目击者声称炮弹是从我们的护航舰的方向发射出去。当时咱们附近什么也没有，你我都清楚。只是我们的船距离它们比较近而已。”

“公爵，还有几个我能想到的可能性极小的答案。比如一艘小型攻击舰可以发射这种炮弹，但不可能把船体隐藏起来。我们当时可什么也没看见。而即使是一个穿着呼吸器的人行走在货舱里也会被人看见，这排除了肩扛式导弹的可能性。此外，在折叠式空间飞行期间，任何人是禁止离开飞船的。”

“我不是门泰特，杜菲……但我还是在这里面闻到了哈克南人的味道。”雷托若有所思地用手指在蓝玻璃桌子那光滑、冰冷的表面上画圈。他必须思考，必须坚强。

哈瓦特给了他一个简明扼要的分析总结：“当一桩恶行发生时，三条主要的线索总是指向其行为目的：金钱、权力或报复。这次事件是一个阴谋，目的是摧毁厄崔迪家族——可能与杀害你父亲的阴谋有关。”

雷托长叹一声。“在迪米特里·哈克南和他的儿子阿布鲁尔德统治下，我们家族过了几年安生日子，似乎哈克南人愿意与我们和平相处了。但现在恐怕要旧事重提了。据我所知，现在的男爵对此很是执着。”

门泰特苦笑道：“大人，这正是我担心的。只是我完全搞不懂他们是如何在这么多船只的监视下完成伏击的。而想要在兰兹拉德联合会法庭上证明这个猜想更是难上加难。”

一名卫兵拿着一个小包裹出现在立场牢房里，他径直走了进来，一句话也没说，甚至连看也没看雷托一眼，把包裹放在光滑的桌面上就离开了。

哈瓦特用扫描仪扫描了一下这个可疑的包裹。“消息方块。”他说。门泰特示意雷托往后站，然后伸手打开包装，露出里面一个黑色的物体。他在上面没有发现任何标记，也没有任何关于发信人的信息，但这东西看起来似乎很重要。

雷托举起黑方块，在识别出他的指纹后，方块发出了光芒。随着他眼球的转动，文字开始在方块表面显现出来，那是包含着重要情报的两句话。

“皇太子沙达姆和他的父亲一样，与贝尼·特莱拉保持着秘密而非法的联盟。这个情报可能对你的辩护很有价值——如果你敢用它的话。”

“杜菲！快看看这个。”但他还没来得及把方块正面转向门泰特，上面的文字就消失了。然后信息方块也在他的手掌里碎成了碎片。他不知道是谁给他送来了这么一颗重磅炸弹。*难道说我在凯坦有什么秘密盟友？*

雷托突然感到一阵不安，然后变得偏执起来，他转而使用保卢斯公爵教给家人的秘密语言——厄崔迪手势。当他叙述他所读到的东西并询问是谁把这个方块送来的时候，年轻人那鹰一样的脸庞愈发阴沉起来。

门泰特思考了一会儿，然后用他自己忽隐忽现的手势回答道：“特莱拉人并不以他们的军事力量闻名，但这种联系也许可以解释为什么他们能如此轻易地摧毁伊克斯人和他们的防御手段。萨多卡卫队可能秘密地控制了那些受压迫的地下民众。”杜菲最后说道：“沙达姆不知怎么就卷进来了，而且不想让人们发现真相。”

雷托晃动着手指问道：“但这和远航机内的攻击事件有什么关系呢？我看不出有什么联系。”

哈瓦特噘起他那污浊的嘴唇，声音沙哑地低声说出了答案：“也许根本就没有联系。但这根本不重要，只要我们能在我们最黑暗的时候利用这些信息就可以了。我提议我们虚张声势，我的公爵。一次无比壮观且孤注一掷的虚张声势。”

在没收审判中，通常的证据规则不再适用了。在法庭审理之前没有披露证据的要求，即必须将证据披露给反方或裁判官。这将那些拥有秘密信息的人置于一个独特而有力的位置——与他所冒的极端风险当然也十分相称。

——《罗根证据法则》，第三版

当皇太子沙达姆从雷托·厄崔迪那里收到这个意想不到的消息方块时，顿时被气了个满脸通红。

“殿下，我的辩护文件里有你勾结特莱拉人的全部真相。”

“不可能！他是怎么知道的？”沙达姆一边气急败坏地大骂，一边把方块摔到了墙上，青紫纹理的大理石都被砸裂了。芬伦急忙跑上前去把碎片收集起来，一方面是为了保存证据，同时也是为了阅读了上面的信息。沙达姆瞪着他的顾问，好像这都是芬伦的错似的。

天刚黑下来，他们两人就离开了宫殿，去芬伦的私人公寓里开秘密会议。现在沙达姆在宽敞的房间里踱着步，鬼鬼祟祟的芬伦则像影子一样跟在他身后。沙达姆虽然还没有正式加冕，此时却端坐在了一张巨大的阳台椅子上，就好像那是金狮宝座似的。皇太子带着皇室的隐忍注视着他的朋友，问道：“那么，哈什米尔，你认为我那个表亲是怎么知道特莱拉这件事的？他手里有什么证据吗？”

“嗯哼，他可能只是在虚张声势……”

“这不可能只是个纯粹的巧合。我们不敢和他摊牌的——即便这真是个虚张声势的话。毕竟我们不能冒着让真相在法庭上曝光的风险，”沙达姆呻吟起来，“我一点也不喜欢这个没收审判。从来没喜欢过。它把对大家族资产的分配权从皇权里剥离了，从我身上剥离了。我觉得这是个非常糟糕的审判形式。”

“可您也无能为力啊，殿下。这是一条既定的法律，可以追溯到芭特勒时代，当时科瑞诺家族刚刚被指定来统治人类文明。值得注意的是从此之后的数千年里，这次只是第四次使用没收审判，嗯哼？这种孤注一掷的策略似乎并不怎么受欢迎。”

沙达姆继续怒目而视，穿过夜空望向远处那座宫殿的棱柱形圆顶，他的目光越来越远了：“可是他怎么可能知道呢？谁告诉他的？我们错过了什么？这真是一场灾难！”

芬伦在阳台边停了下来，眼睛紧盯着天上的星星。他的声音低沉得像是一种不祥的耳语：“也许我应该去拜访一下雷托·厄崔迪，嗯哼？去弄清楚他到底知道些什么，又是怎么知道的。这是解决我们这个小困境最直接的办法了。”

沙达姆无精打采地坐回到阳台的椅子上，只是他觉得椅子靠背有些太硬了：“那位公爵什么也不会告诉你的。他失去的太多了。他也许只是想捞一根救命稻草，但我相信他会把他的威胁付诸行动的。”

那双巨大的眼睛阴沉了下来。“当我提出一个问题时，沙达姆，我就会得到答案，”芬伦攥紧了拳头说道，“你现在应该清楚这一点了吧，在我为你做了那么多事情之后。”

“那个门泰特杜菲·哈瓦特不会离开雷托半步的，而他是一个可怕的对手。被人称之为暗杀大师。”

“我也一样，沙达姆。我们可以想个办法把他们两人分开。你下令，我就去办。”他的眼神中明显流露出了杀人的渴望，而所面临的挑战更增加了其中的乐趣。芬伦的眼睛现在闪闪发光，但沙达姆却叫停了他。

“如果他真像看上去那么聪明，哈什米尔，他一定会为自己留很多条后路。啊，是的。一旦雷托察觉到了威胁，他就可以马上宣布他所知道的一切——而且谁也不知道他为自己准备了什么样的后路，尤其是假定这是他早就计划好了的话。”

“……有你勾结特莱拉人的全部真相……”

此时一阵凉风拂过阳台，但他丝毫没打算回到屋里去：“如果我们的……计划……被揭露的话，那些大家族可能会阻止我登基，然后一支兰兹拉德联合会的攻击部队就会被派去攻打伊克斯。”

“他们现在已经把它改名为萨图赫了，殿下。”芬伦嘟囔着。

“不管它叫什么吧。”

太子用手梳理了一下他那整整齐齐的淡红色头发。厄崔迪囚犯的这行字比有人颠覆了一百个世界还要让他震惊。他不禁想如果是老埃尔鲁德的话会受到多大困扰。比他统治早期的埃卡兹大叛乱怎么样？

好好看，认真学。

闭嘴，你这只老秃鹰！

沙达姆眉头紧锁着说道：“想想吧，哈什米尔——这事儿有些太过刻意了。有没有可能根本不是雷托公爵摧毁的特莱拉飞船？”

芬伦伸出一根手指摸了摸他的尖下巴，答道：“我很怀疑，殿下。据目击者证实，厄崔迪的飞船当时就在那里。武器也开过火，而雷托也毫不掩饰他对贝尼·特莱拉的愤怒。还记得他在兰兹拉德联合会的演讲吗？就是他干的。没人会不相信。”

“可我想，即使是一个十六岁的孩子也会做得比这更狡猾。还有，他为什么要求没收审判呢？”沙达姆讨厌自己不能理解别人的意图和行为，“真是可笑的冒险。”

芬伦停止了说话，过了好久，才像扔出一颗重磅炸弹一样说出了他的想法：“因为雷托早就知道他会有机会给你发这个信息？”说着他指了指信息方块的碎片。他不得不指出显而易见的事实，因为沙达姆经常让他的愤怒占据他的推理能力。他得快一些说出来才行。

“也许您想反了，殿下。会不会雷托要打的就是特莱拉人，会不会他就是要以这次事件为借口，请求对他进行没收审判——也就是兰兹拉德联合会法庭上的一个公共论坛，而在那里他就能当众揭发我们的事情了？到时候整个帝国都会倾听他的证词的。”

“但这是为什么，为什么呢？”沙达姆仔细端详他修剪得整整齐齐的指甲，露出满脸的困惑，“他跟我有什么过节呢？我是他的表亲啊！”

芬伦叹了口气答道：“雷托·厄崔迪与被罢黜的伊克斯王子关系密切。如果他知道是我们参与了推翻原来的统治者并和特莱拉合作人工香料，这理由对他还不够吗？他从他父亲那儿继承了一种极度错位的荣誉感。那么，从这个角度想一下：雷托决定自己承担起惩罚贝尼·特莱拉的责任。但如果我们现在让他在兰兹拉德联合会面前接受审判，他就打算揭发出我们参与的部分，然后把我们也拉下水。就这么简单，嗯哼？他是认了罪，但他也完全清楚我们不得不保护他……为了自保的话。不管怎样，他都达到了惩罚我们的目的。至少他还给自己留了条后路。”

“啊，是啊。但这可是——”

“你是想说勒索，殿下？”

沙达姆倒吸了一口凉气，说道：“他可真该死啊！”现在他站起身来，看上去终于像个皇帝了，“他可真该死！如果你说的是对的，哈什米尔，那我们现在别无选择了，只能帮他了。”

帝国的成文法律不可更改，无论哪个伟大的家族拥有了统治权或是哪个皇帝坐在金狮宝座上。帝国的宪法文本也都已经存在了几千年。这并不是说每个政权在法律上是平等的，这些差异源于解释的微妙之处，也源于微小的漏洞，这些漏洞最终会变大到足以让远航机通过其中。

——《帝国法律：评论和反驳》

雷托仰卧在牢房里的吊床上，感受着身下按摩装置温和的颤动，这种按摩装置可以缓解他颈部和背部的肌肉紧张。虽然他仍然不知道下一步要做什么。

到目前为止，他还没有从皇太子那里得到任何答复，雷托现在确信自己那狂妄的恫吓应该是无效了。不管怎么说，这条秘密信息也算是个尝试吧，而他是真不知道后面会怎样了。相反，一个小时又一个小时过去，他和门泰特只是在不停地讨论案件的法律依据和依靠他们自己技能的必要性。

为了度过这段漫长的等待、沉思和无聊的时间，他在自己身边堆满了个人物品和舒适用品以供自己使用：胶片书[1]、精美服装、写作

[1]任何由志贺藤加工而成、用以教学目的、载有电子记忆脉冲信息的投影书都可以被称作胶片书。

工具，甚至还有等候在牢房外面的信使，可以把个人信息方块送到他指定的任何一名收件人手里。每个人都知道这次审判有多大的风险，但并不是每个凯坦星上的人都想让雷托获胜。

从技术上讲，由于他卷入的法律程序，他不再拥有任何个人物品了，但尽管如此，他还是很高兴能用上它们。胶片书和服装提供了一种安定感，一种与他口中的“前生活”的联系。自从远航机货舱内那场神秘袭击后，他的生活就陷入了一片混乱。

雷托的整个未来，他家族的命运，以及他在卡拉丹的财产都岌岌可危地悬在没收审判之上了，要么全部还给他，要么一无所有。如果他在审判中败诉了，那么他的家族将会比变节的维尔纽斯家族还要糟糕。厄崔迪家族将会不复存在——完全不存在。

至少到那时，他在内心强挤出一个玩笑，*我不用再为争取一桩能最大限度巩固我在兰兹拉德的根基的合适婚姻而烦恼了*。他深深地叹了口气，不禁想起了满头深铜色头发的凯莉娅，以及她那个永远不会实现的关于未来的梦。如果他被剥夺了头衔和财产，那么雷托·厄崔迪就可以选择与她结婚，而不用考虑政权和政治了……但如果他不再是公爵，那么怀揣着凯坦星和宫廷梦想的她还会要他吗？

不管怎样，我总能找到有利条件。隆博曾这样说过，现在他可以借用一下他朋友的这种乐观精神了。

在拥挤的蓝玻璃办公桌前，杜菲·哈瓦特全神贯注地翻着投射在他眼前的全息书页——这是一份可能用来指控雷托的证据汇编，以及对兰兹拉德联合会法律的分析。这一资料包括厄崔迪律师的意见和哈瓦特本人作出的门泰特推测。

这个案子完全是建立在间接证据的基础上的，但从雷托面对兰兹拉德联合会议会发表了那份愤怒的声明开始，它就变得极具说服力。他有明显的动机，甚至可以说他已经对特莱拉宣战了。

“这一切都表明我有罪，不是吗？”雷托说道。他从摇摇晃晃的床上坐了起来，按摩器自动暂停了。

哈瓦特点点头答道："有些太完美了，大人。而证据方面的情况还在继续恶化。我们战斗舱上的多阶段发射装置在调查过程中被检查了，发现了发射的痕迹。这是一个相当糟糕的结果，它无疑大大增加了我们的嫌疑。"

"杜菲，我们都知道炮弹被发射过了。我们从一开始就上报了。那是在远航机进入折叠空间之前，我和隆博出去练习射击飞碟无人机时开的火。我们飞船上的每个人都能证明这一点啊。"

"裁判官可能不会相信我们。这种解释听起来太简单了，一听就像是捏造出来的托辞。他们会认为我们提前的训练是为了给武器检查结果找一个理由，因为我们清楚在这之后会向特莱拉人开火。这是个很简单的把戏。"

"你总是能看透这些复杂的细节，"雷托带着温柔的微笑赞叹道，"这都是得益于你在安全部队的训练。你总是会反复地仔细研究，探求事物每一个层面，进行计算和预测。"

"公爵，这正是我们现在所需要的。"

"别忘了，真相是站在我们这边的，杜菲，这是一个强大的盟友。我们将高昂着头，站在我们的同僚面前，告诉他们发生的一切，尤其是那些没有发生的事情。他们必须相信我们，否则厄崔迪家族几百年来的荣誉和诚实将毫无意义。"

"我希望我能拥有您的力量……和乐观，"哈瓦特回应道，"您表现出了非凡的坚定和沉着。"他那饱经风霜的脸上掠过一丝苦乐参半的表情，"您的父亲把您教导得很好。他一定会为您感到骄傲的。"说着他关掉了全息投影仪，一页页跳动的证据消失在了牢房沉闷的空气之中。"到目前为止，在裁判官和兰兹拉德陪审团的投票成员中，确实有一些人可能会认定您是无辜的，而这都要感谢您过去对他们的忠诚。"

雷托笑了，但同时也注意到了他的门泰特是多么的不安。他从床上荡到地板上。雷托披着一件蓝色的长袍，光着脚踱起步来。一股寒流爬上了他的手臂，他调整了牢房的温度。“在他们听了我的陈述并看到证据后，会有更多人相信我的。”

哈瓦特看着雷托，仿佛又回到了他的童年时代：“我们的一个优势是，您的大多数盟友会投票无罪释放，仅仅因为他们鄙视特莱拉人。不管他们认为您做了什么，您也是出身高贵，来自受人尊敬的兰兹拉德联合会家族。您是他们中的一员，他们不会为了鼓励贝尼·特莱拉而毁灭您。几个家族出于尊敬您父亲的原因而选择支持您。并且至少有一位裁判官对您几个月前在兰兹拉德联合会议会上的大胆发言印象深刻。”

“但大家仍觉得是我做了那么可怕的事吗?”他沮丧地皱起了眉头，“他们支持我都是因为其他附加原因。”

“您对他们来说还很陌生，在他们眼里您不过是个莽撞冲动的孩子。现在，公爵，我们应该更关心判决结果本身而不是理由。如果您胜诉了，那么您还有很多时间来重建您的声誉。”

“而如果我输了，也就没什么关系了。”

哈瓦特庄严地点了点头，像一块巨石似的站立着说道：“没收审判没有固定的规则。它是一个没有证据或程序规则的自由论坛，是一个空着的容器。没有披露程序，我们就不必向法庭披露我们将提供的是什么证据——但其他人也同样不需要。我们无法知道敌人可能会说什么谎话，也无法知道他们可能篡改了什么证据。我们没法提前看到他们所谓的证据，也包括他们的主要证人将如何作证。肯定会有许多关于厄崔迪家族的坏话的。您得有个心理准备。”

一片嘈杂声传来，雷托一抬头看到卫兵关上了嗡嗡作响的限制力场，让隆博进来。伊克斯王子身穿着一件白色的衬衫，衣领上别着一个维尔纽斯螺旋。他的脸经过健身房里的锻炼后变得更红了，淋浴后的头发也湿漉漉的。在他的右手上，火宝石戒指闪闪放着光。

雷托不禁想到了自己和朋友的境遇相同之处，他们的家族都是一片混乱，几乎被摧毁。得到了皇家临时保护的隆博，每天都在同一时间来探望自己。

“锻炼完了?”雷托问道，尽管哈瓦特十分悲观，但他还是强行挤出了一丝诚恳的语气。

“我今天把体能训练机给弄坏了，”隆博略带顽皮地笑着说，“那它一定是那些小破家族造出来的。根本没有经过质检。当然比不过伊克斯造的那种好东西了。”雷托笑着说道，然后和隆博握了握手。

隆博挠了挠他湿漉漉、乱蓬蓬的金发说道：“艰苦的锻炼能够帮助我思考。这些日子我很难把精力集中在任何事情上。顺便说一下，我妹妹通过一个刚从卡拉丹过来的通讯员表达了她的支持。我觉得你肯定想知道。弄不好能让你高兴点儿。”

他的表情变得严肃起来，显露出长时间的磨难给他带来的重压，一个十六岁男孩所不应有的压力和早熟的轻微迹象。雷托知道他的朋友所关心的是如果厄崔迪家族输掉了这场审判，那么他和凯莉娅的结局会变成怎样……两个伟大的贵族家庭在极短的时间内相继毁灭了。也许隆博和凯莉娅会去找他们变节的父亲……

“杜菲和我只是在讨论我们案件的法律依据，”雷托解释道，“或者用他的话说，是缺乏法律依据。”

“我不会那么说的，我的公爵。”哈瓦特抗议道。

“要是这样的话，那我带来了好消息，”隆博宣布道，“贝尼·杰瑟里特希望在审判中为我们提供真言师。那些圣母可以从任何人身上套出谎言来。”

“这太好了，”雷托说，“她们可以瞬间解决整个问题的。只要我开口，她们就能证实我说的是实话。事情能这么简单吗?”

“但一般来说，真言师的证词是不会被法庭采纳的，”哈瓦特警告说，“当然这里可能会有例外，但我很怀疑。毕竟女巫们有她们自己的目标，因此法律分析家认为她们可能会被收买。”

雷托惊讶地眨了眨眼睛。“收买？那么这说明他们根本就没见过几个圣母。”不过，他开始更多地琢磨起这个问题来了，考虑着各种可能性。“但她们的秘密目标是什么呢？为什么贝尼·杰瑟里特会提出这样的建议？他们能从我的清白——或者我的罪行中得到什么呢？”

“公爵，谨慎行事啊。”哈瓦特说。

“值得一试，”隆博说，“即使它不具有约束力，一个真言师的证词也会增加雷托对事件描述的分量。你和你周围所有的人——包括杜菲，我，护航舰船员，甚至你从卡拉丹带来的仆人——都可以被真言师仔细审查。我们都清楚说辞都将是一致的。他们将毫无疑问地证明你是无辜的。”说着他咧嘴一笑，“我们很快就能回卡拉丹啦。”

然而，哈瓦特仍然不大买账：“年轻的王子，联系你的人到底是谁？是谁慷慨地提出了这个建议？而她要什么回报呢？”

“她，呃，什么也没要求。”

“暂时没有，也许，”哈瓦特说，“但那些女巫考虑得很长远。”

伊克斯王子挠了挠太阳穴，说道：“她的名字叫玛格特。她是阿妮鲁尔夫人的随从，大概是来参加皇室婚礼的吧。”

雷托倒吸了一口气，心中一动：“那个要和皇帝结婚的女人。所以这是沙达姆干的？作为对我们那条信息的回应？”

“贝尼·杰瑟里特不会为任何人卖命，”哈瓦特反驳道，“她们是出了名的独立。她们这样做是因为她们自己想这样做，因为这样做对她们有好处。”

“我还是想知道，在那么多人里为什么她找的人会是我，”隆博说道，“但是想想看：她的提议对我们没有任何好处，除非雷托确实是无辜的。”

“我就是无辜的！”

哈瓦特对隆博钦佩地笑了笑："当然。但我们现在知道贝尼·杰瑟里特清楚雷托说的是实话了，否则她们不会提出这样的建议。"他不清楚姐妹会到底知道些什么，也不清楚她们到底希望得到些什么。

"除非她们这是在测试我，"雷托推测道，"只要接受了她们的真言师，她们就清楚我没有撒谎了。而如果我拒绝了，她们就会知道我确实有什么需要隐瞒的东西。"

哈瓦特靠在牢房的墙边，透过一扇强化玻璃窗凝视着外面："请注意，我们所面临的审判只是一个空壳。也存在着对贝尼·杰瑟里特和她们神秘魔法的偏见。真言师可以为了更大的目标而背弃她们的誓言而撒谎。巫术，魔法……也许我们不应该这么快就接受她们的帮助。"

"你认为这是个阴谋?"雷托问道。

"我总是怀疑有人在耍阴谋。"门泰特回答。他的眼睛里闪着亮光，"这是我的天性，"他转而使用厄崔迪手势，向雷托说道："这些女巫可能是在执行帝国的命令。这背后到底隐藏着什么样的联盟呢?"

最糟糕的联盟是那些削弱我们的联盟。而更糟糕的是皇帝没有认清这种联盟的本来面目。

——拉斐尔·科瑞诺王子，《领导论》

太子沙达姆尽其所能地不让特莱拉代表感到一丝宾至如归或是受到欢迎。他甚至讨厌和特莱拉代表共处一室，但这次会面却无法避免。全副武装的萨多卡卫兵护送希达尔·芬·阿吉迪卡穿过后走廊，经过维修通道，顺着没有标记的楼梯，最终来到了一排栅栏门的门后。

沙达姆选择了一个最为私密的房间，十分隐蔽，甚至没有印在建筑平面图上。很久以前，在前太子法夫尼尔死去几年之后，哈什米尔·芬伦在素来鬼鬼祟祟的潜伏行动中偶然发现了这个地方。显然这个隐秘的房间是埃尔鲁德早年间在统治帝国之初时使用的，当时他除了有许多正式纳入后宫的妃嫔之外，还有无数秘而不宣的情人。

寒意袭人的房间里只有一张桌子，临时弄来的球形灯照亮了桌子。墙壁和地板上充满了灰尘的味道。靠墙的窄床上铺着被单和毯子，如今早已磨损破旧，布满绒毛。角落里有一束年代久远的花束，看样子是几十年前被扔在那里的，现在只剩下一把发黑的枯叶和茎秆。这个地方传达了主人想要表示的意图和期望的印象。不过沙达姆知道，贝尼·特莱拉人对这种玄虚之事并不怎么在意。

隔着普普通通的桌子，希达尔·芬·阿吉迪卡身穿栗色长袍，灰色的双手交叠地放在木质桌面上。他眼距很近的眼睛眨了眨，望着沙达姆说道：“是您召我过来的吗，殿下？我正根据您的吩咐做研究呢，听到您的召唤，立刻就过来了。”

沙达姆面前摆着一盘猪蝓肉，是刚由一名卫兵端上来的。因为他今天一直没时间好好吃顿饭。他尝了尝盘子里的奶油蘑菇酱，然后不情愿地把那盘肉推给阿吉迪卡，让客人品尝。

这个身型矮小的特莱拉男人身子向后退，拒绝触碰食物。沙达姆皱起了眉头，说道：“这猪蝓肉是你们自己生产制造的，难道你们特莱拉人自己做的美味珍馐自己都不吃吗？”

阿吉迪卡摇了摇头道：“虽然这种生物是我们繁育的，但我们自己并不吃。请原谅，殿下。您不必客气。咱们讨论一下下一步必须做什么吧。我急着赶回萨图赫的实验室里继续研究。”

沙达姆哼了一声，松了口气，因为他不必再硬着头皮对特莱拉代表礼让了。他并不喜欢对这个男人以礼相待。反而，他伸手揉了揉自己的太阳穴，因为他长久以来一直受到头疼的困扰，如果放任不管的话，一个小时后会头疼得更厉害。“我必须提出一个请求——不，是作为皇帝的要求。”

“请原谅，太子殿下，”阿吉迪卡打断了他的话，“您还没有加冕登基呢。”

门口的卫兵惊呆了。沙达姆也惊讶地瞪大了眼睛：“放眼整个帝国，有谁的命令能比我更有分量呢？”

“不，殿下。我只是在纠正一个语义上的问题。”

沙达姆把餐盘推到一边，像个猎食动物一样身子前倾，俯身在桌子上，离得那么近，他都能闻到那个特莱拉人身上难闻的气味。“听我说，希达尔·芬·阿吉迪卡。你的人必须撤销对雷托·厄崔迪的控告。我不希望这件事闹到法庭上。”他又坐回去，咬了一大口猪蝓肉，嘴里塞满了食物，边吃边说，“所以放弃你们的指控吧，我会送给你们想要的宝贝，一切都会安定下来的。”

他的解决办法听起来很简单。特莱拉人没有立即回答，于是沙达姆继续往下说，尽量显得和蔼可亲：“我跟我的大臣们商量了一下，决定特莱拉人可以得到赔偿，我会支付他们损失的血汗钱。”随后沙达姆竖起红红的眉毛，露出一副严厉的表情，“不过，只是真正的损失。死灵不算在内。”

“我明白，殿下，但我很遗憾地告诉您，您的要求是不可能实现的。”阿吉迪卡的声音依然低沉而平稳，“我们不能忽视对特莱拉人民犯下的这种罪行，它深深地打击了我们的荣誉之心。”

沙达姆听到这话时，差点被刚吃进嘴里的肉噎到：“‘特莱拉人’和‘荣誉’通常是不会同时出现的。”

阿吉迪卡没有理会这话里包含的侮辱：“然而，所有的兰兹拉德联合会成员都知道了这个可怕的事件。如果我们撤回控告，厄崔迪家族就会明目张胆地攻击我们——摧毁我们的船只，杀害我们的人民——而不受任何惩罚。”他的鼻尖抽动了一下，“殿下，您明察秋毫，治国有道，所以您必然知道我们在这件事上不会让步。”

沙达姆大为恼火，头疼得越来越厉害了：“我不是在请求你，我是在通知你。”

矮小的男人思考了一会儿，黑色的眼睛贼溜溜放着光，然后问道：“殿下，请恕我冒昧问一句，为何雷托·厄崔迪的命运对您如此重要呢？公爵所代表的家族相对来说并不那么重要。为什么不把他扔进狼群，让我们如愿呢？”

沙达姆从喉咙深处发出一声怒吼：“因为雷托不知怎么地竟然知道了你在伊克斯上进行的人工香料研究。”

阿吉迪卡的脸上终于露出戒备的神色：“不可能！我们一直实行最严格的保密措施。”

“那他为什么给我捎来了口信?”沙达姆半站在座位上，厉声问道，“雷托用这件事作为讨价还价的筹码来威胁我。如果他在审判中被判有罪，他就会揭露你们干的所有那些事以及我们的合谋。我将会面临兰兹拉德联合会的反叛。想想吧——我的父亲，在我的帮助下，允许兰兹拉德联合会里的一个大家族被人给推翻了。这是前所未有的情况！而推翻这个大家族的，不是他们的对立家族，而是你们……特莱拉人。”

到了这时，这个一门心思搞研究的人似乎也被激怒了，但他仍然没有回应。

沙达姆呻吟了一声，想象着那时自己的惨状，然后又怒视着特莱拉人说：“如果人们知道我这么做是为了获得一个私人垄断的人造香料来源，从而使兰兹拉德联合会、贝尼·杰瑟里特和宇航公会的利润大幅削减，那么不出一个星期，我就会被拉下台，皇位不保。”

“我们之间好像陷入僵局了，大人。”

“不，我们没有!”沙达姆咆哮起来，“幸存的那艘特莱拉飞船上的飞行员是你的主要证人。让他改变证词。也许他并没有像他最开始所认为的那样，清清楚楚地看到了一切。你会得到丰厚的回报，不光我会掏腰包，厄崔迪家族也会从金库里拿钱给你。”

“这还不够，殿下，”阿吉迪卡露出一副令人丧胆的阴冷表情，“厄崔迪家族必须为他们的所作所为而受到羞辱。一定要让他们颜面扫地，雷托必须付出代价。”

皇帝轻蔑地低头看着特莱拉的研究员。他的声音冷静而克制：“要不要我再多派些萨多卡卫兵到伊克斯？我敢肯定大街上巡逻的军队一定会密切关注你们所有行动的。”

阿吉迪卡仍然没有流露出任何情绪。

沙达姆的目光突然变得异常冷酷起来：“我已经等了一个月又一个月，可你们还是没有给我生产出我需要的东西。现在你们又说可能还得需要几十年的时间。如果雷托揭露了我们，那咱们的日子都长不了。”

太子吃完那盘猪蝓肉，把盘子推开。尽管这道菜精心烹制，美味无比，但他几乎没吃出什么味道，因为他头痛欲裂，根本没心思享用美食。当个皇帝怎么这么难呢?

“那您随便吧，殿下。”阿吉迪卡说道。而沙达姆从来没听过这么刺耳尖锐的声音。“雷托·厄崔迪不可原谅，必须受到惩罚。”

沙达姆皱起鼻子，满心不悦地结束了会见，示意萨多卡卫兵把这个矮小的男人拖走了。因为他很快就会成为已知宇宙的皇帝，所以他还有许多其他的事情要做，许多重要的事情。

要是他能摆脱这该死的头痛就好了。

最糟糕的保护是信心。最好的防御是怀疑。

——哈什米尔·芬伦

杜菲·哈瓦特和隆博·维尔纽斯可以从容地离开牢房了，而雷托受到荣誉的羁绊还是得留下来，另一部分原因是为了自身的安全。门泰特和伊克斯王子经常与厄崔迪护卫舰上的船员，以及任何有可能对案子有帮助的人讨论证词。

与此同时，雷托则独自坐在牢房的办公桌前。虽然老门泰特总是训练他不要背对门坐，但雷托觉得待在一个最高安全级别的牢房里还是足够安全的。

此刻，他沉浸在片刻的沉默和专注中，仔细研究着为他准备的大量证据投影图。即使有萨多卡卫兵的护送，他也不愿意经过皇宫，因为他知道被指控的阴影仍然笼罩着他。不过他很快就会见到自己的同僚，并声明自己的无辜。

他听到身后牢房里传来了什么动静，但他迟迟没有回头。他手里拿着一支嗡嗡作响的投影笔，写完了一段关于第一艘特莱拉飞船被彻底摧毁的证词，并记下了一个他以前没有考虑过的技术细节。

“杜菲吗？”雷托问道，“忘了拿什么东西？”说着他漫不经心地回头看了一眼。

一个高大的兰兹拉德联合会卫兵，穿着一件五颜六色、花里胡哨的制服站在那里。那人宽宽的脸上有一种奇怪的表情，尤其是那双黑眼睛很是怪异。他的皮肤看起来很苍白，颜色很不自然，像是涂上去的。雷托发现了此人身体有些不同寻常，在他古怪而又不稳定的动作中有一种奇怪的僵硬和笨拙。他手上的皮肤发灰色，但脸上却没有，实在令人起疑……

雷托把手伸到桌子底下，手指摸到了一把刀的刀柄，那是哈瓦特特意为他藏在牢房里的。雷托摸着刀柄，没有改变坐姿，脸上也依然一副平静而期待的表情，面不改色。

武器大师给他上的每一节训练课，都深深印刻在他的脑子里，沸腾在他的肌肉和血液中，让他始终保持警觉。虽然箭在弦上，但此时的雷托既没有说话，也没有挑战这位入侵者。但他知道出事了，此刻的他正命悬一线。

一眨眼的工夫，高个子男人就脱下了那件肥大的制服，摆弄起和布料固定在一起的静态密封件。当布料滑落时，男人那张呆滞而毫无表情的面庞也随之滑落，原来是个*面具*！他的两手和下臂也掉落下来，在牢房的地板上堆成了一堆。

雷托困惑不已，头晕目眩，一头从椅子上栽到地板上，蹲在写字台旁边。他把刀拿好，但仍然隐藏在入侵者的视线之外，思考自己面临的选择。

高个子的卫兵身体从腰部裂开，就像被斩断成两半一样——两个特莱拉人转过身，面对着他，每个都是脸如皮革般坚韧粗糙的侏儒。其中一个人从另一个人的肩膀上跳下来，落在地上。两个人都穿着紧身的黑衣，身上的每一块坚实肌肉都裸露在外。

两个特莱拉刺客彼此分开，把他团团围住。他们的小眼睛像铅弹一样闪烁着微光。每个人两只手中都各有一样东西在闪光——一共四件武器，模糊不清但肯定致命。其中一个人疯狂地向雷托扑去，尖叫道："去死吧，婆温达恶魔！"

在一瞬间，雷托考虑是趴到桌下还是躲到全息投影车的下面。但首先他还是决定赌上一把，至少先杀死一名袭击者……这样一来就破坏他们原先的计划了。他熟练地瞄准目标，把哈瓦特的刀掷了出去。那把刀迎上目标，直接刺穿了侏儒的颈动脉，让他仰面栽倒。

一只银色的飞镖嗖地一声掠过了雷托的耳朵，他立即滚到了全息投影车的后面。此时，那台全息投影车仍继续在桌子上方投射影像。第二支飞镖击中了他脑袋旁边的墙壁，削去了石头的一角。

然后他听到激光枪的嗡鸣声。紫色的光弧照亮了整个房间。

第二个特莱拉人的尸体撞到全息投影车上，把车撞翻。那个特莱拉刺客的脸被炽热的光束熔化，渗到了地板上，尸体就倒在离雷托藏身之处不远的地方。

杜菲·哈瓦特和兰兹拉德联合会的一个卫兵队长大步走进牢房，低头看着雷托。在他们身后，卫兵们查看了两具黑衣人的尸体。空气中弥漫着肉被烧焦的气味。

“他们不知怎地通过了我们的安检。”队长说。

“我可不认为那是安检。”哈瓦特厉声对他说。

一个卫兵说道：“这个人的喉咙里插着一把刀。”

“这把刀是从哪儿来的?”队长扶雷托站起来，问道，“是您扔的吗，大人?”

雷托瞥了一眼他的门泰特，没有说话，而是让哈瓦特去回答。“既然你们有安检，队长，”哈瓦特冷笑着反问，“那怎么可能有人私带武器进来呢?”

“那把刀是我从一名袭击者手中夺过来的，”雷托面带自信地回答，“然后我就用这把刀杀了他。”他眨了眨灰色的眼睛，身体因惊魂未定而颤抖，“我想贝尼·特莱拉不打算等审判结束了。”

“地狱在下！”隆博边骂边走了进来，环顾四周，“好的一面是，在审判中这件事对特莱拉人来说十分不利。如果他们确信自己会赢的话，那为什么还要亲自动手杀人灭口呢？”

卫兵队长尴尬地涨红了脸，转向他手下，命令他们把尸体移走并进行清理。

“刺客们发射了两枚飞镖。”雷托指着被飞镖扎过的地方说。

“小心处理，”哈瓦特说，“镖上可能有毒。”

当雷托、隆博和哈瓦特再次单独在一起后，门泰特偷偷把一支毛拉枪塞进了桌子最下面的一层抽屉里。“以防万一，”他说，“下次一把匕首可能就不够了。”

从太空轨道上看，伊克斯原始而平静。但在它的外表之下，无数浩大的工程项目正在进行，许多伟大的作品因此问世。从这个意义上说，我们的星球就是帝国本身的一个隐喻。

——多米尼克·维尔纽斯，《伊克斯的秘密工程》

哈什米尔·芬伦得意洋洋、心满意足地把一叠秘密文件递给沙达姆。这些文件是用他和太子在童年时代创造的一种私人语言写成的。宏伟的大殿里回响着各种低语和声音，但他们对自己的秘密充满信心。沙达姆疲惫地坐在沉重的宝座上，哈葛尔石英高台闪烁着独特的光芒，犹如火光中闪耀的海蓝宝石。

芬伦紧张地打了个冷战。“这些文件是为兰兹拉德联合会的几大家族准备的，他们将出席厄崔迪的没收审判。”他的那双大眼睛就像黑洞一样，通往他思维的迷宫，“我发现了每个家族的一些尴尬或非法的事情。总之，我相信我们已经掌握了所需的各种说服手段。”

沙达姆在宝座上突然身子前倾，看起来像是着实被吓了一跳。他的眼睛变得狂野而焦虑，由于缺乏睡眠而发红，眼里闪烁着愤怒的光芒。

芬伦以前也见过他处于恐慌边缘的状态，就像他们阴谋策划他哥哥法夫尼尔的死亡时那样。“冷静下来，沙达姆，好吗，嗯－嗯－嗯－嗯?”他平静地说，“我把一切都安排好了。”

“该死的，哈什米尔！如果有任何收受贿赂的消息传出去，科瑞诺家族就完蛋了。我们不能让任何人知道我们与此事有牵连！”沙达姆摇了摇头，仿佛帝国的统治已经摇摇欲坠，他甚至还没有加冕呢。“他们会怀疑我们为什么要这么大费周章地去救一个无足轻重的公爵。”

芬伦笑了，试图用自己的信心来稳住沙达姆：“殿下，兰兹拉德联合会是由许多大家族组成的，其中许多家族已经成为了您的同盟。一些贵族小心翼翼地提了几条建议，比如少量的香料交易，一些适当的贿赂和威胁等等。”

“啊，是的。我一直听你的意见——但也许听的有些太多了，就好像我自己没脑子似的。再过不久，我就要成为拥有百万星球的帝国皇帝了，所以我得自己思考。我现在就得开始思考了。”

“皇帝还有众多大臣辅佐呢，沙达姆，*一直如此*。”芬伦突然意识到他必须更加小心谨慎才行。似乎有某些事情令沙达姆感到不安，而且是最近发生的事情。*难道他有什么事情在瞒着我吗？*

“咱们这次不用你的办法，哈什米尔，就这一次，”他态度很坚决，坚定不移，“我不允许这么做。咱们得另想办法。”

芬伦紧张起来，连忙爬上台阶，站在太子身边，看上去就像两人平起平坐一样。但是不知怎地，气氛似乎发生了一种令人不安的变化。哪里出问题了吗？他们两人还是婴儿的时候，芬伦的母亲就是沙达姆的奶妈了，两人还不都是喝同一个人的奶长大的？他们两人小的时候，不也是一起上的学吗？后来他们长大了，无数的阴谋诡计不也是他们一同策划的吗？沙达姆现在为什么突然不听他的建议了呢？

芬伦凑近太子的耳朵，对他耳语，声音听起来十分懊悔：“对不起，殿下，不过，嗯－嗯－嗯－啊……这个……事情已经做完了。我以为您肯定会同意的，所以那些消息被巧妙地传达给了各自的代表，要求他们在审判庭上投票时支持他们的皇帝。”

“你好大的胆子？竟然没有事先和我商量？”沙达姆气得满脸通红，半天都说不出话来，“你以为我会一直听你的吗？你是笃定了不管你出什么主意我都会同意吗？”

沙达姆被激怒了，越说越气。难道还有什么别的事让他心烦了？芬伦离王座后退了一步，说道：“殿下息怒，您反应过度了，容易失去理智。”

“恰恰相反，我反而看得更清楚了，”沙达姆怒气冲冲地说，“你觉得我不聪明，对吧，哈什米尔？从咱们小的时候，你就在课堂上偷偷给我讲解，考试的时候帮我答题。你总是比我思维更敏捷，头脑更灵光，也更残忍无情——或者是你故意表现出来的。但不管你信还是不信，我能自己处理好一切。”

“我从来没有对你的才智产生过怀疑，我的朋友，”芬伦那颗硕大无比的脑袋顶在他瘦小的脖子上晃动着，“鉴于你在科瑞诺家族的地位，你的未来必定大有保障，可以安枕无忧。但我却不得不为自己的前途和地位而奋斗，每一步都充满艰难险阻。因为我想成为你的智囊和知己。”

沙达姆身子前倾，坐在巨大的水晶宝座上。在大殿周围球形灯的照耀下，威严的宝座闪耀着火焰一般的光芒。“啊，是啊。你觉得你会成为皇帝背后真正的掌权者，而我只不过是你的傀儡罢了，对不对呀？”

“傀儡？当然不是。”芬伦又紧张地退后了一步。沙达姆今天很不正常，芬伦不知道他是怎么变得这么疑心重重，令人捉摸不定的。他肯定有事瞒着我。沙达姆之前从来没质疑过他朋友的举动，也从来没想过要问清贿赂或者暴力行为的细节。“嗯－嗯－嗯－嗯……我只是在想怎样才能尽自己最大的努力，帮助你成为一个伟大的统治者而已。”

沙达姆缓缓站起身来，显露出君主的威严，低头俯视站在高台下那个长着一张黄鼠狼脸的人。芬伦决定不再向后退了。他知道了什么？听到了什么消息吗？

“但我绝对不会做任何有损你利益的事，老朋友。咱们相识太久了。的确，我们两人合谋了不少事，手上沾了不少鲜血，”他用手捂着自己的心口，行帝国之礼，“我知道你是怎么想的，也知道你的……局限，不是吗，嗯－嗯－嗯－哼？实际上，你的确聪明绝顶。但问题是你总是觉得很难做出艰难但必要的决定。”

沙达姆从金狮宝座上走了下来，昂首阔步地走过光滑的石头地板，那些石头分别来自帝国麾下的百万个星球。“而现在你就要做出一个艰难的决定了，哈什米尔。这关系到你在不久的将来对我的帮助。”

芬伦等待着，担心太子脑子里会有什么不明智的想法。但他不敢争辩。

“记住这一点——我不会忘记你所犯的严重过错。如果这个贿赂计划反过来反咬我们一口的话，你会掉脑袋的。到时我会毫不犹豫地下令以叛国罪处决你。”

芬伦脸色发白，那张窄瘦的脸上露出了吃惊的表情，这令太子感到十分快意。以沙达姆现在的心情，芬伦意识到他的朋友的确可能会下达这样的命令。

于是这个紧张不安的男人咬紧了牙关，决定立即停止这种愚蠢的行为。“我刚才对你说的那番话是真心的，沙达姆，我真的是想帮你，”他字斟句酌地说道，“但我如果没有采取预防措施，让你卷入……嗯－嗯－嗯－嗯……怎么说呢？哦……卷入麻烦之中，那我岂不真成傻瓜了吗？如果我出了什么事，一切秘密就会大白于天下：比如你父亲的真正死因，伊克斯的人工香料研究，甚至还有你十几岁时密谋杀死法夫尼尔的事。如果我没有下毒害死你哥哥，如今坐在王座上的就会是他，而不是你了。你和我，咱们同坐在一条船上，无论是生是死，是荣是辱……你我的命运都是连在一起的。”

沙达姆看上去似乎毫不意外：“啊，是的。就知道你会这样说，哈什米尔。你不总是警告我不要让别人猜到你的话吗？”

芬伦显得很尴尬，但依然默不作声。

“你从一开始就把我引入了这个危险的计划，谁知道我们在伊克斯的危险投资究竟什么时候能得到回报呢？”沙达姆的双眼闪动着熊熊怒火，“合成香料，哼！我真希望我从没有和特莱拉结盟。如今结果不但不如人意，我还陷在里面抽不了身。瞧瞧你这该死的计划把我们带到了何种境地？”

“嗯－嗯－嗯－嗯－啊，我不想和你争辩，沙达姆。因为争也争不出什么结果。但你从一开始就知道其中的风险，也知道可能会获得的巨大的收益。所以请耐心等等。”

“耐心？现在我们将面临两种截然不同的结果，”沙达姆坐回座位，弓身向前坐在王座上，像是一只凌厉的鹰隼，“就像你说的，要么我登基加冕，你和我一起登上权力和荣耀的顶峰，要么我们一起身败名裂……被流放或是死亡。”他缓缓呼出一口气，还弄出了轻微的口哨声，“现在咱俩都命悬一线，就是因为你那可恶的香料计划。”

芬伦被逼无奈，只好孤注一掷使出了最后的杀手锏，他的两只大眼睛滴溜溜乱转，寻找着逃生的机会：“殿下，您是听到什么令人不安的消息了吧？我能感觉到。告诉我发生了什么事。”芬伦的嗅觉很敏锐，帝国皇宫和都城里有什么风吹草动，他能立刻就察觉到，没有什么能逃过他的眼睛。

沙达姆十指交叠。芬伦兴奋得涨红了脸，身子向前倾，一双黑色的眼睛瞪得大大的，眼里充满好奇。太子无奈地叹了口气，说道：“特莱拉派了两名刺客到牢房里去刺杀雷托·厄崔迪了。”

芬伦的心脏扑通扑通直跳，不知道这是个好消息还是坏消息：“那他们刺杀成功了吗？”

“不，没有。年轻的公爵设法私藏了一件武器来保护自己。但这引起了我的极大担心。”芬伦听了这个消息，也被吓了一跳：“那是不可能的。你不是已经和特莱拉代表谈过了，而且还坚决明确地告诉他——”

“没错，我跟他说了，”沙达姆厉声说道，“但显然不听我的命令的人不止你一个。要么是阿吉迪卡无视了我的命令，要么就是他没有能力控制住自己人。”

芬伦发出一声低沉的怒吼，很高兴太子的怒气转移到了别人身上。“我们必须以牙还牙：让那个希达尔·芬·阿吉迪卡清楚他必须听从皇帝的所有命令，不然就会付出更高的代价。”

沙达姆看着他，但眼里已经失去了光彩，不像以前那样温暖而真挚了：“你知道该怎么做吧，哈什米尔。”

芬伦抓住机会，立刻恢复了对太子毕恭毕敬的样子：“我一向知道该怎么做，殿下。”说完，他立刻转身，快步穿过了长长的大殿。

沙达姆在水晶王座前锃亮的地板上踱步，试图让自己平静下来，好理清思绪。芬伦刚走到拱门，他就喊道：“我们之间的事还没完，哈什米尔。等我加冕之后，事情必须有所改变。”

“遵命，殿下。您……嗯－嗯－嗯－嗯，一切按您的意思便可。”芬伦深深地鞠了一躬，退出了大殿，庆幸自己还能活着走出来。

面对必要的行动时，总是会有各种选择。只要把事情完成就行了。

——哈什米尔·芬伦伯爵，从厄拉科斯发来的报告

特莱拉飞行员在厄崔迪袭击案中幸存了下来，现在作为审判的重要证人被留在了凯坦星。他并不是囚犯，因此他的任何需要都得到了满足，但始终是孤零零的一个人，没有人愿意和他作伴。贝尼·特莱拉甚至没有公开他的名字。他只想回到自己的飞船上，继续工作。

然而，由于大量宾客前来参加即将举行的登基大典和皇室婚礼，所以很难找到住宿的地方。于是沙达姆的礼宾大臣们很高兴地为此人找了一间简陋而寒酸的房间。

不过令礼宾大臣们颇为恼火的是，这个特莱拉飞行员似乎对这一安排并不介意。在等待庭审的过程中，他什么也不说，也没有任何抱怨，只是闷闷不乐地一心要把那个可恶的罪犯雷托·厄崔迪绳之以法……

凯坦的夜晚十分美丽，天空晴朗，缀满繁星与卫星。透过闪烁的极光幕帘，这里从来没有被无尽的黑夜笼罩过。尽管如此，帝都里的大部分人仍会在特定的时间上床睡觉。

哈什米尔·芬伦轻而易举地溜进了特莱拉人所在的密闭房间。他就像悬浮升降梯上的影子一样，行动诡秘，无声无息，也不需要灯光

来照明。他早已习惯了黑夜，夜晚就像是他的密友一般。

芬伦之前从未见过特莱拉人睡觉时的样子——但当他走近床边时，他发现那个飞行员已经坐了起来，完全醒了。那个灰皮肤的人在黑暗中盯着他，仿佛比他这个沙达姆的心腹更能洞察人心。

“我手上有一支箭弹手枪正对准着你的心脏，”特莱拉人说道，“你是谁？是来杀我的吗？”

“嗯－嗯－嗯－啊，不是的。”芬伦很快缓过神来，用最甜美、最轻柔的声音介绍起自己来，“我是哈什米尔·芬伦，太子沙达姆的亲信，我是来给你捎一个口信和一个请求的。”

“是什么？”飞行员说。

“太子沙达姆恳求你重新考虑你证词的细节，嗯－嗯－嗯－嗯？他希望兰兹拉德联合会的各家族都能够和平共处，不希望这样的阴影落在厄崔迪家族身上。毕竟自大骚乱以来，厄崔迪家族就一直为帕迪沙皇帝效忠。”

“胡扯，”特莱拉人厉声说，“雷托·厄崔迪向我们拥有主权的飞船开了火，击毁了一艘舰船，还打坏了一艘。数百人在袭击中丧生。他制造了近几十年来最大的一场政治风暴。”

“是的，是的！”芬伦说，“而你能阻止它进一步升级，嗯哼？沙达姆希望能以和平和繁荣为起点开始他的统治。你就不能考虑一下大局吗？”

“我只考虑我的人民，”驾驶员说，“以及我们是如何被一个人侮辱的。人人都知道厄崔迪是罪魁祸首，他必须为此付出代价。只有这样我们才会满意。”他薄唇微翘，露出一抹笑意。手里的箭弹枪却分毫未动。芬伦能看出此人是如何升到飞行员位置的。显然他具有指挥舰船的胆量和气魄。“在这之后，沙达姆就可以和平宁静地开始他的统治了。”

“你太让我难过了。”芬伦说着，语气里透着失望，“我会把你的回答报告太子的。”他双臂交叉环抱胸前，然后手掌前伸，鞠躬告辞。这个动作触发了安装在他两个手腕上的两支针枪。两支致命的麻痹飞镖无声地射出，直插飞行员的喉咙。

特莱拉人痉挛地握紧拳头，条件反射地开枪射击。芬伦轻松闪开。长长的箭锋钉进墙里，箭尾还在颤动。不到一秒，隔壁房间里的人便被吵得开始猛砸墙壁，让他们安静点儿。

黑暗中，芬伦研究着自己的杰作。所有的证据都在这里，贝尼·特莱拉会明白发生了什么。尽管沙达姆特别吩咐特莱拉人不要纠缠不休，但他们仍然不听劝阻，竟然做出企图暗杀雷托·厄崔迪的无耻行径——希达尔·芬·阿吉迪卡一定要付出巨额的代价来赎罪。

特莱拉人向来对自己保守秘密的能力感到自豪。毫无疑问，他们会十分小心谨慎地将那个飞行员的名字从证人名单中删除，而且从此不再提及此人。没有了他的证词，他们在这个案子上就更无胜算了。

不过，芬伦希望这次谋杀不会助长那些矮小侏儒的报复心。希达尔·芬·阿吉迪卡会作何反应呢？芬伦离开了这个锁着的房间，从黑暗的阴影中溜了出来。他留下了那具尸体，因为贝尼·特莱拉也许想把他复活成死灵。毕竟，虽然这个矮小的男人有种种缺点，但却真是个优秀的飞行员呢。

在任何策划报复行动的过程中，你必须细细品味预期效果以及复仇行动中的每一刻。因为实际行动往往与最初的计划大为不同。

——哈什米尔·芬伦，从厄拉科斯发来的报告

弗拉基米尔·哈克南男爵对事态的发展感到格外高兴。如果帝国的其他人能够欣赏他所做之事的美妙和复杂，他也许会更加开心。不过当然，那些事情他永远也不会透露出去。

作为帝国重要的家族，以及目前厄拉科斯香料生产的管理者，哈克南家族下榻在帝国皇宫的一个偏远的侧翼，房间十分精美豪华。加冕典礼和婚礼的预定席位票已经送到了他们的住处。

当然，在所有的盛况和仪式举行之前，男爵另有一项不幸的义务，就是观看雷托·厄崔迪的可怕审判。他用手指轻敲自己的腿，噘起宽厚的嘴唇。啊，这就是身为贵族的负担啊。

他慵懒地坐在一把靛青色的长毛绒椅子上，腿上抱着一个水晶球。在透明水晶球的深处，闪烁着焰火表演和灯光表演的全息图像，这是几天后凯坦星上盛况的预演。房间的一个角落里有一个带音乐功能的壁炉在轻声吟唱，让他不由得打了个哈欠。最近，他总是感到疲倦，身体虚弱还经常发抖。

“我想要你离开这个星球，”男爵对格洛苏·拉班说道，但他的视线仍停留在水晶球上，没有抬头，“我不希望你在审判和加冕典礼

期间留在这里。”

对面那个肩膀宽阔、嘴唇厚实的男人怒不可遏起来，他那棕色的头发剪得很短，给人一种粗鲁笨拙的印象。身上穿着的那件带软垫的灰褐色皮背心让他看上去比平时更像个木桶。“为什么呢？我一切都是按照您的吩咐做的，我们的计划也成功了。为什么现在要把我送走？”

“因为我不想让你待在这儿，”男爵说着，伸手抚平自己额头上美人尖处的浓密头发，“我不能让任何人看到你。因为一看到你，他们就会认为你与那可怜的、亲爱的雷托身陷囹圄有关。因为你总是带着一副……幸灾乐祸的样子。”

男爵的侄子皱起眉头，深吸了一口气，仍然有些不服气：“但我想参加庭审，这样我就能亲眼看着他被判刑了。”

“正因为这样，你才必须要离开。你还不明白吗？你必须舍弃一些东西。”

拉班深吸了一口气，不情不愿地咕哝了一声，最后终于妥协了：“那至少让我去看行刑，可以吗？”他听起来几乎就要哭出声了。

“这要看时机。”男爵盯着他那双戴满戒指的手，并用手上的戒指有节奏地敲击膝上那个光滑的水晶球面，叮当作响。“至少，我会把行刑时的场景录下来让你好好欣赏的。”

男爵费了好大劲才从椅子上站起来，系上睡袍的腰带，感觉这睡袍比平时更紧了些。他叹了口气，光着脚绕着这个精致的房间转了一圈，看到华丽的浴缸，里面备有复杂的温度控制和按摩功能。

由于他的身体持续不断地被神秘的疼痛所折磨，因此他决定好好地泡个澡，尽情享受一番——前提是如果他能在凯坦星找到个合适的人伺候他的话。

拉班仍旧闷闷不乐，站在男爵豪华客房的门口说：“那然后我该怎么办呢，叔叔？”

“坐驳船，搭乘最早的一班远航机。我想让你去厄拉科斯，盯着点儿那里的香料生产。继续源源不断地给我赚钱。”男爵对他笑了笑，然后晃了晃手指，打发他的侄子：“哎呀，别这么愁眉苦脸的。如果你喜欢的话就再去抓几个弗雷曼人玩玩。我们的计划已经成功了，你也完成了自己的任务，而且做得很好。”他尽量让自己的声音听起来很安抚人心，“但我们必须十分小心。特别是现在。你只需在一旁留意我是怎么做的，好好学着点儿就行了。”

拉班从悬浮在拱门旁的托盘里抓了把东西吃，然后就离开了。男爵终于清静了，于是他开始琢磨怎样才能找到一个年轻貌美且皮肤细嫩的男孩在他洗澡时伺候他。他想好好放松一下，为接下来的一天做好准备。

明天，他没什么别的事，只是在庭审中旁听，亲眼看着雷托·厄崔迪发现自己陷入了比自己想象中更大的陷阱，他要好好享受这种乐趣。

很快，这世上就再也没有厄崔迪家族了。

正义的形式和实际结果，哪个更重要？不管法庭如何仔细分析证据，真相的基础和实质始终是毫无瑕疵的。但不幸的是，对许多被告来说真相往往只有受害者和行凶者知道。而其他人都必须自己做出决定。

——《兰兹拉德联合会律法》，附录和分析

在兰兹拉德联合会庭审当天早晨，雷托·厄崔迪仔细地挑选自己的衣装。其他那些跟他境遇相同的人可能都会选择穿上他们最昂贵华丽的衣服，比如奢华的丝绸上衣，精美的吊坠和耳环，配上鲸毛皮的披肩，和装饰着羽毛和饰物的时尚帽子等等。

相反雷托的穿着十分朴素：普通的粗布裤子，蓝白相间的条纹衬衫，头戴一顶海军蓝的渔夫帽——如果他不能再做公爵的话，他就只能穿这种简朴的衣服了。他腰间系着一条腰带，上面别着一个鱼饵袋和一个空刀鞘。他没有佩戴厄崔迪家族的徽章，也没有戴公爵的印戒。如果他被判有罪的话，他就只能做一个普普通通的平民百姓——雷托用这种谦卑的举止和态度向兰兹拉德联合会表明，不管怎样他都要活下去。即使做个普通百姓，对他来说也足够了。

他以自己的父亲为榜样，总是尽力善待自己忠诚的部下和侍从，以至于许多仆人和士兵都认为雷托是他们中的一员，是最亲密的同伴和战友。此刻，当他为庭审而着装打扮时，他开始觉得自己真的是个普通人……并且发现这种感觉并不糟糕。他这才意识到自从老公爵去世后，他肩负了多么巨大的责任。

从某种程度上来说，成为一个穷苦的渔夫实际上可能是一种解脱。他不必再担心帝国里的各种阴谋诡计和权力斗争，不必再思虑联盟之间的利害关系和暗算背叛。只不过可惜的是，凯莉娅绝不会想做一个渔夫的妻子。

然而，我不能让我的人民失望。

在一封从卡拉丹寄来的简短信件中，他的母亲表达了强烈的不满，坚决不同意他没收审判的要求。虽然她如今在孤绝姐妹会过着与世隔绝的艰苦生活（她认为是暂时的），但对她来说，厄崔迪家族被毁所造成的地位损失将是一个巨大的打击。

自从埃尔鲁德收回了李芝家族在厄拉科斯的准封地并移交给哈克南家族之后，李芝家族日渐衰落，为了稳定家族岌岌可危的财富，海伦娜才嫁到了厄崔迪家族。

作为海伦娜的嫁妆，厄崔迪家族获得了政治权利、宇联公司的董事席位以及兰兹拉德联合会的投票权。但是保卢斯公爵从来没有给他的妻子带来她想要的巨额财富。雷托知道她一定是满怀期待，希望能为自己的家族恢复昔日的荣光。如果他这步险棋输了，一切希望就都落空了。

在清晨收到传讯后，雷托在牢房外的走廊上会见了他的法律团队：两位才华横溢的伊拉迦律师——克莱尔·鲁伊特和布鲁达·维奥尔，这两位女律师素以出色的刑事辩护而闻名。这两名律师是由流亡中的伊克斯大使卡马尔·皮尔鲁推荐的，并且经过了杜菲·哈瓦特的全面调查。

两位律师都身穿深色西装，一切都遵照法律程序。但雷托知道这次非同寻常的审判将主要取决于他本人和他本人的个性。因为他手里没有半点对自己有利的确凿证据。

克莱尔·鲁伊特递给他一张薄薄的利读连晶纸，上面写着一段简短的法律声明。“很抱歉，雷托大人，这是我们不久前才收到的。”

雷托看着晶纸上的字，感到极为担心。旁边的哈瓦特肩膀垂了下来，似乎已经猜到了文件上的内容。隆博贴上前去，想要看看晶纸上写了什么：“怎么了，雷托？让我看看。”

“裁判法院已经裁定，贝尼·杰瑟里特的真言师不得为我作证，其证词不得被采纳。”

隆博怒气冲冲地骂道：“地狱在下！没收审判不是什么证据都能接受吗？他们怎么能做出这样的裁决。”

另一位伊拉迦律师则摇了摇头，表情依然温和：“他们的立场是帝国所有的律法都与之相悖。许多条例和法规都明确禁止真言师作证。虽然这种没收审判对证据的要求可能会有所放松，但法院已经做出了裁定，也就是说即使政策再宽松，也会有一定限度。”

“所以……那些真言师不能出庭作证了，”隆博皱起眉头，面色阴沉，“这可是我们手里最好的一张牌了。”

雷托高昂起头：“那咱们就只能靠自己了。”他看着他的朋友说道，“别这样，你不会指望我来给你打气吧。”

“还有一个好消息，”布鲁达·维奥尔说，“特莱拉人已经把他们护卫舰的飞行员从目击者名单上删除了，而且没有提供任何解释。”

雷托长舒了一口气，但哈瓦特立即警告他说：“我们仍会听到大量不利于我们的证据，我的公爵大人。”

雷托在律师的陪同下默默地走进了人山人海的兰兹拉德联合会法庭。他们来到长长的通道最前面，雷托坐在被告席上，两位律师各坐在他的两侧。被告席之上是高耸的法官席，诸位法官坐在那里审理此案。鲁伊特在他耳边低语，但他并没有专心听她说了什么。而是认真地看着那几名法官的名字：其中包括公爵、男爵、伯爵和勋爵等共七人，都是从兰兹拉德联合会大大小小的家族里随机抽选出来的。

这些人将会决定他的命运。

由于特莱拉不属于任何家族，即使在他们接管了伊克斯之后也拒绝加入，因此他们在兰兹拉德联合会里没有代表。在审判之前的几天里，愤怒的贝尼·特莱拉权贵们在皇宫庭院里大声疾呼，要求正义地审判——但在特莱拉人试图暗杀雷托之后，萨多卡的卫兵就禁止他们再吵吵嚷嚷了。

此时，伴随着长袍和制服的沙沙声，被选中的法官们庄严地列队走进法庭。他们坐在围绕在被告席上方的曲形石椅上。每把椅子后面都挂着各自家族的旗帜和徽章。

雷托在他的律师和杜菲·哈瓦特的指引下，认识了所有人。其中两位法官——安布斯四号星的特尔基连·苏尔男爵和哈葛尔星的贝恩·奥加雷勋爵是厄崔迪家族强有力的经济贸易伙伴。还有一人——黑色头发的埃卡兹星公爵普拉德·维达尔，公开宣称自己是老公爵的敌人，同时也是哈克南家族的盟友。另一个人——安东·米切伯爵，据说经常收受贿赂，所以很容易就被哈克南家族收买，因为无论是隆博还是忠诚的门泰特都没有第一时间找上他。

二比二，雷托心想。另外三名法官站在哪边都有可能。但他察觉到空气中有种背叛的味道，从那些法官冷漠的表情和回避的眼神中就能看出来。*难道他们已经决定要判我有罪了吗？*

“我们还有更多的坏消息……雷托公爵。”布鲁达·维奥尔犹豫了一下，不过还是加上了雷托的头衔。她的脸形见方，面容严肃，但奇怪的是，她几乎没什么表情，仿佛见多了各种不公和暗箱操作，对一切都见怪不怪了，“我们刚刚发现，在那三名尚未决定站在哪边的法官当中，有一位来自法泽尔家族的里肯，他在一次秘密的贸易战争中输给了伊克斯，损失了一大笔钱。他们还染指了克里特恩星系的环形小行星矿业开采。五年前，里肯差点儿要宣布与多米尼克·维尔纽斯结下血仇，经大臣们的多番劝阻才作罢。”

另一位律师也点了点头，压低声音说："我们听到一个传闻，厄崔迪先生，鉴于维尔纽斯家族已经变节，所以里肯便把您的垮台看作是他们报复伊克斯的唯一机会。"

雷托突然冷汗直冒，深感厌恶地说道："那这次审判还有没有跟远航机被袭案有关的事情了？"

布鲁达·维奥尔和克莱尔·鲁伊特都看着他，仿佛觉得他说了一句可笑至极的话。

"三比二，我的公爵，"哈瓦特说，"所以我们必须赢得另外两位尚未做出决定的法官的支持，而且对于那几位倾向于支持我们的法官，则一个也不能失去，胜败与否，全都指望他们了。"

"一切都会好起来的。"隆博说。

这个没有窗户、配有装甲强化保护的法庭在凯坦星建造期间曾是公爵府邸。拱形的哥特式天花板上镶嵌着多幅军事绘画以及大家族的徽章盾牌。在众多家族盾牌之中，雷托只专注地看着自己家族的红鹰盾徽。虽然他想尽力保持镇定，但突然一股可怕的失落感席卷而来，那是一种对可能永远也不会再拥有的东西的强烈渴望。再过不久他父亲留给他的一切都要毁在他手里了，厄崔迪家族将要被毁之殆尽，不复存在了。

他感觉眼泪突然涌上眼眶，暗自咒骂自己一时软弱。一切还没有失去。他仍然还有赢的可能。他一定会赢的！一股寒气注满他的全身，他拼命抑制住内心隐隐的绝望。兰兹拉德联合会的人在看着他，他必须有足够的勇气来面对这里的一切。因为他无法承受绝望，或者任何其他的情绪。

在他的身后，旁听者们鱼贯进入法庭，低沉而兴奋地交谈着。被告席旁边有两张较大的桌子。他的敌人——特莱拉的代表们——在他左边的那张桌子入座，估计是哈克南家族和其他与厄崔迪为敌的家族授意的。那个令人憎恶的男爵和他的随从们却远远地坐在旁听席的后排，仿佛他们清清白白，跟这个案子完全没有关系似的。在另一张桌子就座的是厄崔迪家族的同盟和朋友。雷托面带自信地朝他们点头致意。

但他内心却一点儿也不勇敢。他不得不承认，即使到了现在，他手里也没有多少证据。控方会拿出证据来，证明从厄崔迪的机舱里发射出了武器。数十个中立派提供的第一手资料，也证明了射出的武器是来自于停靠在雷托飞船上的小船，绝不可能来自他处。即使没有特莱拉的那个飞行员做证，其他证人的证词也足够充分了。他的同伴和船员所提供的证词并不充足，而他众多的家族朋友也无法充当他的证人。

“也许拒绝真言师作证的话，可以给我们充足的理由提出上诉。”克莱尔·鲁伊特建议道，但雷托并没有从话里得到什么安慰。

这时，从侧面的通道走来了一脸严肃的特莱拉控方一行人，他们带着自己的律师和变态门泰特走进了法庭。他们进来的时候并没有大张旗鼓，但他们带来一台看着很邪恶的机器，发出了丁零当啷的响声，引起一阵骚动。那机器带着轮子，吱吱作响地滚了进来，上面的铰链和条杆咔啦咔啦直响。全场顿时鸦雀无声，大家都向前探着身子，好奇地观望，想看清楚这个他们前所未见的恐怖装置。

*他们这么做肯定是有意的，为了让我更加不安。*雷托心想。

特莱拉人笨拙地拖着这台不祥的机器，走过雷托所在的被告席。那些灰皮肤的矮人的黑色眼睛里充满怒火，气势汹汹地瞪着雷托。旁听者们开始窃窃私语。很快特莱拉团队便停下了脚步，把那个机器留在了场地的中央，也就是法官席的下面。

“这是什么?”靠中间的一位法官——特尔基连·苏尔男爵，身子前倾，面色阴沉地问道。

特莱拉代表团带头的是个瘦削结实的人，他并没有介绍自己的名字，而是充满恨意地怒视雷托，然后抬头看向提问者：“诸位大人，在所有有记载的帝国律法编年史中，关于没收审判的具体细则很少，但十分清楚明确。律法中明确指出‘如果被告在法律诉讼中败诉，那么他将毫无例外地失去他所拥有的一切’。请注意，是‘一切’。”

“我看得懂字，”特尔基连·苏尔男爵一脸愠怒地说，“那这跟你们带来的那个玩意儿有什么关系呢?”

特莱拉的发言人深吸了一口气，说道：“我们不仅想要得到厄崔迪家族的财产，而且还想要得到罪大恶极的凶犯——厄崔迪公爵本人，包括他的细胞和遗传物质。”

当观众们在震惊中喃喃自语时，特莱克斯的与会者操弄起机器来，导致隐藏的锯片发出呼呼的响声，电弧针噼啪作响，从一根长针传到另一根长针。这样一台不祥的机器简直令人发指——显然是故意这样设计的。

“利用这个装置，我们将在这个法庭上当场对雷托·厄崔迪公爵进行抽血，抽干他身上的每一滴血。我们将会剥去他身上的皮，摘除他的眼睛，以便让我们进行检测和实验。他身上的每一个细胞都是我们的，无论特莱拉人决定利用他的细胞来做什么都可以，”他哼了一声，说道，“因为这是我们的权利!”

说完，这个灰色的小个子男人对雷托露出了一抹冷笑。

雷托依然保持镇静，竭力不让自己显露出内心的不安。一滴冷汗从他的背上流下来。他希望他的律师们能说点什么，但她们却始终保持着该死的沉默。

“也许就连被告都能看到这种命运的好处，”特莱拉的发言人奸笑着说，“毕竟他没有继承人。如果他输了这场官司，那么厄崔迪家族将不复存在了。但有了他的细胞，我们可以选择让他复活，成为一个死灵。”

*一个执行他们任何命令的傀儡。*雷托惊恐地心想。

在被告席上，雷托怒目而视，而杜菲·哈瓦特则像一尊雕像一样坐在他身边。在雷托的两侧，两名埃拉坎律师正在飞快地记着笔记。

“你们的表演到此为止吧，”贝恩·奥加雷勋爵大声说道，“这件事以后再做决定。我们开始审判吧。我想听听厄崔迪家族如何为自己辩护。”

尽管他竭力不表现出来，但雷托突然意识到他有些茫然，不知所措。法庭上的每个人都知道他公开表达了对特莱拉的仇恨，以及对被驱逐的伊克斯家族的明确支持。他可以传唤他的品格信誉见证人，但这里没有人真正认识他。他年轻，没有经验，父亲不幸遇害迫使他过早地进入了公爵的角色。兰兹拉德联合会的这些成员唯一一次见到雷托·厄崔迪便是在他兰兹拉德联合会议上发表讲话的时候，那时他向人们显露了他的火爆脾气。

特莱拉的活体解剖和行刑装置里发出噼啪的火花，就像一只饥饿等待着的野兽。雷托知道他是不会上诉的。然而，还没等第一个证人被传唤上来，大厅后面那几扇嵌着黄铜的大门就被石头撞开，推到石壁旁。法庭里一片寂静，雷托听到金属后跟的靴子踩在大理石地面上所发出的清脆响声。

他回头望向大门，看到了太子沙达姆。他没有按惯例穿萨多卡军服，而是穿着红色和金色相间的皇家皮草缎面礼服。在精锐卫兵的护送下，这位即将加冕的皇帝大步向前，引起了大厅里所有人的注意。四个全副武装的卫兵扫视四周的人群，眼神凌厉而戒备，肌肉紧绷，时刻做好战斗的准备。

对兰兹拉德联合会法庭来说，没收财产的审判已经很不寻常了，但是未来的帕迪沙皇帝本人的出现则更是前所未有。

沙达姆穿过长长的过道，从雷托身旁走过，却几乎不看雷托一眼。萨多卡卫兵站在被告席桌后面，令雷托感到更加不安。

沙达姆的脸毫无表情，上唇微微翘起。他没有显露出任何意图。*我递给他的口信惹恼他了吗？*雷托很好奇。*他是想来吓唬我吗？他会*

在法庭里当着所有兰兹拉德联合会人的面，当众把我击垮吗？如果他真要这么做的话，谁能站出来对抗他呢？

沙达姆走到高耸的法官席前，抬起头来宣布道："在审判真正开始之前，我有些话要说。这一次法庭能允许我吗？"

虽然雷托不相信他的这位远亲，但他不得不承认，沙达姆看起来极为高贵、优雅。他第一次把这个人看作是独立的一个人，而不仅仅是他父亲埃尔鲁德的影子。沙达姆的加冕仪式定在两天之后举行，紧接着就是他与阿妮鲁尔的盛大婚礼——雷托恐怕也活不到那一天，无法亲眼得见了。强大的贝尼·杰瑟里特已经表示支持沙达姆即将到来的统治，兰兹拉德联合会里所有大大小小的家族也都想站在他这一边。

难道他觉得我威胁到了他吗？

首席裁判官深深地鞠了一躬，动作十分夸张地答道："殿下，我们很荣幸您御驾亲临，并表示出对此案的关注。兰兹拉德联合会特别法庭当然愿意聆听您的讲话。"雷托只知道关于这位裁判官的最基本情况，他就是来自富含钛矿的里斯普七号行星的拉尔·奥林男爵。"您请说吧。"

沙达姆越过他的肩膀，指向雷托的方向。"经法庭允许，我希望让我的表亲雷托·厄崔迪和我站在一起。我希望这些恶意指控能够尽快了结，并希望法庭不要浪费各位法官以及所有兰兹拉德联合会成员的宝贵时间。"

雷托的脑子转得飞快，他看了看哈瓦特。他在干什么？"表亲"？从他说话的语气来看，这个词听起来像是一种爱称……但我和他从来没有亲近过。雷托仅仅是先帝埃尔鲁德与第二任妻子所生之女的孙子，而这第二任妻子并不是沙达姆的生母。兰兹拉德联合会里几乎各家族都有科瑞诺家族的血脉，所以血缘对于沙达姆来说，根本没有任何意义。

首席裁判官点了点头。坐在雷托旁边的两位律师都惊讶不已，不知所措。雷托小心翼翼地站起身来，双膝发抖地走到太子身旁，离他只有一步之遥。虽然身高相同，相貌相似，但两人的穿着却截然不同，代表两个完全不同的社会阶层。雷托穿着他那套粗糙简朴的渔夫装，感觉自己就像旋风中的一粒尘埃。

他郑重地鞠躬行礼，然后沙达姆一只手放在雷托肩膀上，拉近了两人之间的距离。太子束腰外衣上的细软缎子也垂到了年轻的厄崔迪公爵手臂上。

“我要从科里诺家族的核心，也就是帕迪沙皇帝的血脉说起，”沙达姆开始说道，“我的家族历代祖先，都曾与厄崔迪家族有千丝万缕的联系。此人的父亲，保卢斯·厄崔迪公爵，为了帝国的繁荣与稳固镇压了埃卡兹叛乱，英勇杀敌，浴血奋战。据我所知，厄崔迪家族在战争和危难中从未有过任何通敌叛国或可耻行为——这一切都要追溯到芭特勒圣战期间，他们在赫雷斯吉尔桥战斗中的英勇表现。他们的英勇无畏和牺牲精神代代相传，直到今天。不！他们从来都不是胆小懦弱的杀人犯。我相信，在座的各位都不会有任何异议。”说着他眯起了眼睛，而各位裁判官都面色不安地移开了目光。

沙达姆的目光依次扫视着各位法官：“你们每个人自然都清楚自己家族的历史，但谁敢说出此番豪言？谁能有此忠诚，谁能发誓自己的家族有这等毫无污点的荣誉呢？说实话，在我们当中能与高贵的厄崔迪家族比肩的寥寥无几。”他停顿了一下，让静默继续回荡在法庭之中，只有特莱拉人那邪恶的活体解剖机发出尖锐的静电声。“啊，是的，先生们，这就是我们今日来此的原因，不是吗？维护真理和荣耀。”

雷托看到有些裁判官点头表示同意，因为这本在意料之中。但就是他们看起来也很困惑。因为帝国的领导者们从来没有主动在兰兹拉德联合会发过言。为什么沙达姆要亲自参与这么一件相对来说不那么重要的事情呢？

他看了我的消息！雷托心想。而这就是他的回应。

不过，雷托还是等待着陷阱的出现。他不明白自己陷入了什么样的困境，但沙达姆不可能只是单纯地想冲进去救他。毕竟在兰兹拉德联合会所有的大家族中，科瑞诺家族是最狡猾的一个。

“厄崔迪家族总是走在正确的道路上，”沙达姆继续说道，那威严的声音越来越铿锵有力，“始终如一！而这个家族的道德准则早已印刻在年轻的雷托心里，并由于他伟大父亲的无谓死亡而被迫早早地继承了公爵的头衔。”

沙达姆把自己的胳膊从雷托的肩膀上移开，向前迈了一步，离裁判官们更近了些：“在我看来，这个来自厄崔迪家族的人是不可能像他被指控的那样，故意朝特莱拉的船只开火的。这样的行为完全与厄崔迪家族的信念相悖。任何不利于他的证据都肯定是假的。我的真言师跟雷托和他的证人们交谈之后，已经证实了这一点。”

说谎，雷托心想，我从来没跟任何真言师说过话！

“但是殿下，”法官普拉德·维达尔沉着脸，皱起黑色的眉毛说道，“他的护卫舰上的确有开过火的证据。难道您是说特莱拉舰船是由于一次意外事故而被毁的吗？这只是一个疯狂的巧合吗？”

沙达姆耸耸肩：“据我所知，雷托公爵已经充分而合理地解释了这一点。我，就连我自己，也曾经在碟形无人机驾驶练习时把一颗弹药发射到了太空轨道里。调查的其余部分都缺乏有说服力的证据，没有明确的定论。因此，是的，也许这就是一起意外，但并不是由厄崔迪家族引起的。肯定是机械出现了故障。”

“两艘特莱拉舰船同时出现故障？”维达尔表示极大的怀疑。

雷托环顾四周，没有说话，静观事态发展。沙达姆即将登基，开始自己对帝国的统治。如果皇帝本人不容置疑地支持雷托，那么谁敢当众反对，公开与皇帝为敌呢？如果真敢这样的话，那后果绝对是非常严重的，而且会持久延续下去。

这就是政治了，雷托心想，是与兰兹拉德联合会的权力游戏和人情交换。不过他仍旧竭力地保持表面上的镇定和平静。沙达姆所说的这些都不是事实。但现在既然太子已经表明了自己的立场，那么任何投票判定雷托有罪的法官，都将被视为是对即将登基加冕的皇帝的公然藐视。即使是厄崔迪家族的敌人也不敢冒此风险。

“谁能说得准呢?”沙达姆摇了摇头，表示这个问题丝毫不重要，“也许是第一次意外爆炸的碎片击中了旁边的飞船，所以破坏没有第一艘船那么严重。”一时间，谁也不相信这样的解释，但太子给了他们一个台阶下，给了他们一个可以勉强站住脚的谎言。

法官们低声商量着，其中一些人同意沙达姆的推理是很合理的——他们正想要找到某种方式来迎合新皇帝——但维达尔却不在其内。汗水顺着他的额头淌了下来。

雷托回头一看，只见特莱拉的发言人在默默地摇头表示不赞成。他坐在控方席为他准备的高脚椅上闷闷不乐着，看上去就像个不开心的孩子。

太子继续说道：“作为你们的最高统帅，我有权利和义务亲自为我的表亲雷托·厄崔迪公爵担保。我迫切要求立即结束这场审判，恢复他的爵位和财产。如果你们同意这个……请求的话，我保证会派帝国外交官去特莱拉说服他们放弃此事，不以任何方式对厄崔迪家族进行报复。”

沙达姆久久地盯着那些特莱拉人，雷托突然产生一种强烈的感觉：皇帝也把那些侏儒一样的特莱拉人操纵在手心里。不知为何，当看到沙达姆站在厄崔迪家族这边时，他们的傲慢自大就突然消失，彻底崩塌了。

“如果控告方不同意呢?”维达尔问道。

沙达姆笑了笑，说道：“哦，他们会同意的。我甚至愿意打开帝国的金库，赈灾解难，补偿他们的损失，因为毫无疑问这是一场不幸的意外。作为你们的新的统治者，我有责任维护整个帝国的和平与稳定，绝不能让这种势不两立的仇恨毁掉我敬爱的父亲长久在位期间所建立的一切。”

雷托捕捉到了沙达姆的目光，在他展现出的政治家风度和气势之下，发现了一丝恐惧的神色。沙达姆无言地告诉雷托闭上嘴巴，这让雷托更加好奇他那神秘的虚张声势究竟引起了什么恐慌。

所以他闭上嘴，继续保持沉默。但是沙达姆在不知道雷托会有什么证据来威胁他的情况下，能让他活下去吗？法官们经过一番短暂的商讨，最后拉尔·奥林男爵清了清嗓子宣布：“兰兹拉德联合会议会经过慎重讨论，宣布正式调查结果：控告雷托·厄崔迪的所有证据都是间接的，无法证实。鉴于对这些证据的极端怀疑以及太子沙达姆·科瑞诺的特别见证，法庭认为没有充足的理由对这起造成极大破坏的事故进行审判。因此我们宣布雷托·厄崔迪完全无罪，并恢复他的爵位和财产。”

雷托对自己突如其来的好运感到十分震惊。他发现自己先是受到准皇帝的祝贺，然后又被朋友和支持者们团团围住，他们中的许多人都很高兴看到他获胜。尽管雷托年纪尚轻，但却并不天真，他明白只要看到特莱拉人输了，就会有很多人欢欣雀跃起来。

周围爆发出欢呼声和雷鸣般的掌声，只有少数旁听者明显地保持沉默。雷托把这些沉默的人记在心里，以后再做打算，他知道杜菲·哈瓦特也在做同样的事。

“雷托，另外还有一件事我必须要做。”沙达姆说，他的声音划破了庭上的嘈杂声。

雷托从眼角的余光中看到了有什么东西在灯光下闪闪发光。沙达姆的手动了一下，他的袖子里探出了一把宝石刀柄的小刀——刀刃是半透明的蓝绿色，就像帝王宝座上的哈葛尔石英。他举起它，动作迅猛。

被告席上的杜菲·哈瓦特惊得立刻跳了起来，但为时已晚。众人也一下子都安静了下来。

但随后沙达姆便笑着把刀插进了雷托腰部的空鞘里。“表亲，这是我送给你的贺礼，”他用最悦耳的语调说道，“拿着这把刀吧，时刻提醒自己要为我效忠。”

做我们必须要做的事，让友谊和忠诚见鬼去吧。只管去做必做之事便可！

——海伦娜·厄崔迪夫人，摘自其个人日记

哈什米尔·芬伦窝在自己的私人公寓里震惊无比地陷入了沉思。沙达姆怎么能这样对我呢？

印有正式国玺——科瑞诺家族狮子蜡印的公文被丢在他的床上。他把沙达姆发布的正式法令撕成了碎片，但在这之前，公文上的每一个字他都记在了心里。

这是一项新的调遣令——算是放逐！——还是升迁呢？

“哈什米尔·芬伦，鉴于你多年来为帝国和帕迪沙皇帝尽忠职守，任劳任怨，为表感谢，特任命汝为新设立的厄拉科斯帝国监察员。

“由于此行星对于帝国的经济至关重要，因此为了更好地完成特派任务，汝将有权动用所有必要的资源。”

如此等等。

他怎么敢这么做？真是白白浪费了自己的才能。把芬伦送到那个满是脏兮兮的人和虫子的沙坑里，这简直就是卑鄙的报复。他气得咬牙切齿，真希望能跟迷人的玛格特·拉西诺－齐娅一起商量这件事，他知道不该对这个女人过分信任和依赖，但却欲罢不能。因为，毕竟她是个贝尼·杰瑟里特的女巫……

因为那颗星球至关重要？他厌恶地哼了一声，然后把所有能拿起来的易碎东西都砸了个稀巴烂。他知道沙达姆一怒之下把他赶走了。对于像芬伦这样能力出众的人来说，这个新职位是一种侮辱，等于把他踢出了帝国的权力中心。他需要留在这里，在凯坦星，在政治风暴的中心，而不是被丢在一个被遗忘的角落。

但是沙达姆的旨意不容置疑，也不容拒绝。距离到那个臭名昭著的干旱星球走马上任还有三十天的时间，他不知道自己是否还能回来。

一沙一世界，一人一乾坤，刹那即永恒。

——弗雷曼人格言

沙达姆四世登基大典和结婚典礼的当天，帝国的各个星球都欢天喜地，弥漫着喜庆的气氛。兴高采烈的人群纵情饮酒、跳舞、沉浸在各种体育活动和焰火表演中。老皇帝埃尔鲁德在位的时间太长了，以至于几乎没有人还记得上一次有皇帝加冕是在什么时候。

在凯坦星的首都，人群聚集在宏伟壮丽的林荫大道上，在皇家游行队伍的行进路线旁排队等候。这一天，风和日丽，阳光明媚，一如往常。小贩们叫卖着各种纪念品和饮料茶点，生意十分兴旺。

科瑞诺的皇家旗帜在微风中飘扬，每个人都穿着红色和金色的衣服来纪念这个日子。萨多卡士兵穿着灰黑相间的制服，外面披着金色的锦缎，守卫这条迂回曲折的巡游路线。他们就像石雕一样端着激光步枪，站姿笔直。周围号角齐鸣，彩旗飘飘，人声鼎沸，但卫兵们丝毫不受影响。不过他们仍然时刻警惕，哪怕有一丝威胁到帝国安全的苗头，他们都会迅速做出反应，给敌人致命的打击。

太子沙达姆和他的未婚妻阿妮鲁尔夫人乘坐一辆由六只哈蒙塞普金狮拉着的天鹅绒坐垫马车经过林荫大道时，数千人爆发出热烈的欢呼声。那几只金狮有着浓密的鬃毛，上面点缀着华丽的珠宝，光泽闪耀的鬃毛在微风中摇曳。皇家步兵和长枪兵沿着车厢慢跑，车厢上罩着薄如蝉翼的防屏蔽场，在阳光下若隐若现。

阿妮鲁尔挥着手，面露微笑，看上去十分雍容华贵，有王者威仪。她脱下了黑色的贝尼·杰瑟里特长袍，穿上了由蕾丝、褶边和珍珠构成的婚纱，新娘头纱如瀑布一般垂落。她佩戴的头冠上镶嵌了耀眼的钻石和珠宝，在阳光的照耀下闪烁着光芒。身旁的沙达姆看上去容光焕发，红发梳得整整齐齐，军装式的制服上挂着穗带和肩章，还有叮当作响的勋章。

尽管有许多人质疑阿妮鲁尔那神秘的背景和在贝尼·杰瑟里特中的“隐秘者”身份，但由于她与太子的婚姻无关各家族的利益，对任何大大小小家族都没有偏袒，因此兰兹拉德联合会便接受了阿妮鲁尔作为帝国的配偶。然而在埃尔鲁德死后，伴随着这盛大的加冕仪式和婚礼，帝国定会掀起风起云涌般的变化。沙达姆希望将其作为一个优势加以利用。

他脸上带着慈父般的微笑，向人群抛撒宇宙索钱币和一包包的宝石粉，这是一种皇室传统，代表帝王的馈赠，据说这会给新王朝带来福祉。使其备受人民爱戴，被财富所包围以及手指一弹就能毁灭所有的星球——这正是他所希望能成为的皇帝。

鼓乐齐鸣，发出欢快的号角声。

“你愿意和我坐在一起吗，哈什米尔？”一位身材苗条的金发女郎在加冕前的招待会对芬伦露出妖冶销魂的笑容。芬伦分不清玛格特·拉西诺－齐娅是故意让自己的声音听起来很撩人，还是她天生就这么勾魂。他手里端着一盘异国风味的茶点。毒药探测器像蜂鸟一样在拥挤的宾客上空飞舞。当天的仪式将持续数小时，客人们可以在闲暇时尽情放松并享用茶点。

贝尼·杰瑟里特姐妹玛格特·拉西诺－齐娅站着比芬伦还高，说话时亲密地靠在他身边。她那件珊瑚色和黑大理石色相间的连衣裙晶莹闪烁，完美衬托出她婀娜的身姿和精致的五官。她戴着一条卡拉丹珍珠项链和一枚镶有黄金和珍稀宝石的胸针，皮肤看起来就像浓醇的蜂蜜牛奶。

在大剧院的楼厅里，衣着优雅的绅士和女士们一边拿着高脚杯喝着顶级葡萄酒，一边闲聊谈心。席间觥筹交错，祝酒之声不绝于耳。一个小时后，人们将会见证中心舞台上两件最为激动人心之事：帕迪沙皇帝沙达姆·科瑞诺四世的加冕礼，以及他与贝尼·杰瑟里特的阿妮鲁尔·萨朵·童金女士的婚礼。

芬伦点了点头，向她微微鞠了一躬道："我很荣幸能坐在您的身旁，可爱的玛格特。"芬伦端稳自己的盘子，坐到她旁边的长凳上。她看了看他盘里的茶点，没有询问就伸手拿了一块给自己。

芬伦心里觉得这是一次非常愉快的盛会，因为近几个月以来，再也没有听到有什么毒害宫廷的不满之声。他对自己在这方面的努力感到满意。关键的联盟得以巩固，结成联盟的家族也不再严肃谈论反抗沙达姆之事。贝尼·杰瑟里特公开支持科瑞诺家族的统治，但毫无疑问，女巫们在其他的大家族里仍继续着她们的阴谋诡计。令芬伦感到奇怪的是，那些曾经最多疑、最直言不讳的贵族们现在都不在人世了——更奇怪的是，他与此事竟然毫无关系。

对雷托·厄崔迪的审判已告结束，唯一公开表示不满的是贝尼·特莱拉。不过，他和沙达姆会尽快让他们安静下来。芬伦脑子里最大的谜团是，似乎没有人确切地知道那架宇航公会的远航机里到底发生了什么。

他越琢磨，就越觉得有蹊跷，进而越来越开始相信年轻的雷托·厄崔迪真的是被陷害的——但他是怎样被陷害的，又是被谁陷害的呢？虽然现实中几乎所有人都相信厄崔迪有罪，但其他的家族没有一个站出来幸灾乐祸，就连最八卦，最信口开河的人，也没有散布太多谣言。

芬伦很想知道发生了什么，哪怕只是从中学到一些技巧和能力加以借鉴也好。但是，等他去厄拉科斯履任新职后，他怀疑自己是否还有机会揭开这个秘密。

他还没来得及和玛格特愉快地交谈，就听到外面人群雷鸣般的欢呼声和响亮的号角声。“沙达姆和皇室仪仗队要来了，”玛格特甩了甩她蜂蜜般金黄的头发说，“咱们最好赶紧去找座位吧。”

芬伦知道太子的马车此刻正驶进剧院和皇家政府大楼所在的四方庭院里。他试图掩饰他的失望。“可惜你会坐在贝尼·杰瑟里特所在的区域，亲爱的。”他用闪烁着光芒的黑眼睛盯着她，同时把一片野鸡肉浸在一碗梅子酱里，“你想让我穿上贝尼·杰瑟里特的长袍，假装成你的姐妹吗？”他吃了一口鸭肉，品尝着它的甜味。“我倒是很乐意这么做，只要能在你身边就行，怎么样，嗯－嗯－嗯－哼？”

她开玩笑地拍了拍他的胸膛，说道：“你本人跟你外表看上去的不一样，绝对是这样的，哈什米尔·芬伦。”

他的大眼睛眯了起来：“你什么意思？”

“意思是……你和我，我们有很多共同点，”她柔软的乳房压在他的胳膊上，“也许我们两个人应该继续——并且正式地——形成一种联盟，这才是明智之举。”

芬伦环顾四周，看有没有人在偷听。他不喜欢被偷窥。他靠向玛格特，用一种冷漠的声音说道：“我从来没有打算娶妻。我是个有基因缺陷的阉人，没有生育子嗣的能力。”

“那我们可能各自都得做出一些牺牲。这不是针对个人的，”她扬起金色的眉毛说道，“再说，我想你总有办法取悦女人吧？而我呢，在这方面也受过很多的……训练。”

他的脸上划过一抹残忍的笑容：“啊－嗯－嗯－嗯。是这样吗？我亲爱的玛格特，听起来你好像在给我推荐一份商业计划。”

“那你呢，哈什米尔，你似乎是个讲求实际，不喜欢浪漫的人。我认为我们很般配，”她说道，“我们都擅长看透环环相扣的计划，也就是许多看似不相关的行动，实际上是以复杂的方式相互联系在一起的。”

“而且结果往往是相当致命的，不是吗？”

她用餐巾抹去芬伦嘴角沾着的梅子酱：“嗯，而且你需要有人照顾。”

他端详着她，看着她昂起下巴的样子，就像个精修学校的优秀学生，她的语速完美而稳定——而他则不时语出毁谤或言语疑虑——一切都与他形成了鲜明的对照。

她那双灰绿色的眼睛望着他，目光毫不掩饰。但芬伦能看到在那双美丽的眼眸后面，闪烁着秘密之光……那里隐藏着许多的秘密。

他可以年复一年地陶醉在揭露那些秘密的挑战中。

芬伦提醒自己这些女巫十分聪明，她们从不单独行动。一切都不像表面看上去的那样。“你和你的姐妹会心中有个更大的目标吧，我亲爱的玛格特。我对贝尼·杰瑟里特有些了解。你们是群体生物。”

“哦，我已经把我想做的事告诉群体了。”

“告诉她们，还是询问她们？还是打一开始就是她们派你来找我的？”

维奈特家族的女爵牵着一对梳着时髦发型的小狗从旁走过。她那身金色的长裙太大了，其他的客人们不得不为她的裙子让开路来。每走一步这位贵妇人都呆呆地望着前方，仿佛一心只想着保持身体的平衡。

玛格特看着这新奇的场面，然后回头看向芬伦：“这显然对我们所有人都有好处。大圣母哈里什卡已经给了我祝福。你也会和姐妹会建立宝贵的联系，哪怕我不必把所有的秘密都告诉你。”玛格特开玩笑地用胳膊肘碰了芬伦一下，差点儿把他盘子里的食物弄洒了。

“嗯–嗯–嗯–嗯，”他看着她完美的身材说道，“我是开启沙达姆权力的钥匙。他除了我以外，不信任任何人。”

玛格特困惑地扬起眉毛：“哦？所以这就是他把你送到厄拉科斯的原因吗？因为你和他太亲近了？我怎么听说你对新的职位并不满意。”

“你是怎么知道的？”芬伦皱起眉头，感到十分不舒服，身子差点儿失去平衡，“我两天前才知道这个任务。”这个聪明的女巫似乎还有话要说，他就等着她说下去。

“哈什米尔·芬伦，你必须学会利用一切环境。厄拉科斯是开启美琅脂香料的钥匙，而香料打开了整个宇宙。我们的新皇帝可能认为他只是重新给了你一个职位和任务，但实际上他把一些至关重要的事情托付给了你。好好想想吧——厄拉科斯的帝国监察员。”

“是的，哈克南男爵肯定会不高兴的。我怀疑他隐藏了许多小秘密。”

她向芬伦展现出一抹灿烂的笑容：“亲爱的，这种事谁也瞒不住你，也瞒不住我。”

他也冲她笑了笑：“这样，我们就可以靠挖掘他的秘密来打发痛苦的日子了。”

她伸出纤长的手指摩挲他的衣袖，说道：“厄拉科斯是生活条件最艰苦的地方，不过……也许有我陪着你的话，你会过得更开心？”

他变得谨慎起来，这是他的天性。尽管人们都穿着锦衣华服，衣服上装饰着奇异的羽毛，但玛格特却是整个大厅里最美丽的女人。“也许吧。但是你为什么想要去那里呢？毕竟，众所周知那是个可怕的地方。”

“我的姐妹们把它描述成一个古老而神秘的星球，我在那里的生活和经历将大大提高我在贝尼·杰瑟里特中的地位。这可能是我成为大圣母的重要一步。发挥一下你的想象力吧：沙虫，弗雷曼人，香料。如果你和我能一起解开这些谜团，那将会非常有趣。你的陪伴将会成为我最大的鼓舞，哈什米尔。”

“我会给你……我的一些建议和想法的。”

他在身体上和感情上都被这个女人深深吸引，那是一种令人十分困扰的感觉。过去当他体会到如此强烈的感情时，他就会觉得必须消除这种吸引力，以任何必要的方式摆脱它。然而这位来自姐妹会的玛格特·拉西诺-齐娅却与众不同——或者说感觉与众不同。至于未来究竟会怎样，只有时间才能证明了。

他听说过贝尼·杰瑟里特的育种计划，但由于他先天畸形，姐妹会肯定不会要他的遗传基因。所以一定还有别的原因。显然，玛格特的动机超越了她的个人感情——如果她真的对他有感情的话。这个女人必是看到了他所带来的机会，既是为了她自己，也是为了她的姐妹会。

而玛格特也提供给了他一些东西——一种得到权力的新途径，以他做梦也想不到的方式。到目前为止，他唯一的优势就是沙达姆——他童年的伙伴。但最近太子的行为开始变得奇怪，这让他的地位受到了损害。沙达姆已经超出了自己的能力，想要自己做决定，自己思考。这是一种危险且鲁莽的行为，而他自己似乎还不知道。

在这种情况下，芬伦需要在有影响力的地方建立新的联系。比如贝尼·杰瑟里特。

随着外面皇家马车的到来，宾客们开始涌进大剧院。芬伦把盘子扔在旁边的桌子上，玛格特挽着他的胳膊问他：“你愿意和我坐在一起吗?”

“是的，”他眨了眨眼睛说，“也许还不止如此。”

她笑得很美，他想到要杀死这个女人该有多么困难——如果真的到了那个地步的话。

每个家族的首领都收到了十多张参加大剧院举行的两场盛大仪式的入场票。而帝国里的其他人民则通过行星转播观看这两场仪式。至少在未来十年，每个人都会谈论这个盛大仪式的细节——而这正是沙达姆想要的。

雷托·厄崔迪公爵作为恢复了名誉和财产的厄崔迪家族代表，和他的随从们一起坐在第二排的黑色强化玻璃主座上。这位皇帝的“至爱的表亲”自兰兹拉德联合会审判结束后就一直挂着这个称号，但雷托不相信这种虚假的友谊会持续到他回到卡拉丹之后——当然，除非沙达姆打算索取什么报酬。老公爵说过，要当心你要买的东西，因为其中可能有隐藏的费用。

杜菲·哈瓦特坐在雷托的右边，而他的左边则是骄傲而热情奔放的隆博。在隆博的另一边坐着他的妹妹凯莉娅，她是雷托获释后过来的。她迫不及待地跑来凯坦看这场加冕典礼，站在她哥哥身边——她那双翡翠般的眼睛被每一个新鲜的景象弄得眼花缭乱。每一刻凯莉娅都在为新奇的壮观景象而惊喜或欢呼。雷托看到她如此欣喜若狂，心里也暖暖的，这是他们从伊克斯逃走以来，第一次看到她这么开心。

隆博穿着紫铜相间的维尔纽斯家族服装，而凯莉娅选择用一件厄崔迪的斗篷来装饰她乳白色的肩膀，上面印有红鹰徽章，就像雷托衣服上的徽章一样。凯莉娅挽着雷托的胳膊，在他护送下，走到他们的座位上，她带着温柔的微笑对他说：“我选择这些颜色是出于对给予我们庇护的主人的尊敬，也是为了纪念厄崔迪家族恢复了财富。”说完，她吻了一下他的脸颊。

由于维尔纽斯家族的死刑判决仍像乌云一样笼罩在地平线上，兄妹俩是冒着相当大的个人风险参加庆祝活动的。然而杜菲·哈瓦特猜测，鉴于目前的庆祝气氛，如果他们不逗留过久的话应该还是安全的。雷托第一次听到这话时忍不住笑出了声："杜菲，门泰特打过保票吗？"哈瓦特觉得这并不好笑。

尽管由于公众的密切关注，加冕仪式和皇家婚礼举行之地成为了宇宙中最安全的地方之一，但雷托怀疑多米尼克·维尔纽斯仍旧不会露面。即使到了现在，心怀仇恨的埃尔鲁德已死，隆博的父亲也没有冒险离开藏身之地，更没有给他们发过任何信息。

在大剧院的后方的主楼和楼上，坐着各个小家族和各个势力的代表，这些势力包括宇联商会、宇航公会、门泰特、苏克医生，以及分散在百万世界的其他权力组织。哈克南家族在楼上的楼座有自己的独立区域，男爵在没有侄子拉班陪同的情况下出席了仪式，他甚至不肯朝厄崔迪的座位方向看一眼。

"这些颜色、声音和香水味——简直让我头晕目眩，"凯莉娅说，她深吸一口气，向雷托靠得更近了，"我从来没有见过这样的场面——无论在伊克斯，还是在卡拉丹。"

雷托说："近一百四十年来，帝国里都没人见过这样的场面。"

在第一排，就在厄崔迪的正前方，贝尼·杰瑟里特的姐妹们穿着整齐划一的黑色长袍坐在一起，其中包括年老枯瘦的大圣母哈里什卡。在过道的另一边，一群全副武装的萨多卡卫兵穿着仪仗制服，站在那群安静而控制欲极强的女人一旁。

当面若桃花的圣母阿妮鲁尔在一大群仪仗队和穿得花枝招展的侍女们陪同下，走过贝尼·杰瑟里特代表团所在位置时，姐妹们纷纷上前向这位准皇后表示祝贺。隆博寻找那个当初给他神秘信息的金发美女，发现那个女人坐在了哈什米尔·芬伦身旁，而不是与其他姐妹坐在一起。

高高的穹顶和剧院各层之间，到处都充满了一种期盼的气氛。最后，大剧院里鸦雀无声，每个人都摘下帽子，拿在手里，恭敬起立。

太子沙达姆穿着正式的萨多卡指挥官军服，佩戴银色肩章和科瑞诺家族的金狮纹章，踏着天鹅绒和锦缎的地毯，沿着通道行进。他的红头发上涂着油亮的发油。朝廷的王公大臣们跟在他后面，都穿着深红色和金色的衣装。

走在队伍最后的是身穿绿袍来自杜尔星的大祭司。按照传统，自思维机器灭亡以后，每位新皇的加冕仪式都是由大祭司来主持。尽管与古老宗教的不尽相同，但这位大祭司还是骄傲地将杜尔的铁红色圣尘洒向左右两旁的观众。

看到沙达姆庄严的步伐和华丽的衣着，雷托回想起几天前太子曾走过法庭的通道为他作证的情景。在某种程度上，他觉得当时那位身着精美丝绸皇服和戴着皇帝珠宝的堂兄看上去更有帝王气质。现在他看起来更像一个士兵——帝国军队的总司令。

“这是一个明显的政治举动，”哈瓦特在他耳边轻声说，“你注意到了吗？沙达姆是要让萨多卡军队知道，他们的新皇帝认为自己是他们中的一员，他们对他的统治很重要。”

雷托点点头，这才恍然大悟。就像他的父亲一样，年轻的公爵和他的士兵亲密无间，和他们一起吃饭，一起参加日常活动，表明他愿意与士兵们同呼吸共命运。

“在我看来，更多的是表演而脱离了实质。”隆博说。

“统治这么庞大的一个帝国，当然要有表演。”凯莉娅说。雷托感到一阵心痛，因为他回想起了老公爵对斗牛和其他表演的嗜好。

沙达姆被宏伟壮观的场面包围，沐浴在无上荣耀之中。他鞠了一躬，然后昂首阔步地走过他未来的妻子和贝尼·杰瑟里特代表团。毕竟他的加冕典礼是第一位的。沙达姆在指定的地方停了下来，转身面对杜尔的大祭司。此时大祭司正在把闪耀夺目的皇冠放在一个镀金枕头上。

在太子的后面，一幅宽大的幕布被拉开，露出了移到这里的皇家礼台。巨大的皇帝宝座此时空空如也，它是由一整块蓝绿色的石英雕刻而成的，这块石英是迄今为止发现的最大的宝石，可以追溯到哈西克三世的时代。隐藏的投影仪将调好的激光射入水晶块的深处，折射出一颗彩虹新星。观众们看到宝座晶莹璀璨，美不胜收，都惊叹不已。

雷托心中暗想，在帝国的日常运作中，确实要有一个充满仪式感的地方。它给人一种强大统一的影响，让人们觉得他们从属于某种至高无上的东西。

这种仪式巩固了这样一种印象：统治宇宙的是人类，而不是混乱。即使是像沙达姆这样自私自利的皇帝也能做些好事，雷托现在就有这种感觉……而且热切地希望这会是真的。

太子庄严地登上皇家礼台的台阶，坐在王座之上，眼睛凝视着前方。按照古老的惯例和程序，大祭司走到他身后，把镶有宝石的王冠高高地举在空中。

“太子沙达姆·拉斐尔·科瑞诺四世，你愿意宣誓效忠神圣帝国吗?”

大祭司的声音传遍了整个剧院，高保真的扬声器使每个观众都能听到完全自然、没有失真的声音。同样的话也传遍了凯坦星球，并将传遍整个帝国。

“我愿意。”沙达姆朗声说道，声音十分洪亮。

大祭司在坐在王座上的人额头上，画下代表皇权象征的符号，然后对聚集在此的各位达官显贵，名门贵族说道：“我赐给你们新的帕迪沙皇帝沙达姆四世，愿他的统治如星辰般闪耀!”

“愿他的统治如星辰闪耀!”观众们齐声吟诵道。

沙达姆头上戴着闪耀的王冠从宝座上站起身来，成为了已知宇宙最至高无上的皇帝。大厅里成千上万的人为他鼓掌欢呼。他望着众人，那是他所统治的一切的缩影，他的目光落在了长着一双天真无邪的眼睛的阿妮鲁尔身上，她和她的仪仗卫队以及侍女们正站在皇家礼台下面。皇帝伸出一只手，召唤她上来。

贝尼·杰瑟里特的大圣母哈里什卡引领着阿妮鲁尔来到沙达姆的身边。那群端庄美丽的侍女也随着圣母一起移动脚步，仿佛沙达姆是一块磁石，吸引着她们来到他的面前。然后，年老的哈里什卡回到她的座位上，与其他贝尼·杰瑟里特姐妹坐在一起。

大祭司对这对新人说了几句话，新皇帝将两枚钻石戒指戴在了阿妮鲁尔的手上，接着是一枚令人惊叹的红色塑石戒指，这是从他祖母那里传下来的。

他们被宣布结为夫妻，成为皇帝和皇后，之后，杜尔的大祭司将他们带到众人面前。哈什米尔·芬伦俯下身来，低声对玛格特说道："咱们要不要走上前去，看看大祭司能否给咱俩再举行一次简短的仪式?"

玛格特咯咯地笑着，戏谑地用胳膊肘推了他一下。

当天晚上，首都的人民纵情享乐，狂歌痛饮，举国欢庆，达到了狂热的高潮。这对皇室夫妇参加了一场奢华的晚宴，接着是一场盛大的舞会，然后是纵情的美食狂欢。之前的那顿晚宴，相比之下不过是开胃菜而已。当这对新婚夫妇前往皇宫时，无数红绸玫瑰从天而降，如一阵红色的玫瑰雨，引得众贵族们竞相追逐。

最后，皇帝沙达姆四世和阿妮鲁尔皇后终于回到了他们的婚床上。婚房外面，醉醺醺的贵族男士和女士们摇着水晶钟，让明亮的球形灯飘浮在窗前——传统的闹洞房仪式将会给这对夫妇带来祝福，预示着人丁兴旺，子孙繁盛。

这些庆祝活动延续了数千年，可以追溯到前芭特勒时代，追溯到帝国的本源。一千多件贵重的礼物排列在宫殿的草坪上。这些贡品将由皇家侍从收集起来，然后分发给民众，与此同时，凯坦还将举行为期一周的庆祝活动。

在所有的庆祝活动结束后，沙达姆终于能开始治理他的百万星球帝国了。

在最后的分析报告中，这个被称为《雷托的开局》的传奇故事成为了年轻的厄崔迪公爵广受欢迎的基石。他成功地将自己投射为银河黑暗之海中的荣誉之光。对许多兰兹拉德联合会成员来说，雷托的诚实和单纯成为了荣誉的象征，使许多大大小小的家族蒙羞，从而改变了他们对彼此的行为……至少是在短暂的一段时间内，直到熟悉的旧模式重新出现。

——《厄崔迪家族的起源：银河帝国未来的种子》，伊克斯的布朗索

哈克南男爵为他的阴谋失败而愤怒不已，他在家族的堡垒大厅里怒气冲冲地走来走去，声嘶力竭地命令手下找个侏儒来供他折磨。他需要一个玩物来支配，发泄他的怒火，需要一个他可以完全摧毁的东西。

伊姆是男爵的娱乐监理之一，他曾抱怨说仅仅根据一个人的身高体型来进行迫害算不上有什么乐趣，于是男爵下令从膝盖以下截去伊姆的双腿。这样一来，这位即将被截短了的娱乐监理就完美地符合普洛克路斯忒斯[①]的要求了。

娱乐监理撕心裂肺地号叫着被人拖到了哈克南外科医生那里，男

①源自希腊神话，一个名为普洛克路斯忒斯的恶魔会把无辜的人抓走，然后放到一张床上，并通过拽拉身体或截腿使其适合床的长度。

爵把他的侄子格洛苏·拉班和门泰特彼得·德伏叫到他的办公室，要与他们进行一次重要的讨论。

男爵坐在摆满了文件和利读连晶纸报表的办公桌旁等待着他们。他用低沉洪亮的声音大骂道："该死的厄崔迪，从那个嘴上没毛的公爵小子到他那些可恶的祖先统统都该死！真希望他们都死在科林战役里。"

当德·弗里斯走进办公室门口时，男爵猛地转过身来，突然失去了平衡，肌肉失去了控制。他抓住桌子的边缘才让自己得以站稳。"雷托怎么能在那场审判中活下来呢？他既没有证据，又无可辩护。"柔和的球形灯在房间上空飘浮着。"他自己都不知道自己是怎么赢的。"

男爵的吼声在房间里回荡，声音甚至穿过一扇敞开的门，飘进了摆满抛光的石头和黄铜工艺品的大厅。拉班急匆匆走过走廊。"该死的沙达姆，真是多管闲事！仅仅因为他是皇帝，他就有权站队吗？这对他有什么好处？"

拉班和德·弗里斯都在通往办公室的拱形铁门前犹豫了一下，并不急于卷入男爵愤怒的漩涡。门泰特闭上眼睛，揉了揉浓密的眉毛，试图说些什么或做些什么。拉班走到一个壁龛前，给自己倒了一大杯基拉那白兰地。他喝东西时发出动物一样咕噜咕噜的声音。

男爵离开了桌子，在地板上踱来踱去，他的动作很不协调，古怪地抽搐着，似乎很难控制自己的平衡。由于最近体重增加，他的衣服显得似乎很紧。

"我本来是想发动一场突然的战争，一番屠杀后看谁能收拾残局，但不知怎么的，可恶的厄崔迪阻止了大家自相残杀。还坚持要冒着风险进行一场没收审判——该死的古老仪式！——就为了保护他珍贵的朋友和船员，雷托·厄崔迪竟然甘愿牺牲自己，现在他在兰兹拉德里引起了广泛的关注和赞誉，人气直线飙升。"

彼得·德伏清了清嗓子，说道：“男爵阁下，也许让他们去对付特莱拉是个错误。因为没人在乎特莱拉人。所以要想在各个家族中激起广泛的愤怒情绪是很困难的。我们从未打算让这件事闹上法庭。”

“我们没有做错！”拉班咕哝了一声，立刻为他叔叔辩护，“你就这么怕死吗，皮特？”

德·弗里斯没有回答，也没有表现出任何恐惧。他本身就是一个令人生畏的斗士，如果来一场肉搏的话，凭借他的战斗技巧和经验，他可以不费吹灰之力地把拉班击败。

男爵失望地看着他的侄子。*你似乎永远也抓不住任何隐藏在表面之下的东西，哪怕是只隔着一层纱，你也什么都看不到。*

拉班怒视着门泰特道：“雷托公爵只是个冲动易怒的毛头小子，统治着一个毫不起眼的破家族。厄崔迪家族也没什么财富，只靠着……庞迪大米赚钱而已！”他啐了一口唾沫，说道。

“事实上，拉班，”变态门泰特用像蛇一般的声音平静地说，“兰兹拉德的其他成员似乎真的*喜欢他*。他们很钦佩这位小公爵所取得的成就。是我们让他成了英雄。”

拉班喝完酒，又倒了一杯，啜了一口。

“兰兹拉德联合会什么时候变得这么*利他无私*了？”男爵哼了一声，“这比雷托赢得官司更令人难以置信。”

沿着长长的昏暗走廊，可以听到从手术室里传来可怕的声音，痛苦的尖叫声在整个走廊里回荡，一路飘到男爵的办公室里。柔和的球形灯不停闪烁，但保持着最低亮度。

男爵目光锐利地看着德·弗里斯，然后指了指手术室：“也许你最好自己去处理这件事，皮特。我要确保那个白痴娱乐监理在手术中幸存下来……至少在我充分利用他之前，别让他死了。”

“遵命，我的男爵。”门泰特说着，立刻转身快步走出大厅，来到了手术室。尖叫声越来越凄厉，而且越来越像女人的尖叫。男爵听到了吱吱作响的切割机和磨锯子的声音。

男爵想到了他那件新截短的玩物，又想到止痛药药效一过，他该怎么处置伊姆。医生们不会在没有使用任何止痛药的情况下，给他截了腿？或许吧。

拉班闭上他那厚厚的眼睛，静静倾听，享受着无上的快乐。如果可以选择的话，他宁愿在杰第主星的野外保护区追捕那个人。但男爵觉得这听起来太麻烦了——还得到处乱跑进行追踪，又得攀登被雪覆盖的岩石。他可以想出消磨时间的更好方法。更何况男爵的四肢和关节近来越来越酸痛，肌肉也变得虚弱和颤抖，身材也越来越臃肿……

现在男爵只想创造他自己的运动。一旦伊姆被截双腿的伤口，经过灼烧止住了血，他就会立刻把这个倒霉的监理当成是厄崔迪公爵本人。一定会很有趣的。

男爵突然停顿了一下，意识到他因为一个计划的失败而如此沮丧是多么愚蠢。无数代哈克南人为他们可恨的死敌设计了多少巧妙的陷阱。但是厄崔迪家族却很难被灭掉，特别是当他们背对着墙壁，直面对战的时候。他们之间的世仇一直延续到大骚乱时期，厄崔迪家族指控哈克南家族背信弃义，胆小懦弱。从那时起，哈克南家族就一直对厄崔迪家族深恶痛绝，反之亦然。

未来、现在、以后皆是如此。

“我们还有厄拉科斯，”男爵说，“尽管我们受到宇联公司的控制和帕迪沙皇帝的监视。但我们仍然控制着美琅脂香料的生产。”他对拉班咧嘴一笑，拉班也对他咧嘴一笑，这完全是出于一种习惯。

男爵紧紧地攥着拳头，高高地举在空中：“只要我们控制住厄拉科斯，我们就掌控了自己的命运。”他拍了拍侄子戴着软垫肩的肩膀，说道：“我们要从沙子里提取香料，直到把厄拉科斯变成一个空壳！”

宇宙中有尚未被开发的资源，还有迄今为止无法想象的能源。它们就在你眼前，你却看不到。它们在你的脑海里，你却想不到。但我可以！

——提奥·霍尔茨曼，《演讲选集》

在交叉点的宇航公会世界里，曾经名为德默尔·皮尔鲁的人被带到了领航员审判庭。他们没有告诉他原因。虽然他对宇宙有超群的领悟力和异常敏锐的直觉，但他却猜不透他们想从他这里得到什么。

没有一个学员能像德默尔那样，作为一名新手飞行员掌握了进入折叠空间的方法。在一片长满矮小黑草的露天阅兵场上，摆满了一个个充满香料气体的密封罐，立在带沟槽的石板上排列成半圆形，组成了高级审判庭。在这里仍然可以看到过去数千次集会所留下的痕迹。

德默尔的小气罐被放在他们前面，孤零零地停在半圆形的中央。他的领航员之路才刚刚开始，现在只是一名低级别的飞行员。在密闭的气罐里，他仍然还保留着大部分人类的形态。法庭的成员们——也就是所有的舵手，每人都在自己的气罐里——只露出他们肿胀的脑袋和畸形得可怕的眼睛，透过昏黄的肉桂橘色香料气体，向外张望。

有一天我也会像他们一样的，德默尔心想。一开始知道这一事实之后，他吓得有些退缩，但现在他已经接受了这个不可避免的事实。因他想到了今后将会体验和领悟到的所有的宇宙奥秘和启示，便觉得其他的都不重要了。

公会审判庭用他们简约而高端的数学语言、思想和文字，通过空间结构本身与他进行交流——这比任何人类的交流都要有效得多。首席教官格罗丁充当他们的代言人。

“你已经被监视了。”格罗丁说。根据长久以来所建立的程序，宇航公会的教官们会在每一架远航机的领航员舱，以及每一个新学员和新飞行员的训练气罐里，安装全息记录装置。这些记录会定期地从运输船和货船上取下，然后运送到交叉点。

“按照惯例，所有的证据都会被仔细研究。”德默尔知道公会银行的官员和他们在宇联公司的经济伙伴，必须确保宇航公会的人遵守重要的导航规则和安全规定。因此他对此并没有产生任何质疑。

“宇航公会对定向发送到你领航员舱的未经授权信息感到十分困扰。”

那是他兄弟的通讯设备！德默尔在他的气罐里摇晃着，飘浮着，看到了所有令人眩晕的可能性，以及他可能面临的一切惩罚。他可能跟那些可怜的被淘汰的领航员一样，变得畸形，没有了人样——身体上付出了惨重的代价，却没有得到任何好处。但是德默尔知道他的能力很强！也许舵手们会原谅他……

“我们很想知道究竟是怎么回事。”格罗丁说。

德默尔如实交代，把他所知道的一切都进行了翔实的解释和说明。他努力回忆克泰尔告诉他的话，向他们报告被封锁的伊克斯目前的内部情况，即特莱拉人决定重新设计和建造老型号的远航机。特莱拉人的这个决定令法庭感到很不安，但他们更感兴趣的是“罗格无线电收发机”本身。

“之前我们从来没有进行过在折叠空间里的即时通讯。”格罗丁说。几个世纪以来，所有的信息都是由信使来进行人工传递，信使坐在飞船里，穿过折叠空间传送信息，这样信息传递的速度远远快于任何已知的传送方式。“这种技术创新能被我们所开发和利用吗?”

德默尔这才意识到了这种装置在军事和经济上的应用潜力——如果能够被证明可行的话。虽然他不知道所有的技术细节，但他兄弟的确创造了一个前所未有的通讯系统，一个对宇航公会来说梦寐以求的东西。他们想要让这种装置为己所用。

一名高级审判庭成员建议，这种装置可以在两名心智强化的领航员之间使用，而不是像克泰尔·皮尔鲁那样的普通人。另一名成员有所质疑，他认为这种联系可能更多依靠精神力量而不是技术。因为双胞胎之间的亲密性，使他们大脑结构和模式具有高度相似性，从而增强了这种联系。

也许，在广大的飞行员、领航员和舵手之中，宇航公会可以找到其他与他们有着类似精神联系的人……尽管这种情况可能很少见。然而尽管研发成本巨大，需要攻克重重技术难关，但这种通讯方式也许可以成为一种服务项目，经过测试和检验后供给皇帝使用，并收取巨额费用。

“你可以继续保留你的飞行员身份。”格罗丁最后说道。于是德默尔便被释放了，免于调查。

在凯坦胜利凯旋后的几个星期里，雷托·厄崔迪公爵和隆博·维尔纽斯一直在等待新皇帝答复他们的觐见请求。雷托正准备搭乘穿梭机前往皇宫，正好一名信使前来确认了皇帝的日程表。他发誓不提那个当初传递给皇帝的那个虚张声势的消息，也决定不追究与科瑞诺家族与特莱拉之间的关系……但沙达姆四世一定很好奇。

但假如再过一个星期还没有回音的话，那么即使没有预约，雷托也会自己到皇宫去见皇帝。

雷托希望能利用他日益提高的声望和势头，和皇帝讨论对维尔纽斯家族的大赦和赔偿问题。他相信这是把这个问题提上台面并得到圆满解决的最好时机。但随着时间一天天过去，帝国仍然保持沉默。他感觉到机会正在一点点消失，就像沙粒从指缝中溜走。即使是一向乐观的隆博也日渐焦躁和沮丧，而凯莉娅则变得越来越屈从于命运，认为人生再无太多选择。

终于，信使带来了一份标准公文，里面有一个信息筒，上面说皇帝建议——因为他几乎无暇与他的侄孙交谈——所以他们准备用一种尚未试验过的全新方法进行联系。即一种被称为公会连接的即时通讯系统，是由宇航公会提供的。这种系统可以使处在两个不同星系的领航员进行精神上的联系。所以这次公会连接将会派出两架远航机，一架围绕卡拉丹轨道航行，另一架则在凯坦星轨道航行。从理论上说，这样就可以实现雷托·厄崔迪公爵和沙达姆四世皇帝之间的交谈了。

“我终于可以说出自己的意见了。”雷托说。尽管他以前从未听说过这种交流方式。沙达姆似乎急于为了达到自己的目的而尝试这种方法，并且利用这种方法，他与雷托·厄崔迪公爵的会面就不会有人看到了。

凯莉娅一双翠绿色的眼睛突然亮了起来，她甚至忽略了挂在餐厅里的那颗讨厌的牛头。她回房间把自己的衣服换成了令她骄傲的维尔纽斯家族颜色，尽管她不太可能出现在画面中。在杜菲·哈瓦特的陪同下，隆博也准时到达。雷托把所有的仆人、卫兵和管家都遣出了房间。

那架载着刚才那位信使的远航机仍然在卡拉丹的对地同步轨道飞行，另一架远航机则已经在凯坦星轨道上等候着了。每架远航机上都各有一名经验丰富的宇航公会舵手。两名舵手彼此之间相隔很远。他们会使用一种深不可测的程序，让他们的思维穿越虚空，互相联系起来，形成一种连接。在此之前，宇航公会已经在数百名领航员身上测试了这种连接，然后找到了两名可以建立暂时的直接联系的领航员——具体连接途径还有待确定，也许是通过心灵感应，也许是美琅脂香料气体，或者其他一些方法。

雷托深吸了一口气，虽然他已经等了太久，但他希望能有更多的时间来练习一下他的发言。不过他不敢再要求延期……

沙达姆在皇宫的一个华丽的绿篱植物园里，对着下巴上戴着的一个小型麦克风说话，麦克风把他的声音传送到凯坦星轨道上的远航机里，从领航员舱室里的扬声器里传出。“雷托·厄崔迪，你能听见我说话吗？我这里天气很好，我刚刚清晨散步回来。”说完，他喝了一口浓醇的果汁。

当皇帝的话传到凯坦星轨道上的远航机领航员舱室时，卡拉丹轨道上另一艘远航机的舵手也有了同样的感应，就像他的同胞所听到的一样。卡拉丹的舵手暂时中断了联系，对着在充满香料的气罐里飘浮着的闪光球形扬声器，重复皇帝刚才所说的话。雷托站在回声缭绕的卡拉丹城堡餐厅里，听到了扬声系统里传来有些失真而缓慢的声音，听上去不带任何感情。但这些话仍然是皇帝自己说的。

“我一直喜欢卡拉丹清晨的阳光，舅公。”雷托回答道。他用这个亲切的称谓来称呼皇帝，想要拉近彼此的距离，以友好的方式开始这次谈话，“欢迎您有时间驾临敝处。”

雷托说这些话的时候，卡拉丹轨道上的领航员再一次与他的同胞进行公会连接，雷托的话被传送到另一艘远航机上，然后发送到凯坦星。

“这种新的交流方式真是太神奇了。”沙达姆为了避开雷托的请求而说道。不过他确实是真的很喜欢公会连接这种通讯方式，对他来说就像是一个新的玩具似的。“比人类信使传送得要快多了，只是费用贵得吓人。啊，是啊，通过咱们的这次公会连接，宇航公会又创造了另一个垄断的项目。但愿他们不会对紧急信息收取太多费用。”

雷托在餐厅里听到了这句话，不知道这句话是对他说的，还是说给宇航公会听的。

沙达姆不安地咳嗽了一声，不过这句咳嗽并没有被领航员传送过去。“帝国的众多星球中存在着无数重大的问题，而且需要我以最快的速度解决。所以我没有时间跟你客套寒暄，侄孙。你想跟我谈什么？”

雷托深深地吸了一口气，窄瘦的脸上鹰一般的五官变得阴沉起来：“尊敬的沙达姆皇帝，我们恳求你赦免维尔纽斯家族，恢复他们在兰兹拉德联合会里应有的地位。伊克斯在经济上对帝国至关重要，所以不能留在特莱拉人的手中。他们已经摧毁了重要的生产设施，对帝国安全至关重要的产品进行了大幅度削减。”接着，他又虚张声势地补充道：“我们都知道那里的真实情况，即使现在也是如此。”

雷托心想，*这又和特莱拉有关了。看看我能不能让他相信我知道的比他想象的还要多。*隆博王子站在雷托身边，用警惕的目光注视着他。

“我不能通过中间人来讨论这些事情。”沙达姆立刻说道。

雷托睁大了眼睛，因为沙达姆可能犯了一个错误：“陛下，您的意思是宇航公会不可信任吗？他们为帝国和各大家族运送军队，恐怕在开战之前就知道或察觉到了作战计划。所以这个公会连接恐怕要比在皇宫觐见厅里与您面对面的讨论更加安全。”

“但我们还没有研究和评估过这件事的优劣。”沙达姆抗议道，显然是在拖延时间。他一直在关注雷托·厄崔迪公爵日益上升的声望和影响力。难道这个自命不凡的新上任公爵跟宇航公会也有了联系吗？他环顾了一下空荡荡的花园，真希望此刻芬伦能和他在一起，但是这个长得像雪貂的家伙正准备启程去厄拉科斯了。*也许救雷托真的是个错误。*

雷托的措辞简洁扼要，他提出了伊克斯的各种出色成就，声称维尔纽斯家族从未制造过任何违禁技术和产品。尽管特莱拉人做出了承诺，但他们没有向兰兹拉德联合会的管理机构提交任何案例和证据。相反他们贪婪地把伊克斯的一切掌握在自己手中，夺取伊克斯的财富。根据他与隆博的谈话，雷托向沙达姆说明了维尔纽斯家族封地的价值，以及特莱拉人对伊克斯造成了多大的破坏。

“这听起来太过分了，”沙达姆未加思索就立刻脱口而出，“贝尼·特莱拉给出的报告上显示的数据比这要低得多。”

沙达姆亲自去过那里，雷托心想，而且还在刻意隐瞒。“当然，陛下，特莱拉人是为了尽可能减少赔款数额而谎报数据——如果他们不得不支付赔款的话。”

雷托继续估算伊克斯公民的伤亡情况，甚至指出了埃尔鲁德为了将珊多夫人置于死地而让无数人枉死。然后他满怀伤感地推测了维尔纽斯伯爵的绝望处境，如今他仍然躲在某个遥远而不为人知的地方。

谈话临近尾声，沙达姆久久没有说话，心里十分愤怒。他真的很想知道这位傲慢的公爵对特莱拉的事情究竟知道多少。雷托的话里有一些暗示和弦外之音……但他是在虚张声势吗？作为新皇帝，沙达姆必须迅速采取行动，控制局势——但他永远无法让维尔纽斯家族回到他们的故土。因为特莱拉合成香料的研究至关重要，而且不易转移。维尔纽斯家族是不幸的牺牲品——沙达姆并不在乎他父亲被刺伤的自尊心或狭隘的报复——但那些人现在已经无法被拯救了，只能当作什么事也没有发生过一样。

最后，皇帝清了清嗓子说：“我们所能提供的最大补偿就是有限的赦免。由于隆博和凯莉娅·维尔纽斯是由你雷托公爵亲自照顾，所以我们可以给予他们充分的保护和赦免。从今以后，任何人不得悬赏捉拿他们。他们将会被赦免一切的罪过。这一点我可以向你保证。”

雷托看到两个被放逐的伊克斯人脸上，露出难以置信的狂喜，于是说道：“谢谢您，陛下，但是对于其家族财产的赔偿该怎么办呢?”

“没有赔偿!”沙达姆说，语气比领航员转述的要严厉得多，“维尔纽斯家族也不得恢复其在萨图赫，也就是前伊克斯的地位。啊，是的。实际上贝尼·特莱拉向我提供了大量的结论性文件，对其准确性我还是很满意的。出于帝国安全的考虑，我不能透露相关细节。好了，我的耐心已经快被你消磨殆尽了。”

雷托恼怒地吼道：“任何被否定的证据都不是证据，陛下，这些证据应该在法庭上出示。”

“那我的父亲和维尔纽斯家族其他幸存的成员呢？”隆博对着雷托一直在用的麦克风喊道，“无论他在哪儿，你也能将他赦免吗？他没有伤害任何人啊。”

沙达姆的反应迅速而激烈，就像被毒蛇咬伤了一样：“我对你已经很仁慈了，侄孙——但我提醒你不要太得意忘形了。就我个人而言，如果我对你没有什么好感的话，也就不会为你作证，更不会答应今天百忙之中抽出时间来跟你谈话——或者为你的朋友们做出让步。我只能赦免这两个孩子，仅此而已。”

雷托听了这番刺耳的话，感到十分震惊，但仍保持镇静。显然他不能再逼迫沙达姆了。

“我建议你们趁着我还没改变主意，立即接受这些条件，”沙达姆说，“因为我随时都会收到对维尔纽斯家族不利的更多证据，让我对维尔纽斯家族做出不那么友善的判决。”

雷托与隆博和凯莉娅远离话筒，商量了一番。最终，兄妹俩不情愿地表示接受这个条件。“至少我们赢得了一个小小的胜利，雷托，”凯莉娅柔声说，“即使没有遗产，但至少我们将拥有自己的生活和人身自由。再说和你住在一起也不是那么可怕。就像隆博常说的，我们可以随遇而安。”

隆博把手放在妹妹的肩头说道：“如果凯莉娅觉得这样足够好了，那我也接受。”

“那就成交吧。”沙达姆说。公会的中间人向沙达姆转述了他们兄妹二人愿意接受这个条件。“官方文件将会尽快准备好，”他接下来的话就像刀子一样锋利，“我希望再也不要听到这件事了。”

说完，皇帝就突然断开了公会连接，两个相隔遥远的领航员中断了他们的精神联系。雷托把隆博和凯莉娅紧紧抱在一起，因为他知道他们俩终于都安全了。

只有傻瓜才会留下目击者。

——哈什米尔·芬伦

“我会想念凯坦的。”芬伦用一种古怪而忧郁的语气说道。当天，他将作为沙达姆的帝国监察员去厄拉科斯履职。自己被流放到沙漠里了！但玛格特告诉他要学会寻找机会……而芬伦本就很擅长这个。除了简单的惩罚，皇帝还有其他的想法吗？这个小小的官职究竟能转变成一个举足轻重的职位吗？

芬伦是在沙达姆身边长大的，两人都比金狮宝座的前继承人法夫尼尔年轻二十多岁。埃尔鲁德长子的太子地位稳固，他的妻子们还给他生了一群女儿，所以他对这个小儿子并没有什么太多期许。芬伦的母亲是位贝尼·杰瑟里特姐妹，在她的建议下，芬伦被允许和沙达姆一起上课。

多年来，芬伦把自己变成了一个“促进者”，一个愿意为他的朋友沙达姆完成必要任务的人，不管这些任务有多令人不齿——包括谋杀法夫尼尔。两个人共享许多黑暗的秘密，对他们来说，那些不可告人的事情太多了，所以如今他们两个人必然会心生龃龉且分道扬镳……这一点，他们彼此都很清楚。

沙达姆欠我太多了，该死的！

如果再有点儿时间重新考虑的话，新皇帝一定会明白他不能把芬伦当作敌人，甚至是一个心怀不满的侍从。过不了多久，沙达姆就会把他从厄拉科斯召回来。这只是时间问题。

不管怎样，他总会找到办法，无论面对什么环境，都能把劣势转变为优势，把不利变为有利。

三天前，他和玛格特举行了一个简单的婚礼。现在她指挥着次级内侍官和没有任何势力依附的仆人，开始打点行装，准备启程赴任，就像掀起了一股旋风一样，雷厉风行。作为一个贝尼·杰瑟里特姐妹，她没有什么需要，也没有什么奢侈的嗜好。但她明白服饰衣着和公共形象的重要性，于是她安排了一艘载满各种服装、饰品和摆设的货船，其中包括科瑞诺家族的服装和家具，以及皇家餐具、精美的挂毯和亚麻布品等。这样的奢华物品会增加她丈夫在厄拉科斯的地位。他们要在那里建造一个私人府邸，距离哈克南家族的权力中心迦太格有好几公里远。这样将会给人一种独立和奢华的印象，也可以向哈克南的统治者及其官员传达一个信息，那就是皇帝沙达姆拥有至高无上的权力，他那警惕的眼睛无所不在。

芬伦笑着看玛格特继续完成她的任务。她那像蜂蜜牛奶一样有光泽的皮肤和一头金色的秀发格外引人注目。她始终对下人面带鼓励的笑容，对于那些动作太慢的仆人，则厉声呵斥。多么了不起的女人啊！他和他的新娘互相保守着如此美妙的秘密，事实证明，他们之间相互发现和了解的过程是极为令人愉快的。

到了傍晚，他们将被派往沙漠星球，那个被当地人称之为沙丘的地方。

当天晚些时候，在一个闲暇时间里，皇帝和他的终生的朋友，没有相互道歉，尽管他们都很想说。芬伦坐在屏蔽场球游戏机前，等待帕迪沙皇帝沙达姆四世走下一步。他们坐在宫殿一个尖塔顶上一间强化玻璃围成的休息室里，而且只有他们两个人。远处传来扑翼机嗡嗡的响声，它们飞得比装饰着彩带的风筝和闪亮的灯光还要高。

芬伦的嘴里哼个不停，尽管他知道沙达姆讨厌这种行为。最后，新皇帝以正确的速度——既不太快也不太慢——从闪闪发光的屏蔽场中抽出一根棍子。瞄准杆与内部的旋转圆盘相啮合，使球形游戏机中心的黑球飘浮在空中。沙达姆聚精会神，他猛地一拉，松开了瞄准杆，球便瞬间掉落进写着数字“9”的容器里。

“您一直在练习吧，陛下，嗯－嗯－嗯－哼?”芬伦说，“难道皇帝没有更紧迫的事情要处理吗? 不过要想打败我，您还得加把劲儿啊。”

皇帝盯着他刚用过的那根杆子，好像那东西令他很失望。

“您想换根杆子吗，陛下?”芬伦用嘲弄的口气说，“您那根有什么问题吗?”

沙达姆固执地摇摇头。“我要继续用这根杆，哈什米尔——这将是我们一段时间内最后一场比赛了，下次玩儿还不知是什么时候呢。”他深吸了一口气，气哄哄地说：“我跟你说过了，我可以自己处理事情。”他说得有些支支吾吾，“但这并不意味着我不再重视你的建议。”

“当然，陛下。所以你才把我送到那个满是肮脏野蛮人和沙虫的沙坑，”他冷静地盯着屏蔽场球游戏机另一头的沙达姆，“我认为这是一个严重的错误，陛下。在你执政之初，你将比以往任何时候都需要客观而合理的忠告。你一个人应付不了，还有谁能比我更可靠呢?”

“嗯，我圆满地处理了雷托·厄崔迪的危机。凭我一个人的力量避免了灾难的发生。”

轮到芬伦玩游戏了，但他没有出手，而是站在屏蔽球游戏机前，说道：“我同意事情处理的结果很令人满意——但是我们仍不清楚他对我们和特莱拉之间的关系知道多少。”

“我不想显得过于着急。”

“嗯－嗯－嗯－啊，也许你是对的，但如果你解决了这个问题，那就请告诉我：如果不是雷托的话，那么到底是谁向特莱拉人开火的？以及如何开火的呢?”

“我正在考虑这个问题。”

芬伦那双硕大的眼睛闪闪发光：“雷托现在广受赞赏，也许有一天甚至会威胁到你的皇位。不管他是否策划了这场危机，厄崔迪公爵已经把它变成了一场不可否认的胜利，为他自己以及他的家族又增添了一项荣誉。他克服了一个不可逾越的障碍，表现出非凡的气度和风范。兰兹拉德联合会的成员们都有目共睹。”

“啊，是的，没错，没错……但这也没什么好担心的。”

“我可不敢这么肯定，陛下。现在看来，各大家族的不满情绪还没有完全消散。”

“可我们有贝尼·杰瑟里特的支持，多亏了我的妻子，我们才能得到这份厚礼。”

芬伦不屑地哼了一声道：“是在我的建议下您才娶了她，陛下——不过，女巫们说的事情不一定能成为现实。如果我们的盟友数量还不够该怎么办呢?”

“你这是什么意思?”沙达姆从游戏机前退下来，不耐烦地示意芬伦，该轮到他玩儿了。

“想想雷托公爵，他是多么难以捉摸。也许他正在建立秘密的军事同盟，准备袭击凯坦。他的巨大声望将会转化为他讨价还价的砝码，显然他很有野心。大家族的首领们现在都盼着能跟他说上话。而你呢，却没有像他那样受到广泛的支持。”

“我有我的萨多卡军队。”但是皇帝的脸上显露出一抹怀疑的神色。

“看好你的军团，确保他们没有被敌人渗透。我要离开这里去厄拉科斯了，但是这些事情还是让我放不下心。我知道你说过你可以自己处理的，我相信你。我只是给你我最好的建议——就像我一向为你所做的那样，陛下。”

“我很感激，哈什米尔。但我还是不敢相信，我的侄孙雷托为了达到这一个目的而制造了这场远航机危机。这太拙劣也太冒险了。而且他不可能知道我会为他作证。”

“他知道一旦你发现他手里掌握着秘密情报，你一定会帮他的。”

沙达姆摇了摇头道：“不。失败的可能性很高。他差点儿就失去了家族的全部财产。”

芬伦伸出一根长长的手指说道：“但是想想他收获的潜在荣誉，嗯－嗯－嗯－哼？至于证据嘛，只要看看他在这段时间里发生了什么事就知道了。我怀疑他之前并不是这么计划的，但不管怎样雷托现在是英雄了。他的百姓爱戴他，所有的贵胄也都钦佩他——而特莱拉人倒成了爱发牢骚的傻瓜。陛下，我的建议是——既然您坚持要一个人干这件事——那您应该密切注意雷托，对厄崔迪家族的野心有所防范。”

“谢谢你的建议，哈什米尔，”沙达姆说着，转身去研究游戏机，“哦，顺便说一句，我说过我这是……给你升职了吗？”

芬伦轻轻地哼了一声道：“确切地说，我并不认为被派到厄拉科斯是升职。‘帝国监察员’听起来职位并不怎么显贵，不是吗？”

沙达姆微微一笑，扬起下巴，摆出一副帝王的姿态。一直以来他都打算这么做。“啊，是的……不过芬伦伯爵，这个称呼听起来怎么样？”

芬伦这才大吃了一惊：“你是……让我当伯爵？”

沙达姆点点头道：“哈什米尔·芬伦伯爵，厄拉科斯的帝国监察员。你的家族越来越显贵了，我的朋友。最后我们会考虑让你进入兰兹拉德联合会的。”

“还有宇联公司的董事？”

沙达姆笑了："哈什米尔，一切都会好的。"

"那么这样一来，玛格特就成为伯爵夫人了吧？"沙达姆对他点了点头说。而芬伦那双大眼睛神采焕发起来。他试图把狂喜藏在内心深处，但皇帝还是从他的脸上清楚地看出了他的喜悦之情。

"现在我要告诉你，为什么这项任命对你和帝国来说如此至关重要。你还记得那个叫帕多特·凯恩斯的人吗？他是我父亲几年前派驻到那里的行星学家。"

"当然记得。"

"嗯，他最近一直没什么作为。只断断续续发来几份不怎么可靠的报告，并且看起来报告并不完整，故意有所删减。我的一个密探甚至向我汇报说，凯恩斯跟弗雷曼人走得越来越近了，他甚至也许越过界限，成了他们中的一员。入乡随俗了。"

芬伦的眉毛挑起，说道："一个帝国的仆人竟然和那群肮脏、原始的野蛮人混在了一起？"

"但愿不是这样，但我希望你能揭开真相。实际上，我是要让你成为我的帝国香料大王，秘密监督厄拉科斯的香料生产以及我们在萨图赫的合成香料实验的进展。你将来回穿梭于这些行星和帝国皇宫之间。你只能传送加密信息，而且只能传送给我。"

芬伦越来越认识到这一任务的重要性和影响力，于是心中不由得产生一种全新的激情，这激情犹如一把大火，将他内心原先的不满和抱怨全部燃烧殆尽。是的，他现在真的看到了希望。他迫不及待地想要告诉玛格特——用她贝尼·杰瑟里特的心智，她无疑将会看到更多的益处。

"听起来很有诱惑力，陛下。这是一个非常值得我发挥自己特殊才能的挑战。嗯－嗯－嗯－嗯，我可能真的会很喜欢这个职位的。"

芬伦回到比赛中，看着游戏机内部的旋转盘引导起飘浮的屏蔽场球。最终屏蔽场球掉进了数字为"8"的容器里。他不满地摇了摇头。

“太糟糕了。”沙达姆说。他敏捷地把最后一个球投进了10号，最终赢得了比赛。

进步和利润需要大量的人员、设备和资金投入。然而，最常被忽视却能带来最大回报的资源是对时间的投资。

——多米尼克·维尔纽斯，《伊克斯的秘密产业》

没有什么可失去的。

也没有什么可留下的。

作为变节的伯爵和战争英雄，多米尼克·维尔纽斯已经死了，他的名字将从历史记录中被抹去，从帝国的怀抱中消失。但这个人却以各种不同的身份和伪装，顽强地活了下来。因为他是一个永不放弃的人。

多米尼克曾经为了皇帝的荣耀而浴血奋战。在战争中，他曾驾驶战斗机，操纵激光炮杀死了成千上万的敌人；也曾手持利刃，甚至是赤手空拳，近距离地与敌人肉搏。他拼命地战斗，拼命地工作，也拼命地爱。

然而，他一生的投资所换来的，却是名誉被玷污、四处流亡、妻子被害和子女受辱。

尽管如此，多米尼克是一个幸存者，一个有目标的人。他知道如何等待时机。

虽然刻薄的秃鹫埃尔鲁德已经死了，但多米尼克心里却感觉不到一丝宽慰。因为带给他如此侮辱和痛苦的是皇权本身。即使是新的统治者沙达姆，也比他父亲好不到哪去……

他远远地望着卡拉丹的方向。隆博和凯莉娅似乎很安全，即使没有老公爵的威望和号召力，他们的庇护所也依然存在。他为挚友保卢斯·厄崔迪的死而哀悼，但他不敢参加葬礼，甚至不敢给年轻的继承人雷托发密信。

不过，在没收审判期间，他有一种强烈的冲动要到凯坦去。隆博愚蠢地离开了卡拉丹来到帝国王庭，为的是给予自己的同伴支持，尽管这样做他将会冒着被捕和即刻处决的危险。如果事态恶化，多米尼克就会亲自去那里，牺牲自己来换取他儿子的生命。

不过最终他不必亲自前往。因为雷托被释放，得到了赦免，得到了不可思议的宽恕——同时，隆博和凯莉娅也得到了赦免。这一切是怎么发生的呢？多米尼克的头脑一片混乱，剃得光光的脑袋上眉头紧锁。是沙达姆救了年轻的雷托。沙达姆·科瑞诺四世是卑鄙小人埃尔鲁德皇帝的儿子，而正是埃尔鲁德摧毁了维尔纽斯家族。沙达姆看上去像是一时兴起，驳回了案件。多米尼克怀疑这个判决背后隐藏了大量的贿赂和胁迫，但他想象不出一个年仅十六岁，毫无政治经验的公爵，会用什么手段来威胁已知宇宙的皇帝。

尽管如此，多米尼克还是决定冒险一试。他明知自己不该这样做，但却被悲伤蒙住了双眼。他穿着破旧的衣服，皮肤上涂了一层红铜色，独自前往贝拉·特古斯。在他去别的地方之前，他觉得必须要去那里，看看他的妻子被埃尔鲁德的萨多卡士兵残忍杀害的地方。

他利用各种空中和地面交通工具，无声地搜索这个星球，尽管有许多报告暗示大屠杀发生的地点，但他还是不敢向别人询问。最后，他发现了一个没有标记的地方，那里的庄稼已经被铲平，土地被翻新，然后上面撒了一层盐，这样就不会再长出任何东西了。一座庄园宅邸被烧为平地，然后被混凝土覆盖。珊多的坟墓里什么也没有，但他能感觉到她的存在。

我的爱就曾在这里。

在昏暗的双日下，多米尼克跪在废墟之地哭泣，直到他完全忘记了时间。他泪流满面，同时内心充满了无尽的空虚。

现在他终于为下一步做好了准备。

于是，多米尼克·维尔纽斯辗转于帝国无数杳无人烟的孤绝之地，召集了从伊克斯国逃出来的赤子忠良——无论维尔纽斯有何目的，这些人都愿意和他一起颠沛流离，而不是在某个星球上，耕田种地，过着安静而世俗的生活。

他把在埃卡兹叛乱中与他并肩作战的军官们都聚拢起来，那些人曾在战场上救过他的命，而且救过十多次都不止。在寻找这些人的过程中，他知道自己处于极大的危险之中，但多米尼克相信他以前的战友。尽管悬赏捉拿他的人很多，但他知道他们谁也不愿意为背叛前指挥官而备受良心的鞭笞和谴责。

多米尼克希望，饱受打击的帕迪沙新皇帝沙达姆四世不会想去追踪那些早已销声匿迹多年的军人，毕竟那些人当年在维尔纽斯麾下作战时，沙达姆才年仅十几岁，尚与皇位无缘……那时的太子法夫尼尔才是皇位第一继承人。

许多年过去了，那些战火硝烟的时光早已远去，大多数老兵们都会围坐在一起，回忆着往昔的峥嵘岁月，让自己相信那些枪林弹雨和流血牺牲，比实际情况更激动人心，更觉无限荣耀。其中约有三分之一的人选择不跟随维尔纽斯，而其余的人则二话不说就签了名，等待进一步的指示……

珊多躲藏起来的时候，她抹去了所有的记录，改了名字，用无法追踪来源的钱在阴暗的贝拉·特古斯星买了一小块地。她唯一的错误就是低估了皇帝的萨多卡军队，因为他们比想象中的更加穷追不舍。

多米尼克不会犯他妻子的错误。因为他始终有一个念头，就是要去没人能看见的地方……在那里他可以千方百计地折磨兰兹拉德联合会，成为皇帝心中的一根刺。

那是他唯一剩下的武器。

多米尼克·维尔纽斯准备开始他真正的复仇计划。他驾驶一艘未经注册的走私船，船上载着十几个忠诚的拥护者。这些人收集了大量的现金和装备，要跟随他一起为名誉和荣耀而战——也许还为了复仇。

之后他去了维尔纽斯家族的原子武器储备库——这里储备的都是违禁的武器，但几乎兰兹拉德联合会里每个大家族都拥有这种武器。受《大联合协定》条款的严格制约，伊克斯的原子武器被一代又一代的人隐藏起来，被封锁在围绕七公六星系第五颗行星运行的一颗小卫星的暗面。伊克斯上的那帮特莱拉混蛋们对此一无所知。

现在，多米尼克的走私船上装载着大量的末日武器，足以毁灭整个世界。

《奥兰治天主圣经》中写道："复仇掌握在上帝手中。"但是在经历了这些之后，多米尼克并不觉得自己是一个虔诚的教徒，也不愿意受到法律条文的约束。他现在是一个叛徒，不受法律体系的保护。

他把自己想象成所有走私者中最厉害的一个，隐藏在没人能发现的地方，但他却能给所有背叛他、拒绝帮助他的大家族造成巨大的经济损失。

有了这些原子武器，他就可以在历史上留下自己的印记。

多米尼克避开了由公会进行维护的过时气象卫星网络，把他的飞船和原子武器带到了沙漠星球厄拉科斯上的一个人迹罕至的极地地区。凛冽的寒风抽打着他手下那群衣衫褴褛的士兵，他们踏上了这片荒凉的土地。厄拉科斯。他们的新基地。

要过很长时间才会有人再听到多米尼克·维尔纽斯的名字。但等他准备好了之后……整个帝国都会记起他是谁。

一个世界是被四样东西支撑着：智者的学识，伟人的正义，义人的祈祷，勇者的胆量。但是，如果没有一个懂得统治艺术的统治者，所有这些都毫无意义。

——拉斐尔·科瑞诺王子，《银河系的领导论》

雷托一个人沿着陡峭悬崖边的小路和楼梯，弯弯折折地向下走去，来到了卡拉丹城堡下面的老码头。

海面一望无际，一直延伸到视线尽头，中午的阳光穿过云层，照射在平静的水面上，波光粼粼。雷托在陡峭的黑岩峭壁上停下脚步，手搭凉棚，眺望远处的海藻林、渔船队、船上一边打鱼一边吟唱的渔民，还有在广阔的海面上勾勒出崎岖地形的珊瑚礁群。

卡拉丹——这里是他的世界，拥有广阔的海洋和茂密的丛林，还有丰富的耕地和自然资源，历经厄崔迪家族二十六代人的统治。这里属于他的家族，现在则毫无争议地属于他。

他热爱这个地方，喜欢呼吸这里的空气，带着咸咸的海水、海藻和鱼虾的味道。这里的人民一直在为他们的公爵而辛勤劳作，雷托也尽自己最大努力为他们服务。如果他在没收审判中输了，卡拉丹这些可爱的百姓们将会怎么样呢？如果厄崔迪家族被其他家族，比如说泰拉诺斯家族、穆泰利家族，或者兰兹拉德联合会里其他有名望的家族所取代，他们有了新的代理总督，厄崔迪家族的财产也被移交给新的统治者，卡拉丹的人民会在乎吗？也许会……也许不会。

然而，雷托无法想象自己还能去哪儿。因为这里是厄崔迪家族唯一的归属。即使他被剥夺了一切，他仍旧会回到卡拉丹，在海边度过余生。

虽然雷托知道自己是无辜的，但他仍然不明白在那艘远航机里的特莱拉飞船究竟是怎么被袭击的。他没有证据向其他人证明，他并没有开火射击，差点儿引发一场大战。相反，他有足够的行凶动机。正因为如此，兰兹拉德联合会里的其他家族，不管是不是厄崔迪家族的盟友都不愿为他辩护。因为如果他们这样做的话，一旦厄崔迪家族在庭审中被判有罪，所有财产被没收和分割，那么为他辩护的家族就很可能无法分享这些战利品，其利益就会受到损失。然而即使在那段时间里，仍是有许多家族对雷托保护船员和朋友的方式表示了无声的赞同。

之后，奇迹般地，沙达姆皇帝救了他。

在从凯坦回家的路上，雷托和杜菲·哈瓦特谈了很长时间，但无论是年轻的公爵还是门泰特战士都无法理解沙达姆皇帝为何前来帮助厄崔迪家族，也无法理解为什么他如此害怕雷托铤而走险的恐吓。雷托小的时候就知道，永远不要相信纯粹的利他主义，不管沙达姆在法庭上的一番讲话有多么感动人心。但有一点是肯定的：新皇帝绝对想隐瞒什么，而且肯定是跟特莱拉有关。

在雷托的授意下，哈瓦特将厄崔迪间谍派遣到许多星球，希望能发现更多的信息。但皇帝由于之前收到了雷托神秘而挑衅性的信息，肯定会有所戒备，无疑会比以往任何时候都更加小心。

在帝国的众多势力中，厄崔迪家族并不算特别强大，而且对科瑞诺家族也没有什么控制力，所以根本没有明显的理由需要被保护。光凭血缘关系是不够的。虽然雷托本人是沙达姆的表亲，但要追根逐源的话，特别是追溯到大骚乱时期，兰兹拉德联合会里许多家族都或多或少地与科瑞诺家族沾亲带故。

另外，贝尼·杰瑟里特在这里面又起着什么作用呢？她们是雷托的盟友，还是敌人？她们为什么提出要帮助他？是谁最先给他送来沙达姆参与其中的消息？加密的信息筒已经分解。雷托已经预料到了有敌人暗害他——但没有想到他还有隐藏这么深的盟友。

但最令人困惑的是，到底是谁摧毁了特莱拉飞船呢？

雷托独自一人思索着，但心里仍然忐忑不安。他离开悬崖，沿着海边灰黑色的卵石滩，跨过一个平缓的斜坡，来到宁静的码头。所有的船只都已出航，只剩下一只靠岸的小船和一艘停泊的游艇，上面悬挂着一面印有厄崔迪家族红鹰徽章的旗子。那面旗子早已褪色，上面印着的那只鹰也几乎看不见了。

在灿烂的阳光下，雷托坐在主码头的尽头，听着海浪拍打海岸的浪花声和灰色海鸥清脆嘹亮的叫声。他闻到了咸湿的海水味、海鱼的鲜味，和新鲜空气中淡淡的甜味。他想起了他和隆博一起出海潜水寻找珊瑚宝石……他们在远处的珊瑚礁群附近，船意外着火，差点儿酿成一场灾难。与后来发生的事相比，这件事真是太不起眼了。

他凝视下面的海水，看着一只岩蟹紧紧地贴在码头的桩子上，然后消失在蓝绿色的海水深处。“那么，你是甘心做一个公爵呢，还是宁愿做一个简单的渔夫呢？”隆博王子洪亮的声音传来，听起来欢快而愉悦。

雷托转过身，感到脚下的码头木板被太阳晒得暖暖的。隆博和杜菲·哈瓦特艰难地穿过嘎吱作响的碎石滩向他走来。雷托知道，暗杀大师会责备他，因为他坐在开阔的海滩上，他的背部很容易受到袭击，而来自海洋的白噪音很可能会掩盖住敌人秘密接近的脚步声。

“也许我可以两者兼而有之，”雷托说着，站起身来，掸去身上的灰尘，“这样可以更好地了解我的人民。”

“‘了解你的人民可以为理解领导力而铺平道路，’”哈瓦特吟诵道——这是厄崔迪家族的古老格言，“我希望你正在思考的是治国之道，因为我们有很多事情要做，现在一切都正在恢复正常。”

雷托叹了口气，说道：“正常？我认为并非如此。有人想要与特莱拉人开战，并企图将罪名嫁祸给厄崔迪家族。皇帝以为我知道些什么，所以十分恐慌。维尔纽斯家族仍被视为叛徒，而隆博和凯莉娅虽然他们已被赦免，更不会被人寻仇，但他们仍然被流放在此。而且，我的名誉始终未得到澄清——许多人仍然认为是我攻击了那些飞船。”

他捡起码头上的一块鹅卵石，把它远远地抛向水面，但看不清溅起的水花：“杜菲，如果说这算是厄崔迪家族的胜利，那也是苦乐参半。”

“也许吧，”站在靠岸小船旁边的隆博说，“但总比失败强。”

老门泰特点点头，皮革般坚韧的皮肤反射着太阳刺眼的光芒：“我的公爵，你以真正的荣誉和高贵的风度行事，为厄崔迪家族赢得了广泛的尊敬。这是一个永远不能被低估的胜利。”

雷托抬头望着悬崖上耸立的卡拉丹城堡的高塔。那是他的城堡，他的家。

他想到了他家族历代传承的古老传统，以及他将如何在这些优良的传统基础上建立自己的统治。身为公爵，他是千百万人民赖以生存的轴心。也许做一个普通渔夫，生活可能会更轻松、更安宁——但那不是他的命运。他永远是雷托·厄崔迪公爵。他有名望，有头衔，也有众多朋友。生活依旧很美好。

“来吧，少爷们，”杜菲·哈瓦特说道，“咱们该上课了。”

兴高采烈地，雷托和隆博跟着这位暗杀大师回到了城堡。